EN PIEL AJENA

TANA FRENCH

EN PIEL AJENA

Traducción de Gemma Deza

Círculo de Lectores

Para Anthony, por un millón de razones

Prólogo

Algunas noches, cuando duermo sola, todavía sueño con Whitethorn House. En mis sueños siempre es primavera y una luz fría y penetrante quiebra la neblina del atardecer. Subo los escalones de piedra, llamo a la puerta con la magnífica aldaba de bronce ennegrecida por el paso del tiempo y lo bastante pesada como para sobresaltarte cada vez que repica, y una anciana con delantal y gesto hábil e inflexible me franquea el paso. Luego vuelve a colgarse la gran llave oxidada del cinturón y se aleja por el camino de entrada, bajo el cerezo en flor, y yo cierro la puerta tras ella.

La casa siempre está vacía. Los dormitorios, desnudos y limpios. Sólo mis pasos resuenan en las tablas del suelo, elevándose en círculos que atraviesan los rayos de sol y las motas de polvo hasta alcanzar los altos techos. Un perfume a jacintos silvestres entra por las ventanas, abiertas de par en par, y se funde con el olor a barniz de cera de abejas. La pintura blanca de los marcos de las ventanas empieza a desportillarse y un zarcillo de hiedra se abre camino sobre el alféizar. Palomas torcaces holgazanean en el exterior.

En el salón, el piano de reluciente madera de castaño está abierto, tan deslumbrante que casi cuesta contemplarlo bajo los rayos de sol. La brisa agita las partituras como si de un dedo se tratara. La mesa está servida para nosotros, hay cinco cubiertos. Han sacado la porcelana fina y las copas de vino de tallo alto, y la madreselva recién cortada trepa por un cuenco de cristal; la plata, en cambio, ha perdido su lustre y las servilletas de damasco recio están polvorientas. La pitillera de Daniel ocupa su lugar presidiendo la mesa, abierta y vacía salvo por una cerilla consumida.

En algún lugar de la casa, leve como el tamborileo de unas uñas en los confines de donde alcanza mi oído, se oye algo: una refriega, susurros. Mi corazón casi deja de latir. Los otros no se han ido. Por algún extraño motivo, lo había entendido mal. Sólo están escondidos; pero siguen aquí, por y para siempre.

Me guío por esos ruidos apenas perceptibles y recorro la casa de estancia en estancia, deteniéndome a escuchar a cada paso que doy, pero nunca soy lo bastante rápida: desaparecen como espejismos, ocultos siempre detrás de esa puerta o en lo alto de esas escaleras. Una risita repentinamente sofocada, un crujido de la madera. Dejo las puertas de los armarios abiertas de par en par, subo los escalones de tres en tres, rodeo el poste de arranque de la parte superior de la escalera y vislumbro un movimiento con el rabillo del ojo: en el viejo espejo lleno de manchas que hay al final del pasillo veo reflejado mi rostro… riendo.

1

Ésta es la historia de Lexie Madison, no la mía. Me encantaría explicarles la historia de una sin mezclarla con la de la otra, pero es imposible. Antes pensaba que había cosido nuestras vidas por los bordes con mis propias manos, que había apretado bien las puntadas y que podía descoserlas cuando deseara. Ahora creo que siempre fue algo mucho más profundo que eso, y mucho más soterrado; quedaba fuera del alcance de la vista y también de mi control.

Pero hasta aquí mi intervención: eso fue lo único que yo hice. Frank se lo achaca todo a los demás, sobre todo a Daniel, y me da la sensación de que Sam cree que, por alguna razón siniestra y estrambótica, fue culpa de Lexie. Cuando yo digo que no ocurrió como ellos creen, me miran de soslayo y cambian de tema. Tengo la impresión de que Frank opina que padezco alguna variante espeluznante del síndrome de Estocolmo. A veces ocurre con los agentes secretos, pero éste no es el caso. No intento proteger a nadie; no queda nadie a quien proteger. Lexie y los demás nunca sabrán que les están echando la culpa y, a decir verdad, no les importaría que así fuera. Necesito que me den algo más de crédito. Es posible que otra persona repartiera la mano, pero yo la recogí de la mesa y jugué cada una de las cartas, y tenía mis motivos para hacerlo.

Hay algo que deben saber acerca de Alexandra Madison: nunca existió. Frank Mackey y yo la inventamos hace mucho tiempo, una luminosa tarde estival en su oficina polvorienta en Harcourt Street. Frank pretendía infiltrar a algunas personas en el círculo de tráfico de drogas que operaba en el University College de Dublín. Yo quería realizar ese trabajo, quizá más de lo que he querido nada en toda mi vida.

Él era una leyenda: Frank Mackey, con treinta y tantos años y ya encargado de dirigir operaciones encubiertas; el mejor agente secreto que Irlanda había dado, según se comentaba, temerario e intrépido, un equilibrista sin red, siempre sin red. Se infiltraba en las cédulas del IRA y en bandas criminales como si entrara en el pub de la esquina. Me habían contado la misma historia mil veces: cuando Snake, un gánster profesional y un chiflado de cinco estrellas que en una ocasión dejó a uno de sus propios hombres tetrapléjico por no pagarle una ronda, empezó a desconfiar de Frank y amenazó con descerrajarle una pistola de clavos sobre las manos, Frank lo miró directamente a los ojos sin pestañear. Era tal la seguridad que transmitía que acabó convenciendo de su inocencia a Snake, quien le dio una palmadita en la espalda y le regaló un Rolex falso a modo de disculpa. Frank todavía lo lleva.

Yo era una novata; hacía tan sólo un año que me había licenciado en la escuela de formación profesional de Templemore. Un par de días antes, cuando Frank hizo un llamamiento en busca de policías con estudios universitarios que pudieran pasar por veintitantos años de edad, yo llevaba un chaleco amarillo fluorescente que me iba tres tallas grande y estaba patrullando en un pueblecito de Sligo donde la mayoría de los lugareños se parecían inquietantemente entre sí. Debería haber estado nerviosa por el hecho de conocerlo, pero no era así en absoluto. Tenía tantas ganas de que me asignaran aquel trabajo que no podía pensar en nada más.

La puerta de su despacho estaba abierta y él, sentado en el borde de su mesa, vestido con tejanos y una camiseta azul descolorida, hojeaba mi historial. Era un despacho pequeño en el que reinaba el desorden, como si lo utilizara sobre todo como almacén. La mesa estaba completamente vacía, sin ni siquiera una fotografía familiar; en los estantes, el papeleo se mezclaba con los CD de blues, periódicos sensacionalistas, una baraja de póquer y un cárdigan rosa de mujer con la etiqueta aún colgada. Supe al instante que aquel tipo me gustaba.

–Cassandra Maddox –dijo al tiempo que levantaba la mirada.

–Sí, señor –respondí.

Frank era de estatura media, fornido pero atlético; tenía los hombros anchos y el pelo castaño muy corto. Yo esperaba encontrarme con alguien tan anodino que fuera prácticamente invisible, alguien parecido al Fumador de *Expediente X*, pero aquel hombre tenía unos rasgos duros, rotundos, unos grandes ojos azules y esa clase de presencia que despierta pasiones. No era mi tipo, pero estaba segura de que llamaba la atención de las mujeres.

–Frank. El «señor» resérvalo para los que no levantan el trasero de la silla.

Su leve acento delataba sus orígenes en el casco antiguo de Dublín; era sutil pero deliberado, como un desafío. Se puso en pie y me tendió la mano.

–Cassie –dije al tiempo que tendía también la mía.

Señaló una silla y volvió a apoyarse en la mesa.

–Aquí dice –comentó mientras daba unos golpecitos con el dedo en mi historial– que trabajas bien bajo presión.

Tardé un segundo en entender de qué hablaba. Cuando aún estaba en mi período de formación me habían destinado a una zona en decadencia de la ciudad de Cork, donde había conseguido disuadir a un adolescente en pleno brote esquizofrénico que amenazaba con rajarse la garganta con la navaja de su abuelo. Casi había olvidado aquel episodio. Hasta entonces no se me había ocurrido que probablemente fuera por eso por lo que me habían convocado para aquella misión.

–Espero que así sea –respondí.

–¿Qué edad tienes? ¿Veintisiete?

–Veintiséis.

La luz que penetraba por la ventana incidía en mi rostro y Frank me observó con detenimiento, analizándome.

–Podrías pasar por veintiuno sin problemas. Aquí dice que estudiaste tres años en la universidad. ¿Dónde?

–En el Trinity College. Psicología.

Arqueó las cejas con un mohín de sorna, como si simulara estar impresionado.

–Vaya, vaya, así que eres una profesional. ¿Por qué no acabaste la carrera?

–Desarrollé una alergia a los acentos angloirlandeses desconocida por la ciencia –contesté.

A Frank le gustó mi respuesta.

–¿Y el University College de Dublín no te provocará sarpullidos?

–Tomaré antihistamínicos.

Frank se puso en pie de un salto y se acercó a la ventana, al tiempo que me hacía un gesto para que lo acompañara.

–De acuerdo –dijo–. ¿Ves a esa pareja de ahí abajo?

Un chico y una chica caminaban por la calle mientras conversaban. Ella sacó unas llaves y entraron en un deprimente edificio de apartamentos.

–Háblame de ellos –me pidió; se apoyó en la ventana, con las manos colgando del cinturón por los pulgares, sin apartar la mirada de mí.

–Son estudiantes –conjeturé–: van con mochilas y libros. Han estado comprando comida: llevan bolsas de Dunne's. La situación económica de ella es mejor que la de él; su chaqueta es cara, mientras que él lleva un parche en los tejanos, y no porque esté de moda.

–¿Son pareja? ¿Amigos? ¿Compañeros de piso?

–Pareja. Caminaban demasiado cerca para ser amigos e inclinaban su cabeza uno hacia el otro.

–¿Hace mucho que salen?

Me agradaba aquella nueva forma de hacer discurrir mi cerebro.

–Un tiempo, sí –respondí. Frank arqueó una ceja en señal de interrogación y por un instante no tuve muy claro cómo había llegado a esa conclusión, pero luego se me ocurrió–. No se miran a la cara al hablar. Las parejas recientes se miran todo el rato, mientras que las que llevan más tiempo saliendo no necesitan comprobar la expresión del otro con tanta frecuencia.

–¿Viven juntos?

–No. De lo contrario, él también habría buscado sus llaves. La casa es de ella. Aunque comparte el piso al menos con una persona. Ambos han alzado la vista hacia la ventana para comprobar si las cortinas estaban descorridas.

–¿Cómo va su relación?

–Bien. Ella lo ha hecho reír. La mayoría de los hombres no se ríen con las bromas de una mujer a menos que estén en la fase de flirteo. Él llevaba las dos bolsas de Dunne's y ella le ha aguantado la puerta para que pasara antes de entrar: se cuidan mutuamente.

Frank asintió con la cabeza.

–Buen trabajo. Tienes la intuición de un agente secreto… y no hablo de toda esa patraña psicológica. Me refiero a observarlo todo y analizarlo incluso antes de saber que lo estás haciendo. El resto consiste en ser rápido y tener pelotas. Si vas a decir o a hacer algo, actúas con determinación y convicción plena. Si dudas de tu decisión, estás perdida, posiblemente muerta. Estarás ilocalizable con frecuencia durante el próximo año, tal vez dos. ¿Tienes familia?

–Una tía y un tío –contesté.

–¿Tienes novio?

–Sí.

–Podrás contactar con ellos, pero ellos no podrán contactar contigo. ¿Crees que lo aceptarán?

–Tendrán que hacerlo.

Frank seguía recostado tranquilamente en el marco de la ventana, pero percibí el destello incisivo de sus ojos azules: me observaba con atención.

–No estamos hablando de ningún cártel colombiano. Tratarás sobre todo con los estamentos más bajos, por lo menos al principio, pero debes saber que no se trata de una misión segura. La mitad de esta gente se pasa la mayor parte del tiempo colocada y la otra mitad se toma muy en serio lo que hace, lo que significa que ninguno de ellos tendría ningún problema en matarte. ¿Te inquieta eso?

–No –respondí sinceramente–. En absoluto.

–Estupendo –replicó Frank–. Pues vamos por un café y pongámonos manos a la obra.

Tardé unos instantes en darme cuenta de que eso era todo: el puesto era mío. Esperaba una entrevista de tres horas y un montón de extraños tests con manchas de tinta y preguntas acerca de mi madre, pero Frank no trabaja así. Aún no sé en qué momento tomó la decisión de aceptarme. Durante mucho tiempo aguardé a que se presentara el momento oportuno para preguntárselo. Ahora ya no estoy segura de si quiero saber qué vio en mí, qué le dijo que yo serviría para esto.

Pedimos un café con sabor a chamusquina y un paquete de galletas de chocolate en la cantina de la comisaría y pasamos el resto del día creando de la nada a Alexandra Madison. Yo le puse el nombre («Así lo recordarás mejor», señaló Frank). Elegí Madison porque se parece lo bastante a mi verdadero apellido como para conseguir que vuelva la cabeza si lo oigo y Lexie porque, de pequeña, ése era el nombre de mi hermana imaginaria. Frank sacó una gran lámina de papel y trazó una cronología de la vida de mi nuevo álter ego.

–Naciste en el hospital de Holles Street el día 1 de marzo de 1979. Tu padre, Sean Madison, es un diplomático de bajo rango destinado en Canadá. Este dato nos resultará útil si tenemos que sacarte: recurriríamos a una emergencia familiar y estarías fuera. También indica que te has pasado la infancia viajando, lo cual explica que nadie te conozca. –Irlanda es un país pequeño; siempre hay una amiga de un primo que fue a la escuela contigo–. Podríamos hacer que fueras extranjera, pero no quiero que finjas otro acento. Tu madre se llama Kelly Madison. ¿De qué trabaja?

–Es enfermera.

–No te precipites. Piensa más rápido y sopesa todas las posibles implicaciones. Las enfermeras necesitan una licencia nueva en cada país para ejercer. Se formó como enfermera, pero dejó de trabajar cuando tú tenías siete años y tu familia abandonó Irlanda. ¿Te apetece tener algún hermano o hermana?

–Claro. ¿Por qué no? –contesté–. Me gustaría tener un hermano.

Aquello tenía un punto embriagador. Sentía unas ganas irreprimibles de estallar en carcajadas ante la mera idea de la increíble y mareante libertad que implicaba todo aquel asunto: ante mí se abría un horizonte de parientes, países y posibilidades que podía seleccionar a mi antojo; podía elegir lo que quisiera, como haber crecido en un palacio en Bután con diecisiete hermanos y hermanas y un chófer personal. Me llevé otra galleta a la boca antes de que Frank se diera cuenta de que estaba sonriendo y pensara que no me tomaba nuestra labor en serio.

–Como quieras. Tu hermano es seis años más joven, por eso sigue en Canadá con tus padres. ¿Cómo se llama?

–Stephen.

Mi hermano imaginario; de pequeña había tenido una vida de fantasía muy activa.

–¿Te llevas bien con él? ¿Qué aspecto tiene? Rápido, más rápido –me apremió Frank al verme respirar hondo.

–Es un sabelotodo. Loco por el fútbol. Discute con nuestros padres constantemente, porque tiene quince años, pero conmigo sí que habla…

Rayos de sol oblicuos iluminaban la madera rayada del escritorio. Frank olía a limpio, a jabón y a cuero. Era buen maestro, un maestro maravilloso. Con su bolígrafo negro fue garabateando fechas y lugares y eventos, y Lexie Madison emergió a la luz como una Polaroid, se desprendió del papel como una voluta y permaneció suspendida en el aire como el humo de una barra de incienso, una joven con mi rostro y una vida surgida de un sueño medio olvidado. «¿Cuándo tuviste tu primer novio? ¿Dónde vivías? ¿Cómo se llamaba? ¿Quién dejó a quién? ¿Por qué?» Frank encontró un cenicero, sacó un cigarrillo de su cajetilla de Player's y me lo ofreció. Cuando los destellos de sol abandonaron la mesa y el cielo empezó a oscurecerse al otro lado de la ventana, Frank dio media vuelta en la silla, agarró una botella de whisky de un estante y vertió unas gotas en nuestros cafés.

–Nos lo hemos ganado –dijo–. ¡Salud!

Creamos a una Lexie inquieta: una joven inteligente y culta, una buena chica a la que, sin embargo, no habían inculcado el hábito de establecerse en un lugar y que no había aprendido a hacerlo. Un tanto inocente e imprudente, demasiado dispuesta a contestar a todo lo que se le preguntase sin pensárselo dos veces.

–Es un cebo –aclaró Frank sin rodeos– y tiene que ser el cebo perfecto para que los camellos piquen. Lo bastante inocente para que no la consideren una amenaza, lo bastante respetable para que les resulte útil y con ese punto de rebeldía necesario para que no se pregunten por qué le apetece meterse en estos jueguecitos.

Cuando acabamos, la noche había caído ya.

–Buen trabajo –me felicitó Frank; dobló la cronología y me la tendió–. Dentro de diez días comienza un curso de entrenamiento para detectives; te conseguiré una plaza. Luego regresarás aquí y trabajaremos juntos durante un tiempo. Cuando comience el nuevo curso en octubre, te incorporarás al University College de Dublín.

Descolgó su cazadora de cuero del perchero que había en el rincón, apagó las luces y cerró la puerta de aquel pequeño y oscuro despacho. Caminé hasta la estación de autobuses deslumbrada, envuelta en una nube mágica, flotando en medio de un mundo nuevo y secreto, con aquella cronología de mi vida crujiendo en el bolsillo de la chaqueta de mi uniforme. Todo había sido tan rápido y parecía tan sencillo…

No voy a detallar la larga y enmarañada cadena de acontecimientos que me llevó de trabajar como policía secreta a convertirme en agente especializada en violencia doméstica. Me limitaré a proporcionar la versión abreviada: el principal camello de *speed* del University College de Dublín se puso paranoico y me apuñaló; el hecho de haber resultado herida en cumplimiento del deber me reportó una plaza en la brigada de Homicidios; para pertenecer a Homicidios uno tenía que tener una cabeza muy bien amueblada y una gran fortaleza emocional, y lo dejé. Llevaba años sin pensar en Lexie y en su efímera y misteriosa vida. No soy de la clase de personas que vuelven la vista atrás, o al menos intento con todas mis fuerzas no serlo. Lo pasado, pasado está; fingir lo contrario es una pérdida de tiempo. Pero ahora pienso que siempre supe que Lexie Madison tendría consecuencias. No se puede crear a una persona de la nada, dar vida a un ser humano con su primer beso, su sentido del humor y su bocadillo preferido, y luego esperar que se desvanezca en unas notas garabateadas y unos carajillos de whisky cuando ya no sirve para satisfacer su cometido. Creo que siempre supe que volvería en mi busca y que algún día me encontraría.

Tardó cuatro años en hacerlo. Eligió el momento con sumo cuidado. Llamó a mi puerta a primera hora de una mañana de abril, unos cuantos meses después de que yo dejara de prestar servicio en Homicidios. En aquel momento, yo me encontraba en el campo de tiro.

El campo de tiro que utilizamos está soterrado en el centro urbano, bajo la mitad de los vehículos de Dublín y una densa capa de niebla. Yo no tenía por qué estar allí (siempre he tenido buena puntería y no debía pasar la próxima prueba de aptitud hasta al cabo de unos meses), pero llevaba un tiempo despertándome demasiado temprano para ir a trabajar y demasiado inquieta para hacer otra cosa; descubrí que las prácticas de tiro eran lo único que me templaba los nervios. Me tomé mi tiempo para ajustarme los auriculares y comprobar el revólver; esperé a que todos los demás estuvieran concentrados en sus propias dianas para que no me vieran galvanizándome con los primeros disparos como un personaje de dibujos animados electrocutado. El hecho de asustarse con facilidad viene acompañado de su propio set de habilidades especiales: uno desarrolla sutiles trucos para disimular y asegurarse de que los demás no lo adviertan. Al cabo de poco tiempo, si uno es de los que aprende rápido, puedes pasar el día con la apariencia de un ser humano absolutamente normal.

Yo antes no era así. Siempre había pensado que los nervios eran propios de los personajes de las novelas de Jane Austen y de las jóvenes con voz de pito que nunca pagan las rondas; del mismo modo que no me habría puesto a temblar ante una situación crítica, tampoco habría llevado sales aromáticas en el bolso. Ni siquiera el hecho de que me apuñalara el Diablo de las Drogas del University College de Dublín logró desconcertarme. El psicólogo del departamento se pasó semanas enteras intentando convencerme de que padecía un trauma profundo, pero al final se dio por vencido, tuvo que admitir que me encontraba bien (aunque a regañadientes; la verdad es que no recibe muchos polis apuñalados con los que practicar y creo que le apetecía que yo padeciera alguno de esos curiosos complejos) y me permitió reincorporarme al trabajo.

Para mi vergüenza, lo que me hizo flaquear no fue un asesino en serie de primer orden, una crisis con rehenes con final trágico o un tipo agradable e introvertido que guardara órganos humanos en su Tupperware. Mi último caso en Homicidios, en realidad, fue sencillo, como tantos otros; nada me puso sobre aviso: una mañana de verano encontraron el cadáver de una niña y mi compañero y yo andábamos holgazaneando en la sala de la brigada cuando se recibió la llamada. Visto desde fuera, incluso salió bien. Oficialmente, resolvimos el caso en apenas un mes, libramos a la sociedad de un malhechor y todo quedó muy bien en los medios de comunicación y en las estadísticas de final de año. No se produjo ninguna persecución espectacular en coche, ni tiroteos ni nada por el estilo. Yo fui la que salió peor parada, al menos físicamente; resumiendo, sólo me hice un par de rasguños en la cara que ni siquiera me dejaron cicatriz. En fin, un final feliz.

Pero la procesión iba por dentro. Operación Vestal:[1] pronuncie estas palabras ante cualquier agente de la brigada de Homicidios, incluso hoy, incluso a uno de los muchachos que no conocen toda la historia, y de inmediato le dedicarán esa miradita, esos gestos con las manos, y arquearán las cejas significativamente mientras se distancian de aquel fiasco y de sus daños colaterales. En todos los sentidos, perdimos, y perdimos a lo grande. Algunas personas son como pequeños Chernó-

1. Véase, de la misma autora, *El silencio del bosque*, Barcelona, Círculo de Lectores, 2009. *(N. de la T.)*

bil en cuyo interior brilla un veneno silencioso que se propaga lentamente: acérquese a ellos y con cada respiración le irán destrozando por dentro. Algunos casos, puede preguntárselo a cualquier poli, son malignos e incurables, y destruyen todo lo que tocan.

Yo salí de aquél con una sintomatología que habría hecho que el loquero diera saltitos de alegría en sus sandalias de cuero, de no ser porque, gracias al cielo, a nadie se le ocurrió mandarme al psicólogo por un par de arañazos en la cara. Los síntomas eran los propios de cualquier trauma estándar: temblores, falta de apetito, sobresaltos cada vez que sonaba el timbre de la puerta o el teléfono, con algunos añadidos de mi propia cosecha. Perdí la coordinación; por primera vez en mi vida tropezaba con mis propios pies, chocaba con los marcos de las puertas y me golpeaba en la cabeza con los batientes de los armarios de la cocina. Y dejé de soñar. Antes de aquello, siempre había soñado en torrentes desatados de imágenes: columnas de fuego que arrasaban oscuras montañas, enredaderas que hacían explotar ladrillos macizos, ciervos que brincaban en la playa de Sandymount atrapados en cuerdas de luz; pero después de aquello me sobrevino un denso sueño negro que caía sobre mí como un mazazo tan pronto apoyaba la cabeza en la almohada. Sam, mi novio, pese a que la idea de tener novio aún siguiera asombrándome en ocasiones, me aconsejó que dejara pasar un tiempo y las aguas volverían a su cauce. Cuando le repliqué que yo no estaba tan segura, asintió con la cabeza sosegadamente y me aseguró que todo aquello pasaría. A veces Sam me sacaba de quicio.

Sopesé la típica solución de poli: darme a la bebida, temprano y con frecuencia, pero tenía miedo de acabar llamando por teléfono a quien no debía a las tres de la madrugada para contarle mis penas, y además descubrí que el tiro al blanco me anestesiaba casi con la misma eficacia y carecía de efectos secundarios engorrosos. No tenía ningún sentido, a tenor de cómo estaba reaccionando a los ruidos fuertes en general, pero me pareció una buena solución. Efectuados los primeros disparos, se me activaba un fusible en la parte posterior del cerebro y el resto del mundo desaparecía en algún lugar vago y distante; mis manos se volvían firmes como una roca sobre el arma y sólo quedábamos yo y la diana de papel, aquel olor acre y familiar a pólvora en el aire y mi sólida espalda para absorber los culatazos. Salía de allí calmada y un tanto adormecida, como si me hubiera tomado un Valium. Para cuando el efecto se disipaba, ya había concluido gran parte de otra jornada laboral y podía aliviarme dándome cabezazos por las esquinas en la comodidad de mi propio hogar. Llegué a un punto en que era capaz de hacer nueve dianas en la cabeza de cada diez disparos a una distancia de cuarenta metros, y el hombrecillo cubierto de arrugas que dirigía el campo de tiro empezó a mirarme con el ojo clínico de un adiestrador de caballos y a hacerme comentarios acerca de los campeonatos del departamento.

Aquella mañana terminé alrededor de las siete. Me encontraba en el vestuario limpiando mi arma y dándole a la sinhueso con dos tipos de Narcóticos sin transmitirles la impresión de que quería ir a desayunar con ellos, cuando sonó mi móvil.

–¡Por Dios! –exclamó uno de los de Narcóticos–. Pero ¿tú no trabajas en Violencia Doméstica? ¿Quién tiene energías para zurrar a su esposa a estas horas?

–Uno siempre encuentra tiempo para las cosas verdaderamente importantes –respondí al tiempo que me guardaba la llave de mi taquilla en el bolsillo.

–A lo mejor son los de Operaciones Secretas –dijo el tipo más joven dedicándome una sonrisa–, en busca de agentes con buena puntería.

Era un tipo grande y pelirrojo, y me encontraba mona. Tenía una musculatura envidiable y lo había pillado comprobando si yo llevaba alianza de casada.

–Les habrán dicho que nosotros no estamos disponibles… –bromeó su colega.

Saqué el teléfono de la taquilla. En la pantalla se leía «SAM O'NEILL» y en una esquina parpadeaba el icono de «llamada perdida».

–Hola –saludé–. ¿Qué ocurre?

–Cassie –dijo Sam. Sonaba fatal, jadeante y enfermo, como si alguien le hubiera propinado un puñetazo en el estómago–. ¿Estás bien?

Les di la espalda a los muchachos de Narcóticos y me refugié en un rincón.

–Sí, estoy bien. ¿Por qué? ¿Qué sucede?

–¡Por todos los santos! –exclamó. Emitió un chasquido, como si intentara aclararse la garganta–. Te he llamado cuatro veces. Estaba a punto de enviar a alguien a tu casa a comprobar si todo iba bien. ¿Por qué no contestabas al jodido teléfono?

Aquello era impropio de Sam. Es el hombre más agradable que he conocido en toda mi vida.

–Estoy en el campo de tiro –expliqué–. He dejado el móvil en la taquilla. ¿Qué sucede?

–Lo siento. No quería… Perdóname. –Volvió a emitir aquel chasquido–. He recibido una llamada… sobre un caso.

El corazón me dio un vuelco. Sam pertenece a la brigada de Homicidios. Sabía que probablemente lo mejor era que me sentara para escuchar lo que me iba a decir, pero era incapaz de doblar las rodillas. Apoyé la espalda en las taquillas.

–¿De quién se trata? –pregunté.

–¿Qué? No… No, no, por Dios, no es… Quiero decir, no es nadie a quien conozcamos. O, al menos, no lo creo… Escucha, ¿te importaría venir?

Recuperé el aliento.

–Sam –dije–. ¿Qué diantres ocurre?

–Sólo es que…, por favor, ¿te importaría venir? Estamos en Wicklow, a las afueras de Glenskehy. Sabes dónde está, ¿verdad? Sigue las señales viarias, cruza Glenskehy y continúa recto hacia el sur. A poco más de un kilómetro hay un pequeño desvío a la derecha; ya verás la cinta policial. Nos encontraremos allí.

Los muchachos de Narcóticos comenzaban a sentir interés.

–Mi turno empieza en una hora –repliqué–. Y eso es lo que tardaré en llegar hasta allí.

–Ya llamo yo de tu parte. Informaré al departamento de Violencia Doméstica de que te necesitamos.

–Pero no me necesitáis. Ya no estoy en Homicidios, Sam. Si se trata de un caso de asesinato, no tiene nada que ver conmigo.

De fondo se oyó una voz de hombre, firme y con una forma peculiar de arrastrar las palabras, una voz relajada que me sonaba familiar, pero que no conseguía ubicar.

–No cuelgues –dijo Sam.

Sostuve el teléfono entre la oreja y el hombro y empecé a preparar el arma de nuevo. Si no era alguien a quien conociéramos, el tono de voz de Sam revelaba que debía de tratarse de un caso serio, muy serio. Los homicidios en Irlanda siguen siendo, en su gran mayoría, casos sencillos: ajustes de cuentas por drogas, robos que salen mal, crímenes pasionales (que algunos tildaban de «la misma mierda de siempre») o las típicas contiendas entre familias de Limerick que llevan décadas enfrentadas. Nunca nos habíamos tropezado con esas orgías de pesadilla que se dan en otros países: ni asesinos en serie, ni llamativas torturas ni sótanos cubiertos de cadáveres como hojas caídas de un árbol en otoño. Pero era sólo cuestión de tiempo. En los últimos diez años, Dublín ha cambiado más rápido de lo que nuestras mentes pueden asimilar. La bonanza económica del Tigre Celta[1] nos trajo a demasiadas personas con helicóptero, a demasiadas personas hacinadas en pisos infestados de cucarachas, a demasiadas personas que afrontaron sus vidas en cubículos fluorescentes, aguantando hasta el fin de semana para retomar sus rutinas de nuevo los lunes, y ahora el país entero se fractura bajo su propio peso. Hacia el final de mi etapa en Homicidios lo vi venir: percibí el canto de la locura en el aire, la ciudad que se encorvaba y temblaba como un perro rabioso a punto de sufrir un ataque. Antes o después, alguien tenía que protagonizar el primer caso de horror.

Carecemos de psiquiatras especializados en trazar perfiles de asesinos, pero los muchachos de Homicidios, que en su gran mayoría carecían de estudios universitarios y a quienes mi semititulo en Psicología impresionaba más de lo que debiera, acostumbraban a recurrir a mí. A mí me parecía bien; leo un montón de libros de texto y estadísticas en mi tiempo libre para estar al día. El instinto de sabueso de Sam era más fuerte que su instinto protector y me habría mandado llamar en caso necesario: por ejemplo, si llegaba a una escena del crimen y se topaba con un panorama desolador.

–Espera un momento –dijo el pelirrojo. Había abandonado todo el rollo de pavo real y ahora estaba sentado muy erguido en el banco–. ¿Trabajabas en Homicidios?

Ésa era, precisamente, la razón por la que yo siempre había evitado establecer ningún tipo de complicidad con ellos. Había escuchado ese tono ávido demasiadas veces en los últimos meses.

–Sí, pero hace tiempo –respondí, con la sonrisa más dulce de la que fui capaz y mi mirada de «no es tan bueno como lo pintan».

La curiosidad y la libido del pelirrojo libraron un rápido duelo; de-

1. Ésa es la imagen que se utiliza para ilustrar el boom económico que experimentó Irlanda en la década de 1990 y que sacó al país de la pobreza. *(N. de la T.)*

bió de concluir que las posibilidades de su libido oscilaban entre exiguas y nulas, porque venció su curiosidad.

–Tú eres la que trabajó en aquel caso, ¿verdad? –recordó, acercándose unas cuantas taquillas más a mí–. El de la chica muerta. ¿Qué pasó en realidad?

–Todos los rumores son ciertos –contesté.

Al otro lado del hilo, Sam discutía en voz baja; sus breves preguntas frustradas eran interrumpidas por aquella voz relajada y arrastrada, y yo sabía que, si el pelirrojo cerraba el pico por un instante, podía descubrir de quién se trataba.

–Oí decir que tu compañero perdió el juicio y se tiró a una sospechosa –me informó amablemente el pelirrojo.

–No sabría decirte –repliqué mientras intentaba desembarazarme del chaleco antibalas sin apartar el oído del teléfono.

Mi primer instinto fue (todavía) decirle que se dedicara a hacer algo creativo, pero ni el estado psicológico de mi ex compañero ni su vida amorosa eran asunto mío, ya no.

Sam volvió a ponerse al teléfono. Parecía aún más tenso y apurado.

–¿Puedes venir con gafas de sol y una capucha, una gorra o algo así?

Me detuve a medio sacarme el chaleco por la cabeza.

–¿De qué diablos va todo esto?

–Por favor, Cassie –me imploró Sam en un tono que dejaba claro que estaba a punto de perder la compostura–. Por favor.

Conduzco una Vespa vieja y destartalada que no tiene ningún glamour en una ciudad donde lo que uno es se mide por lo que gasta; pero tiene su lado práctico. En medio del tráfico denso avanza unas cuatro veces más rápido que el típico 4 × 4, me resulta fácil aparcarla y, además, me sirve como atajo social, pues cualquiera que la mire con desdén probablemente no vaya a convertirse en mi mejor amigo. Una vez salí de la ciudad, el tiempo era estupendo para ir en moto. Había llovido durante la noche, una aguanieve furioso que no había dejado de golpear mi ventana, pero el cielo se despejó al amanecer y ahora lucía azul y limpio, en un anticipo de la primavera. Otros años, en mañanas como aquélla, acostumbraba a subirme a la moto, conducir hasta la campiña y cantarle al viento a voz en grito al límite del exceso de velocidad.

Glenskehy se encuentra a las afueras de Dublín, oculto entre las montañas de Wicklow, lejos de todo. He vivido la mitad de mi vida en Wicklow sin llegar nunca más allá de la señal con el nombre de la población. Resultó ser ese tipo de lugar: un puñado de casas dispersas que envejecen alrededor de una iglesia donde se oficia misa una vez al mes, un pub y un colmado; un pueblecito lo bastante pequeño y aislado como para haber pasado desapercibido a la generación desesperada que rastreó la zona rural en busca de casas que pudiera costearse. Eran las ocho de la mañana de un jueves y la calle principal (usando ambos términos en un sentido vago) ofrecía una imagen de postal: ni un alma caminando por ella aparte de una anciana que arrastraba un carrito de la compra junto a un erosionado monumento de granito dedicado a quién sabe qué, casitas que parecían almendras garrapiñadas arracimadas de manera irregular como telón de fondo y las colinas verdes y marrones alzándose indiferentes a todo. Me imaginaba que alguien pudiera ser asesinado aquí, pero más bien un granjero muerto en una riña tras varias generaciones de peleas por el vallado de una propiedad, o una mujer cuyo marido hubiera enloquecido de tanto beber y estar siempre encerrado entre cuatro paredes, o un hombre que llevara compartiendo casa con su hermano durante cuarenta años y estuviera harto: crímenes familiares enraizados en el tiempo, tan viejos como Irlanda; pero nada que pudiera hacer que un detective experimentado como Sam pareciera tan asustado.

No podía quitarme de la cabeza la otra voz que había oído por teléfono. Sam es el único detective que conozco que no trabaja con un compañero. Le gusta volar solo, trabajar en cada caso con un equipo nuevo, con agentes uniformados locales a quienes conviene que un experto les eche una mano, o con parejas de la brigada de Homicidios que necesitan a un tercer hombre en un caso relevante. Sam se lleva bien con todo el mundo; es el hombre de refuerzo ideal, y me habría encantado saber a quién de las personas con las que yo solía trabajar estaba ayudando en aquella ocasión.

Al salir del pueblo, la carretera se angostaba y ascendía serpenteando entre lustrosos arbustos de aulagas, mientras los campos se volvían cada vez más pequeños y pedregosos. En la cima de la colina había dos hombres en pie. Sam, rubio, robusto y tenso, con los pies separados y las manos en los bolsillos de su chaqueta, y a menos de un metro de él otra persona con la cabeza erguida que le daba la espalda al fuerte viento. El sol seguía bajo en el horizonte y sus largas sombras los convertían en dos figuras gigantescas y portentosas cuya silueta retroiluminada se recortaba sobre un fondo de nubes deshilachadas, como si se tratara de dos mensajeros venidos del sol que descendieran por la carretera resplandeciente. A sus espaldas, la cinta de la escena del crimen revoloteaba y daba latigazos. El otro tipo ladeó la cabeza, en un cabeceo rápido como un guiño, y entonces supe de quién se trataba.

–¡Que me aspen! –exclamé incluso antes de apearme de la Vespa–. ¡Pero si es Frankie! ¿De dónde sales?

Frank Mackey me levantó del suelo abrazándome con un solo brazo. Cuatro años no habían conseguido que cambiara ni un ápice; estaba convencida de que seguía llevando la misma cazadora de piel hecha trizas.

–Cassandra Maddox –dijo–. La mejor falsa estudiante del mundo. ¿Cómo te va la vida? ¿Qué es toda esa patraña de Violencia Doméstica?

–Ahora me dedico a salvar el mundo. Incluso me han dado una espada láser.

Con el rabillo del ojo vi el ceño fruncido y la expresión de confusión de Sam. No suelo hablar mucho sobre mi pasado como agente secreto y no estoy segura de que Sam me hubiera oído mencionar el nombre de Frank alguna vez, pero al mirarlo me di cuenta de que tenía un aspecto terrible, algo blanco alrededor de la boca y los ojos abiertos como platos. Se me hizo un nudo en el estómago: aquello era serio.

–¿Qué tal estás? –le pregunté mientras me sacaba el casco.

–De lujo –respondió Sam, que intentó sonreírme pero no logró más que esbozar una mueca.

–Vaya, vaya… –dijo Frank en tono de sorna; luego me puso la mano en el hombro, me alejó de él y me repasó de arriba abajo–. Qué tenemos aquí… ¿así que esto es lo que lleva ahora la detective mejor vestida del mundo?

La última vez que me había visto yo llevaba unos pantalones militares y una camiseta con el eslogan «La Banca te quiere».

–¡Vete al infierno, Frank! –repliqué–. Al menos yo me he cambiado de ropa una o dos veces en los últimos años.

–No, no; si estoy impresionado… Pareces una ejecutiva.

Frank intentó darme la vuelta, pero yo le aparté la mano de un golpe. Para que quede claro, no iba vestida como Hillary Clinton. Llevaba mi ropa de trabajo: pantalón y americana negros y una camisa blanca; tampoco es que me encantara ir así, pero cuando me transfirieron a Violencia Doméstica el nuevo superintendente no dejaba de sermonearme acerca de la importancia de proyectar una imagen corporativa apropiada y ganarse la confianza de la gente, cosa que aparentemente es imposible hacer en tejanos y camiseta, y la verdad es que no tuve la energía necesaria para oponer resistencia.

–¿Has traído unas gafas de sol y una capucha o algo con lo que cubrirte? –me preguntó Frank–. Te quedarán perfectas con este atuendo.

–¿Me has hecho venir hasta aquí para debatir mi manera de vestir? –quise saber.

Saqué una vieja boina roja de mi mochila y la agité en el aire.

–¡Qué va! –exclamó Frank–. Ya nos ocuparemos de eso en otro momento. Ten. Ponte esto.

Se sacó unas gafas de sol del bolsillo, unas de esas repulsivas con cristales de espejo que debieron de pertenecer a Don Johnson en 1985, y me las tendió.

–Si tengo que ir por ahí pareciendo una gilipollas –dije, echando un vistazo a las gafas–, será mejor que haya un buen motivo para ello.

–Todo se andará. Si no te gustan, siempre puedes ponerte el casco.

Frank esperó mientras yo me encogía de hombros y aceptaba ponerme las estúpidas gafas. La alegría de verlo se había disipado y mi espalda volvía a estar tensa. Sam tenía mal aspecto, Frank estaba en el caso y no quería que nadie me viera en la escena del crimen: todo apuntaba a que habían asesinado a un agente secreto.

–Tan guapa como siempre –comentó Frank.

Sostuvo en alto la cinta policial para que yo pasara por debajo y, de repente, todo me resultó familiar. Había hecho aquel gesto rápido de agacharme tantas veces que por una fracción de segundo sentí que volvía a mi hogar. Automáticamente me ajusté el arma al cinturón y volví la vista atrás para comprobar dónde estaba mi compañero, como si aquél fuera mi propio caso, antes de recordar que no.

–Éstos son los hechos –explicó Sam–: alrededor de las seis y cuarto de la madrugada, un tipo de la localidad llamado Richard Doyle estaba paseando al perro por este camino. Le ha soltado la correa para que corriera por los prados. No lejos de aquí hay una casa en ruinas y el perro ha entrado en ella. Al ver que no salía, Doyle ha ido tras él. Lo ha encontrado olisqueando el cadáver de una mujer. Doyle ha agarrado a su perro, ha puesto pies en polvorosa y ha llamado a la policía.

Me relajé ligeramente: no conocía a ninguna mujer que trabajara en la secreta.

–¿Y qué hago yo aquí? –pregunté–. Por no mencionarte a ti, cielo. ¿Acaso te han transferido a Homicidios y nadie me lo ha dicho?

–Ya lo verás –respondió Frank. Yo caminaba detrás de él por aquel sendero y sólo veía su nuca–. Créeme, ahora lo verás.

Me volví a mirar a Sam por encima del hombro.

–No te preocupes –me tranquilizó. Comenzaba a recobrar el color, aunque fuera a manchas irregulares–. Todo saldrá bien.

El sendero ascendía por la colina y era demasiado estrecho para dos personas, un simple camino fangoso flanqueado de espinos. Entre las zarzas se atisbaba una ladera de prados verdes salpicados de ovejas; en la distancia oí un corderito que balaba. Corría un aire frío y lo bastante denso como para poder beberlo, y entre los espinos se tamizaban rayos de sol largos y dorados. Pensé en continuar caminando hasta la cima de la colina y más allá, y dejar que Sam y Frank se ocuparan de lo que quiera que fuera aquella mancha oscura e hirviente que nos esperaba bajo la mañana.

–Ya hemos llegado –anunció Frank.

El seto se desvanecía dando paso a un muro de piedra destartalado que bordeaba un prado donde la maleza campaba a sus anchas. La casa se encontraba a unos treinta o cuarenta metros del sendero: era una de esas casas de campo de la época de la hambruna que aún pueblan Irlanda, una finca que debió de quedar vacía a causa de la muerte o la emigración en el siglo XIX y que nadie había reclamado nunca. Un simple vistazo potenció aquella sensación de querer estar lejos de lo que fuera que estuviese ocurriendo allí. Aquel prado debería de haber estado lleno de vida y de movimientos pausados, con agentes de uniforme batiendo la maleza con las cabezas gachas, agentes de la policía científica con sus batas blancas desplegando apresurados sus cámaras, reglas y polvos para la detección de huellas dactilares, y los tipos de la morgue descargando la camilla. En su lugar, sólo había dos policías uniformados que alternaban el peso entre sus pies, cada uno a un lado de la puerta de aquella casucha, y ambos con aspecto de faltarles ligeramente el aliento. Un par de molestos petirrojos graznaban con indignación sobre los aleros.

–¿Dónde está todo el mundo? –pregunté.

Me dirigía a Sam, pero fue Frank quien contestó:

–Cooper ha venido y se ha ido. –Cooper es el forense oficial–. Me ha dado la sensación de que quería echarle un vistazo lo más rápidamente posible, para determinar la hora de la muerte. La policía científica puede esperar; las pruebas forenses no se van a ir a ningún sitio.

–¡Dios bendito! –exclamé–. Lo harán si las pisamos. Sam, ¿alguna vez has trabajado en un doble homicidio?

Frank arqueó una ceja.

–¿Han encontrado otro cuerpo?

–El tuyo, una vez que llegue la científica. ¿Seis personas deambulando por la escena del crimen antes de que la hayan examinado? Te van a degollar.

–Habrá valido la pena –replicó Frank alegremente al tiempo que pasaba una pierna por encima del muro–. Quería mantener esto en secreto un tiempo, y eso es casi imposible con los tipos de la científica pululando por todas partes. Llaman demasiado la atención.

Allí había gato encerrado. Aquel caso era de Sam, no de Frank; debería haber sido Sam quien decidiera cómo se manejaban las pistas y cuándo se hacía venir a quién. Fuera lo que fuese lo que había en aquella casucha, lo había consternado lo suficiente como para dejar que Frank asumiera el mando, lo arrasara como si se tratara de una apisonadora y comenzara a manejar aquel caso sin demora y con eficacia para amoldarlo a su agenda prevista para aquel día. Intenté captar la mirada de Sam, pero estaba trepando el muro y no miraba en nuestra dirección.

–¿Te sientes capaz de trepar un muro con esas ropas –me preguntó Frank en un tono dulce– o necesitas que te echemos una mano?

Le hice un mohín y salté el muro. La larga y húmeda hierba y los dientes de león me llegaban hasta los tobillos. Mucho tiempo atrás, aquella vivienda había constado de dos estancias. Una de ellas seguía más o menos intacta, incluso conservaba gran parte del tejado, mientras que la otra había quedado reducida a fragmentos de pared y ventanas que daban al aire libre. Las correhuelas, el musgo y unas florecillas azules trepadoras habían arraigado en las grietas. Alguien había pintado con spray el nombre «SHAZ» junto al marco de la puerta, sin mucho arte, a decir verdad, pero la casa era poco acogedora para convertirse en un lugar frecuentado: incluso las pandillas de adolescentes la habían abandonado y habían dejado que el tiempo acabara con ella lentamente.

–Detective Cassie Maddox –la presentó Frank–, el sargento Noel Byrne y el garda[1] Joe Doherty, de la comisaría de Rathowen. Glenskehy forma parte de su jurisdicción.

–Para desgracia nuestra –apostilló Byrne.

Parecía decirlo sinceramente. Aparentaba cincuenta y tantos años, los hombros caídos, los ojos azules y llorosos, y olía a uniforme húmedo y a perdedor. Doherty era un chaval larguirucho con unas orejas desafortunadas, y cuando alargué la mano para estrechar la suya tuvo una reacción tardía que pareció sacada de unos dibujos animados; prácticamente oí el boing de sus globos oculares al saltar y recolocarse en su lugar. Sólo Dios sabe qué habría oído sobre mí. La radio macuto de la policía es mejor que la de cualquier bingo. Aun así, no tenía tiempo para preocuparme por esas chorradas. Interpreté para él el numerito de sonreír y mirarlo atentamente a los ojos, y él farfulló algo y me soltó la mano como si le quemara.

–Nos gustaría que la detective Maddox echara un vistazo al cadáver –les informó Frank.

–Apuesto a que sí –observó Byrne mientras me miraba de arriba abajo.

No me quedó claro si lo decía con segundas; no parecía tener la energía suficiente para ello. Doherty se rió por lo bajini.

–¿Preparada? –me preguntó Sam con voz pausada.

–El suspense me está matando –contesté.

Sonó un poco más altanero de lo que pretendía. Frank se agachó y entró en la vivienda. Apartó a un lado las largas ramas de zarzamora que habían cubierto la entrada como si fueran una improvisada cortina.

–Las damas primero –me invitó con una floritura.

1. La Garda Síochána na hÉireann («Guardianes de la Paz de Irlanda», originalmente llamados la «Guardia Cívica»), también llamada Gardaí, es la institución de policía nacional de la República de Irlanda; los agentes se denominan «gardas». *(N. de la T.)*

Me colgué las gafas de guaperas del cuello de la camiseta por una patilla, respiré hondo y entré.

Esperaba encontrarme con una estancia pequeña, silenciosa y triste. Largos rayos de sol se filtraban por los orificios del tejado y por la maraña de ramas que cubría las ventanas, y temblaban como la luz sobre el agua; allí estaba la chimenea, fría desde hacía cien años, con su hogar lleno de nidos caídos a través del tiro y el gancho de hierro oxidado para colgar el caldero aún en su sitio. Una paloma torcaz zureaba alegremente en algún lugar cercano.

Pero si uno ha visto un cadáver, sabe cómo se transforma el ambiente: ese silencio inabarcable, una ausencia potente como un agujero negro, el tiempo detenido y las moléculas congeladas en torno a ese cuerpo inmóvil que ha descubierto el último secreto, el que nunca podrá revelar. Cuando una persona muere, se convierte en lo único que puebla una estancia. Con las víctimas de asesinato, en cambio, ocurre algo distinto: no vienen solas. El silencio se convierte en un grito ensordecedor y el aire queda surcado de rayas y de huellas dactilares, el cadáver rezuma la esencia de la persona que con tanta fuerza se ha aferrado a él: el asesino.

Lo primero que me asombró de aquella escena del crimen, no obstante, fueron las escasas señales que había dejado el homicida. Me había preparado para ver cosas que ni siquiera quería imaginar: un cadáver desnudo abierto de brazos y piernas, oscuras heridas causadas por un depravado demasiado numerosas para contarlas, partes del cuerpo esparcidas por los rincones... Pero aquella muchacha parecía haberse tumbado cuidadosamente en el suelo y haber exhalado su último aliento en un largo y regular suspiro, como si hubiera escogido el momento y el lugar para morir sin necesidad de la ayuda de nadie. Estaba tumbada boca arriba entre las sombras que había delante de la chimenea, perfectamente colocada, con los pies juntos y los brazos pegados al cuerpo. Iba vestida con unos tejanos de color añil (subidos y con la cremallera cerrada), unas deportivas y un jersey azul con una estrella oscura estampada en la parte delantera. Lo único fuera de lo normal eran sus manos, con los puños fuertemente apretados. Frank y Sam se habían colocado junto a mí. Miré a Frank desconcertada –«¿y para esto tanto revuelo?»–, pero él se limitó a observarme y no fui capaz de descifrar la expresión de su rostro.

La muchacha era de estatura media, con una complexión parecida a la mía, compacta y masculina. Su cabeza estaba vuelta hacia el lado opuesto a nosotros, en dirección a la pared del fondo, y lo único que pude ver a la tenue luz fueron unos rizos morenos cortos y un trozo de piel blanca: la curva redonda de un pómulo y la punta de su barbilla.

–Mira –dijo Frank.

Encendió una linterna diminuta y potente y enfocó el rostro de la muchacha, dibujando un halo nítido. Por un segundo me sentí confusa («¿Me ha mentido Sam?»), porque yo la conocía de algo, había visto su cara un millón de veces. Di un paso al frente para mirarla mejor y el mundo entero quedó sumido en el silencio, congelado en el tiempo. En medio de aquella oscuridad rugiente resplandecía el blanco rostro de aquella joven. Y aquella joven era yo. La nariz respingona, sus espesas y perfiladas cejas, hasta el mínimo ángulo y la mínima curva eran nítidos como el hielo: era yo, inerte, con los labios azules y sombras como morados oscuros bajo los ojos. No sentía mis manos ni mis pies. Ni siquiera era consciente de respirar. Por un instante tuve la sensación de estar flotando, arrancada de mí misma y transportada por corrientes de aire lejos de allí.

–¿La conoces? –me preguntó Frank desde algún lugar–. ¿Es pariente tuya?

Me sentía como si me hubiera quedado ciega: mis ojos no asimilaban aquella estampa. Era imposible: una alucinación febril, una grieta chirriante que desobedecía todas las leyes de la naturaleza. Entonces caí en la cuenta de que estaba acuclillada con rigidez sobre los dedos de los pies, con una mano a medio camino de mi arma y todos y cada uno de mis músculos listos para luchar hasta la muerte con aquella joven muerta.

–No –contesté con una voz rara, ajena a mí–. No la había visto nunca.

–¿Eres adoptada?

Sam volvió la cabeza desconcertado, pero aquella brusquedad me vino bien, fue como una punzada.

–No –contesté.

Por un momento fugaz, espantoso y estremecedor, lo dudé. Pero he visto fotos de mi madre cansada y sonriendo en una cama de hospital, conmigo recién nacida en sus brazos. No.

–¿A quién te pareces?

–¿Qué? –Me llevó un instante procesar la pregunta. Era incapaz de apartar la vista de aquella muchacha. Tenía que esforzarme para parpadear. Ahora entendía por qué Doherty y sus orejas habían reaccionado así al verme–. No. Me parezco a mi madre. Aunque también tengo algo de mi padre... No.

Frank se encogió de hombros.

–Valía la pena intentarlo.

–Dicen que todos tenemos un doble en algún sitio –señaló Sam con voz queda.

Sam estaba a mi lado, muy cerca de mí; tardé un segundo en darme cuenta de que estaba listo para recogerme si me desmayaba. Pero yo no soy de las que se desmayan. Me mordí el labio por dentro, con fuerza, rápidamente; la punzada de dolor me despejó las ideas.

–¿No lleva documentación?

La breve pausa que se produjo antes de que alguien respondiera me dijo que allí había gato encerrado. «Caray –pensé, y sentí un nuevo retortijón en las tripas–: usurpación de identidad.» No tenía demasiado claro cómo funcionaba exactamente, pero bastaba echarme un rápido vistazo y una veta creativa para que aquella muchacha hubiera podido compartir perfectamente mi pasaporte conmigo y haberse comprado un BMW con mi tarjeta de crédito.

–Llevaba un carné de estudiante –explicó Frank–, un llavero en el bolsillo izquierdo del abrigo, una linterna en el derecho y la cartera en el bolsillo delantero derecho de los tejanos. Doce libras y unas monedas, una tarjeta bancaria, un par de recibos viejos y esto.

Pescó una bolsa para pruebas transparente entre un montón que había junto a la puerta y me la colocó en la mano.

Era un carné del Trinity College, perfecto en su ejecución y digitalizado, no como los trozos de papel de color plastificado que teníamos nosotros. La muchacha de la fotografía parecía diez años más joven que aquel rostro blanquecino y de rasgos hundidos que había en el rincón. Sonreía con mi sonrisa y llevaba una boina a rayas con la visera a un lado. Por un instante mi mente se agitó: «Pero si yo nunca he tenido una boina de rayas así. ¿O sí? ¿Cuándo?». Fingí inclinar la tarjeta hacia la luz para leer las letras impresas y aproveché así la oportunidad de darles la espalda a los demás. «Madison, Alexandra J.»

En un instante vertiginoso lo entendí todo: Frank y yo habíamos hecho aquello. Habíamos construido a Lexie Madison hueso a hueso, fibra a fibra; la habíamos bautizado y durante cuatro meses le concedimos una cara y un cuerpo, y cuando nos deshicimos de ella, no se dio por vencida. Pasó cuatro años volviéndose a tejer, emergiendo de la oscura tierra y los vientos de la noche, y luego nos convocó allí para que contempláramos las consecuencias de nuestros actos.

–Pero ¿qué demonios...? –balbuceé cuando fui capaz de volver a respirar.

–Cuando los agentes uniformados han introducido su nombre en el ordenador –explicó Frank mientras volvía a coger la bolsa–, han descubierto que estaba marcada: «Si le ocurre algo a esta joven, llamadme de inmediato». Nunca me tomé la molestia de eliminarla del sistema; imaginé que podríamos necesitarla en algún momento, antes o después. Nunca se sabe.

–Sí, claro –repliqué–. ¿Hablas en serio? –Miré con dureza el cadáver y volví a meterme en el papel de policía. Aquello no era ningún golem: era una muchacha muerta en la vida real, aunque sonara a oxímoron–. Sam –dije–, ¿qué tenemos?

Sam me dirigió una mirada rápida e inquisitiva y, tras comprobar que yo no tenía ninguna intención de desmayarme o gritar o lo que fuera que se le hubiera ocurrido, asintió con la cabeza. Empezaba a recobrar la compostura.

–Mujer blanca en la mitad de la veintena o principios de la treintena, una única herida de puñal en el tórax. Cooper ha situado su muerte en torno a la medianoche, hora arriba, hora abajo. No puede ser más específico: la conmoción y las variaciones de la temperatura ambiental le impiden establecer si hubo actividad física alrededor de la hora de la defunción. Eso es todo.

A diferencia de la mayoría de gente, me llevo bien con Cooper, pero me alegraba de no haber coincidido con él. Aquella casucha estaba ya demasiado llena, llena de pies que caminaban pisando fuerte y de personas que intercambiaban miradas y de ojos posados sobre mí.

–¿La puñalada se la asestaron aquí? –pregunté.

Sam sacudió la cabeza.

–Es difícil de determinar. Aguardaremos el dictamen de la científica, pero la lluvia de anoche ha borrado la mayor parte de las pistas: no encontraremos huellas en el sendero ni un reguero de sangre, de eso puedes estar segura. Incluso así, me atrevería a afirmar que éste no es nuestro escenario del crimen principal. Esta muchacha se mantuvo en pie al menos un rato después de que la apuñalaran. ¿Ves esto? La sangre se derramó por la pernera del pantalón dibujando una línea recta. –Frank tuvo la amabilidad de desviar el haz de luz de la linterna hacia otro punto–. Y tiene barro en ambas rodillas y un desgarro en una de ellas, como si hubiera corrido y se hubiera caído al suelo.

–Buscando un lugar donde esconderse –aventuré.

Aquella imagen hizo que me recorriera un escalofrío, como si reviviera una pesadilla olvidada: el sendero zigzagueante en medio de la noche y ella corriendo al tiempo que resbalaba sin remedio sobre los guijarros y oía su propia respiración acelerada. Noté que Frank volvía a ponerse en pie lentamente, en silencio, observando.

–Es posible –dijo Sam–. Quizás el asesino la perseguía o ella creía que lo hacía. Podría haber dejado un rastro de sangre desde la puerta del tipo, pero nunca lo sabremos: de ser así, hace ya rato que ha desaparecido por completo.

Quería hacer algo con mis manos, frotármelas, atusarme el pelo, tocarme los labios, algo. Me las embutí en los bolsillos para tenerlas quietas.

–Y entonces encontró un refugio y se desplomó.

–No exactamente. Tengo la impresión de que murió allí. –Sam apartó las zarzamoras y señaló con la cabeza en dirección a un rincón de la estancia exterior–. Hemos encontrado lo que parece un charco de sangre de unas dimensiones considerables. No hay modo de saber exactamente cuánta se derramó (esperemos que la policía científica pueda ayudarnos a determinar este dato), pero si queda tanta incluso después de una noche como la pasada, me atrevería a decir que en su momento hubo muchísima. Probablemente se sentara apoyada en la pared; la mayoría de la sangre le ha empapado el jersey, el regazo y el culo de los tejanos. Si se hubiera tumbado, le habría resbalado hacia los lados. ¿Ves esto? –Señaló en dirección al suéter de la muchacha y entonces caí en la cuenta: aquello no era una estrella estampada–. Enrolló la parte de arriba del jersey y se lo apretó sobre la herida para intentar contener la hemorragia.

Acurrucada en aquel rincón, con una lluvia torrencial y la sangre cálida manando entre sus dedos.

–¿Y cómo llegó aquí, entonces? –pregunté.

–El asesino debió de encontrarla al final –conjeturó Frank–, u otra persona. –Se inclinó sobre ella y levantó uno de sus pies tirando de la lazada de sus zapatillas deportivas. Un escalofrío me recorrió al verlo tocarla de aquella manera. Frank enfocó la linterna hacia el talón de las deportivas: estaba raspado y marrón, sucio de tierra–. La arrastraron. Pero ya estaba muerta, porque no se ha formado ningún charco de sangre debajo del cuerpo. Para cuando la trajeron aquí ya no sangraba. El tipo que la encontró jura que no la tocó, y yo le creo. Parecía a punto de vomitar; no se ha atrevido a acercarse a ella más de lo estrictamente necesario. Aun así, el asesino la debió de trasladar poco después de que muriera. Cooper dice que aún no se había producido el rígor mortis y no hemos encontrado moretones secundarios. Al parecer, no estuvo mucho tiempo fuera con esa lluvia. Apenas está húmeda. Si se hubiera pasado toda la noche al raso, estaría empapada.

Lentamente, como si mis ojos empezaran a acostumbrarse a la tenue luz, reparé en que todas las manchas oscuras y salpicaduras que había registrado como sombras y gotas de lluvia eran en realidad sangre. Había sangre por todas partes: regueros en el suelo, en los pantalones empapados de la chica y formando una costra en sus manos, hasta la altura de las muñecas. No me apetecía mirarla a la cara, mirar a la cara de nadie. Clavé la vista en su jersey y la desenfoqué hasta que aquella mancha con forma de estrella se desdibujó.

–¿Habéis encontrado huellas?

–Ni una –respondió Frank–. Ni siquiera de ella. Con toda esta mugre lo normal sería que hubiera alguna pero, como ha dicho Sam, la lluvia las ha borrado. Lo único que tenemos en la otra habitación es un montón de barro con huellas que coinciden con las del tipo que nos ha llamado y su perro; por eso no me preocupaba traerte hasta aquí. Y lo mismo en el sendero. Y aquí. –Dirigió el haz de luz de la linterna a los límites del suelo, deteniéndose en los rincones cubiertos por capas de polvo demasiado lisas–. Éste es exactamente el aspecto que tenía todo cuando hemos llegado. Las huellas que ves alrededor del cadáver son nuestras, de Cooper y de los tipos de uniforme. Quienquiera que la arrastrara hasta aquí se tomó su tiempo para borrar su rastro. Hay una rama de aulaga rota en medio del campo, que probablemente arrancaron de ese enorme arbusto que hay junto a la puerta; me pregunto si la utilizaría para barrer el suelo al marcharse. Esperaremos a ver si la científica es capaz de encontrar sangre o huellas en ella. Y no tenemos huellas dactilares... –Me tendió otra bolsa de pruebas criminales–. ¿Ves algo raro?

Era una cartera blanca de piel falsa, con una mariposa bordada con hilo plateado. Tenía leves manchas de sangre.

–Está demasiado limpia –observé–. Hace un rato has dicho que la tenía guardada en el bolsillo delantero de los tejanos y que tenía el regazo empapado. En consecuencia, debería estar ensangrentada.

–¡Bingo! El bolsillo está tieso a causa de la sangre, completamente empapado, así que... ¿cómo es posible que la cartera apenas se haya manchado? Y lo mismo ocurre con la linterna y las llaves: no tienen ni una sola gota de sangre, apenas unas cuantas manchas. Parece que nuestro chico rebuscó en sus bolsillos y limpió todas sus cosas antes de volver a meterlas en ellos. Haremos que la policía científica busque huellas dactilares en todo aquello susceptible de que las conserve durante un tiempo, pero dudo que encontremos nada de utilidad. Alguien ha sido muy, muy cuidadoso.

–¿Hay indicios de agresión sexual? –pregunté.

Sam se estremeció. Hacía tiempo que a mí eso no me afectaba.

–Cooper no se atreve a asegurar nada con rotundidad hasta que le practique la autopsia, pero no hay ningún indicio en los exámenes preliminares que apunte en esa dirección. Tal vez la suerte nos sonría y encontremos sangre que no sea suya (en muchos apuñalamientos el homicida se hace algún corte) aunque, si te soy sincero, no creo que encontremos ADN.

Mi primera impresión, teniendo en cuenta al asesino invisible y la práctica ausencia de huellas, no era muy distinta. Tras pasar unos cuantos meses en Homicidios uno detecta «esos casos» de lejos. Con el último rincón lúcido de mi mente recordé que, al margen de lo que pareciera aquello, no era asunto mío.

–Genial –exclamé–. ¿Y qué tenéis? ¿Sabéis algo sobre ella, aparte de que estudia en el Trinity y andaba por ahí con un nombre falso?

–El sargento Byrne dice que es de por aquí –contestó Sam–. Vive en Whitethorn House, a algo más de medio kilómetro de aquí, con un grupo de estudiantes. Eso es todo lo que sabe de ella. Aún no he hablado con sus compañeros porque... –se interrumpió y señaló con un gesto a Frank.

–... Porque yo le he suplicado que esperara –terminó Frank con soltura–. Se me ha ocurrido que podía intercambiar impresiones con vosotros dos antes de que empiece la investigación de verdad. –Arqueó una ceja para señalar hacia la puerta y a los tipos de uniforme–. Tal vez deberíamos ir a dar un paseo.

–No veo inconveniente –asentí. El cadáver de aquella muchacha estaba alterando el aire de aquella estancia, que parecía burbujear con un zumbido afilado similar al que emite la televisión cuando la silencias; costaba pensar con claridad–. Si nos quedamos en esta habitación demasiado tiempo, el universo podría transformarse en antimateria.

Le devolví a Frank su bolsa con la prueba y me limpié la mano restregándomela contra los pantalones. Un momento antes de franquear la puerta volví la cabeza y miré a la víctima de nuevo por encima de mi hombro. Frank había apagado la linterna, pero un haz de sol primaveral se había abierto paso al retirar las zarzamoras y, durante la fracción de segundo que transcurrió antes de que mi sombra lo tapara de nuevo, aquella muchacha volvió a resplandecer en medio de la oscuridad, con su barbilla erguida y un puño apretado y el salvaje arco de su garganta, luminosa y ensangrentada e implacable como mi propio fantasma naufragado.

Aquélla fue la última vez que la vi. Entonces no se me ocurrió (tenía otras cosas en la cabeza) y ahora parece imposible, pero aquellos diez minutos, nítidos como una línea que recorre toda mi vida, fueron los únicos momentos que pasamos juntas.

Los tipos de uniforme estaban alicaídos allí donde los habíamos dejado, como un par de sacos de alubias. Byrne tenía la mirada perdida, como si hubiera entrado en una especie de estado catatónico; Doherty se examinaba un dedo de un modo que me hizo pensar que había estado hurgándose la nariz.

–Bien –dijo Byrne una vez salió de su trance y se dio cuenta de que habíamos regresado–. Entonces nosotros nos vamos. Es toda suya.

En ocasiones, la policía local es una joya: te recita los detalles de la vida de todo el mundo en kilómetros a la redonda, te ofrece una lista de media docena de posibles móviles y te entrega a un sospechoso en bandeja. En otras, en cambio, su única intención es pasarte la pelota y retomar la partida de naipes que ha dejado a medias. Era obvio que ésta iba a ser una de esas ocasiones.

–Necesitaremos que se queden por aquí un rato más –informó Sam, lo cual juzgué muy apropiado, pues el extremo al que Frank había llevado todo aquel espectáculo estaba empezando a ponerme nerviosa–. La policía científica podría requerir su colaboración en la investigación y a mí me hará falta toda la información que puedan aportarme sobre la población local.

–Ella no es de por aquí, de eso estoy seguro –apuntó Doherty al tiempo que se restregaba el dedo en la pernera del pantalón. Seguía mirándome de hito en hito–. Los chavales de Whitethorn House son forasteros, unos desarraigados. No tienen nada que ver con Glenskehy.

–Cabrones con suerte –farfulló Byrne agachando la cabeza.

–Pero sí que vivía por aquí –insistió Sam pacientemente–; también ha muerto aquí. Eso significa que tendremos que investigar la zona y lo más probable es que necesitemos su colaboración, puesto que ustedes conocen bien la región.

Byrne hundió aún más la cabeza entre sus hombros.

–Toda la gente de por aquí está chiflada –comentó con aire taciturno–. Son una pandilla de locos. Eso es todo cuanto necesitan saber.

–Algunos de mis mejores amigos están chiflados –replicó Frank en un tono alegre–. Planteénselo como un desafío.

Frank se despidió de los agentes con la mano y se alejó campo a través, mientras la hierba susurraba bajo sus pies. Sam y yo lo seguimos. Incluso sin verla, podía percibir la minúscula arruga de preocupación en el ceño de Sam, pero no tenía la energía suficiente para tranquilizarlo. Ahora que había conseguido salir de aquella casa, lo único que sentía era indignación, simple y llanamente. Mi rostro y mi propio nombre: era como regresar un día a casa y encontrarte a una impostora preparando con toda la tranquilidad del mundo la cena en tu cocina, vestida con tus pantalones más cómodos y cantando al son de tu canción favorita. Estaba tan furiosa que incluso me costaba respirar. Pensé en aquella imagen y me vinieron unas ganas enormes de arrearle un puñetazo a mi propia sonrisa para borrársela de los labios.

–Bueno –dije cuando di alcance a Frank al final del prado–, ha sido divertido. ¿Puedo irme ya a trabajar?

–Vaya, el departamento de Violencia Doméstica debe de ser mucho más entretenido de lo que yo creía –replicó Frank fingiendo estar impresionado–, si tienes tanta prisa por regresar. Las gafas de sol.

Dejé las gafas donde estaban.

–A menos que esta muchacha fuera víctima de violencia doméstica, y no aprecio ningún indicio que lo confirme, no tengo absolutamente nada que ver con ella. Exactamente ¿por qué me has arrastrado hasta aquí, Frank?

–Te echaba de menos, pequeña. Cualquier excusa me vale. –Frank me sonrió con aire burlón y yo le lancé una mirada asesina–. ¿De verdad crees que no tienes absolutamente nada que ver con ella? Veamos si opinas lo mismo cuando intentemos identificarla y todo el mundo a quien conoces se lleve un susto de muerte y nos llame para darnos tu nombre.

Todo el enfado que sentía se desvaneció y me dejó un desagradable hueco en la parte inferior del estómago. Frank, maldito cabrón, tenía razón. En cuanto el rostro de aquella joven apareciera en los periódicos junto con un llamamiento a la población para averiguar su identidad real, una avalancha de personas que me habían conocido como Lexie, que la habían conocido como Lexie, y que me habían conocido como quien soy en realidad contactarían con la policía y querrían saber quién había muerto y quiénes éramos las dos en realidad, si ninguna era Lexie Madison. Sería como un baile de espejos. Aunque parezca mentira, no se me había ocurrido hasta entonces, pero no existía modo alguno de que aquello terminara con un sencillo: «Ni la conozco ni me apetece conocerla. Gracias por hacerme perder la mañana. Nos vemos».

–Sam –empecé a decir–, ¿existe algún modo de que puedas impedir durante uno o dos días que se publique su fotografía? El tiempo necesario para que avise a mis conocidos.

No tenía ni idea de cómo iba a explicar algo así: «Escucha, tía Louisa, hemos encontrado una chica muerta y…».

–¡Qué interesante! –exclamó Frank–. Ahora que lo mencionas, es justo lo que tenía previsto hacer.

Había unas rocas cubiertas de musgo en un rincón del prado; Frank se subió a una de ellas de espaldas y se quedó sentado con una pierna colgando. Había visto aquella chispa en sus ojos antes, aparecía justo cuando estaba a punto de decir algo espantoso en un tono insultantemente desenfadado.

–¿Qué, Frank? –pregunté.

–Bueno –empezó a decir Frank mientras se acomodaba contra las rocas y cruzaba las manos tras la nuca–, se nos ha presentado una oportunidad única, ¿no crees? Sería una pena no aprovecharla.

–¿En serio? –preguntó Sam.

–¿Y cuál es? –añadí yo.

–Claro que sí. ¡Por el amor de Dios! –Empezó a dibujársele aquella peligrosa sonrisa en las comisuras de los labios–. Tenemos una oportunidad magnífica –continuó, tomándose su tiempo–, la oportunidad de investigar un caso de homicidio desde dentro. Tenemos la oportunidad de colocar a una agente secreta con experiencia justo en medio de la vida de una víctima de homicidio.

Sam y yo lo miramos atónitos.

–¿Cuándo habéis visto algo parecido? Es sensacional, Cass. Es una obra de arte.

–Es una insensatez, diría yo. ¿Qué diablos pretendes, Frankie?

Frank extendió los brazos como si la respuesta fuera más que evidente.

–Escucha. Ya has sido Lexie Madison antes, ¿no? Podrías volver a serlo. Podrías... No, espera, déjame que me explique... Podríamos fingir que no está muerta, sólo herida, ¿entiendes? Podrías volver a introducirte en su vida y retomarla en el momento en el que ella la dejó.

–¡Dios santo! –exclamé–. ¿Por eso no había ni un solo agente de la policía científica, ni un solo forense? ¿Por eso me has hecho vestirme como una gilipollas? ¿Para que nadie sepa que tienes una doble?

Me quité la gorra y la guardé en la mochila. Incluso para ser Frank, había pensado muy rápido. Aquella idea debió de ocurrírsele a los pocos segundos de llegar a la escena del crimen.

–Podrías recabar información que ningún policía descubriría jamás, podrías hacerte amiga de sus amigos, podrías identificar a los sospechosos...

–¿Pretendes utilizarla como anzuelo? –preguntó Sam en un tono demasiado impasible.

–Lo que pretendo es usarla como detective, amigo –contestó Frank–, que es lo que era... al menos la última vez que lo comprobé.

–Quieres sacarla a la luz pública para que ese cabrón regrese a concluir su trabajo. Eso es usarla como cebo.

–¿Y qué? Los policías secretos se pasan la vida siendo cebos. No le estoy pidiendo que haga algo que yo no haría sin pensarlo ni un solo segundo si…

–No –atajó Sam–. De ninguna manera.

Frank arqueó una ceja.

–Pero ¿qué eres tú? ¿Su madre?

–Soy el investigador en jefe de este caso, y digo que ni hablar.

–Tal vez quieras pensártelo un poco más, colega, antes de…

Parecía como si yo no estuviera presente.

–¿Hola? –intervine.

Ambos volvieron la vista hacia mí.

–Lo siento –se disculpó Sam, en un tono a medio camino entre la vergüenza y el desafío.

–Hola –contestó Frank con una sonrisa.

–Frank –dije–, ésta es oficialmente la idea más disparatada que he oído en toda mi vida. Has perdido la chaveta. Se te ha caído un tornillo o algo así…

–¿Qué tiene de disparatado? –preguntó Frank, herido.

–¿Cómo que qué tiene de disparatado? –repliqué. Me atusé el pelo con las manos y describí un círculo completo en torno a mí misma mientras meditaba por dónde empezar. Colinas, campos, agentes que parecían zombis, una casucha con una muchacha muerta: aquello no era un sueño confuso–. Muy bien; para empezar, es imposible. Nunca he escuchado nada ni remotamente parecido a tu propuesta.

–Ahí radica precisamente su belleza –me rebatió Frank.

–Frank, si te infiltras con la identidad de alguien con una existencia real, normalmente es durante media hora y para hacer algo muy concreto, como entregar o recoger algo, pero de un desconocido. Me estás pidiendo que me lance justo en medio de la vida de esta chica porque me parezco un poco a ella…

–¿Un poco?

–¿Sabes acaso de qué color tiene los ojos? ¿Qué pasaría si son azules o si…?

–Confía en mí, cariño. Son marrones.

–¿Y qué ocurrirá si se dedica a la programación informática o si juega al tenis? ¿Y si era zurda? No es tan fácil fingir todo eso. Me descubrirán en menos de una hora.

Frank sacó un paquete de cigarrillos aplastado del bolsillo de su chaqueta y extrajo un pitillo. Volvía a tener esa chispa en los ojos: le encantan los desafíos.

–Confío plenamente en ti. ¿Quieres un cigarrillo?

–No –contesté, aunque sí me apetecía.

Era incapaz de dejar de andar de un sitio para otro por el espacio cubierto de hierba alta que nos separaba. «Ni siquiera me gusta esa chica», quería gritar, lo cual no tenía ningún sentido.

Frank se encogió de hombros y encendió el pitillo.

–Deja que sea yo quien me preocupe de si es posible. Tal vez no lo sea, eso te lo concedo, pero se me ocurrirá algo a medida que avancemos. ¿Qué hacemos ahora?

Sam miraba hacia otro lado, con las manos hundidas en los bolsillos. Dejaba la decisión en mis manos.

–Ahora –señalé– tendríamos que cruzar la frontera de la ética. Esa muchacha debe de tener familia, amigos. ¿Vas a decirles que está viva, sanita y coleando, que sólo necesita que le den unos puntos, mientras ella está tumbada en una mesa en la morgue y Cooper la abre en canal? Por todos los santos, Frank.

–Cass, vivía con una identidad falsa –me rebatió Frank con toda la razón–. ¿De verdad crees que mantenía el contacto con su familia? Para cuando demos con ellos todo esto ya habrá terminado. Ni siquiera se enterarán.

–¿Y qué pasa con sus amigos? Los agentes han dicho que vivía con un montón de gente. ¿Qué ocurrirá si tenía un novio?

–Las personas a quienes les importaba –argumentó Frank– querrán que encontremos al tipo que le ha hecho esto. Cueste lo que cueste. Al menos es lo que yo querría –añadió antes de lanzar una bocanada de humo hacia el cielo.

Sam movió los hombros. Pensaba que Frank se las daba de sabiondo. Pero Sam nunca ha trabajado como infiltrado, no tenía forma de saberlo: los agentes secretos son un mundo aparte. No hay nada que no se atrevan a hacer, a ellos mismos o a otras personas, para atrapar a su objetivo. Carecía de sentido discutir con Frank sobre este tema, porque creía firmemente en lo que decía: si mataran a su hijo y se lo ocultaran para atrapar al asesino, lo aceptaría sin rechistar. Es uno de los alicientes más atractivos del universo de la policía secreta: no existen reglas ni fronteras; es un trabajo duro, lo bastante duro como para dejarte sin aliento. Y ésa es una de las razones por las que me retiré.

–¿Y luego qué? –pregunté–. ¿Cuando todo haya acabado irás y les dirás «Ah, por cierto, se me olvidaba: vuestra amiga murió hace tres semanas»? ¿O se supone que debo seguir siendo Lexie Madison hasta morir de vieja?

Frank entornó los ojos en dirección al sol mientras meditaba mis preguntas.

–Podrías caer enferma –contestó, con el rostro iluminado–. Te llevarían a cuidados intensivos y los médicos intentarían someterte a todos los tratamientos que proporciona la medicina moderna, sin éxito.

–Anda ya, Frank, ¡has perdido la chaveta! –exclamé. Tenía la sensación de no haber dicho nada más en toda la mañana–. ¿Qué diablos hace que te parezca una idea tan buena?

–¿Qué hacemos ahora? –preguntó Frank–. Venga, sorpréndeme.

–Ahora –intervino Sam sin apartar la vista del sendero– todo será condenadamente peligroso.

Frank arqueó una ceja e inclinó la cabeza hacia Sam, mientras me dedicaba una sonrisa maliciosa de complicidad. Por un segundo perdí la sensatez y tuve que refrenarme para no sonreírle.

–Ahora es demasiado tarde, de todos modos –añadí–. Byrne, Doherty y comosellame con su perro saben que hay una mujer muerta. ¿Pretendes decirme que conseguirás mantenerles el pico cerrado a los tres sólo porque a ti te conviene? Comosellame posiblemente se lo haya explicado ya a medio Wicklow.

–Comosellame se llama Richard Doyle y no tengo intención de convencerle para que mantenga el pico cerrado. De hecho, en cuanto hayamos acabado aquí, voy a ir a felicitarle por haber salvado la vida de esa joven. Si no hubiera mostrado la suficiente presencia de ánimo como para llamarnos al instante, las consecuencias habrían sido trágicas. Es un héroe, y puede explicárselo a quien le plazca. Y ya has visto a Byrne, cariño. No es precisamente un miembro feliz de nuestra gloriosa hermandad. Si le sugiero que podrían trasladarlo, no sólo mantendrá la boca cerrada, sino que hará que Doherty la cierre también. ¿Qué más?

–¿Qué más? –repliqué–. Esto no tiene sentido. Sam ha trabajado en decenas de homicidios, Frank, y ha resuelto la mayoría de ellos sin necesidad de hacer truquitos de magia. Tardaríamos varias semanas en organizar lo que pretendes hacer…

–Unos días a lo sumo –me corrigió Frank.

–… y para entonces Sam ya tendrá un sospechoso –continué–. Al menos, si no te dedicas a joder esta investigación convenciendo a todo el mundo para que finja que no se ha cometido ningún crimen. Lo único que conseguiremos es malgastar tu tiempo, el mío y el de todos los demás.

–¿Crees que puedo joder tu investigación? –le preguntó Frank a Sam–. Hipotéticamente hablando, si le contaras a la opinión pública sólo durante, pongamos por caso, un par de días que se ha cometido una agresión en lugar de un asesinato, ¿jodería eso tu investigación?

Sam suspiró resignado.

–No –contestó–. A decir verdad, no. No existe demasiada diferencia entre investigar un intento de homicidio o un homicidio real. Y, como ha dicho Cassie, de todos modos tendremos que guardar silencio durante unos días, hasta que descubramos quién es la víctima, para no sembrar demasiada confusión. Pero eso no es lo importante.

–De acuerdo –convino Frank–. Mi propuesta es la siguiente: en la mayoría de casos encontráis a un sospechoso en menos de setenta y dos horas, ¿es así?

Sam guardó silencio.

–¿Es así o no?

–Sí –admitió al fin–. Y no hay motivo alguno para que este caso sea distinto.

–Ningún motivo –asintió Frank complacido–. Bien. Hoy es jueves. Esperemos a que pase el fin de semana. Mantengamos abiertas todas nuestras opciones. No le contaremos a la población que se trata de un homicidio. Cassie permanecerá en casa para que no haya ninguna posibilidad de que el asesino la vea, y nos guardamos un as en la manga por si finalmente decidimos utilizarlo. Averiguaré todo cuanto pueda acerca de la joven, por si acaso; habría que hacerlo de todas formas, ¿no? No me inmiscuiré en tu trabajo, te doy mi palabra. Como has dicho antes, deberíais tener algún sospechoso antes del domingo por la noche. Si es así, yo me retiro, Cassie regresa a Violencia Doméstica y todo retoma su cauce habitual, sin perjuicio para nadie. Pero si se da el caso de que eso no ocurre… aún tendremos todas las opciones abiertas.

Sam y yo guardamos silencio.

–Sólo os pido tres días, chicos –rogó Frank–. No os comprometéis a nada. ¿Qué daño puede hacer?

Sam pareció levemente aliviado al oír aquello pero yo no, porque conocía el método de trabajo de Frank: da una serie de pasos diminutos, cada uno de los cuales parece perfectamente seguro e inocuo, hasta que, de repente, ¡pam!, te encuentras metido en algo a lo que no querías enfrentarte.

–Pero ¿por qué, Frank? –pregunté–. Respóndeme a eso y, sí, está bien, me pasaré un espléndido fin de semana primaveral sentadita en mi piso mirando la basura que dan por televisión en lugar de salir por ahí con mi novio como un ser humano normal y corriente. Nos pides que invirtamos un montón de tiempo y recursos en algo que podría no servir de nada. ¿Por qué?

Frank se colocó la mano a modo de visera para protegerse del sol y poder mirarme directamente.

–¿Por qué? –repitió–. ¡Cielo santo, Cassie! Porque podemos hacerlo. Porque nadie en toda la historia de la investigación policial ha tenido nunca una oportunidad como ésta. Porque sería absolutamente genial. ¿Acaso no lo ves? ¿Qué coño te pasa? ¿Te has convertido en una poli de oficina?

Tuve la sensación de que Frank se había armado de valor y me había asestado un puñetazo en pleno estómago. Me detuve en seco, di la vuelta y miré más allá de la ladera, lejos, lejos de Frank, de Sam y de los agentes uniformados que volvían la cabeza hacia la casa y observaban boquiabiertos a aquella «yo» mojada y muerta. Transcurridos unos instantes, Frank añadió en un tono más suave:

–Lo siento, Cass. Es sólo que no me esperaba esta reacción. De la panda de Homicidios sí, pero no de ti. De ti menos que de nadie. No creí que hablaras en serio… Pensaba que sólo intentabas no dejar nada al azar. No me he dado cuenta.

Parecía auténticamente desconcertado. Yo sabía con certeza que me estaba camelando; de hecho, podría haber enumerado todas y cada una de las armas que estaba desplegando, pero no tenía sentido hacerlo, porque Frank tenía razón. Cinco años atrás, incluso un año atrás, yo habría estado dando saltos de alegría ante la posibilidad de poder vivir una aventura tan asombrosa e incomparable como aquélla junto a él; estaría comprobando si aquella muchacha tenía agujeros en los lóbulos de las orejas y en qué lado de la cabeza se hacía la raya. Clavé la vista en los prados y un pensamiento me vino a la cabeza de forma clara y desapasionada: «¿Qué coño me ha pasado?».

–Está bien –dije finalmente–. Lo que le expliquéis a la prensa no es problema mío; será mejor que lo discutáis vosotros dos solitos. Yo me pasaré el fin de semana encerrada pero, Frank, no puedo prometerte nada más. Me da igual si Sam encuentra a alguien o no. Eso no implica que vaya a hacerlo. ¿Queda claro?

–¡Ésa es mi chica! –exclamó Frank. Percibí la alegría en su voz–. Por un momento he creído que unos extraterrestres te habían implantado un chip en el cerebro.

–Que te jodan, Frank –refunfuñé mientras me daba la vuelta.

Sam no parecía especialmente contento, pero no era el momento de preocuparse por él. Necesitaba estar un rato a solas y reflexionar sobre todo aquello.

–Yo aún no he dado mi aprobación –señaló Sam.

–La decisión es tuya, por supuesto –replicó Frank, pero no parecía excesivamente preocupado.

Yo sabía que tal vez le costara más salirse con la suya de lo que él intuía. Sam es un tipo acomodadizo, pero de vez en cuando impone su voluntad, e intentar que cambie de opinión es como pretender apartar una casa del camino a empujones.

–Pero decídelo pronto. Si vamos a seguir adelante con esto, al menos por ahora, tendríamos que llamar a una ambulancia para que viniera lo antes posible.

–Ya me dirás lo que has decidido –le dije a Sam–. Yo me voy a casa. ¿Nos vemos esta noche?

Frank arqueó las cejas. Los agentes secretos se enteran de todo lo que pasa entre ellos, pero normalmente no les llegan los cotilleos de los demás departamentos y, además, Sam y yo habíamos llevado nuestra relación con bastante discreción. Frank me miró divertido. Decidí no hacerle caso.

–No sé a qué hora acabaré –dijo Sam.

Me encogí de hombros.

–Es igual. Estaré en casa.

–Nos vemos pronto, nena –dijo Frank alegremente tras darle una calada a otro cigarrillo, y se despidió con la mano.

Sam me acompañó campo a través, lo bastante cerca de mí como para que su hombro rozara el mío en un gesto protector; me dio la sensación de que no quería que pasara junto al cadáver sola. A decir verdad, yo me moría de ganas de echarle otro vistazo, a ser posible a solas y durante un buen rato, en silencio, pero sentía los ojos de Frank clavados en mi nuca, de manera que ni siquiera volví la cabeza cuando pasamos junto a la casita.

–Yo quería advertirte –dijo Sam de improviso–, pero Mackey ha dicho que no. Ha insistido bastante y yo no pensaba con la claridad suficiente… Debería haberlo hecho. Lo siento.

Evidentemente a Frank, como a todo el mundo en mi puñetero universo, le habían llegado los rumores sobre la Operación Vestal.

–Frank quería comprobar cómo me lo tomaba –le aclaré–. Estaba poniéndome a prueba. Y siempre se sale con la suya. No te preocupes.

–Ese Mackey… ¿es un buen poli?

No sabía qué responder a eso. «Buen poli» no es una expresión que nos tomemos a la ligera. Engloba una inmensa y compleja constelación de aspectos, distinta para cada agente. No estaba segura de que la definición de Frank encajara con la de Sam, ni siquiera con la mía.

–Es más listo que el demonio –contesté al fin– y siempre atrapa al culpable. De un modo u otro. ¿Le vas a conceder sus tres días?

Sam suspiró.

–Si no te importa pasarte el fin de semana encerrada en casa, sí, creo que sí. Bien mirado, no hay nada de malo en llevar el caso con discreción hasta que tengamos una idea de a qué nos enfrentamos; una identificación, un sospechoso, algo. Eso evitará la confusión. No es que me encante infundirles falsas esperanzas a los amigos de esa chica, pero supongo que el hecho de tener unos días para hacerse a la idea de que podría no sobrevivir puede amortiguar el golpe.

Parecía que el día iba a ser magnífico; el sol estaba secando la hierba y era tal el silencio que se podía oír a los insectos zigzagueando entre las florecillas silvestres. Había algo en aquellas colinas verdes que me ponía los nervios de punta, algo persistente y hermético, como si alguien me diera la espalda. Tardé unos segundos en entender de qué se trataba: estaban vacías. Ni una sola persona de todo Glenskehy se había acercado para ver qué ocurría.

En aquel sendero, ocultos a la vista por los árboles y los setos, Sam me estrechó entre sus brazos.

–Pensaba que eras tú –me susurró en el pelo con voz baja y temblorosa–. Pensaba que eras tú.

2

Lo cierto es que no me pasé los tres días siguientes tragándome telebasura, como le había dicho a Frank. Para empezar, la inactividad no va conmigo y, cuando estoy nerviosa, necesito moverme. Lo que hice (a fin de cuentas me dedico a esto por la emoción) fue ponerme a limpiar. Froté, pasé la aspiradora y pulí hasta el último centímetro de mi apartamento, zócalos y el interior del horno incluidos. Descolgué las cortinas, las lavé en la bañera y las puse en la escalera de incendios para que se secaran. Colgué el edredón del alféizar de la ventana y lo sacudí con una espátula de madera para quitarle el polvo. De haber tenido pintura, la habría emprendido con las paredes. Si soy sincera, pensé en ponerme mi disfraz de idiota y buscar una tienda de bricolaje, pero como le había hecho una promesa a Frank, en lugar de eso limpié la parte posterior de la cisterna.

Y en ningún momento dejé de pensar en lo que Frank me había dicho: «No me esperaba esta reacción... De ti menos que de nadie...». Después de la Operación Vestal solicité que me transfirieran de la brigada de Homicidios. Tal vez, comparativamente hablando, el departamento de Violencia Doméstica no suponga un gran desafío, pero al menos se respira paz, pese a que soy plenamente consciente de que es una palabra extraña para usar en este contexto. O alguien pega a alguien o no lo hace; es tan sencillo como eso, y lo único que hay que descifrar es si hay o no un maltratador y cómo conseguir que deje de serlo. El departamento de Violencia Doméstica es así de directo y útil de todas todas, y eso es exactamente lo que yo deseaba con todas mis fuerzas en aquel momento. Estaba agotada de apostar siempre fuerte y de enfrentarme constantemente a complicaciones y dilemas morales.

«No me esperaba esta reacción... De ti menos que de nadie...» La sola visión de mi traje chaqueta para ir al trabajo perfectamente planchado y colgado de la puerta del armario, listo para el lunes, me intranquilizó. Al final, incluso me costaba mirarlo. Lo metí en el armario y cerré la puerta de un portazo.

Y, por supuesto, durante todo aquel tiempo, hiciera lo que hiciese, no dejé de pensar en aquella muchacha muerta. Tenía la sensación de que tal vez habría podido detectar alguna pista en su rostro, algún mensaje cifrado en un código que sólo yo podía descifrar... siempre y cuando hubiera tenido las agallas de contemplarlo. Si aún hubiera estado en Homicidios, habría hurtado una fotografía de la escena del crimen o una copia de su identidad y me la habría llevado a casa para examinarla en privado. Sam me habría traído una si se la hubiera pedido, pero no lo hice.

En algún lugar y en algún momento del transcurso de aquellos tres días, Cooper le practicaría la autopsia. Sólo de pensarlo se me revolvía el estómago.

Jamás había visto a nadie tan parecido a mí. Dublín está infestado de muchachas escalofriantes que juraría por mi vida que son la misma persona, o al menos han salido de la misma botella de bronceado falso; en cambio, yo tal vez no sea una mujer de bandera, pero no soy para nada común. Mi abuelo materno era francés y, por alguna razón, la combinación de sangre francesa e irlandesa engendra algo bastante específico y característico. No tengo hermanos ni hermanas; mi familia, a grandes rasgos, se compone de tías, tíos y un montón de primos segundos alegres, ninguno de los cuales se parece físicamente a mí.

Mis padres fallecieron cuando yo tenía cinco años. Mi madre era cantante de cabaré y mi padre periodista. Una noche lluviosa de diciembre, durante el trayecto de regreso de un espectáculo en el que ella actuaba en Kilkenny encontraron un tramo de calzada resbaladizo. Conducía él. El coche dio tres vueltas de campana (es probable que se debiera a un exceso de velocidad) y quedó boca abajo en un campo hasta que un granjero atisbó la luz de los faros y se acercó a husmear. Mi padre falleció al día siguiente; mi madre ni siquiera llegó con vida a la ambulancia. Acostumbro a explicarle a la gente esta historia al poco de conocerla, para quitármela de encima. Hay quien se queda mudo y quien adopta una actitud sensiblera («Debes de echarlos mucho de menos») y, cuanto más nos conocemos, más se prolonga la fase de ñoñería. Nunca sé qué responder, porque sólo tenía cinco años y de eso hace ya veinticinco; creo que es justo afirmar que lo he superado, más o menos. Me gustaría recordarlos lo suficiente para echarlos de menos, pero lo único que añoro es la idea y, en ocasiones, las canciones que mi madre solía cantarme, pero eso no se lo cuento a nadie.

Tuve suerte. Miles de niños en la misma situación habrían resbalado por las grietas hasta ir a dar con sus huesos en un hospicio o a esa pesadilla de las escuelas industriales. Pero de camino al concierto, mis padres me habían dejado en Wicklow para que pernoctara en casa de la hermana de mi padre y su marido. Recuerdo los teléfonos sonando en medio de la noche, pasos apresurados por las escaleras y murmullos urgentes en el pasillo, el motor de un coche al encenderse, gente yendo y viniendo durante lo que me parecieron varios días y, por último, a mi tía Louisa sentándome en el salón, bajo la luz tenue, y explicándome que iba a quedarme con ellos durante un tiempo, porque mi madre y mi padre no iban a regresar.

Era mucho mayor que mi padre, y ella y el tío Gerard no tienen hijos. Él es historiador y les encanta jugar al *bridge*. No creo que nunca acabaran de acostumbrarse del todo a la idea de que yo viviera allí; me cedieron la habitación de invitados, con su cama de matrimonio, unos cuantos objetos de decoración pequeños y fácilmente rompibles y una impresión bastante inapropiada de *El nacimiento de Venus*, y adoptaron una cierta pose de preocupación cuando crecí lo suficiente para querer colgar mis propios pósteres en las paredes. Pero durante doce años y medio me alimentaron, me enviaron a la escuela, a clases de gimnasia y a lecciones de música, me dieron palmaditas distantes pero afectuosas en la cabeza cuando estaba a su alcance, y en general me dejaron vivir en paz. A cambio, yo me preocupé de que no me descubrieran cuando hacía campana, cuando me caía de sitios a los que no debería haber trepado, me castigaban después de clase o empezaba a fumar.

La mía fue, y es algo que nunca deja de asombrar a las personas a quienes se lo explico, una infancia feliz. Durante los primeros meses pasé mucho tiempo en el confín del jardín, llorando hasta vomitar y gritando palabrotas a los niños del vecindario que intentaban trabar amistad conmigo. Pero los niños son seres pragmáticos y siempre se las ingenian para salir vivitos y coleando de infiernos mucho peores que la orfandad; yo no podía seguir resistiéndome al hecho de que mis padres no fueran a regresar y a los miles de cosas llenas de vida que me rodeaban: a Emma, la vecinita de al lado, asomándose por la verja para invitarme a jugar con ella, a mi nueva bicicleta roja refulgiendo bajo el sol o a los gatitos semisalvajes del cobertizo del jardín, todos ellos aguardando con insistencia a que despertara de mi letargo y saliera de nuevo a jugar. Pronto descubrí que no puedes malgastar tu vida dedicándote a echar de menos lo que has perdido.

Me acostumbré a una nostalgia equivalente a la metadona (menos adictiva, menos obvia y menos capaz de volverte loca): echaba de menos lo que nunca había tenido. Cuando mis nuevos compañeros de clase y yo comprábamos barritas de chocolate Curly Wurly en la tienda, reservaba la mitad de la mía para mi hermana imaginaria (las guardaba en la parte inferior de mi armario, donde acababan por convertirse en un pringue que se me enganchaba a las suelas de los zapatos), y dejaba espacio en la cama de matrimonio para ella cuando ni Emma ni ninguna otra amiga se quedaba a pasar la noche. Cuando el asqueroso de Billy MacIntyre se sentaba en el pupitre de detrás del mío en la escuela y me pegaba los mocos en la falda, mi hermano imaginario le zurraba hasta que yo aprendí a defenderme por mí misma. En mi mente, los adultos nos admiraban, tres cabezas oscuras idénticas alineadas, y exclamaban: «¡Vaya, es innegable que son familia! Son como tres gotas de agua».

No era afecto lo que yo buscaba. En absoluto. Lo que anhelaba era la sensación de comunión con alguien, de complicidad indudable e inequívoca; alguien cuya simple mirada fuera una garantía, una prueba irrefutable de que nos protegeríamos para el resto de nuestras vidas. En las fotografías aprecio un ligero parecido con mi madre, pero con nadie más, ni el más mínimo. No sé si puede imaginarse lo que es. Todos mis amigos de la escuela tenían la nariz de la familia o el pelo del padre o los mismos ojos que sus hermanas. Incluso Jenny Bailey, una niña adoptada, podía pasar por la prima del resto de la clase: corrían los años ochenta y en Irlanda todo el mundo era pariente de todo el mundo. De pequeña, cuando buscaba algo por lo que angustiarme, aquella carencia era equivalente a no tener reflejo. No existía nada para demostrar que yo tenía derecho a estar allí. Podría haber venido de cualquier parte: podían haberme soltado en la Tierra unos alienígenas, haberme canjeado unos elfos o haber sido diseñada en una probeta por la CIA, y si cualquiera de ellos aparecía un día para llevarme consigo, nada en el mundo hubiera podido detenerlos.

Si aquella misteriosa muchacha hubiera entrado en el aula de mi escuela una mañana, en aquel entonces, me habría hecho inmensamente feliz. Pero como no lo hizo, crecí, me acostumbré a la idea y dejé de pensar en ello. Y ahora, de repente, tenía un reflejo más idéntico que el de nadie, y no me gustaba en absoluto. Me había acostumbrado a ser sólo yo, sin lazos personales. Y aquella muchacha era como unas esposas salidas de la nada y apresadas a mi muñeca, y el dolor me llegaba hasta el tuétano.

Además, sabía cómo se había adueñado de la identidad de Lexie Madison. Lo tenía más claro que el agua, tanto como si me hubiera ocurrido a mí misma, y eso tampoco me gustaba en absoluto. En algún lugar de la población, en la barra de un pub atestado de gente o mirando ropa en una tienda, detrás de ella, alguien habría exclamado: «¿Lexie? ¿Lexie Madison? ¡Ostras! ¡Hacía siglos que no te veía!». Y después sólo habría sido cuestión de hacer las preguntas oportunas en el momento oportuno y con ese aire de informalidad para no levantar sospechas: «Es verdad, hace tanto tiempo que ni siquiera recuerdo cuándo fue la última vez que nos vimos... ¿Qué hacíamos por entonces?». Poco a poco habría ido desgranando todo cuanto necesitaba saber. Aquella muchacha no debía de tener un pelo de tonta.

Un montón de casos de homicidios se convierten en batallas psicológicas, en luchas de ingenio, pero aquél era diferente. Por vez primera sentía que mi verdadero contrincante no era el asesino, sino la víctima: desafiante, con los nudillos blancos de tanto apretar los secretos en su puño, y tan, tan igual a mí, tan idéntica que resultaba difícil distinguirnos a la una de la otra.

El sábado a mediodía mi chaladura había llegado a tal extremo que ya había trepado a la encimera de la cocina, había bajado mi caja de zapatos de «Cosas Oficiales» del armario de arriba, había esparcido los documentos por el suelo y buscado entre ellos mi partida de nacimiento. «Maddox, Cassandra Jeanne, mujer, 3,100 kg. Parto: único.»

–Eres una boba –me dije en voz alta, y volví a encaramarme a la encimera.

Por la tarde, Frank vino a visitarme. Para entonces estaba tan ansiosa (mi piso es pequeño y ya lo había dejado más limpio que una patena) que incluso me alegré de oír su voz por el interfono.

–¿En qué año vivimos? –le pregunté cuando acabó de subir las escaleras–. ¿Quién es el presidente?

–No seas pesada –replicó, mientras me abrazaba por el cuello con un solo brazo–. Tienes este encantador apartamento enterito para ti. Podrías ser un francotirador atrapado en una guarida, sin mover un solo músculo durante días sin fin y haciendo pis en una botella. Te he traído provisiones.

Me entregó una bolsa del supermercado. Contenía los elementos básicos para la supervivencia: galletas de chocolate, cigarrillos, café molido y dos botellas de vino.

–Eres una joya, Frank –dije–. Me conoces demasiado bien.

Y era cierto. Habían pasado cuatro años y aún recordaba que fumo Lucky Strike Lights. No es que aquello me reconfortara, pero tampoco era su intención hacerlo. Frank arqueó una ceja con mohín inocente.

–¿Tienes un sacacorchos?

Se me levantaron las antenas, pero soy capaz de controlar la bebida bastante bien, y Frank sin duda sabía que no era tan estúpida como para emborracharme con él. Le lancé el sacacorchos y rebusqué un par de copas.

–Te has montado un piso muy bonito, Cassie –opinó, mientras se disponía a descorchar la primera botella–. Me daba miedo encontrarte en uno de esos espantosos apartamentos de *yuppie* con superficies cromadas.

–¿Con el salario de un poli?

Los precios de la vivienda en Dublín no son muy diferentes a los de Nueva York, con la salvedad de que en Nueva York uno disfruta de Nueva York a cambio de lo que paga. Mi piso ocupa la planta superior de una casa georgiana reformada y consta de una única estancia de dimensiones medias. Conserva la chimenea de hierro forjado original y hay espacio suficiente para un futón, un sofá, todos mis libros, una graciosa inclinación en una esquina, una familia de búhos que anida bajo el tejado y vistas a la playa de Sandymount. A mí me gusta.

–Con el salario de dos polis. ¿Acaso no sales con nuestro chico, con Sammy?

Me senté en el futón y sostuve las dos copas en alto para que vertiera el vino.

–Sólo hace un par de meses. Aún no hemos entrado en la fase de vivir en pecado.

–Me dio la impresión de que hacía más tiempo. Me pareció bastante protector contigo el jueves. ¿Es amor verdadero?

–No es de tu incumbencia –contesté, al tiempo que hacía sonar mi copa contra la de él–. ¡Salud! –brindé–. Y bien, ¿qué has venido a hacer aquí?

Frank pareció dolido.

–Vaya..., pues a hacerte compañía. Me sentía un poco culpable por tenerte aquí encerrada sola. –Lo miré con recelo; se dio cuenta de que aquel ardid no le estaba funcionando y sonrió–. Eres demasiado lista y eso no te hará ningún bien, lo sabes, ¿verdad? No quería que murieras de hambre o de aburrimiento, ni que desesperaras por un cigarrillo y decidieras aventurarte a ir a comprar a la tienda. Las posibilidades de que alguien que conozca a nuestra chica se tropezara contigo son de una entre mil, pero ¿por qué arriesgarse?

La consideré una excusa plausible, pero Frank tiene la costumbre de tender señuelos en varias direcciones al mismo tiempo para distraerte del anzuelo que guarda en el medio.

–Sigo sin tener intención de involucrarme en este asunto, Frankie –aclaré.

–De acuerdo –contestó inmutable. Dio un trago largo a su vino y se acomodó en el sofá–. Por cierto, he tenido una charla con los mandamases y «este asunto» es ahora oficialmente una investigación conjunta: Homicidios y Operaciones Secretas. Pero seguramente tu novio ya te lo habrá dicho.

No era así. Sam se había quedado en su casa las dos últimas noches («Tengo que despertarme a las seis de la mañana y no hay motivo para que tú también lo hagas. A menos que quieras que me quede. ¿Te las apañarás bien?»). No había vuelto a verlo desde la escena del crimen.

–Estoy convencida de que todo el mundo estará encantado –tercié.

Las investigaciones conjuntas son un fastidio. Siempre acaban con todos los agentes empantanados en espectaculares y absurdas competiciones de testosterona que no llevan a ninguna parte. Frank se encogió de hombros.

–Sobreviviremos. ¿Quieres saber lo que tenemos sobre esa joven hasta el momento?

Por supuesto que quería, tanto como un alcohólico anhela un trago: lo quería tanto como para alejar el pensamiento de que aquello era una idea nefasta.

–Si te apetece contármelo… –respondí–. Ya que has venido…

–Maravilloso –dijo Frank, mientras hurgaba en la bolsa del supermercado en busca de los cigarrillos–. Bien: la primera vez que se la vio fue en febrero de 2002, cuando esgrimió el certificado de nacimiento de Alexandra Madison para abrir una cuenta bancaria. Utiliza el certificado, un extracto del banco y su rostro para hacerse con tu expediente del University College de Dublín, y luego se sirve de todo ese material para poder cursar un doctorado en Lengua y Literatura inglesas en el Trinity.

–Una chica organizada –opiné.

–Y que lo digas. Organizada, creativa y persuasiva. Actuaba con absoluta naturalidad; ni yo mismo lo habría hecho mejor. Nunca intentó pedir el subsidio del desempleo, lo cual fue muy inteligente por su parte; optó por conseguir un empleo en una cafetería de la ciudad, donde trabajó a jornada completa durante el verano, y luego empezó a estudiar en el Trinity en octubre. El título de su tesis (ya verás cómo te gusta) es: «Otras voces: identidad, ocultación y verdad». Versa sobre mujeres que escribieron bajo otra identidad.

–¡Genial! –exclamé–. Al menos tenía sentido del humor.

Frank me lanzó una mirada socarrona.

–No tiene por qué gustarnos, cariño –comentó al cabo de un instante–. Simplemente tenemos que descubrir quién la asesinó.

–Tienes que descubrirlo tú. No yo. ¿Sabes algo más?

Se colocó un pitillo entre los labios y buscó el mechero.

–Sigamos: estudia en el Trinity. Entabla amistad con otros cuatro doctorandos de su mismo posgrado y prácticamente se comunica sólo con ellos. El pasado septiembre uno de ellos hereda una casa de su tío abuelo y todos se mudan allí. Se la conoce como Whitethorn House. Está en las afueras de Glenskehy, a poco menos de un kilómetro de donde hemos encontrado su cadáver. El miércoles por la noche, nuestra chica salió a dar un paseo y no regresó a casa. Los otros cuatro se sirven de coartada mutuamente.

–Cosa que podrías haberme explicado por teléfono –apunté.

–Cierto –convino Frank y, mientras rebuscaba en el bolsillo de su chaqueta, añadió–: pero no podría haberte enseñado esto. Mira: los Cuatro Fantásticos. Sus compañeros de piso.

Sacó un puñado de fotografías y las diseminó sobre la mesa. Una de ellas era una instantánea tomada un día de invierno, con el cielo gris y unos copos de nieve en el suelo: cinco personas frente a una gran mansión georgiana, con las cabezas juntas y el cabello hacia un lado por efecto de un golpe de viento. Lexie aparecía en el centro, enfundada en el mismo chaquetón que llevaba el día de su muerte, riendo, y yo volví a notar una brusca sacudida en el cerebro: «¿Cuándo he estado yo...?». Frank me observaba como un perro sabueso. Dejé la fotografía sobre la mesa.

Las demás fotografías eran fotogramas extraídos de lo que parecía un vídeo casero; tenían ese aspecto tan característico, con los contornos difuminados en los puntos justo donde las personas se mueven. Las habían impreso en Homicidios; fácil deducción, puesto que la impresora que usan siempre deja una raya en la esquina superior derecha. Eran cuatro fotografías de cuerpo entero y otras cuatro de primeros planos, todas ellas tomadas en la misma estancia, con el mismo papel raído de florecillas diminutas como telón de fondo. En una esquina de dos de las imágenes se aprecia un inmenso abeto, aún sin decorar, justo antes de Navidades.

–Daniel March –indicó Frank, señalando con el dedo–. No Dan ni Danny, sino Daniel. El heredero de la casa. Hijo único, huérfano, nacido en el seno de una familia angloirlandesa de rancio abolengo. El abuelo perdió la mayor parte de su fortuna en negocios turbios en los años cincuenta, pero conservó dinero suficiente para legarle al pequeño Daniel una exigua renta. Disfruta de una beca, de modo que no paga tasas en la universidad. Está cursando un doctorado en, y no bromeo, «El objeto inanimado como narrador en la poesía épica de principios de la Edad Media».

–Así que no es ningún tonto –aventuré.

Daniel era un tipo grandullón, de más de un metro ochenta de altura y complexión fuerte, con el pelo moreno y brillante y la mandíbula cuadrada. Aparecía sentado en un sillón de orejas, extrayendo con delicadeza un adorno de cristal de su caja y mirando a la cámara. Sus ropas (camisa blanca, pantalones negros y jersey gris suave) parecían caras. En el primer plano, sus ojos, enmarcados por unas gafas de montura de acero, se apreciaban grises y fríos como la piedra.

–Ni un pelo de tonto. Ninguno de ellos lo es, pero él menos que ninguno. Vigila con éste. Hay que andarse con mucho cuidado al lado de alguien así.

Pasé por alto el comentario.

–Justin Mannering –continuó Frank. Justin se había enredado en una guirnalda de luces de Navidad blancas y las miraba con aire indefenso. También era alto, pero más delgado, con más aspecto de académico. Su cabello corto y desvaído empezaba a retroceder, llevaba unas gafitas sin montura y tenía el rostro alargado y afable–. Es de Belfast. Su tesis versa sobre el amor sagrado y profano en la literatura renacentista, sea lo que sea el amor profano; a mí me suena a que cuesta un par de libras por minuto. Su madre falleció cuando él tenía siete años, su padre volvió a casarse y tiene dos hermanastros. No se deja caer mucho por casa. Pero papá (papá es abogado) sigue pagando sus tasas y le envía una asignación mensual. Algunos lo tienen muy fácil en la vida, ¿no crees?

–¿Qué van a hacer si sus padres tienen dinero? –comenté con aire distraído.

–Podrían buscarse un trabajo, por decir algo. Lexie daba clases particulares, corregía trabajos, vigilaba en exámenes. Fue camarera en una cafetería hasta que se trasladaron a Glenskehy y el transporte hasta allí se complicó. ¿Tú trabajaste durante la universidad?

–Sí, de camarera. Era un asco. Lo último que habría hecho de haber podido elegir. Dejar que contables borrachos te pellizquen el culo no te convierte necesariamente en mejor persona.

Frank se encogió de hombros.

–No me gusta la gente a la que se lo dan todo masticado. Y ya que estamos en ello, éste es Raphael Hyland, apodado Rafe. Un zorro sarcástico. Papá es un ejecutivo de un banco mercantil originario de Dublín pero emigrado a Londres en los años setenta. Mamá es alguien muy conocido en la buena sociedad. Se divorciaron cuando él tenía seis años y lo soltaron en un internado, del cual lo trasladaban cada par de años, cuando papá conseguía un nuevo ascenso y podía permitirse pagar una institución más cara. Rafe vive de su fondo de fideicomiso. Su doctorado gira en torno al descontento en el teatro jacobino.

Rafe aparecía repantingado en un sofá con una copa de vino y un gorro de Papá Noel, a guisa de objeto de decoración, y además hacía bien su papel. Era guapo hasta la ridiculez, con esa guapura que incita a muchos tipos a sentir la necesidad imperiosa de demostrar su ingenio oculto. Tenía una estatura y una complexión parecidas a las de Justin, pero su rostro era todo huesos y curvas peligrosas, y estaba cubierto por una pátina dorada: una densa cabellera de color rubio ceniza, una de esas pieles que siempre parece ligeramente bronceada y unos ojos almendrados de color té helado con los párpados caídos como los de un halcón. Parecía la máscara de la tumba de un príncipe egipcio.

–¡Guau! –exclamé–. Este asunto empieza a pintar mucho mejor…

–Si te portas bien, no me chivaré a tu novio de lo que has dicho. Además, probablemente sea travesti –añadió Frank, con una predictibilidad demoledora–. Y la última, pero no por ello menos importante, es Abigail Stone. La llaman Abby.

Abby no era exactamente guapa, era bajita, con una melena castaña hasta los hombros y la nariz respingona, pero había algo en su cara, la singularidad de sus cejas y el gesto de sus labios, que le confería un aire socarrón que te incitaba a mirarla de nuevo. Estaba sentada frente a la persona que sujetaba la cámara, supuestamente Lexie, con mirada irónica, y su mano libre borrosa me hizo pensar que acababa de lanzar una palomita a la cámara.

–Abby es una historia aparte –prosiguió Frank–. Originaria de Dublín, no conoció a su padre y su madre la abandonó en un hogar de acogida cuando tenía diez años. Abby aprobó la Selectividad, entró en el Trinity, se dejó el alma estudiando y se licenció con el mejor expediente de su promoción. Realiza una tesis sobre la clase social en la literatura victoriana. Solía pagarse los gastos limpiando oficinas y dando clases particulares de inglés a niños pequeños; ahora que no tiene que pagar alquiler (Daniel no les cobra), imparte algunas clases de refuerzo en institutos que le dan un dineral y ayuda a su director de la tesis en sus investigaciones. Os llevaréis bien.

Incluso sorprendidas con la guardia baja, como en aquellas imágenes, algo impulsaba a querer saber más de aquellas personas. En parte se debía a la perfección pura y luminosa que emanaba todo: casi podía oler el pan de jengibre horneándose y escuchar a los niños cantando villancicos de fondo; estaban a un paso de componer una postal. Pero también llamaba la atención su forma de vestir, austera, casi puritana: las camisas de los muchachos eran de un blanco resplandeciente y las rayas de sus pantalones parecían trazadas con un cuchillo; la falda larga de lana de Abby se le ajustaba recatadamente por debajo de las rodillas, y no había una sola marca comercial o eslogan a la vista. En mis años de universidad, parecía que todos habíamos lavado nuestras prendas con demasiada frecuencia en una lavandería de mala muerte con un detergente de marca barata, lo cual era cierto. Aquellos muchachos, en cambio, lucían un aspecto tan prístino que resultaba espeluznante. Por separado habrían podido parecer reprimidos, casi aburridos, en medio de la orgía dublinesa de la expresión personal mediante marcas de diseñador, pero juntos ofrecían una imagen cuádruple fría y desafiante que no sólo los hacía parecer excéntricos, sino casi alienígenas, gentes de otro siglo, remotas y formidables. Como la mayoría de los detectives, y Frank lo sabía, por supuesto que lo sabía, nunca he sido capaz de despreocuparme de algo que no entiendo.

–¡Vaya pandilla más curiosa! –recalqué.

–Es precisamente lo que son, de acuerdo con el resto del departamento de Lengua y Literatura inglesas. Los cuatro se conocieron al empezar la universidad, hace ahora cerca de siete años. Desde entonces han sido inseparables; no tienen tiempo para nadie más. No son especialmente populares en el departamento; los otros estudiantes los tildan de pretenciosos, lo cual no me sorprende en absoluto. Pero de alguna manera nuestra chica consiguió hacer migas con ellos al poco tiempo de matricularse en el Trinity. Otros estudiantes intentaron entablar amistad con ella, pero ella no sentía interés en ellos. Tenía las miras puestas en este grupo.

Entendí el porqué y me cayó simpática, pero sólo un poco. Fuera quien fuese aquella muchacha, no tenía un gusto barato.

–¿Qué les has dicho?

Frank sonrió.

–Cuando llegó a la casucha y se desmayó, la conmoción y el frío la sumieron en un coma hipotérmico. Eso ralentizó sus pulsaciones, de manera que cualquiera que la hubiera encontrado podría haber creído fácilmente que estaba muerta, pero gracias a ello se detuvo la hemorragia y se evitó que los órganos resultaran dañados. Cooper sostiene que es «clínicamente absurdo, pero posiblemente bastante plausible para gente sin conocimientos médicos», cosa que a mí me va de perlas. Hasta ahora nadie parece ponerlo en duda. –Encendió un cigarrillo y lanzó unos cuantos aros de humo en dirección al techo–. Sigue estando inconsciente y se debate entre la vida y la muerte, pero podría recuperarse. Nunca se sabe.

No sentí ningunas ganas de brindar por ello.

–Querrán verla… –aventuré.

–Sí, sí, han pedido hacerlo. Por desgracia, por motivos de seguridad, no podemos revelar dónde se encuentra en estos momentos.

Parecía disfrutar con ello.

–¿Cómo se lo han tomado? –quise saber.

Frank reflexionó unos instantes, con la cabeza apoyada en el respaldo del sofá, mientras fumaba lentamente.

–Están impresionados –explicó al fin–, como es natural. Sin embargo, me pregunto si lo están por el hecho de que la hayan apuñalado o si uno de ellos, en concreto, lo está ante la perspectiva de que Lexie pueda recobrar la conciencia y explicarnos lo sucedido. Se han mostrado muy colaboradores, han respondido a todas nuestras preguntas sin objeción alguna… Pero en realidad no nos han contado prácticamente nada. Son una pandilla extraña, Cass, difíciles de interpretar. Me encantaría comprobar cómo te las apañas con ellos.

Formé un montoncito con las fotografías y se las entregué de nuevo a Frank.

–Aclárame una cosa –le pedí–: ¿por qué has venido a enseñarme estas fotos?

Frank se encogió de hombros y me miró con sus ojos azules abiertos como platos, con gesto inocente.

–Para comprobar si reconocías a alguno de ellos. Eso podría dar un giro radical a…

–Pues no. Sin rodeos, Frankie. ¿Qué quieres?

Frank suspiró. Golpeó metódicamente las fotografías contra la mesa para alinear los bordes y se las guardó de nuevo en el bolsillo de la chaqueta.

–Quiero saber –contestó con voz pausada– si estoy perdiendo el tiempo contigo. Necesito saber si estás cien por cien segura de regresar a trabajar el lunes por la mañana en Violencia Doméstica y olvidar que todo esto ha ocurrido.

El tono irrisorio y la impostura habían desaparecido de su voz, y yo conocía lo bastante a Frank para saber que precisamente en aquellos momentos era cuando se volvía más peligroso.

–No estoy segura de tener opción a olvidarme de todo esto –confesé con un titubeo–. Este asunto me ha dejado helada. No me gusta y no quiero involucrarme en él.

–¿Estás segura? Porque me he pasado los dos últimos días trabajando como un condenado, sonsacando hasta el último de los detalles sobre la vida de Lexie Madison a todo aquel que se me ha cruzado en el camino…

–Cosa que tendría que haberse hecho de todos modos. Deja de hacerme chantaje emocional.

–… y si estás segura al cien por cien, no tiene sentido que malgastes tu tiempo ni que me hagas malgastar el mío siguiéndome la corriente.

–Tú has querido que te diera coba –señalé–. Sólo por tres días, sin compromiso y blablablá.

Frank asintió pensativo.

–Así que eso es lo único que te has dedicado a hacer: seguirme la corriente. Estás contenta en Violencia Doméstica. Te sientes segura.

La verdad es que Frank tiene un talento especial para tocar la fibra sensible, y lo había hecho. Quizá fuera el simple hecho de verlo de nuevo, de ver su sonrisa y de oír la rápida cadencia de su voz lo que me había devuelto a aquella época en que aquel trabajo se me antojaba tan luminoso y estimulante que lo único que me apetecía era tomar carrerilla y lanzarme de cabeza. Quizá fuera la frescura de la primavera en el aire lo que me arrastraba. O tal vez fuera simplemente que nunca se me había dado bien autocompadecerme durante mucho tiempo. Pero fuera cual fuese el motivo, tenía la sensación de estar despierta por primera vez en meses y, de repente, la idea de reincorporarme a Violencia Doméstica el lunes, aunque no tenía intención de confesárselo a Frank, me provocaba un sarpullido. Trabajaba con un tipo de Kerry llamado Maher que llevaba jerséis de golf, que pensaba que cualquier acento de fuera de Irlanda era una fuente de diversión infinita y que respiraba por la boca cuando tecleaba y, de repente, no estaba segura de poder soportar su compañía otra hora más sin arrojarle la grapadora a la cabeza.

–¿Qué tiene eso que ver con este caso? –pregunté.

Frank se encogió de hombros y aplastó la colilla del cigarrillo.

–Simple curiosidad. La Cassie Maddox a quien yo conocí no habría sido feliz con un trabajo seguro de nueve a cinco que podría hacer con los ojos cerrados. Eso es todo.

Un arrebato de ira se apoderó de mí y quise que Frank se largara de mi casa. Hacía que pareciera demasiado pequeña, abarrotada y peligrosa.

–Sí, bueno –repliqué, al tiempo que retiraba las copas de vino y las dejaba en el fregadero–. Hace mucho que no nos vemos.

–Cassie –dijo Frank a mis espaldas con una voz dulcísima–. ¿Qué te ha sucedido?

–Descubrí en Jesús a mi Salvador personal –contesté, dejando las copas con un golpetazo en el fregadero–, y no aprueba que la gente vaya por ahí volviéndose loca. Me hicieron un trasplante de cerebro, cogí la enfermedad de las vacas locas, me apuñalaron, me he hecho mayor y ahora tengo sentido común o comoquiera que te apetezca llamarlo. No sé qué fue lo que me pasó, Frank. Lo único que sé es que quiero vivir con un poco de paz y tranquilidad por una vez en mi vida, algo que este caso truculento y esa macabra idea tuya no me van a dar. ¿Queda claro?

–Tranquila, queda claro –respondió Frank, con una voz serena que me hizo sentir como una idiota–. Tú decides. Pero si te prometo no seguir hablando del caso, ¿me invitas a otra copa de vino?

Me temblaban las manos. Abrí el grifo y no contesté.

–Podemos charlar y ponernos al día. Como tú misma has dicho, hace mucho tiempo que no nos vemos. Nos quejaremos del tiempo y te enseñaré fotos de mi hijo, y tú puedes explicármelo todo sobre tu nuevo novio. ¿Qué ocurrió con el Fulano aquel al que veías entonces, el abogado? Siempre pensé que era un poco insulso para ti.

Lo que ocurrió con Aidan fue que yo trabajaba como agente secreto. Me dejó porque nunca acudía a nuestras citas y no le explicaba por qué ni le explicaba a qué me dedicaba durante el día. Me argumentó que mi trabajo me preocupaba más que él mismo. Aclaré las copas y las coloqué en el escurridero.

–A menos que necesites quedarte a solas para reflexionar sobre todo esto –añadió Frank preocupado–. Lo entiendo. Es una decisión muy importante.

No pude reprimirme y solté una carcajada. Frank puede ser un capullo integral cuando le apetece. Si lo echaba de casa entonces, sería como decirle que estaba planteándome aquella chifladura suya.

–De acuerdo –dije–. Está bien. Tómate todo el vino que quieras. Pero si vuelves a mencionar el caso, te daré una buena zurra. ¿Ha quedado claro?

–Estupendo –replicó–. Normalmente tengo que pagar cuando quiero que me peguen.

–Pues yo te pego gratis cuando quieras.

Le lancé las copas, de una en una. Las secó con su camisa y alargó el brazo para agarrar la botella de vino.

–Cuéntame entonces –me alentó–. ¿Cómo es nuestro Sammy en las distancias cortas?

Nos terminamos la primera botella y descorchamos la segunda. Frank me contó todos los cotilleos de Operaciones Secretas, cosas que jamás llegan a oídos de las demás brigadas. Yo sabía exactamente lo que estaba haciendo, pero me gustaba, me gustaba volver a oír los nombres de todo el mundo, la jerga, las peligrosas bromas internas y las carreras profesionales rápidas, truncadas. Jugamos al «¿Te acuerdas de...?»: aquella vez en que yo estaba en una fiesta y Frank necesitaba pasarme una información, de modo que envió a otro agente encubierto para que fingiera ser un pretendiente mío desairado y encarnara a Stanley Kowalski[1] bajo la ventana, aullando «¡Lexiiiiiie!» hasta que yo me asomara; o la vez en que ambos estábamos enzarzados en una conversación para ponernos al día en un banco en Merrion Square y yo divisé a un alumno de la universidad dirigiéndose hacia nosotros y empecé a gritar como una desesperada que Frank era un viejo verde y me largué indignada. Me gustara o no, me alegraba de la visita de Frank. Antes siempre recibía visitas: amigos, mi ex pareja... Se repantingaban en el sofá y se quedaban hasta altas horas de la madrugada, con la música sonando de fondo y todos un poco achispados; pero hacía mucho tiempo que nadie, aparte de Sam, venía a mi casa y mucho más aún que no me reía como me estaba riendo, y me estaba sentando de fábula.

–¿Sabes? –dijo Frank con aire meditativo, mucho después, escudriñando su copa–. Aún no has dicho que no.

1. Personaje de la obra de Tennessee Williams *Un tranvía llamado deseo. (N. de la T.)*

No me quedaba energía para enfadarme.

–¿He dicho algo que suene remotamente a un sí? –pregunté.

Chasqueó los dedos.

–Mira, tengo una idea. Mañana por la noche se celebra una reunión sobre el caso. ¿Por qué no acudes? Tal vez eso te ayude a decidir si quieres participar o no.

¡Bingo! Ahí estaba: el anzuelo camuflado entre los señuelos, el objetivo real tras todas las galletas de chocolate y los chismorreos y las preocupaciones por mi salud emocional.

–Por el amor de Dios, Frank –contesté–. ¿Te das cuenta de que se te ve el plumero?

Frank sonrió sin el menor bochorno.

–No puedes culparme por intentarlo. Hablo en serio, deberías venir. Los refuerzos no se incorporan hasta el lunes por la mañana, de manera que, básicamente, seremos Sam y yo exponiendo lo que tenemos hasta ahora. ¿No sientes curiosidad?

Evidentemente que la sentía. Toda la información que Frank me había facilitado no me había revelado lo único que yo quería saber: cómo había sido aquella chica. Apoyé la cabeza en el futón y encendí otro cigarrillo.

–¿De verdad piensas que podemos resolver este caso? –pregunté.

Frank meditó su respuesta. Vertió vino en su copa y agitó la botella en mi dirección; negué con la cabeza.

–En circunstancias normales –contestó al fin, acomodándose de nuevo en el sofá–, diría que probablemente no. Pero no nos enfrentamos a circunstancias normales y tenemos un par de elementos a nuestro favor, aparte del más evidente. En primer lugar, a efectos prácticos, esa muchacha sólo existió durante tres años, así que no tendrías que aprenderte toda una vida. No tendrías ni padres ni hermanos, no te encontrarías con ningún amigo de la infancia y nadie te preguntaría si recuerdas el primer baile de la escuela. Además, durante estos tres años, su vida parece haber estado bastante circunscrita: salía con una pandilla reducida, estudiaba en un departamento pequeño y tenía un empleo. No tendrías que lidiar con amplios círculos de familiares, amigos y compañeros de clase.

–Estaba cursando un doctorado en Literatura inglesa –señalé–. Yo no tengo ni puñetera idea de literatura inglesa, Frank. Saqué un excelente en las pruebas de acceso a la universidad, pero eso es todo. Ni siquiera conozco la jerga.

Frank se encogió de hombros.

–Por lo que sabemos, Lexie tampoco la conocía y logró apañárselas. Y si ella pudo hacerlo, tú también. Una vez más, la suerte juega a nuestro favor: podría haber estado estudiando farmacia o ingeniería. Y si te hartas de su tesis, cariño, ¿qué se le va a hacer? Ironías del destino. Esa puñalada puede resultarnos muy útil: podemos hacer que sufras estrés postraumático, amnesia o lo que nos plazca.

–¿Tenía novio?

Existe un límite en lo que estoy dispuesta a hacer por mi trabajo.

–No, así que tu virtud estará a salvo. Y la otra cuestión que juega a nuestro favor: ¿sabes lo de todas esas fotos? Pues resulta que nuestra chica tenía un teléfono móvil con vídeo, que al parecer utilizaban los cinco como cámara para filmar sus batallitas. La calidad de la imagen no es espectacular, pero tenía una tarjeta de memoria cojonuda y está llena de grabaciones: ella y sus amigos saliendo de fiesta, en *picnics*, mudándose a su palacio, arreglándolo, todo, todo. De manera que dispones de un manual de su voz, su lenguaje corporal, sus gestos, el tono de sus relaciones… todo cuanto una chica podría desear. Y tú eres muy buena, Cassie. Eres una agente secreta sensacional. Combinémoslo todo y se podría decir que tenemos un porcentaje bastante elevado de posibilidades de resolver este caso. –Inclinó la copa para beberse las últimas gotas de vino y alargó el brazo para agarrar su chaqueta–. Ha sido divertido charlar contigo, cariño. Tienes mi número de móvil. Comunícame tu decisión acerca de la reunión de mañana por la noche.

Y desapareció, sin aguardar siquiera a que lo acompañara hasta la puerta. Sólo cuando la oí cerrarse a sus espaldas me di cuenta de que había caído en la trampa de preguntar: «¿Y qué hay de la universidad? ¿Tenía novio?», como si estuviera comprobando las posibles fisuras de aquel caso, como si estuviera planteándome aceptarlo.

Frank siempre ha tenido un sexto sentido para saber exactamente cuándo tiene que marcharse. Una vez se hubo ido, permanecí sentada en el alféizar un largo rato, con la vista perdida en los tejados, sin verlos. Sólo cuando me puse en pie para servirme otra copa de vino caí en la cuenta de que había dejado algo sobre la mesita de centro.

Era la fotografía de Lexie y sus amigos ante Whitethorn House. Me quedé allí quieta, con la botella de vino en una mano y la copa en la otra. Pensé en apartar la vista y dejar la foto allí hasta que Frank se rindiera y regresara a por ella; por un instante incluso pensé en echarla a un cenicero y prenderle fuego. Pero acabé por cogerla y llevármela conmigo hasta la ventana.

Podría tener mi edad. Podría tener más de veintiséis años, pero me habría creído tanto que tenía diecinueve como treinta. No tenía ninguna marca en el rostro, ni una arruga, ni una cicatriz ni siquiera un grano. Fuera lo que fuese lo que la vida le hubiera deparado antes de que Lexie Madison se cruzara en su camino, se había evaporado de ella como un manto de niebla, dejándola intacta y prístina, lisa, sin ninguna grieta. Yo parecía mayor que ella: la Operación Vestal había hecho que me salieran las primeras patas de gallo y unas ojeras que se resistían a desaparecer incluso después de un sueño reparador. Me parecía estar oyendo a Frank: «Has perdido un montón de sangre y has pasado en coma varios días; esas ojeras son perfectas, no pierdas el tiempo usando cremas de noche».

Sus compañeros de la casa me observaban, posando sonrientes, con largos abrigos oscuros hinchados por el viento y la bufanda de Rafe convertida en un destello carmesí. El encuadre de la fotografía estaba un poco descentrado; habrían colocado la cámara sobre algo y utilizado el temporizador. No había ningún fotógrafo al otro lado del visor pidiéndoles que dijeran «Luiiiis». Las suyas eran sonrisas privadas, cómplices, reservadas para cuando en el futuro ellos mismos volvieran a contemplarlas, reservadas para mí.

Y tras ellos, casi rellenando el encuadre, Whitethorn House. Era una casa sencilla: un caserón georgiano de color gris y tres plantas, con ventanas de guillotina que se empequeñecían conforme los pisos ascendían para transmitir la ilusión de mayor altura. La puerta era de color azul marino y presentaba grandes desconchones; un tramo de peldaños de piedra a cada lado conducía hasta ella. Tres sombreretes coronaban otras tantas chimeneas y unos densos tallos de hiedra ascendían serpenteando por las paredes casi hasta alcanzar el tejado. La puerta estaba flanqueada por columnas estriadas y un montante en forma de cola de pavo real pero, aparte de eso, no había decoración, sólo la casa.

Este país lleva impresa en los genes una pasión por las propiedades inmobiliarias tan potente y primigenia como el anhelo. Siglos de haber quedado abandonados en la cuneta por capricho del terrateniente, indefensos, le enseñan a uno que en la vida todo se reduce a tener una casa de propiedad. Por eso los precios de la vivienda están por las nubes: los constructores saben que pueden cobrar medio millón de libras por un cuchitril si se compinchan y se aseguran de que no haya más alternativa, y los irlandeses venderán un riñón y trabajarán cien horas a la semana para pagarlo. Por alguna razón que desconozco, quizá por mi sangre francesa, ese gen no está en mi ADN. La idea de que una hipoteca me subyugue me pone los pelos de punta. Me gusta tener un apartamento de alquiler: un aviso con cuatro semanas de antelación y un par de bolsas de la basura y podría largarme de aquí en cualquier momento, si lo quisiera.

Sin embargo, de haber querido tener una casa, se habría parecido mucho a aquélla. No tenía nada en común con esas seudoviviendas anodinas que todos mis amigos estaban comprando, cajas de zapatos diminutas en medio de la nada anunciadas con potentes chorros de eufemismos pegajosos («residencia-joya diseñada por célebre arquitecto en una nueva comunidad de lujo»), a un precio veinte veces superior a la renta que uno percibe y construidas para durar justo hasta que el constructor se las quite de las manos. Aquella casa era real, una casa seria con la fuerza, la elegancia y el orgullo necesarios para sobrevivir a cualquiera que la contemplara. Diminutos copos de nieve moteaban la hiedra y las ventanas oscuras, y el silencio era tan sepulcral que tuve la sensación de poder atravesar con la mano la superficie brillante de la fotografía y adentrarme en su gélido abismo.

Podía descubrir quién era aquella chica y qué le había ocurrido sin necesidad de acudir allí. Sam me lo explicaría cuando contaran con una identidad o un sospechoso; probablemente incluso me permitiría presenciar el interrogatorio. Pero en lo más hondo de mi ser sabía que eso era lo máximo que él averiguaría, su nombre y su asesino, y yo seguiría preguntándome todo lo demás el resto de mis días. Aquella casa titilaba en mi mente como un castillo de hadas que sólo pudiera vislumbrarse una vez en la vida, hechizante y lleno de historia, con aquellas cuatro figuras a modo de guardianes y secretos ocultos demasiado sombríos como para nombrarlos. Mi rostro sería el pase que me franquearía la entrada. Whitethorn House aguardaba y se desvanecería en la nada en el preciso instante en que yo formulara mi negativa.

Me sorprendí con la foto a un palmo de las narices; había permanecido allí sentada el tiempo suficiente para que oscureciera y los búhos realizaran sus ejercicios de calentamiento sobre el tejado. Me terminé el vino y contemplé el mar mientras adquiría un color tormentoso, con el parpadeo del faro distante en el horizonte. Al caer en la cuenta de que estaba lo bastante borracha como para no importarme su regodeo, le envié un mensaje a Frank: «¿A qué hora es la reunión?».

Mi teléfono emitió un pitido unos diez segundos después: «A las 19 h en punto. Nos vemos allí». Tenía el teléfono a mano, a la espera de que yo diera el sí.

Aquella noche Sam y yo tuvimos nuestra primera discusión. Probablemente ya nos tocaba, dado que llevábamos saliendo tres meses sin ni siquiera un leve desacuerdo, pero sucedió en el momento menos oportuno.

Sam y yo empezamos a salir pocos meses después de que yo dejara Homicidios. No estoy muy segura de cómo ocurrió exactamente. Tengo un recuerdo nebuloso sobre esa época; según parece, me compré un par de jerséis verdaderamente deprimentes, esa clase de jerséis que una sólo lleva cuando lo único que quiere hacer es pasarse varios años hecha un ovillo en la cama, cosa que de vez en cuando me invita a replantearme si en aquel entonces tenía la lucidez necesaria para iniciar una relación. Sam y yo nos habíamos hecho amigos en la Operación Vestal y así seguimos después de que todo se desmoronara (los casos de pesadilla generan eso, o bien todo lo contrario) y mucho antes de que el caso concluyera y yo decidiera que él era una joya, pero que tener una relación, con cualquiera, era lo último que tenía pensado en aquellos momentos.

Llegó a mi casa en torno a las nueve de la noche.

–Hola –me saludó, al tiempo que me daba un beso y un fuerte abrazo. Tenía la mejilla fría a causa del viento–. ¡Qué bien huele!

Olía a tomate, a ajo y a especias. Tenía una complicada salsa haciendo chupchup en el fuego y estaba hirviendo en agua un montón de raviolis, guiada por el mismo principio que las mujeres han seguido desde el amanecer de los tiempos: si tienes que contarle algo que no quiere oír, asegúrate de hacerlo delante de un buen plato de comida.

–Es que me estoy domesticando –bromeé–. Mira, he hecho la limpieza y todo. Hola, cariño, ¿cómo te ha ido el día?

–Claro, claro –contestó él con aire distraído–. Luego te lo cuento. –Mientras se quitaba el abrigo, mis ojos se posaron en la mesita de centro: botellas de vino, corchos y copas–. ¿Has estado viendo a otro en mi ausencia?

–A Frank –contesté–. Pero no me gusta mucho.

Sam soltó una carcajada.

–Vaya. ¿Y qué quería? –preguntó.

Había albergado la esperanza de reservar aquella conversación para después de la cena. Para ser una detective, debo confesar que mis habilidades para limpiar la escena del crimen son una birria.

–Quería que acudiera a la reunión del caso que habéis convocado mañana por la noche –respondí en el tono más informal del que fui capaz, mientras me dirigía a la cocina para comprobar cómo iba el pan de ajo–. Ha dado unos cuantos rodeos, pero era su propósito.

Sam dobló su abrigo con lentitud y lo dejó caer sobre el respaldo del sofá.

–¿Y qué le has contestado?

–Lo he meditado mucho –respondí–. Quiero ir.

–No tenía derecho a hacerlo –apuntó Sam con voz tranquila. Sus pómulos empezaban a adquirir un tono sonrosado–. No tenía derecho a venir aquí a mis espaldas y presionarte cuando yo no estaba presente para…

–Habría decidido exactamente lo mismo si hubieras estado aquí delante –aseguré–. Ya soy mayorcita, Sam. No necesito que me protejan.

–No me gusta ese tipo –terció Sam con acritud–. No me gusta cómo piensa y no me gusta cómo actúa.

Cerré la puerta del horno de un portazo.

–Sólo intenta resolver este caso. Quizá no estés de acuerdo con su forma de hacerlo…

Sam se apartó el pelo de los ojos con un gesto brusco del antebrazo.

–No –me cortó–. No es eso. No se trata de resolver este caso. Ese tipo, Mackey, no tiene ningún interés en este caso, no tiene más interés del que haya podido tener en cualquier otro homicidio en el que yo haya trabajado, y nunca antes lo había visto mover tantas teclas para entrar en acción. Lo hace para divertirse. Cree que será divertido lanzarte en medio de un puñado de sospechosos de asesinato sólo porque puede hacerlo y aguardar a ver qué ocurre. Está como un cencerro.

Saqué un par de platos del armario.

–¿Y qué hay de malo en ello? Lo único que voy a hacer es asistir a una reunión. ¿Por qué te preocupa tanto?

–Porque ese chiflado te está utilizando, por eso me preocupa. Tú no has estado bien desde aquel asunto del año pasado...

Aquellas palabras me hicieron sentir un escalofrío, una sacudida feroz como una descarga de una valla eléctrica. Arremetí contra él, olvidándome por completo de la cena; lo único que me apetecía hacer en aquel instante era lanzarle los platos a la cabeza.

–Oh, no. Por favor, Sam, no lo hagas. No metas aquello en este asunto.

–Es que ya lo está. Con una sola mirada, tu amigo, Mackey, sabía que pasaba algo y estaba seguro de que no le costaría convencerte para que le siguieras la corriente con esa insensata idea suya...

Me enfurecía aquella actitud suya tan posesiva, allí de pie, con los pies plantados en mi suelo y los puños apretados con furia dentro de sus bolsillos: *mi* caso, *mi* mujer. Dejé los platos en la encimera con un golpetazo.

–Me importa un bledo lo que haya pensado, no me está obligando a hacer nada. Esto no tiene nada que ver con los deseos de Frank; de hecho, no tiene nada que ver con Frank. Punto y final. Claro que ha intentado arrastrarme a este caso. Pero le he dicho que se fuera al cuerno.

–Pues tienes una forma bien curiosa de decirle que se vaya al cuerno, porque estás haciendo exactamente lo que él quiere...

Durante un instante de locura me pregunté si Sam estaría sintiendo celos de Frank y, en caso de ser así, qué diablos podía hacer yo para atajarlos.

–Y si no asisto a esa reunión, estaré haciendo exactamente lo que tú quieres. ¿Significaría eso que me estoy dejando convencer por ti? He decidido yo solita que quiero ir a esa reunión mañana. ¿Es que acaso te cuesta creer que sea capaz de tomar una decisión por mí misma? ¡Por todos los santos, Sam, el año pasado no me ha lobotomizado el cerebro!

–Yo no he dicho nada parecido. Lo único que digo es que no has vuelto a ser tú misma desde…

–Soy yo misma, Sam. Mírame bien: ésta soy yo, maldita sea. Fui agente secreto varios años antes de que se presentara la Operación Vestal. Así que, por favor, deja aquel asunto al margen de todo esto.

Nos quedamos mirando el uno al otro. Transcurridos unos instantes, Sam habló con voz pausada:

–Tienes razón, supongo que lo fuiste. –Se desplomó en el sofá y se pasó las manos por la cara. De repente pareció rendido, y la idea de cómo habría pasado él aquel día me hizo sentir una punzada–. Lo siento –se disculpó–. Perdóname por sacarlo a colación.

–No tengo ningún interés en discutir contigo –aclaré. Me temblaban las rodillas y no tenía ni idea de cómo habíamos acabado peleándonos por aquello, cuando, a decir verdad, ambos estábamos del mismo bando–. Dejémoslo, ¿de acuerdo? Te lo ruego, Sam.

–Cassie –dijo Sam. Un extraño velo de angustia cubría su rostro redondo y afable–. No puedo hacerlo. ¿Qué pasará si…? Dios. ¿Y si te sucede algo? No podría soportar que te ocurriera algo por no conseguir atrapar a tiempo al sospechoso de uno de mis casos. No podría vivir con ello.

Parecía faltarle el aliento. No sabía si abrazarlo o darle un puntapié.

–¿Qué te hace pensar que este caso no tiene nada que ver conmigo? –pregunté–. Esa joven es mi doble, Sam. Iba por ahí con mi puñetera cara. ¿Cómo sabes que el sospechoso de tu caso mató a quien quería matar? Piénsalo bien. Una posgraduada que se pasa el día leyendo a la maldita Charlotte Brontë o una detective que ha metido a decenas de personas en el talego: ¿quién es más probable que tenga un enemigo suelto con ganas de asesinarla?

Se produjo un silencio. Sam también había participado en la Operación Vestal. Ambos conocíamos al menos a una persona que me habría asesinado alegremente sin pensárselo dos veces y que era muy capaz de hacerlo. Noté que el corazón me palpitaba con fuerza bajo las costillas.

–¿Acaso crees que…? –preguntó Sam.

–Los casos concretos no son el tema que nos ocupa –lo atajé en un tono demasiado cortante–. Lo que nos concierne es que, al menos por lo que sabemos, yo podría estar involucrada en esto hasta las cejas. Y no quiero tener que pasarme el resto de mi vida volviendo la vista atrás para cerciorarme de que nadie me persigue. No soy capaz de vivir así.

Se estremeció.

–No será por el resto de tu vida –aclaró con voz queda–. Espero poder prometerte al menos eso. Pretendo cazar a ese tipo, ¿sabes?

Me apoyé en la encimera y respiré hondo.

–Lo sé, Sam –respondí–. Lo siento. No me refería a eso.

–Además, si ese tipo iba por ti, entonces más razón aún para que te quites de en medio y me dejes encontrarlo.

El agradable olor a comida se había convertido en un hedor acre y peligroso: algo se estaba quemando. Apagué los fogones, aparté las cacerolas (ninguno de los dos iba a tener hambre durante un rato) y me senté con las piernas cruzadas en el sofá, de cara a Sam.

–Me tratas como a tu novia, Sam –dije–. No soy tu novia, o al menos no en lo que concierne a estos asuntos. Sólo soy otra detective.

Me dedicó una triste sonrisa chueca.

–¿Y no podrías ser ambas cosas?

–Ojalá –respondí. Deseé no haberme acabado el vino; aquel hombre necesitaba una copa–. Lo digo en serio. Pero no así.

Transcurrido un rato, Sam resopló y reclinó la cabeza contra el respaldo del sofá.

–Así que quieres hacerlo –insistió–, quieres seguir adelante con el plan de Mackey.

–¡No! –refuté yo–. Sólo quiero saber algo acerca de esa chica. Por eso he aceptado asistir a la reunión. No tiene nada que ver con Frank y con su truculenta idea. Sólo quiero saber algo acerca de ella.

–¿Y eso por qué? –preguntó Sam. Se enderezó en el asiento, me tomó ambas manos entre las suyas y me obligó a mirarlo a los ojos. Su voz sonaba entrecortada, frustrada, casi suplicante–. ¿Qué tiene que ver contigo? No tenéis ningún parentesco ni es tu amiga, nada de nada. Es pura casualidad, eso es todo, Cassie. Era una muchacha que buscaba una vida nueva y tropezó con la oportunidad ideal para iniciarla.

–Lo sé –repliqué–. Ya lo sé, Sam. Ni siquiera parece que fuera una buena persona; de habernos conocido, probablemente ni me habría caído bien. Pero quizás ahí radique el quid de la cuestión. No quiero que forme parte de mi paisaje mental. No quiero estar preguntándome por ella. Lo que espero es que, si descubro lo suficiente sobre ella, pueda desprenderme de toda esta historia y olvidar que existió alguna vez.

–Yo tengo un doble –explicó Sam–. Vive en Wexford, es ingeniero y eso es todo lo que sé sobre él. Hace alrededor de un año alguien se me acercó y me dijo que era su vivo retrato; de hecho, la mitad de las veces me llaman Brendan. Nos reímos de ello, a veces me sacan una fotografía con sus teléfonos para enseñársela. Fin de la historia.

Sacudí la cabeza.

–Es distinto.

–¿Por qué?

–Muy sencillo: porque a él no lo han asesinado.

–Es cierto, nadie le ha hecho ningún daño –concedió Sam–. Pero si se lo hicieran, me importaría un bledo. A menos que me asignaran el caso, no lo consideraría problema mío.

–El problema de esa chica es mi problema –sentencié. Las grandes y cálidas manos de Sam envolvían las mías con solidez, el cabello le caía cruzándole la frente, como ocurre siempre que está preocupado. Era una noche de un sábado primaveral. Podríamos haber estado paseando por una playa, rodeados por la oscuridad, las olas y zarapitos, o cocinando un plato experimental para la cena con la música a todo trapo, o acurrucados en un rincón de uno de los pocos pubs apartados que quedan donde los parroquianos aún cantan baladas mucho después de echar el cierre–. Me gustaría que no fuera así, pero es lo que hay.

–Hay algo que no acabo de entender –añadió Sam. Había dejado caer nuestras manos sobre mis rodillas y las miraba con el ceño fruncido mientras me acariciaba los nudillos con un ritmo constante, mecánico–. Lo único que yo veo es un caso de homicidio normal y corriente, con una coincidencia que podría ocurrirle a cualquiera. No voy a negarte la conmoción que me ha causado verla, pero sólo ha sido porque creía que eras tú. Una vez despejada esa duda, había imaginado que todo seguiría el cauce habitual. Pero tú y Mackey, ambos actuáis como si conocierais a esa muchacha de algo, como si fuera algo personal. ¿Qué es lo que se me escapa?

–En cierto sentido –contesté– es personal, sí. Para Frank, en parte es exactamente lo que tú has dicho: cree que todo esto puede ser una aventura emocionante. Pero es más que eso. Lexie Madison nació como una responsabilidad suya, fue su responsabilidad durante ocho meses mientras yo adopté esa identidad y sigue siéndolo ahora.

–Pero esa chica no es Lexie Madison. Es una suplantadora de identidad; podría dirigirme al Departamento de Fraudes por la mañana y encontrar cientos de casos como el de ella. No existe ninguna Lexie Madison. Tú y Mackey la inventasteis.

Me apretaba las manos con fuerza.

–Lo sé –dije–. Eso es precisamente lo más inquietante.

Sam torció ligeramente el gesto.

–Como ya he dicho antes, ese tipo está chiflado.

Yo no estaba totalmente en desacuerdo con él. Siempre había creído que una de las razones de la legendaria intrepidez de Frank era que, en el fondo, nunca había logrado conectar con la realidad. Para él, cada operación es como uno de esos juegos de guerra a los que juega el Pentágono, sólo que incluso más frío, porque las apuestas son más altas y los resultados son tangibles y duraderos. La fractura es lo bastante pequeña y él es lo bastante inteligente para no mostrarlo nunca de una manera evidente; pero mientras cubre todos y cada uno de los ángulos de todas y cada una de las situaciones a las mil maravillas, y lo mantiene todo bajo un control gélido, parte de él cree seriamente que Sean Connery está interpretando su papel.

Soy consciente de ello porque me reconozco en esa sensación. Mi propia frontera entre la realidad y la ficción nunca ha sido demasiado firme. Mi amiga Emma, a quien le gusta que todo tenga sentido, lo achaca a que mis padres murieron cuando yo era demasiado pequeña para asimilarlo: existían un día y se habían ido al siguiente, derribando esa barrera con tal fuerza que la habían dejado astillada para siempre. Cuando me metí en la piel de Lexie Madison durante ocho meses, en mi cabeza acabó por convertirse en una persona real, una hermana a quien había perdido o dejado atrás en el camino, una sombra oculta en algún lugar dentro de mí, como las sombras de dos gemelas desvaneciéndose que aparecen en las radiografías de las personas de higos a brevas. Incluso antes de que viniera a mi encuentro, yo sabía que le debía algo, por ser la que había sobrevivido.

Seguramente aquello no fuera lo que Sam quería oír; ya tenía bastante en el puchero como para que yo fuera añadiéndole nuevos ingredientes a la receta. Lo máximo que pude hacer por él fue narrarle mi vida como agente infiltrada. Le expliqué que tus sentidos nunca vuelven a ser los mismos, que los colores se vuelven lo bastante intensos como para grabársete y que el aire cobra un sabor agudo y penetrante, como un licor transparente con minúsculas pepitas de oro. Le expliqué cómo cambia tu forma de caminar y que el equilibrio se te agudiza y se vuelve tan tenso como el de un surfero cuando uno pasa cada segundo de su vida en la cresta cambiante de esa veloz y arriesgada ola. Le expliqué que después de aquello jamás volví a compartir un canuto con mis amigos ni me volví a tomar un éxtasis en una discoteca, porque ningún subidón es comparable a eso. Le expliqué lo buenísima que era desempeñando aquel trabajo, tan natural, mejor policía de lo que sería en Violencia Doméstica en un millón de años.

Cuando acabé, Sam me contemplaba con una ligera arruga de preocupación en el entrecejo.

–¿Qué demonios quieres decir? –preguntó–. ¿Acaso quieres que te transfieran de nuevo a Operaciones Secretas?

Había apartado sus manos de las mías. Lo miré, sentado al otro lado del sofá, con el pelo peinado hacia un lado y el ceño fruncido.

–No –contesté–, no es eso. –Contemplé cómo un gesto de alivio le recorría el rostro–. No es eso en absoluto.

Ahora viene la parte que no le conté a Sam: a los agentes encubiertos les suceden cosas malas. A algunos los matan. La mayoría de ellos se quedan sin amigos o asisten al desmoronamiento de su matrimonio y sus relaciones. Un par de ellos se asilvestran y cruzan al otro lado de manera tan paulatina que no lo ven venir hasta que ya es demasiado tarde y se encuentran metidos en complejos y discretos planes de jubilación anticipada. Algunos, y nunca los que uno pronosticaría, pierden el valor, sin previo aviso; simplemente se levantan una mañana y de repente se dan cuenta de lo que están haciendo y se quedan paralizados, como un funámbulo que desciende la vista hacia el suelo. Recuerdo a un tipo, McCall, que se infiltró en un grupo escindido del IRA; nadie pensaba que supiera siquiera lo que era el miedo hasta que una tarde telefoneó desde un callejón situado fuera de un pub. Se veía incapaz de volver a entrar allí, aseguró, y no podía huir porque le temblequeaban las piernas. Lloraba. «Venid a buscarme –suplicó–. Quiero volver a casa.»

Cuando lo conocí trabajaba en Documentación. Y los hay que reaccionan de otra manera, de la manera más letal de todas: cuando la presión se vuelve demasiado insoportable, no es el valor lo que pierden, sino el miedo. Pierden la capacidad de sentir miedo, incluso cuando deberían sentirlo. Ésos no pueden regresar a sus casas. Son como esos aviadores de la Primera Guerra Mundial, los mejores de todos, que tras brillar por su temeridad y su aura de invencibles regresaron a sus hogares y descubrieron que allí no había lugar para ellos. Algunas personas son agentes secretos hasta la médula; su trabajo se ha apoderado de sus vidas.

Nunca tuve miedo de que me mataran ni de perder el valor. Mi valentía responde bien bajo presión; son otros peligros, los más refinados e insidiosos, los que me inquietan. Pero sí me preocupan las demás perspectivas. Frank me dijo en una ocasión –y no sé si tenía razón o no y tampoco quise decírselo a Sam– que los mejores agentes infiltrados tienen un hilo oscuro tejido en su interior, en algún lugar.

3

Y así fue como el domingo por la tarde Sam y yo acudimos al castillo de Dublín para asistir al consejo de guerra de Frank. El castillo de Dublín es la sede de la brigada de Homicidios. Yo había vaciado mi escritorio allí otra tarde otoñal larga y fría: había apilado mis documentos en montones bien definidos y había etiquetado cada uno de ellos con una notita adhesiva; había tirado a la papelera los dibujos que tenía pegados en el ordenador, los bolígrafos mordisqueados, las postales de Navidades pasadas y los M&M caducados que aún quedaban por los recovecos de mis cajones; había apagado la luz y había cerrado la puerta a mi espalda.

Sam vino a recogerme con ánimo taciturno. Se había levantado y había salido de casa muy temprano esa mañana, tan temprano que el piso aún estaba oscuro cuando se agachó para darme un beso de despedida. No le pregunté por el caso. Si hubiera descubierto algo de utilidad, aunque fuera la pista más nimia, me lo habría comunicado.

–No permitas que tu amigo te presione a hacer nada que no quieras hacer –me instó en el coche.

–Vamos, Sam –repliqué–. ¿Cuándo he permitido yo que alguien me presione para hacer algo que no quiero hacer?

Sam ajustó el retrovisor con cuidado.

–Sí –contestó–. Es cierto.

Cuando abrió la puerta, el olor del edificio me asaltó como un alarido: era un olor viejo y escurridizo, a humedad, a humo y a limón, nada que ver con el penetrante olor a antiséptico de Violencia Doméstica, en el nuevo edificio del parque Phoenix. Detesto la nostalgia, su pereza con los accesorios más bonitos, pero cada paso que daba era como un puñetazo directo al estómago: yo corriendo escaleras abajo con un puñado de expedientes en cada mano y una manzana entre los dientes;

mi compañero y yo chocando los cinco tras obtener nuestra primera confesión en esa sala de interrogatorios; los dos haciendo piña para convencer al superintendente en el vestíbulo, cada uno comiéndole una oreja, intentando persuadirlo para que nos concediera un poco más de tiempo... Aquellos pasillos parecían dibujados por Escher: las paredes se inclinaban en ángulos sutiles y vertiginosos, y yo era incapaz de enfocar la vista lo suficiente como para discernirlos con exactitud.

–¿Qué tal lo llevas? –preguntó Sam con dulzura.

–Me muero de hambre –respondí–. ¿Quién ha tenido la genial idea de convocar la reunión a la hora de la cena?

Sam sonrió aliviado y me dio un apretujoncito.

–Todavía no nos han asignado un centro de coordinación –explicó–. Hasta que decidamos..., bueno, hasta que decidamos cómo vamos a enfocar el caso.

Sam abrió la puerta de la sala de la brigada de Homicidios. Frank estaba sentado a horcajadas en una silla en la parte delantera, frente a la gran pizarra blanca y me quedó claro que toda su cháchara embaucadora acerca de una charla informal entre él, Sam y yo no había sido más que un embuste. Cooper, el forense oficial, y O'Kelly, el superintendente de la brigada de Homicidios, estaban sentados ante sendos escritorios en lados opuestos de la sala, con los brazos doblados y el mismo gesto encabronado en el rostro. La imagen debería haber resultado divertida: Cooper tiene pinta de garza real y O'Kelly parece un bulldog repeinado, pero a mí me dio mala espina. Cooper y O'Kelly se detestan; conseguir que ambos estén en la misma estancia durante un rato requiere grandes dosis de persuasión y un par de botellas de vino del caro. Por alguna razón críptica que sólo él conocía, Frank había movido todas las teclas para contar con la presencia de los dos. Sam me lanzó una mirada recelosa de advertencia. Tampoco se esperaba aquello.

–Maddox –dijo O'Kelly, esforzándose por que su voz sonara quejumbrosa. O'Kelly nunca había demostrado ningún afecto por mí cuando trabajaba en Homicidios pero, en cuanto solicité el traslado, me metamorfoseé misteriosamente en la niña mimada que había desairado años de formación personalizada para luego largarse a Violencia Doméstica–. ¿Cómo va la vida en la liga de segunda división?

–El sol brilla y las plantas florecen –contesté. Cuando me pongo tensa, me vuelvo un poco frívola–. Buenas noches, doctor Cooper.

–Es un placer volver a verla, detective Maddox –me saludó Cooper.

Cooper obvió la presencia de Sam. Cooper también odia a Sam, y prácticamente a todo el mundo. Yo he permanecido en el libro de los afortunados hasta ahora pero, si descubriera que salgo con Sam, saltaría de su lista de envío de postales de Navidad a la velocidad de la luz.

–Al menos en Homicidios –apuntó O'Kelly, lanzando una mirada sospechosa a mis tejanos desgarrados; no sé por qué, pero había sido incapaz de vestirme con mis nuevas ropas para causar buena impresión, no para aquel caso–, la mayoría podemos permitirnos comprarnos ropa decente. ¿Cómo le va a Ryan?

No estaba segura de si era una pregunta con malas intenciones o no. Rob Ryan era mi compañero cuando trabajaba en Homicidios. Hacía un tiempo que no lo veía. Tampoco había visto a O'Kelly ni a Cooper desde que me habían transferido. Todo aquello estaba sucediendo demasiado deprisa y escapaba a mi control.

–Les envía mucho amor y besos –contesté.

–Me lo esperaba –replicó O'Kelly burlándose de Sam, que apartó la mirada.

En la sala de la brigada de Homicidios trabajan veinte personas, pero aquel día lucía el aspecto inerte de los domingos por la noche: los ordenadores estaban apagados y las mesas repletas de documentos y envoltorios de comida rápida esparcidos por encima, dado que el servicio de limpieza no acude hasta el lunes por la mañana. En el rincón posterior, junto a la ventana, los escritorios que ocupábamos Rob y yo seguían estando en ángulo recto, tal como a nosotros nos gustaba, para podernos sentar hombro con hombro. Algún otro equipo, quizás unos principiantes, los habría ocupado. Quienquiera que se sentara ahora a mi mesa tenía un hijo: había una fotografía con marco de plata de un niño sonriendo al que le faltaban los dientes de delante y un montón de hojas de declaraciones bañadas por los últimos rayos vespertinos de sol. El sol siempre solía darme en los ojos a esta hora del día.

Me costaba respirar; el aire se me antojaba demasiado denso, casi sólido. Uno de los fluorescentes estaba estropeado y confería a la estancia un aspecto titilante, epiléptico, como salido de un sueño febril. Un par de grandes carpetas colocadas en el archivador aún exhibían mi caligrafía en el lomo. Sam acercó su silla a su mesa y me observó con el ceño levemente fruncido, pero no dijo nada, y yo se lo agradecí.

Me concentré un instante en el rostro de Frank. Tenía ojeras y se había cortado afeitándose, pero parecía completamente despierto, alerta y cargado de energía. Estaba expectante ante nuestra reunión. Me sorprendió observándolo.

–¿Contenta de estar otra vez aquí?

–Extasiada –respondí.

De repente me pregunté si me habría convocado en aquella sala a propósito, sabiendo que podía despertar todos mis fantasmas. Deposité mi maletín sobre una mesa, la de Costello; reconocí su escritura en los documentos, me apoyé contra la pared y me metí las manos en los bolsillos de la chaqueta.

–La compañía es muy grata –apuntó Cooper, alejándose un poco más de O'Kelly–, pero yo agradecería sinceramente que fuéramos al grano del porqué de esta pequeña reunión.

–De acuerdo –dijo Frank–. Estamos aquí por el caso Madison, bueno, el caso de Jane Doe alias Madison. ¿Cuál es el nombre oficial?

–Operación Espejo –aclaró Sam.

Resultaba evidente que el rumor de mi parecido con la víctima había llegado hasta la comisaría central. Encantador. Me pregunté si sería demasiado tarde para cambiar de idea, regresar a mi casa y encargar una pizza.

Frank asintió.

–Eso es: Operación Espejo. Han transcurrido tres días y aún no tenemos sospechoso, pistas ni conocemos la identidad de la víctima. Como todos saben, soy de la opinión de que convendría adoptar un enfoque diferente…

–Para el carro –lo interrumpió O'Kelly–. Abordaremos tu «enfoque diferente» dentro de un momento, descuida. Pero antes de eso tengo una pregunta.

–Adelante –lo invitó Frank con magnanimidad y un gesto expansivo acorde.

O'Kelly le lanzó una mirada asesina. En aquella estancia se respiraba testosterona por un tubo.

–A menos que me haya perdido algo –dijo–, a esa muchacha la han asesinado. Corrígeme si me equivoco, Mackey, pero yo no aprecio ningún signo de violencia doméstica y tampoco ningún indicio que lleve a pensar que pertenecía a la secreta. Así que, para empezar, podéis explicarme por qué diablos os interesa este caso –espetó y nos apuntó con la mejilla a Frank y a mí.

–A mí no me interesaba –contesté–. No me interesa, quiero decir.

–La víctima utilizaba una identidad que yo creé para una de mis subordinadas –explicó Frank–, y yo eso me lo tomo como un asunto personal. Así que vas a tener que aguantarme. Y quizá tengas que aguantar también a la detective Maddox, pero eso aún está por ver.

–Os lo puedo aclarar ahora mismo –objeté.

–Vamos, dame un poco de coba –me solicitó Frank–. No me lo digas hasta que haya concluido. Una vez hayas escuchado todo lo que tengo que decir, puedes mandarme a hacer puñetas si te apetece y no pondré objeción alguna. ¿No te parece estimulante?

Me rendí. Ésa es otra de las habilidades de Frank: sonar como si estuviera haciendo una gran concesión para que los demás queden como una mula terca si no ceden un poco de terreno.

–Tanto como una cita con mi príncipe azul –respondí.

–¿Todos conformes, entonces? –preguntó Frank a los presentes–. Al final de esta reunión podéis decirme que vuelva a encerrarme en mi cajita y nunca más volveré a mencionar mi pequeña idea. Pero antes dejadme hablar. ¿Está todo el mundo de acuerdo?

O'Kelly profirió un gruñido que no lo comprometía a nada; Cooper se encogió de hombros como si aquello no fuera con él, y Sam, transcurrido un momento, asintió con la cabeza. Cada vez me invadía más el presentimiento de una catástrofe inminente típica de Frank.

–Y antes de que todos nos entusiasmemos demasiado –continuó Frank–, asegurémonos de que el parecido aguanta una mirada clínica. En caso contrario, carece de sentido seguir discutiendo este asunto, ¿no creéis?

Nadie contestó. Se levantó de la silla, extrajo un puñado de fotos de su carpeta y empezó a engancharlas en la pizarra blanca con Blu-tack. Una primera fotografía del carné de estudiante del Trinity, ampliada a veinte por veinticinco centímetros; el rostro de la muchacha fallecida de perfil, con el ojo cerrado y amoratado; una imagen de cuerpo entero sobre la mesa de la sala de autopsias, aún vestida, gracias al cielo, con los puños apretados encima de aquella oscura estrella de sangre; un primer plano de sus manos, abiertas y punteadas con marrón negruzco y vetas de pintaúñas plateado visibles a través de la sangre.

–Cassie, ¿te importa hacerme un favor? ¿Podrías venir aquí un momento?

«Pedazo de capullo», pensé. Me despegué de la pared, me dirigí hasta la pizarra blanca y me coloqué de espaldas a ella como si fueran a tomarme las fotografías para ficharme. Habría apostado algo a que Frank ya había obtenido mi fotografía de Documentación y la había comparado con todas aquellas con ayuda de una lupa. Prefiere formular preguntas cuyas respuestas ya conoce.

–En realidad deberíamos estar usando el cadáver para esto –comentó Frank alegremente, mientras partía con los dientes un trozo de Blutack por la mitad–, pero he considerado que podía resultar un poco truculento.

–¡Dios nos libre! –exclamó O'Kelly.

Maldita sea, quería que Rob estuviera allí. Nunca antes me había permitido pensarlo, ni siquiera una vez en todos aquellos meses que llevábamos sin hablarnos, por muy cansada que estuviera o por muy tarde que fuera. Al principio sentía tantas ganas de abofetearle que tenía que morderme los puños para contenerme. De hecho, para relajarme me dedicaba a lanzar objetos contra las paredes. Así logré dejar de pensar en él. Pero el hecho de estar en la sala de Homicidios, con aquellos cuatro analizándome como si fuera una muestra forense exótica y todas aquellas fotografías tan cerca de mis mejillas que casi las notaba, hacía que la sensación de ácido que me había invadido durante toda la semana se estuviera hinchando hasta convertirse en una ola salvaje y abrumadora que me punzaba en algún punto bajo el esternón. Habría dado un ojo por que Rob estuviera allí en aquel momento, enarcando una ceja con mohín sardónico en dirección a mí sin que O'Kelly se percatara, y puntualizando que el trueque sencillamente no funcionaría porque la muchacha muerta era guapa. Por un segundo macabro habría jurado que olí su loción para después del afeitado.

–Observad las cejas –indicó Frank, dando unos golpecitos en la fotografía del carné de identidad; tuve que reprimirme para no saltar–, las cejas encajan. Los ojos encajan. Lexie tenía el flequillo más corto (tendrás que repasártelo) pero, aparte de eso, el pelo también encaja. Las orejas, ponte de lado un momento, así, las orejas también son iguales. ¿Tú tienes agujeros?

–Tres –contesté.

–Ella sólo tenía dos. A ver... –Frank se me acercó–. Bueno, no parece que vaya a ser ningún problema. Yo ni siquiera los vería si no los buscara. La nariz también se parece. Y la boca. Y la barbilla. Y el mentón.

Sam pestañeaba, con un rápido gesto de estremecimiento cada vez.

–Tus pómulos y tus clavículas son un poco más pronunciados que los de la víctima –apuntó Cooper, examinándome con un interés profesional un tanto escalofriante–. ¿Puedo preguntar cuánto pesas?

Nunca me peso.

–Cincuenta y algo. Cincuenta y uno o cincuenta y uno y medio.

–Estás un poco más delgada que ella –aclaró Frank–, pero eso no importa: una o dos semanas a base de comida de hospital lo justifican. Lleva ropa de la talla 38, los tejanos son una 29 de cintura, lleva una 90B de sujetador y calza un 38. ¿Se parecen a tus medidas?

–Bastante, sí –contesté.

Me pregunté cómo diablos mi vida había acabado así. Pensé en buscar un botón mágico que me rebobinara a la velocidad del rayo hasta la época en la que holgazaneaba alegremente en aquel rincón y le daba una patadita en la pierna a Rob cada vez que O'Kelly aparecía con un cliché, en lugar de encontrarme allí como una marioneta mostrando mis orejas e intentando disimular el temblor de mi voz mientras debatíamos si cabría en el sujetador de una muerta.

–Un vestuario nuevo –me dijo Frank con una sonrisa–. ¿Quién dice que este trabajo no tiene beneficios extra?

–Te sentará bien –fue el comentario insidioso de O'Kelly.

Frank avanzó a la fotografía de cuerpo entero y la recorrió con un dedo desde los hombros a los pies, contrastando sucesivamente sus rasgos con los míos con la mirada.

–Tienen una complexión muy parecida, kilo arriba, kilo abajo. –Al deslizarse por la pizarra, sus dedos emitieron un largo chirrido; Sam se removió, inquieto, en su silla–. La anchura de hombros también encaja y la proporción de cintura a cadera; podemos medirla, sólo para cerciorarnos, pero la diferencia de peso nos concede cierto margen en este punto. La longitud de las piernas también es igual. –Dio unos golpecitos al primer plano–. Las manos son importantes. La gente se fija en ellas. Enséñanos las tuyas, Cassie, por favor.

Extendí las manos como si fueran a esposarme. No fui capaz de volver la vista hacia aquella foto; apenas si podía respirar. Frank aún no tenía respuesta para aquella pregunta. Aquí podía acabar todo: mis manos podían ser la diferencia que me escindiría de aquella muchacha, que cercenaría el lazo de manera definitiva y me permitiría regresar a casa.

–Vaya –comentó Frank en tono apreciativo tras observarme con detenimiento–, quizá sean las manos más bonitas que he visto nunca.

–Es extraordinario –apuntó Cooper con entusiasmo, inclinándose hacia delante para observarnos a mí y a la joven anónima por encima de sus gafas–. Las posibilidades son de una entre varios millones.

–¿Alguien aprecia alguna diferencia? –preguntó Frank.

Nadie dijo nada. Sam apretaba la mandíbula.

–Caballeros –anunció Frank dibujando una floritura con el brazo–, son idénticas.

–Lo cual no implica necesariamente que tengamos que explotar esa coincidencia –alegó Sam.

O'Kelly aplaudió a cámara lenta, en ademán sarcástico.

–Felicidades, Mackey. ¡Eso sí que es un truco de magia! Y ahora que todos sabemos qué aspecto tiene Maddox, ¿podemos retomar el caso?

–¿Os importa que me siente otra vez? –pregunté. Las piernas me temblaban como si hubiera estado corriendo y estaba enfadadísima con todos los presentes en aquella estancia, yo incluida–. A menos que me necesitéis como musa.

–Claro que no, siéntate –dijo Frank, mientras buscaba un rotulador para la pizarra blanca–. Bien, resumiendo, esto es lo que tenemos hasta el momento. Alexandra Janet Madison, alias Lexie, registrada como nacida en Dublín el 1 de marzo de 1979, como bien debería saber yo, que fue quien la inscribió en el Registro Civil. En octubre de 2000 –empezó a esbozar una cronología con trazos rápidos– se matriculó en el University College de Dublín para cursar un posgrado en Psicología. En mayo de 2001 abandonó la universidad debido a una enfermedad relacionada con el estrés y se refugió con sus padres en Canadá para recuperarse. Ahí debería haber acabado su historia...

–Un momento. ¿Me liquidaste con un ataque de nervios? –pregunté.

–Tu tesis te había superado –me explicó Frank con una sonrisa–. El mundo académico es un mundo difícil; no fuiste capaz de soportar la presión, de modo que te retiraste. Tenía que desembarazarme de ti de algún modo.

Volví a recolocarme contra la pared y le hice un puchero; Frank me guiñó un ojo. Había jugado con aquella chica años antes de que apareciera en escena. Cualquier desliz que tuviera con un viejo conocido que empezara a sonsacar información, cualquier pausa fuera de lo normal, cualquier reticencia a encontrarse con alguien de nuevo podía solucionarla con un: «Bueno, ya sabes, sufrió una crisis nerviosa...».

–Pero en febrero de 2002 –continuó Frank mientras cambiaba el rotulador azul por el rojo–, Alexandra Madison reapareció en escena. Obtuvo su expediente en el University College de Dublín y lo utilizó para matricularse en el Trinity en un posgrado en Lengua y Literatura inglesas. No tenemos ni idea de cómo es realmente esta joven, de lo que hacía antes de eso o de cómo tropezó con la identidad de Lexie. Le hemos tomado las huellas dactilares, pero no aparecen en el sistema.

–Quizá deberíamos ampliar la red –apunté–. Existe una posibilidad nada desdeñable de que no sea irlandesa.

Frank me miró con expresión inquisitiva.

–¿Por qué dices eso?

–Cuando un irlandés quiere ocultarse, no se queda por aquí. Se va al extranjero. De ser irlandesa, podía haber tropezado con alguien del club de bingo de su mamá en menos de una semana.

–No necesariamente. Llevaba una vida bastante ermitaña.

–Además –proseguí sin subir el volumen de voz–, yo me parezco a mi familia francesa. Nadie piensa que sea irlandesa hasta que abro la boca. Y si yo no debo mi fisonomía a este país, lo más probable es que ella tampoco.

–Maravilloso –exclamó O'Kelly algo apesadumbrado–. Operaciones Secretas, Violencia Doméstica, Inmigración, los ingleses, la Interpol, el FBI... ¿A alguien más le apetece participar en esta fiesta? ¿La Asociación de Mujeres del Ámbito Rural de Irlanda, por ejemplo? ¿La Diócesis de San Vincente de Paúl?

–¿Existe alguna posibilidad de identificarla por la dentadura? –preguntó Sam–. ¿O de ubicarla en un país, como mínimo? ¿Se puede determinar eso mediante un estudio dental, por cómo se le han practicado los empastes y demás?

–Ocurre que esa jovencita tenía una dentadura impecable –contestó Cooper–. Por supuesto, yo no soy ningún especialista en la materia, pero no tenía empastes, ni puentes, ni extracciones ni ninguna otra intervención identificable.

Frank me miró arqueando una ceja en señal de interrogación. Le respondí con la mayor cara de desconcierto de la que fui capaz.

–Tenía dos incisivos inferiores ligeramente superpuestos –añadió Cooper– y también una muela superior claramente desalineada, lo cual implica que de niña no llevó aparatos. Me aventuraría a afirmar que las probabilidades de identificarla por la dentadura son prácticamente nulas.

Sam movió la cabeza en un gesto de frustración y volvió a fijar la vista en su cuaderno de notas. Frank seguía repasándome de arriba abajo, y empezaba a ponerme nerviosa. Me aparté de la pared, abrí la boca todo lo que pude y señalé mis dientes. Cooper y O'Kelly me miraron horrorizados.

–No, no tengo empastes –le aclaré a Frank–. ¿Lo ves? Aunque tampoco creo que eso importe mucho.

–Buena chica –dijo Frank con aprobación–. No dejes de pasarte la seda dental.

–Encantador, Maddox –terció O'Kelly–. Gracias por compartirlo con nosotros. De manera que en otoño de 2002 Alexandra Madison se matriculó en el Trinity y en abril de 2005 aparece asesinada a las afueras de Glenskehy. ¿Sabemos a qué ha dedicado el tiempo entre tanto?

Sam se removió en su silla, alzó la vista y dejó su bolígrafo sobre el cuaderno.

–A cursar su doctorado, principalmente –aclaró–. Un tema relacionado con mujeres escritoras y seudónimos; la verdad es que no logré entenderlo del todo. Le iba fantásticamente bien, según afirma su supervisor; iba un poco retrasada con el calendario, pero lo que escribía estaba bien. Hasta septiembre vivía en una habitación amueblada en una calle que corta con la South Circular Road. Se sufragaba los gastos a base de créditos para estudiantes, becas y trabajando en el departamento de Lengua y Literatura inglesas y en Caffeine, una cafetería del pueblo. No tiene antecedentes policiales ni deudas conocidas, salvo el préstamo para pagar las tasas de los tres años de universidad; su cuenta bancaria no refleja movimientos turbios, no se le conocen adicciones ni novio ni ningún ex novio. –Cooper enarcó una ceja–. Tampoco enemigos ni peleas recientes.

–Así que no tenemos ningún móvil –concluyó Frank, de cara a la pizarra–, ni tampoco sospechosos.

–Sus seres más cercanos –continuó Sam sin alterarse– eran una pandilla de estudiantes de posgrado: Daniel March, Abigail Stone, Justin Mannering y Raphael Hyland.

–¡Fuá! Vaya nombre –comentó O'Kelly–. ¿Qué es, marica o británico?

Cooper cerró los ojos un instante con un gesto de desagrado, como un gato.

–Es medio inglés –puntualizó Sam; O'Kelly emitió un gruñidito de petulancia–. Daniel tiene dos multas por exceso de velocidad y Justin una; aparte de eso, están limpios como los chorros del oro. No saben que Lexie utilizaba una identidad falsa o, si lo saben, no lo han mencionado. Según dicen, estaba distanciada de su familia y no le gustaba hablar de su pasado. Ni siquiera saben de dónde era originaria; Abby cree que probablemente de Galway, Justin que de Dublín y Daniel me ha mirado con altanería y me ha soltado que «no revestía el menor interés» para él. Y lo mismo ocurre con su familia. Justin piensa que sus padres estaban muertos; Rafe dice que estaban divorciados; Abby, que era hija ilegítima...

–Y quizá ninguno esté en lo cierto –lo interrumpió Frank–. Ya sabemos que nuestra joven no era trigo limpio.

Sam asintió.

–En septiembre, Daniel heredó de su tío abuelo, Simon March, la casa de Whitethorn, cerca de Glenskehy, y todos se mudaron allí. El pasado miércoles por la noche, los cinco estaban en casa, jugando al póquer. Lexie fue la primera en perder y salió a dar un paseo alrededor de las once y media; se ve que los paseos nocturnos formaban parte de su rutina; la zona es segura, aún no había empezado a llover y los demás no pensaron que hubiera nada malo en ello. Acabaron de jugar pasada la medianoche y se fueron a dormir. Todos coinciden al describir la partida de cartas: quién ganó, cuánto ganó, en qué mano... con ligeras divergencias aquí y allá, pero nada digno de mencionar. Los hemos entrevistado a todos varias veces y no se han contradicho en ningún momento. O son inocentes o están organizados de un modo que raya en lo enfermizo.

–Y la mañana siguiente –Frank tomó el testigo, rematando la cronología con una floritura–, Lexie aparece muerta.

Sam separó un puñado de papeles del montón que había en su mesa, se dirigió hasta la pizarra y colocó algo en una esquina: era un mapa de topógrafo de una parcela de campo, detallado hasta la última casa y verja delimitadora, marcado con equis clarísimas y con garabatos resaltados en fluorescente.

–Ésta es la localidad de Glenskehy. Whitethorn House se encuentra a sólo un kilómetro y medio en dirección sur. Aquí, a medio camino y ligeramente hacia el este se halla la casucha en ruinas donde encontramos a la muchacha. He señalado todas las rutas evidentes que pudo tomar para llegar hasta allí. La policía científica y los uniformados siguen rastreando el lugar, pero aún no han encontrado nada. Según los amigos de la joven, siempre salía por la verja trasera de la casa y caminaba por las praderas de los alrededores más o menos una hora; son prados pequeños, casi laberínticos; luego entraba o bien por la puerta delantera o bien por la posterior, en función de la ruta que hubiera tomado.

–¿En plena noche? –quiso saber O'Kelly–. ¿Estaba loca o qué?

–Siempre llevaba consigo la linterna que le encontramos en el bolsillo –explicó Sam–, a menos que la luna alumbrara lo suficiente como para ver sin ella. Le encantaban los senderos viejos; salía casi cada noche, aunque lloviera a cántaros; se abrigaba bien e iba a dar su paseo. No creo que su intención fuera hacer ejercicio, sino buscar un poco de intimidad; viviendo tan cerca de los otros cuatro, ése debía de ser el único momento que tenía para sí misma. Los demás no saben si siempre iba a la casa abandonada, pero sostienen que le gustaba. Justo después de mudarse al caserío, los cinco pasaron un día explorando los alrededores de Glenskehy, en una excursión de reconocimiento del terreno. Cuando divisaron esa casucha, Lexie se negó a continuar hasta haber entrado a echar un vistazo, pese a que los demás le advirtieron de que, probablemente, en cualquier momento saldría el granjero detrás de ellos armado con un rifle. A Lexie le gustaba que siguiera en pie aunque ya nadie la utilizara; de hecho, Daniel ha comentado que «a ella le gusta la ineficacia», signifique eso lo que signifique. De manera que no podemos descartar que fuera una parada habitual durante sus caminatas.

Definitivamente, entonces no era irlandesa, o al menos no se había criado aquí. Esas granjuchas de la época de la Gran Hambruna salpican todo el ámbito rural y a los nativos nos pasan prácticamente desapercibidas. Sólo los turistas, principalmente de los países de más reciente creación, como Estados Unidos y Australia, las contemplan el tiempo suficiente para percatarse de su relevancia.

Sam extrajo otro papel y lo colocó en la pizarra: era un plano de la planta de la casucha, con una escala clara y diminuta en la parte inferior.

–Al margen de cómo acabara allí –prosiguió, presionando la última esquina del plano para colocarlo en su sitio–, fue en ese lugar donde murió, contra esta pared, en lo que hemos denominado «la estancia exterior». En algún momento después de su muerte y antes de que el rígor mortis se cerniera sobre su cadáver, la trasladaron a «la estancia interior». Fue allí donde la encontraron el jueves a primera hora de la mañana.

Le hizo una seña a Cooper, que estaba en Babia, con la mirada perdida y sumido en una especie de trance. Se tomó su tiempo. Se aclaró la garganta remilgadamente, echó un vistazo alrededor para comprobar que contaba con la atención de todos los presentes y explicó:

–La víctima era una mujer blanca sana, de un metro cincuenta y tres centímetros de altura y cincuenta y cuatro kilos de peso. No tenía cicatrices, tatuajes ni otras marcas identificativas. El contenido de alcohol en sangre era de 0,03, coherente con la ingesta de dos o tres copas de vino unas horas antes. Por lo demás, el examen toxicológico estaba limpio: en el momento de su muerte no había consumido drogas, toxinas ni medicamentos. Todos los órganos se encontraban dentro de los parámetros de la normalidad; no he hallado defectos ni indicios de enfermedad. Los epífisis de los huesos largos están completamente fusionados y las suturas internas de los huesos del cráneo muestran signos tempranos de fusión, lo cual sitúa su edad en la franja de finales de la veintena. La pelvis demuestra que nunca dio a luz. –Extendió la mano para agarrar el vaso del agua y le dio un sorbo consciente, pero yo sabía que su intervención no había concluido; hacía aquella pausa para crear expectación. Cooper se guardaba un as en la manga. Depositó el vaso en la mesa y lo colocó perfectamente alineado con el borde–. Sin embargo –añadió–, se encontraba en las primeras fases del embarazo.

Cooper se reclinó en su silla y contempló el impacto que habían provocado sus palabras.

–Válgame Dios –susurró Sam.

Frank se apoyó contra la pared y silbó, una nota larga y baja. O'Kelly alzó los ojos al cielo. Era lo único que le faltaba a este caso. Deseé haber tenido la precaución de sentarme.

–¿Alguno de sus amigos ha mencionado este hecho? –pregunté.

–Ni uno solo –contestó Frank, al tiempo que Sam negaba con la cabeza–. Nuestra joven era muy cauta con sus amistades y mucho más aún con sus secretos.

–Es posible que aún no lo supiera –aventuré–. Si no tenía la menstruación regular…

–Calla, por favor, Maddox –me atajó O'Kelly horrorizado–. No necesitamos conocer los detalles de su menstruación. Escríbelo en el informe, si quieres.

–¿Hay alguna posibilidad de identificar al padre mediante el ADN? –preguntó Sam.

–No veo por qué no –respondió Cooper–, si pudiéramos contar con una muestra de ADN del supuesto padre. El embrión tenía aproximadamente cuatro semanas y sólo medía un centímetro y era…

–¡Maldita sea mi estampa! –exclamó O'Kelly; Cooper sonrió con suficiencia–. Sáltate los detalles, ¿quieres? ¿Cómo murió la víctima?

Cooper efectuó una larga pausa para demostrarnos a todos que no aceptaba órdenes de O'Kelly.

–En algún momento de la noche del miércoles –especificó, cuando consideró que su puntualización había quedado clara– le asestaron una única puñalada en el pecho, en la derecha, bajo la caja torácica. Lo más probable es que la atacaran por delante: el ángulo y el punto de incisión resultarían difíciles de conseguir viniendo desde atrás. He hallado ligeros rasguños en las palmas de ambas manos y en una rodilla, coherentes con una caída en un suelo duro, pero no hay heridas que indiquen que opuso resistencia. El arma era una cuchilla de al menos siete centímetros y medio de longitud, de una sola cara, con la punta afilada y sin características distintivas; podría haber sido cualquier navaja de bolsillo, incluso un cuchillo de cocina afilado. La hoja penetró por la línea clavicular, a la altura de la octava costilla, en ángulo inclinado hacia arriba, y punzó el pulmón, lo cual le provocó un neumotórax a tensión. Para explicarlo de la manera más inteligible posible –miró a O'Kelly de soslayo con insidia–, la cuchilla creó una especie de válvula de mariposa en el pulmón. Cada vez que inhalaba, el aire escapaba del pulmón al espacio pleural y, cuando exhalaba, la aleta de la válvula se cerraba, de manera que el aire quedaba atrapado. Una asistencia médica temprana le habría salvado la vida casi con absoluta seguridad. Pero en ausencia de tales cuidados el aire fue acumulándose poco a poco y comprimiendo el resto de órganos torácicos dentro de la cavidad pectoral. Al final la sangre no logró llegar al corazón, y falleció.

Se produjo un breve silencio, interrumpido tan sólo por el leve zumbido de los fluorescentes. Pensé en ella en aquella casa en ruinas, fría, con las aves nocturnas emitiendo sus lamentos y la lluvia cayendo a su alrededor, muriendo por el simple hecho de respirar.

–¿Cuánto tiempo debió de transcurrir? –preguntó Frank.

–La progresión depende de una serie de factores –explicó Cooper–. Por ejemplo, si la víctima corrió después de que la apuñalaran, su respiración sin duda se aceleró y se hizo más profunda, lo cual habría acelerado el avance del neumotórax a tensión. Además, la cuchilla seccionó levemente una de las venas principales del pecho; con actividad física, esa incisión debió de transformarse en un desgarro y, probablemente, poco a poco empezó a sangrar a borbotones. Para daros un cálculo aproximado, me aventuraría a decir que debió de caer inconsciente entre veinte y treinta minutos después de que la apuñalaran, y que murió entre diez y quince minutos más tarde.

–Y en esos treinta minutos –preguntó Sam–, ¿qué distancia pudo recorrer?

–No soy adivino, detective –replicó Cooper en un tono amable–. La adrenalina puede causar efectos fascinantes en el organismo humano, y las pruebas demuestran que la víctima se hallaba efectivamente en un estado de agitación considerable. La presencia de espasmos cadavéricos (en este caso en concreto, la víctima cerró las manos en el momento de la muerte y los puños ni siquiera se han abierto con el rígor mortis) suele relacionarse con un estrés emocional extremo. Si estaba lo bastante motivada, y a juzgar por las circunstancias me atrevo a afirmar que así era, sin duda pudo recorrer un kilómetro y medio, tal vez dos. En otra situación podría haberse desvanecido a los pocos metros.

–De acuerdo –contestó Sam. Encontró un rotulador fluorescente en el escritorio de alguien y dibujó un círculo amplio alrededor de la casita en el mapa, que englobaba la población, Whitethorn House y unas cuantas hectáreas de ladera despoblada–. Así pues, nuestra escena del crimen principal se situaría más o menos aquí.

–¿El dolor no sería demasiado insoportable para recorrer una distancia tan larga? –pregunté.

Noté la vista de Frank clavarse en mí. No preguntamos si las víctimas sufrieron. A menos que se las torturara, no tenemos necesidad de saberlo e involucrarnos emocionalmente con ellas sólo sirve para echar por la borda nuestra objetividad y provocarnos pesadillas; además, a la familia siempre le decimos que no sufrieron.

–Refrene su imaginación, detective Maddox –me aconsejó Cooper–. Un neumotórax a tensión normalmente es indoloro. Probablemente ella fuera consciente de que cada vez le faltaba más el aire y se le aceleraba el corazón; cuando entró en estado de *shock*, debió de quedársele la piel fría y sudorosa y probablemente se sintiera mareada, pero no hay razón para suponer que murió en una agonía insoportable.

–¿Con cuánta fuerza le asestaron la puñalada? –preguntó Sam–. ¿Podría haberlo hecho cualquiera o tuvo que ser un tipo fuerte?

Cooper suspiró. Siempre preguntamos: ¿podría haberlo hecho un tipo escuálido? ¿Y una mujer? ¿Un niño? ¿Y un niño fortachón?

–La forma de la incisión en corte transversal –estableció–, junto con la falta de escisión en la piel en el punto de entrada indica que se usó una cuchilla con una punta bastante afilada. No encontró hueso ni cartílago en su trayectoria. Y partiendo del supuesto de que el pulmón bombearía rápidamente, diría que esta herida la podría haber infligido un hombre corpulento, un hombre escuálido, una mujer corpulenta, una mujer escuálida o incluso un niño pubescente robusto. ¿Responde eso a su pregunta?

Sam guardó silencio.

–¿Hora de la muerte? –preguntó O'Kelly.

–Entre las once de la noche y la una de la madrugada –respondió Cooper, mientras se examinaba una cutícula–, tal como creo que indicaba en mi informe preliminar.

–Podemos concretarla un poco más –puntualizó Sam. Encontró

un rotulador e inició una nueva cronología debajo de la de Frank–. En esa zona empezó a llover alrededor de las doce y media de la noche, y la policía científica apunta a que Lexie debió de pasar a la intemperie un máximo de quince o veinte minutos, a juzgar por el grado de humedad de su ropa, de manera que debió de entrar en el refugio en torno a las doce y media. Y entonces ya estaba muerta. A tenor de las explicaciones del doctor Cooper, eso sitúa el apuñalamiento a medianoche, probablemente antes. Yo diría que debía de estar ya semiinconsciente cuando empezó a llover, o se habría cobijado en la estancia interior. Si sus amigos dicen la verdad respecto a que salió de la casa vivita y coleando a las once y media, eso nos da una horquilla de media hora para el apuñalamiento. Si mienten o están en un error, podría haberse producido en cualquier momento entre las diez y las doce.

–Y eso –sentenció Frank, pasando una pierna por encima de su silla– es todo lo que tenemos. No hay huellas de pisadas ni restos de sangre; la lluvia lo ha borrado todo. Tampoco hay huellas dactilares: alguien le rebuscó los bolsillos y luego limpió todas las pertenencias de la muchacha. Y según la policía científica, tampoco hay nada que nos pueda ser de utilidad bajo las uñas; al parecer no se enfrentó al asesino. Están analizando todos los rastros pero, a bote pronto, no hay nada a lo que agarrarnos. Todos los cabellos y las fibras parecen coincidir o bien con los de la víctima misma o bien con los de sus amigos o con varios objetos de la casa, lo cual significa que no nos sirven para nada. Aún estamos peinando la zona, pero hasta el momento no tenemos ninguna pista del arma asesina ni del lugar donde se produjo la emboscada ni de que existiera una reyerta. Básicamente, lo único que tenemos es una joven muerta.

–Maravilloso –remató O'Kelly en tono quejumbroso–. Uno de esos casos. ¿Qué pasa, Maddox, acaso llevas un imán de casos indeseables en el sujetador?

–Este caso no es mío, señor –le recordé.

–Y, sin embargo, aquí estás. ¿Cuáles son las líneas de investigación?

Sam depositó el rotulador de nuevo en la mesa y levantó el dedo pulgar.

–La primera: un ataque aleatorio. –En Homicidios, uno adquiere la costumbre de enumerarlo todo; a O'Kelly le hace feliz–. Había salido a dar un paseo y alguien la asaltó, por dinero, con intención de violarla o simplemente para causar problemas.

–De haber habido algún indicio de agresión sexual –intervino Cooper cansinamente, sin apartar la vista de sus uñas–, creo que a estas alturas ya lo habría mencionado. De hecho, no he encontrado nada que indicara un contacto sexual reciente de ningún tipo.

Sam asintió.

–Tampoco hay signos de robo; conservaba su monedero, con dinero dentro, no tenía tarjeta de crédito y se había dejado el teléfono en casa. Pero eso no demuestra que el hurto no fuera el móvil. Pudo oponer resistencia, él la apuñaló, ella escapó corriendo, la persiguió y luego le entró el pánico al comprobar lo que había hecho…

Sam me lanzó una rápida mirada interrogativa. O'Kelly tiene una opinión muy concreta acerca de la psicología y le gusta fingir que no sabe nada sobre los especialistas que se dedican a trazar perfiles de asesinos. Así que yo lo hago con mucho tacto.

–¿Eso crees? –pregunté–. No lo veo tan claro. Yo más bien había imaginado… Quiero decir, que la movieron *después* de muerta, ¿no es cierto? Si tardó media hora en morir, entonces o bien ese tipo se pasó todo ese tiempo mirándola (¿y por qué iba un ladrón o un violador a hacer eso?) o bien otra persona la encontró, la trasladó y no se preocupó en telefonearnos. Ambas hipótesis son plausibles, en mi opinión, pero no creo que ninguna sea probable.

–Por suerte, Maddox –intervino O'Kelly en un tono bastante desagradable–, tu opinión ya no cuenta. Tal como has señalado, no participas en este caso.

–Por ahora –puntualizó Frank como quien no quiere la cosa.

–Pero la hipótesis del desconocido plantea algunos problemas adicionales –prosiguió Sam–. Esa zona está bastante desierta durante el día, por no mencionar de noche. Si era un maleante cualquiera, ¿por qué iba a quedarse en un sendero en medio de la nada, donde las probabilidades de que pase una posible víctima son prácticamente nulas? ¿Por qué no dirigirse a Wicklow o a Rathowen o al menos a Glenskehy, pero a una población al fin y al cabo?

–¿Se han producido casos con alguna similitud en la zona? –inquirió O'Kelly.

–No ha habido hurtos con arma blanca ni agresiones sexuales a extraños –aclaró Sam–. Glenskehy no es más que una aldea; los dos delitos principales son beber hasta altas horas de la madrugada y regresar luego a casa en coche. El único apuñalamiento en el último año se produjo por accidente entre un grupo de amigotes borrachos. A menos que se presente algo parecido, por el momento guardaría en la recámara la hipótesis del extraño.

–Estoy de acuerdo –convino Frank, sonriéndome. Un asalto aleatorio no nos aportaría información sobre la vida de la víctima; no habría pruebas ni motivos por descubrir, ni ninguna razón para infiltrarme con una identidad falsa–. No podría estar más de acuerdo.

–Yo tampoco tengo inconveniente –concordó O'Kelly–. Por muy fortuito que sea, estamos pringados hasta las cejas: o nos sonríe la suerte o nada de nada.

–Fantástico, entonces. Hipótesis número dos. –Sam sacó un segundo dedo–: Un enemigo reciente, es decir, alguien que la conoció como Lexie Madison. Lexie se movía en un círculo bastante limitado, de manera que no nos resultará muy difícil averiguar si tenía problemas con alguien. Estamos empezando con sus compañeros de la casa y luego continuaremos ampliando el círculo: el personal del Trinity, el resto de alumnos...

–Pero hasta el momento no ha habido suerte –puntualizó Frank, a nadie en particular.

–La investigación acaba de arrancar –lo atajó Sam con firmeza–. Estamos en los interrogatorios preliminares. Y ahora que sabemos que estaba embarazada, se nos abre una nueva línea de investigación. Tenemos que localizar al padre.

O'Kelly lanzó un resoplido.

–Pues buena suerte... Con las jóvenes de hoy en día nunca se sabe. Probablemente sea algún mequetrefe a quien conoció en una discoteca y follaron en medio de la carretera.

Sentí un repentino y confuso ataque de ira: «Lexie no era así». Me recordé que mi información estaba obsoleta; por lo que sabía hasta el momento, esta nueva versión había sido una promiscua de cinco estrellas.

–Las discotecas pasaron de moda en la época de las reglas de cálculo, señor –apostillé con afabilidad.

–Aunque se trate de un tipo al que conoció en un club –continuó

Sam–, tenemos que dar con él y descartarlo. Es posible que nos lleve algún tiempo, pero lo conseguiremos. –Hablaba mirando a Frank, que asentía con gravedad–. Para empezar, solicitaré a los muchachos de la casa que nos entreguen muestras de ADN.

–Tal vez sería mejor que no lo hagamos por el momento –intervino Frank en tono cordial–, en función de la decisión que tomemos, claro está. Si por casualidad sus conocidos tuvieran que creer que sigue viva y se encuentra bien, no tenemos necesidad de alertarlos. Nos interesa que estén relajados, con la guardia baja, y piensen que la investigación está bajo control. No pasa nada si les pedimos el ADN dentro de unas semanas.

Sam se encogió de hombros. Empezaba a tensarse de nuevo.

–Lo decidiremos en función del curso de los acontecimientos. Hipótesis tres: un enemigo de su vida anterior, alguien que le guardaba rencor y la persiguió hasta dar con ella.

–Ésa es la hipótesis que más me gusta –remarcó Frank mientras se ponía en pie–. No tenemos ningún indicio de problemas en su vida como Lexie Madison, ¿no es cierto? Pero fuera quien fuese esa muchacha antes, algo salió mal. No andaba por ahí con una identidad falsa sólo por afán de divertirse. O bien huía de la policía o huía de alguien. Me apostaría todo lo que tengo a que huía de alguien.

–Yo no apostaría tanto –objeté. ¡Al cuerno con los sentimientos de O'Kelly! Sabía exactamente adónde quería ir a parar Frank con aquello y no soporto que me presionen–. Nos enfrentamos a un asesinato caótico: una herida de cuchillo que ni siquiera tenía que ser mortal y luego, en lugar de rematarla, o al menos retenerla para que no pueda huir en busca de ayuda y delatarlo, la deja escapar, hasta tal punto que tarda media hora en volver a encontrarla. A mi parecer, eso indica que no hubo premeditación, posiblemente ni siquiera tuviera intención de matarla.

O'Kelly me hizo una mueca de disgusto.

–Alguien le clavó un cuchillo a esa joven en el pecho, Maddox. Yo diría que había bastantes posibilidades de que muriera.

Gracias a mis años de experiencia, los comentarios de O'Kelly me resbalan.

–Claro que había una posibilidad. Pero si alguien hubiera dedicado años a planear el asesinato de esa joven, probablemente habría calculado hasta el menor detalle. Habría contemplado todas las opciones, tendría un guión y se adheriría a él.

–Quizá tuviera un guión –apuntó Frank–, pero no incluía violencia. Digamos que no fuera una rencilla el motivo para perseguirla, sino un amor no correspondido. Él se empecina en que están hechos el uno para el otro, planea un reencuentro con final feliz y, en su lugar, ella lo manda a freír espárragos. Ella es la que se sale del guión, y él no lo tolera.

–Un acosador –sentencié–, sí. Aunque los acosadores actúan de un modo mucho más salvaje. Con ellos cabe esperar un frenesí violento: puñetazos varios, desfiguración del rostro, una violencia desmedida. Y, en lugar de ello, nosotros tenemos una única puñalada, apenas lo bastante profunda para matarla. No encaja.

–Quizá no tuviera tiempo de dar rienda suelta a su arrebato de violencia –intervino Sam–. La apuñala, ella huye corriendo y, para cuando la alcanza, ya está muerta.

–Aun así –rebatí–, estáis hablando de alguien lo bastante obsesionado como para esperar años y seguirla Dios sabe desde dónde. Ese nivel de sentimiento, cuando al fin encuentra una válvula de escape, no se desvanece sencillamente con la muerte del objetivo. Y además, el hecho de que volviera a escabullírsele sólo habría conseguido enfurecerlo aún más si cabe. Yo por lo menos esperaría encontrar alguna puñalada más, un par de patadas en la cara o algo por el estilo.

Me gustaba andar metida en un caso como aquél, como si volviera a ser una detective de Homicidios y ella fuera otra víctima más; la sensación me embriagaba con la fuerza, la dulzura y la suavidad de un whisky caliente tras una larga jornada bajo la lluvia y el viento. Frank estaba repantingado informalmente en su butaca, pero notaba que me observaba, y sabía que yo empezaba a mostrar un interés excesivo en el caso. Me encogí de hombros, apoyé la nuca en la pared y levanté la vista hacia el techo.

–Lo importante es –no pudo evitar decir Frank– que si ella es extranjera y él la ha perseguido hasta aquí, por el motivo que sea, entonces, en el preciso momento en que haya cumplido su misión pondrá pies en polvorosa para desaparecer del país. La única razón para que se quede el tiempo suficiente para que podamos echarle el guante es que crea que ella sigue con vida.

Se produjo un silencio breve y rotundo.

–Podemos controlar a todas las personas que salgan del país –puntualizó Sam.

–¿Qué tipo de control? –preguntó Frank–. No tenemos ni idea de qué buscamos, de adónde puede dirigirse, ni siquiera sabemos si buscamos a un hombre o a una mujer. No sabemos nada. Antes de poder actuar, necesitamos conocer la identidad de esa muchacha.

–Estamos trabajando en ello. Ya lo he explicado antes. Si esa mujer podía hacerse pasar por irlandesa, lo más probable es que el inglés fuera su idioma materno. Empezaremos por Inglaterra, Estados Unidos, Canadá…

Frank sacudió la cabeza.

–Pero eso llevará su tiempo. Necesitamos retener a nuestro hombre o a nuestra mujer aquí hasta que descubramos a quién diablos buscamos. Y a mí se me ocurre un modo perfecto para hacerlo.

–Cuarta hipótesis –dijo Sam con firmeza. Sacó un cuarto dedo y me miró durante una fracción de segundo; luego desvió la mirada–. Identidad equivocada.

Se produjo otro breve silencio. Cooper salió de su trance y puso expresión de estar seriamente intrigado. Yo empezaba a notar que me ardía la cara, como cuando te excedes con la sombra de ojos o te pones una camiseta demasiado corta, algo que mejor no te hubieras puesto.

–¿Has jorobado a alguien últimamente? –me preguntó O'Kelly–. Más de lo habitual, quiero decir.

–Más o menos a un centenar de maltratadores y a un par de maltratadoras –contesté yo–. Ninguno que haya atraído especialmente mi atención, pero puedo enviaros los expedientes y marcar con una nota los casos más deleznables.

–¿Y qué nos dices de cuando vivías bajo identidad secreta? –preguntó Sam–. ¿Es posible que alguien tuviera algo en contra de Lexie Madison?

–¿Aparte del imbécil que me apuñaló? –pregunté–. No que yo recuerde.

–Ése hace un año que está en la cárcel –aclaró Frank–. Posesión con alevosía. Tenía que decírtelo. En cualquier caso, tiene el cerebro tan frito que dudo que fuera capaz de reconocerte en una rueda de identificación. Y he revisado a todos los del servicio de inteligencia de esa época: no hay ni una sola bandera roja. La detective Maddox no molestó a nadie, no hay indicios de que nadie sospechara nunca que era policía y, cuando la hirieron, la sacamos de allí e infiltramos a otra persona para iniciar la operación de cero. No se arrestó a nadie como resultado directo de su trabajo y ella nunca tuvo que testificar. Básicamente, nadie tenía motivo alguno para querer verla muerta.

–¿Acaso ese imbécil no tiene amigos? –quiso saber Sam.

Frank se encogió de hombros.

–Supongo que sí pero, una vez más, no veo por qué tendría que calentarles la cabeza con la detective Maddox. No lo inculparon por atacarla. Lo arrestamos, nos contó no sé qué historia sobre autodefensa, fingimos que nos lo creíamos y lo dejamos libre. Nos era mucho más útil fuera que dentro.

Sam sacudió la cabeza atónito y empezó a decir algo, pero se mordió la lengua y concentró su atención en borrar un manchón de la pizarra. Al margen de su opinión acerca de alguien que deja libre a un homicida que ha intentado asesinar a un policía, él y Frank estaban obligados a entenderse. Aquella investigación se presumía larga.

–¿Y qué hay de Homicidios? –me preguntó Frank–. ¿Hiciste enemigos allí?

O'Kelly emitió una risita amarga.

–Todas mis víctimas siguen en la cárcel –expliqué–, pero supongo que tendrán amigos, familia, cómplices. Y hay sospechosos a quienes no conseguimos condenar.

El sol se había deslizado de mi antigua mesa; nuestro rincón había quedado sumido en la penumbra. La sala de la brigada de Homicidios de repente me pareció más fría y más vacía, barrida por largos y funestos vientos.

–Yo me encargo de comprobar eso –se ofreció Sam.

–Si alguien va a por Cassie –apuntó Frank con gran sentido práctico–, estará mucho más segura en Whitethorn House que en su propio piso.

–Yo puedo quedarme con ella –se ofreció Sam, sin mirar a Frank.

No teníamos previsto señalar que pasaba la mitad del tiempo en mi casa, y Frank lo sabía. Arqueó una ceja divertido.

–¿Qué, veinticuatro horas siete días a la semana? Si la infiltramos de incógnito, le pondrán un micro y habrá alguien escuchándolo día y noche…

–No con el presupuesto de mi departamento –le advirtió O'Kelly.

–Ningún problema: lo cargaremos al nuestro. Trabajaremos desde la comisaría de Rathowen; si alguien la persigue, nuestros hombres entrarán en escena en cuestión de minutos. ¿Podemos proveerle ese nivel de seguridad en casa?

–Si pensamos que anda suelto un tipo que quiere asesinar a un agente de policía, sí –replicó Sam–, entonces deberíamos proporcionarle ese nivel de seguridad, sin ningún género de dudas.

Noté que empezaba a tensársele la voz.

–De acuerdo. ¿Con qué presupuesto cuentas para costear una guardia de veinticuatro horas? –preguntó Frank a O'Kelly.

–Ni hablar del peluquín –protestó O'Kelly–. Maddox es agente de Violencia Doméstica, así que es asunto de Violencia Doméstica.

Frank extendió las manos y sonrió a Sam. Cooper no se estaba divirtiendo demasiado.

–No necesito protección día y noche –aclaré–. Si ese tipo estuviera obsesionado conmigo, no se habría detenido con una sola puñalada, y tampoco lo habría hecho de estar obsesionado con Lexie. ¿Qué tal si nos relajamos todos un poco?

–Está bien –dijo Sam transcurrido un momento. No parecía especialmente feliz–. Creo que eso es todo.

Se sentó con violencia y acercó su silla a su mesa.

–No la mataron por dinero, eso es indudable –añadió Frank–. En la casa funcionan con fondo común: cada uno pone cien libras a la semana en el bote y con eso pagan la comida, la gasolina, las facturas, la limpieza y toda la pesca. En el caso de Lexie, no tenía mucho más ahorrado. Le quedaban ochenta y ocho libras en la cuenta corriente.

–¿Tú qué opinas? –me preguntó Sam.

En realidad, con esa pregunta me estaba pidiendo que trazara un perfil del asesino. Este tipo de técnica no es infalible, y de hecho yo casi no tengo ni idea de cómo lo hago pero, por los datos que barajábamos, la había asesinado alguien que la conocía, cuyo motivo obedecía más a un temperamento impulsivo que a viejas rencillas. La respuesta evidente era el padre del bebé o uno de sus compañeros de casa, o tal vez ambos. Pero si lo decía, nuestra reunión se daría por concluida, al menos por lo que a mí concernía; Sam sufriría un ataque de furia con sólo pensar que yo pudiera compartir techo con los principales sospechosos. Y no me interesaba que eso ocurriera. Intenté convencerme de que era porque yo quería tomar una decisión, en lugar de permitir que Sam lo hiciera por mí... pero la realidad era muy distinta: sabía que la idea me estaba persuadiendo, que aquella sala, la compañía y la conversación estaban ejerciendo una sutil presión sobre mí, tal como Frank había pronosticado. Nada en este mundo corre por tus venas con la fuerza de un caso de homicidio, nada te llama ni a nivel mental ni corporal con una voz tan potente, atronadora e irresistible. Hacía meses que no trabajaba de aquella manera, que no me concentraba de tal modo en encajar pruebas, modelos de conducta y teorías, y me invadió la súbita sensación de no haberlo hecho en años.

–Yo apuesto por la segunda hipótesis –declaré al fin–. Alguien que la conoció cuando era Lexie Madison.

–Si apostamos por esta línea –dijo Sam–, entonces sus compañeros de casa fueron los últimos que la vieron con vida y eran las personas más allegadas a ella. Eso los sitúa en el centro de la diana.

Frank negó con la cabeza.

–Yo no estoy tan seguro. Lexie llevaba puesto el abrigo, y no se lo pusieron después de morir: presenta un corte en la parte delantera derecha que encaja perfectamente con la herida. En mi opinión, eso corrobora que estaba lejos de la casa, lejos de sus amigos, cuando la apuñalaron.

–No pienso descartarlos aún –se defendió Sam–. No imagino por qué alguno de ellos querría apuñalarla ni por qué lo haría fuera de la casa, pero lo que sí sé es que en este trabajo la respuesta evidente suele ser la respuesta correcta... y, se mire por donde se mire, ellos son la respuesta evidente. A menos que encontremos un testigo que la viera con vida después de abandonar la casa, seguiré considerándolos los principales sospechosos.

Frank se encogió de hombros.

–De acuerdo. Digamos que ha sido uno de sus compañeros. Han formado una barrera infranqueable, se han sometido a interrogatorios durante horas sin ni siquiera pestañear. Las posibilidades de que desmontemos su coartada son prácticamente nulas. Pensemos, en cambio, que la asesinó un extraño: no tenemos ni la más remota idea de quién se trata, de cómo conoció a Lexie o de por dónde empezar a buscarlo. Hay algunos casos que, sencillamente, no pueden resolverse desde fuera. Por eso existe Operaciones Secretas, lo cual nos conduce como un hilo de seda a mi táctica alternativa.

–Arrojar a una detective en medio de una pandilla de sospechosos de homicidio –rematé Sam.

–Para que quede claro –le dijo Frank, enarcando ligeramente una ceja con gesto divertido–, no acostumbramos a infiltrar policías para investigar a santos inocentes. Estar rodeados de delincuentes es nuestro pan de cada día.

–Y por delincuentes nos referimos al IRA, a gánsteres, a camellos –puntualizó O'Kelly–. Esto no es más que una pandilla de puñeteros estudiantes. Es probable que incluso Maddox sea capaz de manejarlos.

–Exactamente –convino Sam–. A ésos son exactamente a los que me refiero: Operaciones Secretas investiga el crimen organizado, el narcotráfico, los cárteles; no se involucra en homicidios normales y corrientes. ¿Por qué debería entonces hacerlo en este caso?

–El hecho de que esa pregunta la plantee un agente de Homicidios –comentó Frank consternado– me deja perplejo. ¿Insinúas acaso que la vida de esa muchacha vale menos que mil libras de heroína?

–No –replicó Sam sin inmutarse–. Lo que digo es que existen otros métodos de investigar un asesinato.

–¿Como cuáles? –preguntó Frank, tirando a matar–. En el caso de este homicidio en concreto, ¿qué alternativas tenemos? Ni siquiera conocemos la identidad de la víctima –continuó, inclinándose hacia Sam al tiempo que iba tachando opciones con los dedos–. No tenemos sospechoso ni móvil ni arma ni una escena del crimen ni huellas ni un testigo ni pruebas ni una sola pista útil. ¿Me equivoco?

–Hace sólo tres días que la investigación ha dado comienzo –replicó Sam–. ¿Quién sabe lo que tendremos…?

–Por ahora, limitémonos a pensar en lo que tenemos hasta el momento –lo interrumpió Frank con un dedo en alto–: una agente secreta de primera categoría, bien entrenada y con experiencia que es la viva imagen de la víctima. Eso es lo que tenemos. ¿Qué razón podrías esgrimir para no utilizarla?

Sam soltó una carcajada seguida de un gruñido y venció su peso hacia atrás, hasta quedar apoyado sólo en las patas traseras de la silla.

–¿Me preguntas por qué no quiero arrojarla a una piscina infestada de tiburones?

–No olvides que es una detective –observó Frank en tono suave.

–Sí –aceptó Sam tras una larga pausa. Apoyó de nuevo las patas delanteras de su silla en el suelo con cuidado y añadió–: Sí, lo es.

Apartó la vista de Frank y recorrió la sala de reuniones, con sus mesas vacías en rincones en penumbra, la explosión de garabatos, mapas y fotografías de Lexie en la pizarra, y por último yo.

–A mí no me mires –advirtió O'Kelly–. Es tu caso. Es tu decisión.

Si el tiro salía por la culata, y era evidente que O'Kelly pensaba que así ocurriría, no quería que le salpicara.

La verdad es que los tres empezaban a hartarme.

–¿Os acordáis de mí? –pregunté–. Tal vez te convendría empezar a intentar convencerme a mí también, Frank, porque diría que, a fin de cuentas, la decisión es mía.

–Tú irás donde te envíen –sentenció O'Kelly.

–Por supuesto que es decisión tuya –me reprochó Frank–. Ahora estoy contigo. He considerado más educado empezar por discutir algunos asuntos con el detective O'Neill, dado que se trata de una investigación conjunta y todas esas cosas. ¿Me equivoco?

Por esto es por lo que las investigaciones conjuntas parecen forjadas en el infierno: nadie está nunca seguro de quién es el mandamás y, en realidad, a nadie le interesa determinarlo. Oficialmente, se supone que Sam y Frank deberían estar de acuerdo en todas las decisiones importantes pero, a la hora de la verdad, todo lo relacionado con las operaciones de incógnito era decisión de Frank. Sam probablemente podría desautorizarlo, puesto que la investigación original era suya, pero no sin un espantoso tira y afloja y una razón inapelable. Y Frank se estaba asegurando («He considerado más educado») de que a Sam no se le olvidara.

–Tienes toda la razón –acepté–. Pero recuerda que también tendrás que discutir algunos asuntos conmigo. Hasta el momento no he oído nada que acabe de convencerme.

–¿De cuánto tiempo estamos hablando? –quiso saber Sam.

La pregunta era para Frank, pero los ojos de Sam estaban posados en mí y su mirada me desconcertó: era intensa y muy seria, casi triste. En aquel instante supe que Sam iba a dar su aprobación. Frank también lo supo; su voz no se modificó, pero se le enderezó la espalda y su rostro reflejaba algo nuevo, una especie de halo entre alerta y depredador.

–No mucho. Un mes a los sumo. No es que andemos investigando a la mafia y necesitemos infiltrar a alguien durante años. Si el caso no está resuelto en cuestión de semanas, nunca lo resolveremos.

–Estará protegida.

–Las veinticuatro horas.

–Si existe algún indicio de peligro, por nimio que sea…

–Sacaremos a la detective Maddox al instante, o entraremos y nos la llevaremos si es preciso. Y lo mismo si consigues información que demuestre que no necesitamos que siga infiltrada: la sacaremos ese mismo día.

–Entonces será mejor que me ponga manos a la obra –comentó Sam con voz pausada y respiró hondo–. De acuerdo entonces: si la detective Maddox acepta intervenir, lo haremos. Con la condición de que se me mantenga informado de todos los movimientos en todo momento. Sin excepción.

–Excelente –convino Frank, deslizándose de su butaca antes de que Sam tuviera tiempo de cambiar de opinión–. No te arrepentirás. Espera, Cassie, antes de decir nada, quiero enseñarte esto. Te prometí vídeos y soy un hombre de palabra.

O'Kelly soltó un bufido e hizo un comentario predecible sobre la pornografía amateur, pero hice oídos sordos. Frank rebuscó en su mochila negra, blandió en el aire un DVD etiquetado con un rotulador en dirección a mí y lo insertó en el reproductor de pacotilla que teníamos en la unidad.

–El sello de la fecha indica que se grabó el doce de septiembre pasado –señaló, a la par que encendía la pantalla–. A Daniel le entregaron las llaves de la casa el día diez. Él y Justin se acercaron hasta allí en coche esa misma tarde para asegurarse de que el techo no se hubiera derrumbado y de que todo estuviera en condiciones. El once estuvieron empaquetando sus enseres y el doce todos entregaron las llaves de sus pisos y se mudaron a Whitethorn House. Punto y final.

Frank se sentó a la mesa de Costello, a mi lado, y pulsó el botón de reproducción del mando a distancia. Oscuridad; un chasquido y un ruido, como el de una vieja llave girando; unos pies golpeando en la madera.

–«¡Ostras! –exclamó alguien. Una voz perfectamente modulada con un deje de Belfast: Justin–. ¡Qué pestazo!»

–«¿Qué te esperabas?» –preguntó una voz más grave, fría y casi sin acento.

–Ése es Daniel –me susurró Frank.

–«Ya sabías lo que íbamos a encontrarnos» –añadió Daniel.

–«Se me había olvidado.»

–«¿Funciona este trasto? –preguntó una voz de mujer–. Rafe, ¿puedes comprobarlo?»

–Ésa es nuestra chica –comentó Frank en voz baja, aunque yo ya lo sabía.

Tenía una voz un poco más aterciopelada que la mía, más aguda y muy nítida, y aquella primera sílaba me clavó una punzada en la nuca, justo donde muere la espina dorsal.

–«Madre mía –exclamó divertido un tipo con acento inglés: Rafe–. ¿Lo estás grabando?»

–«Por supuesto que sí. Es nuestro nuevo hogar. Lo que ocurre es que no sé si estoy grabando algo, porque todo está negro. ¿Funciona la electricidad?»

Otro repiqueteo de pisadas.

–«Se supone que esto es la cocina –explicó Daniel–. Si no recuerdo mal.»

–«¿Dónde está el interruptor?»

–«Yo tengo un mechero» –indicó otra voz femenina: Abigail, Abby.

–«Preparaos» –advirtió Justin.

Una llama diminuta ondulaba en el centro de la pantalla. Sólo se veía la cara de Abby, con una ceja enarcada y la boca entreabierta.

–«¡Por todos los santos, Daniel!» –exclamó Rafe.

–«Os lo advertí» –comentó Justin.

–«Es verdad, lo hizo –convino Abby–. Si mal no recuerdo, la describió como un cruce entre un yacimiento arqueológico y los fragmentos más truculentos de las novelas de Stephen King.»

–«Sí, lo sé, pero pensaba que exageraba, como de costumbre. No esperaba que escatimara en su descripción.»

Alguien (Daniel) le arrebató el mechero a Abby y, protegiéndose del aire con una mano, encendió un cigarrillo; apareció una bocanada de humo de la nada. Su rostro en aquella pantalla temblorosa parecía sereno, imperturbable. Alzó la vista por encima de la llama y le dedicó un guiño resuelto a Lexie. Quizá por el hecho de haber pasado tanto rato contemplando aquella fotografía, me fascinó verlos en acción. Era como ser uno de esos niños de los cuentos que encuentra un catalejo mágico que le permite colarse en la vida secreta de algún cuadro antiguo, lleno de misterio y de aventuras.

–«¡Apaga eso! –lo regañó Justin, arrebatándole el mechero y apoyándose con cuidado en una estantería desvencijada–. Si quieres fumar, sal fuera.»

–«¿Por qué? –preguntó Daniel–. ¿Para no manchar el papel de las paredes o para que las cortinas no cojan olor?»

–«Tiene razón» –convino Abby.

–«¡Hatajo de cobardes! –exclamó Lexie–. A mí este lugar me parece terrifantástico. Me siento como una del Club de los Cinco.»

–«*Los Cinco encuentran una ruina prehistórica*» –añadió Daniel.

–«*Los Cinco encuentran el planeta del moho* –propuso Rafe–. Sencillamente sensacional.»

–«Deberíamos comer pastel de jengibre y paté de carne» –apuntó Lexie.

–«¿Junto?» –preguntó Rafe.

–«Y sardinas –agregó Lexie–. ¿Qué diantres es el paté de carne?»

–«Fiambre enlatado elaborado con carne de cerdo» –explicó Abby.

–«¡Puaj!»

Justin se dirigió al fregadero, acercó el mechero y abrió los grifos. Uno de ellos chisporroteó, escupió un poco de agua y al final dejó manar un chorro fino.

–«Huummm –dijo Abby–. ¿A alguien le apetece un té tifoideo?»

–«Yo me pido a George –dijo Lexie–. Era mi personaje preferido.»

–«A mí me da lo mismo, siempre que no me toque ser Anne –aclaró Abby–. Siempre se quedaba fregando los platos por el simple hecho de ser una niña.»

–«¿Y qué tiene eso de malo?» –preguntó Rafe.

–«Tú podrías ser el perro, *Timmy*» –le dijo Lexie a Rafe.

El ritmo de su conversación era más rápido de lo que yo había previsto; eran inteligentes y agudos, y me quedó claro por qué el resto del departamento de Lengua y Literatura inglesas pensaba que se las daban de listos. Debía de ser imposible entablar conversación con ellos; todas esas síncopas perfectas, tan bien trenzadas, no dejaban espacio a nadie más. De alguna manera, sin embargo, Lexie había conseguido colarse en el grupo, se había amoldado o bien los había recompuesto centímetro a centímetro, se había hecho un hueco hasta convertirse en parte indivisible del todo. Fuera cual fuese su juego, había jugado con maestría.

Una vocecilla clara e interior me susurró: «De la misma manera que yo juego con maestría al mío».

Milagrosamente, la pantalla se iluminó, más o menos, al encender lo que debía de ser una bombilla de unos cuarenta vatios: Abby había encontrado el interruptor en un rincón improbable junto a los fogones grasientos.

–«Bien hecho, Abby» –la felicitó Lexie, al tiempo que tomaba una panorámica de la estancia.

–«Yo no estoy tan segura –replicó ésta–. Tiene peor pinta ahora que se ve.»

Tenía razón. Las paredes se habían empapelado en algún momento, pero un moho verdoso había dado un golpe de Estado y trepaba por cada rincón, hasta unirse prácticamente en el centro. Unas telarañas espectaculares, como las de mentira que se usan para adornar las casas en Halloween, descendían del techo con un suave balanceo. El linóleo estaba grisáceo, empezaba a arrugarse y tenía unas siniestras vetas oscuras; en la mesa había un jarrón de vidrio con un ramo de flores más que marchitas, con los tallos partidos y colgando en ángulos imposibles. Todo estaba recubierto por una capa de polvo de unos siete centímetros de espesor. Abby contemplaba la estancia con profundo escepticismo; Rafe parecía divertido, a la par que horrorizado; Daniel tenía pinta de estar ligeramente intrigado, y Justin ofrecía el aspecto de alguien a punto de echarse a vomitar de un momento a otro.

–¿En serio me estás pidiendo que viva ahí? –le pregunté a Frank.

–Ahora ya no es así –me reprochó–. La verdad es que han hecho un trabajo asombroso en esa casa.

–¿Qué han hecho? ¿Derribarla y levantarla de nuevo?

–Es un sitio encantador. Te gustará. Chissss.

–«Mirad –dijo Lexie; la cámara dio una sacudida y se quedó colgando, atrapada en unas cortinas naranjas llenas de telarañas con unas espantosas volutas setenteras–. ¿Sabéis qué es? Me apetece investigar.»

–«Espero que hayas filmado lo que querías –dijo Rafe–. ¿Qué quieres que haga con esto?»

–«No me tientes» –contestó Lexie y entró en plano.

Se dirigió hacia los armarios. Se movía con más ligereza que yo, con pasos cortos, de puntillas, más femeninos: sus curvas no eran más impresionantes que las mías, lógicamente, pero tenía un contoneo danzarín que te obligaba a percatarte de ellas. Por entonces llevaba el pelo más largo, justo lo suficiente para recogérselo en dos coletas rizadas sobre las orejas, y vestía unos vaqueros y un jersey ajustado de color crema, muy parecido a uno que yo tenía. Seguía sin tener claro si nos habríamos caído bien, de haber tenido la oportunidad de conocernos; probablemente no, pero eso no tenía mayor trascendencia; de hecho, era tan irrelevante que ni siquiera sabía cómo debía enfocarlo.

–«¡Caramba! –exclamó Lexie, asomándose a uno de los armarios–. ¿Qué es esto? ¿Estará vivo?»

–«Es posible que lo estuviera –observó Daniel, asomándose por encima del hombro de Lexie–, pero de eso hace ya mucho tiempo.»

–«Yo creo que es al revés –apuntó Abby–. Antes no estaba vivo, pero ahora sí. ¿Qué? ¿Ya ha desarrollado pulgares oponibles?»

–«Echo de menos mi piso» –comentó Justin en tono lúgubre desde una distancia prudente.

–«¡Qué va! –le regañó Lexie–. Tu piso medía dos metros cuadrados y estaba fabricado con cartón reconstituido y lo detestabas.»

–«Ya, pero no había formas de vida no identificadas.»

–«¿Y qué me dices del Fulano de Tal ése que vivía en el piso de arriba, ponía la música a todo trapo y pensaba que era Ali G?»[1]

–«Creo que se trata de un hongo.»

Daniel lanzó aquella hipótesis mientras inspeccionaba el armario con interés.

–«Ya está –atajó Rafe–. No estoy dispuesto a grabar esto. Cuando seamos viejos y tengamos el pelo canoso y nos regodeemos en la nostalgia, los primeros recuerdos de nuestro hogar no deberían estar definidos por hongos. ¿Cómo se apaga este chisme?»

Un segundo de linóleo y luego fundido a negro.

1. Ali G es un personaje ficticio encarnado por el actor inglés Sacha Baron Cohen que entrevistaba a personajes públicos de la sociedad inglesa. Se caracteriza por su apariencia barriobajera, su vestimenta rapera y sus preguntas insidiosas. *(N. de la T.)*

–Tenemos cuarenta y dos vídeos parecidos a éste –me explicó Frank, mientras accionaba varios botones–, todos ellos de entre uno y cinco minutos de duración. A eso añádele, por decir algo, otra semana de interrogatorios intensivos con sus compañeros de piso, y estoy prácticamente seguro de que dispondremos de información suficiente para componer nuestra propia Lexie Madison. Siempre y cuando, claro está, estés dispuesta a aceptar mi oferta.

Congeló la imagen en un fotograma de Lexie, con la cabeza girada hacia atrás en un ademán para decir algo, los ojos brillantes y la boca entreabierta, sonriendo. La contemplé, difuminada y parpadeante como si pudiera saltar de aquella pantalla en cualquier momento, y pensé: «Yo antes era así. Segura de mí misma e invulnerable, dispuesta a participar en todo lo que se presentara. Hace sólo unos meses, yo era así».

–Cassie –me interpeló Frank con dulzura–. Tú decides.

En un instante que me pareció una eternidad sopesé la posibilidad de negarme. Volvería a Violencia Doméstica: la cosecha habitual de todos los lunes, con las secuelas del típico fin de semana, demasiados moretones, jerséis de cuello alto y gafas de sol en interiores, los típicos cargos contra novios que se retiran la noche del martes, Maher sentado a mi lado como una loncha gigante de jamón rosa vestido con una chaqueta y soltando risitas predecibles cada vez que tratamos un caso con nombres extranjeros.

Si regresaba allí la mañana siguiente, ya nunca lo dejaría. Lo sabía con la misma certeza que si me hubieran propinado un puñetazo en el estómago. Aquella chica era un desafío, un reto preciso y directo dirigido a mí: una oportunidad única en la vida, un «píllame si puedes».

O'Kelly estiró las piernas y suspiró con ostentación; Cooper examinaba las grietas del techo. La quietud de los hombros de Sam me transmitía que estaba conteniendo la respiración. Sólo Frank me miraba, con ojos firmes, sin pestañear. El aire de aquella estancia me dolía con sólo rozarme. Lexie, en aquella tenue luz dorada en la pantalla, era como un lago oscuro donde podía zambullirme, era un río cubierto por una fina capa de hielo sobre el que podía patinar, era un vuelo de larga distancia que despegaba en aquel preciso instante.

–Por favor, dime que esta mujer fumaba –supliqué.

Las costillas se me abrieron como una ventana; había olvidado que se podía respirar tan profundamente.

–Vaya, te ha llevado tu tiempo –opinó O'Kelly, que acto seguido se puso en pie y se remangó los pantalones por encima del ombligo–. Creo que eres de lo más predecible, pero eso no me sorprende. Cuando consigas que te maten, no vengas llorándome.

–Fascinante –dijo Cooper, observándome con aire especulativo; una parte de él estaba barajando las posibilidades de que yo acabara tumbada sobre su mesa–. Mantenedme informado.

Sam se pasó una mano por la boca, con fuerza, y lo vi agachar el cuello.

–Marlboro Lights –aclaró Frank y pulsó la tecla de expulsión, mientras una gran sonrisa se dibujaba lentamente en sus labios–. Ésta es mi chica.

Antes creía, a riesgo de que se me tache de ingenua, que tenía algo que ofrecer a los muertos a quienes habían arrebatado sus vidas. No era venganza, no existe venganza en el mundo que pueda devolverles ni siquiera una minúscula fracción de lo que han perdido, ni tampoco justicia, signifique eso lo que signifique, sino lo único que queda por brindarles: la verdad. Y se me daba bien. Al menos, tenía una de las virtudes de todo buen detective: el instinto por encontrar la verdad, ese imán interno cuya fuerza te dice de manera inequívoca qué es escoria, qué es aleación y qué es metal auténtico, sin impurezas. Yo desenterraba las pepitas sin preocuparme de si me cortaban los dedos y las llevaba con las manos ahuecadas hasta sus tumbas, donde las depositaba, hasta que descubrí, otra vez la Operación Vestal, lo resbaladizas que eran esas tumbas y la facilidad con que se desmoronaban, lo profunda que era la grieta que abrían y, al final, lo poco que valían.

En Violencia Doméstica, si consigues que una muchacha maltratada interponga una denuncia o se traslade a un hogar de acogida, al menos tienes la certeza de que esa noche su novio no le propinará una paliza. La seguridad es una moneda degradada, peniques bañados en cobre en comparación con el oro que yo había buscado en Homicidios, pero su valor es auténtico. Y para entonces yo había aprendido a no tomarme ese valor a la ligera. Unas cuantas horas de seguridad y una hoja con números de teléfono a los que llamar: nunca había podido ofrecerle a ninguna víctima de asesinato algo parecido.

No tenía ni idea de qué podía aportarle a Lexie Madison. Obviamente, seguridad no, y la verdad no parecía ser una de sus prioridades en la vida. Pero había venido en mi busca, viva y muerta había caminado en mi dirección hasta llamar a mi puerta dando un ¡pam! espectacular: quería algo de mí. Lo que yo quería de ella a cambio (así lo creía sinceramente por entonces) era muy sencillo: que se largara de mi vida sin dejar rastro. Sabía que iba a ser un regateo difícil, pero se me daba bien regatear: ya lo había hecho con anterioridad.

No voy por ahí proclamándolo, porque no es asunto de nadie, pero para mí este trabajo es lo más parecido que tengo a una religión. El dios del detective es la verdad, y no hay más cielo ni más infierno que ése. El sacrificio, al menos en Homicidios y en Operaciones Secretas (y ésos fueron siempre los departamentos en los que quise colaborar, ¿por qué ir en busca de versiones edulcoradas cuando puedes disfrutar de lo auténtico?), es todo lo que tienes, todo, tu tiempo, tus sueños, tu matrimonio, tu cordura, tu vida. Ésos son los dioses más fríos y caprichosos del panteón, y si te aceptan a su servicio, no toman lo que tú les ofreces, sino lo que ellos demandan.

Operaciones Secretas me arrebató la sinceridad. Debería haberlo previsto, pero supongo que estaba tan absorta en la deslumbrante plenitud de mi trabajo que se me pasó por alto lo más evidente: que uno se pasa el día mintiendo. No me gusta mentir, y tampoco me gustan los mentirosos; a decir verdad, consideraba repugnante buscar la verdad engañando. Pasé meses caminando por una delgada línea de ambigüedades, adulando a aquel camello de medio pelo y contándole chistes o desplegando mi sarcasmo para confundirlo con verdades literales. Y entonces, un día, se frió las dos neuronas que le quedaban a base de *speed*, me amenazó con un cuchillo y me preguntó si lo estaba utilizando para acceder a su proveedor. Patiné por esa delgada línea durante lo que me parecieron horas («Tranquilízate, ¿qué te pasa? ¿Qué he hecho para que creas que intento jugártela?»), entreteniéndolo y rogándole a Dios que Frank estuviera escuchándome a través del micro. El camello me colocó el cuchillo entre las costillas y me gritó a la cara: «¿Me la estás jugando? ¿Me la estás jugando o qué? Nada de chorradas. Sí o no. Dímelo». Al ver que dudaba, porque por supuesto lo hacía, aunque no fuera por la razón que él tenía en mente, y aquél me parecía un momento demasiado crucial para contar mentiras, me apuñaló. Luego rompió a llorar y en algún momento Frank llegó y me trasladó discretamente hasta el hospital. Pero yo era consciente. Me habían pedido un sacrificio y no había sido capaz de hacerlo. Y ahora tenía treinta puntos que me lo recordaban: «No vuelvas a hacerlo».

Yo era una buena detective de Homicidios. Rob me dijo una vez que durante su primer caso tuvo visiones elaboradas en las que lo echaba todo a perder, ya fuera estornudando sobre pruebas de ADN, despidiéndose alegremente de alguien que acababa de pasar de incógnito una información, trastabillando sin darse cuenta sobre todas las pistas o llevándose por delante todos y cada uno de los banderines rojos de alerta. A mí nunca me ha sucedido nada parecido. Mi primer caso en Homicidios fue de los más banal y deprimente: un chaval yonqui al que habían acuchillado en las escaleras de un edificio de pisos dantesco, con charcos de sangre cayendo a borbotones por los peldaños y un montón de ojos observándonos a través de las mirillas de puertas cerradas con cadenas y un horrible hedor a meado que lo impregnaba todo. Me quedé de pie en el descansillo con las manos en los bolsillos para no tocar nada por error, con la vista fija en la víctima, que estaba desparramada en las escaleras, con los pantalones de chándal medio bajados, ya fuera por la caída o por la pelea, y pensé: «Así que es esto. Aquí era adonde tanto anhelaba llegar».

Aún recuerdo la cara de aquel yonqui: demasiado delgada, una leve mancha de barba pálida de dos días, la boca entreabierta, como si se hubiera quedado atónito al darse cuenta de lo que ocurría. Se había partido las palas delanteras. Y contra todo pronóstico y las incesantes y depresivas predicciones de O'Kelly, resolvimos el caso.

En la Operación Vestal, el dios de Homicidios escogió a mi mejor amigo y mi honestidad, y no me dio nada a cambio. Pedí el traslado sabiendo que pagaría un precio por aquella deserción. En el fondo, esperaba que mi porcentaje de resolución de casos cayera en picado, esperaba que todos los maltratadores me golpearan hasta no dejarme ver la luz del día, que todas las mujeres encolerizadas me arrancaran los ojos de furia. No tenía miedo; sólo tenía ganas de acabar con todo. Pero entonces comprobé que no ocurría nada, que me hallaba ante una marea fría y lenta, que aquél era mi castigo: haber salido impune, haber podido optar por otro camino. Mi ángel de la guarda me había abandonado.

Y entonces Sam telefoneó y Frank me esperaba en la cima de la ladera y unas manos fuertes e implacables volvían a empujarme. Si a uno le resulta más fácil, puede achacarlo todo a un arrebato supersticioso o a la clase de vida interior secreta que tienen no pocos huérfanos e hijos únicos. No me importa. Pero quizá sí sirva para explicar de algún modo por qué accedí a participar en la Operación Espejo y por qué, cuando di mi beneplácito, pensé que existía una probabilidad alta de que me asesinaran.

4

Frank y yo dedicamos la semana siguiente a crear la tercera versión de Lexie Madison. Durante el día él sonsacaba a sus conocidos y allegados información acerca de su rutina, su humor, sus relaciones; luego se presentaba en mi piso y nos pasábamos la noche martilleando la cosecha del día en mi cabeza. Había olvidado lo bueno que era Frank haciendo aquel trabajo, su proceder sistemático y meticuloso, y la celeridad con la que esperaba que yo respondiera. El domingo por la noche, antes de salir de la sala de la brigada, me entregó el horario semanal de Lexie y un fajo de fotocopias con material sobre su tesis; el lunes apareció con un voluminoso archivo de sus ACS (amigos, conocidos y saludados), con fotografías, grabaciones de voz, información complementaria y comentarios ingeniosos, para ayudarme a memorizarlo todo. El martes trajo un mapa aéreo de la zona de Glenskehy y me obligó a interiorizarlo en detalle, hasta que fui capaz de dibujarlo de memoria; poco a poco fuimos avanzando en la fisonomía de Whitethorn House mediante planos de planta y fotografías. Recopilar todo aquel material llevaba su tiempo. El capullo de Frank sabía desde mucho antes del domingo que yo aceptaría su oferta.

Visionamos los vídeos grabados con el móvil una y otra vez; Frank accionaba el botón de pausa cada pocos segundos y chasqueaba los dedos para destacar algún detalle: «¿Has visto eso? ¿Has visto cómo inclina la cabeza hacia la derecha cuando ríe? Muéstrame ese ángulo. [...] Observa cómo mira a Rafe y a Justin, ¿lo ves? Está flirteando con ellos. A Daniel y a Abby los mira a los ojos, con la cabeza recta; pero cuando los mira a ellos dos la ladea un poco y levanta la barbilla. Acuérdate de eso. [...] ¿Ves lo que hace con el cigarrillo? No se lo coloca en el lado derecho de la boca, como haces tú. Se tapa los labios con la mano y el humo sale por la izquierda. Veamos cómo lo haces. [...] Mira eso.

Cuando Justin empieza a ponerse nervioso con el mildiu, automáticamente Abby y Lexie intercambian una miradita y empiezan a hablar de lo bonitas que son las baldosas para que no piense en ello. Se entienden sólo con mirarse…». Vi aquellos vídeos tantas veces que, cuando finalmente me acostaba, normalmente a las cinco de la madrugada, mientras Frank se quedaba despatarrado en el sofá, íntegramente vestido, se me colaban en los sueños como una corriente subterránea constante que me arrastrase: el corte brusco de la voz de Daniel en comparación con el ligero *obbligato* de Justin, los estampados del papel pintado, el alboroto de la risa de Abby…

Vivían en una especie de clausura que me desconcertaba. Mi vida de estudiante era todo fiestas improvisadas en casas, noches frenéticas en vela estudiando a última hora y un desorden alimenticio consistente en comer sándwiches crujientes a deshoras. Pero aquella pandilla era sumamente peculiar: las chicas preparaban el desayuno para todos a las siete y media de la mañana y estaban en la universidad alrededor de las diez (Daniel y Justin tenían coche, así que llevaban a los demás), tanto si tenían seminario como si no, regresaban a casa en torno a las seis y media de la tarde y los chicos preparaban la cena. Los fines de semana los consagraban a la casa; esporádicamente, si el tiempo acompañaba, salían de *picnic* a algún sitio. Incluso durante su tiempo libre se dedicaban a actividades culturales: Rafe tocaba el piano, Daniel leía en voz alta a Dante y Abby restauraba un escabel tapizado dieciochesco. No tenían televisor, y mucho menos ordenador. Daniel y Justin compartían una máquina de escribir y los otros tres estaban lo suficiente en contacto con el siglo XXI como para usar los ordenadores de la facultad. Parecían espías de otro planeta que se hubieran equivocado en sus investigaciones y hubieran acabado leyendo a Edith Wharton y viendo reposiciones de *La casa de la pradera*. Frank tuvo que buscar en internet cómo se jugaba al *piquet* para enseñarme.

Todo aquello, como es lógico, reventaba a Frank y lo inspiraba a hacer comentarios cada vez más cáusticos al respecto («Creo que se trata de una extraña secta que cree que la tecnología es obra de Satanás y les canta a las plantas del jardín los días de luna llena. No te preocupes, si les da por organizar una orgía, te sacaré de ahí; por el aspecto que tienen, dudo mucho que disfrutaras. ¿Quién diantre no tiene un televisor hoy en día?»). No se lo confesé, pero cuanto más pensaba en ellas, menos extrañas me parecían sus vidas y más me seducían. Dublín es una ciudad que vive a un ritmo ajetreado, todo el mundo va con prisas, está atestada de gente y se camina a empellones; los dublineses temen quedarse rezagados y cada vez se vuelven más y más estridentes para asegurarse de no desaparecer. Desde la Operación Vestal, yo también llevaba un tiempo viviendo a velocidad de vértigo, yendo de cabeza, levantando polvo a mi paso, sin detenerme ni un instante, y al principio el ocio inmutable y elegante de aquellos cuatro individuos (¡por todos los santos, Abby bordaba!) se me antojó un bofetón en pleno rostro. Incluso se me había olvidado cómo anhelar algo lento, delicado, con tiempos dilatados y con ritmos oscilantes y seguros. Aquella casa y aquella vida llegaron a mis manos con la frescura del agua de un pozo, con la frescura de la sombra bajo un roble en una tarde calurosa.

Durante el día practicaba: la caligrafía de Lexie, su manera de caminar, su acento (que, por suerte para mí, tenía un deje dublinés anticuado, ya que posiblemente lo hubiera ensayado a partir de alguna presentadora de radio o televisión, y no se diferenciaba demasiado del mío), su entonación, su risa. La primera vez que la imité a la perfección, la primera vez que imité una carcajada suya, como una especie de burbuja que escapa involuntariamente y asciende por la escala como la de un niño cuando le hacen cosquillas, me quedé petrificada de miedo.

Era un consuelo que su versión de Lexie Madison divergiera un tanto de la mía. En el University College de Dublín, yo interpreté a una Lexie alegre, de trato fácil, sociable y feliz de ser el centro de atención; no había en ella nada impredecible, ningún lado oscuro, nada que pudiera hacer que los camellos o los clientes la consideraran un riesgo. Al principio, al menos, Frank y yo la concebimos como una herramienta de precisión hecha por encargo, cortada para satisfacer nuestras necesidades y pujar por nuestras apuestas, con un objetivo definido en mente. La Lexie de aquella muchacha misteriosa era más voluble, más volátil, más terca y caprichosa. Se había inventado una especie de hermana siamesa, toda alegría y con pequeñas explosiones de diabluras con sus amigos, pero distante y fría como el hielo con los extraños, y me preocupaba no poder tirar de ese hilo hacia atrás y averiguar cuál había sido su objetivo, qué labor de relojería había querido realizar con aquel nuevo yo suyo.

Sopesé la posibilidad de estar complicando la situación más de lo necesario; pensé que aquella usurpación de identidad quizá no respondiera a ninguna finalidad; que, por lo que a personalidad se refiere, la víctima se mostraba tal cual era. A fin de cuentas, no es fácil meterse en la piel de otra persona durante meses sin fin; y yo debería saberlo mejor que nadie. Sin embargo, la idea de aceptar que su apariencia no engañaba, sin ánimo de bromear, me escamaba. Algo me decía que cometería un gravísimo error si subestimaba a aquella muchacha.

El martes por la noche, Frank y yo estábamos sentados en el suelo de mi apartamento, comiendo comida china encargada de un cajón de madera destartalado que utilizo a modo de mesita de centro, mientras examinábamos un montón de mapas y fotografías. Hacía una noche espantosa: el viento azotaba la ventana a intervalos irregulares, como un estúpido asaltante, y ambos estábamos algo nerviosos. Yo me había pasado el día memorizando la información de los ACS de Lexie y había acumulado tanta energía que cuando Frank llegó me encontró haciendo la vertical para no romper el techo de un brinco. Al entrar, Frank se había apresurado a quitar el material que había sobre la mesa y, sin dejar de hablar en ningún momento, había extraído los mapas y los envases de comida; no pude evitar preguntarme (aunque no tenía sentido preguntarlo en voz alta) qué demonios estaba pasando en los niveles ocultos de esa consola X-box que él denomina cerebro y que no me explicaba.

La combinación de geografía y comida nos sosegó un tanto; es probable que ése fuera el motivo por el que Frank había optado por ir al chino: resulta difícil estar tenso cuando uno tiene el estómago lleno de pollo al limón.

–Y aquí –dijo Frank, mientras pinchaba el resto del arroz que le quedaba con una mano y señalaba con la otra– está la gasolinera de la carretera con dirección a Rathowen. Abre desde las siete de la mañana hasta las tres de la madrugada, principalmente para vender cigarrillos y gasolina a lugareños que no están en condiciones de comprar ninguna de las dos cosas. Tú a veces vas allí cuando te quedas sin tabaco. ¿Quieres más comida?

–¡No! ¡Voy a explotar! –contesté. Me había sorprendido tener tanta hambre; normalmente zampo como una vaca (a Rob nunca dejó de fascinarle cuánto era capaz de tragar), pero la Operación Vestal me ha quitado el apetito–. ¿Un café?

Había puesto una cafetera al fuego; las ojeras de Frank estaban a un tris de alcanzar ese punto capaz de aterrorizar a los niños pequeños.

–A raudales, por favor. Tenemos trabajo que hacer. Va a ser otra larga noche, cariño.

–¡Vaya! ¡Qué sorpresa! –exclamé–. Y, por cierto, ¿qué opina Olivia de que duermas en mi casa? –lo dije para tantear, pero por la fracción de segundo en la que Frank se detuvo al retirar su plato, supe que había dado en el clavo: la secreta volvía a atacar–. Lo siento –me disculpé–. No pretendía…

–Claro que lo pretendías. Olivia se hartó y me dejó el año pasado. Veo a Holly un fin de semana al mes y dos semanas en verano. ¿Qué opina tu Sammy de que me quede a dormir aquí?

Tenía la mirada fría y no pestañeaba, pero no parecía enojado, sólo firme; aun así, su mensaje era claro: «Vade retro».

–No le importa –contesté, mientras me ponía en pie para ir a comprobar el café–. Todo vale si es por trabajo.

–¿En serio? Pues el trabajo no parecía su máxima prioridad el domingo.

Cambié de idea: se había molestado conmigo por el comentario sobre Olivia. Disculparme sólo empeoraría la situación. Antes siquiera de pensar en algo útil que decir, sonó el timbre. Logré sobresaltarme lo mínimo, protagonicé un divertido momento a lo inspector Clouseau al golpearme en la espinilla con la esquina del sofá de camino a la puerta y capté la mirada curiosa y afilada de Frank. Era Sam.

–He aquí la respuesta –observó Frank, sonriendo mientras se impulsaba con ambas manos para ponerse en pie–. En ti confía plenamente, pero a mí prefiere tenerme a la vista. Yo me ocupo del café; vosotros podéis besuquearos.

Sam estaba agotado; pude advertirlo por la pesadez de su cuerpo cuando me besó, por cómo exhaló el aire en algo parecido a un suspiro de alivio.

–Vaya, me alegro de verte –dijo; y luego, al divisar a Frank saludándolo desde la cocina, exclamó–: ¡Vaya!

–Bienvenido al Laboratorio de Lexie –lo saludó Frank alegremente–. ¿Un café? ¿Cerdo agridulce? ¿Pan de gambas?

–Sí –contestó Sam, pestañeando–. Quiero decir, no; sólo café, gracias. No me quedaré, si estáis trabajando; sólo quería… ¿Estáis ocupados?

–No, no te preocupes –lo tranquilicé–. Ahora estábamos cenando. ¿Qué has comido hoy?

–Estoy perfectamente –contestó Sam con aire distraído, mientras dejaba caer su bolsa al suelo y se peleaba con su abrigo–. ¿Puedo robarte unos minutos? Si no te pillo en medio de algo…

Me lo preguntó a mí, pero Frank se tomó la libertad de contestar.

–¿Por qué no? Siéntate, siéntate con nosotros –lo animó e hizo un gesto señalando el futón–. ¿Leche? ¿Azúcar?

–Sin leche, con dos azucarillos –respondió Sam, desplomándose en el futón–. Gracias.

Estaba convencida de que se estaba muriendo de hambre, de que no tenía intención de tocar nada de lo que Frank había comprado, de que su bolsa contenía todos los ingredientes para preparar algo mucho más evolucionado que un pollo al limón y de que, si me dejaba ponerle las manos en los hombros, podría aliviarle la tensión acumulada en cuestión de cinco minutos. El hecho de infiltrarme de incógnito empezaba a antojárseme la parte más sencilla de aquel plan. Me senté a su lado, lo más cerca que pude sin rozarnos.

–¿Qué tal va? –pregunté.

Me dio un apretujoncito raudo, alargó el brazo para coger su abrigo y lo arrugó sobre el respaldo del futón mientras rebuscaba su cuaderno de notas.

–Bueno, supongo que bien. Básicamente estamos descartando sospechosos. Richard Doyle, el hombre que encontró el cuerpo, tiene una coartada sólida. Hemos descartado a todos los sospechosos de los expedientes de Violencia Doméstica que marcaste, y ahora estamos trabajando en el resto de tus casos de homicidio, pero de momento no tenemos nada. –La idea de que la brigada de Homicidios peinara mis archivos, con todos aquellos rumores crepitando en su memoria y mi rostro idéntico al de la víctima, me provocó una ligera punzada entre los omóplatos–. No parece que esa chica utilizara internet. No hay actividad en internet bajo su nombre de usuario en los ordenadores de la universidad, ni una página en MySpace ni nada parecido; la dirección de correo electrónico que se le asignó al matricularse en el Trinity ni siquiera se ha utilizado, así que ahí no tenemos ninguna pista para tirar del hilo. Ni siquiera hay un conato de discusión en la facultad. Y, créeme, si hubiera tenido problemas con alguien, lo sabríamos: el departamento de Lengua y Literatura inglesas es un vivero de cotillas.

–Lamento decirlo –intervino Frank con voz dulce, mientras juntaba las tazas–, pero hay ocasiones en la vida en que tenemos que hacer cosas que detestamos.

–Claro –dijo Sam ausente.

Frank se inclinó para entregarle su café con una leve reverencia servil y me guiñó el ojo sin que Sam lo viera. No le hice caso. Una de las reglas de Sam es no discutir con nadie que trabaje en el mismo caso, pero siempre hay gente como Frank que cree que es demasiado tonto para darse cuenta de que lo están provocando.

–Lo que me pregunto, Cassie... –continuó Sam–. Todo este asunto de ir descartando sospechosos podría llevarnos una eternidad pero, mientras no tengamos un móvil ni una pista, no me queda otra opción; nada me indica por dónde empezar. Y he pensado que si tuviera una idea, por vaga que fuera, de lo que busco... ¿Podrías trazarme un perfil psicológico del asesino?

Por un instante me pareció que el aire de toda la estancia se había oscurecido de pura pesadumbre, que se había vuelto acre e imposible de erradicar, como el humo. En todos y cada uno de los casos de homicidio que me habían asignado en el pasado había intentado trazar un perfil del homicida lo más preciso posible allí mismo, en mi piso: altas horas de la noche, whisky y Rob estirado en el sofá haciendo cunitas con un elástico y comprobando que no quedara ningún cabo suelto. En la Operación Vestal, Sam se había sumado a nuestro equipo. Me sonreía tímidamente mientras sonaba música de fondo y las polillas revoloteaban en el alféizar, y lo único en lo que yo podía pensar era en lo felices que habíamos sido los tres, pese a todo, y también en la devastadora y letal magnitud de nuestra ingenuidad. Aquel apartamento espinoso y hacinado, impregnado del olor a grasa de comida china fría, con la espinilla doliéndome horrores y Frank observándonos jocosamente de soslayo..., la escena no se parecía en absoluto: era como un reflejo burlón proyectado por algún espejo distorsionante espeluznante, y lo único que me venía a la cabeza, por ridículo que suene, era: «Quiero irme a casa».

Sam apartó a un lado un fajo de mapas con sumo cuidado, alzando la vista hacia nosotros para asegurarse de que no estaba descolocando nada, y apoyó la taza en la mesa. Frank deslizó el trasero a toda prisa hasta el mismísimo borde del sofá, apoyó la barbilla en sus dedos entrelazados y me miró embelesado. Yo bajé la vista para evitar que me leyeran la mirada. Había una fotografía de Lexie en la mesa, semioculta bajo un envase de arroz; estaba encaramada a una escalera de mano en la cocina de la casa de Whitethorn, vestida con un peto y una camisa de hombre y completamente manchada de pintura blanca. Por primera vez me alegré de verla: aquella esposa en mi muñeca me obligaba a descender a la tierra, aquel jarro de agua fría en la cara hizo que se me borrara todo lo demás de la mente. Estuve a punto de alargar el brazo y tapar la fotografía con la mano.

–Claro, ningún problema –contesté–. Supongo que eres consciente de que no podré darte mucha información. Al menos, no sobre el crimen.

La mayoría de los perfiles de asesinos se construyen a partir de patrones de comportamiento. Con un homicidio suelto, no hay manera de saber qué se debió a la mera casualidad y qué puede servir de pista, mimeografiada por las fronteras de la vida del sospechoso o por los recovecos irregulares y secretos de su mente. Un asesinato el miércoles por la noche no revela gran cosa; tres más en ese mismo día de la semana puede indicar que el sospechoso tiene libre esa noche y hay que ir con mucho tiento si se da con un sospechoso cuya mujer juega al bingo los miércoles. Una frase pronunciada en una violación tal vez no signifique nada, pero repetida en cuatro se convierte en una firma que alguna novia, esposa o ex, en algún lugar del mundo, puede reconocer.

–Lo que sea –dijo Sam. Abrió su cuaderno de notas, sacó su bolígrafo y se inclinó hacia delante, con la mirada clavada en mí, listo para apuntar–. Lo que sea.

–Está bien –accedí. Ni siquiera necesitaba el expediente. Había pasado más tiempo del conveniente pensando en todo aquello, mientras Frank roncaba como un rinoceronte en el sofá y mi ventana pasaba del negro al gris y luego al dorado–. En primer lugar, probablemente sea un hombre. No podemos descartar que se trate de una mujer (si dais con una sospechosa interesante, no la paséis por alto) pero, estadísticamente, las puñaladas corresponden a crímenes perpetrados por hombres. Por ahora, yo buscaría a un varón.

Sam asintió.

–Sí, yo también lo imaginaba. ¿Alguna idea sobre su edad?

–No hablamos de ningún adolescente; es demasiado organizado y tiene demasiado control de la situación. Pero tampoco nos enfrentamos a ningún viejo. No era necesario ser un atleta para matarla, pero sí había que estar en forma: correr por senderos, trepar paredes, arrastrar un cadáver. Yo situaría su franja de edad entre los veinticinco y los cuarenta años, aproximadamente.

–He pensado –sugirió Sam mientras garabateaba– que debe de tratarse de alguien que conoce el terreno.

–Sin duda –corroboré yo–. O bien es un lugareño o ha pasado mucho tiempo por los alrededores de Glenskehy, de un modo u otro. Se siente cómodo en esta zona. Permaneció en el lugar un largo rato después de apuñalarla; los asesinos que actúan fuera de su territorio acostumbran a sentirse incómodos y desaparecen tan rápidamente como pueden. Además, a juzgar por los mapas, este sitio es un laberinto, y pese a ello él consiguió encontrarla... en medio de la oscuridad de la noche, sin farolas e incluso cuando ella le dio esquinazo.

Por algún motivo, me estaba costando más de lo habitual. Había analizado hasta el menor detalle todos los datos que barajábamos, había repasado todos y cada uno de los manuales y, aun así, no conseguía que el asesino se materializara. Cada vez que intentaba echarle el guante, se me escurría entre los dedos como humo y se desvanecía en el horizonte, dejándome sin ninguna silueta que vislumbrar, salvo la de Lexie. Intenté convencerme de que trazar perfiles es como cualquier otra habilidad, como hacer volteretas hacia atrás o montar en bicicleta: si dejas de practicar, el instinto se oxida; pero eso no quiere decir que se te olvide. Encontré mis cigarrillos: pienso mejor si tengo las manos ocupadas.

–Conoce Glenskehy, hasta ahí estamos de acuerdo, y estoy prácticamente segura de que conocía a la víctima. Por una parte, tenemos la colocación del cuerpo: la víctima tenía el rostro vuelto hacia la pared. Cualquier atención dedicada a la cara de la víctima, ya sea cubrirla, desfigurarla o apartarla, suele implicar que se trata de algo personal, que el asesino y la víctima se conocen.

–O bien –intervino Frank, subiendo las piernas al sofá y apoyándose en equilibrio la taza sobre la barriga– es pura coincidencia: así fue como cayó cuando la tumbó.

–Quizás –accedí–. Pero no debemos obviar el hecho de que la encontró. Esa casucha está muy apartada del sendero; en la oscuridad, ni siquiera sabrías de su existencia a menos que la buscaras a propósito. El desfase temporal implica que no la seguía de cerca, así que dudo que la viera entrar allí y, una vez ella se sentó, el muro debía de taparla desde la carretera… a menos que tuviera la linterna encendida y nuestro hombre divisara la luz, pero ¿por qué iba a encender alguien una linterna si intenta huir de un asesino? Así que nuestro hombre debía de tener un motivo para comprobar la casa. Creo que sabía que a Lexie le gustaba aquel lugar.

–Con todo, nada de eso nos indica que ella lo conociera –argumentó Frank–. Sólo que él la conocía a ella. Si llevaba un tiempo acechándola, por decir algo, tal vez sintiera que existía entre ellos una conexión y conociera bien sus costumbres.

Sacudí la cabeza.

–No es que descarte por completo la teoría del acosador pero, si a eso es a lo que nos enfrentamos, es indudable que conocía a la víctima. La apuñalaron de frente, ¿recordáis? Ella no intentaba escapar y no la asaltaron por detrás; estaban cara a cara, ella sabía que él estaba ahí, es posible que incluso conversaran un rato. Además, no tenía heridas causadas por un forcejeo. A mi parecer, eso indica que la sorprendió desprevenida. Ese tipo era alguien cercano a ella y se sentía cómoda con él, hasta el preciso instante en que la apuñaló. Yo no me sentiría tan relajada con un completo extraño que aparece a esa hora en medio de la nada.

–Todo lo cual nos será de mucha más utilidad –observó Frank– cuando sepamos a quién conocía la víctima exactamente.

–¿Algo más que debiera buscar? –preguntó Sam prestando oídos sordos al comentario de Frank; noté que se esforzaba por hacerlo–. ¿Dirías que está fichado?

–Probablemente tenga antecedentes delictivos –aventuré–. Hizo una labor excelente borrando sus huellas. Existe una amplia posibilidad de que nunca lo hayan arrestado, si siempre procede con tanto esmero, pero quizás haya aprendido a las duras. Si revisáis los expedientes, os aconsejaría que os concentrarais en delitos como robos de coches, hurtos, piromanía, algo que requiera destreza en limpiar el rastro, pero que no implique ningún contacto directo con las víctimas. Nada de ataques, incluyendo agresión sexual. A juzgar por su torpeza en asesinar a personas, no tenía práctica siendo violento, o prácticamente ninguna.

–Bueno, no se le da tan mal –objetó Sam sin alterarse–. Al fin y al cabo, la mató.

–Por los pelos –recalqué–. Más por suerte que por otra cosa. Y no creo que fuera lo que pretendía. Hay aspectos en este crimen que no encajan. Tal como apunté el domingo, los apuñalamientos suelen ser improvisados, espontáneos; sin embargo, hasta el momento todo lo que tenemos está perfectamente orquestado. Vuestro hombre sabía dónde encontrarla; no me trago la idea de que se la tropezara a medianoche en un sendero de mala muerte en medio de la nada. O conocía bien sus costumbres o habían acordado una cita. Y después de apuñalarla, mantuvo la cabeza fría y se tomó su tiempo: la persiguió, la cacheó, borró sus huellas y limpió todas las pertenencias de la víctima, lo cual nos indica que no llevaba guantes. Una vez más, no tenía planeado asesinarla.

–Pero llevaba un cuchillo –puntualizó Frank–. ¿Qué pensaba hacer con él? ¿Una talla en madera?

Me encogí de hombros.

–Amenazarla, quizás; asustarla, impresionarla, no lo sé. Pero alguien tan meticuloso, de haber previsto matarla, no lo habría hecho de una manera tan calamitosa. El ataque fue improvisado, tuvo que producirse en un momento en que a ella le sorprendiera lo que acababa de ocurrir; si él hubiera querido rematarla, lo habría hecho. En cambio, fue ella quien reaccionó primero, echó a correr y le sacó una buena ventaja antes de que él decidiera cómo actuar. Eso me incita a pensar que él estaba tan sorprendido como ella. Creo que habían acordado reunirse con un fin completamente distinto y algo se torció.

–¿Por qué la persiguió? –quiso saber Sam–. Después de apuñalarla, ¿por qué no se largó sin más?

–Cuando le dio alcance –continué– descubrió que estaba muerta, la trasladó y le rebuscó en los bolsillos. Imagino que la persiguió por uno de estos motivos. No ocultó ni exhibió el cuerpo, y nadie invertiría media hora en buscar a alguien sólo para arrastrarla unos cuantos metros, de manera que el hecho de que la trasladara se me antoja más bien un efecto colateral. La metió en el refugio para ocultar la luz de la linterna o para guarecerse de la lluvia mientras conseguía su verdadero propósito: o bien asegurarse de que estaba muerta o bien cachearla.

–Si estás en lo cierto y la conocía –apuntó Sam– y también en que no pretendía asesinarla, entonces ¿podría haberla trasladado por compasión? ¿Crees que se sentía culpable y no quiso abandonarla bajo la lluvia...?

–He estado cavilando sobre ese punto. Pero ese tipo es inteligente, piensa en lo que puede suceder y tenía muy claro que no quería que lo pillaran. Moverla implicaba mancharse de sangre, dejar más huellas de pisadas, dedicarle más tiempo, quizás incluso dejar algún cabello o fibras en ella... No lo imagino asumiendo ese riesgo adicional movido exclusivamente por el sentimentalismo. Tenía que tener una razón de peso. Comprobar si estaba muerta no le habría llevado tanto tiempo, mucho menos que trasladarla, en cualquier caso, así que yo apuesto a que la siguió y la metió en la casa porque necesitaba registrarla.

–Pero ¿qué buscaba? –preguntó Sam–. Dinero no, eso lo sabemos.

–Sólo se me ocurren tres razones –aventuré–. La primera es que buscaba algo que ella llevara que pudiera identificarlo; por ejemplo, es posible que quisiera asegurarse de que Lexie no había anotado su cita en una agenda, que intentara borrar su número del móvil o algo por el estilo.

–La víctima no escribía ningún diario –aclaró Frank, mirando al techo–. Se lo he preguntado a los Cuatro Fantásticos.

–Y se había dejado el móvil en casa, sobre la mesa de la cocina –añadió Sam–. Sus amigos aseguran que solía hacerlo; siempre pensaba en llevárselo cuando iba a dar aquellos paseos, pero normalmente se lo olvidaba. Estamos revisándolo, y de momento no hemos encontrado nada raro.

–Pero quizás él no lo supiera –conjeturé yo–. O tal vez buscara algo mucho más específico. Quizás hubieran quedado para que ella le diera algo y no se entendieron, Lexie cambió de opinión... En cualquier caso, o bien encontró lo que buscaba en el cadáver o ella no lo llevaba encima.

–¿El mapa del tesoro escondido? –preguntó Frank con gran sentido práctico–. ¿Las Joyas de la Corona?

–Esa casa está repleta de bártulos viejos –razonó Sam–. Si hubiera habido algo de valor… ¿se había confeccionado algún inventario cuando el tal Daniel la heredó?

–Ja –se burló Frank–. Ya has visto esa casa. ¿Cómo podría alguien inventariarla? El testamento de Simon March enumera todos los objetos de valor, principalmente mobiliario antiguo y un par de cuadros, pero todo eso ha desaparecido. El impuesto de sucesión era exorbitante y todos los objetos con un valor superior a unas cuantas libras se destinaron a liquidarlo. Por lo que yo he podido ver, lo único que queda son las porquerías del desván.

–La otra posibilidad –continué– es que buscara una identificación. Todos sabemos la confusión que existe en torno a la identidad de esa joven. Pongamos que él pensara que estaba hablando conmigo y le asaltó la duda, o pongamos que ella dejó caer que Lexie Madison no era su nombre real. Es posible que el homicida buscara un documento de identidad para saber a quién acababa de apuñalar.

–Todas las hipótesis que planteas tienen puntos en común –observó Frank. Estaba tumbado boca arriba, con las manos enlazadas tras la nuca, y nos observaba con un destello de gallito en la mirada–. Nuestro hombre se había citado con ella una vez, lo cual implica que perfectamente quisiera verla una segunda, si tenía oportunidad de hacerlo. No tenía previsto matarla, así que es sumamente improbable que exista algún otro peligro adicional. Y venía de fuera de Whitethorn House.

–No necesariamente –lo corrigió Sam–. Si lo hizo uno de sus compañeros, es posible que le sustrajera el móvil a Lexie una vez muerta para asegurarse de que no hubiera llamado al 999 o grabado algo en vídeo. Sabemos que siempre estaba a punto de utilizar la cámara; quizá los inquietaba que hubiera registrado el nombre de su atacante.

–¿Tenemos ya el informe de las huellas del móvil? –pregunté.

–Esta tarde –contestó Frank–. Lexie y Abby. Tanto Abby como Daniel afirman que Abby le entregó a Lexie su móvil esa misma mañana, de camino a la universidad, y las huellas lo corroboran. Las de Lexie están superpuestas a las de Abby en al menos dos puntos: tocó el teléfono después que Abby. Nadie sustrajo ese teléfono del cadáver de Lexie. Estaba sobre la mesa de la cocina cuando falleció y cualquiera de sus amigos podría haberlo comprobado sin necesidad de perseguirla.

–O quizá se llevaran su diario –aventuró Sam–. Los demás afirman que no escribía ninguno, pero no lo sabemos con certeza.

Frank puso los ojos en blanco.

–Si quieres jugar a ese jueguecito, sólo tenemos su palabra, incluso en lo que respecta a que *vivía* allí, algo que tampoco sabemos con seguridad. También podría haber discutido con ellos el mes pasado y haberse trasladado al ático del Shelbourne para ejercer de amante de un príncipe saudí, si no fuera porque no tenemos ninguna prueba que apunte en esa dirección. Las declaraciones de los otros cuatro encajan a la perfección y aún no hemos sorprendido a ningunos de ellos mintiendo. La apuñalaron *fuera* de la casa...

–¿Tú qué opinas? –me preguntó Sam, interrumpiendo a Frank–. ¿Encajan sus amigos en el perfil?

–Eso, Cassie –añadió Frank amablemente–. ¿Cuál es tu opinión?

Sam deseaba con todas sus fuerzas que fuera uno de ellos. Por un instante, y sin importarme para nada la investigación, sentí unas ganas terribles de afirmar que así era, sólo por contemplar cómo aquella mirada exhausta desaparecía de su rostro y volvían a brillarle los ojos.

–Estadísticamente –contesté–, podría ser, sí. Están en la franja de edad que buscamos, son lugareños, son inteligentes, la conocían, más aún: son quienes mejor la conocían, y normalmente los asesinos forman parte del círculo más íntimo de la víctima. Ninguno de ellos está fichado pero, como ya he dicho antes, alguno podría haber cometido delitos que desconocemos en algún momento de su vida. Al principio, sí consideré que podían ser cupables. Pero cuanto más sé de esta historia... –Me pasé la mano por el pelo mientras intentaba dar con un modo de exponer aquello–. Algo me induce a desconfiar de su palabra. ¿Nos ha confirmado alguna persona ajena a ellos que Lexie acostumbrara salir a pasear sola? ¿Nunca la acompañaba ninguno de ellos?

–Pues... –empezó a decir Frank, mientras palpaba el suelo en busca de sus cigarrillos– la verdad es que sí. Hay una estudiante de posgrado llamada Brenda Grealey que tenía el mismo supervisor que Lexie. –Brenda Grealey formaba parte de la lista de ACS: grandes ojos llorosos y saltones, mofletes regordetes que empezaban a mostrar signos de flacidez y una cascada de tirabuzones pelirrojos–. Es una entrometida. Después de que los cinco se fueran a vivir juntos, le preguntó a Lexie cómo lograba tener un poco de intimidad con tanta gente en la misma casa. Tengo la impresión de que Brenda lo preguntó con doble sentido, que en realidad esperaba que le soltara algún cotilleo sobre sexo desenfrenado pero, al parecer, Lexie la miró de hito en hito y le contestó que daba paseos sola cada noche y que ésa era toda la privacidad que necesitaba, gracias, que no se relacionaba con nadie a menos que le gustara su compañía. Y se largó. No estoy seguro de si Brenda se coscó de que acababa de pagarle con la misma moneda.

–De acuerdo –dije–. En tal caso no veo cómo encajar en el perfil a ninguno de sus compañeros de casa. Pensemos en cómo habría tenido que proceder. Uno de ellos necesita hablar con Lexie en privado sobre un asunto importante. Así que, en lugar de hacerlo con discreción, invitándola a tomar un café juntos en la universidad o algo por el estilo, sale a dar un paseo con ella, o bien la sigue. En cualquier caso, rompe la rutina, porque hemos concluido que estos cinco son personas rutinarias, y les explica a todos, Lexie incluida, que ocurre algo. Decide llevarse consigo un cuchillo. No olvidemos que tratamos con intelectuales de la clase media...

–Se refiere a que son un puñado de mariquitas –le aclaró Frank a Sam, mientras encendía el mechero.

–Detente un momento –me cortó Sam, dejando el bolígrafo en la mesa–. No puedes descartarlos sólo porque pertenezcan a la clase media. ¿En cuántos casos hemos trabajado en los que alguien encantador y respetable...?

–No estoy haciendo eso, Sam –alegué–. El homicidio no es el problema. Si la hubieran estrangulado o si le hubieran aplastado la cabeza contra un muro, habría aceptado que cualquiera de ellos pudiera ser el asesino. No es que crea que sean incapaces de apuñalarla, si tuvieran un cuchillo en la mano. Lo que digo es que no habría llevado el cuchillo encima, no a menos que estuviera planeando matarla y, como ya he dicho antes, esa opción no encaja. Me apuesto lo que sea a que esos cuatro no tienen la costumbre de llevar cuchillos encima y, si sólo intentaran amenazar a alguien, convencerlo de algo, no se les ocurriría usar un cuchillo para hacerlo. No es propio de su mundo. Cuando se preparan para una gran pelea, piensan en los temas a debatir y sus argumentos, no en guardarse una navaja en el bolsillo.

–Sí –suspiró Sam transcurrido un momento. Tomó aire, volvió a agarrar su bolígrafo y lo sostuvo sobre la página como si hubiera olvidado lo que se disponía a escribir–. Supongo que tienes razón.

–Incluso aunque optemos por la hipótesis de que uno de ellos la siguió –continué– y llevaba consigo un cuchillo para asustarla por el motivo que fuera, ¿qué diantre pensaba que iba a ocurrir después? ¿En serio esperaba salirse con la suya? Forman parte del mismo círculo social. Y es un círculo muy restringido, íntimo. No existe motivo para que no llegaran a un acuerdo, regresaran a casa y les explicaran a los otros tres exactamente lo que había ocurrido. Un momento de terror y posiblemente, a menos que se tratase de Daniel, nuestro destripador estaría de patitas en la calle al instante siguiente. Son personas inteligentes, Sam. No se les escaparía algo tan evidente.

–Para ser justos –puntualizó Frank con amabilidad, cambiando de bando; tuve la impresión de que empezaba a aburrirse–, la gente inteligente hace cosas estúpidas todo el rato.

–Pero no como ésta –sentenció Sam. Dejó el bolígrafo atravesado sobre su libreta y se presionó las comisuras de los ojos con los dedos–. Sí que hacen cosas estúpidas, por supuesto, pero no hacen cosas sin sentido.

Mis teorías habían provocado que volviera esa terrible mirada agotada a su rostro y me sentía fatal por ello.

–¿Consumen drogas? –pregunté–. La gente que toma cocaína, por ejemplo, no siempre piensa con claridad.

Frank soltó una bocanada de humo.

–Lo dudo mucho –contestó Sam, sin alzar la vista–. Son bastante puritanos. Sí beben de vez en cuando pero, a juzgar por su apariencia, yo diría que ni siquiera han probado un porro, por no hablar ya de drogas más duras. El examen toxicológico de la víctima reveló que estaba limpia, ¿te acuerdas?

El viento golpeó contra la ventana con un bang seguido de un traqueteo y luego se alejó de nuevo.

–Entonces, a menos que se nos esté escapando algo muy grande –añadí–, no encajan con el perfil del asesino.

Al cabo de unos instantes, Sam dijo:

–Cierto. –Cerró su libreta pausadamente, enganchó el bolígrafo a ella y añadió–: Será mejor que empiece a buscar ese algo tan grande.

–¿Me permites una pregunta? –inquirió Frank–. ¿Por qué estás tan obcecado con esos cuatro muchachos?

Sam se pasó las manos por la cara y pestañeó con fuerza, como si intentara enfocar la vista.

–Porque son lo único que tenemos –contestó tras hacer una pausa–. No tenemos a nadie más, al menos a nadie más que haya llamado nuestra atención. Y, si no ha sido ninguno de ellos, ¿qué nos queda?

–Ahora mismo tienes un perfil maravilloso –le recordó Frank.

–Lo sé –respondió Sam arrastrando las palabras–. Y lo aprecio muchísimo, Cassie; de verdad, créeme. Pero por el momento no tengo a nadie que encaje con él. Tengo un montón de lugareños en la franja de edad del asesino, algunos de ellos con antecedentes y diría que unos cuantos, bastantes, inteligentes y organizados, pero no hay ningún indicio de que conocieran a la víctima. Tengo un montón de conocidos de la universidad, algunos de los cuales encajan en todas las características, salvo que, por lo que yo he podido descubrir, no han frecuentado Glenskehy y mucho menos sabrían moverse por ese lugar. Nadie se ajusta a todas las casillas.

Frank arqueó una ceja.

–Sin ánimo de ofender –dijo–, eso es precisamente lo que la detective Maddox y yo pretendemos averiguar.

–Sí –dijo Sam, sin dignarse a mirarlo–. Y, si yo doy con el asesino antes, no necesitaréis hacerlo.

–Pues será mejor que te des prisa –replicó Frank. Seguía recostado en el sofá y escudriñaba a Sam con pereza a través de las volutas de humo–. Tengo previsto iniciar la operación el domingo.

Se produjo un segundo de silencio sepulcral; incluso el viento en el exterior pareció detenerse. Frank no había mencionado ninguna fecha definitiva hasta ese momento. En la comisura de mi ojo, los mapas y las fotografías de la mesa se movieron y se cristalizaron, desplegándose en hojas bañadas por el sol, vidrio ondulado y piedra desgastada por los años; volviéndose realidad.

–¿Este domingo? –pregunté.

–No me vengas con esa mirada patidifusa –me regañó Frank–. Estarás lista, cariño. Y míralo por este lado: así no tendrás que volverme a ver este careto tan feo que tengo.

En aquel momento, aquello me pareció una perspectiva harto estimulante.

–Está bien –dijo Sam. Se acabó el café a tragos largos e hizo un gesto de dolor–. Entonces será mejor que me ponga en marcha.

Se puso en pie y se palpó los bolsillos.

Sam vive en una de esas espeluznantes urbanizaciones en medio de la nada, estaba reventado de cansancio y el viento empezaba a cobrar fuerza de nuevo y arremetía contra las tejas del tejado.

–No conduzcas ahora hasta allí, Sam, no con este temporal –le supliqué–. Quédate a pasar la noche. Trabajaremos hasta tarde, pero...

–Claro, ¿por qué no te quedas? –dijo Frank, extendiendo los brazos y sonriéndole–. Podemos celebrar una fiesta del pijama: quemar nubes de caramelo y jugar a Verdad o Consecuencia.

Sam cogió el abrigo del respaldo del futón y se lo quedó mirando como si dudara qué hacer.

–No, no; si no voy a casa, no te preocupes. Iré a la comisaría a recoger unos expedientes. Todo irá bien.

–Perfecto –comentó Frank alegremente, despidiéndose de él con la mano–. Pues que te diviertas. Y no olvides telefonearnos si das con un sospechoso.

Acompañé a Sam escaleras abajo y le di un beso de buenas noches en la puerta. Se dirigió obstinadamente hasta su coche, con las manos en los bolsillos y la cabeza gacha en contra del viento. Quizá fuera la ráfaga de viento que ascendió conmigo por las escaleras pero, sin él, mi piso parecía más frío, más desnudo, y el ambiente estaba un poco más tenso.

–Pensaba marcharse de todos modos, Frank –aclaré–. No tenías por qué portarte como un capullo.

–Quizá no –replicó Frank, mientras se enderezaba y comenzaba a amontonar los envases de comida china–. Pero por lo que he podido ver en los vídeos de ese móvil, Lexie no utilizaba el término «capullo». En circunstancias parecidas, habría utilizado «imbécil», o esporádicamente «imbécil de mierda» o «gilipollas» o «cabronazo». Simplemente lo digo para que lo recuerdes. Yo me encargo de fregar los platos si eres capaz de decirme, sin mirar, cómo llegar desde el caserío hasta la casita de campo.

Después de aquello, Sam no intentó venir a cocinarme la cena más. En su lugar, aparecía a deshoras, dormía en su casa y no hacía nigún comentario cuando encontraba a Frank durmiendo en mi sofá. La mayoría de los días se quedaba el tiempo justo para darme un beso, traerme una bolsa de provisiones y ponerme al día del caso. No había mucho que decir al respecto. La policía científica y los refuerzos habían peinado hasta el último centímetro de los senderos que Lexie acostumbraba a transitar en sus caminatas nocturnas: no había ni rastro de sangre, ninguna pisada identificable, señales de forcejeo ni ningún refugio (culpaban del desaguisado a la lluvia), y tampoco habían encontrado ningún arma. Sam y Frank habían pedido un par de favores para reprimir a los medios de comunicación de saltar sobre este caso; se limitaron a ofrecer a la prensa una estudiada declaración genérica acerca de una agresión en Glenskehy, dejaron caer algunas pistas vagas sobre que la víctima había sido trasladada al hospital de Wicklow y organizaron una vigilancia discreta, pero nadie acudió en su búsqueda, ni siquiera sus compañeros de casa. La compañía telefónica no aportó ninguna información de utilidad sobre el teléfono móvil de Lexie. Los interrogatorios puerta a puerta se saldaron con encogimientos de hombros, coartadas indemostrables («cuando terminó *Winning Streak*,[1] mi esposa y yo nos fuimos a dormir»), unos cuantos comentarios estirados acerca de los niños ricos de Whitethorn House y un sinfín de apostillas en la misma línea acerca de Byrne y Doherty y su repentino interés por Glenskehy, pero ninguna información útil.

Dada su relación con los lugareños y su nivel de entusiasmo general, a Doherty y a Byrne les habíamos encomendado la misión de revisar los tropecientos mil minutos de filmación del circuito cerrado de televisión en busca de algún visitante de Glenskehy con pinta sospechosa, pero las cámaras no se habían colocado teniendo esta finalidad en mente y lo máximo que pudieron inferir es que estaban bastante seguros de que nadie había entrado ni salido de Glenskehy en coche por una carretera directa entre las diez de la noche y las dos de la madrugada del día de autos. Aquello espoleó a Sam a retomar el tema de los compañeros de casa de Lexie, lo cual hizo que Frank reaccionara enumerando las múltiples opciones que cualquiera podría haber empleado para llegar a Glenskehy sin que las cámaras del circuito de televisión lo registraran, cosa que a su vez suscitó comentarios insolentes por

1. Concurso semanal de la televisión irlandesa en el que cinco concursantes se enfrentan por elevados premios en metálico. Suele obtener una cuota de pantalla notable. *(N. de la T.)*

parte de Byrne acerca de los listillos de Dublín que venían pavoneándose y hacían malgastar a todo el mundo su tiempo con tareas inútiles. Me dio la sensación de que sobre el centro de coordinación pendía una densa nube eléctrica de callejones sin salida, conflictos de intereses y una desagradable sensación de naufragio.

Frank les había explicado a los amigos de Lexie que ésta volvería a casa. Ellos le habían enviado algunos presentes: una tarjeta deseándole una pronta recuperación, una docena de barritas de chocolate, un pijama de color azul celeste, ropa para el día de su regreso, crema hidratante (eso tuvo que ser idea de Abby), dos libros de Barbara Kingsolver, un walkman y un montón de casetes variados. Aparte del hecho de que yo no hubiera visto una cinta grabada desde que tenía alrededor de veinte años, la selección no admitía críticas: contenía temas de Tom Waits y Bruce Springsteen, música propia de rocolas de carreteras perdidas a altas horas de la madrugada mezclada con Edith Piaf y los Guillemots y una mujer llamada Amalia que cantaba en un portugués ronco. Al menos, todo era respetable; de haber incluido una canción de Eminem, habría pensado «apaga y vámonos». La tarjeta lucía un «Te queremos» y la rúbrica de los cuatro, nada más; tal parquedad le confería un aire de secretismo cargado de mensajes que yo era incapaz de descifrar. Frank se comió las barritas de chocolate.

La versión oficial fue que el coma había dejado a Lexie sin memoria a corto plazo: no recordaba nada acerca de la agresión y muy poco de los días previos.

–Eso nos confiere cierta ventaja –señaló Frank–. Así, si metes la pata con algún detalle, basta con que pongas gesto compungido y farfulles algo sobre la impotencia del coma, y todo el mundo se sentirá avergonzado de exigirte demasiado.

Entre tanto, en mi vida normal, yo les había explicado a mis tíos y a mis amigos que me marchaba a realizar un curso de entrenamiento (fui bastante imprecisa al respecto) y que estaría ausente unas semanas. Sam había suavizado mi baja laboral manteniendo una conversación con Quigley, el error humano de la brigada de Homicidios, a quien le había explicado, en confianza, que me tomaba una pausa para concluir la licenciatura, lo cual significaba que estaría cubierta en caso de que alguien me divisara por ahí con un aspecto demasiado estudiantil. Quigley se compone básicamente de un trasero enorme y una bocaza igual de grande, y nunca ha sentido predilección por mí. En menos de veinticuatro horas todo el mundo sabría que me había tomado un tiempo para mí, probablemente con alguna información adicional de cosecha propia: un embarazo, una psicosis, adicción al crack o algo de esa índole.

El jueves, Frank empezó a bombardearme a preguntas: ¿dónde te sientas a desayunar?, ¿dónde guardáis la sal?, ¿quién te lleva a la universidad los miércoles por la mañana?, ¿cuál es el despacho de tu supervisor? Si fallaba en una, me calificaba con un cero en ese tema y volvía a revisarlo desde todas las perspectivas a nuestro alcance: fotografías, anécdotas, los vídeos del móvil, las grabaciones de los interrogatorios, hasta inculcármelo todo como si se tratara de mis propios recuerdos y conseguir que la respuesta me saliera sin más, de manera automática. Luego retomaba el aluvión de preguntas: ¿dónde pasaste las últimas Navidades?, ¿qué día de la semana te toca ir a comprar comida? Era como tener una máquina de lanzamiento de pelotas de tenis humana en mi sofá.

No se lo confesé a Sam, porque me sentía culpable, pero aquella semana disfruté de lo lindo. Me encantan los desafíos. En ocasiones pensé en que me hallaba sumida en una situación de lo más curiosa, y lo más probable es que se volviera más curiosa aún. Aquel caso estaba conducido por una especie de tira de Moebius que dificultaba tener una visón clara de las cosas: había Lexies por todos sitios, chocaban y se solapaban hasta hacerme perder la noción de acerca de cuál estábamos hablando. Alguna que otra vez tuve que reprimirme de preguntarle a Frank qué tal se estaba recuperando del coma.

La hermana de Frank, Jackie, es peluquera, de manera que el viernes por la noche la hizo venir a mi piso para que me cortara el pelo. Jackie es una rubia de bote flaquísima que no se siente ni remotamente impresionada por su hermano mayor. Me gustó.

–Sí, te sentará bien un corte de pelo –me dijo, acariciándome profesionalmente el flequillo con sus largas uñas púrpura–. ¿Cómo lo quieres?

–Así –dijo Frank, buscando una fotografía de la escena del crimen y pasándosela–. ¿Se lo puedes cortar así?

Jackie sostuvo la fotografía entre el pulgar y el índice y la miró con recelo.

–¿Esta mujer está *muerta*? –preguntó.

–Eso es confidencial –respondió Frank.

–¡Al cuerno con lo confidencial! ¿Era tu hermana, cariño?

–A mí no me mires –contesté–. Esto es idea de Frank. Yo sólo me estoy dejando arrastrar por la corriente.

–No deberías hacerle caso. Veamos... –Miró con cara de repugnancia la fotografía por segunda vez y se la alargó a Frank–. Esto es sumamente desagradable, permíteme que te lo diga. ¿Alguna vez en la vida piensas hacer algo decente, Francis? No sé, solucionar el tráfico o algo útil por el estilo. He tardado dos horas en llegar hasta el centro desde...

–¿Por qué no te callas y le cortas el pelo, Jackie? –preguntó Frank, revolviéndose el cabello presa de la exasperación, de tal manera que quedó completamente despeinado–. Deja de calentarme la cabeza, por lo que más quieras.

Jackie me miró de reojo y compartimos una leve y pícara sonrisa femenina de complicidad.

–Y recuerda –añadió Frank en tono agresivo, al caer en la cuenta de ello–: mantén el pico cerrado. ¿Entendido? Es crucial.

–Claro, claro –replicó Jackie, al tiempo que sacaba un peine y unas tijeras de su bolso–. Crucial. ¿Por qué no nos preparas una taza de té, querido? Si a ti no te importa, claro está –añadió mirándome a mí.

Frank sacudió la cabeza y se dirigió a escape hacia el fregadero. Jackie me peinó el pelo sobre los ojos y me guiñó un ojo.

Cuando hubo terminado, yo tenía un aspecto distinto. Nunca me había cortado el flequillo tan corto; era un cambio muy sutil, pero me hacía parecer más joven y franca, y le imprimía a mi rostro esa engañosa inocencia de ojos grandes de las modelos. Cuanto más me contemplaba en el espejo del cuarto de baño esa noche, antes de meterme en la cama, menos me identificaba conmigo misma. Cuando llegó el momento en que no fui capaz de recordar cómo era antes, me rendí, le hice un corte de mangas a mi reflejo y me acosté.

El sábado por la tarde, Frank dijo:

–Creo que será mejor que nos preparemos para marcharnos.

Yo estaba tumbada boca arriba en el sofá, abrazada a mis rodillas, mientras revisaba las fotografías de los grupos de tutorías de Lexie por última vez e intentaba mostrarme displicente con todo aquel asunto. Frank no dejaba de andar de un lado a otro: cuanto más se aproxima el inicio de una operación, menos rato pasa sentado.

–Mañana –repliqué.

Aquella palabra ardió en mi boca, dejando una quemadura salvaje y limpia como la nieve, arrebatándome el aliento.

–Mañana por la tarde; empezaremos con medio día para que te vayas acostumbrando. Se lo haré saber a sus amigos esta noche; me aseguraré de que te organicen una cálida bienvenida. ¿Crees que estás preparada?

La verdad es que no se me ocurría qué significaba exactamente estar «preparada» en una operación como aquélla.

–Tan preparada como puedo estar –afirmé.

–Repasémoslo una vez más: ¿cuál es tu objetivo la primera semana?

–Básicamente, que no me descubran –le respondí–. Y que no me maten.

–Básicamente, no: exclusivamente. –Frank chasqueó los dedos delante de mis ojos al pasar frente a mí–. Venga. Concéntrate. Esto es importante.

Me apoyé las fotografías en la barriga.

–Estoy concentrada. ¿Qué?

–Si alguien se da cuenta, será en los primeros días, cuando estés buscando tu lugar y todo el mundo esté pendiente de ti. Así que lo único que tienes que hacer la primera semana es acomodarte. Es un trabajo muy duro, al principio te resultará extenuante, y, si sobreactúas, corres el riesgo de patinar… y sería el fin. Tómatelo con calma. Intenta pasar ratos a solas, si es posible: puedes acostarte temprano, leer un libro mientras los otros juegan a las cartas… Si consigues durar hasta el fin de semana, estarás metida en la rueda; los demás se habrán acostumbrado a tenerte cerca de nuevo y no te prestarán demasiada atención, y eso te brindará mucha más libertad de acción. Pero hasta entonces mantén la cabeza gacha: nada de riesgos, de hacerte la sabueso intrépida, nada que pudiera suscitar ni la menor sospecha. Intenta no pensar siquiera en el caso. Me da igual si a estas alturas de la semana que viene no tienes ni una sola pista que me resulte útil, siempre y cuando sigas en esa casa. Si lo consigues, revisaremos la situación y partiremos de cero.

–Pero no crees que lo consiga, ¿verdad? –pregunté.

Frank se detuvo en seco y me miró fija y largamente.

–¿Crees que te enviaría allí dentro si creyera que no puedes hacerlo?

–¡Y tanto! –respondí–. Siempre y cuando pensaras que puedes obtener resultados interesantes, no te lo pensarías dos veces.

Se apoyó en el marco de la ventana, mientras fingía meditar sobre mis palabras; la luz lo iluminaba por la espalda y me impedía verle la expresión.

–Es posible –concluyó–, pero del todo irrelevante. Claro que se trata de una operación arriesgada, arriesgadísima, pero eso lo sabes desde el primer día. Aun así, creo que puedes hacerlo, siempre que seas cauta, no te asustes y no te impacientes. ¿Recuerdas lo que te dije la última vez acerca de hacer preguntas?

–Sí –contesté–. Hazte la inocente y pregunta tanto como puedas.

–Pues esta vez es distinto. Tienes que hacer justo lo contrario: no preguntes nada a menos que estés absolutamente segura de que no deberías conocer la respuesta. Lo cual, en resumidas cuentas, significa que no preguntes nada de nada.

–Y entonces ¿qué se supone que debo hacer, si no puedo formular preguntas?

Esa cuestión me rondaba en la cabeza desde hacía varios días.

Frank atravesó la estancia a grandes zancadas, apartó los papeles de la mesilla de centro, se sentó sobre ella y se inclinó sobre mí, clavándome sus penetrantes ojos azules.

–Mantén los ojos y los oídos bien abiertos. El principal problema de esta investigación radica en que no tenemos a ningún sospechoso. Tu labor consiste en identificar a uno. Recuerda: nada de lo que consigas tendrá validez en un juicio, puesto que no puedes leerles sus derechos a los sospechosos, de manera que no buscamos una confesión ni nada en esa línea. Esa parte resérvanosla a mí y a nuestro Sammy. Nosotros resolveremos el caso, pero necesitamos que tú nos alumbres el camino correcto a seguir. Descubre si alguien ha podido quedarse fuera de nuestro radar, alguien del pasado de esa muchacha o alguien con quien se había relacionado más recientemente en secreto. Si alguien que no figura en la lista de ACS se pone en contacto contigo, por teléfono, en persona o como sea, síguele el juego, descubre qué es lo que quiere y qué relación tenía con la víctima, y consigue un número de teléfono y su nombre completo, si puedes.

–De acuerdo –acepté–. Así que necesito encontrar a vuestro sospechoso.

Sonaba plausible, pero todo lo que Frank dice lo parece. Seguía estando bastante segura de que Sam tenía razón y el principal motivo para que Frank hiciera aquello no era que yo tuviera ni la más remota posibilidad, sino porque era una oportunidad única, deslumbrante, temeraria y ridícula. Decidí liarme la manta a la cabeza.

–Exactamente. Para juntarlo con nuestra joven misteriosa. Mientras tranto, mantente ojo avizor con los compañeros de casa e incítalos a hablar. Yo no los considero sospechosos (sé que tu Sammy anda con la mosca tras la oreja con respecto a ellos, pero yo estoy contigo: no dan el perfil). Sin embargo, estoy bastante seguro de que nos ocultan algo. Sabrás a lo que me refiero cuando los conozcas. Podría ser algo completamente irrelevante, quizá simplemente utilizan chuletas en los exámenes o hacen pamplinas en el jardín trasero o juegan a papás y mamás, pero me gustaría decidir por mí mismo qué es relevante y qué no. Nunca se lo contarían a la policía; en cambio, si tú consigues infiltrarte, es bastante probable que te lo expliquen. No te preocupes demasiado por el resto de ACS; no tenemos nada que apunte en la dirección de ninguno de ellos, y Sammy y yo les seguiremos la pista de todos modos. No obstante, si alguien actúa de un modo sospechoso, por muy leve que sea, infórmame al instante. ¿Entendido?

–Entendido.

–Y una última cosa –dijo Frank. Se levantó de la mesa, recogió nuestras tazas y las llevó a la cocina. Habíamos llegado a ese punto en que en todo momento, a cualquier hora del día o de la noche, había una cafetera de café bien fuerte aún humeante o preparándose; otras semana más y probablemente nos habríamos comido el café molido directamente del envase a cucharadas–. Hace tiempo que quería tener una pequeña charla contigo.

Llevaba días notándolo. Hojeé las fotografías como si fueran tarjetas mnemotécnicas e intenté concentrarme en recordar los nombres internamente: Cillian Wall, Chloe Nelligan, Martina Lawlor...

–Adelante –lo invité.

Frank apoyó las tazas en la encimera y empezó a jugar con mi salero, volteándolo con cuidado entre sus dedos.

–Lamento sacar esto a colación –empezó a decir–, pero ¿qué le vamos a hacer? A veces, la vida juega malas pasadas. Supongo que eres consciente de que últimamente has estado... cómo decirlo... un poco nerviosa, ¿no?

–Sí –contesté, sin apartar la mirada de aquellas fotografías: Isabella Smythe, Brian Ryan (sus padres o bien no pensaban con mucha claridad o bien tenían un extraño sentido del humor), Mark O'Leary...–. Sí, lo sé.

–Desconozco si es a causa de este caso o si lo antecede o cuál es el motivo, pero no me importa. Si lo que padeces es miedo escénico, se desvanecerá en cuanto entres por esa puerta. Ahora bien, si no es así, no permitas que cunda el pánico. No empieces a cuestionarte tus capacidades ni a dejarte influir por paranoias y, sobre todo, no intentes ocultar tu nerviosismo. Úsalo en tu favor. Sería perfectamente plausible que Lexie estuviera un poco inquieta en estos momentos, así que no hay motivo para no aprovecharte de ello. Utiliza todos tus recursos, aunque no sean los que te habría gustado escoger. Todo es un arma, Cass. Todo.

–Lo recordaré –le aseguré.

Pensar que la Operación Vestal podía serme de utilidad hizo que una sensación compleja me invadiera el pecho; me costaba respirar. Pero sabía que Frank notaría incluso el más leve pestañeo.

–¿Crees que serás capaz?

«Lexie –pensé–, Lexie no le diría que la dejara en paz, que ella era perfectamente capaz de ocuparse de sí misma (tal como a mí me dictaba el instinto en aquellos momentos), y estaba prácticamente segura de que no respondería por nada del mundo. Lexie bostezaría en su cara o le diría que dejara de ir por ahí fastidiando a la gente como una abuelita o le pediría un helado.»

–Se han acabado las galletas –comenté, mientras me desperazaba; las fotografías resbalaron por mi barriga y cayeron al suelo–. ¿Te importa bajar a comprar? Galletas de limón.

Luego me reí a carcajadas en la cara de Frank.

Frank tuvo la deferencia de darme fiesta la noche del sábado para que Sam y yo nos despidiéramos, y es que nuestro Frankie tiene un corazón de oro. Sam preparó pollo *tikka* para cenar; yo tuve la genial idea de elaborar un tiramisú para postre, que me salió con un aspecto ridículo, pero tenía buen sabor. Pasamos horas charlando de trivialidades, de cosas de la vida, acariciándonos las manos por encima de la mesa e intercambiando las nimiedades que las parejas recientes se explican y guardan como tesoros hallados en la playa: anécdotas de cuando éramos niños, las cosas más estúpidas que habíamos hecho de adolescentes... La ropa de Lexie, colgada de la puerta del armario, refulgía en el rincón como un sol intenso reflejado en la arena, pero no le prestamos atención, no la miramos ni una sola vez.

Tras la cena, nos acurrucamos en el sofá. Yo había encendido la chimenea y Sam había puesto música en el reproductor de discos compactos; aquélla podría haber sido una noche cualquiera, podría haber sido toda nuestra, salvo por aquellas ropas y por la velocidad a la que me latía el corazón, ante la expectativa.

–¿Qué tal lo llevas? –preguntó Sam.

Yo había empezado a albergar la esperanza de que conseguiríamos no hablar del día siguiente en toda la noche pero, siendo realistas, quizá fuera demasiado pedir.

–Bien –contesté.

–¿Estás nerviosa?

Medité la respuesta antes de hablar. Aquella situación era una insensatez a muchos niveles. Probablemente debería haber estado paralizada de miedo.

–No –respondí–. Estoy inquieta.

Noté a Sam asentir por encima de mi coronilla. Me acariciaba el cabello con una mano, lenta y tranquilizadoramente, pero notaba su pecho rígido como el cartón contra el mío, como si estuviera conteniendo la respiración.

–Detestas esta idea, ¿no es cierto? –le pregunté.

–Sí –contestó Sam sin alterarse–. Con toda mi alma.

–¿Y por qué no le pusiste freno? Es tu investigación. Podrías haberte plantado en cualquier momento de haberlo querido.

Su mano se detuvo.

–¿Quieres que lo haga?

–No –contesté, y eso, al menos, era algo que tenía claro–. Bajo ningún concepto.

–No resultaría fácil a estas alturas. Ahora que esta operación de incógnito ha echado a rodar, es un engendro de Mackey; yo ya no tengo autoridad sobre ella. Pero si has cambiado de opinión, encontraré un modo de...

–No lo he hecho, Sam. Créeme. Simplemente me preguntaba por qué la aprobaste si no te convencía.

Se encogió de hombros.

–Mackey tiene su parte de razón; eso es innegable: no tenemos nada más a lo que aferrarnos en este caso. Podría ser la única manera de resolverlo.

Sam tiene casos sin resolver en su historial, como todos los detectives, y yo estaba convencida de que podría sobrevivir a otro de ellos, siempre y cuando estuviera seguro de que el homicida no me perseguía a mí.

–El sábado pasado tampoco tenías nada –le rebatí– y te oponías frontalmente.

Sus manos empezaron a moverse de nuevo, como por inercia.

–Aquel primer día –dijo al cabo de un momento–, cuando apareciste en la escena del crimen. Estabas tonteando con tu colega, ¿recuerdas? Él se metía con tu ropa y tú te metías con él, casi como solías hacer con... cuando estabas en Homicidios. –Había querido decir Rob. Rob probablemente fuera el mejor amigo que he tenido en toda mi vida, pero tuvimos una pelea colosal y sumamente compleja y dejamos de serlo. Di la vuelta y me apoyé contra el pecho de Sam para mirarlo a la cara, pero él tenía la vista fija en el techo–. Hacía mucho tiempo que no te veía así –continuó–. Hacía mucho que no te veía picarte de ese modo.

–Me temo que he sido una pésima compañía estos últimos meses –me disculpé.

Sonrió ligeramente.

–No me quejo.

Intenté recordar a Sam quejarse sobre algo.

–No –asentí–. Ya lo sé.

–Y entonces el sábado –añadió– nos peleamos y toda la pesca –me dedicó una mirada rápida y me dio un beso en la frente–, pero aun así… Luego me di cuenta de que había sido porque los dos estamos metidos hasta el pescuezo en este caso, porque te importa. Me dio la sensación… –Sacudió la cabeza, mientras buscaba las palabras exactas–. Violencia Doméstica no es lo mismo –aventuró–, ¿verdad?

Yo apenas había hablado sobre Violencia Doméstica. Entonces caí en la cuenta de que todo aquel silencio debió de resultar harto revelador, a su propia manera.

–Alguien tiene que hacerlo –alegué–. Nada es igual que Homicidios, pero Violencia Doméstica no está mal.

Sam asintió y me estrechó entre sus brazos.

–Y luego aquella reunión –continuó–. Hasta entonces me había preguntado si debería hacer valer mi autoridad y echar a Mackey del caso. A fin de cuentas, se trata de un caso de homicidio y fue a mí a quien asignaron como detective en jefe. Así que si me negaba… Pero por el modo en que te vi hablar, con tanto interés, pensando en voz alta… Simplemente me pregunté: ¿por qué debería echarlo a perder?

Aquello no me lo esperaba. Sam tiene una de esas caras que te confunden incluso aunque lo conozcas bien: una cara de campo, con mejillas rojizas y unos ojos grises claros con unas patas de gallo incipientes, tan sencilla y tan franca que podría ocultar cualquier cosa tras ella.

–Gracias, Sam –le agradecí–. Muchas gracias.

Suspiró y noté el alivio en su pecho.

–Quizá saquemos algo bueno de este caso. Nunca se sabe –dijo.

–Pero a ti te gustaría que esa chica hubiera escogido otro lugar para que la mataran –repliqué.

Sam reflexionó un minuto, enroscando uno de mis rizos delicadamente en su dedo.

–Sí –contestó–. Claro que sí. Pero no tiene sentido desear en vano. La realidad es la que es y tan sólo nos queda hacerlo lo mejor que sepamos.

Me miró. Seguía sonriendo, pero había algo más, algo rayano en la tristeza, alrededor de sus ojos.

–Esta semana parecías feliz –añadió sin más–. Me alegra volver a verte feliz.

Me pregunté cómo diablos me soportaba aquel hombre.

–Además, te daría una patada en el culo si empezaras a tomar decisiones por mí –añadí.

Sam sonrió y me pellizcó la punta de la nariz.
–Eso también –dijo–, pequeña arpía.
Pero una sombra seguía oscureciéndole los ojos.

El domingo avanzó rápidamente, tras aquellos largos diez días, como un *tsunami* que va creciendo hasta estallar por fin. Frank aparecería por casa a las tres del mediodía para colocarme los micros y llevarme a Whitethorn House alrededor de las cuatro y media. Sam y yo dedicamos la mañana a nuestra rutina dominical habitual: periódicos y reposadas tazas de té en la cama, ducha, tostadas, huevos y beicon… con aquella idea cerniéndose sobre nuestras cabezas como un inmenso despertador marcando los segundos, aguardando a alcanzar el momento en el que explotar y cobrar vida. En algún lugar del mundo, los amigos de Lexie se preparaban para darle la bienvenida a casa.

Tras el almuerzo, me vestí. Lo hice en el cuarto de baño: Sam seguía en casa y quería hacerlo en privado. Aquellas prendas de ropa se me antojaban una especie de armadura de malla metálica fina confeccionada a mano a mi medida o ropas para alguna ceremonia implacable y secreta. Sólo tocarlas me provocó un cosquilleo en las palmas de las manos.

Ropa interior de algodón blanca lisa con las etiquetas de Penney aún colgadas; unos tejanos descoloridos, gastados por el uso y deshilachados por las costuras; calcetines marrones, botines marrones; una camiseta blanca de manga larga; una chaqueta de ante de color azul celeste, desgastada, pero limpia. El cuello de la chaqueta olía a lirios de los valles y a algo más, una nota cálida, casi demasiado vaga como para reconocerla: la piel de Lexie. En uno de los bolsillos había un recibo de los supermercados Dunne's de unas cuantas semanas atrás, por la compra de unas pechugas de pollo, champú, mantequilla y una botella de ginger-ale.

Una vez vestida, me miré en el espejo de cuerpo entero que había en la puerta. Por un momento no entendí lo que estaba viendo. Y luego, aunque suene ridículo, me entraron ganas de prorrumpir en carcajadas. Me parecía una ironía del destino: llevaba meses vistiéndome con la elegancia de una Barbie ejecutiva y ahora que me había convertido en otra persona finalmente iría a trabajar vestida de mí misma.

–Te queda bien –opinó Sam con una tímida sonrisa cuando salí del cuarto de baño–. Parece ropa cómoda.

Mi maleta esperaba junto a la puerta, como si me dispusiera a partir de viaje; me sentí como si tuviera que comprobar mi pasaporte y los billetes. Frank me había comprado una maleta nueva muy bonita, de las duras, con un discreto refuerzo y un cierre de seguridad con combinación; haría falta un GEO para abrirla. En el interior estaban los enseres de Lexie: monedero, llaves, teléfono móvil, falsificaciones idénticas a los objetos reales; los regalos de sus compañeros de casa; un tubo de plástico de tabletas de vitamina C con la indicación farmacéutica de PASTILLAS DE AMOXICILINA: TOMAR TRES VECES AL DÍA bien a la vista. Mi equipo se encontraba en un compartimento aparte: guantes de látex, mi móvil, baterías de recambio para el micrófono, un regimiento de vendas artísticamente manchadas para tirar en la papelera del cuarto de baño cada mañana y cada noche, mi cuaderno de notas, mi placa y mi nueva pistola (Frank me había conseguido un pequeño revólver de mujer del calibre 38 de tacto agradable y mucho más fácil de ocultar que mi Smith & Wesson reglamentaria). También había, hablo en serio, una faja, de esas elásticas que comprimen mucho y que se supone que te realzan la silueta para lucir uno de esos escuetos vestidos negros ajustados. Muchos agentes encubiertos las usan a guisa de funda para el arma. No resulta especialmente cómoda (al cabo de un par de horas tienes la sensación de tener una hendidura con forma de pistola en el hígado), pero disimula bien el bulto. La mera idea de Frank yendo a la sección de lencería de Marks & Spencer y escogiendo aquello hacía que toda esa historia mereciera la pena.

–Das pena –dijo, examinándome con aprobación cuando llegó a la puerta de mi apartamento. Cargaba entre los brazos con un montón de dispositivos electrónicos negros al más puro estilo James Bond: cables, micrófonos y Dios sabe qué; todo lo necesario para cablearme–. Esas ojeras te sientan de fábula.

–Lleva un porrón de noches durmiendo apenas tres horas –me defendió Sam con tirantez a mis espaldas–. Igual que tú y que yo. Y tampoco es que nosotros estemos como dos rosas.

–Eh, que no me estoy metiendo con ella –le aclaró Frank, adelantándonos para ir a depositar todo aquel cargamento sobre la mesilla de centro–. Estoy encantado con ella. Tiene aspecto de haber pasado diez días en cuidados intensivos. Hola, cariño. –El micro era diminuto, del tamaño del botón de una camisa. Se enganchaba en la parte delantera de mi sujetador, entre mis dos pechos–. Hemos tenido suerte de que nuestra joven no fuera amiga de los escotes generosos –apuntó Frank, mientras comprobaba la hora en su reloj–. Ve y inclínate frente al espejo para comprobar que no se vea. –Colocamos la batería donde debería haber tenido la cuchillada, y la pegamos con esparadrapo a mi costado bajo una densa almohadilla de gasa blanca, entre tres y cuatro centímetros por debajo de la cicatriz que aquel camello había dejado en Lexie Madison I. La calidad del sonido, una vez Frank hubo realizado unas pequeñas y complejas operaciones en el material, era cristalina–. Para ti sólo lo mejor, cariño. El radio de transmisión es de once kilómetros, aunque varía en función de las condiciones. Tenemos receptores instalados en la comisaría de Rathowen y en la sala de Homicidios, de manera que estarás cubierta en casa y en Trinity. El único momento en que quedarás sin cobertura es en las idas y venidas de la ciudad, pero es poco probable que alguien te asalte subida a un coche en movimiento. No contarás con vigilancia ocular, de manera que, si tenemos que ver algo, deberás indicárnoslo. Si necesitas pedir socorro con discreción, di «Me duele la garganta» y los refuerzos llegarán a la escena en pocos minutos. Pero procura no pillar un resfriado de verdad o, si lo haces, no te quejes. Contacta conmigo en cuanto puedas, a ser posible cada día.

–Y conmigo –añadió Sam sin darse la vuelta.

Frank estaba en cuclillas entretenido en buscar un dial en su receptor y ni siquiera se molestó en lanzarme una miradita jocosa. Sam acabó de fregar los platos y empezó a secarlos con excesiva diligencia. Yo clasifiqué el material de Lexie intentando asignarle un cierto orden, con esa sensación de un examen final decisivo y de apartar por fin las manos de los apuntes pensando «Si no me lo sé ya, ya no me lo sabré», lo dividí en montones y lo empaqueté en bolsas de plástico para meterlo en el coche de Frank.

–Pues ya está todo listo –exclamó Frank desenchufando los altavoces con una floritura–. ¿Preparada para irnos?

–En cuanto tú digas –repliqué, al tiempo que recogía las bolsas de plástico.

Frank agarró todo su equipo con un brazo, cogió mi maleta y se dirigió hacia la puerta.

–Déjame a mí –dijo Sam con brusquedad–. Tú ya llevas bastante peso.

Le arrebató la maleta a Frank y bajó las escaleras, con los tacones repiqueteando en cada escalón con un ruido sordo. En el descansillo, Frank se detuvo y volvió la vista atrás; me esperaba. Yo tenía la mano en la manilla de la puerta y, súbitamente, me invadió una sensación de terror que me abrasaba como una llamarada; un miedo inconmensurable cayó sobre mí como una roca negra con picos que se precipita a toda velocidad. Ya había sentido aquello antes: en el limbo previo a trasladarme a casa de mi tía, antes de perder la virginidad y cuando presté juramento como agente de policía. Son instantes en los que algo irrevocable que has anhelado con todas sus fuerzas de repente cobra realidad y se materializa a unos centímetros de ti, abalanzándose sobre ti, como un río sin fondo, y una vez lo cruzas no hay vuelta atrás. Tuve que reprimirme de gritar como un niño aterrorizado: «No quiero volver a hacer esto».

Lo único que uno puede hacer en ese momento es morderse la lengua y aguardar a que se desvanezca el miedo. Pensar en lo que Frank me diría si me echaba atrás en aquel instante me fue de gran ayuda. Eché otro vistazo a mi piso, con las luces apagadas, el encierro concluido, las papeleras vacías y las ventanas cerradas; aquella estancia empezaba a plegarse sobre sí misma, el silencio comenzaba a aposentarse en los espacios que nosotros habíamos ocupado, arremolinándose como las borlas de polvo en los rincones. Y cerré la puerta.

5

El trayecto hasta Glenskehy nos llevó casi una hora, pese a que no había tráfico y Frank iba al volante, y debería haber sido insoportable. Sam viajaba abatido por la tristeza en el asiento trasero, con todos los artilugios; Frank intentó animar el ambiente sintonizando el dial 98FM a todo volumen, meneándose al ritmo de la música, silbando, sacudiendo la cabeza y matando el tiempo en general. Yo prácticamente ni me percataba de la presencia de ellos dos. Hacía una tarde esplendorosa, soleada y limpia, y era el primer día en toda una semana en que salía de mi apartamento. Llevé la luna de la ventanilla bajada todo el trayecto y dejé que el viento me acariciara el cabello. Aquella roca negra y dura de miedo se había desvanecido en cuanto Frank puso en marcha el motor del coche y había dejado paso a algo dulce, de color amarillo limón y salvajemente embriagador.

–Bueno –dijo Frank cuando llegamos a Glenskehy–, ha llegado el momento de comprobar si te has aprendido bien la geografía. Dame tú las indicaciones.

–Métete en el pueblo y gira a la derecha en la cuarta bocacalle. Es muy estrecha, no es extraño que parezca que Daniel y Justin conducen a trompicones; prefiero el peor de los dublines a esto –le dije, imitando su acento.

Estaba simpática, qué le iba a hacer. Aquella chaqueta llevaba poniéndome los pelos de punta toda la tarde: era por el olor a lirios del valle, tan cerca de mí que no lograba dejar de volver la vista para comprobar si me perseguían, y el hecho de que se me estuviera poniendo la piel de gallina, como si fuera un objeto salido de un cuento del Dr. Seuss,[1]

1. Theodor Seuss Geisel, escritor y caricaturista estadounidense, es conocido por sus libros infantiles, escritos bajo su seudónimo, Dr. Seuss. *(N. de la T.)*

hacía que sintiese ganas de reírme por lo bajini. Ni siquiera ver que dejábamos atrás la salida para la casita donde me había encontrado con Frank y Sam aquel primer día me serenó.

El camino, sin pavimentar, estaba lleno de baches. Los árboles habían perdido su forma a causa de una hiedra que llevaba años trepando a sus anchas y las ramas de los setos raspaban los laterales del coche e iban golpeando mi ventanilla, y entonces llegamos a las inmensas verjas de hierro forjado, desconchadas por el óxido y colgando ebrias de las bisagras. Los pilares de piedra aparecían medio ahogados por un espino que crecía a su libre albedrío.

–Es aquí –dije.

Frank asintió, giró y de repente nos hallamos ante una infinita y elegante avenida flanqueada por cerezos en flor.

–¡Caray! –exclamé–. ¿Me explicas otra vez por qué dudaba de querer vivir aquí? ¿Puedo colar a Sam conmigo en la maleta y nos instalamos para siempre?

–Desquítate ahora –me instó Frank–, porque cuando lleguemos a esa puerta deberás actuar con displicencia con respecto a este lugar. Además, la casa sigue siendo una birria, así que no te entusiasmes demasiado.

–Me dijiste que la habían rehabilitado. Como no encuentre cortinas de cachemir y rosas blancas en mi vestidor, te aseguro que te las tendrás con mi agente.

–Mis palabras fueron que la estaban rehabilitando. En ningún momento dije que tuvieran una varita mágica.

El camino de acceso describía una pequeña curva y desembocaba en una planicie para carruajes semicircular, con gravilla esparcida entre hierbajos y margaritas de los prados. Fue entonces cuando vi Whitethorn House por vez primera. Las fotografías no le hacían justicia. Por todo Dublín se ven casas georgianas diseminadas, la mayoría de ellas reconvertidas en oficinas y socavadas por los deprimentes fluorescentes que se vislumbran a través de las ventanas, pero aquélla era especial. Sus proporciones transmitían un equilibrio tan perfecto que la casa parecía haber brotado allí mismo, acunada por las montañas, con Wicklow desparramándose a sus pies, exuberante y gentil, erguida entre la explanada para los carruajes y las sinuosas curvas difuminadas de las colinas, con sus tonalidades marrones y verdes, como un tesoro sostenido en una mano ahuecada.

Oí a Sam respirar hondo.

–Hogar, dulce hogar –comentó Frank, al tiempo que apagaba la radio.

Me esperaban en la entrada, alineados en la cabecera de las escaleras. Aún hoy los recuerdo así, bañados por la pátina dorada del sol del atardecer y resplandecientes como si de una visión se tratara, cada pliegue de sus ropas y cada curva de sus rostros prístinos y dolorosamente nítidos. Rafe apoyado contra la verja con las manos en los bolsillos de sus tejanos; Abby en medio, de puntillas, con un brazo sobre los ojos para protegerse la vista del sol; Justin, con los pies muy juntos y las manos entrelazadas en la espalda. Y detrás de ellos, Daniel, enmarcado entre las columnas de la puerta, con la cara en alto y la luz astillándose en sus gafas.

Ninguno de ellos se movió cuando Frank detuvo el coche y las piedrecillas saltaron bajo las ruedas. Parecían estatuas de un friso medieval, independientes y misteriosas, que transmitieran un mensaje en un código arcano olvidado. Sólo la falda de Abby revoloteaba de manera espontánea a causa de la brisa. Frank volvió la vista por encima de su hombro y me preguntó:

–¿Lista?

–Sí.

–Buena chica –dijo–. Buena suerte. Allá vamos.

Salió del coche y se dirigió al portaequipajes para sacar mi maleta.

–Ten muchísimo cuidado –me aconsejó Sam, casi sin mirarme–. Te quiero.

–Regresaré a casa pronto –respondí. No había modo ni siquiera de tocarle el brazo bajo aquellos ojos impertérritos–. Intentaré llamarte mañana.

Asintió con la cabeza. Frank cerró el maletero de un golpe, con gran estrépito, con un estruendo que rebotó en la fachada de la casa e hizo que los cuervos alzaran el vuelo de los árboles. Luego me abrió la puerta. Salí, llevándome la mano al costado un segundo mientras me enderezaba.

–Gracias, detective –le agradecía a Frank–. Gracias por todo.

Nos dimos un apretón de manos.

–Ha sido un placer –replicó Frank–. Y no se preocupe, señorita Madison: atraparemos a ese tipo.

Levantó el asa de la maleta con un chasquido rápido y me la entregó, y yo la arrastré a través de aquella explanada en dirección a las escaleras y a los demás.

Permanecieron inmóviles. Al irme acercando percibí algo que me desconcertó. Aquellas espaldas rígidas, las cabezas erguidas: una cierta tirantez se extendía entre los cuatro, tan tensa que retumbaba en medio del silencio. Las ruedecillas de mi maleta, que chirriaban sobre la grava, recordaban al sonido de una metralleta en plena acción.

–Hola –los saludé desde la parte baja de la escalinata, con la vista alzada hacia ellos.

Durante un segundo creí que no iban a responderme; ya me habían visto lo suficiente y me pregunté qué demonios se suponía que debía hacer a continuación. Entonces Daniel dio un paso al frente y aquella imagen tembló y se rompió en mil pedazos. Una sonrisa empezó a dibujarse en el rostro de Justin; Rafe se enderezó y levantó un brazo en ademán de saludo, y Abby descendió corriendo los peldaños y me abrazó con fuerza.

–¡Hola! –exclamó entre risas–, bienvenida a casa.

Le olía el cabello a manzanilla. Deposité la maleta en el suelo y le devolví el abrazo; era una sensación extraña, como si estuviera tocando a una figura salida de un cuadro antiguo, y me sorprendió descubrir que sus omóplatos eran cálidos y sólidos como los míos. Daniel me hizo un mohín con la cabeza por encima de Abby y me alborotó el pelo, Rafe cogió mi maleta y la subió hasta la puerta dándole trompicones con cada peldaño, Justin me daba palmaditas en la espalda, una y otra vez, y yo me eché a reír también. Ni siquiera oí a Frank encender el motor del coche y desaparecer.

Lo primero que pensé al entrar en Whitethorn House fue: «Yo he estado aquí antes». Aquel pensamiento me atravesó como un silbido e hizo que se me enderazara la espalda como un choque de platillos. Claro que aquel maldito lugar me resultaba familiar, después de todas las horas que había pasado contemplando las fotografías y los vídeos, pero no era sólo eso. Era el olor, a madera vetusta y hojas de té y una ligera fragancia a lavanda seca; era la luz que incidía sobre las planchas rayadas del suelo; el modo como el taconeo en los escalones se colaba por el pozo de la escalera y reverberaba tibiamente en los pasillos de la planta superior. Tuve la sensación, y aunque pudiera parecer que me agradó, no fue así, sino que me puso sobrealerta, tuve la sensación, decía, de regresar a casa.

A partir de aquel momento, la mayor parte de la noche es como un tiovivo borroso: colores, imágenes y voces arremolinándose en un estallido demasiado resplandeciente como para mirarlo. Un rosetón y un jarrón de porcelana roto, un taburete frente a un piano y un frutero con naranjas, unos pies corriendo escaleras arriba y una risa aguda. Los dedos de Abby, delgados y fuertes, apretando mi muñeca, conduciéndome al patio interior enlosado que había detrás de la casa, sillas metálicas con arabescos, antiguas mecedoras de mimbre balanceándose por efecto de la suave brisa; un espectacular prado de hierba descendiendo hasta unas altas murallas de piedra semiocultas entre los árboles y la hiedra; el destello de la sombra de un pajarillo sobre el empedrado; Daniel encendiéndome un cigarrillo, con la mano ahuecada alrededor de la cerilla y su cabeza inclinada a centímetros de la mía. El timbre real de sus voces, que yo había escuchado amortiguado por el audio del vídeo, me dejó estupefacta, y sus ojos eran tan claros que casi me abrasaban la piel. En ocasiones todavía me despierto oyendo una de sus voces susurrándome al oído, salida directamente de aquel día: «Ven aquí –me llama Justin–, sal aquí fuera, hace una noche maravillosa» o Abby diciéndome: «Tenemos que decidir qué hacer con el jardín de hierbas aromáticas, pero te estábamos esperando…». Entonces me despierto y se desvanecen.

Supongo que yo también hablé en algún momento, pero apenas recuerdo mis palabras. Tan sólo recuerdo haber intentado vencer el peso sobre los dedos de los pies, tal como hacía Lexie, agudizar el tono de mi voz para adecuarlo a su registro, mantener los ojos, los hombros y el humo en los ángulos correctos, intentar no mirar mucho a mi alrededor, no moverme demasiado rápido sin hacer un gesto de dolor, no decir ninguna idiotez e intentar no tropezar con los muebles. Ah, y allí estaba de nuevo el regusto del incógnito en mi lengua, su tacto acariciando el vello de mis brazos. Creía que recordaba qué se sentía, cada detalle, pero me equivocaba: los recuerdos no son nada, suaves como la gasa frente a la finura afiladísima y despiadada de esa hoja de acero, bella y letal, que te rebana hasta el hueso al menor desliz.

Aquella noche me sobrecogió. Si alguna vez ha soñado con entrar en su libro, en su película o en su programa televisivo favorito, entonces quizá se haga una idea de lo que sentí: los objetos cobrando vida a mi alrededor, extraños y nuevos y totalmente familiares al mismo tiempo; mi corazón deteniéndose sobresaltado al avanzar por aquellas estancias con una presencia tan vívida y al tiempo insondable en mi memoria; mis pies deslizándose por la moqueta; mis pulmones respirando ese aire; la inquietante e íntima calidez que se siente cuando esas personas a quienes has estado contemplando durante tanto tiempo, tan lejanas, abren su círculo y te dejan entrar en él. Abby y yo nos mecimos en el balancín perezosamente; los muchachos entraban y salían a través de las puertas cristaleras que separaban el patio de la cocina, mientras preparaban la cena (el olor a patatas asadas y el chisporroteo de la carne me despertaron el apetito), llamándonos. Rafe salió, se apoyó en el respaldo del columpio, entre nosotras, y le dio una calada al pitillo de Abby. El cielo, de color oro rosado, empezaba a oscurecerse y a poblarse de grandes nubes parecidas al humo de un fuego arrasador lejano; el aire, frío, olía a hierba y a tierra y a plantas que crecían.

–¡La cena está lista! –gritó Justin, por encima de un repiqueteo de platos.

La larga mesa repleta de comida, inmaculada con su grueso mantel de damasco rojo y sus servilletas blancas como la nieve; los candelabros entrelazados con tallos de hiedra, las llamas resplandeciendo en miniatura en las curvas de las copas, reflejándose en la plata, haciendo señas en las ventanas oscuras como un fuego fatuo. Y ellos cuatro, arrastrando sillas de respaldo alto, con sus pieles tersas y sus ojos oscurecidos por efecto de la confusa luz dorada. Daniel presidiendo la mesa y Abby en el extremo opuesto, Rafe a mi lado y Justin frente a nosotros. En persona, la sensación de ceremonia que había percibido en los vídeos y en los apuntes de Frank resultaba tan intensa como el incienso. Era como sentarse en un banquete, en un consejo de guerra, en un juego de ruleta rusa en un torreón solitario.

Eran todos de una belleza espectacular. Rafe era el único que podría haberse calificado objetivamente de guapo; pero aun así, cuando los recuerdo, su belleza es lo único que me asalta la memoria.

Justin sirvió el solomillo en los platos y fue pasándolos.

–Especialmente para ti –me dedicó con una tímida sonrisa.

Con ayuda de un cucharón, Rafe sirvió las patatas asadas sobre el solomillo a medida que Justin le pasaba los platos. Daniel vertió vino tinto en copas disparejas. Aquella noche me estaba sorbiendo hasta la última neurona que me quedaba; lo último que podía hacer era emborracharme.

–Yo no debo…, puedo beber alcohol –me disculpé–. Es por los antibióticos.

Era la primera vez que salía a colación el apuñalamiento, aunque fuera de manera indirecta. Durante una fracción de segundo, o quizá fuera sólo en mi imaginación, la estancia pareció quedar inmóvil, la botella suspendida en el aire, medio inclinada, las manos detenidas a medio camino en sus gestos. Entonces Daniel continuó sirviéndome, con un diestro juego de muñeca que hizo caer menos de dos centímetros de vino en mi copa.

–¡Vamos! –me alentó sereno–. Un sorbito no te hará ningún daño. Sólo para brindar.

Me pasó mi copa y llenó la suya.

–Por los regresos al hogar –brindó.

En el instante en que aquella copa se deslizó de su mano a la mía, en algún rincón de mi mente algo profirió un grito salvaje de alerta. Las semillas de granada irrevocables de Perséfone: «Nunca aceptes comida de extraños»; viejas leyendas en las que un sorbo o un mordisco sellan las paredes del hechizo para la eternidad, desdibujan el camino de regreso a casa en medio de la niebla y el viento lo hace desaparecer de un solo soplido. Y luego, con más intensidad aún: «Y si al final fueron ellos y esto está envenenado…, ¡vaya por Dios, qué manera más absurda de morir!». En aquel momento caí en la cuenta, con un escalofrío similar a una descarga eléctrica, de que serían perfectamente capaces de hacerlo. Aquel cuarteto impostado aguardándome en la puerta, con sus espaldas enderezadas y sus ojos fríos y escrutadores: eran muy capaces de seguirme el juego toda la noche, esperando con un control inmaculado y sin un solo desliz el momento elegido por ellos.

Pero todos me sonreían, con las copas en alto, y no me quedaba otra alternativa.

–Por los regresos al hogar –repetí yo, y me incliné sobre la mesa para chocar mi copa con las suyas entre la hiedra y las velas de los candelabros: Justin, Rafe, Abby y Daniel.

Le di un sorbito al vino: templado, con cuerpo y suave, con un paladar a miel y bayas estivales, y lo noté descender hasta las mismísimas puntas de mis dedos; luego agarré el cuchillo y el tenedor y corté la carne.

Quizá sólo necesitara alimento; el solomillo estaba delicioso y mi apetito había resurgido como si procurara recuperar el tiempo perdido pero, para mi desgracia, nadie había mencionado nada sobre que Lexie zampara como una vaca, así que me abstuve de repetir. No obstante, fue entonces cuando todos ellos entraron finalmente en mi panorama, durante aquel ágape; es en ese momento cuando todos los recuerdos empiezan a hilvanarse en una secuencia, como cuentas de cristal ensartadas en una cuerda, y es entonces cuando aquella velada cesa de ser un difuminado luminoso para convertirse en algo real y gestionable.

–Abby ha encontrado una muñeca diabólica –anunció Rafe, mientras se servía más patatas–. Íbamos a quemarla en la hoguera por brujería, pero decidimos aguardar tu regreso para poder someter la moción a una votación democrática.

–¿Quemar a Abby o a la muñeca? –pregunté yo.

–A ambas.

–No es ninguna muñeca diabólica –se defendió Abby, dándole una torta en el brazo a Rafe–. Es una muñeca de finales de la época victoriana, y estoy segura de que Lexie sabrá apreciarla, porque no es ninguna filistea.

–Si yo fuera tú –me aconsejó Justin–, la apreciaría desde la distancia. Creo que está poseída. No deja de seguirme con la mirada.

–Pues túmbala. Así se le cerrarán los ojos.

–No pienso tocarla. ¿Qué pasará si se le ocurre morderme? Estaré condenado a vagar entre tinieblas el resto de la eternidad en busca de mi alma…

–¡No sabes cuánto te he echado de menos! –me dijo Abby–. He estado aquí encerrada sin nadie con quien hablar salvo esta pandilla de cobardicas. No es más que una muñeca chiquitita, Justin.

–Una muñeca diabólica –masculló Rafe, con la boca llena de patatas–. En serio, está confeccionada con la piel de una cabra sacrificada.

–No se habla con la boca llena –lo reprendió Abby, y a continuación me dijo–: Es de piel de cabritilla. Y la cabeza es de cerámica. La encontré en una sombrerera en la habitación que hay frente a la mía. Tiene la ropa hecha jirones, pero acabo de terminar de arreglar el escabel, así que igual me dedico a confeccionarle un nuevo vestuario. Hay un montón de retales viejos.

–Y eso por no mencionar el pelo –añadió Justin, pasándome las hortalizas por encima de la mesa–. No te olvides de su pelo. Es espantoso.

–El pelo es de un cadáver –me informó Rafe–. Si le clavas un alfiler a esa muñeca, oirás unos chillidos procedentes del camposanto. Pruébalo.

–¿Ves a lo que me refiero? –me preguntó Abby–. Cobardicas. El pelo es auténtico, eso es cierto. Pero ¿por qué tiene que pertenecer a un muerto...?

–Porque esa muñeca la confeccionaron alrededor de 1890 y no es tan difícil atar cabos.

–¿Y de qué camposanto hablas? No hay ningún camposanto.

–Tiene que haberlo. En algún lugar de por ahí fuera. Cada vez que tocas esa muñeca, alguien se revuelve en su tumba.

–Tal vez deberías deshacerte tú de «La cabeza» –sugirió Abby con dignidad–. Basta ya de acusar a mi muñeca de ser espeluznante.

–No es lo mismo en absoluto. «La cabeza» es una herramienta científica de gran valor.

–A mí me gusta «La cabeza» –intervino Daniel, levantando la vista sorprendido–. ¿Qué tiene de malo?

–Pues que es el tipo de objeto que Aleister Crowley[1] llevaría por ahí consigo, eso es lo que realmente tiene de malo. Por favor, Lex, ayúdame con esto.

Frank y Sam no me habían explicado, quizá porque no se habían percatado, el rasgo más importante de aquellas cuatro personas: lo unidas que estaban. Los vídeos del móvil tampoco habían captado la fuerza de su comunión, tal como tampoco ofrecían un reflejo fiel de la casa. Era como si un resplandor iluminara el aire que flotaba entre ellos, como si hilos finísimos y brillantes de una tela de araña entretejiesen cada

1. Edward Alexander (Aleister) Crowley (1875-1947) fue un iniciado en temas esotéricos, además de novelista, poeta, ensayista y alpinista. *(N. de la T.)*

movimiento y cada palabra reverberase en todo el grupo: Rafe le pasaba a Abby su cajetilla de cigarrillos aun antes de que ella levantara la vista para buscarlos, Daniel ponía las palmas hacia arriba listo para sostener la bandeja con el solomillo en el preciso instante en que Justin la sacaba a través de la puerta, las frases saltaban ágilmente de uno a otro como si estuvieran jugando al ¡Burro! a las cartas, sin la menor interrupción o dilación. Rob y yo también habíamos sido así: inseparables.

Mi primer pensamiento es que estaba perdida. Aquellos cuatro tenían una armonía semejante a la del grupo de *a cappella* más sincronizado del planeta, y yo tenía que insertar mi frase y unirme a aquella *jam session* sin perder un solo compás. Contaba con una cierta licencia gracias a mi fragilidad, al hecho de estar bajo medicación y al trauma en general, y en aquellos momentos estaban todos tan contentos de que hubiera regresado a casa y estuviera charlando con ellos que lo que dijera apenas si revestiría importancia, pero sólo se trataba de eso, una cierta licencia… y nadie me había hablado de ninguna «cabeza». Poco importaba lo optimista que fuera Frank, yo estaba bastante segura de que se hacían apuestas en el centro de coordinación (a espaldas de Sam, pero no necesariamente de Frank) acerca de cuánto tiempo transcurriría antes de que me precipitara colina abajo en una espectacular bola de fuego y que el margen máximo que me concedían era de tres días. No los culpaba. Si yo hubiera participado en la porra, me habría jugado diez libras a veinticuatro horas.

–¿Por qué no me ponéis al corriente de todo? –pregunté–. Me muero de ganas de saber qué ha ocurrido. ¿Ha venido alguien preguntando por mí? ¿He recibido postales deseándome una pronta recuperación?

–Te enviaron unas flores horripilantes –contestó Rafe– del departamento de Lengua y Literatura inglesas. Unas de esas margaritas mutantes gigantescas teñidas con colores chillones. Ya se han marchitado, por suerte para todos.

–Brenda Cuatrotetas intentó consolar a Rafe –añadió Abby con una sonrisa chueca– en estos momentos tan duros.

–Calla, calla –replicó Rafe horrorizado, al tiempo que dejaba en la mesa tenedor y cuchillo y se cubría el rostro con las manos. Justin empezó a reírse por lo bajini–. Es verdad. Brenda y su pechuga me arrinconaron en la sala de fotocopias para preguntarme cómo me sentía.

Sin duda se trataba de Brenda Grealey. No se me antojaba el tipo de Rafe. Yo también me reí; se estaban esforzando mucho por mantener un ambiente distendido y en cualquier caso Brenda parecía una mujer insoportable.

–¡Bah! Si en el fondo te lo pasaste en grande –apostilló Justin recatadamente–. Salió de allí apestando a perfume barato.

–Casi me asfixio. Me arrinconó contra la fotocopiadora...

–¿Sonaba música romántica de fondo? –pregunté, consciente de que era una broma pésima, pero lo estaba haciendo lo mejor que podía y noté la rápida sonrisa de complicidad de Abby y el destello de alivio en el rostro de Justin.

–¿Qué diablos has estado viendo en la televisión en ese hospital? –quiso saber Daniel.

–... y me echó el aliento por encima –continuó explicando Rafe–. Parecía vaho. Era como si te intentara violar una morsa bañada en ambientador.

–El interior de tu cabeza es como un laberinto terrorífico –sentenció Justin.

–Quería invitarme a tomar algo para hablar conmigo, ¿te imaginas? Insistía en que debía abrirme y expresar mis sentimientos. ¿Qué diantre significa eso?

–A mí me suena a que la que quería «abrirse» era ella –opinó Abby.

–En otra acepción de la palabra, claro está.

Rafe fingió sentir arcadas.

–Y además eres desagradable –añadió Justin.

–Suerte que me tenéis a mí –intervine, aunque manifestarme seguía pareciéndome como intentar clavar una vara en hielo negro–. Yo soy la única civilizada.

–Bueno, yo no diría tanto –me rebatió Justin con una media sonrisa chueca–. Pero te queremos de todos modos. Come un poco más de carne; pareces un pajarillo. ¿Qué ocurre? ¿No te gusta?

¡Aleluya! Al parecer, Lexie y yo no sólo nos parecíamos por fuera, sino también por dentro.

–Está buenísimo –aclaré–. Pero voy recuperando el apetito poco a poco.

–¡Ah, claro! –Justin se inclinó sobre la mesa para servirme otro pedazo más de carne–. Venga, come, tienes que recobrar fuerzas.

–Justin –dije–, siempre has sido mi favorito.

Se puso como un pimiento y, antes de que tuviera tiempo de ocultarse tras su copa, advertí como si un velo de dolor (aunque no sabía por qué) le cubriera el rostro.

–No digas tonterías –protestó–. Te echábamos de menos.

–Yo también a vosotros –contesté, dedicándole una sonrisa pícara–, sobre todo por la comida del hospital.

–Típico de ti –terció Rafe.

Por un momento estuve segura de que Justin iba a añadir algo más, pero Daniel estiró el brazo en busca de la botella para rellenarse la copa y Justin pestañeó, ya menos ruborizado, y volvió a empuñar cuchillo y tenedor. Se produjo uno de esos silencios comedidos de ensimismamiento que acompañan a las comidas. Algo recorrió toda la mesa: un murmullo, un acomodamiento, un largo suspiro demasiado bajo para ser oído. «*Un ange passe*», habría dicho mi abuelo francés: «Ha pasado un ángel». En algún lugar de la planta superior escuché una tenue y onírica nota de un reloj dando la hora.

Daniel miró de soslayo a Abby, tan sutilmente que apenas tuve tiempo de percibirlo. Era el que menos había hablado durante la velada. También se mostraba callado en los vídeos del móvil, pero me dio la sensación de que entonces era distinto, que aquella noche su silencio rezumaba una intensidad concentrada, y no estaba segura de si la cámara no había conseguido captarla o de si era algo nuevo.

–Y bien, cuéntanos –dijo Abby–. ¿Cómo te encuentras, Lex?

Habían dejado todos de comer.

–Bien –contesté–. Se supone que no debo levantar peso en unas cuantas semanas.

–¿Te duele? –preguntó Daniel.

Me encogí de hombros.

–Bueno, me han recetado unos analgésicos increíbles, pero la mayor parte del tiempo no necesito tomármelos. Ni siquiera me va a quedar una cicatriz muy grande. Tuvieron que coserme entera por dentro, pero por fuera sólo tengo seis puntos.

–Enséñanoslos –dijo Rafe.

–¡Dios santo! –exclamó Justin, dejando caer el tenedor en la mesa.

Pareció a punto de levantarse y largarse–. Eres tan morboso... Yo no tengo ningunas ganas de verlos, muchísimas gracias.

–A mí, desde luego, lo último que me apetece es verlos mientras cenamos –se sumó Abby–. Sin ánimo de ofender...

–Aquí nadie va a ver nada –resolví yo, escudriñando con la mirada a Rafe (me había preparado para aquello)–. Llevan una semana manoseándome y pinchándome y os aseguro que a la próxima persona que se acerque a mis puntos le muerdo un dedo.

Daniel seguía inspeccionándome a conciencia.

–Bien dicho –terció Abby.

–¿Seguro que no te duele? –Justin tenía la cara transida de dolor, como si el mero hecho de pensar en ello lo hiciera padecer–. Al principio debió de dolerte mucho, ¿no?

–Se encuentra bien –respondió Abby–. Lo acaba de decir.

–Sólo preguntaba. La policía no dejaba de decir...

–¿Por qué no dejas de hurgar en la herida?

–¿Qué? –pregunté yo–. ¿Qué no de dejaba de decir la policía?

–Opino que deberíamos dejarlo aquí –sugirió Daniel con voz tranquila pero taxativa, girando su silla para mirar a Justin.

Otro silencio, en esta ocasión algo incómodo. El cuchillo de Rafe chirrió contra su plato; Justin se estremeció; Abby alargó el brazo para agarrar el pimentero, dio un golpe seco con él en la mesa y lo agitó con brío.

–La policía preguntó –continuó Daniel sin previo aviso, mirándome por encima de su copa– si escribías un diario o tenías agenda o algo por el estilo. Consideré más prudente que dijéramos que no.

¿Un diario?

–Hiciste bien –convine–. No me gustaría nada que manosearan mis cosas.

–Pues ya lo han hecho –me informó Abby–. Lo siento. Registraron tu habitación.

–¿Cómo? –pregunté indignada–. ¿Por qué no se lo impedisteis?

–No nos pareció que eso fuera una opción –atajó Rafe con brusquedad.

–¿Y qué habría pasado si guardara cartas de amor o revistas porno de tíos cachas o algo privado?

–Creo que precisamente eso era lo que buscaban.

–Si te soy sincero, fue fascinante –opinó Daniel–. La policía, quiero decir. La mayoría de los agentes no parecía tener el menor interés: era pura rutina. Me habría encantado observarlos mientras registraban tu cuarto, pero no creo que hubiera sido buena idea preguntar si podía hacerlo.

–En cualquier caso, no encontrarían lo que buscaban –aclaré con satisfacción–. ¿Dónde está, Daniel?

–No tengo ni idea –respondió él ligeramente sorprendido–. Supongo que donde tú lo guardes.

Luego dio otro pinchazo a su solomillo.

Los chicos recogieron la mesa; Abby y yo permanecimos sentadas, fumando en medio de un silencio que empezaba a antojárseme cordial. Oí a alguien trajinando en el salón, oculto tras las amplias puertas correderas y un olor a madera quemada se filtró hasta nosotras.

–¿Qué te apetece? ¿Una noche tranquilita? –preguntó Abby observándome por encima de su cigarrillo–. ¿Un poco de lectura?

La cena daba paso al tiempo libre: jugar a las cartas, música, lectura, conversaciones, adecentar la casa poco a poco. Leer me pareció la opción más sencilla con diferencia.

–Una idea estupenda –dije–. Tengo que ponerme al día con la tesis.

–Relájate –me tranquilizó Abby, con otra de esas sonrisitas chuecas–. Acabas de llegar a casa. Tienes todo el tiempo del mundo.

Apagó la colilla y abrió las puertas correderas de par en par.

El salón era inmenso y, contra todo pronóstico, maravilloso. Las fotografías únicamente habían captado su vetustez, pero no la atmósfera general. Techos altos con molduras en los bordes; anchas tablas de madera cubriendo el suelo, sin barnizar y llenas de nudos; un papel pintado con un estampado de flores espantoso que comenzaba a pelarse por algunos puntos y dejaba a la vista las capas inferiores: una a rayas rojas y doradas, y otra de un tono blanco roto apagado, como de seda. El mobiliario era disparejo y antiguo: una mesa de juego llena de rozaduras, sillones de brocado descolorido, un largo sofá con pinta de incómodo, estanterías repletas de libros encuadernados en cuero destrozados y muchos otros con cubierta de papel de tonos vivos. No había ninguna luz cenital, sólo lámparas de pie y el fuego crepitando en una gigantesca chimenea de hierro forjado, proyectando sombras feroces que se deslizaban entre las telarañas de los rincones del techo. Aquella estancia era un caos, pero yo me enamoré perdidamente de ella aun antes de franquear la puerta.

Los sillones parecían cómodos y estaba a punto de acomodarme en uno de ellos cuando mi mente pisó a fondo el freno. Casi podía oír el latido de mi corazón. No tenía ni idea de dónde solía sentarme; se me había olvidado por completo. La comida, las bromas fáciles, el silencio confortable con Abby: me había relajado.

–Enseguida vuelvo –me excusé, y me oculté en el lavabo para dejar que los otros me allanaran el terreno sentándose en sus lugares de costumbre y para aguardar a que mis rodillas dejaran de temblar.

Cuando pude volver a respirar con normalidad, mi cerebro volvió en sí y supe cuál era mi sitio: una butaca victoriana baja que había a un flanco de la chimenea. Frank me la había mostrado en un montón de fotografías. Eso lo sabía. Habría sido así de fácil: sentarse en el asiento equivocado. Apenas cuatro horas. Justin alzó la vista, con un leve fruncido de preocupación en el entrecejo, cuando regresé al salón, pero nadie dijo nada.

Mis libros estaban esparcidos sobre una mesa baja junto a mi butaca: gruesas referencias históricas, un ejemplar sobado y con las esquinas gastadas de *Jane Eyre* abierto boca abajo sobre una libreta de rayas, una novela barata que empezaba a amarillear titulada *Vestida para matar* de Rip Corelli (supuse que no guardaba relación con la tesis, pero quién sabía) con una fotografía en la portada de una mujer de silicona vestida con una falda con raja y con una pistola en la liga («¡Atraía a los hombres como la miel a las abejas… y luego les clavaba el aguijón!»). Mi bolígrafo, un anodino bolígrafo azul mordisqueado por la parte de atrás, seguía allí, donde yo lo había dejado, a media frase, aquel miércoles por la noche.

Observé al resto por encima de mi libro en busca de señales de tensión nerviosa, pero todos se habían sumido en su lectura con una concentración instantánea, propia de la costumbre, que me resultó casi amedrentadora. Abby, sentada en un sillón con los pies apoyados en uno de los escabeles bordados (probablemente su proyecto de restauración), pasaba las hojas con brío mientras se enredaba un mechón de pelo en un dedo. Rafe estaba sentado al otro lado de la chimenea, frente a mí, en la otra butaca; de vez en cuando bajaba el libro y se inclinaba hacia delante para atizar el fuego o añadir otro leño. Justin estaba tumbado en el sofá con su cuaderno de notas apoyado en el pecho, garabateando, y de vez en cuando murmuraba algo o se enfurruñaba consigo mismo o chasqueaba la lengua con un sonido de desaprobación. Había un tapiz deshilachado de una escena de caza en la pared, encima de él; habría tenido que parecer incongruente allí debajo, con sus pantalones de pana y sus gafitas sin montura, pero por algún motivo no era así, en absoluto. Daniel estaba sentado a la mesa de juego, con su cabeza morena agachada bajo el resplandor de una lámpara alta, y únicamente se movía para avanzar las páginas, a un ritmo deliberadamente pausado. Las pesadas cortinas de terciopelo verde estaban descorridas e imaginé la estampa que debíamos de ofrecer a un espectador oculto en la oscuridad del jardín; cuán arropados y seguros debíamos de parecer a la luz de aquel fuego, tan concentrados; cuán brillantes y sosegados, como salidos de un sueño. Por un segundo, punzante y desconcertante, envidié a Lexie Madison.

Daniel notó mis ojos posados en él; levantó la cabeza y me sonrió desde el otro lado de la mesa. Aquélla fue la primera vez que lo vi sonreír, y lo hacía con una dulzura grave e inmensa. Volvió a agachar la cabeza para retomar su lectura.

Me acosté temprano, alrededor de las diez, en parte porque era un rasgo de mi personaje y en parte porque Frank estaba en lo cierto: estaba extenuada. Tenía la sensación de haber sometido mi cerebro a un triatlón. Cerré la puerta del dormitorio de Lexie (perfume a lirios del valle, un torbellino sutil ascendiendo en volutas sobre mi hombro y alrededor del cuello de mi camiseta, curioso y observador) y me recosté en ella. Había llegado a pensar que no acabaría por acostarme aquella noche, que me deslizaría por la puerta y me quedaría dormida antes de pisar siquiera la alfombra. Aquello era mucho más duro de lo que recordaba, y no creo que fuera porque me estuviera haciendo vieja o perdiendo facultades o por ninguna de las atractivas posibilidades adicionales que O'Kelly habría sugerido. La vez anterior había sido yo quien había tenido la última palabra y quien había decidido con quién quería relacionarme, durante cuánto tiempo y con qué grado de intensidad. Pero en esta ocasión Lexie lo había decidido todo por mí y no me quedaba otra alternativa: tenía que seguir sus instrucciones al pie de la letra y estar al tanto de todo y en todo momento, como si ella me dirigiera dándome órdenes a través de un pinganillo.

Yo ya había tenido esa sensación anteriormente, en algunas de las investigaciones que menos me habían gustado: la sensación de que otra persona llevaba la batuta. La mayoría de esos casos no habían terminado bien. Pero en todos ellos esa otra persona había sido el asesino, un ser petulante que siempre nos sacaba tres pasos de ventaja. Nunca me había enfrentado a un caso donde esa otra persona fuera la víctima.

Pese a ello, había algo que me resultaba más fácil. La última vez, en el University College de Dublín, cada palabra que salía de mi boca me dejaba un poso amargo, un regusto a estar diciendo algo sucio y equivocado, como un pan recubierto de moho. Como ya he dicho, no me gusta mentir. En esta ocasión, en cambio, mis palabras no habían dejado en su estela más que el sabor a algodón limpio de la verdad. Y la única explicación que le encontraba es que me estaba autoengañando de lo lindo (la racionalización es un don de todo agente secreto) o que, de un modo enrevesado mucho más profundo y seguro que la realidad ineludible, no estaba mintiendo. Y mientras lo hiciera bien, prácticamente todo lo que dijera sería la verdad, tanto de Lexie como mía. Resolví que lo más sensato sería apartarme de aquella puerta y meterme en la cama antes de empezar a analizar en detalle cualquiera de ambas posibilidades.

La habitación de Lexie estaba en la planta superior, en la parte posterior de la casa, frente a la de Daniel y encima de la de Justin. Era de dimensiones medianas, con el techo bajo, unas cortinas blancas lisas y una cama individual con estructura de hierro forjado desvencijada que crujió como un mangle viejo cuando me senté en ella (si Lexie había logrado quedarse embarazada en aquel catre, tenía todos mis respetos). El edredón, de color azul celeste, estaba recién planchado; alguien me había cambiado las sábanas. Lexie no tenía demasiados muebles: una estantería, un armario de madera estrecho con unas prácticas etiquetas de estaño en las estanterías para indicar dónde iba cada cosa (SOMBREROS, MEDIAS), una birria de lámpara de plástico sobre una birria de mesilla de noche, y un tocador de madera con unos pergaminos polvorientos y un espejo de tres lunas que reflejaba mi rostro en ángulos confusos y me espeluznaba de todas las maneras predecibles.

Me planteé cubrirlo con una sábana o algo por el estilo, pero habría tenido que ofrecer alguna explicación al respecto y, de todas maneras, no me habría desprendido de la sensación de que el reflejo seguiría existiendo por debajo, inmutable.

Abrí la maleta, manteniendo el oído aguzado por si oía algún ruido en las escaleras, y saqué mi nueva pistola y el rollo de esparadrapo para mis vendajes. Ni siquiera en casa duermo sin tener la pistola a mano; es una vieja costumbre y no me parecía que aquél fuera precisamente el momento de abandonarla. Enganché la pistola a la parte posterior de la mesilla de noche con el esparadrapo, de manera que quedara fuera de la vista, pero al alcance de mi mano. No había ni una telaraña ni una delgada película de polvo detrás de aquella mesilla: la policía científica me había precedido.

Antes de enfundarme el pijama azul de Lexie me arranqué el vendaje falso, me solté el micro y escondí todo aquel tinglado en el doble fondo de mi maleta. A Frank le daría un berrinche de campeonato, pero no me importaba; tenía mis motivos para hacerlo.

Irse a dormir la primera noche de una misión de incógnito es algo que no se olvida nunca. Durante todo el día uno ha estado sometido al más férreo y reconcentrado de los controles, observándose a sí mismo con la misma perspicacia e implacabilidad con que observa todo y a todos los que le rodean. Pero cuando se abate la noche y uno se tumba solo en un colchón extraño en un dormitorio donde el aire huele diferente, no le queda otra alternativa que abrir las manos y dejar escapar la tensión, sumirse en un sueño profundo y en la vida de otra persona como un guijarro se hunde a través de las frías aguas verdosas de un río. Incluso la primera vez uno sabe que en ese segundo algo irreversible empezará a ocurrir y que por la mañana se despertará siendo otro. Y yo necesitaba adentrarme en ese otro yo desnuda, con nada salvo mi propia vida en mi cuerpo, tal como los hijos de los leñadores en los cuentos de hadas se desprenden de sus amuletos antes de entrar en el castillo encantado, tal como los devotos de las antiguas religiones participaban desnudos en sus ritos iniciáticos.

Encontré una edición antigua ilustrada, bellísima y frágil de los cuentos de los hermanos Grimm en la estantería y me la llevé a la cama conmigo. Los otros se la habían regalado a Lexie en su cumpleaños del año anterior: en la guarda se leía, en una caligrafía inclinada y fluida escrita con pluma (la caligrafía de Justin, estaba casi segura): «3/1/04. Feliz cumpleaños, JOVENCITA (¡a ver si creces de una vez!). Con cariño», y los cuatro nombres.

Me senté en la cama con el volumen sobre las rodillas, pero era incapaz de leer. Esporádicamente, los rápidos y apagados ritmos de la conversación ascendían desde el salón y, al otro lado de la ventana, el jardín rebosaba vida: el viento en las hojas, un lobo aullando y un búho a la caza, susurros y reclamos y escaramuzas por doquier. Me senté, eché un vistazo alrededor de la extraña habitacioncita de Lexie Madison, y escuché.

Poco antes de la medianoche, las escaleras crujieron y alguien llamó discretamente con los nudillos a mi puerta. Del susto casi me estampo con el techo, agarré mi mochila para asegurarme de que estaba cerrada con cremallera y dije:

–Entra.

–Soy yo –dijo Daniel o Rafe o Justin, al otro lado de la puerta, con voz demasiado baja para poder discernir quién era–. Sólo quería desearte buenas noches. Nos vamos a dormir.

El corazón me latía a mil por hora.

–Buenas noches –contesté–. Felices sueños.

Las voces subían y bajaban por los largos tramos de escaleras, inidentificables y entrelazadas como un coro de grillos, suaves como dedos sobre mi cabello. «Buenas noches –me deseaban–, buenas noches, que duermas bien. Bienvenida a casa, Lexie. Sí, bienvenida. Buenas noches. Dulces sueños.»

Dormí con sueño ligero, aguzando el oído. En algún momento de la noche me desvelé por completo, en un instante. Al otro lado del pasillo, en la habitación de Daniel, alguien susurraba.

Contuve el aliento, pero debido al grosor de las puertas lo único que pude discenir fue un murmullo sibilante en la oscuridad, no palabras ni voces. Saqué el brazo de debajo del edredón y, con mucho sigilo, comprobé el móvil de Lexie, que estaba en la mesilla de noche. Eran las 3.17.

Seguí el débil rastro doble de los susurros, tejiéndose entre los chillidos de los murciélagos y las ráfagas de viento, durante largo rato.

Dos minutos antes de las cuatro de la madrugada escuché el lento chirrido de una manilla al girar y luego el cauteloso clic de la puerta de Daniel al cerrarse. Una exhalación al otro lado del rellano, casi imperceptible, como una sombra moviéndose en la oscuridad; y luego, nada.

6

Me despertaron unos pasos descendiendo ruidosamente las escaleras. Estaba soñando, un sueño oscuro e inquietante, y tardé un instante en aclararme el pensamiento y figurarme dónde estaba. Mi revólver no estaba junto a la cama, lo busqué a tientas y empecé a inquietarme, hasta que recordé dónde lo había guardado.

Me senté en la cama. Según parecía, al final no me habían envenenado; me encontraba bien. Un olor a fritanga empezaba a colarse por debajo de mi puerta y escuché el brioso ritmo matutino de voces en algún punto de la planta inferior. ¡Joder! Me había perdido la preparación del desayuno. Hacía mucho tiempo que no lograba dormir más allá de las seis de la madrugada, así que ni me había molestado en programar el despertador de Lexie. Volví a colocarme el vendaje con el micro, me embutí en los tejanos, en una camiseta y en un jersey mastodóntico que parecía haber pertenecido a uno de los muchachos (el ambiente era gélido), y bajé.

La cocina se encontraba en la parte posterior de la casa y había mejorado muchísimo desde la película de terror de Lexie. Se habían deshecho del moho, de las telarañas y del linóleo mugriento y, en su lugar, había un suelo enlosado, una mesa de madera bien restregada y una maceta con geranios desgreñados en el alféizar, junto al fregadero. Abby, con una bata de estar por casa de franela roja y con la capucha puesta, daba la vuelta a unas lonchas de beicon y salchichas en la sartén. Daniel estaba sentado a la mesa, completamente vestido, y leía un libro que mantenía abierto con ayuda de su plato mientras se comía unos huevos fritos con un deleite metódico. Justin cortaba su tostada en triángulos entre quejas.

–De verdad que nunca he visto nada parecido. La semana pasada sólo dos de ellos se habían leído las lecturas obligatorias; el resto se limitó a permanecer sentado, mirando y mascando chicle, como si fueran un ganado de vacas. ¿Seguro que no quieres que intercambiemos nuestros puestos, aunque sólo sea por hoy? Quizá tú lograras sacarles algo más…

–No –respondió Daniel sin molestarse siquiera en alzar la vista.

–Pero tus alumnos están con los sonetos. Y yo sé componer sonetos. De hecho, soy muy bueno rimando.

–No.

–Buenos días –saludé desde el vano de la puerta.

Daniel me saludó con gravedad con la cabeza y volvió a zambullirse en la lectura. Abby me saludó con la espátula.

–Buenos días.

–Preciosa –dijo Justin–. Ven aquí. Deja que te eche un vistazo. ¿Cómo te encuentras?

–Bien –contesté–. Perdona, Abby; me he dormido. Ven, dame eso…

Alargué el brazo para coger la espátula, pero ella la apartó de mí.

–No te preocupes, no pasa nada; de momento aún estás herida. Mañana subiré y te sacaré a berridos de la cama. Siéntate.

Otro segundo en el que se detuvo el tiempo. «Herida»: Daniel y Justin parecieron quedarse inmóviles a medio bocado. Luego yo me senté a la mesa, Justin cogió otra tostada y Daniel volvió la página y empujó una tetera de esmalte roja en mi dirección. Abby sirvió tres lonchas de beicon y dos huevos fritos en un plato, sin preguntar, y me lo puso ante las narices.

–Arrrg –gruñó, regresando a toda prisa junto a los fogones–. Por lo que más quieras, Daniel, ya sé lo que piensas de los vidrios dobles, pero, lo digo en serio, creo que al menos deberíamos plantearnos instalarlos…

–Los vidrios dobles son obra de Satán. Son terroríficos.

–Sí, pero conservan el calor. Si no vamos a poner moqueta…

Justin mordisqueaba la tostada, con la mejilla apoyada en la mano, y me observaba con el interés suficiente como para ponerme nerviosa. Me concentré en mi desayuno.

–¿Seguro que te encuentras bien? –preguntó con preocupación–. Estás pálida. No tendrás pensado ir a la universidad hoy, ¿verdad?

–No, creo que voy a quedarme aquí –respondí. No estaba segura de estar preparada para una jornada completa de aquello, aún no. Y, además, quería tener la oportunidad de explorar la casa a solas; quería encontrar ese diario, esa agenda o lo que quiera que fuese–. Se supone que debo guardar reposo unos cuantos días más. Y hablando del tema, ¿qué ha pasado con mis tutorías todo este tiempo?

Las tutorías concluyen oficialmente en las vacaciones de Semana Santa, pero siempre, por el motivo que sea, quedan unas cuantas que se arrastran hasta el trimestre de verano. A mí aún me quedaban dos turnos, uno los martes y otro los jueves. Y no es que me muriera de ganas de asistir a ellos.

–Te hemos sustituido nosotros –me informó Abby, mientras se servía su propio desayuno en un plato y se nos unía en la mesa–, por decirlo de algún modo. Daniel trató el *Manuscrito Beowulf*[1] con tu grupo de los jueves. En la versión original.

–Genial –contesté–. ¿Y cómo se lo tomaron?

–Pues no especialmente mal, si he de serte sincero –aclaró Daniel–. Al principio estaban aterrados, pero al final un par de ellos hicieron algunos comentarios inteligentes. La verdad es que la experiencia resultó bastante interesante.

Rafe entró dando trompazos, con el pelo de punta, una camisa y un pantalón de pijama a rayas, como si navegara guiado por un radar. Saludó con un gesto a todos, buscó a tientas una taza, se sirvió un buen chorro de café solo, enganchó un triángulo de la tostada de Justin y volvió a salir de la cocina.

–¡Veinte minutos! –le gritó Justin–. ¡No pienso esperarte!

Rafe levantó la mano por encima de su hombro y continuó caminando.

–No sé por qué te molestas en decírselo –comentó Abby, mientras cortaba una rodajita de una salchicha–. Dentro de cinco minutos ni siquiera recordará haberte visto. Te lo tengo dicho: después del café. Con Rafe, siempre después del café.

–Sí, pero luego se queja de que no le he dado tiempo suficiente para arreglarse. Hablo en serio, esta vez me voy a ir sin él y, si llega tarde, es

1. *Beowulf* es un poema épico anónimo que fue escrito en inglés antiguo en verso aliterativo. Se desconocen tanto el autor como la fecha de composición, aunque las discusiones académicas suelen proponer fechas que van desde el siglo VIII al XII. La obra se conserva en el códice Nowel o Cotton Vitellius. *(N. de la T.)*

su problema. Que se compre un coche o que vaya caminando hasta la ciudad, me importa un bledo...

–Cada santa mañana lo mismo –me dijo Abby, saltándose a Justin, que hacía gestos de indignación con el cuchillo de la mantequilla.

Puse los ojos en blanco. En el exterior, al otro lado de las cristaleras, tras Abby, un conejo mordisqueaba la hierba y dejaba oscuras huellas en el rocío blanco.

Media hora más tarde, Rafe y Justin se marcharon. Justin aparcó el coche a la puerta de casa y permaneció allí sentado, haciendo sonar el claxon y profiriendo amenazas inaudibles por la ventanilla, hasta que Rafe finalmente entró corriendo en la cocina con sólo una manga del abrigo puesta y su mochila colgando de cualquier manera de una mano, cogió otra tostada a toda prisa, se la metió entre los dientes y salió de estampida, cerrando la puerta principal con tal portazo que la casa entera tembló. Abby fregó los platos, canturreando en voz baja: «El río es muy ancho y no logro llegar hasta ella...». Daniel fumaba un cigarrillo sin filtro, delgadas columnas de humo dibujaban volutas en los rayos de sol que penetraban por la ventana. Se habían relajado ante mi presencia; estaba infiltrada.

Debería haberme sentido mucho mejor de lo que me sentía por ello. No se me había ocurrido que aquellas personas pudieran gustarme. Aún no tenía una idea formada sobre Daniel y Rafe, pero Justin rezumaba una calidez que resultaba todavía más atractiva por su nerviosismo y su falta de práctica, y Frank había acertado con Abby: si la situación hubiera sido otra, sé que me habría encantado tenerla por amiga.

Acababan de perder a uno de ellos y ni siquiera lo sabían, y existía la posibilidad de que fuera por mi culpa, y allí estaba yo, sentada en su cocina, comiéndome su desayuno y jugando con sus mentes. Las sospechas de la víspera (un bistec con cicuta, ¡por el amor de Dios!) se me antojaron tan ridículas y siniestras que me avergonzaron.

–Daniel, deberíamos ponernos en movimiento –comentó Abby al fin, tras comprobar la hora en su reloj y limpiarse las manos en un paño de cocina–. ¿Quieres algo del mundo exterior, Lex?

–Cigarrillos –contesté–. Casi no me quedan.

Abby sacó un paquete de Marlboro Lights del bolsillo de su bata y me lo lanzó.

–Quédate éstos. Te compraré más en el camino de vuelta. ¿Qué vas a hacer todo el día?

–Repantingarme en el sofá, leer y comer. ¿Quedan galletas?

–Hay de esas de vainilla que te gustan en la lata de las galletas, y de las que tienen trocitos de chocolate en el congelador. –Plegó el paño de cocina con diligencia y lo colgó de la barra del horno–. ¿Estás segura de que no quieres que alguno se quede en casa a hacerte compañía?

Justin ya me lo había preguntado unas seis veces. Alcé la vista al cielo.

–Completamente segura.

Cacé la rápida mirada que Abby le lanzó a Daniel por encima de mi cabeza, pero él estaba volviendo la página y no nos prestaba atención.

–De acuerdo entonces –convino ella–. No te desmayes en las escaleras ni nada por el estilo. Daniel, cinco minutos, ¿vale?

Daniel asintió sin alzar la vista del libro. Abby subió corriendo las escaleras, silenciosa en sus calcetines; la oí abrir y cerrar cajones y, al cabo de un minuto, empezar a tararear de nuevo. «Apoyé la espalda contra un roble, pensaba que era un árbol de confianza…»

Lexie fumaba más que yo, un paquete diario, y empezaba justo después de desayunar. Cogí las cerillas de Daniel y encendí un pitillo.

Daniel comprobó la página del libro, lo cerró y lo apartó a un lado.

–¿Crees que deberías fumar? –preguntó–. Teniendo en cuenta las circunstancias, quiero decir…

–No –contesté con descaro, y le soplé el humo a la cara por encima de la mesa–. ¿Y tú?

Sonrió.

–Tienes mejor aspecto esta mañana –opinó–. Anoche parecías muy cansada; no sé, como un poco perdida. Supongo que es normal, pero me alegra comprobar que empiezas a recobrar la energía.

Tomé nota mentalmente de que debía aumentar el nivel de agitación, poco a poco, a lo largo de los siguientes días.

–En el hospital no dejaban de repetirme que tardaría un tiempo en recuperarme y que no tuviera prisa –le expliqué–, pero ¡que les zurzan! Estoy aburrida de estar enferma.

Su sonrisa se ensanchó.

–Me lo imagino. Estoy seguro de que has sido una paciente modélica. –Se inclinó sobre el fogón y volcó la cafetera para comprobar si quedaba algo de café–. ¿Qué recuerdas exactamente del incidente?

Mientras se vertía el café, me observaba; su mirada era serena, de franco interés, apacible.

–¡Nada de nada! –exclamé–. Se me ha olvidado todo de ese día, así como fragmentos de mi vida anterior. Creía que la poli os lo había explicado.

–Sí, lo hizo –confirmó Daniel–, pero eso no significa que sea verdad. Tal vez tuvieras tus motivos para mentirles.

Me quedé atónita.

–¿Como qué?

–No tengo ni idea –contestó Daniel, al tiempo que dejaba con cuidado la cafetera de nuevo sobre el fogón–. Pero espero que, si recuerdas algo y no estás segura de si es una buena idea explicárselo a la policía, no tienes por qué lidiar con ello sola; no dudes en hablar conmigo o con Abby, ¿entendido?

Le dio un sorbo a su café, apoyado en la encimera con los pies cruzados, mientras me observaba con calma. Empezaba a entender qué había querido decir Frank al afimar que aquellos cuatro individuos eran de lo más enigmático. La expresión de Daniel tan pronto podía revelar que venía de ensayar con su coro como que acababa de asesinar a hachazos a una docena de huérfanos.

–Claro, no lo dudes –contesté–. Pero lo único que recuerdo es regresar a casa de la universidad el miércoles por la noche y luego sentirme muy, muy enferma, postrada en aquella cama, y eso ya se lo he explicado a la policía.

–Huumm –murmuró Daniel. Empujó el cenicero hacia mi lado de la mesa–. La memoria es tan extraña... Déjame preguntarte algo: si tuvieras que...

Pero justo entonces Abby descendió taconeando por las escaleras, aún canturreando, y Daniel sacudió la cabeza, se puso en pie y se palpó los bolsillos para comprobar si lo llevaba todo.

Los despedí desde las escaleras mientras Daniel encaraba el coche hacia el camino de acceso, describiendo un arco rápido y experto, y luego desaparecía entre los cerezos. Cuando tuve la certeza de que se habían ido, cerré la puerta y permanecí de pie, inmóvil, en el vestíbulo, escuchando aquella casa silenciosa. La noté acomodarse, con un largo susurro como arenas movedizas, a la espera de ver cuál sería mi siguiente movimiento.

Me senté a los pies de las escaleras. Habían arrancado la moqueta que las cubría, pero ahí había acabado toda remodelación; una ancha banda sin barnizar recorría cada uno de los peldaños, polvorientos y desgastados bajo generaciones de pisadas. Me apoyé contra el poste de arranque, moví la espalda hasta encontrar una postura cómoda y empecé a pensar en aquel diario.

De haber estado en el dormitorio de Lexie, la policía científica lo habría encontrado. Eso me dejaba el resto de la casa, el jardín al completo y el interrogante de qué había en él que la había incitado a esconderlo incluso de sus mejores amigos. Durante un segundo creí oír la voz de Frank en la sala de la brigada: «Cauta con sus amistades y mucho más aún con sus secretos».

La otra posibilidad era que Lexie lo hubiera llevado encima, que lo tuviera en un bolsillo cuando murió y el asesino se hubiera apropiado de él. Eso explicaría por qué se había tomado su tiempo y corrido el riesgo de perseguirla (de arrastrarla a cubierto en medio de la oscuridad y recorrer rápidamente con sus manos su cuerpo inerte, palpándole los bolsillos, tiesos por la lluvia y la sangre seca): tal vez necesitara aquel diario.

Eso encajaba con lo que yo sabía de Lexie (que era una persona celosa de su intimidad), pero a nivel práctico aquel diario habría tenido que ser muy pequeño y la habría obligado a cambiárselo de bolsillo cada vez que se mudara de ropa. Encontrar un escondrijo le habría resultado más sencillo y más seguro. Algún lugar donde resguardarlo de la lluvia y de un descubrimiento fortuito, algún lugar donde pudiera ir siempre que quisiera, sin llamar la atención de nadie, algún lugar que no fuera su dormitorio.

Había un aseo en la planta baja y un baño completo en el primer piso. Primero comprobé el aseo, pero aquel cuartucho tenía las dimensiones de un ropero y, una vez hube revisado el interior de la cisterna, básicamente mis opciones se habían agotado. El cuarto de baño principal era amplio, con baldosas de los años treinta y una bañera desconchada con una cenefa ajedrezada a cuadritos blancos y negros, y ventanas de vidrio transparente con unas cortinas de tul hechas jirones. Cerré la puerta con pestillo.

No había nada dentro de la cisterna ni detrás de ella. Me senté en el suelo y levanté el panel de madera que revestía el lateral de la bañera. Se desprendió con facilidad; se oyó un ruido como de rozadura, pero nada que no pudiera emitir el agua corriente o una cisterna al accionarse. Debajo había una maraña de telarañas, excrementos de ratones, barridos de huellas dactilares en el polvo y, escondida en un rincón, una libretita roja.

Me faltaba el aire como si hubiera estado corriendo. Aquello no me gustaba; no me gustaba el hecho de que, con tantas hectáreas por explorar, hubiera ido directa al escondrijo de Lexie como si no me quedara más remedio. A mi alrededor, la casa parecía haberse reducido, estrechado e inclinado sobre mi hombro; me observaba, atenta.

Subí a mi dormitorio, al dormitorio de Lexie, a buscar mis guantes y una lima de uñas. Luego me senté en el suelo del cuarto de baño y, con sumo cuidado, sosteniéndola por los bordes, saqué la libretita. Utilicé la lima de uñas para pasar las páginas. Antes o después, la policía científica necesitaría tomar las huellas de aquel hallazgo.

Había anhelado encontrar un diario lleno de confesiones, pero debería haber previsto que no sería así. Se trataba simplemente de una agenda encuadernada con cuero falso y con una página por día. Los primeros pocos meses estaban repletos de citas y recordatorios redactados con aquella caligrafía rápida y redonda de Lexie: «Lechuga, brie, sal de ajo; 11 tut Sala 3017; fact. electricidad; pedir a D libro Ovidio». Cosas triviales, inocuas, y leerlas solamente me provocó más sospechas. Cuando una es detective se acostumbra a invadir la privacidad de todo el mundo por todos los medios imaginables: había dormido en la cama de Lexie y vestía sus ropas, pero aquello… aquello eran los residuos diarios de su vida, era algo que había escrito para sí misma, y sentía que no tenía derecho a leerlo.

En los últimos días de marzo, no obstante, algo cambió. Las listas de la compra y los horarios de las tutorías se desvanecieron y las páginas quedaron en blanco. Sólo había tres notas, con una caligrafía dura y puntiaguda. El 31 de marzo: 10.30 *N*. El 5 de abril: 11.30 *N*. Y el día 11, dos días antes de su muerte: 11 *N*.

No había ninguna «N» ni en enero ni en febrero; ninguna mención hasta esa cita de finales de marzo. La lista de amigos, conocidos y saludados de Lexie no era excesivamente larga y, por lo que alcanzaba a recordar, no incluía a nadie cuyo nombre empezara por N. ¿Sería un apodo? ¿Un lugar? ¿Una cafetería? ¿Alguien de su antigua vida, tal como había apuntado Frank, que reflotaba a la superficie de la nada y barría el resto de su mundo?

En los últimos dos días de abril había un listado de letras y números, con la misma caligrafía furiosa. *AMS 79, LHR 34, EDI 49, CDG 59, ALC 104.* ¿Puntuaciones de algún juego, sumas de dinero que había prestado o pedido prestado? Las iniciales de Abby eran AMS (Abigail Marie Stone), pero las otras no encajaban con las de nadie de la lista de ACS. Las observé atentamente un rato, pero lo único a lo que me recordaban era a los números de las matrículas de los coches clásicos y, por mucho que me esforzara, no alcanzaba a imaginar por qué Lexie iba a andar anotando matrículas de coches y, de hacerlo, por qué iba eso a ser un secreto de Estado.

Nadie había comentado nada acerca de un comportamiento tenso o extraño de Lexie en las últimas semanas. Parecía estar bien, habían asegurado todos los interrogados a Frank y a Sam; se la veía feliz; estaba como siempre. El último vídeo grabado correspondía a tres días antes de su muerte y aparecía bajando del ático por una escalera de mano, con el cabello cubierto con un pañuelo rojo y llena de polvo de la cabeza a los pies, estornudando y riendo, sosteniendo algo en la mano que le quedaba libre: «Mira, Rafe, ven. Son –un estornudo estruendoso–, son unos binóculos para la ópera… Creo que son de madreperla, ¿no te parecen preciosos?». Fuera lo que fuese lo que estaba ocurriendo, lo había ocultado perfectamente, demasiado bien, a decir verdad.

El resto de la agenda estaba vacío, salvo la entrada del 22 de agosto: «Cumpleaños papá».

Así que no se trataba de ninguna niña víctima de un intercambio al nacer ni de una alucinación colectiva. Tenía un padre en algún lugar del mundo y no quería que se le olvidara felicitarlo en su aniversario. Al menos había mantenido un delgado lazo con su vida original.

Revisé las páginas de nuevo, esta vez más lentamente, por si me había dejado algo en el tintero. En la parte del principio había unas cuantas fechas dispersas rodeadas con un círculo rojo: 2 de enero, 29 de enero, 25 de febrero… La primera página incluía un calendario minúsculo de diciembre del 2004 y, como era de prever, también había un círculo alrededor del día 6.

Veintisiete días de distancia. Lexie había tenido la menstruación como un reloj y lo había anotado. A finales de marzo, no aparecía ningún círculo alrededor del 24. Debió de sospechar que estaba embarazada. En algún lugar, no en casa, quizás en el Trinity o en alguna cafetería a salvo de miradas ajenas que pudieran ver el envase en la papelera y hacerse preguntas, se había hecho el test del embarazo y algo había cambiado. Su agenda se había convertido en un secreto inquebrantable, N se había introducido en ella y había expulsado todo lo demás.

N. ¿Sería un ginecólogo? ¿Una clínica? ¿El padre del niño?

–¿En qué diablos andabas metida? –pregunté en un susurro a aquella estancia vacía.

Oí un murmullo a mis espaldas y di un brinco de medio kilómetro, pero sólo era la brisa acariciando las cortinas de tul.

Pensé en llevarme aquella agenda a mi habitación, pero luego sospeché que tal vez Lexie tuviera sus motivos para no guardarla allí y, al parecer, su encondrijo había funcionado bien hasta entonces. Copié los fragmentos más interesantes en mi propio cuaderno, coloqué el suyo bajo la bañera y repuse el panel en su lugar. A continuación recorrí la casa para familiarizarme con los detalles, al tiempo que efectuaba una búsqueda rápida y no demasiado concienzuda. Seguramente Frank esperaría saber que había hecho algo útil durante el día, y ya había decidido no contarle nada sobre la agenda, al menos no todavía.

Empecé por la planta baja y fui ascendiendo. Si encontraba algo revelador, íbamos a tener que afrontar una batalla de admisibilidad denodada. Yo habitaba en aquella casa, lo cual implicaba que podía revisar los espacios comunes tanto como quisiera, pero los dormitorios de los demás inquilinos quedaban fuera de mi radio de acción y, además, para empezar yo estaba allí fingiendo ser otra persona. Básicamente, el tipo de enredo que permite a los abogados comprarse Porsches nuevos. En cambio, una vez sabes qué buscas, casi siempre puedes hallar un modo legal de ir a por ello.

La casa lucía un aspecto desvencijado que la hacía parecer salida de un cuento; me veía rodando por unas escaleras secretas o saliendo de una estancia y yendo a dar a un pasillo completamente nuevo que sólo existía uno de cada dos lunes. Trabajé con brío: era incapaz de serenarme, de liberarme de la sensación de que en algún lugar del ático había un reloj enorme marcando una cuenta atrás, ingentes puñados de segundos desapareciendo en la nada.

En la planta baja se encontraban el salón doble, la cocina; el aseo y el dormitorio de Rafe. Esta última estancia era un caos: prendas de ropa apiladas en cajas de cartón, vasos pegajosos y montañas de papeles arrugados aquí y allá; no obstante, era un caos ordenado: tenías la impresión de que seguramente él sabía con exactitud dónde estaba cada cosa, aunque nadie más fuera capaz de desentrañarlo. Había andado pintarrajeando, dibujando a trazos rápidos unos bocetos bastante impresionantes en una pared, para algún tipo de mural que incluía un haya, un setter irlandés y un individuo en un sombrero de copa. En la repisa de la chimenea estaba, ¡eureka!, «La cabeza»: un busto de porcelana para el estudio de la frenología que miraba con altivez sobre el pañuelo rojo de Lexie. Empezaba a gustarme Rafe.

La primera planta acogía el dormitorio de Abby y el cuarto de baño en la parte delantera y la habitación de Justin y un cuarto vacío en la parte posterior (o bien había resultado demasiado complicado de limpiar o bien a Rafe le agradaba estar en la planta baja). Empecé por la estancia libre. La idea de entrar en el dormitorio de cualquiera de los demás imprimía un ridículo regusto desagradable a mi paladar.

Era obvio que el tío abuelo Simon nunca había tirado nada a la basura. Aquella estancia tenía un punto esquizofrénico, onírico, como si de un almacén perdido de la mente se tratara: tres teteras de cobre con agujeros, un sombrero de copa mohoso, un caballito de madera con el palo roto que me lanzó una mirada lasciva a lo *El padrino* y lo que deduje debía de ser medio acordeón. Carezco por completo de conocimientos en materia de antigüedades, pero nada de aquello se me antojaba de mucho valor y, desde luego, no era lo bastante valioso para matar por ello. Parecía más el tipo de trastos que dejas a las puertas de casa con la esperanza de que se lo lleve algún estudiante borracho apasionado por todo lo kitsch.

Abby y Justin eran limpios, cada uno a su manera. A Abby le gustaban las chucherías: un jarrón de alabastro diminuto con un ramillete de violetas, un candelabro de cristal de plomo, una caja de dulces antigua con una imagen de una joven de labios encarnados y una vestimenta egipcia improbable en la tapa, todo ello reluciente y alineado con sumo esmero en prácticamente todas las superficies planas. Y también parecía encantarle el color; había confeccionado sus cortinas cosiendo tiras de tejidos antiguos: damasco rojo, algodón con ramitos de jacintos silvestres y puntilla delicada, y luego había pegado retales de tela sobre los parches de papel pintado descolorido. Era una habitación acogedora y estrafalaria, incluso con su punto irreal, como la guarida de una criatura de los bosques de un cuento infantil que fuera por ahí tocada con un gorrito de volantes y cocinara tartas de mermelada.

Justin, en un requiebro un tanto desconcertante, resultó tener gustos minimalistas. Había un pequeño enjambre de libros y fotocopias y hojas garabateadas junto a su mesilla de noche, y había cubierto la parte posterior de la puerta con fotografías de la cuadrilla, dispuestas de manera simétrica y al aparecer en orden cronológico y cubiertas con una especie de sellador transparente, pero el resto de la habitación estaba vacío y limpio y era funcional: ropa de cama blanca, cortinas blancas hinchadas por el viento, mobiliario de madera oscura barnizado, pulcras hileras de calcetines doblados en los cajones y zapatos abrillantados en la parte inferior del armario. La habitación olía muy vagamente a ciprés, una fragancia masculina.

Durante mi escrutinio no hallé nada que chirriara en ninguno de los dormitorios, pero en todos ellos había algo que me inquietaba. Tardé un rato en determinar qué era. Me encontraba arrodillada en la habitación de Justin, indagando debajo de su cama como un caco (no había nada, ni siquiera borlas de polvo), cuando caí en la cuenta: tenían aspecto de ser permanentes. Yo nunca había vivido en ningún lugar donde pudiera estropear el papel pintado o pegar cosas en la pared; mis tíos no se habrían opuesto exactamente, pero en su casa se respiraba una atmósfera de pasar de puntillas que impedía que tales cosas se me ocurrieran siquiera, y todos los propietarios de los pisos en los que habían vivido parecían creer que me estaban alquilando la mejor obra de Frank Lloyd Wright;[1] había tardado meses en convencer al dueño de mi piso actual de que

1. Frank Lloyd Wright (1867-1959), arquitecto estadounidense, uno de los principales maestros de la arquitectura del siglo xx. *(N. de la T.)*

los valores de la propiedad no se desplomarían si pintaba las paredes de blanco en lugar de ese amarillo plátano y guardaba la moqueta con estampado LSD en el cobertizo del jardín. Nada de ello me había preocupado hasta entonces, pero de repente, en medio de aquella casa embriagada de una sensación de posesión feliz y displicente (me habría encantado tener un gran mural; Sam sabe dibujar), me pareció un modo muy incómodo de vivir, siempre a regañadientes, a capricho de un extraño, pidiéndole permiso como un crío antes de poder dejar mi propia huella, por nimia que fuera.

La planta superior albergaba mi dormitorio, el de Daniel y otras dos habitaciones más. La situada al lado de la de Daniel estaba llena de muebles viejos derribados en montones separados como si un terremoto hubiera arrasado la estancia: unas sillas grisáceas demasiado pequeñas que nunca llegaron a usarse, una vitrina cuyo aspecto parecía un vómito del movimiento rococó al completo y todas las porquerías imaginables en la franja media del espectro. Saltaba a la vista que se habían retirado algunos muebles aquí y allá (había marcas y huecos vacíos), probablemente para acondicionar las habitaciones cuando los cinco se habían mudado a la casa. Lo que quedaba estaba recubierto por unos cuantos dedos de polvo pegajoso. El cuarto situado junto al mío contenía trastos más rudimentarios: una bolsa de agua caliente de piedra toda agrietada, unas botas militares verdes con costras de barro, un cojín tapizado con un motivo de ciervos y flores roído por los ratones y pilas tambaleantes de cajas de cartón y maletas de piel viejas. Alguien había empezado a revisar todo aquello y no hacía mucho tiempo de ello: había huellas dactilares en las tapas de algunas maletas, una incluso desempolvada y semilimpia, y contornos misteriosos en rincones y en las cajas de las que habían sacado objetos. También había marañas de pisadas en las polvorientas tablas del suelo.

Si alguien quisiera ocultar algo, un arma homicida, alguna clase de prueba o una antigüedad pequeña y de gran valor, aquél no sería un mal lugar. Revisé todas las cajas que habían abierto con anterioridad, procurando no tocar las huellas dactilares, por si acaso, pero estaban llenas hasta los topes de páginas y más páginas de unos garabatos rezongones realizados con pluma estilográfica. Imaginé que alguien, supuestamente el tío abuelo Simon, se había pasado la vida escribiendo la historia de la estirpe de los March. Los orígenes de los March eran ancestrales; las fechas se remontaban hasta 1734, año en que se había construido la casa, pero al parecer no habían hecho nada más interesante que casarse, comprar un pura sangre e ir perdiendo poco a poco la mayoría de sus propiedades.

La habitación de Daniel estaba cerrada con llave. Los conocimientos prácticos que Frank me había enseñado incluían abrir una cerradura, y aquélla parecía bastante sencilla, pero ya me sentía bastante inquieta con el asunto de la agenda y aquella puerta no hizo sino aumentar más si cabe mi desasosiego. No tenía manera de saber si Daniel siempre cerraba su habitación con llave o si lo había hecho sólo porque yo estaba allí. De súbito tuve la certeza de que me había dejado alguna trampa, un pelo en el marco, un vaso de agua por dentro, que me delataría si entraba.

Acabé con el dormitorio de Lexie; ya lo habían registrado, pero quería hacerlo por mí misma. A diferencia del tío Simon, Lexie no almacenaba nada. La habitación no estaba exactamente ordenada (los libros estaban puestos de cualquier manera en los estantes, en lugar de alineados, y casi toda su ropa estaba apilada en la base del armario; debajo de la cama había tres paquetes de cigarrillos vacíos, la mitad de una chocolatina y una página arrugada de apuntes sobre *Villette*), pero era demasiado austera para ser caótica. No había adornos, ni resguardos de compras, ni tarjetas de cumpleaños ni flores secas; tampoco había fotografías; los únicos recuerdos que había querido conservar eran los vídeos de su teléfono móvil. Hojeé todos los libros y revisé absolutamente todos los bolsillos, pero aquella habitación no me reveló nada.

Pese a ello, transmitía aquella misma sensación de permanencia. Lexie había realizado pruebas de color para la pintura de la pared junto a la cama, con brochazos anchos y rápidos: ocre, rosa palo, azul porcelana. Me volvió a recorrer un escalofrío de envidia. «¡Que te jodan! –le grité a Lexie dentro de mi cabeza–. Quizá tú viviste aquí más tiempo, pero a mí me pagan por ello.»

Me senté en el suelo, saqué mi móvil de la mochila y telefoneé a Frank.

–Hola, cariño –me saludó al segundo timbrazo–. ¿Qué? ¿Ya te han pillado?

Estaba de buen humor.

–Sí –contesté–. Lo siento mucho. Venid a sacarme de aquí.

Frank soltó una carcajada.

–¿Cómo va?

Activé el altavoz, dejé el teléfono en el suelo a mi lado y volví a guardar los guantes y mi cuaderno en la mochila.

–Bien, supongo. No creo que ninguno de ellos sospeche nada.

–¿Por qué iban a sospechar? Nadie en su sano juicio creería que algo así puede ocurrir. ¿Tienes algo para mí?

–Están todos en la universidad, así que le he echado un vistazo rápido a la casa. No hay ningún cuchillo sangriento ni ropas manchadas de sangre ni Renoirs ni confesiones firmadas. Ni siquiera hay un alijo de hachís o una revista porno. Para ser estudiantes, son de una castidad enfermiza.

Mis vendajes estaban en paquetes cuidadosamente numerados, de manera que las manchas fueran reduciéndose a medida que la herida supuestamente fuera curándose, por si acaso a alguien con la mente muy retorcida se le ocurría revisar la papelera (en este trabajo uno contempla todo tipo de rarezas). Encontré un vendaje con el número «2» rotulado y lo saqué del envoltorio. Quienquiera que hubiera hecho aquella mancha vivía la vida con entusiasmo.

–¿Algún rastro de ese diario? –quiso saber Frank–. El famoso diario que Daniel tuvo a bien mencionarte a ti, pero no a nosotros.

Me recosté contra la estantería, me levanté la camiseta y me arranqué el vendaje viejo.

–Si está en la casa –contesté–, alguien lo ha escondido muy bien.

Frank emitió un soplido evasivo.

–O bien tú estabas en lo cierto y el asesino se lo arrebató una vez muerta. En cualquier caso, es interesante que Daniel y compañía sintieran la necesidad de mentir con respecto a eso. ¿Alguno de ellos se comporta de manera sospechosa?

–No. Todos estaban algo incómodos al principio, pero es normal. Básicamente, percibo que están contentos de que Lexie esté de nuevo con ellos.

–Sí, eso me pareció por lo que oí a través del micrófono. Y esto me recuerda… –añadió–. ¿Qué sucedió anoche, después de que subieras a tu habitación? Te oía hablar, pero no lograba entender tus palabras con claridad.

Su voz tenía otro tono, y no era alegre. Dejé de alisarme los bordes del nuevo vendaje.

–Nada. Nos dimos las buenas noches.

–Encantador –opinó Frank con cinismo–. Siento habérmelo perdido. ¿Dónde estaba tu micro?

–En mi mochila. Se me clava la batería cuando duermo.

–Pues duerme boca arriba. Tu puerta no se cierra con pestillo.

–La atranco con una silla.

–Claro, perfecto. Ésa es toda la cobertura que necesitas. ¡Por el amor de Dios, Cassie!

Prácticamente podía verlo pasándose la mano libre por el cabello, con furia, y caminando de arriba abajo por la habitación.

–¿Qué pasa, Frank? La última vez ni siquiera tenía que llevar el micro a menos que estuviera haciendo algo interesante. ¿Tanta importancia tiene si hablo en sueños o no?

–La última vez no estabas conviviendo con sospechosos. Es posible que esos cuatro no encabecen nuestra lista, pero aún no los hemos descartado. A menos que estés en la ducha, lleva ese micro pegado al cuerpo. ¿Quieres que hablemos de la última vez? Si el micro hubiera estado en tu mochila y no lo hubiéramos oído, estarías muerta. Te habrías desangrado antes de que lográramos dar contigo.

–Vale, vale –rezongué–. Ya lo pillo.

–¿Me has entendido? Pegado al cuerpo en todo momento. Nada de chorradas.

–Entendido.

–Está bien –continuó Frank, algo más sosegado–. Tengo un regalito para ti. –Me pareció poder ver su sonrisa burlona: se había reservado el premio para después de la bronca–. Les he seguido la pista a todos los ACS de nuestra primera Lexie Madison Extravaganza. ¿Te acuerdas de una chica llamada Victoria Harding?

Corté con los dientes un trozo de esparadrapo.

–¿Debería?

–Más bien alta, delgada, con una larga melena rubia. Hablaba como una cotorra. ¿No la recuerdas?

–Ah, claro –contesté, mientras me pegaba el vendaje–. Vicky *la Lapa*. ¡Vaya alud de pasado!

Vicky *la Lapa* estudiaba conmigo en el University College de Dublín, no recuerdo qué materia. Tenía los ojos azules y vidriosos, llevaba un montón de accesorios combinados y tenía una capacidad frenética e ilimitada de pegarse como una lapa a cualquiera que pudiera resultarle de utilidad, principalmente chicos ricos y chicas amantes de las fiestas. Por algún motivo decidió que yo era lo bastante guay hasta el punto de merecer su compañía, o quizá simplemente pretendiera que le suministrara las drogas gratis.

–Esa misma. ¿Cuándo fue la última vez que hablaste con ella?

Cerré con llave mi maleta y la metí debajo de la cama mientras intentaba acordarme. Vicky no era del tipo de persona que deja una impresión duradera.

–Quizás unos días antes de que me sacarais, no lo recuerdo con exactitud. Desde entonces la he visto por Dublín un par de veces, pero siempre la he esquivado.

–Es curioso –señaló Frank, con esa sonrisa rapaz filtrándose en su voz–, porque ella ha hablado contigo hace mucho menos tiempo. De hecho, mantuvisteis una larga y agradable conversación a principios de enero de 2002; se acuerda de la fecha porque venía de las rebajas de invierno y se había comprado un abrigo de un diseñador de renombre muy bonito, que te enseñó. Según parece estaba confeccionado, y cito textualmente, con «un ante marrón topo que era la ultimísima moda», sea cual sea ese tipo de ante. ¿Te suena?

–No –contesté. El corazón me latía lentamente y con fuerza; notaba las palpitaciones hasta en las plantas de los pies–. No era yo.

–Lo suponía. Vicky recuerda la conversación perfectamente, casi palabra por palabra; esa chica tiene una memoria de elefante, sería la testigo ideal si la necesitáramos. ¿Quieres saber de qué hablasteis?

Vicky siempre había tenido esa clase de mente: puesto que dentro de su cabeza prácticamente no había actividad, las conversaciones se almacenaban en su interior y salían de allí virtualmente intactas. Era uno de los principales motivos por los que me había dignado pasar algún tiempo con ella.

–Refréscame la memoria –lo invité.

–Tropezasteis en Grafton Street. Según ella, tú estabas «en Babia»; al principio no te acordabas de ella ni estabas segura de cuándo había sido la última vez que os habíais visto. Le dijiste que tenías una resaca espantosa, pero ella lo achacó a esa terrible crisis nerviosa de la que había oído hablar. –Frank estaba disfrutando de lo lindo: hablaba con ritmo rápido y enfocado, como un depredador a la caza. Yo me estaba divirtiendo mucho menos. Ya me había imaginado que habrían ocurrido cosas como aquélla, pero me faltaban datos concretos, y estar en lo cierto no resultaba tan satisfactorio como podría suponerse–. Sin embargo, una vez la ubicaste te mostraste muy agradable. Incluso le sugeriste ir a tomar un café para poneros al día. Fuera quien fuese nuestra chica, tenía agallas.

–Sí –contesté. Caí en la cuenta de que estaba agazapada como un velocista, lista para saltar. En aquellos instantes, el dormitorio de Lexie tenía un aire burlón y taimado, con ecos de cajones repletos de secretos y tablas de suelo falsas y trampas de todo tipo–. Eso hay que concedérselo.

–Fuisteis a la cafetería de los grandes almacenes Brown Thomas, te enseñó sus últimas compras y ambas jugasteis al «¿Te acuerdas de?» un rato. Tú, por sorprendente que te parezca, apenas hablaste. Pero escucha esto: en un momento dado, Vicky te preguntó si estudiabas en el Trinity. Según parece, poco antes de sufrir aquella crisis nerviosa, le habías explicado que estabas harta del University College de Dublín y te estabas planteando matricularte en otra universidad, quizás el Trinity o tal vez en el extranjero. ¿Te suena?

–Sí –contesté. Me senté con cuidado en la cama de Lexie–. Sí que me suena.

Se acercaba el fin del trimestre y Frank no me había comunicado si la operación continuaría después del verano; me estaba preparando una salida, por si la necesitaba. Ése era otro don de Vicky: siempre podías confiar en que difundiera un cotilleo por toda la universidad en un abrir y cerrar de ojos.

La cabeza me daba vueltas, piezas de formas inquietantes se reestructuraban y se colocaban en nuevos rincones con leves clics. La coincidencia del Trinity (aquella chica dirigiéndose a mi antigua universidad y tomándome el testigo justo donde yo lo había dejado) me había puesto la piel de gallina, pero la realidad era aún más escalofriante. Lo único que había ocurrido era que dos chicas se habían tropezado por azar, en una ciudad pequeña por cuyas calles Vicky *la Lapa*, una de ellas, se pasaba la mayor parte del tiempo deambulando en busca de gente útil con quien toparse. Lexie no había acabado en Trinity por esas cosas del destino o por algún atractivo magnético siniestro que le hubiera hecho hacerme sombra o abrirse camino a codazos por mis rincones. Yo misma se lo había sugerido. Ella y yo habíamos planeado aquello juntas sin saberlo. Yo la había conducido a aquella casa, a aquella vida, con la misma claridad y seguridad con las que ahora ella me había arrastrado a mí. Frank seguía relatando.

–Nuestra joven dijo que no, que en aquellos momentos no estaba en la universidad, que había estado viajando. Fue vaga con respecto a los lugares. Vicky sospechó que había estado en un centro psiquiátrico. Pero ahora viene lo bueno: Vicky imaginó que ese centro estaría en Estados Unidos, quizás en Canadá. En parte porque recuerda que tu familia imaginaria vivía en Canadá, pero sobre todo porque en algún momento entre tu época en el University College de Dublín y aquel día en Grafton Street habías adquirido un acento americano bastante acusado. Así que no sólo sabemos cómo se apropió esta chica de la identidad de Lexie Madison y cuándo, sino que tenemos una idea bastante precisa de por dónde empezar a buscarla. Creo que le debemos a Vicky *la Lapa* un par de cócteles.

–Será mejor que la invites tú –repliqué.

Sabía que mi voz sonaba rara, pero Frank estaba demasiado emocionado para darse cuenta.

–He llamado a los muchachos del FBI y estoy a punto de enviarles un correo electrónico con fotografías y huellas. Existe una alta probabilidad de que nuestra chica se hubiera fugado por algún motivo, de modo que es posible que tengan algo.

El rostro de Lexie me miraba con recelo, por triplicado, desde el espejo del tocador.

–Mantenme informada, ¿de acuerdo? –le rogué–. De todo lo que averigües.

–No lo dudes. ¿Quieres hablar con tu amiguito? Lo tengo aquí al lado.

Sam y Frank compartiendo un centro de coordinación. ¡Jesús!

–Dile que lo llamaré más tarde –contesté.

Oí el profundo murmullo de la voz de Sam en el fondo y durante una fracción de segundo sentí unas ganas tan irrefrenables de hablar con él que casi me retorcí de dolor.

–Dice que ha revisado tus últimos seis meses en Homicidios –me informó Frank– y que todo el mundo a quien pudiste tocar las narices está descartado, por un motivo o por otro. Ahora revisará fechas anteriores y te mantendrá informada.

En otras palabras, aquello no guardaba relación con la Operación Vestal. ¡Oh, Sam! A través de un tercero y desde la distancia intentaba tranquilizarme: estaba yendo discreta y obstinadamente tras la única amenaza que él percibía. Me pregunté cuánto habría dormido la noche anterior.

–Gracias –le contesté–. Dale las gracias, Frank. Dile que lo llamaré pronto.

Necesitaba salir al exterior, en parte porque me lloraban los ojos de tanto polvo como habían acumulado aquellos extravagantes objetos y en parte porque la casa empezaba a provocarme escalofríos en la nuca; tenía el poder de convertir el aire que me rodeaba en demasiado íntimo y demasiado cómplice, como un gesto con la ceja de alguien a quien sabes que nunca podrías engañar. Me encaminé al frigorífico, me preparé un emparedado de pavo (a esta tropa le gustaba la mostaza de categoría) y otro de mermelada y un termo de café, y me lo llevé todo a dar un largo paseo. En algún momento, no muy lejano, tendría que deambular por Glenskehy en medio de la oscuridad, muy posiblemente con la aportación de un asesino que conocía aquella zona como la palma de su mano. Resolví que sería una excelente idea aprender a orientarme.

Aquel lugar era un laberinto, decenas de senderos para recorrer en fila india serpenteaban entre los setos, campos y bosques, salidos de la nada y sin ningún destino, pero resultó que me desplacé por allí mucho mejor de lo que había imaginado; sólo me perdí en dos ocasiones. Empezaba a apreciar a Frank de una manera muy especial. Cuando me entró el hambre, me senté sobre una tapia y me tomé el café y los emparedados con la vista perdida allende las colinas, mientras me imaginaba haciéndoles un corte de mangas al personal de Violencia Doméstica en general y a Maher y su problema de halitosis en particular. El día era soleado y alegre, con nubes neblinosas coronando un bonito cielo azul, y pese a ello no me había cruzado con alma humana en todo el paseo. En la lejanía, un perro ladraba y alguien lo llamaba a silbidos, pero eso era todo. Empezaba a acariciar la hipótesis de que Glenskehy había quedado borrado del mapa por un rayo de la muerte milenario y nadie se había percatado de ello.

En el camino de regreso dediqué un rato a explorar los dominios de Whitethorn House. Pese a que los March hubieran perdido gran parte de sus propiedades, lo que les quedaba seguía siendo harto impresionante. Muros de piedra más altos que mi cabeza delimitaban el territorio, bordeados por árboles, en su gran mayoría los espinos que daban nombre a la casa, pero también divisé robles, fresnos y manzanos en plena floración. El desvencijado establo donde Daniel y Justin aparcaban sus coches estaba situado a una distancia prudente para mantener los olores alejados de la casa. En su época debió de albergar hasta seis caballos; ahora se reducía a montones de herramientas polvorientas y lonas impermeabilizadas, pero me dio la sensación de que nadie las tocaba desde hacía mucho tiempo, así que preferí no fisgonear.

En la parte trasera de la casa se extendía una amplia parcela de césped, de unos cien metros de longitud, bordeada por una gruesa orla de árboles y tapias sepultadas bajo la hiedra. En la parte inferior había una verja de hierro oxidada, la verja por la que Lexie había salido aquella noche, cuando caminó hacia el filo de su vida, y apartada en un rincón vi una era con arbustos. Identifiqué un romero y un laurel: se trataba del jardín de hierbas aromáticas que Abby había mencionado la noche anterior… aunque a mí me pareciera que habían transcurrido varios meses desde entonces.

Desde la distancia, la casa parecía delicada y remota, parte de una vieja acuarela. Una ráfaga momentánea de viento acarició las hierbas, levantando los largos tallos de hiedra a su paso, y el sendero se inclinó bajo mis pies. Junto a uno de los muros laterales, a poco más de veinte o treinta metros de mí, alguien se ocultaba tras la hiedra, alguien delgado y oscuro como una sombra, sentado en un trono. Se me erizó el cabello de la nuca, lentamente.

Mi arma seguía pegada a la parte trasera de la mesilla de noche de Lexie. Me mordí el labio con fuerza y agarré una pesada rama caída de un arbusto sin apartar los ojos de la hiedra, que había regresado inocente a su sitio; la brisa había desaparecido, y el jardín, donde volvía a reinar la quietud, estaba soleado como en un sueño. Caminé junto a la tapia, con naturalidad pero con brío, apoyada contra ella, con la rama bien agarrada en el puño y aparté la hiedra de un golpe seco.

No había nadie. Los troncos de los árboles, las ramas descuidadas y la hiedra configuraban una hornacina contra el muro, como una pequeña burbuja bañada por el sol. En su interior había dos bancos de piedra y, entre ellos, un hilillo de agua manaba de un agujero en la pared y se deslizaba sobre unos escalones poco profundos hasta desembocar en un pequeño y fangoso estanque; no había nada más. Las sombras se enmarañaban y, por un instante, reviví aquella alucinación: los bancos adquirieron altos respaldos y se balanceaban, con aquella figura delgada sentada en su trono. Solté la hiedra y la imagen se desvaneció.

Al parecer, no sólo la casa tenía su propia personalidad. Recuperé el aliento y exploré aquella hornacina. Restos de musgo cubrían las grietas de los bancos, si bien los habían limpiado frotando: alguien más conocía aquel lugar. Consideré su potencial como lugar para citas, pero estaba demasiado cerca de la casa para invitar a extraños y la alfombra de hojas y ramitas alrededor del estanque indicaba que hacía un tiempo que nadie pisaba aquel rincón. Aparté los matorrales con la zapatilla y quedaron al descubierto unas losas anchas y lisas. Un objeto metálico destelló en medio de la suciedad y el corazón me dio un vuelco: el cuchillo, pero era demasiado pequeño. Se trataba de un botón: un león y un unicornio, aplastado y dentado. Alguien, mucho tiempo atrás, había pertenecido al Ejército británico.

El caño por donde manaba el agua estaba atascado por la mugre. Me guardé el botón en el bolsillo, me arrodillé sobre las losas y lo desatasqué con una ramita. Tardé un buen rato; el muro era grueso. Cuando hube concluido brotó una especie de cascada en miniatura que murmuraba feliz consigo misma, y mis manos olían a tierra y a hojas en descomposición.

Me las lavé bajo el surtidor y me senté en uno de los bancos a fumarme un cigarrillo y escuchar el borboteo. Se estaba bien allí; era un lugar cálido, apacible y recóndito, como la guarida de un animal o el escondite de un niño. El estanque se llenó. Insectos diminutos sobrevolaban su superficie. El agua sobrante se drenaba a través de una diminuta alcantarilla que había en el suelo. Retiré las hojas que flotaban en ella y, transcurrido un rato, el estanque estaba lo bastante nítido como para devolverme mi reflejo, ondulado.

El reloj de Lexie marcaba las cuatro y media. Había conseguido durar veinticuatro horas y probablemente había batido las apuestas de un buen puñado de personas del centro de coordinación. Guardé la colilla del cigarrillo en el paquete, me agaché para salir por entre la hiedra y regresé a la casa para ponerme al día con los apuntes de la tesis. La puerta principal cedió fácilmente a mi llave, el aire en el interior se arremolinó al percibir mi presencia, pero ya no me sentí intimidada; me pareció más bien que me recibía con una leve sonrisa y una suave caricia en la mejilla, como si me diera la bienvenida.

7

Aquella noche salí a dar mi paseo. Necesitaba telefonear a Sam y, además, Frank y yo habíamos decidido que era mejor ir reincorporando a Lexie en su rutina habitual lo más pronto posible, no excedernos jugando la carta del trauma, al menos no todavía. Seguramente existirían pequeñas divergencias y, con suerte, la gente esgrimiría la puñalada para dar una explicación convincente a esas rencillas pero, cuanto más forzara la situación, más probable era que alguien pensara: «¡Qué extraño! Lexie parece una persona completamente distinta».

Nos encontrábamos en el salón, después de cenar. Daniel, Justin y yo leíamos; Rafe tocaba el piano, una perezosa fantasía de Mozart, interrumpiéndose de vez en cuando para repetir una frase que le gustaba o que había interpretado mal, y Abby, con la cabeza gacha, le estaba confeccionando a su muñeca unas enaguas nuevas con un retal viejo de *broderie anglaise*, dando unas puntadas tan diminutas que eran casi invisibles. Personalmente, yo no calificaría de espeluznante aquella muñeca (no era una de esas muñecas que parecen adultos hinchados y deformes; tenía una trenza larga de cabello moreno y un rostro soñador, nostálgico, con la nariz respingona y unos ojos castaños serenos), pero entendía la inquietud de los muchachos. Aquellos grandes y tristes ojos mirándome desde una posición indigna sobre el regazo de Abby me hicieron sentir culpable de una manera imprecisa, y algo en sus bucles frescos y mullidos se me antojó inquietante.

Alrededor de las once me dirigí al zaguán en busca de mis zapatillas deportivas; me había embutido en mi faja supersexy y había remetido el teléfono por dentro antes de cenar, para no romper la rutina subiendo a mi dormitorio; Frank se sentiría orgulloso de mí. Hice un mohín de dolor y emití un «¡Ay!» sordo al sentarme en la alfombra que había frente a la chimenea. Justin levantó la cabeza:

–¿Te encuentras bien? ¿Necesitas un analgésico?

–No –contesté, deshaciendo la lazada de mi zapatilla–. Creo que he hecho un gesto raro al sentarme.

–¿Vas a salir a pasear? –me preguntó Abby desviando la mirada de la muñeca.

–Sí –contesté, al tiempo que me ponía una de las zapatillas.

Tenía la forma del pie de Lexie, un poco más estrecho que el mío, impresa en la plantilla interior.

Una suspensión apenas perceptible recorrió la estancia, como un aliento contenido. Las manos de Rafe dejaron un acorde en el aire.

–¿Crees que es sensato? –preguntó Daniel, introduciendo un dedo en su libro para marcar la página.

–Me encuentro bien –respondí–. Los puntos no me duelen a menos que tuerza la cintura; caminar no va a hacer que estallen ni nada por el estilo.

–No es eso precisamente en lo que estoy pensando –replicó Daniel–. ¿No tienes miedo de que te ocurra algo?

Todos tenían los ojos posados en mí, con esa mirada cuádruple e indescifrable que rezumaba la fuerza de un rayo abductor. Me encogí de hombros, mientras me ataba una zapatilla.

–No.

–¿Cómo es posible? Si me permites preguntártelo…

Rafe se movió y tocó una breve nota tensa, como un trino, con las octavas superiores del piano. Justin se estremeció.

–Pues, sencillamente, no tengo miedo –contesté.

–¿Y no deberías tenerlo? Al fin y al cabo, si no tienes ni idea…

–Daniel –lo atajó Rafe casi sin aliento–. Déjala en paz.

–Yo preferiría que no salieras –aclaró Justin. Parecía tener un retortijón–. Hablo en serio.

–Estamos preocupados, Lex –añadió Abby con voz queda–. Aunque tú no lo estés.

El trino seguía sonando, sin parar, como una alarma.

–¡Rafe! –lo reprendió Justin, tapándose el oído con una mano–. ¡Para ya!

Rafe lo ignoró.

–Escuchad, ella ya es lo suficientemente trágica como para que encima vosotros tres os dediquéis a calentarle los cascos…

Daniel hizo oídos sordos.

–¿Acaso nos culpas? –me preguntó.

–No, es normal que os preocupéis –intervine, introduciendo el otro pie en la zapatilla–. Pero si empiezo a tener miedo ahora, nunca dejaré de tenerlo, y no pienso permitir que eso ocurra.

–Perfecto, enhorabuena –intervino Rafe, poniendo fin a aquel gorjeo con un acorde claro–. Llévate la linterna. Hasta luego.

Volvió a colocarse de cara al piano y empezó a pasar páginas de la partitura.

–Y el móvil –agregó Justin–. Por si te desmayas o…

Su voz se apagó.

–Parece que ha dejado de llover –apuntó Daniel, asomándose a la ventana–, pero tal vez haga frío. ¿Te vas a llevar la chaqueta?

No sabía de qué me hablaba. Aquel paseo parecía requerir un nivel de organización como el de la Operación Tormenta del Desierto.

–No es preocupéis por mí –los tranquilicé.

–Huummm –murmuró Daniel, observándome–. Quizá tendría que acompañarte.

–No –objetó Rafe de manera abrupta–. Iré yo. Tú estás trabajando.

Bajó la tapa del piano de un golpe y se puso en pie.

–¡Maldita sea! –grité yo bruscamente, alzando las manos al cielo y mirándolos a los cuatro con furia–. Voy a salir de paseo. Lo hago siempre. No pienso llevar un chaleco reflectante ni bengalas por si ocurre una emergencia y, definitivamente, no pienso llevarme un guardaespaldas. ¿Lo ha entendido todo el mundo?

La idea de mantener una conversación íntima con Rafe o Daniel me resultaba estimulante, pero ya lo haría en otro momento. Si alguien me esperaba en uno de aquellos caminos, lo último que quería era espantarlo.

–Ésa es mi chica –me alentó Justin con una ligera sonrisa–. Seguro que estarás bien, ¿verdad?

–Como mínimo –continuó Daniel imperturbable–, deberías tomar una ruta distinta a la de la última noche. ¿Lo harás?

Me observaba sin entusiasmo, con el dedo aún atrapado entre las páginas de su libro. Su rostro no reflejaba más que una ligera preocupación.

–Me encantaría –le contesté– si recordara qué camino tomé. Pero como no tengo ni la más remota idea, no me queda más remedio que arriesgarme, ¿no te parece?

–Ah –suspiró Daniel–. Claro. Lo siento. Llámanos si quieres que alguno de nosotros vaya a tu encuentro.

Bajó la vista y retomó la lectura.

Rafe se desplomó sobre la banqueta del piano y comenzó a aporrear la *Marcha Turca.*

Brillaba una noche luminosa, con la luna alta en un cielo límpido y frío, proyectando motas de blanco entre las oscuras hojas de los espinos; me abotoné la chaqueta de ante de Lexie hasta el cuello. El haz de luz de la linterna iluminaba una franja estrecha de sendero polvoriento y las praderas invisibles de los alrededores me parecieron súbitamente inabarcables. La linterna me hacía sentir muy vulnerable y poco inteligente, pero continué avanzando. Si alguien me acechaba ahí fuera, necesitaría saber dónde encontrarme.

Nada me salió al paso. Algo se apartó a un lado, algo pesado, pero cuando barrí los alrededores con la linterna comprobé que se trataba de una vaca que me miraba con ojos grandes y tristes. Continué paseando, tranquila y lentamente, en mi papel de diana, mientras reflexionaba una vez más sobre el pequeño intercambio de opiniones acaecido en el salón. Me pregunté cómo lo habría interpretado Frank. Daniel tal vez intentara simplemente refrescarme la memoria, o quizá tuviera sus buenas razones para querer comprobar si mi amnesia era real. Yo no tenía ni idea de cuál era la respuesta correcta.

No me di cuenta de que me dirigía hacia la casucha en ruinas hasta que se alzó delante de mí, una mancha borrosa de oscuridad más densa recortada contra el cielo, con las estrellas refulgiendo como luces de un altar en las ventanas. Apagué la linterna: podía llegar hasta allí campo a través sin utilizarla y detectar una luz en aquel lugar inquietaría a los vecinos, tanto como para que decidieran acercarse a investigar. Las altas hierbas se agitaban en el aire con un silbido, emitiendo un siseo suave y constante alrededor de mis tobillos. Alargué el brazo para tocar el dintel de piedra, a modo de saludo, antes de atravesar la puerta.

Allí dentro reinaba un silencio distinto, más profundo y tan denso que casi lo notaba presionándome suavemente alrededor. Una cinta de luz de luna iluminaba la piedra torcida de la chimenea de la estancia interior.

Un muro descendía de manera irregular desde el rincón donde Lexie se había acurrucado para morir; me encaramé a él de un salto y recosté la espalda contra el hastial. Aquel lugar debería haberme producido escalofríos, estaba tan cerca de su último aliento que podría haberme inclinado diez días atrás y haberle acariciado el cabello, pero no era así. Aquella casa encerraba entre sus cuatro paredes un siglo y medio de quietud propia y aquel día únicamente había parpadeado; ya la había absorbido y había vuelto a plegarse sobre el lugar donde ella había perecido.

Aquella noche, mi impresión sobre Lexie empezó a cambiar. Hasta entonces la había percibido como una invasora o una impostora, pero siempre de un modo que hacía que se me tensara la espalda y se me disparara la adrenalina. Sin embargo, era yo quien se había colado en su vida salida de la nada, con Vicky *la Lapa* ejerciendo de peón y una oportunidad salvaje colgando de las yemas de mis dedos; yo era la intrusa en quien ella se había convertido, años antes de que la moneda aterrizara por esa cara delante de mí. La luna se deslizaba despacio por el firmamento y pensé en mi rostro azul grisáceo e inexpresivo sobre el acero en la morgue, en el largo zumbido seguido del sonido metálico final del cajón al encerrarla en aquella oscuridad, sola. La imaginé sentada sobre el mismo fragmento de muro que yo, en otras noches, noches perdidas, y sentí mi cuerpo cálido, firme, sólido y móvil, superpuesto a su débil huella plateada. Casi se me partió el corazón. Quise explicarle las cosas que debería haber sabido, que el grupo al que daba tutoría se había mostrado muy interesado por el *Beowulf* y que los muchachos habían preparado la cena, el aspecto que presentaba el cielo aquella noche, cosas que reservaba para ella.

En los primeros meses tras la Operación Vestal reflexioné seriamente la idea de desaparecer. Por paradójico que suene, me parecía el único modo de volver a sentirme yo: agarrar mi pasaporte y una muda de ropa, garabatear una nota («Queridos todos, me esfumo. Os quiere, Cassie») y tomar el primer vuelo a cualquier sitio, dejar atrás todo lo que me había transformado en alguien a quien ya no reconocía. En algún momento, aunque era incapaz de establecerlo con exactitud, mi vida se me había escurrido de las manos y se había hecho añicos.

Todo lo que tenía, mi empleo, mis amigos, mi piso, mi ropa, mi reflejo en el espejo, parecía pertenecer a otra persona, a una muchacha de ojos claros y espalda recta a quien no volvería a encontrar jamás. Me sentía como un objeto a la deriva manchado con huellas dactilares negras y atrapado en fragmentos de una pesadilla. Sentía que no tenía derecho a seguir estando allí. Vagaba por mi vida como un fantasma, intentando no tocar nada con mis manos sangrientas, y soñaba con aprender a navegar rumbo a un lugar cálido, a las Bermudas o a Bondi, y explicar a todo el mundo dulces mentiras piadosas acerca de mi pasado.

No sé por qué no lo hice. Probablemente Sam diría que porque fui valiente (siempre ve el lado positivo) y Rob que por testaruda, pero no me jacto de ser ninguna de ambas cosas. Uno no puede anotarse méritos por lo que hace cuando se encuentra entre la espada y la pared. Sus decisiones responden al más puro instinto, recurre a lo que mejor conoce. Creo que me quedé porque huir se me antojaba demasiado extraño y complicado. Lo único que sabía era cómo caer hacia atrás, encontrar un trozo de suelo sólido, clavar en él mis tacones y luchar para volver a empezar.

Lexie había huido. Cuando el exilio la sacudió con un cielo azul y limpio, no lo afrontó como yo hice, sino que se aferró a él con ambas manos, se lo tragó enterito y lo hizo suyo. Había tenido el sentido común y las agallas necesarias para desprenderse de su antiguo yo y alejarse de él sin más, para empezar una nueva vida, fresca y limpia como una mañana.

Y después de todo aquello, alguien le había salido al paso y le había arrancado esa nueva vida que tanto esfuerzo le había costado forjarse, con la misma sencillez con la que se arrancan los pétalos a una margarita. Me invadió una repentina sensación de indignación, si bien, por primera vez, no iba dirigida contra ella, sino contra quien le había hecho algo así.

–Pretendas lo que pretendas –le aseguré en voz baja en medio de aquella casa–, estoy aquí para ayudarte. Me tienes.

La atmósfera a mi alrededor se encogió levemente, con más sutileza que un suspiro, cómplice, complacida.

Reinaba la oscuridad, grandes cúmulos de nubes ocultaban la luna, pero aun así me conocía el camino lo suficiente para no necesitar apenas la linterna y mi mano fue directa al pasador de la verja trasera, sin buscarlo a tientas. Cuando uno participa en una operación de incógnito el tiempo fluye de un modo distinto; me costaba recordar que sólo hacía un día y medio que vivía allí.

La casa era negro sobre negro, con sólo una tenue ristra ondulada de estrellas donde el tejado daba paso al cielo. Parecía más grande y más intangible, con los bordes difuminados, preparada para disolverse en la nada si uno se acercaba demasiado. Las ventanas iluminadas parecían demasiado cálidas y doradas para ser reales, imágenes diminutas como antiguos cosmoramas que me emitían señales: sartenes de cobre resplandecientes colgadas en la cocina, Daniel y Abby sentados juntos en el sofá, con sus cabezas inclinadas sobre un inmenso libro antiguo.

En aquel instante, una nube se deslizó dejando la luna al descubierto y vi a Rafe, sentado en el borde del patio interior, rodeándose con una mano las rodillas y con un vaso alto en la otra. La adrenalina empezó a fluir por mis venas. Era imposible que me hubiera seguido a escondidas y, además, yo no había hecho nada raro, pero aun así encontrármelo allí me puso los nervios a flor de piel. Su manera de sentarse, con la cabeza erguida y listo para levantarse, en el confín de aquella gran expansión de hierba: me estaba esperando.

Permanecí en pie bajo el espino que se alzaba junto a la verja y lo observé. De repente, algo que llevaba tiempo formándose en mi pensamiento afloró a la superficie. Aquel comentario sobre mi dramatismo: el tono malicioso de su voz, su modo de poner los ojos en blanco, irritado. Ahora que lo pensaba bien, Rafe apenas me había dirigido la palabra desde que había regresado, salvo para pedirme que le pasara la salsa o desearme buenas noches; hablaba sobre mí, junto a mí, en mi dirección, pero nunca se dirigía directamente a mí. El día anterior era el único que no me había tocado para darme la bienvenida a casa; se había limitado a agarrar mi maleta y llevarla adentro. Lo hacía de una manera sutil, disimulada pero, por alguna razón, Rafe estaba enojado conmigo.

Me divisó en cuanto emergí de debajo del espino. Levantó el brazo, la luz procedente de la ventana envió largas y confusas sombras sobrevolando la hierba en mi dirección, y me contempló, inmóvil, mientras yo atravesaba el prado y me sentaba junto a él.

Me pareció que lo más sencillo era enfrentarme a él sin cortapisas.

–¿Estás irritado conmigo? –le pregunté.

Rafe giró la cabeza con un ademán de disgusto y dejó vagar la mirada hasta los confines del prado.

–«Irritado» contigo –se burló–. Por el amor de Dios, Lexie, ¿de qué siglo has venido?

–De acuerdo –me corregí–. ¿Estás enfadado conmigo?

Estiró las piernas frente a él y clavó la vista en las puntas de sus zapatillas deportivas.

–¿Se te ha ocurrido pensar en lo que supuso la semana pasada para nosotros? –me preguntó.

Reflexioné sobre aquello un instante. Parecía molesto con Lexie por el hecho de que la hubieran apuñalado. Por lo que intuía, o aquello era profundamente sospechoso o profundamente raro. Con aquella pandilla, cada vez me resultaba más difícil fijar la frontera.

–Bueno, no es que yo haya estado de parranda precisamente…

Soltó una carcajada.

–Pero ni siquiera te habías planteado cómo nos sentíamos, ¿me equivoco?

Lo miré perpleja.

–¿Por eso estás tan enfadado conmigo? ¿Porque me apuñalaron? ¿O porque no te he preguntado cómo te sentías tú al respecto?

Me lanzó una mirada de soslayo por respuesta que podría significar cualquier cosa.

–Escucha, Rafe, yo no he pedido que me ocurriera nada de esto. ¿Por qué te comportas como un capullo?

Rafe le dio un largo y entrecortado sorbo a su bebida; era un gintonic; lo supe por el olor.

–Olvídalo –dijo–. No importa. Entra.

–Rafe –dije, dolida; básicamente me dediqué a fingir: su voz tenía un rasgo gélido que me hizo estremecerme–, no me hagas esto.

Me ignoró. Puse mi mano sobre su brazo (estaba más musculado de lo que yo esperaba) y noté su calor corporal a través de la camisa, un calor casi febril. Su boca dibujó una larga y dura línea, pero no se movió.

–Explícame qué has sentido –le rogué–, por favor. Quiero saberlo. De verdad, créeme. Simplemente no sabía cómo preguntarlo.

Rafe apartó su brazo de mí.

–Está bien –contestó–. De acuerdo. Si eso es lo que quieres… Ha sido lo más horrible que puedas imaginar. De una atrocidad increíble. ¿Responde eso a tu pregunta?

Esperé.

–Estábamos todos histéricos –continuó con dureza al cabo de un momento–. Destrozados. Salvo Daniel, claro está, que nunca haría algo tan poco digno como entristecerse; él se limitó a hundir la cabeza en un libro y de vez en cuando reemergía con una puñetera cita de los nórdicos ancestrales acerca de los brazos que se mantienen fuertes en tiempos difíciles o algo por el estilo. Pero estoy bastante seguro de que no durmió en toda la semana; daba igual a la hora que me levantara, su luz siempre estaba encendida. Y los demás… Para empezar, tampoco dormíamos. Todos teníamos pesadillas, era espantoso: cada vez que conseguías conciliar el sueño, alguien te despertaba gritando y, por supuesto, nos desvelaba a todos… La percepción temporal se nos desintegró por completo; la mitad del tiempo yo no sabía ni en qué día vivía. Perdí el apetito, el mero olor de la comida me daba náuseas. Y Abby no paraba de hornear platos: decía que necesitaba ocuparse en algo… Había pilas de empalagosas pastas de chocolate y pasteles de carne repulsivos por toda la casa… Tuvimos una discusión terrible por ese tema, Abby y yo. Me lanzó un tenedor. Yo no paraba de beber en todo el día y el olor a comida me provocaba arcadas y, claro está, Daniel empezó a sermonearme sobre ese tema… Acabamos repartiendo los dulces de chocolate entre los grupos de las tutorías. Los pasteles de carne están en el congelador, por si te interesa. Ninguno de nosotros piensa comérselos.

«Impresionados», así los había descrito Frank, pero nadie había mencionado aquel nivel de histeria. Ahora que Rafe había comenzado a hablar, parecía no poder detenerse.

–Y Justin –continuó–. Pobrecillo. Es el que peor lo pasó de largo. No dejaba de temblar, y me refiero a temblar de verdad; un capullo de primer curso llegó a preguntarle si padecía Parkinson. Quizá no suene muy terrible, pero era increíblemente desconcertante; cada vez que lo mirabas, aunque fuera por un segundo, te ponía la piel de gallina. No dejaban de caérsele cosas, y cada vez que se le caía algo, al resto casi nos daba un infarto. Abby y yo le gritábamos y entonces él empezaba a lloriquear, como si eso fuera a ayudar en algo. Abby le recomendó que visitara al médico de la universidad para que le recetaran Valium o algo así, pero Daniel opinó que era una idea ridícula, que Justin tenía que aprender a afrontar la situación como el resto de nosotros, lo cual era una insensatez, porque nosotros no estábamos afrontando la situación. Ni el mayor optimista del mundo habría considerado que estábamos afrontando la situación. Abby se volvió sonámbula: una noche se preparó un baño a las cuatro de la madrugada y se metió en la bañera con el pijama puesto, medio dormida. Si Daniel no la hubiera encontrado, se habría ahogado.

–Lo siento –lamenté. Mi voz sonó extraña, aguda y temblorosa. Cada una de sus palabras me había sacudido directamente en el estómago, como si un caballo me hubiera propinado una coz. Había discutido sobre este tema con Frank y había hablado largo y tendido con Sam, pensaba que había llegado a una determinación con respecto a aquello, pero hasta aquel preciso instante no tuve conciencia de la realidad, y la realidad era qué les estaba haciendo a aquellas personas–. Rafe, créeme, lo siento muchísimo.

Rafe me dedicó una mirada larga, oscura e inescrutable.

–Y luego está la policía –añadió. Dio otro trago a su bebida, hizo un gesto por la acidez y preguntó–: ¿Alguna vez has tenido que lidiar con polis?

–No en circunstancias como éstas –contesté.

Mi voz sonaba rara, sin aliento, pero no pareció notarlo.

–Son terroríficos. Esos tipos no eran simples policías uniformados recién salidos de la academia; eran detectives de verdad. Tenían las mejores caras de póquer que he visto en toda mi vida: no tenías ni idea de qué pensaban o de qué querían de ti, y no nos los quitábamos de encima. Nos interrogaron durante horas, casi a diario. Y hacían que incluso la pregunta más inocente, por ejemplo: ¿a qué hora acostumbras a irte a dormir?, sonara a trampa, como si estuvieran esperando a obtener una respuesta incorrecta para sacarse unas esposas de la manga. La sensación era como si tuvieras que estar en guardia en todo momento; ha sido agotador… y nosotros ya estábamos agotados. Ese tipo que te acompañó, Mackey, fue el peor. Todo sonrisas y compasión, pero su odio hacia nosotros fue patente desde el principio.

–Conmigo se mostró muy amable –comenté–. Me traía galletas de chocolate.

–Encantador –replicó Rafe–. Seguro que así conquistó tu corazón. Mientras tanto, no dejaba de presentarse aquí a cualquier hora del día y de la noche para someternos a un tercer grado acerca de todos y cada uno de los detalles de tu vida y no dejaba de hacer comentarios venenosos sobre cómo vive el resto de la gente, lo cual es una chorrada. Sólo porque seamos dueños de la casa y vayamos a la universidad... Ese tipo llevaba un chip en el hombro del tamaño de Bolivia. Le habría encantado tener un motivo para enchironarnos a todos. Y, por supuesto, eso sólo consiguió que Justin se pusiera aún más histérico; pensaba que nos iban a arrestar en cualquier momento. Daniel le dijo que se dejara de tonterías y se recompusiera, pero en realidad Daniel tampoco resultaba de mucha ayuda, visto que pensaba... –Se interrumpió y desvió los ojos hacia el jardín; tenía los párpados caídos–. Si no te hubieras recuperado –continuó–, creo que habríamos acabado matándonos los unos a los otros.

Alargué un dedo y le acaricié la palma de la mano un segundo.

–Lo siento –me disculpé–. De verdad, Rafe. No sé qué más decir. Lo siento en el alma.

–Claro –dijo Rafe, pero ya no había enojo en su voz; sólo parecía profundamente cansado–. Bueno.

–¿Qué pensaba Daniel? –pregunté tras una breve pausa.

–No me lo preguntes a mí –respondió. Se bebió casi todo el gintonic de un solo trago–. He llegado a la conclusión de que es mejor no saberlo.

–Has dicho que Daniel le recomendó a Justin que se calmara, pero que no fue de mucha ayuda porque pensaba algo. ¿Qué pensaba?

Rafe sacudió su vaso y observó los cubitos de hielo tintinear contra las paredes. Era evidente que no tenía intención de responder, pero el silencio es el truco más viejo de todo manual de policía y yo soy un as jugándolo. Apoyé la barbilla en mis brazos, lo observé y esperé. En la ventana del salón, a sus espaldas, Abby señaló algo en el libro y tanto ella como Daniel estallaron en carcajadas, que llegaron hasta nosotros amortiguadas pero nítidas a través del cristal.

–Una noche –empezó a decir Rafe al fin. Seguía sin mirarme. La luz de la luna teñía de plata su perfil y caía sobre su pómulo, convirtiéndolo en una especie de moneda desgastada–. Un par de días después... Debió de ser el sábado, no estoy seguro. Salí aquí y me senté en el columpio a escuchar la lluvia. Pensé que quizá me ayudaría a dormir, no sé por qué, pero no fue así. Oí un búho dar caza a una presa, probablemente un ratón. Fue espantoso. Grité. Oí perfectamente el segundo en el que el ratón murió.

Guardó silencio. Me pregunté si aquél sería el fin de la historia.

–Bueno, los búhos también comen –observé a modo de invitación para que continuara.

Rafe me miró de reojo, rápidamente.

–Entonces –prosiguió–, no sé qué hora sería, empezaba a amanecer, oí tu voz bajo la lluvia. Parecía como si estuvieras justo aquí, asomándote por la ventana. –Se giró y señaló hacia arriba, hacia la ventana a oscuras de mi habitación–. Me dijiste: «Rafe, voy de camino a casa. Espérame despierto». No sonabas enigmática ni nada de eso, simplemente pragmática, como si anduvieras con prisa. Como aquella vez que me telefoneaste porque te habías olvidado las llaves. ¿Te acuerdas?

–Sí –respondí–. Me acuerdo.

Una ligera brisa fría me agitó el cabello y me estremecí; tuve un sobresalto momentáneo e incontrolable. No sé si creo en fantasmas, pero aquella historia tenía algo especial, era como la hoja de un cuchillo frío presionada contra mi piel. Era demasiado tarde, una semana demasiado tarde, para preocuparse por el daño que les estaba ocasionando a aquellas cuatro personas.

–«Voy de camino a casa –repitió Rafe–. Espérame despierto.»

Clavó la mirada en el fondo de su vaso. Y entonces caí en la cuenta de que estaba bastante borracho.

–¿Qué hiciste? –le pregunté.

Sacudió la cabeza.

–«Eco, no hablaré contigo –recitó, con una ligera sonrisa irónica–, porque estás muerto.»[1]

La brisa había barrido el jardín, tamizando las hojas y acariciando con delicadeza la hiedra. Bajo la luz de la luna, el césped parecía mulli-

1. Cita de la obra teatral clásica de John Webster *La duquesa de Amalfi* (acto V, escena III, vv. 49-50). *(N. de la T.)*

do y blanco como la niebla; daba la sensación de poder atravesarlo con la mano. Volví a estremecerme.

–¿Por qué? –pregunté–. ¿Acaso no te sugirió eso que iba a recuperarme?

–No –contestó Rafe–. En realidad, no, en absoluto. Estaba convencido de que en ese preciso instante acababas de morir. Ríete si quieres, pero ya te he explicado el grado de conmoción en que estábamos todos. Me pasé todo el día esperando a que Mackey apareciera por la puerta con actitud grave y compasiva y nos explicara que los médicos habían hecho todo cuanto estaba en su mano, pero blablablá. Cuando se presentó aquí el lunes, deshaciéndose en sonrisas, y nos explicó que habías recobrado la conciencia, al principio no me lo creí.

–Y eso es lo que pensaba Daniel, ¿no es cierto? –inquirí. No estaba segura de cómo lo sabía, pero no albergaba ninguna duda de ello–. Él creía que estaba muerta.

Transcurrido un momento, Rafe suspiró.

–Sí –respondió–. Sí, así es. Desde el principio. Creía que ni siquiera habías llegado con vida al hospital.

«Vigila con ése», me había aconsejado Frank. O bien Daniel era mucho más inteligente de lo que yo estaba dispuesta a admitir (aquel pequeño rifirrafe antes de salir a dar el paseo empezaba a preocuparme de nuevo) o tenía razones de peso para creer que Lexie no iba a regresar.

–¿Por qué? –pregunté, haciéndome la ofendida–. Yo no soy ningún pelele. Hace falta algo más que un cortecito para quitarme de la circulación.

Noté a Rafe estremecerse, con un temblor mínimo, semioculto.

–¡¿Quién sabe?! –exclamó–. Salió con una teoría truculenta según la cual la policía fingía que estabas viva para confundirnos a todos. No recuerdo los detalles, no tenía ganas de escucharla y, además, se mostraba muy críptico en todo. –Se encogió de hombros–. Ya sabes cómo es Daniel.

Por varias razones decidí que había llegado el momento de cambiar el cariz de aquella conversación.

–Vaya... teorías de la conspiración –observé–. Tendríamos que confeccionarle un gorro de estaño por si la pasma empieza a cifrar sus ondas cerebrales.

Sorprendí a Rafe con la guardia baja: estalló en carcajadas sin remedio.

–Es un paranoico, ¿verdad? –comentó–. ¿Te acuerdas de cuando encontramos la máscara de gas? ¿De cómo la miró pensativo y luego dijo: «Me pregunto si esto sería efectivo contra la gripe aviar»?

Yo también me eché a reír.

–Quedaría estupenda con el gorro de estaño. Podría llevar las dos cosas puestas a la universidad…

–Sí, y también podemos conseguirle un traje para riesgos biológicos…

–Abby podría hacerle unos bordaditos…

La verdad es que no tenía ninguna gracia, pero ni él ni yo podíamos contener la risa, como si fuéramos un par de adolescentes atolondrados.

–¡Ay! –exclamó Rafe enjugándose los ojos–. ¿Sabes qué? Toda esta historia habría sido para desternillarse de risa de no haber sido tan espantosa. Era como una de esas terribles obras de teatro seudoionesco que siempre escriben los de tercero: montones de pasteles de carne abarrotando las encimeras y Justin tropezando con todo y tirándolos al suelo, yo sintiendo arcadas en un rincón, Abby dormida en la bañera como una especie de Ofelia posmoderna, Daniel aflorando a la superficie para explicarnos lo que Chaucer pensaba de nosotros y volviendo a desaparecer acto seguido, tu amigo el sargento Krupke[1] personándose en la puerta cada diez minutos para preguntar cuáles son tus M&M preferidos…

Soltó un largo y tembloroso bufido, a medio camino entre una risa y un sollozo. Sin mirarme, estiró un brazo y me alborotó el pelo.

–Te hemos echado de menos, borrica –confesó, casi con violencia–. No queremos perderte.

–Pues aquí estoy –repliqué–. Y no pienso irme a ningún sitio.

Evidentemente, hablaba a la ligera, pero en aquel vasto y lóbrego jardín mis palabras parecieron revolotear con vida propia, descender peinando la hierba y desaparecer entre los árboles. Rafe volvió lenta-

1. El sargento Krupke es el policía de *West Side Story* que previene a los Jets acerca de la delincuencia juvenil. Ellos satirizan posteriormente sus comentarios en la canción *Gee, Officer Krupke. (N. de la T.)*

mente el rostro hacia mí. El resplandor del salón me impedía ver su expresión, y lo único que pude apreciar fue un ligero destello blanco de luz de luna reflejándose en sus ojos.

–¿No? –preguntó.

–No –contesté–. Me gusta estar aquí.

La silueta de Rafe se movió, brevemente, mientras asentía con la cabeza.

–Eso está bien –sentenció.

Para mi completa sorpresa, alargó la mano y me acarició con la yema de los dedos, leve y deliberadamente, la mejilla. La luz de la luna perfiló un atisbo de sonrisa.

Una de las ventanas del salón se abrió y Justin asomó la cabeza.

–¿De qué os reís?

Rafe bajó la mano.

–De nada –respondimos al unísono.

–Si os quedáis ahí sentados con este frío pillaréis una otitis los dos. Venid a ver esto.

Habían encontrado un álbum fotográfico antiguo en algún sitio: la familia March, los antepasados de Daniel, alrededor de 1860, con corsés asfixiantes y sombreros de copa y expresiones circunspectas. Me apretujé en el sofá junto a Daniel, tan cerca de él que nos rozábamos; tuve un pálpito, pero al instante recordé que llevaba el micro y el teléfono en el otro lado. Rafe se sentó en el brazo del sofá, a mi otro lado, y Justin se internó en la cocina y reapareció con unas copas de tallo alto llenas de oporto caliente, perfectamente envueltas en gruesas y suaves servilletas para que no nos quemáramos las manos.

–Para que no pilles un resfriado de muerte –me dijo–. Tienes que cuidarte. No tendrías que andar por ahí con este frío…

–Mirad la ropa que llevan –dijo Abby. El álbum estaba encuadernado en una piel marrón cuarteada y era lo bastante grande como para ocupar su regazo y el de Daniel. Las fotografías, enganchadas con esquineras de papel, estaban manchadas y empezaban a amarillear por los bordes–. Quiero este sombrero. Creo que me he enamorado de este sombrero.

El sombrero en sí parecía una especie de pieza arquitectónica con flecos que coronaba a una dama corpulenta con una pechera inmensa y mirada recelosa.

–Pero ¿eso no es la pantalla de la lámpara que tenemos en el salón? –pregunté–. Te la traigo si me prometes que la llevarás puesta a la universidad mañana.

–¡Madre del amor hermoso! –exclamó Justin, asomándose desde el otro brazo del sofá sobre el hombro de Abby–, todos tienen pinta de estar terriblemente deprimidos, ¿no creéis? No te pareces en nada a ellos, Daniel.

–¡Por suerte! –añadió Rafe. Soplaba su oporto caliente y tenía el brazo que le quedaba libre echado sobre mi espalda; parecía haberme perdonado por lo que fuera que creyera que Lexie o yo habíamos hecho–. Nunca he visto a seres con los ojos más desorbitados. Quizá tuvieran problemas de tiroides y por eso estaban deprimidos.

–En realidad –aclaró Daniel–, tanto los ojos saltones como las expresiones sombrías son característicos de las fotografías de esa época. Me pregunto si tiene cierta relación con los tiempos de exposición prolongados. Las cámaras victorianas...

Rafe fingió sufrir un ataque narcoléptico sobre mi hombro, Justin bostezó sin miramientos, y Abby y yo (yo un segundo después que ella) nos tapamos una oreja con la mano que nos quedaba libre y empezamos a canturrear.

–Está bien, está bien –se rindió Daniel con una sonrisa. Nunca antes había estado tan cerca de él. Olía bien, a cedro y a lana limpia–. Simplemente defiendo a mis antepasados. Además, yo opino que sí me parezco a uno de ellos. ¿Dónde está? Mirad, es éste.

A juzgar por la vestimenta, la fotografía se había tomado hacía unos cien años. El antepasado en cuestión era más joven que Daniel, a lo sumo debía de tener veinte años, y se encontraba de pie delante de Whitethorn House, también más joven y luminosa: la hiedra aún no revestía las paredes, la puerta y las verjas, recién pintadas, brillaban, y los peldaños de piedra tenían un contorno más definido y eran de un tono más pálido. Se parecían, era cierto: tenían el mismo mentón cuadrado y la frente ancha, pero la de su ancestro semejaba aún más ancha, porque su pelo castaño estaba repeinado hacia atrás con fiereza; ambos tenían los mismos labios finos. Sin embargo, aquel tipo estaba apoyado en la verja con una indulgencia vaga, casi peligrosa, que nada tenía que ver con la pose rígida y simétrica de Daniel, y sus ojos abiertos de par en par proyectaban una mirada distinta, inquieta y atormentada.

–Guau –exclamé. El parecido, aquel rostro de hacía un siglo, me provocaba sensaciones extrañas; habría envidiado a Daniel, con una envidia malsana, de no haber existido Lexie–. Te pareces mucho a él.

–Sólo que estás menos traumatizado –opinó Abby–. Este hombre no era feliz.

–Pero mirad la casa –apuntó Justin en voz baja–. ¿No es maravillosa?

–Sí que lo es –convino Daniel, sonriendo mientras la contemplaba–. De verdad que lo es. Conseguiremos que vuelva a lucir ese aspecto.

Abby deslizó una uña por debajo de la fotografía, la soltó de las esquineras y le dio la vuelta. En el dorso había escrita la siguiente inscripción con una pluma aguada: «William, mayo de 1914».

–Se avecinaba la Primera Guerra Mundial –observé–. Quizá muriera en el frente.

–En realidad –explicó Daniel, tomando la fotografía de las manos de Abby y examinándola más de cerca–, creo que no lo hizo. Por todos los cielos. Si éste es el mismo William, y podría no serlo, por supuesto, porque mi familia siempre ha sido especialmente poco imaginativa a la hora de poner nombres pero, si lo es, me han hablado mucho de él. Cuando era niño, mi padre y mis tías lo mencionaban esporádicamente. Era el tío de mi abuelo, creo, aunque podría equivocarme. William era…, bueno, no es que fuese la oveja negra exactamente, era más bien un hombre lleno de secretos.

–Entonces os parecéis fijo –intervino Rafe, y luego exclamó–: ¡Ay!

Abby le había dado un manotazo en el brazo.

–De hecho, sí que luchó en la guerra –continuó Daniel–, pero regresó, con algún tipo de dolencia. Nadie mencionó nunca de qué se trataba con exactitud, lo cual me incita a pensar que probablemente se tratara de algo psicológico, en lugar de físico. Hubo algún escándalo; no recuerdo bien los detalles, siempre corrían un tupido velo sobre ello, pero pasó cierto tiempo en una especie de sanatorio, que en la época supongo que era un eufemismo para aludir a un manicomio.

–Quizá vivió un apasionado romance con Wilfred Owen[1] en las trincheras –sugirió Justin.

Rafe resopló.

–Siempre he tenido la sensación de que se trató más bien de un intento de suicidio –explicó Daniel–. Cuando salió del psiquiátrico, emigró, si mal no recuerdo. Vivió hasta muy anciano; de hecho, falleció cuando yo era niño. Como veréis, no es precisamente el antepasado al que uno elegiría parecerse. Tienes razón, Abby: no fue un hombre feliz.

Daniel colocó de nuevo la fotografía en su sitio y la acarició con ternura, con la yema de uno de sus largos dedos de punta cuadrada, antes de pasar página. El oporto caliente era espeso y dulce, con gajos de limón con clavos de olor espetados, y notaba el brazo de Daniel, cálido y sólido, en contacto con el mío. Pasaba las páginas lentamente: mostachos del tamaño de una mascota, eduardianos vestidos de encaje en el jardín de hierbas en flor («Madre mía –exclamó Abby, con un largo suspiro–, ése es el aspecto que se supone que debe tener»), muchachas a la moda de los años veinte con los hombros cuidadosamente caídos. Algunas de aquellas personas tenían un físico parecido a Daniel y a William: altas y recias, con una línea de la mandíbula que quedaba mejor en hombres que en mujeres, pero la mayoría de ellas eran de estatura baja, posaban muy erguidas y presentaban sobre todo ángulos afilados, barbillas, codos y narices protuberantes.

–Este álbum es sensacional –opiné–. ¿Dónde lo habéis encontrado?

Un silencio repentino de terror.

«Dios mío –pensé–, no, ahora no, justo ahora que empezaba a sentirme como…»

–¡Pero si lo encontraste tú! –exclamó Justin, apoyándose la copa en la rodilla–. En el trastero de arriba. ¿No…?

No concluyó la frase. Y nadie lo hizo por él.

1. Wilfred Owen (1893-1918) es el más famoso de los poetas de guerra ingleses. Luchó en la Primera Guerra Mundial pero, tras algunas experiencias traumáticas, se le diagnosticó trastorno de estrés postraumático y fue enviado al hospital de guerra de Craiglockhart, en Edimburgo, donde conoció a otro poeta, Siegfried Sassoon. Varios incidentes de su vida han llevado a concluir que era homosexual no declarado y que Sassoon lo atraía no sólo como poeta, sino también como hombre. *(N. de la T.)*

«Nunca –me había indicado Frank–, pase lo que pase, nunca des marcha atrás. Si metes la pata, culpa al coma, al síndrome de estrés postraumático, a la luna llena, a lo que quieras, pero no te rindas.»

–No –dije–. Si lo hubiera visto antes, me acordaría.

Todos me miraban. Daniel, a sólo unos centímetros de mí, lo hacía con ojos penetrantes, curiosos y enormes tras las lentes de sus gafas. Yo era consciente de haber empalidecido y sabía que a él no se le había pasado por alto. «Creía que ni siquiera habías llegado con vida al hospital. Salió con una teoría truculenta...»

–Lo encontraste tú, Lexie –aclaró Abby en voz baja, inclinándose hacia delante para mirarme–. Tú y Justin andabais hurgando por ahí, después de cenar, y tú encontraste esto. Fue la misma noche que...

Hizo un ademán leve, indescriptible, y lanzó una mirada rápida a Daniel.

–Fue justo horas antes del incidente –explicó Daniel. Me pareció apreciar un leve movimiento en su cuerpo, un estremecimiento contenido apenas perceptible, pero no estaba segura de ello; estaba demasiado ocupada intentando ocultar mi propio rubor de puro alivio–. No me extraña que no lo recuerdes.

–Bueno –dijo Rafe, en un tono demasiado alto y efusivo–, ahí tienes la explicación.

–¡Pues vaya gaita! –exclamé–. Me siento como una idiota. No me importa haber olvidado los malos momentos, pero no me apetece andar por ahí preguntándome qué más no recuerdo. ¿Qué pasaría si hubiera ganado la lotería y hubiera escondido el boleto en algún sitio?

–Chis –musitó Daniel. Me sonreía con aquella extraordinaria sonrisa suya–. No te preocupes. Nosotros también nos habíamos olvidado de que existía este álbum, hasta esta noche. Ni siquiera lo habíamos abierto. –Me tomó la mano, me abrió los dedos con dulzura (yo ni siquiera me había dado cuenta de que había apretado los puños) y enlazó nuestros brazos–. Me alegra que lo encontraras. Esta casa tiene más historia que un pueblo entero, y sería una pena que se perdiera. Mirad esta foto: son los cerezos, los acaban de plantar.

–Y mirad a este tipo –agregó Abby, señalando a un hombre vestido de cazador y sentado a lomos de un caballo zaino larguirucho, junto a la verja frontal–. Tendría un ataque de risa si supiera que estamos usando sus establos para aparcar nuestros coches.

La voz de Abby sonaba tranquila, alegre, sin atisbos de inquietud, pero sus ojos viajaban de Daniel a mí, ansiosos.

–Si no me equivoco –indicó Daniel–, ése es nuestro benefactor. –Volteó la fotografía para comprobar el dorso–. Sí: «Simon a lomos de *Highwayman*, noviembre de 1949». Debía de tener cerca de veintiún años por entonces.

El tío Simon pertenecía a la rama principal de la familia: era bajito y enjuto, con una nariz arrogante y una mirada fiera.

–Otro hombre infeliz –explicó Daniel–. Su esposa falleció joven y, al parecer, nunca superó su muerte. Entonces se dio a la bebida. Tal como ha dicho Justin, no fueron una pandilla feliz.

Se disponía a remeter de nuevo la fotografía en las esquineras, pero Abby lo interrumpió:

–No –dijo, y se la arrebató de las manos. Le pasó su copa a Daniel, se dirigió a la chimenea y la colocó en el centro de la repisa–. La pondremos aquí.

–¿Por qué? –preguntó Rafe.

–Porque se lo debemos –contestó Abby–. Podría haber legado este lugar a la Sociedad Equina y yo aún seguiría viviendo en esa terrorífica habitación amueblada en un sótano, sin ventanas, rezando por que el chiflado del piso de arriba no decidiera forzar la entrada cualquier noche. Por lo que a mí respecta, este hombre se merece un lugar honorífico.

–Oh, Abby, cariño –dijo Justin, alargando un brazo–. Ven aquí.

Abby ajustó un candelabro de manera que sostuviera la fotografía en su sitio.

–Ya está –concluyó, y acudió corriendo junto a Justin. Éste la rodeó con el brazo por la cintura y la atrajo hacia sí; la espalda de Abby contra su pecho. Abby recuperó su copa de la mano de Daniel y brindó–: ¡Por el tío Simon!

El oporto de color rojo intenso y oscuro como la sangre; el brazo de Daniel contra el mío y Rafe abrazándome cómodamente entre ellos; una ráfaga de viento repicando en las ventanas y balanceando las telarañas de los rincones del techo.

–¡Por el tío Simon! –bridamos todos al unísono.

Más tarde, en mi habitación, me senté en el alféizar de la ventana y revisé la nueva información recopilada. Los cuatro amigos de Lexie habían ocultado deliberadamente su estado de *shock*, y lo habían hecho bien. Abby arrojó utensilios de cocina para canalizar su enfado; Rafe, al menos, culpaba por algún motivo a Lexie por el hecho de que la hubieran apuñalado; Justin estaba seguro de que iban a arrestarlos, y Daniel no se había tragado la historia del coma. Y Rafe había oído a Lexie decirle que volvía a casa el día antes de que yo diera mi aprobación.

He aquí una de las cosas más desconcertantes de trabajar en Homicidios: lo poco que se piensa en la persona a quien han asesinado. Algunas víctimas se abren camino en tu mente, niños, jubilados apaleados, chicas que fueron a bailar a una discoteca pensando que aquélla sería la noche de sus vidas y acabaron sus días en el desagüe de un retrete… Pero la mayoría de ellas no son más que un punto de partida: el oro al final del arco iris es el asesino. Es terroríficamente sencillo llegar al punto en que la víctima se convierte en un actor secundario, semiolvidado durante días interminables, un simple *atrezzo* que se saca a colación en el prólogo para poder dar comienzo al auténtico espectáculo. Rob y yo acostumbrábamos a enganchar una fotografía de la víctima en el mismísimo centro de la pizarra blanca, en todos y cada uno de nuestros casos, pero no una fotografía de la escena del crimen ni un retrato impostado, sino una instantánea de su vida, la más cándida de las imágenes cándidas que fuéramos capaces de encontrar, un fragmento luminoso de un momento en el que aquella persona fue algo más que una víctima de asesinato, para no olvidarnos de ello.

Pero esto no ocurre porque seamos unos insensibles, sino porque necesitamos protegernos. La cruda realidad es que todos los homicidios en los que he trabajado giraban en torno al asesino. La víctima, e imaginen lo que supone explicarle esto a familias a quienes sólo les queda la esperanza de que exista un móvil, la víctima, digo, era sólo la persona que pasaba por allí cuando aquella arma cargada se disparó. Era el típico hombre dominante que mataría a su esposa a la primera ocasión que se negara a acatar sus órdenes, y resultó que su hija se casó con él. El atracador merodeaba por el callejón navaja en ristre, y resultó que su marido fue la primera persona que pasó por allí. Peinamos las vidas de las víctimas con una lendrera, pero no lo hacemos para saber más de ellas, sino del asesino: si somos capaces de averiguar en qué momento exacto alguien les enredó el cabello, podemos trazar sucias y sombrías geometrías y dibujar una línea que nos retrotraiga directamente al cañón del revólver. La víctima puede indicarnos el cómo, pero casi nunca el porqué. El único objetivo, el alfa y la omega, el círculo cerrado, es el asesino.

Desde un primer momento, este caso había sido distinto. Yo jamás había corrido el riesgo de olvidarme de Lexie, y no sólo porque llevase una fotografía de recuerdo conmigo, sino porque podía verla cada vez que me cepillaba los dientes o me lavaba las manos. Desde el mismísimo instante en que entré en aquella casa en ruinas, antes incluso de contemplar su rostro, aquel caso había girado en torno a ella. Por primera vez en mi vida, era del asesino de quien solía olvidarme.

Entonces la posibilidad me sacudió como una bola de demolición: suicidio. Tuve la sensación de haberme caído de la repisa de la ventana, atravesando el cristal y emergiendo al frío aire. Si el asesino siempre había sido invisible, si Lexie había ocupado el centro del caso en todo momento, quizá fuera porque nunca había habido un asesino: ella lo era todo. En aquella fracción de segundo lo vi tan claro como si se estuviera desvelando en el prado oscuro que se extendía a mis pies, con todo su horror parsimonioso y angustiante. Los demás dejando las cartas sobre la mesa, desperezándose y preguntándose: «¿Adónde habrá ido Lexie?». Y luego la preocupación cortándoles la respiración, cada vez más, hasta que se pusieron los abrigos y se sumergieron en la noche en busca de ella, con sus linternas, bajo una lluvia incesante, gritando: «¡Lexie!, ¡Lex!». Los cuatro dentro de aquella casucha en ruinas, pugnando por recobrar el aliento. Sus manos temblorosas buscándole el pulso, apretando cada vez más; la arrastran hasta el refugio y la tumban allí con delicadeza, cogen el cuchillo, rebuscan sus bolsillos en busca de una nota, de una explicación, de algo. Quizá, ¡Dios mío!, quizás incluso la encontraran.

Un instante después, por supuesto, se me aclaró el pensamiento, recuperé la respiración y supe que se trataba de una hipótesis sin fundamento, aunque explicara muchas cosas: el enojo de Rafe, las sospechas de Daniel, los nervios de Justin, el cadáver trasladado, los bolsillos registrados. Y todos hemos oído hablar de casos en los que se orquesta la situación, desde un accidente improbable hasta un homicidio, antes que permitir que un ser querido acarree el estigma de haberse suicidado. Sin embargo, no se me ocurría una sola razón por la que la hubieran dejado allí toda la noche hasta que alguien la encontrara y, además, las mujeres no suelen suicidarse clavándose un puñal en el pecho. Y, sobre todo, por mucho que lo que le ocurriera en marzo lo hubiera arruinado todo para ella –aquella casa, aquellos amigos, aquella vida–, estaba el hecho inamovible de que Lexie debía de ser la última persona en el mundo que habría puesto punto y final a su vida. Los suicidas son gente incapaz de concebir otra salida. Y por lo que sabíamos, Lexie no había tenido muchos problemas a la hora de hallar vías de escape cuando las precisaba.

En la planta de abajo, Abby tarareaba ensimismada; Justin estornudó, una cadena de gañidos pequeños y molestos, y alguien cerró un cajón de golpe. Yo estaba en la cama, medio adormilada, cuando caí en la cuenta: se me había olvidado por completo telefonear a Sam.

8

Dios, aquella primera semana. Sólo de pensar en ella me gustaría darle un mordisco como si fuera la manzana más roja y lustrosa del mundo. En medio de una investigación suprema por homicidio, mientras Sam se abría camino minuciosamente entre cabronazos de toda índole y Frank intentaba exponer nuestra situación al FBI sin que lo tildaran de lunático, lo único que se suponía que yo debía hacer era vivir la vida de Lexie. Me generaba una sensación de júbilo, pereza y osadía que me recorría de los pies a la cabeza, como hacer campana en la escuela en el día más esplendoroso de la primavera sabiendo que tus compañeros tienen que diseccionar ranas.

El martes regresé a la universidad. Pese al abanico de nuevas oportunidades de meter la pata que se abría ante mí, me apetecía. Me encantaba el Trinity, al menos la primera vez que estudié allí. Aún conserva sus seculares y elegantes piedra gris, ladrillo rojo y adoquines; se perciben las oleadas de estudiantes perdidos que fluyen a través de la plaza frontal, junto a uno mismo, la propia impronta impresa en el aire, archivada, guardada. De no haber sido porque alguien decidió echarme de la universidad, podría haberme convertido perfectamente en una estudiante sempiterna como aquellos cuatro. En vez de ello, y probablemente impulsada por esa misma persona, me hice policía. Acariciaba el pensamiento de que aquello cerraba el círculo, que me devolvía a reclamar el puesto que había perdido. Se me antojaba una victoria extraña, pospuesta, rescatada contra todo pronóstico.

–Probablemente deberías saber –me informó Abby en el coche– que la fábrica de los chismorreos está que echa humo. Se rumorea que participabas en la compra de un enorme cargamento de cocaína que se fue al traste; también que te apuñaló un inmigrante ilegal (con quien te casaste por dinero y a quien luego empezaste a hacer chantaje), y que tenías un ex novio maltratador a quien se le fue la mano dándote una paliza. Prepárate para lo que se avecina.

–Además –añadió Daniel, al tiempo que adelantaba a un todoterreno Explorer que bloqueaba dos carriles–, supongo que también se contempla la posibilidad de que los agresores hayamos sido nosotros, por separado o en múltiples combinaciones y por varios motivos. Nadie nos lo ha dicho a la cara, por supuesto, pero la inferencia es inevitable. –Dobló en la entrada del aparcamiento del Trinity y sostuvo en alto su tarjeta de identificación para el guarda de seguridad–. Si la gente te pregunta, ¿qué piensas explicarles?

–Aún no lo he decidido –contesté–. Había pensado decir que soy la heredera perdida de un trono y una facción rival vino en mi busca, pero que aún no sé por qué dinastía decantarme. ¿Tengo aspecto de Romanov?

–Sin duda –respondió Rafe–. Los Romanov son una sarta de tipos raros sin barbilla. A mí me parece una buena idea.

–Sé amable conmigo o le explicaré a todo el mundo que viniste tras de mí con una cuchilla de carnicero en pleno ataque de ira provocado por el consumo de drogas.

–No tiene gracia –observó Justin.

Justin no había cogido su coche (me dio la sensación de que querían hacer piña, sobre todo en aquellos momentos), de manera que viajaba en el asiento trasero, junto a mí y Rafe, rascando motas de roña de la luna de la ventanilla y limpiándose los dedos en su pañuelo.

–Bueno –opinó Abby–, no tenía gracia la semana pasada, eso es cierto. Pero ahora que has vuelto... –Volvió el rostro hacia mí y me sonrió por encima del hombro–. Brenda Cuatrotetas me preguntó, con ese aire de cotilla confidente tan propio de ella, si era «uno de esos juegos que salen mal». La dejé con la palabra en la boca, pero ahora creo que podía haberle alegrado el día.

–Lo que más me asombra de ella –intervino Daniel, mientras abría su puerta– es que esté tan convencida de que nosotros somos de lo más interesante. Si supiera la verdad...

Cuando descendimos del coche, entendí por vez primera qué había querido decir Frank al explicar la reacción que aquellas cuatro personas suscitaban en los extraños. Mientras recorríamos la larga avenida que separa las canchas de deportes, ocurrió algo, un cambio tan sutil y definitivo como el agua solidificándose en hielo: se acercaron aún más y caminaron hombro con hombro al mismo paso, con las espaldas rectas, las cabezas erguidas y una expresión inmutable en su rostro. Para cuando llegamos al edificio de Lengua y Literatura, la fachada se había erigido por completo y era ya una barricada tan impenetrable que casi podía verse, fría y resplandeciente como un diamante. Aquella semana en la universidad, cada vez que alguien intentaba mirarme abiertamente, avanzando por los estantes de la biblioteca hasta el rincón donde se hallaban nuestros cubículos, fisgoneando tras un periódico en la cola a la hora del té, esa barricada se desplegaba a mi alrededor como una formación de escuderos romanos, plantando cara al intruso con cuatro pares de ojos imperturbables, hasta que éste retrocedía. Conocer los rumores iba a resultar un gran problema; incluso Brenda Cuatrotetas se quedó con la palabra en la boca, asomada sobre mi escritorio, y se limitó a preguntarme si le dejaba un bolígrafo.

La tesis de Lexie resultó ser mucho más entretenida de lo que había imaginado. Los fragmentos que Frank me había entregado trataban, básicamente, de las hermanas Brontë, de Currer Bell[1] en el papel de enajenada encerrada en un ático y liberándose de la recatada Charlotte, aunque fuera mediante un seudónimo; no era exactamente una lectura agradable, dadas las circunstancias, pero más o menos lo que uno esperaría. Sin embargo, justo antes de morir, Lexie había estado trabajando en un tema mucho más ameno: Rip Corelli, famosa por *Vestida para matar*, resultó ser un heterónimo de Bernice Matlock, una bibliotecaria de Ohio que había llevado una vida intachable y en su tiempo libre había escrito novelillas escabrosas que eran auténticas obras maestras. Empezaba a gustarme cómo funcionaba la cabeza de Lexie.

Me había preocupado que su supervisor pretendiera que fuera a visitarlo para llevarle material con sentido académico; Lexie no era ninguna tonta, sus planteamientos eran inteligentes y originales y estaban muy meditados, y yo llevaba años sin practicar. Lo cierto es que la cuestión del supervisor venía preocupándome desde hacía tiempo. Sus alumnos de las tutorías no apreciarían la diferencia: cuando uno tiene

1. Seudónimo utilizado por Charlotte Brontë en fecha de la publicación original de *Jane Eyre*. *(N. de la T.)*

dieciocho años, la mayoría de las personas mayores de veinticinco no son más que ruido blanco adulto genérico, pero alguien que hubiera pasado tiempo cara a cara con ella constituía una historia aparte. Mi primera reunión con él me sosegó. Era un tipo huesudo, amable e incoherente que se había quedado tan conmocionado por todo aquel «incidente desafortunado» que prácticamente no se atrevía a mirarme a los ojos, y me recomendó que me tomara todo el tiempo que necesitara para recuperarme y que no me preocupara en absoluto por los plazos de entrega. Se me ocurrió que podía pasarme unas cuantas semanas acurrucada en la biblioteca leyendo acerca de investigadores privados curtidos y damas que eran una fuente de problemas.

Y por las noches estaba la casa. Prácticamente cada día dedicábamos un tiempo para adecentarla, una o dos horas, a veces sólo veinte minutos: lijar las escaleras, vaciar una caja del tesoro del tío Simon, subir por turnos a la escalera de mano para cambiar los viejos y frágiles portalámparas de las bombillas… A las tareas más fastidiosas, léase frotar las manchas de los inodoros, les dedicábamos el mismo tiempo y esmero que a las interesantes; mis cuatro compañeros trataban la casa como si fuera un instrumento musical maravilloso, un Stradivarius o un Bosendorfer que hubieran encontrado en una cueva del tesoro perdida en el amanecer de los tiempos y lo anduvieran restaurando con un amor paciente, encandilado y absoluto. Creo que la vez que vi más relajado a Daniel fue cuando estaba tumbado boca abajo en el suelo de la cocina, con sus pantalones viejos y raídos y una camisa de leñador, pintando los zócalos y riendo de alguna anécdota que le contaba Rafe, mientras Abby se inclinaba sobre él para mojar su pincel y la coleta le azotaba pintura sobre la mejilla como si fuera un látigo.

Eran personas muy táctiles. En la universidad nunca nos tocábamos, pero en casa siempre había alguien tocando a alguien: la mano de Daniel sobre la cabeza de Abby al pasar por detrás de su silla, el brazo de Rafe sobre el hombro de Justin mientras examinaban juntos algún hallazgo del cuarto trastero, Abby recostada en el balancín sobre mi regazo y el de Justin, los tobillos de Rafe sobre los míos mientras leíamos junto a la chimenea… Frank había realizado comentarios insidiosos y predecibles acerca de homosexualidad y orgías pero, pese a haber activado la alerta máxima para detectar cualquier tensión sexual (el bebé), no era eso lo que percibía. Era algo más inquietante y más poderoso: no tenían fronteras, no entre ellos, o no del modo en que la mayoría de personas las tenemos. En un hogar normal y corriente, suele compartirse un nivel bastante elevado de disputa territorial: tensas negociaciones por el mando a distancia del televisor, reuniones para determinar si el pan se compra por separado o se comparte... La compañera de piso de Rob solía sufrir un ataque de ira que le duraba tres días si él le cogía un poco de *su* mantequilla. Pero respecto a estos cuatro, hasta donde yo alcanzaba a ver, todo, excepto, gracias al cielo, la ropa interior, pertenecía a todos. Los muchachos sacaban prendas aleatorias del armario para orear la ropa, cualquiera que les fuera bien, y yo nunca logré saber qué camisas y qué camisetas pertenecían oficialmente a Lexie y cuáles a Abby. Arrancaban hojas de papel de los cuadernos de los demás, se comían las tostadas que había en el plato más cercano, daban sorbos al vaso que tuvieran más a mano...

Me guardé de no mencionarle nada de esto a Frank, puesto que lo único que habría hecho es sustituir los comentarios relativos a las orgías por tenebrosas advertencias acerca del comunismo, y lo cierto es que a mí me gustaban aquellas fronteras desdibujadas. Aquellas cuatro personas me recordaban a algo cálido y consistente que no conseguía ubicar con exactitud. Había un gran chubasquero verde del tío Simon que pertenecía a cualquiera que saliera a la intemperie bajo la lluvia; la primera vez me que me lo puse para salir a dar mi paseo de costumbre me provocó un extraño escalofrío embriagador, como el que se siente al darle la mano a un chico por primera vez.

Finalmente, el jueves acerté a poner el dedo en la llaga. Los días empezaban a alargarse con el verano y lucía una noche clara, cálida y agradable; tras la cena, sacamos una botella de vino y una bandeja con bizcocho al jardín. Yo había confeccionado una guirnalda de margaritas y e intentaba abrochármela alrededor de la cintura. Para entonces ya había echado por la borda la idea de no beber, pues la juzgaba impropia de mi personaje y habría hecho que los demás se acordaran del apuñalamiento y les provocara tensiones; además, al margen de lo que pudiera provocar en mi organismo la mezcla de antibióticos con la bebida, también podía salvarme la vida en cualquier momento. Así es que allí estaba yo, feliz y ligeramente achispada.

–Más bizcocho –me pidió Rafe, dándome un golpecito con el pie.

–Cógelo tú mismo. Estoy ocupada.

Había desisitido ya de abrocharme la guirnalda de margaritas con una mano y, en su lugar, se la estaba colocando a Justin.

–Eres una gandula, ¿lo sabes?

–Mira quién fue a hablar. –Me pasé un tobillo por detrás de la cabeza (hice mucha gimnasia de pequeña y aún soy muy flexible) y le saqué la lengua a Rafe por debajo de la rodilla–. Soy activa y estoy sana. Mira.

Rafe arqueó una ceja perezosamente.

–Me estás excitando.

–Eres un pervertido –le dije, con toda la dignidad de la que fui capaz dada mi postura.

–¡Para! –me reprendió Abby–. Se te abrirán los puntos y estamos todos demasiado borrachos para llevarte a urgencias.

Había olvidado por completo mis puntos imaginarios. Por un segundo pensé en dar por concluida la velada, pero decidí que era mejor no hacerlo. El largo atardecer, los pies descalzos, el cosquilleo de la hierba y seguramente la bebida aturdían mis sentidos y me hacían comportarme como una boba. Hacía mucho tiempo que no me sentía así, y me gustaba. Con una esforzada maniobra, volví la cabeza hacia donde estaba Abby.

–Estoy bien. Ya no me duelen.

–Quizá sea porque hasta ahora no habías estado haciéndote nudos con las piernas –intervino Daniel–. Compórtate.

Normalmente soy alérgica a las órdenes, pero no sé por qué consideraba las suyas entrañables.

–Sí, papá –repliqué y, al sacarme la pierna de detrás de la cabeza, me desequilibré y me caí sobre Justin.

–¡Aparta! –dijo, dándome un empujoncito sin demasiada energía–. Madre mía, pero ¿cuánto pesas?

Me retorcí hasta encontrar una postura cómoda y me quedé tumbada con la cabeza en su regazo, con los ojos entrecerrados para contemplar la puesta de sol. Justin me hacía cosquillas en la nariz con una hierbecilla.

Parecía relajada, al menos eso esperaba, pero el cerebro me iba a toda máquina. Acababa de caer en la cuenta, con aquel «Sí, papá», de a qué me recordaba aquella pandilla: a una familia. Quizá no a una familia propiamente dicha –aunque cómo podría yo saberlo–, sino a una familia salida de un millón de cuentos infantiles y series televisivas de antaño, la clase de familia cálida y reconfortante que se perpetúa en el tiempo, sin que nadie envejezca, hasta que uno empieza a preguntarse acerca de los niveles hormonales de los actores. Aquella pandilla contaba con todos los personajes: Daniel era el padre distante, pero afectuoso; Justin y Abby se turnaban en el papel de madre protectora y hermano mayor altivo; Rafe era el hermano mediano, el adolescente malhumorado, y Lexie, la última incorporación, la hermana pequeña y caprichosa a quien se mimaba o se tomaba el pelo alternativamente.

Probablemente ellos no supieran mucho más que yo sobre familias de la vida real. Debería haberme dado cuenta desde el principio de que ésa era una de las características que tenían en común: Daniel era huérfano, Abby había crecido en una familia de acogida, Justin y Rafe eran exiliados, y Lexie Diossabequé no debía de estar precisamente unida a sus padres. Se me había pasado por alto porque ésa era también mi propia situación. De manera consciente o inconsciente, entre todos habían recopilado hasta el último fragmento que habían encontrado y habían montado su propio collage, una imagen improvisada de lo que era una familia, y luego se habían convertido en eso.

Apenas tenían dieciocho años cuando se habían conocido. Los miré por debajo de mis pestañas: Daniel sostenía una botella a contraluz para comprobar si quedaba vino, Abby quitaba hormigas de la bandeja del bizcocho, y me pregunté qué habría sido de ellos si sus caminos no se hubiesen cruzado.

Un montón de ideas se agolparon en mi mente, todas ellas neblinosas y aceleradas, pero decidí que estaba demasiado cómoda para intentar darles forma. Podían aguardar unas cuantas horas, hasta el momento de mi paseo.

–Sírveme un poco –le pedí a Daniel, alargándole mi copa.

–¿Estás borracha? –me preguntó Frank cuando lo telefoneé–. Sonabas como una cuba hace un rato.

–Cálmate, Frankie –contesté–. Me he tomado un par de copas de vino en la cena. Con eso no basta para que me emborrache.

–Eso espero. Quizá pienses que estás de vacaciones, pero no es así. Mantente alerta.

Merodeaba por un camino lleno de baches, colina arriba desde la casucha en ruinas. Había estado reflexionando, y mucho, sobre cómo había acabado Lexie en aquel lugar. Todos habíamos dado por supuesto que corría en busca de cobijo y no consiguió llegar a Whitethorn House ni al pueblo, bien fuera porque el asesino le impedía el paso bien porque se sentía desfallecer, de manera que se había guarecido en el escondrijo más cercano que conocía. La existencia de N había cambiado eso. Partiendo del supuesto de que N fuera una persona, y no un pub o un programa radiofónico o un juego de póquer, habían tenido que acordar encontrarse en algún sitio, y el hecho de que no hubiera ninguno marcado en la agenda indicaba que siempre se citaban en el mismo. Y si se citaban de noche, en lugar de por la mañana, entonces aquella casucha era la opción ideal: un refugio íntimo y cómodo resguardado del viento y de la lluvia y sin nadie que pudiera acercarse sigilosamente. Es posible que aquella noche Lexie se dirigiera allí, mucho antes de que alguien le saliera al paso, y simplemente prosiguiera su camino, como si llevara puesto el piloto automático, después de que N le tendiera la emboscada; o quizás albergara la esperanza de que N se encontrara allí para ayudarla.

Era la clase de pista con que sueñan los detectives, pero era lo único que tenía, de manera que había decidido invertir gran parte de mi caminata vagando por los alrededores de aquella casucha, con la esperanza de que N apareciera alguna noche para ayudarme. Había encontrado un tramo del sendero desde donde disfrutaba de una vista lo bastante clara para poder avistar si había alguien en la casucha mientras hablaba con Frank o con Sam, ocultarme tras los árboles en caso necesario y estar lo suficientemente aislada como para que ningún granjero me oyera hablar por teléfono o viniera tras de mí con su fiel escopeta.

–Estoy alerta –le aseguré–. Tengo algo que preguntarte. Refréscame la memoria: ¿el tío abuelo de Daniel falleció en septiembre?

Escuché a Frank hojear unos papeles; o bien se había llevado el expediente con él a casa o bien seguía en el trabajo.

–El tres de febrero. A Daniel le entregaron las llaves de la casa el diez de septiembre. Supongo que el trámite para obtener la autenticación de un testamento lleva su tiempo. ¿Por qué?

–¿Puedes averiguar de qué murió y dónde estaban estos cinco aquel día? Y una pregunta, ¿por qué costó tanto obtener la validez del testamento? Mi abuela me legó mil dólares y tardé sólo seis semanas en recibirlos.

Frank silbó.

–¿Acaso piensas que metieron bajo tierra al tío abuelo Simon para conseguir la casa? ¿Y que luego Lexie se acobardó?

Suspiré y me pasé la mano por el pelo, intentando encontrar las palabras para expresarlo.

–No exactamente. En realidad, no. Pero actúan de un modo raro con respecto a la casa, Frank. Los cuatro. Hablan de ella como si fuera de su propiedad, y no sólo Daniel. «Deberíamos plantearnos instalar vidrios dobles, tenemos que tomar una decisión sobre el jardín de las hierbas...» Y todos, sin distinción, se comportan como si fuera algo para siempre, como si pudieran dedicar años a remodelarla porque van a vivir ahí toda su vida.

–Bah, no son más que unos críos –comentó Frank en tono tolerante–. A esa edad todo el mundo piensa que los amigos de la universidad son para siempre. Dales unos años y vivirán en casitas adosadas en zonas residenciales y dedicarán las tardes de los domingos a comprar tarima para el jardín en el centro de jardinería local.

–No son tan jóvenes. Y ya los has oído hablar: están demasiado vinculados a esa casa y entre ellos. No hay nada más en sus vidas. No creo que mataran al tío abuelo, es sólo una hipótesis más. Siempre hemos creído que ocultaban algo. Y considero que merece la pena comprobar todo lo que suene raro.

–Cierto –convino Frank–. Lo haremos. ¿Quieres saber a qué he dedicado el día?

Aquel trasfondo de emoción en su voz... Pocas cosas ponían de tan buen humor a Frank.

–Cuenta, cuenta –lo alenté.

Su emoción dio paso a una sonrisa tan grande que casi pude oírla.

–El FBI ha encontrado unas huellas dactilares que encajan con las de nuestra joven.

–¡¿Qué?! ¡¿Ya?!

Los tipos del FBI nos ayudan mucho cuando los necesitamos, pero suelen ser exasperantemente lentos.

–Tengo amigos.

–Venga –dije–. ¿Quién es?

Las rodillas me temblaban. Tuve que apoyarme en un árbol.

–May-Ruth Thibodeaux, nacida en Carolina del Norte en 1975. Informaron de su desaparición en octubre de 2000. Se la busca por el robo de un coche. Las huellas dactilares y la fotografía coinciden.

Me quedé sin aliento.

–¿Cassie? –dijo Frank transcurrido un momento. Lo oí darle una calada al cigarrillo–. ¿Sigues ahí?

–Sí. Así que May-Ruth Thibodeaux. –Pronunciar su nombre hizo que se me erizara el vello de la nuca–. ¿Qué sabemos de ella?

–Poca cosa. No hay ningún dato hasta 1997, cuando se trasladó a Raleigh desde algún punto en mitad de la nada, alquiló un apartamento piojoso en un barrio de mala muerte y consiguió un empleo sirviendo mesas en una cafetería abierta toda la noche. En algún momento tuvo que estudiar, ya que luego logró entrar directamente en un curso de posgrado en el Trinity, pero parece más bien autodidacta o formada con profesores particulares; su nombre no consta en el registro de ningún instituto local. No tiene antecedentes. –Frank soltó el humo–. La noche del diez de octubre de 2000 cogió el coche de su prometido para ir a trabajar, pero no apareció en la cafetería. Él presentó una denuncia por desaparición un par de días más tarde. Incordiaron un poco al novio, por si acaso la había asesinado y la había arrojado a la cuneta, pero tenía una coartada firme. El coche apareció en Nueva York en diciembre de 2000, en la zona de estacionamiento prolongado del aeropuerto Kennedy.

Frank estaba satisfecho de sus pesquisas.

–Bien hecho, Frank –me salió de manera espontánea–. Un gran avance.

–Estamos aquí para complacer –replicó Frank, intentando sonar modesto.

Al final, Lexie era sólo un año más joven que yo. Cuando yo andaba jugando a las canicas bajo la suave lluvia en un jardín de Wicklow, ella campaba a sus anchas en algún pueblecito caluroso, brincaba con los pies descalzos hasta el camión de los helados e iba dando tumbos en la parte posterior de una camioneta por carreteras polvorientas, hasta que un día se subió a un coche y no dejó de conducir.

–¿Cassie?

–Sí.

–Mi contacto va a seguir indagando, para comprobar si se granjeó enemigos de consideración por el camino, alguien que hubiera podido seguirla hasta aquí.

–Suena bien –opiné, intentando ordenar mis pensamientos–. Me interesa averiguar cuanto podamos. ¿Cómo se llamaba su prometido?

–Brad, Chad, Chet, una de esas chorradas americanas… –Más frufrú de papeles–. Mi hombre realizó un par de llamadas telefónicas y el tipo no ha dejado de ir a trabajar ni un solo día en meses. Está descartado que saltara el charco para asesinar a su ex. Chad Andrew Mitchell. ¿Por qué quieres saberlo?

No había ninguna N.

–Simple curiosidad.

Frank esperó, pero yo soy buena aguantando los silencios.

–De acuerdo entonces –dijo finalmente–. Te mantendré al corriente. Es posible que su identificación nos conduzca a un callejón sin salida pero, aun así, sienta bien tener alguna noción de quién era la víctima. Resulta más fácil hacerse una idea de ella, ¿no crees?

–Claro –respondí–. Desde luego.

No era verdad. Después de que Frank colgara me quedé un buen rato apoyada contra aquel árbol, observando cómo el contorno roto de la casucha se iba desvaneciendo y reapareciendo lentamente a medida que las nubes tapaban la luna, pensando en May-Ruth Thibodeaux. En cierto sentido, devolverle su nombre, su ciudad natal y su pasado me hizo darme cuenta de algo: había sido real, no sólo una sombra proyectada por mi mente y la de Frank; había estado viva. Durante treinta años podíamos habernos tropezado cara a cara.

Súbitamente tuve la sensación de que debería haberlo sabido; nos separaba un océano, pero sentía que debería haber advertido su presencia desde siempre, que de vez en cuando debería haber apartado la vista de mis canicas, de mis libros de texto o del expediente del caso que me ocupara, como si alguien hubiera pronunciado mi nombre. Ella recorrió todos esos miles de kilómetros hasta llegar tan cerca de mí que pudo deslizarse en mi antiguo nombre, como si se tratara del abrigo heredado de una hermana mayor, como si fuera la aguja de mi compás, y casi lo consigue. Se encontraba a sólo una hora de distancia en coche y yo debería haberlo intuido; debería haber sabido, cuando aún era posible, dar ese último paso y encontrarla.

Las únicas sombras de aquella semana procedieron del exterior. Estábamos jugando al póquer, era viernes por la noche: a aquella panda les encantaba jugar a las cartas hasta altas horas de la madrugada, sobre todo al Texas hold'em y al 110, o al piquet si sólo les apetecía jugar a dos. Las apuestas se limitaban a monedas de diez peniques deslustradas sacadas de un tarro gigante que alguien había encontrado en el ático, pero eso no era óbice para no tomarse las partidas en serio: todo el mundo empezaba con el mismo número de monedas y, cuando alguien lo perdía todo, no se le permitía pedir un nuevo préstamo a la banca. Lexie, como yo, había sido una jugadora de cartas bastante aceptable; sus jugadas no siempre tenían lógica pero, según parecía, había aprendido a que la impredecibilidad del juego fuera en su favor, sobre todo en las manos importantes. El ganador escogía el menú de la cena del día siguiente.

Aquella noche sonaba Louis Armstrong en el tocadiscos y Daniel había comprado una bolsa de tamaño familiar de Doritos, junto con tres salsas diferentes para todos los gustos. Nos íbamos pasando por la mesa los varios cuencos desportillados y utilizábamos la comida para distraernos los unos a los otros; con quien mejor funcionaba la táctica era con Justin, que se desconcentraba por completo si pensaba que alguien iba a manchar con salsa la madera de caoba de la mesa. Yo acababa de barrer a Rafe cara a cara (en las manos flojas intentaba despistarnos con las salsas y, en cambio, si tenía una buena baza se comía los Doritos a pares; un consejo: nunca jueguen al póquer con un detective) y me estaba regodeando de ello cuando le sonó el móvil. Apoyó la silla sobre las patas traseras, alargó el brazo y cogió el teléfono, que descansaba en la estantería.

–¿Sí? –preguntó, mientras me enseñaba el dedo anular. Entonces volvió a apoyar las patas delanteras y se le mudó el semblante; se le congeló y devino esa máscara inescrutable y altanera que llevaba en la universidad y entre extraños–. Papá –saludó.

Sin un solo pestañeo, los demás se acercaron a él; podías palpar la tensión en el ambiente, una tensión que se condensaba a medida que los otros se inclinaban sobre su hombro. Yo estaba a su lado y eso me permitió oír los bramidos que salían del teléfono: «... Hay un empleo... Es una oportunidad... ¿Has cambiado de idea?».

Las aletas de la nariz se le hinchaban y deshinchaban como si estuviera oliendo algo nauseabundo.

–No me interesa –dijo.

El volumen de la diatriba le obligó a cerrar los ojos bruscamente. Pillé lo suficiente como para saber que leer teatro todo el día era cosa de maricas y que alguien llamado Bradbury tenía un hijo que acababa de ganar su primer millón y que Rafe, en general, era un desperdicio de oxígeno. Sostenía el teléfono con los dedos pulgar e índice, a varios centímetros de su oreja.

–Por todos los diablos, cuelga –susurró Justin, con una mueca inconsciente de agonía–. Cuélgale y punto.

–No puede –murmuró Daniel–. Es evidente que debería hacerlo, pero... Algún día...

Abby se encogió de hombros.

–Pues entonces... –dijo.

Arqueaba los naipes y se los pasaba de mano a mano con destreza y agilidad; lo hizo cinco veces. Daniel le sonrió y enderezó su silla; estaba listo para continuar.

Aún se oían alaridos por el teléfono; la palabra «imbécil» se repetía con frecuencia en lo que parecía un amplio espectro de contextos. Rafe tenía el mentón gacho, como si caminara contra un vendaval. Justin le tocó el brazo; abrió los ojos de repente, nos miró estupefacto y enrojeció como la grana.

El resto de nosotros ya había hecho sus apuestas. Yo tenía una mano que parecía un pie (un siete y un nueve, y ni siquiera del mismo palo), pero era plenamente consciente de lo que estaban haciendo los demás. Estaban intentando recuperar a Rafe, y la sensación de formar parte de eso me resultó embriagadora, tan delicada que casi me dolió. Por una milésima de segundo me vino a la mente la imagen de Rob enganchándome el tobillo con su pie por debajo de nuestras mesas cuando O'Kelly me sermoneaba. Agité mis cartas en el aire en dirección a Rafe y le dije articulando para que me leyera los labios:

–Sube la apuesta. –Pestañeó. Levanté una ceja, le puse mi mejor sonrisa pícara de Lexie y susurré–: A menos que temas que vuelva a darte una patada en el culo.

Su mirada gélida se desvaneció, sólo un poco. Consultó sus cartas: luego depositó con cuidado el teléfono en la estantería que había a su lado y deslizó una moneda de diez peniques hacia el centro de la mesa.

–Porque soy feliz donde estoy –le dijo al teléfono.

Su voz sonaba casi normal, pero aún seguía sonrojado por la ira.

Abby le sonrió tímidamente y, con gesto de experta, desplegó tres cartas en abanico en la mesa y les dio la vuelta.

–Lexie tiene una escalera –dijo Justin, mientras me escudriñaba con los ojos–. Conozco esa mirada.

Según parecía, el teléfono había invertido mucho dinero en Rafe y no tenía planeado ver cómo lo tiraba por el retrete.

–Nada de eso –aventuró Daniel–. Tal vez tenga algo, pero no una escalera. Voy yo.

Yo estaba muy lejos de tener una escalera, pero eso era irrelevante; ninguno de nosotros pensaba cerrar, no hasta que Rafe colgara. El teléfono pronunció una larga diatriba acerca de «un trabajo de verdad».

–Es decir: un trabajo en un despacho –nos informó Rafe. La rigidez empezaba a abandonar su columna vertebral–. Y algún día, si sé jugar mis cartas y tengo una idea creativa y actúo con más inteligencia, que no con más diligencia, quizás incluso podría aspirar a un despacho con ventana. O si apunto un poco más alto, ¿no es cierto? –preguntó al auricular–. ¿Tú qué crees?

Le hizo un gesto a Justin que indicaba «veo tu apuesta y la doblo».

El teléfono, que evidentemente sabía cuándo lo estaban insultando, aunque no estuviera seguro de exactamente cómo, profirió un comentario agresivo acerca de la ambición y de que ya era hora de que Rafe madurara de una vez por todas y empezara a vivir en el mundo real.

–¡Hombre! –exclamó Daniel, levantando la vista de su manga–. He ahí un concepto que siempre me ha fascinado: el mundo real. Sólo un subgrupo muy concreto de personas utiliza ese término, ¿os habéis dado cuenta? A mi entender, me parece obvio que todo el mundo vive en el mundo real: todos respiramos oxígeno real, comemos alimentos reales y la tierra que pisamos es igual de real para todos. Pero es evidente que esas personas esgrimen una definición mucho más circunscrita de la realidad, una que me resulta profundamente enigmática, y sienten una necesidad imperiosa, por no decir patológica, de delimitar a los demás con dicha definición.

–No son más que celos –observó Justin, mientras sopesaba sus cartas y deslizaba otras dos monedas más hacia el centro de la mesa–. ¡Envidia cochina!

–Nadie –dijo Rafe al teléfono, al tiempo que nos hacía un gesto con la mano para que bajáramos la voz–. La televisión. Me paso el día viendo series, comiendo bombones y fabulando con el desmoronamiento de la sociedad.

La última carta era un nueve, que al menos me daba una pareja.

–Bueno, sin duda en algunos casos los celos intervienen –comentó Daniel–, pero en el caso del padre de Rafe, si la mitad de lo que dice es cierto, podría permitirse llevar la vida que quisiera, incluida la nuestra. ¿De qué debería estar celoso? No, creo que esa forma de pensar entronca con la moralidad puritana: el énfasis en encajar en una estructura jerárquica estricta, el elemento del odio hacia uno mismo, el horror ante todo lo placentero, artístico o irreglamentario... Sin embargo, siempre me he preguntado cómo ese paradigma realizó la transición de convertirse en la frontera, no sólo de la virtud, sino de la propia realidad. ¿Puedes activar el altavoz, Rafe? Me interesa escuchar su opinión.

Rafe lo miró con los ojos como platos, como preguntándole: «¿Estás loco?», y negó con la cabeza; Daniel pareció vagamente desconcertado. El resto de nosotros empezaba a soltar risitas.

–Está bien –replicó Daniel con educación–, si eso es lo que prefieres... ¿Qué te resulta tan divertido, Lexie?

–Lunáticos –le dijo Rafe al techo en voz baja, extendiendo los brazos para englobar al teléfono y también a nosotros, que para entonces ya nos estábamos tapando la boca con las manos–. Estoy rodeado de lunáticos. ¿Qué he hecho yo para merecer esto? ¿Es que acaso me burlaba de los desvalidos en una vida pretérita?

El teléfono, que a todas luces se preparaba para un colofón apoteósico, informó a Rafe de que podía llevar «una vida digna».

–Ponerme tibio de champán en el distrito financiero –nos tradujo Rafe– y beneficiarme a mi secretaria.

–¿Y qué hay de malo en eso? –gritó el teléfono, lo bastante alto como para que Daniel, desconcertado, retrocediera contra el respaldo de su silla con una sincera y atónita mirada de desaprobación.

Justin estalló en un ruido a medio camino entre un estornudo y un chillido; Abby estaba colgada del respaldo de su silla con los nudillos metidos en la boca, y yo me reía a carcajada limpia, tanto que tuve que esconder la cabeza bajo la mesa.

El teléfono, con una espectacular indiferencia hacia la anatomía básica, nos llamó pandilla de hippies pichas flojas. Cuando por fin logré recuperar la compostura y saqué la cabeza al exterior en busca de aire, Rafe había puesto sobre la mesa un par de jotas y andaba agarrando el bote, con un puño en alto y sonriendo. Me di cuenta de algo. El móvil de Rafe se había apagado a unos cincuenta centímetros de mi oído y yo ni siquiera había parpadeado.

–¿Sabéis lo que es? –preguntó Abby sin más, unas cuantas manos más tarde–. Es la satisfacción.

–¿A cuento de qué viene eso? –preguntó Rafe, entrecerrando los ojos para examinar la pila de Daniel.

Había desconectado el teléfono.

–El tema ese del mundo real. –Abby se inclinó hacia un lado, sobre mí, para acercarse el cenicero. Justin acababa de poner Debussy, que se entremezclaba con el leve sonido de la lluvia sobre la hierba en el exterior–. Toda nuestra sociedad se basa en la insatisfacción: todo el mundo quiere siempre más, está insatisfecho con sus hogares, con sus cuerpos, con su decoración, con su ropa, con todo. Dan por descontado que ése es el auténtico sentido de la vida: no estar nunca satisfecho. Si uno está perfectamente feliz con lo que tiene, en especial si lo que tiene no es en absoluto espectacular, entonces se vuelve peligroso. Está infringiendo las reglas, socavando la sagrada economía, desafiando todas y cada una de las ideas preconcebidas sobre las que se edifica la sociedad. Por eso el padre de Rafe arremete con un ataque de desprecio cuando su hijo le dice que es feliz. A su modo de ver, somos unos subversivos, unos traidores.

–Creo que te acercas mucho –observó Daniel–. No son celos. Es miedo. Es fascinante. A lo largo de la historia, hasta hace cien años, cincuenta si me apuras, la insatisfacción se consideraba una amenaza para la sociedad, el desafío a las leyes naturales, el peligro que debía exterminarse a toda costa. Y ahora es la satisfacción. ¡Curiosa inmersión!

–Somos revolucionarios –comentó Justin con desenfado, sumergiendo un Dorito en el tarro de la salsa, en una imagen diametralmente opuesta a la revolución–. Nunca imaginé que fuera tan fácil.

–Somos una guerrilla sigilosa –puntualicé en tono de sorna.

–Tú lo que eres es una chimpancé sigilosa –bromeó Rafe, lanzando tres monedas al pozo.

–Sí, pero satisfecha –apostilló Daniel dedicándome una sonrisa–. ¿No es cierto?

–De hecho, si Rafe deja de acaparar la salsa de ajo, seré la chimpancé sigilosa más satisfecha de toda Irlanda.

–Así me gusta –observó Daniel, con un leve cabeceo–. Eso es exactamente lo que quería oír.

Sam nunca preguntaba. «¿Cómo va?», decía, en nuestras conversaciones telefónicas a altas horas de la noche. Y cuando yo le contestaba: «Bien», cambiaba de tema. Al principio me relataba fragmentos de su parte de la investigación, que consistía en comprobar escrupulosamente mis antiguos casos, la lista de alborotadores de los uniformados locales y a los profesores y alumnos de Lexie. No obstante, al ver que sus pesquisas no le llevaban a ningún puerto, dejó de hacerlo. En su lugar, empezó a contarme otras cosas, trivialidades de la vida cotidiana. Había visitado mi apartamento un par de veces, para ventilarlo y asegurarse de que no resultara demasiado obvio que estaba vacío; el gato de los vecinos había tenido una camada en la parte baja del jardín, me explicó, y la indeseable señora Moloney, del piso de abajo, había dejado una nota en el coche de Sam informándolo de que el parking era «sólo para inquilinos». No se lo confesé, pero todo aquello me quedaba a años luz, como si perteneciera a un mundo perdido en la memoria y tan caótico que el mero hecho de pensar en ello me agotaba. A veces, me costaba un poco recordar de quién me estaba hablando.

Sólo una vez, el sábado por la noche, me preguntó acerca de los demás. Yo erraba por mi sendero particular y me recosté en un seto de espino, sin apartar la vista de la casucha. Llevaba un calcetín de Lexie atado alrededor del micro, cosa que me confería un atractivo aspecto con tres tetas, pero así conseguía que Frank y su tropa sólo entendieran en torno al diez por ciento de la conversación.

En cualquier caso, hablaba en voz baja. Prácticamente desde el mismo momento en que había salido por la puerta trasera, había tenido la sensación de que alguien me perseguía. No era por nada en concreto, o al menos nada que no pudiera achacarse al viento, a las sombras proyectadas por la luna y a los sonidos nocturnos del campo; pero podía percibir esa corriente eléctrica de bajo nivel en la nuca, donde el cráneo se une a la columna vertebral, que sólo se activa cuando los ojos de alguien se posan en ella. Tuve que hacer acopio de toda mi voluntad para no volver la vista; si por casualidad alguien merodeaba por allí, no quería que supiera que lo había descubierto, al menos no hasta que decidiera qué iba a hacer yo al respecto.

–¿Y nunca vais al pub? –quiso saber Sam.

No estaba segura de qué me estaba preguntando. Sam sabía exactamente en qué empleaba mi tiempo. Según me había explicado Frank, entraba a trabajar a las seis de la mañana para revisar todas las cintas. Y eso me enfurecía, aunque no hubiera razón para ello, pero la idea de sacarlo a relucir me enervaba aún más.

–Rafe, Justin y yo fuimos al Buttery el martes, después de las tutorías –expliqué–. ¿Te acuerdas?

–Me refiero al del barrio… ¿Cómo se llama? Regan's. Está en el pueblo. ¿Acaso nunca van allí?

Pasábamos por delante del Regan's en el coche, durante el trayecto de ida y vuelta de la universidad: era un pequeño pub rural desvencijado, apretujado entre la carnicería y el ultramarinos, con bicicletas sin candar apoyadas contra la pared por las tardes. Nunca nadie había sugerido que fuéramos a tomar algo allí.

–Es más fácil tomar unas copas en casa, si nos apetece –contesté–. El trayecto a pie hasta el pueblo es largo y todo el mundo fuma, salvo Justin.

Los pubs siempre han sido el corazón de la vida social irlandesa, pero cuando entró en vigor la prohibición de fumar, muchas personas optaron por beber en casa. La ley en sí no me molesta, pero me confunde la idea de que no se debe ir a un pub y hacer algo perjudicial para tu salud, cuando obedecer a ciegas es lo más perjudicial que puedo concebir. Para los irlandeses, las reglas siempre habían supuesto desafíos, siempre se había aplicado el «hecha la ley, hecha la trampa», y este cambio repentino al modo ovejuno me inquieta, porque temo que nos estemos convirtiendo en otra nación, posiblemente Suiza.

Sam soltó una carcajada.

–Llevas demasiado tiempo en la gran ciudad. Te garantizo que en el Regan's no se prohíbe fumar a nadie. Y está a menos de un kilómetro por las carreteras secundarias. ¿No te parece raro que nunca les apetezca ir allí?

Me encogí de hombros.

–Es que son raros. No son nada sociables, por si no te has percatado de ello. Y, además, quizás el Regan's sea un sitio espantoso.

–Quizá –contestó Sam, pero no sonaba convencido–. Fuiste a Dunne's en el Stephen's Green Centre cuando te tocó el turno de comprar comida, ¿me equivoco? ¿Adónde van los demás?

–No lo sé. Justin fue a Marks and Sparks[1] ayer, pero no tengo ni idea sobre los demás. Frank dijo que Lexie compraba en Dunne's, así que yo compro en Dunne's.

–¿Y qué me dices del estanco del pueblo? ¿Lo ha visitado alguno?

Hice memoria. Rafe había ido a comprar cigarrillos una tarde, pero había salido por la puerta trasera para dirigirse a la gasolinera que abre hasta la madrugada, en la carretera de Rathowen, no en dirección a Glenskehy.

–No desde que yo llegué. ¿Qué tienes en mente?

–Nada, es sólo que... –respondió Sam pausadamente–. Me pregunto qué pasa con el pueblo. Vivís ahí en el caserío. Daniel desciende de la familia que lo construyó. En la mayoría de los lugares, nadie se preocupa por eso, o al menos ya no, pero de vez en cuando, dependiendo de la historia... Me preguntaba si alguien tendría alguna rencilla en este sentido.

Hasta donde alcanza la memoria viva, los británicos dominaban Irlanda bajo un sistema feudal: entregaban caseríos a familias angloirlandesas a modo de favores políticos y luego les permitían utilizar las tierras y a los lugareños a su antojo, lo cual englobaba cualquier cosa imaginable. Tras lograr la independencia, el sistema se desmoronó; aún quedan algunos excéntricos obsoletos y desvaídos pululando por aquí, la mayoría viven en cuatro estancias y abren el resto de la finca al público para poder pagar sus astronómicas facturas, pero la mayoría de los caseríos han sido adquiridos por empresas y reconvertidos en hoteles, balnearios o lo que sea, y a casi todo el mundo se le ha olvidado qué eran en el pasado. Sin embargo, aquí y allá, donde la cicatriz histórica es más profunda de lo habitual, la gente aún recuerda.

1. Nombre con el que popularmente se conoce a los grandes almacenes Mark's and Spencer en el Reino Unido e Irlanda. *(N. de la T.)*

Y eso es lo que ocurría en Wicklow. Durante cientos de años se habían planeado rebeliones a menos de un día de distancia a pie de donde yo estaba sentada. Aquellas colinas habían luchado del bando de los guerrilleros, ocultándolos en la maraña de la noche de unos soldados que avanzaban a trompicones; casuchas como la de Lexie habían quedado desiertas y bañadas en sangre cuando los británicos se afanaron en disparar contra todo aquél a la vista hasta encontrar al último de los rebeldes escondidos. Todas las familias tenían anécdotas que contar.

Sam estaba en lo cierto. Yo llevaba demasiado tiempo absorta en la gran ciudad. Dublín es una metrópoli moderna hasta la histeria; todo lo anterior a la banda ancha se ha convertido en un chiste pintoresco y vergonzoso; incluso se me había olvidado cómo era vivir en un lugar con memoria. Sam viene del campo, de Galway, y sabe de esto. Las últimas ventanas en pie de la casucha estaban iluminadas por la luz de la luna, lo cual le confería un aspecto fantasmal, enigmático y temible.

–Podría ser –opiné–. Aunque no veo qué relación podría tener con nosotros. Una cosa es mirar con desprecio a los muchachos del caserío hasta que dejen de aparecer por el estanco, y otra muy distinta es apuñalar a uno de ellos porque el terrateniente fue malvado con tu bisabuela en 1846.

–Probablemente. De todos modos, lo comprobaré, por si acaso. Vale la pena descartar todas las opciones.

Me apoyé ruidosamente contra el seto y noté una rápida vibración a través de las ramas cuando algo salió disparado.

–Vamos…, ¿tan chiflados crees que están?

Se produjo un breve silencio.

–No digo que estén chiflados –concluyó Sam finalmente.

–Estás diciendo que uno de ellos podría haber matado a Lexie para vengar una fechoría perpetrada por un antepasado de Daniel hace siglos. Y yo lo que digo es que, si es eso lo que ha ocurrido, como mínimo el asesino necesita salir mucho más y buscarse una novia a la que no trasquilen cada verano.

No estaba segura de por qué aquella idea me molestaba tanto o, por expresarlo en otros términos, de por qué me estaba comportando como una capulla insolente. Tenía algo que ver con la casa, creo. Había dedicado muchos esfuerzos a esa casa (habíamos pasado la mitad de la tarde arrancando el papel mohoso de las paredes del salón) y empezaba a sentirme vinculada a ella. La idea de que se convirtiera en diana de un odio tan visceral hacía que me hirviera la sangre.

–Hay una familia donde yo me crié… –empezó a explicar Sam–. Los Purcell. Su bisabuelo o lo que sea era un terrateniente en aquellos tiempos. Uno de los malos: solía prestar el dinero para el arriendo a las familias que carecían de recursos y se cobraba los intereses con las esposas y las hijas y, luego, cuando se aburría de ellas, los dejaba a todos en la estacada. Kevin Purcell creció con todos nosotros; no tenía hermanos y no existían rencillas; pero cuando todos nos hicimos algo mayores y empezó a salir con una de las chicas del pueblo, una pandilla de muchachos le propinó una paliza de órdago. No estaban locos, Cassie. No tenían nada en contra de Kevin; era un tipo genial y no le hizo nada malo a aquella chica. Pero… algunas cosas no se solucionan, por mucho que uno intente aparcarlas. Hay cosas que no se olvidan.

Las hojas del seto me pinchaban y se retorcían contra mi espalda, como si hubiera algo moviéndose, pero cuando me di la vuelta comprobé que todo estaba quieto como en una fotografía.

–Eso es diferente, Sam. Ese Kevin hizo el primer movimiento: empezó a salir con esa chica. Estos cinco no hicieron nada. Simplemente *viven* aquí.

Otra pausa.

–Eso podría ser suficiente, dependiendo del caso. Yo sólo lo comento.

Parecía desconcertado.

–Está bien –contesté más calmada–. Tienes razón, merece la pena comprobarlo. De hecho, quedamos en que nuestro hombre probablemente fuera un lugareño. Perdona por ser tan estúpida.

–Ojalá estuvieras aquí –dijo Sam de repente, con dulzura–. Por teléfono es demasiado fácil confundirse, crear malentendidos.

–Ya lo sé, Sam –contesté–. Yo también te echo de menos. –Era verdad. Intentaba no hacerlo, puesto que ese tipo de cosas sólo logra distraerte, y distraerse podía suponer desde echar a perder el caso hasta conseguir que me asesinaran pero, cuando estaba sola y cansada, intentando leer en la cama tras una larga jornada, se me hacía difícil–. Sólo faltan unas semanas.

Sam suspiró.

–Menos, si encuentro algo. Hablaré con Doherty y Byrne para ver qué me pueden decir. Pero entre tanto... cuídate, ¿de acuerdo? Por si acaso.

–Lo haré –contesté–. Mañana me pones al corriente... Que duermas bien.

–Felices sueños. Te quiero.

La sensación de estar siendo observada seguía pellizcándome la nuca, ahora con mayor intensidad, con más cercanía. Quizá se debiera simplemente a que estaba interiorizando la conversación con Sam pero, de repente, quise comprobarlo. Ese escalofrío eléctrico procedente de algún lugar en la oscuridad, las historias de Sam, el padre de Rafe, todo ello presionándonos por todos lados, en busca de puntos débiles, a la espera del momento preciso para atacar: por un segundo olvidé que yo formaba parte de los invasores y quise gritar: «¡Dejadnos en paz!». Desenrollé el calcetín del micrófono y me lo embutí en la faja, junto con el teléfono. Luego encendí la linterna para contar con el máximo de visibilidad y puse rumbo a casa, a un paso tranquilo y desenfadado.

Conozco muchas tretas para desembarazarse de un perseguidor, sorprenderlo in fraganti o darle la vuelta a la tortilla; la mayoría de ellas están concebidas para aplicarlas en las calles de una ciudad, no para un lugar en medio de la nada, pero pueden adaptarse. Mantuve la vista fija en el frente y aceleré el paso, hasta que fue imposible que alguien estuviera demasiado cerca sin ser descubierto o delatarse por el ruido en el sotobosque. Luego viré bruscamente y me adentré por un camino perpendicular, apagué la linterna, corrí quince o veinte metros, me colé, con todo el sigilo posible, a través de un seto y llegué a un prado donde podía correr a mis anchas. Me quedé quieta, agazapada, oculta entre los matorrales, y esperé.

Veinte minutos sin oír nada, ni el crujir de un guijarro ni el frufrú de una hoja. Si de verdad alguien me seguía, era infinitamente paciente o inteligente, idea que no me reconfortaba demasiado. Al final volví a atravesar el seto. Hasta donde mis ojos alcanzaban a ver no había nadie en el sendero, en ninguna dirección. Me sacudí todas las hojas y ramitas que pude de la ropa y puse rumbo a casa, a paso ligero. Las caminatas de Lexie duraban en torno a una hora; no pasaría mucho tiempo antes de que los demás empezaran a preocuparse. Por encima de los setos se apreciaba un resplandor recortado contra el cielo: la luz de Whitethorn House, tenue y dorada y directa a través de virutas de humo de leña como neblina.

Aquella noche, mientras leía en la cama, Abby llamó a mi puerta. Llevaba un pijama de franela a cuadros rojos y blancos, la cara lavada y la melena suelta sobre los hombros; no aparentaba tener más de doce años. Cerró la puerta a sus espaldas y se sentó a lo indio cerca de mi cama, con sus pies bajo las rodillas para que no se le enfriaran.

–¿Puedo hacerte una pregunta? –dijo.

–Claro –contesté, rogando al cielo por conocer la respuesta.

–Está bien. –Abby se remetió el cabello por detrás de las orejas y miró hacia la puerta, tras ella–. No sé cómo plantear esto, así que voy a ir directa al grano y, si quieres, puedes decirme que me meta en mis asuntos. ¿El bebé está bien?

Debí de quedarme patidifusa. Se le curvó el labio hacia arriba por una de las comisuras, dibujando una sonrisita irónica.

–Lo siento. No quería desconcertarte. Simplemente me lo preguntaba. Siempre hemos ido sincronizadas, pero el mes pasado no compraste chocolate… y luego vomitaste aquel día… Simplemente me lo imaginé.

La mente me iba a mil por hora.

–¿Lo saben los chicos?

Abby se encogió de hombros.

–Lo dudo. Al menos no han mencionado nada.

Eso no descartaba la posibilidad de que al menos uno de ellos lo supiera, que Lexie se lo hubiera dicho al padre (bien que iba a tener el niño o que iba a someterse a un aborto), y que él hubiera perdido los estribos: a Abby no se le había pasado por alto. Esperó. Aguardaba mi respuesta.

–El niño no sobrevivió –le expliqué, lo cual, a fin de cuentas, era cierto.

Abby asintió.

–Lo siento –lamentó–. Lo siento de veras, Lexie. ¿O…?

Arqueó una ceja discretamente.

–No pasa nada –respondí–. No estaba segura sobre qué decisión tomar al respecto, de todos modos. Así ha sido más fácil.

Volvió a asentir y me di cuenta de que había acertado: Abby no se mostró sorprendida.

–¿Se lo vas a decir a los chicos? Si prefieres, puedo hacerlo yo.

–No –repliqué–. No quiero que lo sepan.

La información es munición, dice Frank siempre. El embarazo podía resultarme de utilidad en alguna ocasión; no tenía intención de echar esa baza por la borda. Creo que fue en aquel momento, en el preciso instante en que me di cuenta de que estaba guardándome un bebé muerto como si se tratara de una granada de mano, cuando entendí en qué me había convertido.

–Está bien. –Abby se puso en pie y se remangó los pantalones del pijama–. Si en algún momento te apetece hablar de ello, sabes dónde encontrarme.

–¿No vas a preguntarme quién era el padre? –inquirí.

Si todo el mundo sabía con quién se acostaba Lexie, entonces me había metido en un buen follón, pero no tenía la sensación de que así fuera; Lexie parecía haber vivido la mayor parte de su vida según lo dictaran las necesidades. Pero Abby… Si alguien podía adivinarlo, sin duda era ella. Ya de cara a la puerta, giró sobre sus talones y encogió un solo hombro.

–Supongo que –empezó a decir en un tono de voz esmeradamente neutro–, si quieres decírmelo, probablemente lo harás.

Cuando se hubo ido, con un arpegio de pies descalzos casi inaudible en su descenso por las escaleras, dejé mi libro donde estaba y me senté a escuchar cómo los demás se preparaban para meterse en la cama: alguien abrió un grifo en el cuarto de baño; debajo de mí, Justin canturreaba sin el menor sentido del ritmo para sí mismo «*Goooold-finger…*»; las tablas del suelo crujían mientras Daniel deambulaba tranquilamente por su dormitorio. Poco a poco, los ruidos fueron amortiguándose, se volvieron más tenues e intermitentes, hasta acabar fundiéndose en el silencio. Apagué la lámpara de la mesilla de noche: Daniel vería a través de su puerta si la dejaba encendida y por aquella noche ya había cubierto mi cupo de conversaciones privadas. Incluso después de que se me acostumbraran los ojos a la oscuridad, lo único que conseguía ver era la masa tenebrosa del armario, la joroba del tocador y un destello apenas perceptible en el espejo, cuando me movía.

Había invertido grandes dosis de energía en no pensar en el bebé, en el bebé de Lexie. Cuatro semanas, había dicho Cooper, ni siquiera medía un centímetro: una piedra preciosa diminuta, una única mota de color deslizándose entre los dedos, a través de las grietas... y había desaparecido. Un corazón del tamaño de un puntito de purpurina y vibrante como un colibrí, alimentado por un millón de cosas que ya nunca sucederían.

«Y luego vomitaste aquel día...» Un niño con una voluntad férrea, despierto y reacio a que lo pasaran por alto, extendiendo ya sus dedos como filamentos para tirar de ella. Por algún motivo, no imaginaba un bebé con piel aterciopelada, sino un rorro de uno o dos años, compacto y desnudo, con la cabeza llena de rizos, sin rostro, alejándose de mí corriendo por un prado en un día de verano, dejando una estela de risas tras de sí. Quizá Lexie se hubiera sentado en aquella misma cama un par de semanas atrás fabulando con esa misma imagen.

O tal vez no. Empezaba a tener la sensación de que la voluntad de Lexie había sido más férrea que la mía, como si se tratara de una persona dura como la obsidiana, nacida para resistir, no para combatir. Y en tal caso, de no haber querido imaginarse a su hijo, ese minúsculo cometa del color de una joya ni siquiera habría surcado por un segundo sus pensamientos.

Anhelaba con todas mis fuerzas saber si habría deseado tenerlo, como si creyera que aquélla sería la llave que desentrañaría toda la historia. Nuestra prohibición contra el aborto no cambia nada: una larga y silenciosa letanía de mujeres toma un ferry o un avión cada año rumbo a Inglaterra y regresa a casa antes de que nadie la eche en falta. No había nadie en el mundo que pudiera aclararme cuáles eran los planes de Lexie; probablemente ni siquiera ella estuviera segura. Estuve a un tris de saltar de la cama y deslizarme al piso de abajo para echarle otro vistazo a su agenda, por si acaso se me había pasado algo por alto, tal vez un punto de tinta diminuto oculto en un rincón de diciembre, en la fecha prevista de su período, pero habría sido una pérdida de tiempo y, de todos modos, ya sabía que en aquellas páginas no había nada.

Me senté en la cama, sumida en la oscuridad, abrazada a mis rodillas, y me quedé un buen rato escuchando la lluvia y notando el paquete de las baterías clavándose justo en el lugar donde debería encontrarse la herida de la puñalada.

Hubo una noche especial; la del domingo, si no me equivoco. Los muchachos habían apartado el mobiliario del salón contra las paredes y estaban empleándose a fondo con el suelo armados de una lijadora, una enceradora y elevadas dosis de testosterona. Abby y yo habíamos decidido que se las apañaran solitos y habíamos subido al cuarto trastero situado junto a mi dormitorio para seguir explorando los tesoros del tío Simon. Yo estaba sentada en el suelo, medio sepultada bajo retales de tela viejos, escogiendo los que no estaban agujereados por las polillas; Abby registraba un gigantesco montón de cortinas espantosas, murmurando: «Basura, basura, basura... Éstas podríamos lavarlas... Basura, basura, ¡madre mía!, basura... pero ¿quién diablos compró esta porquería?». La lijadora zumbaba ruidosamente en la planta baja y la casa transmitía una sensación de ajetreo y aposentamiento que me recordó a la sala de la brigada de Homicidios en un día tranquilo.

–¡Guau! –exclamó Abby de repente, sentándose sobre sus talones–. Mira esto.

Sostenía en alto un vestido de un color azul como el huevo de un petirrojo, con diminutos lunares blancos, cuello y fajín también blancos, pequeñas mangas casquillo y una falda con vuelo confeccionada para dejar las piernas a la vista al girar sobre una misma, en pleno baile.

–¡Caray! –repliqué al tiempo que intentaba desenmarañarme de mi mar de retales y me dirigía hacia ella para contemplarlo más de cerca–. ¿Crees que pertenecía al tío Simon?

–Dudo que tuviera figura para llevarlo, pero lo comprobaremos en el álbum de fotos. –Abby sostuvo el vestido con el brazo alargado y lo examinó–. ¿Quieres probártelo? No creo que tenga polillas.

–Pruébatelo tú. Tú lo has encontrado.

–A mí no me sentaría bien. Mira. –Abby se puso en pie y se colocó el vestido por encima–. Es para alguien más alto. La cintura me quedaría por el trasero.

Abby debía de medir en torno al metro cincuenta y dos, pero se me olvidaba: me resultaba difícil pensar en ella como alguien de baja estatura.

–Pero es para alguien más flaco que yo –dije, comprobando la cintura del vestido contra la mía– o para alguien que llevara un corsé de aquellos que constreñían de verdad. Yo lo reventaría.

–Quizá no. Te adelgazaste en el hospital. –Abby me lanzó el vestido sobre el hombro–. Pruébatelo.

Me miró sorprendida cuando me encaminé a mi habitación a cambiarme: era evidente que eso no encajaba con mi carácter, pero no había nada que yo pudiera hacer, salvo esperar que lo achacara a que me avergonzaba que me viera el vendaje o algo así. De hecho, el vestido me sentaba más o menos bien; me iba tan ceñido que la venda hacía un bulto, pero no había nada extraño en ello. Comprobé rápidamente que el cable no se viera. El espejo me devolvió la imagen de una mujer ansiosa, traviesa y atrevida, lista para lo que fuera.

–Te lo dije –comentó Abby cuando salí a enseñárselo. Me hizo girar sobre mí misma y me ató una lazada más grande con la cinta–. Vamos a que te vean los chicos. Se van a quedar boquiabiertos.

Bajamos las escaleras corriendo y gritando:

–¡Mirad lo que hemos encontrado!

Y para cuando llegamos al salón, la lijadora estaba apagada y los muchachos nos esperaban.

–¡Guau! ¡Qué guapa estás! –gritó Justin–. ¡Nuestra jovencita *jazzera*!

–Perfecto –comentó Daniel con una sonrisa–. Te queda perfecto.

Rafe pasó una pierna por encima de la banqueta del piano y deslizó un dedo por el teclado, con una fantástica floritura de experto. Entonces empezó a tocar, una melodía suave e insinuante con un leve *swing* de trasfondo. Abby soltó una carcajada. Luego volvió a apretarme la lazada del vestido, se dirigió al piano y empezó a cantar:

–De todos los hombres que he conocido, y he conocido a unos cuantos, hasta que te encontré me sentí sola…

Había oído a Abby cantar antes, pero sólo para sí misma, cuando pensaba que nadie la escuchaba, nunca de aquella manera. Tenía una voz sensacional, esa clase de voz que ya no se oye hoy en día, un contralto magnífico y auténtico que parecía sacado de las películas bélicas del pasado, una voz para clubes nocturnos llenos de humo y una melena con ondas al estilo años veinte, pintalabios rojo y un saxofón azul. Justin dejó la lijadora en el suelo, chocó sus tacones y me hizo una reverencia.

–¿Me concede el honor? –preguntó y me tendió la mano.

Dudé un instante. ¿Qué pasaría si Lexie tenía dos pies izquierdos? ¿Qué si era una bailarina experta y mi torpeza me dejaba en evidencia? ¿Qué si Justin me apretaba demasiado contra él y notaba el paquete de baterías bajo el vendaje...? Pero siempre me ha chiflado bailar y me parecía que hacía siglos que no lo hacía o no había querido hacerlo, tanto que ni siquiera recordaba la última vez. Abby me guiñó el ojo sin saltarse ni una nota y Rafe tocó un nuevo *riff*. Yo tomé la mano de Justin y le permití arrancarme del marco de la puerta.

Justin bailaba bien: pasos delicados y su mano firme sobre la mía mientras me hacía girar describiendo lentos círculos alrededor del salón, con las tablas de madera lisas y cálidas y polvorientas bajo mis pies descalzos. Y debo decir que yo tampoco había perdido el tranquillo: no andaba pisoteando a Justin ni haciéndome la zancadilla; mi cuerpo se bamboleaba guiado por sus movimientos seguros y ágiles, con tal soltura que parecía que me había pasado la vida bailando y no podría equivocarme ni aunque lo intentara. Estrías de luz solar refulgiendo en mis ojos, Daniel apoyado en la pared y sonriendo con un pedazo de papel de lija olvidado en su mano, mi falda revoloteando como una campana mientras Justin me apartaba de él para hacerme dar una vuelta y volvía a agarrarme. Abby: «¿Cómo podría explicar lo que siento por ti?». Olor a barniz y motas de serrín alzándose en leves volutas a través de las largas columnas de luz. Abby con una mano en alto y la cabeza vencida hacia atrás, con el cuello expuesto y la canción entrelazándose en el techo y llenando las estancias desnudas de techos desconchados y proyectándose al resplandeciente cielo del atardecer.

Entonces recordé cuándo había sido la última vez que había bailado así: Rob y yo en el terrado de la ampliación que hay bajo mi apartamento, la noche antes de que todo se fuera a pique. Ni siquiera me dolió. Hacía mucho tiempo de aquello, y yo me había abotonado hasta arriba mi vestido azul y era intocable y aquello era algo dulce y triste que le había ocurrido a alguna otra mujer tiempo atrás. Rafe subía el ritmo y Abby se bamboleaba más rápidamente, chasqueando los dedos: «Podría decir *bella, bella,* incluso *wunderbar*, y así, en todos los idiomas, lo magnífica que eres expresar...».

Justin me agarró por la cintura, me levantó y me hizo girar en el aire, con el rostro encendido y riendo a carcajada limpia junto a mi oído. Las paredes del amplio y desnudo salón reverberaban la voz de Abby, como si hubiera un técnico armonizándola en cada rincón, y nuestros pasos sonaban y resonaban hasta que pareció que toda la estancia estaba abarrotada de parejas bailando, que la casa invocaba a todas las personas que habían bailado en su seno en el decurso de siglos de veladas primaverales, muchachas preciosas despidiendo a apuestos muchachos que partían rumbo a la guerra, damas y caballeros de pelo cano irguiendo sus espaldas mientras en el exterior su mundo se desintegraba y uno nuevo aporreaba sus puertas, todos ellos magullados y riendo, dándonos la bienvenida a su largo linaje.

9

–Bueno, bueno, bueno –bromeó Frank aquella noche–. Sabes qué día es hoy, ¿no?

No tenía ni idea. La mitad de mi mente estaba todavía en Whitethorn House. Después de cenar, Rafe había sacado un libro de canciones hecho polvo y con las páginas amarillentas de dentro de la banqueta del piano y seguía inmerso en la música de entreguerras, Abby cantaba desde el cuarto trastero «Oh, Johnny, ¿cómo puedes amar?» mientras retomaba la exploración en aquellos tesoros, y Daniel y Justin se afanaban en fregar los platos, y el ritmo siguió resonando en mis tacones, dulce y fresco y tentador, a lo largo de todo el camino por el prado y hasta que hube atravesado la verja posterior. Por un momento me había planteado quedarme en casa aquella noche, dejar a Frank, a Sam y al misterioso par de ojos que se las apañaran solos por un día. La verdad es que aquellos paseos nocturnos no me estaban conduciendo a descubrir nada. La noche se había vuelto nubosa y una llovizna fina como agujas salpicaba sobre el impermeable comunitario, y no me gustaba llevar la linterna encendida mientras hablaba por teléfono, así que apenas veía más allá de dos palmos de mis narices. Podía haber un aquelarre de asesinos con cuchillos bailando la «Macarena» alrededor de la casita y yo ni me habría enterado.

–Si es tu cumpleaños –aventuré–, tendrás que esperar un poco a que te dé el regalo.

–Muy simpática. Es domingo, cariño. Y, a menos que me equivoque, sigues en Whitethorn House, acomodada como un bichito en una alfombra, lo cual significa que hemos ganado nuestra primera batalla: has superado la primera semana sin que te descubran. Felicidades, detective. Estás infiltrada.

–Supongo que sí –respondí.

En algún momento había dejado de contar los días. Lo consideré buena señal.

–Y bien –añadió Frank. Lo oí ponerse cómodo, apagar el maldito receptor de radio de fondo: estaba en casa, estuviera donde estuviese su casa desde que Olivia lo había puesto de patitas en la calle–. Hagamos un resumen de la primera semana.

Me senté encima de un muro y dediqué un segundo a aclararme el pensamiento antes de contestar. Al margen de toda la cordialidad y las bromitas, Frank es trabajo: solicita informes como cualquier otro jefe y le gusta que sean claros, minuciosos y sucintos.

–Primera semana –repliqué–. Me he infiltrado en el hogar de Alexandra Madison y en su lugar de estudios, al parecer con éxito: nadie ha mostrado albergar sospechas. He rebuscado en Whitethorn House tanto como me ha sido posible; sin embargo no he encontrado nada que nos dirija a ningún sitio en concreto. –Básicamente, era verdad; la agenda apuntaba en una dirección, pero aún no sabía cuál–. Me he mostrado lo más accesible posible... tanto con los conocidos de quienes tenemos constancia, intentando quedarme a solas con ellos durante el día o la noche, como con desconocidos, asegurándome de que se me vea bien durante mis caminatas. No se me ha acercado nadie que no estuviera en nuestro radar pero, a estas alturas, eso no descarta la hipótesis de que el agresor fuera un extraño; podría estar tomándose su tiempo. Los compañeros de casa de Alexandra se me han aproximado en varias ocasiones, y también algunos de sus alumnos y profesores, pero todos ellos parecían especialmente preocupados por saber cómo me encontraba. Brenda Grealey manifestó un mayor interés en los detalles, más de lo que uno esperaría, pero creo que se debe sólo a que es macabra. Ninguna de las reacciones al apuñalamiento o al regreso de Lexie han levantado banderas rojas. Los compañeros de casa parecen haber disimulado la angustia que les provocaron los detectives que investigaban el caso, pero viniendo de ellos no lo considero un comportamiento sospechoso. Son reservados con los extraños.

–Y que lo digas –convino Frank–. ¿Algún presentimento?

Me moví un poco, intentando encontrar un trozo de muro donde no se me clavara nada en el culo. Todo aquello me estaba resultando más complicado de lo que debería, porque no tenía previsto explicarles ni a Frank ni a Sam la existencia de la agenda ni la sensación de que me seguían.

–Creo que hay algo que se nos escapa –aventuré al fin–, algo importante. Quizá tu hombre misterioso, quizás un móvil, quizá... No lo sé. Simplemente se trata de la sensación, y es bastante intensa, de que hay algo que aún no ha aflorado. Siempre presiento que estoy a punto de poner el dedo en la llaga, pero...

–¿Relacionado con los muchachos de la casa? ¿Con la universidad? ¿Con el bebé? ¿Con la historia de May-Ruth?

–No lo sé –contesté–. De verdad que no lo sé.

Crujieron los muelles del sofá bajo el peso de Frank, que se estiró para coger algo, una bebida tal vez porque lo oí tragar.

–Está bien, yo puedo asegurarte que no es el bisabuelo. Ahí te equivocaste. Murió de cirrosis; se pasó treinta o cuarenta años encerrado en esa casa bebiendo y luego seis meses agonizando en un hospicio. Ninguno de los cinco lo visitaron. De hecho, a tenor de mis averiguaciones, el anciano y Daniel no se veían desde que éste era niño.

Difícilmente podría haber estado más contenta de haberme equivocado, pero ello me dejó con esa sensación de estarme aferrando a espejismos que llevaba acompañándome toda la semana.

–Entonces, ¿por qué le dejó la casa en herencia a Daniel?

–No tenía muchas alternativas. La familia murió joven; los únicos dos parientes con vida eran Daniel y su primo, Edward Hanrahan, el hijo de la hija del viejo Simon. Eddie es un pequeño *yuppie*, trabaja para una inmobiliaria. Según parece, Simon pensó que el pequeño Daniel era el menor de los dos diablos. Quizá le gustaran más los eruditos que los *yuppies*, o tal vez quisiera que la casa permaneciera en propiedad de la familia.

Bien por Simon.

–Pues a Eddie debió de importunarle bastante.

–No te quepa duda. No tenía más relación con el viejo que Daniel, pero intentó impugnar el testamento, asegurando que la bebida había trastornado las facultades mentales de Simon. Ése fue el motivo por el que se dilataron tanto los trámites de la aprobación. Fue un intento estúpido, pero digamos que Eddie no es precisamente una lumbrera. El médico de Simon confirmó que, efectivamente, era un alcohólico y un viejo insoportable, pero tan capaz como tú y como yo. Fin de la historia. No hay nada raro en este aspecto.

Bajé del muro de un salto. No debería sentirme frustrada; de hecho, nunca había pensado realmente que la pandilla hubiera echado belladona en el adhesivo de la dentadura postiza del tío Simon, pero no podía desembarazarme de la sensación de que algo raro pasaba en Whitethorn House, algo que yo debería ser capaz de descifrar.

–Bien –respondí–. Sólo era una idea. Lamento haberte hecho perder el tiempo.

Frank suspiró.

–Nada de eso. Hay que verificarlo todo. –Si volvía a oír esa frase otra vez, iba a asesinar a alguien con mis propias manos–. Si crees que son raros, probablemente lo sean. Sólo que no en ese sentido.

–Nunca he dicho que fueran raros.

–Bueno, hace unos días pensabas que habían asfixiado al tío Simon con una almohada.

Me cubrí más la cara con la capucha: me estaba salpicando la lluvia, gotas como alfileres, y quería regresar a casa. Era difícil determinar qué era más inútil, si mi operación de vigilancia o aquella conversación.

–No lo creía. Simplemente te pedí que lo comprobaras, por si sonaba la flauta. No me parecen una panda de asesinos.

–Humm –murmuró Frank–. ¿Y estás segura de que eso no es sólo porque sean unas personas tan adorables?

No capté si me estaba tomando el pelo o si me estaba analizando pero, sabiendo como es Frank, probablemente fueran ambas cosas.

–Venga, Frankie, me conoces mejor que eso. Me has preguntado por mi instinto, y eso es lo que me dice. Desde hace una semana, básicamente me he pasado cada segundo de vigilia con estas cuatro personas y no he percibido ningún indicio de móvil ni de remordimientos de conciencia y, tal como habíamos acordado, si uno de ellos lo hubiera hecho, los demás lo sabrían. A estas alturas, alguien se habría desmoronado, aunque fuera por un segundo. Creo que tienes razón al sospechar que ocultan algo, pero no creo que se trate de eso.

–Está bien –replicó Frank en un tono neutro–. Tienes dos misiones para la segunda semana. La primera es averiguar qué es lo que te inquieta. Y la segunda empezar a provocar un poco a los muchachos, averiguar qué ocultan. Hasta ahora se lo has puesto muy fácil, lo cual está bien, es lo que habíamos planeado, pero ha llegado el momento de comenzar a apretar los tornillos. Y, entre tanto, ten siempre presente una cosa. ¿Te acuerdas de tu charla femenina de la otra noche con Abby?

–Sí –contesté. Me recorrió un escalofrío extraño al imaginar a Frank escuchando aquella conversación, un sensación cercana a la indignación. Tuve ganas de chillarle: «Era una conversación privada»–. Las fiestas del pijama molan. Te dije que Abby era una chica inteligente. ¿Qué crees: sabe o no quién es el padre?

No había llegado a una conclusión acerca de esa cuestión.

–Es probable que acertara si intentara adivinarlo, pero no creo que esté segura. De lo que sí estoy convencida es de que no va a confiarme sus sospechas.

–Vigílala –me recomendó Frank, al tiempo que daba otro sorbo a su bebida–. Es demasiado observadora para mi gusto. ¿Crees que se lo contará a los muchachos?

–No –respondí. No albergaba dudas al respecto–. Tengo la impresión de que Abby no se mete donde no la llaman y deja que cada uno resuelva sus conflictos solito. Sacó a colación el tema del embarazo para que yo no tuviera que sobrellevarlo sola si no quería, pero una vez lo dejó claro dio el asunto por zanjado, nada de indagaciones ni insinuaciones. No dirá nada. Y Frank, ¿vas a volver a interrogar a estos chicos?

–Aún no he tomado una decisión en firme –contestó Frank. Su voz denotaba recelo; no le gusta que lo fuercen a comprometerse–. ¿Por qué?

–Si lo haces, no menciones el bebé. ¿De acuerdo? Quiero guardarme ese as en la manga. Contigo están en guardia; sólo conseguirás una reacción velada. La que tengan conmigo será mucho más sincera.

–De acuerdo –convino Frank al cabo de un momento. Fingía estarme haciendo un favor, pero percibí el trasfondo de satisfacción: le gustaba mi modo de pensar. Reconfortaba saber que a alguien le gustaba–. Pero asegúrate de hacerlo en el momento oportuno. Emborráchalos o algo por el estilo.

–No se emborrachan, sólo se achispan. Sabré cuándo es el momento idóneo cuando se presente.

–Perfecto. Pero escucha: Abby oculta algo, y no sólo lo que nos preocupa; se lo ocultaba a Lexie también, y sigue escondiéndoselo a los muchachos. Hemos estado hablando de ellos como si fueran una gran entidad con un gran secreto, pero no es tan sencillo. Existen fisuras. Todos podrían compartir el mismo secreto, pero también podrían albergar secretos propios, o ambas cosas. Busca esas fisuras. Y mantenme informado.

Frank estaba a punto de cortar la comunicación.

–¿Hay algún dato nuevo sobre la víctima? –pregunté.

May-Ruth. Me resultaba imposible pronunciar aquel nombre en voz alta; incluso invocarla me provocaba un escalofrío de extrañeza. Pero si Frank tenía alguna novedad, quería saberla. Frank soltó una carcajada.

–¿Alguna vez has intentado meterle prisas al FBI? Tienen todo un plantel de madres destripadoras y padres violadores de cosecha propia; el homicidio sin trascendencia de los demás no figura entre sus prioridades. Olvídate de ellos. Nos darán más información cuando nos la den. Tú concéntrate en conseguirme algunas respuestas.

Frank tenía razón. Al principio contemplaba a los cinco como una unidad indisoluble: los compañeros de casa, hombro con hombro, elegantes e inseparables como figurantes salidos de un cuadro, todos ellos en plena juventud, luminosos, con el lustre de la madera encerada de antaño. Había sido en el transcurso de aquella primera semana cuando se habían vuelto reales ante mis ojos, cuando habían pasado a ser seres individuales con sus pequeñas idiosincrasias y debilidades. Sabía que existían fisuras. Ese tipo de amistad no se materializa de la nada al final de un arco iris una mañana en medio de una neblina hollywoodiense desenfocada. Para que perdure en el tiempo, y con tal proximidad, hay que empeñarse de lo lindo. Pregunten a cualquier patinador sobre hielo o bailarín de ballet o jinete, a cualquiera que viva cerca de cosas móviles y bellas: nada cuesta más esfuerzo que la naturalidad.

Pequeñas fisuras, al principio: resbaladizas como la bruma, nada que pudiera concretarse. Estábamos en la cocina la mañana del domingo, desayunando. Rafe había interpretado su rutina «mongólico quiere un café» y había desaparecido para acabar de despertarse. Justin cortaba sus huevos fritos en tiras perfectas. Daniel comía salchichas con una mano y tomaba notas en los márgenes de lo que parecía una fotocopia en un idioma nórdico antiguo. Abby hojeaba un diario de hacía una semana que había encontrado en el edificio de Lengua y Literatura y charlaba con nadie en particular sobre nada en concreto. Yo había ido subiendo el nivel de energía gradualmente. Resultaba más complicado de lo que suena. Cuanto más hablaba, más probable era que metiera la pata; sin embargo, el único modo de obtener algo de utilidad de aquellos cuatro era conseguir que se relajaran conviviendo conmigo, y eso sólo ocurriría una vez se reinstaurara la normalidad, lo cual, en el caso de Lexie, no implicaba guardar largos silencios. Les estaba hablando en la cocina de las cuatro horribles chicas de mi tutoría de los jueves, pues consideré que pisaba un terreno bastante seguro.

–A mis ojos, parecen la misma persona. Todas se llaman Orla o Fiona o Aoife o algo similar y hablan con voz gangosa, como si les hubieran estirpado quirúrgicamente los senos, y todas llevan ese pelo rubio de pote y alisado, y ninguna de ellas, jamás de la vida, lee las lecturas recomendadas. No sé por qué se preocupan en ir a la universidad.

–Para conocer a niños ricos –aventuró Abby sin levantar la vista del periódico.

–Bueno, al menos una de ellas ha encontrado uno. Un tipo con aspecto de futbolista. La estaba esperando después de la tutoría de la semana pasada y os puedo jurar que cuando las cuatro aparecieron por la puerta puso cara de terror y le tendió la mano a la chica equivocada, antes de que la correcta se le abalanzara encima. Él tampoco las diferenciaba.

–Vaya, parece que alguien ya se encuentra mejor –opinó Daniel, sonriéndome desde el otro lado de la mesa.

–Doña Cotorra –me criticó Justin, al tiempo que depositaba otra tostada en mi plato–. Sólo por curiosidad, ¿alguna vez has estado calladita durante más de cinco minutos seguidos?

–Afirmativo. Tuve laringitis de pequeña, a los nueve años, y no pude decir ni una sola palabra durante cinco días. Fue espantoso. No dejaban de traerme sopa de pollo y tebeos y cosas aburridas, y yo intentaba explicarles que me encontraba bien y que lo que quería era levantarme, pero ellos me decían que no intentara hablar y que no forzara la garganta. ¿Alguna vez de pequeños...?

–¡Maldita sea mi estampa! –exclamó Abby de pronto, alzando la vista del diario–. ¡Las cerezas! Caducaban ayer. ¿Alguien sigue con hambre? Podríamos hacer crepes con ellas u otro plato para aprovecharlas.

–No sabía que existieran las crepes de cereza –comentó Justin–. Suena asqueroso.

–¿Por qué? Si existen las crepes de arándanos…

–Y pastelillos de cereza –señalé yo, con la boca llena de pan.

–Pero el principio es enteramente distinto –intervino Daniel–. Son guindas. La acidez y los niveles de humedad…

–Al menos podríamos intentarlo. Valen mucho dinero; no voy a dejar que se pudran.

–Yo probaré lo que cocinemos –la secundé–. Me comeré gustosa una crep de cereza.

–Oh, por favor, no lo hagas –dijo Justin, con un leve escalofrío de repulsión–. ¿Por qué no nos llevamos las cerezas a la universidad y nos las comemos de postre?

–Ni se os ocurra darle a Rafe –sentenció Abby, doblando el periódico, apartándolo y dirigiéndose hacia el frigorífico–. ¿Sabéis ese olor tan raro que desprende su mochila? Es por medio plátano que guardó en el bolsillo interior y se olvidó de él. A partir de ahora, no lo alimentaremos con nada que no podamos verle comer. Lex, ayúdame a envolver las cerezas, ¿quieres?

Fue todo tan suave que ni siquiera percibí que hubiera habido una discusión. Abby y yo repartimos las cerezas en cuatro montones y las guardamos junto con los bocadillos de ese día; Rafe acabó zampándose la mayoría de ellas y a mí se me olvidó todo aquel episodio, hasta la noche siguiente.

Habíamos lavado unas cuantas cortinas horripilantes, que estábamos colgando en los cuartos trasteros, más para conservar el calor que por estética; teníamos un acumulador térmico eléctrico y la chimenea para calentar toda la casa (en invierno debía de ser como vivir en el Ártico). Justin y Daniel se ocupaban de la habitación de la primera planta, mientras que el resto de nosotros se encargaba de las del piso de arriba. Abby y yo andábamos enhebrando los ganchos de una cortina para que Rafe la colgara cuando escuchamos un alboroto de objetos pesados precipitándose a nuestros pies, un ruido sordo, un grito de Justin, y luego a Daniel clamando:

–No pasa nada, estoy bien.

–¿Qué ha ocurrido? –preguntó Rafe.

Rafe se apoyaba en equilibrio precario en el alféizar, colgado de la barra de la cortina con una mano.

–Alguien se ha caído –explicó Abby, con la boca llena de ganchos–. Creo que siguen con vida.

Se oyó una repentina exclamación sorda, a través de las planchas de madera del suelo, y Justin gritó:

–Lexie, Abby, Rafe, ¡venid a ver esto! ¡Corred!

Bajamos las escaleras de estampida. Daniel y Justin estaban arrodillados en el suelo del cuarto trastero, rodeados por una explosión de objetos antiguos y extraños y, por un instante, pensé que uno de ellos estaba herido. Luego vi qué estaban mirando. Había una cartuchera de piel manchada y dura en el suelo, entre ellos, y Daniel sostenía un revólver en la mano.

–Daniel se ha caído de la escalera –explicó Justin– y ha tirado todos estos cacharros. Esto ha salido disparado, justo a sus pies. Ni siquiera podría decir de dónde ha salido, con tanto caos. ¿Quién sabe qué más hay ahí dentro?

Era un Webley, con una pátina bonita y reluciente entre las muchas manchas de suciedad incrustada.

–¡Caramba! –exclamó Rafe dejándose caer junto a Daniel y alargando la mano para acariciar el cañón–. Es un Webley del calibre seis, un ejemplar antiguo. Eran comunes durante la Primera Guerra Mundial. Posiblemente perteneciera al loco de tu tío abuelo o a ese antepasado al que te pareces, Daniel.

Daniel asintió. Inspeccionó la pistola unos momentos y la abrió. Estaba descargada.

–William –aclaró–. Pudo pertenecerle a él, sí.

Cerró el cilindro y deslizó la mano con cuidado y suavidad alrededor de la empuñadura.

–Está hecho polvo –continuó Rafe–, pero puede limpiarse. Lo único que hay que hacer es dejarlo en remojo en un buen disolvente un par de días y luego cepillarlo bien. Supongo que encontrar munición ya sería demasiado pedir.

Daniel le sonrió, fue una sonrisa rápida e inesperada. Volcó la cartuchera y un paquete descolorido de balas cayó al suelo.

–Maravilloso –comentó Rafe, agarró la caja y la sacudió. Por el ruido supe que estaba casi llena; debía de contener al menos nueve o diez cartuchos–. La tendremos funcionando en menos que canta un gallo. Compraré el disolvente.

–No toqueteéis ese trasto a menos que sepáis lo que hacéis –recomendó Abby.

Era la única que no se había sentado en el suelo para echarle un vistazo y no parecía en absoluto complacida con todo aquello. Por mi parte, tampoco estaba segura de lo que sentía. El Webley era uno de mis amores de toda la vida y me habría encantado tener la oportunidad de dispararlo, pero cualquier misión de incógnito avanza a un nivel completamente nuevo cuando entra en juego un arma. A Sam no iba a gustarle nada este episodio.

Rafe alzó los ojos al cielo.

–¿Qué te hace pensar que no sé lo que hago? Mi padre me llevaba a practicar tiro cada año, a partir de los siete, ni más ni menos. Soy capaz de abatir a un faisán en pleno vuelo, tres aciertos de cada cinco disparos. Un año fuimos a Escocia…

–Pero ¿ese cacharro es legal? –quiso saber Abby–. ¿No necesitamos una licencia o algo por el estilo?

–Es una reliquia familiar –apuntó Justin–. No la hemos comprado, la hemos heredado.

De nuevo el «nosotros».

–Las licencias no son para comprar un arma, borrico –intervine–, son para poseerla.

Ya había resuelto dejar que Frank le explicara a Sam por qué, aunque probablemente nunca hubiera existido una licencia para ese revólver, no íbamos a confiscarlo.

Rafe arqueó las cejas.

–¿Es que no os interesa mi historia? Os estoy contando un tierno relato de unión paternofilial y lo único de lo que se os ocurre hablar es de prohibiciones. En cuanto mi padre descubrió que tenía puntería, me sacaba de la escuela durante toda una semana al inaugurarse la temporada de tiro. Ésos son los únicos momentos de mi vida en los que me ha tratado como algo más que un anuncio en carne y hueso de la anticoncepción. Para mi decimosexto cumpleaños me regaló…

–Estoy casi seguro de que, oficialmente, necesitamos una licencia –lo interrumpió Daniel–, pero por el momento podemos prescindir de ella. Yo ya he tenido bastante policía por un tiempo. ¿Cuándo crees que puedes comprar el disolvente, Rafe?

Daniel posó los ojos en Rafe, unos ojos grises gélidos, serenos e impasibles. Por un instante, Rafe le devolvió la mirada, pero luego se encogió de hombros y le arrebató el arma de las manos.

–Esta semana, supongo. Cuando encuentre un lugar donde vendan.

Abrió el arma, con un gesto mucho más experto que el de Daniel, y guiñó un ojo para mirar dentro del cañón.

Fue entonces cuando me acordé de las cerezas, de mi parloteo y de la interrupción de Abby. La nota en la voz de Daniel me lo recordó: esa misma calma, esa firmeza inflexible, como una puerta cerrándose. Tardé un instante en reconstruir de qué hablaba yo antes de que los otros desviaran hábil y expertamente la conversación. Algo relacionado con tener laringitis, con haber guardado cama cuando era niña.

Sometí a examen mi nueva teoría esa misma noche, cuando Daniel hubo guardado el revólver y habíamos colgado las cortinas y estábamos acurrucados en el salón. Abby había acabado de confeccionar las enaguas a su muñeca y se disponía a coserle un vestido; tenía en el regazo un montón de los retales que yo había seleccionado el domingo.

–Yo, de pequeña, tenía muñecas –comenté. Si mi teoría era correcta, no corría ningún riesgo, puesto que probablemente los demás no supieran gran cosa acerca de la infancia de Lexie–. Tenía una colección…

–¿Tú? –me interrumpió Justin con una extraña sonrisa–. Pero si lo único que tú coleccionas es chocolate.

–Ya que hablas de ello –me preguntó Abby–. ¿Hay chocolate? ¿Con avellanas?

Otro cambio de tema.

–Pues sí, tenía una colección –continué–. Las cuatro hermanas de *Mujercitas*. Se podía comprar la madre también, pero era una mojigata de tal calibre que lo último que me apetecía era tenerla cerca. Ni siquiera quería las otras muñecas, pero tenía una tía que…

–¿Por qué no compras las muñecas de *Mujercitas*? –preguntó Justin a Abby, lastimeramente–. Y así te deshaces de ese espanto.

–Si no dejas de fastidiarme con mi muñeca, te juro que una mañana, cuando te despiertes, te la vas a encontrar en la almohada, mirándote fijamente.

Rafe me observaba, con sus ojos dorados entornados apartados de las cartas del solitario.

–Yo no dejaba de repetirle que ni siquiera me gustaban las muñecas –añadí, elevando la voz por encima de los grititos de terror de Justin–, pero nunca lo entendió. Solía…

Daniel alzó la mirada de su libro.

–Nada de pasados –atajó.

Su rotundidad y precisión me indicaron que no era la primera vez que lo decía.

Se produjo un silencio prolongado e incómodo. El fuego crepitaba en la chimenea. Abby volvía a comprobar qué retal quedaría mejor para el vestido de su muñeca. Rafe seguía mirándome; yo agaché la cabeza sobre mi libro (Rip Corelli, *Le gustaban casados*), pero notaba sus ojos clavados en mí.

Por algún motivo, el pasado, cualquiera de nuestros pasados, era zona prohibida. Eran como los espeluznantes conejos de *La colina de Watership*,[1] que no respondían a ninguna pregunta que comenzara con «dónde».

Y había algo más. Rafe sin duda lo sabía y, pese a ello, había estado forzando esa frontera a propósito. No estaba segura de a quién intentaba provocar exactamente o por qué; quizás a todo el mundo, quizás estuviera puntilloso, pero sabía que había detectado una pequeña fisura en aquella superficie inmaculada.

El amigo de Frank en el FBI reapareció el miércoles. Desde el preciso instante en que Frank descolgó el teléfono supe que algo había ocurrido, algo importante.

–¿Dónde estás? –me preguntó.

–En un camino, no lo sé muy bien. ¿Por qué?

Una lechuza ululó cerca de mí, a mis espaldas; volví la vista a tiem-

1. *La colina de Watership* (1972) es un clásico de la literatura infantil, obra del inglés Richard Adams. El texto, protagonizado por conejos, es un reflejo de la sociedad y de las complejidades humanas, en la línea de *Rebelión en la granja* de George Orwell, una metáfora literaria sobre la ambición y el comportamiento humanos. *(N. de la T.)*

po para verla desaparecer entre los árboles, a pocos metros de distancia, con las alas extendidas, liviana como la ceniza.

–¿Qué ha sido eso? –preguntó Frank inquieto.

–Sólo es una lechuza. Traquilo, Frank.

–¿Llevas tu revólver encima?

No. Había estado tan absorta en la historia de Lexie y los Cuatro Magníficos que me había olvidado por completo de lo que se suponía que debía buscar fuera de Whitethorn House, en lugar de dentro, y de que probablemente también anduviera buscándome a mí. Aquel desliz, incluso más que el tono de la voz de Frank, me provocó un retortijón de alerta en el estómago: «Tienes que centrarte».

Frank interpretó acertadamente mi titubeo y saltó inmediatamente con un:

–Vuelve a casa. Ahora mismo.

–Sólo llevo fuera diez minutos. Los demás se preguntarán…

–Que se pregunten lo que les venga en gana. No quiero que salgas a pasear desarmada.

Giré sobre mis talones y retomé el camino de regreso, bajo la mirada de la lechuza, que se balanceaba en una rama, con el perfil recortado contra el cielo. Tomé un atajo hacia la fachada frontal de la casa, puesto que los caminos por ese lado son más anchos y más difíciles para tender una emboscada.

–¿Qué ha pasado?

–¿Estás regresando a casa?

–Sí, ¿qué ha pasado?

Frank soltó un resoplido.

–Agárrate bien, cariño. Mi colega en Estados Unidos siguió la pista a los padres de May-Ruth Thibodeaux: viven en algún lugar en las montañas de Suputamadre, en Carolina del Norte; ni siquiera tienen teléfono. Envió allí a uno de sus hombres para explicarles lo ocurrido y ver qué podía averiguar. Y adivina lo que descubrió.

Antes de tener tiempo a decirle que se dejara de jueguecitos y fuera directo al grano, lo supe:

–No es ella.

–¡Bingo! May-Ruth Thibodeaux falleció de meningitis a los cuatro años. Nuestro hombre les mostró a los padres la fotografía de la identificación; nunca antes habían visto a la víctima.

Fue como si me sacudiera una bocanada de oxígeno puro; me invadieron unas ganas tales de estallar en carcajadas que casi me mareé, como una adolescente enamorada. Me había tomado el pelo a su antojo (camionetas y camiones de helados, ¡chúpate ésa!) y, sin embargo, lo único que se me ocurría era: «Bien jugado, guapa». Entonces pensé que había vivido a la ligera; súbitamente todo me pareció un juego adolescente, como una niñata rica jugando a ser pobre mientras se acumula su fondo fiduciario, porque aquella chica había sido auténtica. Había llevado su vida, toda su existencia, con la ligereza de una flor silvestre decorando su cabello, dispuesta a tirarla por la borda y poner pies en polvorosa a la menor señal de peligro. Lo que yo no había logrado hacer ni una sola vez en toda mi vida, ella lo había hecho reiteradamente con la misma facilidad que cepillarse los dientes. Nadie, ni mis amigos ni mis parientes ni Sam ni ningún otro hombre había conseguido sorprenderme de aquella manera. Quería sentir aquel fuego recorrer mis venas, quería que ese vendaval me rascara la piel como una lija, quería averiguar si esa clase de libertad olía como el ozono, como las tormentas eléctricas o como la pólvora.

–¡Caramba! –exclamé–. ¿Cuántas veces lo hizo?

–Lo que a mí me interesa es el *porqué*. Todo esto respalda mi teoría: alguien la perseguía y se resignaba a darse por vencida. Asumió la identidad de May-Ruth en algún lugar, probablemente un cementario o un obituario de un periódico antiguo, y volvió a empezar. Él la localizó de nuevo y ella volvió a escapar, en esta ocasión fuera del país. Nadie actúa así a menos que huya por miedo. Pero él seguía teniéndola en mente.

Llegué a la verja de la entrada, apoyé la espalda contra uno de los pilares y respiré hondo. Bajo la luz de la luna, el camino de acceso tenía un aspecto muy extraño, con las flores del cerezo y las sombras sembrando un blanco y negro tan espesos que el suelo se fusionaba con los árboles de manera imperceptible, como si de un magnífico túnel estampado se tratara.

–Sí –repliqué–. Y al final la pilló.

–Y no quiero que te pille a ti –suspiró Frank–. Detesto admitirlo, pero cabe la posibilidad de que nuestro Sammy tuviera razón, Cass. Si quieres que te saque de ahí, puedes empezar a hacerte la enferma esta misma noche y estarás fuera mañana por la mañana.

Era una noche plácida; ni una sola brizna de brisa agitaba los cerezos. Un hilo de voz descendió por el camino, muy tenue y muy dulce: era la voz de una chica. Cantaba: «El corcel a cuyo lomo cabalga mi amado…». Sentí un cosquilleo en los brazos. Me pregunté entonces, y me lo pregunto ahora, si Frank se estaba marcando un farol, si realmente estaba dispuesto a sacarme de allí o si sabía, antes de ofrecerse a hacerlo, que llegado a aquel punto yo podía dar sólo una respuesta.

–No –repliqué–. Estaré bien. Me quedo.

«Con herraduras de plata…»

–De acuerdo –musitó Frank, sin el menor atisbo de sorpresa en su voz–. Lleva el arma siempre encima y mantente ojo avizor. Si descubrimos algo, lo que sea, te lo haré saber.

–Gracias, Frank. Te llamo mañana. A la misma hora, en el mismo lugar.

Quien cantaba era Abby. La ventana de su dormitorio resplandecía por la luz de la lámpara y se la veía cepillándose el cabello, despacio, con aire ausente. «En tu verde colina moran…» En el comedor, los muchachos quitaban la mesa; Daniel tenía las mangas remangadas hasta los codos y Rafe esgrimía un tenedor para reforzar alguno de sus argumentos; Justin negaba con la cabeza. Me apoyé en el ancho tronco de un cerezo y escuché la voz de Abby, colándose bajo el cristal de la ventana de guillotina y elevándose hacia el inmenso cielo negro.

Sólo Dios sabía cuántas vidas había dejado aquella muchacha detrás hasta llegar a aquel lugar, a casa. «Yo puedo entrar ahí –pensé–. Siempre que quiera puedo subir corriendo esos escalones, abrir esa puerta y entrar.»

Pequeñas fisuras. El jueves por la tarde nos encontrábamos todos de nuevo en el jardín, después de regalarnos un festín a base de cerdo asado, patatas y hortalizas al horno y, de postre, tarta de manzana; no me extrañaba que Lexie pesara más que yo. Bebíamos vino e intentábamos recabar la energía necesaria para hacer algo de utilidad. Se me había soltado la cinta del reloj, de manera que me había sentado en la hierba y estaba intentando volver a engancharla con la lima de uñas de Lexie, la misma que había utilizado para pasar las hojas de su agenda. El remache saltaba todo el rato.

–¡A tomar por el culo! –exclamé.

–¿Por qué dices eso? –comentó Justin perezosamente, desde el balancín–. ¿Qué hay de malo en tomar por el culo?

Se me subieron las antenas. Me preguntaba si Justin sería homosexual, pero las pesquisas de Frank no habían revelado nada ni en un sentido ni en otro (ni novios ni novias) y podía ser sencillamente un heterosexual agradable y sensible con una vena doméstica. Si era gay, en ese caso podía tachar un candidato de la lista de padres de mi bebé.

–Venga, Justin, deja de alardear –intervino Rafe.

Estaba tumbado boca arriba en la hierba, con los ojos cerrados y los brazos doblados bajo la cabeza.

–Eres un homófobo –contestó Justin–. Si yo dijera: «¡Al cuerno con la penetración!» y Lexie replicara: «¿Qué tiene de malo la penetración?», no la acusarías de alardear.

–Yo sí lo haría –intervino Abby, desde detrás de Rafe–. La acusaría de alardear de su vida amorosa cuando el resto de nosotros carece de ella.

–Habla por ti –la corrigió Rafe.

–Bueno –continuó Abby–. Es que tú no cuentas. Tú nunca nos explicas nada. Podrías estar manteniendo un tórrido romance con todo el equipo femenino de hockey del Trinity y ninguno de nosotros sabría ni mu sobre ello.

–A decir verdad, nunca he tenido un rollo con ninguna de las chicas del equipo femenino de hockey –replicó Rafe remilgadamente.

–Pero ¿existe un equipo femenino de hockey? –quiso saber Daniel.

–Tú no vayas por ahí captando ideas –lo reprendió Abby.

–Creo que ése es el secreto de Rafe –dije yo–. Como guarda ese silencio enigmático, todos tenemos esa imagen de él experimentando vivencias inenarrables a nuestras espaldas, seduciendo a equipos enteros de hockey y copulando como un conejito. Yo, para ser honesta, creo que nunca nos cuenta nada porque no tiene nada que contarnos: tiene una vida amorosa aún más estéril que el resto de nosotros.

Rafe me miró de refilón, con una sonrisa leve y enigmática.

–Eso no resultaría fácil –objetó Abby.

–¿Es que nadie va a preguntarme por mi tórrida aventura con el equipo de hockey masculino? –preguntó Justin.

–No –lo atajó Rafe–. Nadie va a preguntarte por tus tórridas aventuras, porque, para empezar, todos sabemos que nos las vas a contar de todos modos y, para continuar, siempres son soberanamente aburridas.

–Bien –contestó Justin al cabo de un momento–. Capto la indirecta… Aunque, viniendo de ti…

–¿Qué? –saltó Rafe, recostándose en los codos y mirando a Justin con frialdad–. Viniendo de mí, ¿qué?

Nadie dijo nada. Justin se quitó las gafas y se dispuso a limpiar los cristales, demasiado a conciencia, con el dobladillo de su camisa. Rafe encendió un cigarrillo.

Abby me dirigió una mirada cómplice. Recordé aquellos vídeos: «Se entienden con sólo mirarse», había dicho Frank. Aquélla era la función de Lexie, romper la tensión, salir con un comentario ingenioso que hiciera a todo el mundo poner los ojos en blanco, soltar una carcajada y continuar como si tal cosa.

–¡Vaya! ¡A tomar por todas las formas de fornicación inconcretas! –exclamé cuando el remache volvió a saltar a la hierba–. ¿Le parece bien a todo el mundo?

–¿Qué tiene de malo la fornicación inconcreta? –preguntó Abby–. A mí no me gusta fornicar «con concreción».

Incluso Justin soltó una risotada y Rafe salió de su frío enfurruño, apoyó el pitillo en el borde de una losa del suelo y me ayudó a buscar el remache. Me invadió una oleada de felicidad: había acertado.

–El detective ese me estaba esperando a la salida de mi tutoría –comentó Abby el viernes por la tarde, en el coche.

Justin había regresado temprano a casa. Llevaba todo el día quejándose de dolor de cabeza, pero a mí me pareció más bien que estaba enfadado, y tenía la impresión de que lo estaba con Rafe. De manera que el resto de nosotros viajábamos en el coche de Daniel, en caravana en la calzada de doble sentido, atrapados entre miles de oficinistas con aspecto suicida y patanes endeudados hasta las cejas al volante de sus deportivos. Yo estaba empañando de vaho la ventanilla y jugando al tres en raya conmigo misma en el vapor.

–¿Cuál de ellos? –preguntó Daniel.

–O'Neill.

–Humm –murmuró Daniel–. ¿Y qué quería esta vez?

Abby le cogió el cigarrillo con los dedos y lo utilizó para encenderse uno.

–Me ha preguntado por qué no íbamos al pueblo –explicó.

–Porque son todos una pandilla de tarados con seis dedos en cada mano –aclaró Rafe sin dejar de mirar por la ventana.

Estaba sentado a mi lado, repantingado en el asiento, e iba rozándole la espalda a Abby con una rodilla. Los atascos lo ponían nervioso, pero su grado de mal humor reforzó mi sensación de que había ocurrido algo entre él y Justin.

–¿Y qué le has dicho? –preguntó Daniel, al tiempo que estiraba el cuello para comprobar cómo iba el atasco; los coches habían empezado a avanzar.

Abby se encogió de hombros.

–Se lo he explicado. Le he dicho que intentamos ir al pub una vez y que se quedaron todos paralizados al vernos y sentimos que nos echaban, y que ya nunca hemos regresado.

–Interesante –observó Daniel–. Es posible que subestimáramos al detective O'Neill. Lex, ¿hablaste con él del pueblo en algún momento?

–Ni se me ocurrió.

Gané mi partida del tres en raya, agité los puños en el aire y me meneé en señal de victoria. Rafe me miró molesto.

–¿Veis? –dijo Daniel–, lo que yo decía... Debo admitir que había infravalorado a O'Neill pero, si se ha percatado de eso sin ayuda, es más perceptivo de lo que parece. Me pregunto si... humm.

–Es más molesto de lo que parece –sentenció Rafe–. Al menos Mackey se ha dado por vencido. ¿Cuándo van a dejarnos en paz de una vez?

–Pero bueno, ¡me apuñalaron! –lo regañé, dolida–. Podría estar muerta. Quieren averiguar quién lo hizo. Y, para ser sincera, yo también quiero que lo averigüen. ¿Acaso vosotros no?

Rafe se encogió de hombros y volvió a mirar el tráfico con cara de pocos amigos.

–¿Le hablaste de las pintadas? –le preguntó Daniel a Abby–. ¿Le dijiste que nos habían entrado en casa?

Abby sacudió la cabeza.

–No, no preguntó y yo no se lo quise decir. ¿Crees que...? Podría llamarlo y explicárselo.

Nadie había mencionado nada sobre pintadas ni allanamientos.

–¿Creéis que me apuñaló alguien del pueblo? –pregunté, abandonando mi partida de tres en raya e inclinándome entre los asientos delanteros–. ¿De verdad?

–No estoy seguro –contestó Daniel. No capté si me respondía a mí o a Abby–. Tengo que sopesar todas las posibilidades. Por ahora, en conjunto, creo que lo mejor es dejarlo. Si el detective O'Neill ha notado la tensión, averiguará todo lo demás por sí mismo; no hay necesidad de meterle prisas.

–¡Ay, Rafe! –se quejó Abby, alargó el brazo por detrás del respaldo y le dio un manotazo en la rodilla–. ¡Para ya!

Rafe resopló sonoramente y apoyó las piernas en la puerta. El tráfico se había despejado. Daniel tomó el carril de desvío, nos sacó de la calzada de doble sentido dibujando un suave y rápido arco y pisó el acelerador.

Cuando esa misma noche telefoneé a Sam desde el sendero, ya tenía todos los datos sobre las pintadas y los allanamientos. Se había pasado los últimos días en la comisaría de Rathowen, revisando los expedientes, en busca de información relacionada con Whitethorn House.

–Pasa algo raro. Hay un montón de expedientes sobre esa casa. –La voz de Sam tenía ese tono entre inquieto y absorto que adquiere cuando sigue la pista buena; Rob solía decir que prácticamente era posible verlo menear la cola. Por primera vez desde que Lexie Madison había hecho irrupción en el corazón de nuestras vidas, parecía alegre–. Apenas se cometen delitos en Glenskehy, pero en los últimos tres años se han perpetrado cuatro hurtos en Whitethorn House: uno en 2002, otro en 2003 y dos mientras el viejo Simon estaba en el hospicio.

–¿Se llevaron algo los ladrones? ¿Revolvieron la casa?

Yo había descartado más o menos la teoría de Sam de que mataran a Lexie por una antigüedad preciada después de comprobar la calidad de los objetos que el tío Simon tenía en oferta, pero si había algo en aquella casa que mereciera la pena intentar robarla cuatro veces…

–Nada de eso. Si nos atenemos a lo que Simon March pudo apreciar, no se llevaron absolutamente nada en ninguna de las ocasiones; no obstante, Byrne afirma que ese lugar era un vertedero y que posiblemente no se habría dado cuenta de si faltaba algo o no. Además, tampoco había indicios de que alguien buscara algo. Simplemente rompieron un par de paneles de la puerta trasera, entraron y sembraron el caos: la primera vez rasgaron algunas cortinas y orinaron en el sofá, la segunda hicieron añicos gran parte de la vajilla y cosas por el estilo. Eso no está tipificado como hurto. Es un ajuste de cuentas.

La casa... Imaginar a algún pueblerino con el coeficiente mental de un mosquito deambulando por las habitaciones, causando destrozos a su antojo y gastando sus tres neuronas en orinar en el sofá provocó en mí una furia de tal voltaje que me desconcertó; me vinieron ganas de propinarle un puñetazo a algo.

–Encantador –repliqué–. ¿Seguro que no fueron unos críos en busca de un poco de diversión? No hay mucho que hacer en Glenskehy un sábado por la noche.

–Espera –me indicó Sam–. Hay más. Durante los cuatro años antes de que la pandilla de Lexie se mudara allí, la casa fue objeto de actos vandálicos prácticamente cada mes. Lanzaban ladrillos contra las ventanas, rompían botellas contras las paredes, metieron una rata muerta en el buzón... Y luego estaban las pintadas. Algunas de ellas rezaban –lo escuché hojear el cuaderno–: FUERA BRITÁNICOS, MUERTE A LOS TERRATENIENTES. ¡VIVA EL IRA!

–¿Crees que el IRA apuñaló a Lexie Madison?

Aceptémoslo, aquel caso era tan rocambolesco que cabía contemplar cualquier supuesto, pero aquélla era la teoría más improbable que había oído hasta entonces.

Sam soltó una carcajada, honesta y feliz.

–No, no, claro que no. No es su estilo. Pero alguien en Glenskehy seguía pensando en la familia March como británicos, como terratenientes, y no es que eso le hiciera especial ilusión. Y escucha esto: dos pintadas distintas, una en 2001 y otra en 2003, decían: FUERA ASESINOS DE BEBÉS.

–¿Asesinos de bebés? –pregunté, absolutamente desconcertada; por una milésima de segundo, el tiempo se enmarañó en mi mente y pensé en el breve y oculto bebé de Lexie–. ¿Qué diablos? ¿Qué bebés hay en esta historia?

–No lo sé, pero pienso descubrirlo. Alguien guarda un rencor muy concreto, no contra la pandilla de Lexie, puesto que se remonta a mucho antes de que ellos nacieran, ni tampoco contra el viejo Simon.

«Británicos», «asesinos de bebés», en plural: no se alude a una sola persona. El problema lo tienen con la familia al completo: con Whitethorn House y todo aquel que habita en ella.

El sendero presentaba un aspecto misterioso y hostil, demasiadas capas de sombras, demasiados recuerdos de demasiadas cosas pasadas ocurridas en sus recodos. Me oculté en la sombra de un árbol y apoyé la espalda contra el tronco.

–¿Por qué nadie nos había informado de esto?

–Porque no preguntamos. Nos concentramos en Lexie o comoquiera que se llame. Ella era el objetivo. No se nos ocurrió que pudiera ser, ¿cómo lo llaman?, un daño colateral. No es culpa de Byrne ni de Doherty. Ellos nunca antes habían trabajado en un caso de asesinato; no tienen ni idea de cómo abordarlo. Ni siquiera se les ocurrió que pudiera interesarnos.

–¿Y qué opinan ellos de todo esto?

Sam resopló.

–No mucho, la verdad. No hay sospechosos y tampoco tienen noticia de ningún bebé muerto. Me desearon suerte en mis pesquisas. Ambos afirman que no saben más de Glenskehy ahora que el día en que llegaron. Los aldeanos son sumamente reservados, no les gustan los policías y tampoco los forasteros; siempre que se comete un delito, nadie ha visto nada, nadie ha oído nada y lo solucionan a su propia manera, en privado. Según Byrne y Doherty, incluso la gente que vive en los pueblos de los alrededores piensa que los habitantes de Glenskehy tienen la mentalidad de la Edad de Piedra.

–Entonces ¿simplemente optaron por pasar por alto el vandalismo? –pregunté con una acritud indisimulada–. Tomaron la denuncia y se limitaron a decir: «Bueno, pues no podemos hacer nada al respecto» y dejaron a quienquiera que fuera campar a sus anchas por Whitethorn House.

–Hicieron cuanto pudieron –replicó Sam de inmediato, tajante; para Sam, todos los policías, incluso tipos como Doherty y Byrne, pertenecen a la familia–. Tras el primer allanamiento recomendaron a Simon March que se hiciera con un perro guardián o mandara instalar un sistema de alarma. Él contestó que odiaba los perros y que las alarmas eran para maricas y que él era perfectamente capaz de cuidar de sí mismo, muchas gracias por todo. Byrne y Doherty intuyeron que tenía un arma, que podía ser la que encontrasteis. Pensaron que no era una idea particularmente acertada, sobre todo porque se pasaba borracho la mayor parte del tiempo, pero tampoco pudieron hacer mucho por impedirlo; cuando le preguntaron abiertamente si tenía una, lo negó. Y poco podían hacer para obligarlo a instalar una alarma en contra de su voluntad.

–¿Y qué ocurrió una vez lo ingresaron en el hospicio? Sabían que la casa estaba vacía, todo el mundo en los alrededores debía saberlo, sabían que sería una diana perfecta…

–La comprobaron cada noche en su ronda, claro está –aclaró Sam–. ¿Qué otra cosa podían hacer?

Parecía desconcertado, y su desconcierto me hizo caer en la cuenta de que le estaba alzando la voz.

–Pero has dicho que todo eso terminó cuando esta pandilla se mudó allí –continué más sosegada–. ¿Qué sucedió entonces?

–Los actos vandálicos continuaron, aunque con mucha menos frecuencia. Byrne acudió a visitarlos y mantuvo una conversación con Daniel. Le puso al corriente de lo sucedido en los últimos tiempos, pero se llevó la impresión de que a Daniel no parecía preocuparle demasiado. Desde entonces sólo se han producido dos incidentes: una piedra arrojada a través de la ventana en octubre y una nueva pintada en diciembre: FUERA FORASTEROS. Ése es el otro motivo por el que Byrne y Doherty no nos dijeron nada. En lo que a ellos concierne, el asunto estaba zanjado, formaba parte del pasado.

–Entonces pudo ser sólo una venganza contra el tío Simon, al fin y al cabo.

–Es posible, pero yo no lo creo. Tiene más pinta de lo que llamaríamos un «conflicto programado». –Sam parecía distendido: el hecho de tener algo sólido a lo que aferrarse había cambiado por completo la situación–. Dieciséis de las denuncias registran la hora del incidente y siempre se sitúa entre las once y media de la noche y la una de la madrugada. No es ninguna coincidencia. Quienquiera que ataca Whitethorn House, lo hace en esa franja horaria.

–Es la hora a la que cierra el pub –apunté.

Sam soltó una carcajada.

–Tíos listos. Me imagino a un par de ellos bebiendo y, de vez en cuando, se les cruza un cable y se envalentonan y, cuando los echan del pub, se dejan caer por la casa con un par de ladrillos o una lata de pintura o lo que sea que tengan a a mano. El horario del viejo Simon les iba como anillo al dedo: la mayoría de los días, alrededor de las once y media estaba ya o bien inconsciente (en estos casos no figura la hora del incidente, porque ni siquiera llamó a la policía hasta que se despertó algo más sobrio la mañana siguiente) o bien demasiado ebrio para perseguirlos. Las dos primeras veces que entraron en la casa, él estaba dentro y ni siquiera se despertó. Por suerte tenía un buen cerrojo en la puerta de su dormitorio. De lo contrario, ¿quién sabe qué podría haberle sucedido?

–Y luego nos trasladamos nosotros –dije. Demasiado tarde; me escuché decirlo: *ellos* se habían trasladado, no *nosotros*, pero Sam pareció no darse cuenta–. En la actualidad, entre las once y media de la noche y la una de la madrugada hay cinco personas completamente despiertas deambulando por la casa. Venir a incordiar no debe de antojárseles tan divertido cuando hay tres muchachos altos y fornidos que pueden perseguirlos y darles una paliza de muerte.

–Y dos chicas fuertes –apostilló Sam, de nuevo en ese tono socarrón–. Apuesto a que tú y Abby conseguiríais endiñarles al menos un par de puñetazos. De hecho, eso es casi lo que pasó cuando esa piedra entró por la ventana. Estaban todos sentados en el salón, justo antes de medianoche, cuando la piedra entró volando en la cocina; en cuanto se dieron cuenta de lo ocurrido, los cuatro salieron corriendo por la puerta trasera detrás del vándalo. Pero como estaban dentro, tardaron un segundo en reaccionar y eso concedió al intruso la ventaja suficiente para escapar. Tuvo suerte, opinó Byrne. Ocurrió cuarenta y cinco minutos antes de que llamaran a la policía (primero recorrieron todos los senderos buscándolo) e, incluso entonces, estaban hechos una furia. Tu amigo Rafe explicó a Byrne que, si alguna vez le echaba el guante a ese maleante, ni su propia madre lo reconocería; Lexie también aclaró sus planes, cito textualmente: «Le asestaré una patada tan fuerte en los cojones que tendrá que meterse el puño hasta la garganta para hacerse una paja».

–¡Bien dicho!

Sam soltó una carcajada.

–Sí, he pensado que te gustaría. Los demás tuvieron el sentido común necesario para no soltar frases por el estilo delante de un policía, pero Byrne asegura que no tiene ninguna duda de que pensaban lo mismo. Les sermoneó acerca de no tomarse la justicia por su mano, pero no está seguro de si le hicieron caso o no.

–No los culpo –repliqué–. No parece que la policía fuera de mucha utilidad. ¿Qué hay de la pintada?

–El grupito no estaba en casa. Era un domingo por la noche y habían ido a cenar y al cine a la ciudad. Regresaron poco después de la medianoche y se la encontraron, en plena fachada. Era la primera vez que estaban fuera hasta tan tarde desde que se habían mudado. Podría tratarse de una coincidencia, pero tengo serias dudas al respecto. El episodio de la piedra infundió un cierto respeto a nuestro vándalo, o vándalos, pero o bien vigilaba la casa o divisó el coche atravesar el pueblo y no regresar. Vio que se le presentaba una oportunidad y la aprovechó.

–Entonces ¿crees que no se trata de un asunto de toda la población contra el caserío? –inquirí–. ¿Crees que se trata sólo de un tipo intentando saldar una cuenta?

Sam emitió un sonido indescifrable.

–No exactamente. ¿Sabes lo que ocurrió cuando la pandilla de Lexie intentó ir al Regan's?

–Sí, Abby explicó que habías hablado con ella de eso. Mencionó algo acerca de que se sintieron excluidos, pero no entró en más detalles.

–Sucedió un par de días después de mudarse. Una noche fueron todos al pub, encontraron una mesa, Daniel se acercó a la barra y el camarero le ignoró. Durante diez minutos, a menos de un metro de distancia y con sólo un puñado de clientes en el local, Daniel repitió: «Perdone, ¿me pone dos pintas de Guinness y…?». El camarero se dedicó a seguir sacándole brillo a un vaso y ver la tele. Al final, Daniel se rindió, regresó junto a los otros, tuvieron una charla sosegada y concluyeron que quizás al viejo Simon lo hubieran expulsado de allí demasiadas veces y los March no fueran especialmente unos personajes populares. De manera que enviaron a Abby a pedir, ya que imaginaron que era una mejor apuesta que el inglés o el chico del norte. Y la historia se repitió. Entre tanto, Lexie intentó entablar conversación con los viejos de la mesa de al lado, con el fin de averiguar qué diantres ocurría. Nadie le contestó, ni siquiera se dignaron mirarla; todos le volvieron la espalda y continuaron enfrascados en su conversación.

–¡Joder! –exclamé.

No es tan fácil como parece ignorar a cinco personas a la cara, cinco personas que intentan llamar tu atención. Se requiere mucha concentración para aplacar los instintos de ese modo; se precisa un motivo, algo contundente y frío como una roca firme. Intenté vigilar el sendero, ambos sentidos simultáneamente.

–Justin se disgustó y quería irse; Rafe también quería largarse, pero porque estaba enfadado; Lexie empezó a alterarse cada vez más en su denodado intento porque los viejos le hablaran, les ofreció chocolate, les contó chistes malos. Y, entre tanto, un puñado de jovenzuelos empezaron a lanzarles miradas asesinas desde un rincón. Abby tampoco estaba muy convencida de ceder, pero ella y Daniel pensaron que la situación podía írseles de las manos en cualquier momento. Agarraron a los demás y se largaron. Nunca más han vuelto a poner los pies allí.

El viento ululó entre las hojas, ascendiendo por el camino en dirección a mí.

–De manera que ese rencor se extiende a todo Glenskehy –conjeturé–, sin embargo sólo una o dos personas se han atrevido a dar un paso más allá.

–Ésa es mi conclusión. Y va a ser muy divertido descubrir quiénes son. Glenskehy cuenta con unos cuatrocientos habitantes, incluyendo los granjeros de los alrededores, y ninguno de ellos va a echarme una mano para ir cerrando el círculo.

–Quizá yo pueda serte de ayuda –propuse–. Puedo intentar trazar un perfil, eso sí, aproximado. Nadie recopila datos psicológicos sobre vándalos, como se hace con los asesinos en serie, de manera que se basará sobre todo en conjeturas, pero al menos existe un patrón de conducta sobre el cual puedo aportarte información.

–Pues empieza a conjeturar –me alentó Sam alegremente. Lo oí abrir su cuaderno, cambiarse el teléfono de oreja y prepararse para tomar notas–. Lo apuntaré todo. Adelante.

–Está bien –dije–. Buscas a un lugareño, eso es innegable, alguien nacido y criado en Glenskehy. Se trata, casi con seguridad, de un varón. Y creo que estamos hablando más de una persona que de una banda: el vandalismo espontáneo acostumbra a ser obra de grupos, pero las campañas de odio orquestadas como ésta suelen tener un componente personal.

–¿Puedes darme algún dato sobre él?

La voz de Sam se oía distorsionada; debía de tener el teléfono atrapado bajo el mentón, mientras escribía.

–Si este asunto empezó hace unos cuatro años, probablemente su edad oscile entre veinticinco y treinta y pocos años. El vandalismo es un delito propio de varones jóvenes, pero este tipo es demasiado metódico para ser un adolescente. No tiene un nivel de educación elevado: quizás el graduado, pero no ha cursado secundaria. Vive con alguien, ya sea con sus padres, con su esposa o con una novia: no hay ataques en mitad de la noche, lo cual nos indica que alguien lo espera en casa antes de cierta hora. Tiene un empleo que lo mantiene ocupado entre semana; de lo contrario se registrarían incidentes durante el día, cuando todos están fuera y no hay moros en la costa. Su puesto de trabajo también está en la zona; no viaja hasta Dublín ni nada por el estilo; este grado de obsesión indica que Glenskehy constituye todo su mundo. Y no le satisface. Trabaja muy por debajo de su nivel intelectual o educativo, o al menos eso piensa él. Y probablemente haya tenido problemas con otras personas antes, con vecinos, ex novias, quizás empleadores; este tipo no tolera bien la autoridad. Tal vez convendría comprobar con Byrne y Doherty si se han producido disputas entre lugareños o si se han interpuesto denuncias por acoso.

–Si el hombre a quien busco fastidió a alguien de Glenskehy –objetó Sam en tono grave–, no te quepa duda de que no lo habrán denunciado a la policía. La víctima se habrá limitado a reunir a sus amigotes y propinarle una paliza al abrigo de la noche, eso tenlo por seguro. Y él tampoco lo denunciaría a la pasma.

–Cierto –convine–, probablemente no. –Un destello de movimiento, en el prado, al otro lado del sendero, una veta negra sobre la hierba. Demasiado pequeño para ser una persona, pero me oculté cuanto pude en la sombra del árbol–. Y otra cosa más. La campaña contra Whitethorn House podría haber sido espoleada por algún roce con Simon March; parece un viejo cascarrabias. Es perfectamente posible que le hinchara las narices a alguien pero, en la mente de nuestro hombre, es algo mucho más profundo que eso. Para él, todo esto gira en torno a un bebé muerto. Y Byrne y Doherty no tienen ni idea de sobre qué va esa historia, ¿no es cierto? ¿Cuánto tiempo llevan destinados aquí?

–Doherty un par de años, pero Byrne lleva atrapado en la zona desde 1997. Me ha explicado que la primavera pasada tuvieron una muerte súbita de un bebé en el pueblo y que una niña cayó a un pozo de estiércol en una de las granjas, hace unos cuantos años, pobrecilla, pero eso es todo. No hay nada sospechoso en sus muertes ni ninguna vinculación con Whitethorn House. Y el registro informático tampoco recoge ningún hecho singular en la zona.

–Entonces buscamos un suceso anterior –elucubré–, tal como tú decías. Aunque sólo Dios sabe a cuándo se remonta. ¿Recuerdas lo que me explicaste acerca de los Purcell de tu pueblo?

Una pausa.

–En tal caso, nunca lo descubriremos. Otra vez los archivos.

La mayoría de los archivos públicos de Irlanda desaparecieron en un incendio de 1921, durante la Guerra Civil.

–No necesitamos los archivos. La gente de por aquí sabe de qué se trata, te lo garantizo. Muriera cuando muriese ese bebé, este energúmeno no leyó la noticia en un periódico viejo. Está demasiado obsesionado con ella. Para él no es un tema del pasado; es un sacrilegio real, fresco y crucial que necesita vengar.

–¿Quieres decir que está loco?

–No –contesté–. O al menos no en el sentido que piensas. Es demasiado cauteloso: aguarda a los momentos seguros, se retiró después de que lo persiguieran... Si fuera esquizofrénico, por decir algo, o sufriera un trastorno bipolar, no tendría tanto control. No padece ningún trastorno mental. Pero está obsesionado hasta tal punto que creo que probablemente podríamos afirmar que está desequilibrado.

–¿Podría volverse violento? Contra las personas, quiero decir, no sólo contra la casa.

La voz de Sam se tornó más nítida; se había sentado recto.

–No estoy segura –contesté con precaución–. No parece su estilo; me refiero a que podría haber echado abajo la puerta del dormitorio del viejo Simon y haberlo aporreado con un atizador de haberlo querido, pero no lo hizo. Sin embargo, el hecho de que aparentemente sólo actúe cuando está borracho me induce a pensar que tiene una relación insana con el alcohol, que es uno de esos tipos que asume una personalidad radicalmente distinta después de beberse cuatro o cinco pintas, y no precisamente agradable. Una vez la bebida entra a formar parte de la ecuación, todo se vuelve impredecible. Y como ya te he dicho, está obsesionado con este tema. Si se llevó la impresión de que el enemigo había intensificado el conflicto al perseguirlo cuando arrojó aquella piedra a través de la ventana, por ejemplo, perfectamente podría haber subido también sus apuestas para estar a la altura.

–Sabes a quién suena esto exactamente, ¿no? –preguntó Sam, después de hacer una pausa–. Misma edad, lugareño, inteligente, que sabe controlarse, experiencia delictiva pero sin violencia…

El perfil que le había trazado en mi piso, el perfil del homicida.

–Sí –contesté–. Lo sé.

–En definitiva, me estás diciendo que podría ser nuestro hombre. El asesino.

Otra vez esa veta de sombra, rápida y sigilosa a través de la hierba y bajo la luz de la luna: un zorro, quizá, persiguiendo a un ratón de campo.

–Cabe la posibilidad –contesté–. No podemos descartarlo.

–Si nos enfrentamos a una rencilla familiar –añadió Sam–, entonces Lexie no era el objetivo específico y su vida no tuvo nada que ver en el asunto y no es necesario que sigas ahí. Puedes regresar a casa.

La esperanza que transmitía su voz me hizo estremecer.

–Sí –contesté–, quizá. Pero no creo que nos encontremos aún en esa fase. No hemos establecido ningún vínculo concreto entre el vandalismo y el apuñalamiento; podrían no guardar relación. Y una vez cortemos el hilo, ya no habrá marcha atrás.

Una milésima de pausa. Y luego:

–De acuerdo –continuó Sam–. Me pondré a buscar ese vínculo. Y, Cassie…

Su voz se había vuelto sobria, tensa.

–Tendré cuidado –lo tranquilicé–. Estoy teniendo cuidado.

–Entre las once y media de la noche y la una de la madrugada. Encaja con la hora del apuñalamiento.

–Lo sé. Pero aún no he visto nada raro merodeando por aquí.

–¿Llevas tu arma?

–Siempre que salgo. Frank ya me sermoneó sobre eso.

–Frank –dijo Sam, y percibí que la distancia volvía a apoderarse de su voz–. Bien.

Después de colgar aguardé bajo la sombra del árbol durante largo rato. Oí el estrépito de una hierba alta y el agudo chillido tras el asalto del depredador que fuera que anduviera al acecho. Cuando los susurros se hubieron desvanecido en la oscuridad y sólo se movían cosas pequeñas, reemergí en el camino y regresé a casa.

Me detuve en la verja posterior y me balanceé colgada a ella durante un rato, escuchando el lento chirriar de las bisagras y deleitándome con la contemplación del amplio jardín que se extendía hasta la casa. La piedra gris de la fachada posterior era plana y defensiva como el muro de un castillo, y el resplandor dorado que salía de las ventanas había dejado de parecerme acogedor; ahora se me antojaba un desafío, una advertencia, como una pequeña fogata en medio de una selva. La luna alumbraba el sendero, convirtiéndolo en un ancho mar irregular y blanquecino, con la casa alta e inmóvil en el centro, expuesta por los cuatro costados, asediada.

10

Cuando uno encuentra una fisura, hurga en ella hasta comprobar si se produce alguna ruptura. Había invertido una media hora aproximadamente en llegar a la conclusión de que, si mis compañeros de la casa ocultaban algo, mi mejor apuesta era Justin. Cualquier detective con un par de años de experiencia es capaz de adivinar quién cederá primero a la presión; en Homicidios una vez vi a Costello, un tipo que vivía instalado en los ochenta, junto con la decoración de la sala, captar cuál era el talón de Aquiles sólo con ver a la panda de sospechosos que habíamos detenido. Es nuestra versión de *La música es la pista*.

Daniel y Abby no me servían, ambos ejercían demasiado control sobre sus actos y estaban demasiado centrados; era prácticamente imposible pillarlos con la guardia baja o dando un paso en falso: había intentado pinchar a Abby un par de veces para que me dijera quién pensaba que era el padre del bebé de Lexie, y lo único que había obtenido por respuesta eran sendas miradas frías e inescrutables. Rafe era más sugestionable y sabía que probablemente podía llegar a algún sitio con él si me empecinaba, pero sería peliagudo: era demasiado volátil y tenía un gran espíritu de contradicción, tan perfectamente capaz de ponerse hecho un basilisco como de contarte lo que querías saber. Justin, amable, imaginativo, dado a preocuparse fácilmente y a desear la felicidad de todo el mundo, se aproximaba bastante al ideal de cualquier investigador.

El único problema es que nunca estaba a solas con él. Durante la primera semana no me había dado cuenta de ello, pero ahora que buscaba una oportunidad resultaba evidente. Daniel y yo íbamos en coche a la universidad juntos un par de veces por semana, y con Abby nos veíamos muchos ratos a solas, durante los desayunos, después de cenar, cuando los chicos lavaban los platos, o en las ocasiones en que ella llamaba a mi puerta por la noche con un paquete de galletas y ambas nos sentábamos en mi cama y hablábamos hasta que nos vencía el sueño. Pero si alguna vez me quedaba sola con Rafe o Justin durante más de cinco minutos, uno de los demás se nos unía o nos llamaba para que nos uniéramos y, así, de manera imperceptible e invisible, nos veíamos enredados en el grupo de nuevo. Podría tratarse de una dinámica natural; los cinco pasaban mucho tiempo juntos, y cada grupo tiene sus propias sinergias y hay personas que nunca tienen un cara a cara porque sólo funcionan como parte de un todo. Pero me preguntaba si alguien, probablemente Daniel, había analizado a los cuatro con el ojo crítico de un detective y había llegado a la misma conclusión que yo.

Mi primera oportunidad se presentó el lunes por la mañana. Estábamos en la universidad; Daniel estaba impartiendo una tutoría y Abby tenía una reunión con su supervisor, de manera que en nuestro rincón de la biblioteca sólo estábamos Rafe, Justin y yo. Cuando Rafe se levantó y se dirigió a algún sitio, probablemente al lavabo, conté hasta veinte y luego asomé la cabeza por encima del cubículo de Justin.

–Hola –dijo, levantando la vista de una página con una caligrafía diminuta y maniática.

Hasta el último centímetro de su escritorio estaba abarrotado de pilas de libros, hojas sueltas y fotocopias subrayadas con rotulador fluorescente. Justin era incapaz de concentrarse a menos que se encontrara cómodamente anidado entre todo lo que previsiblemente pudiera necesitar.

–Estoy aburrida y hace sol –dije–. Vayamos a comer.

Comprobó la hora en su reloj.

–Pero si aún es la una menos veinte.

–Vive peligrosamente –bromeé.

Justin dudó.

–¿Y qué pasa con Rafe?

–Es lo bastante mayor y feo como para cuidar de sí mismo. Que espere a Abby y Daniel. –Justin seguía mostrándose demasiado dubitativo como para tomar una decisión de tal calibre y calculé que me quedaba poco más de un minuto para sacarlo de allí antes de que Rafe regresara–. Venga, Justin, vamos. Voy a hacer esto hasta que me digas que sí.

Me puse a tamborilear con los dedos una melodía repetitiva en la mampara que nos separaba.

–Arrrg –cedió Justin al fin, dejando su bolígrafo en la mesa–. Tortura china ruidista. Tú ganas.

El lugar más evidente para comer era la Plaza Nueva, pero se ve a través de las ventanas de la biblioteca, así que arrastré a Justin hasta el campo de críquet, donde a Rafe le llevaría algo más de tiempo encontrarnos. En la parte baja del pabellón deportivo, un grupo de jugadores interpretaban poses estilizadas y serias y más cerca de nosotros cuatro tipos jugaban al *frisbee* y fingían hacerlo para regocijo de tres chicas con peinados artificiales que se encontraban sentadas en un banco, las cuales, a su vez, fingían no estar mirándolos. Rituales de apareamiento: era primavera.

–Y bien –dijo Justin, una vez que nos hubimos acomodado en el césped–. ¿Cómo va tu capítulo?

–Fatal –contesté, al tiempo que rebuscaba en mi mochila llena de libros mi bocadillo–. No he escrito nada que merezca la pena desde que regresé. Soy incapaz de concentrarme.

–Bueno –me consoló Justin tras una breve pausa–, era de esperar, ¿no crees? Al menos durante un tiempo. –Me encogí de hombros, sin mirarlo–. Se te pasará, ya lo verás. Ahora ya estás de nuevo en casa y todo ha vuelto a la normalidad.

–Sí, quizás. –Encontré mi emparedado, lo miré con una mueca y lo arrojé a la hierba: pocas cosas preocupaban a Justin tanto como que la gente no comiera–. Es una gaita no saber qué ocurrió. Es una gaita tremenda. No dejo de preguntármelo… Los policías me insinuaron que tenían alguna pista, pero no me revelaron nada de nada. Parece que nadie se dé cuenta de que fue a mí a quien apuñalaron. Si alguien merece saber quién lo hizo, ésa soy yo.

–Pensaba que te encontrabas mejor. Dijiste que estabas bien.

–Bueno, supongo que sí. No pasa nada. Olvídalo.

–Pensábamos… Quiero decir que no pensaba que estuvieras tan preocupada, que siguieras dándole vueltas al asunto. No es propio de ti.

Lo miré, pero no parecía receloso, sólo consternado.

–Sí, bueno –dije–. Es que nunca antes me habían apuñalado.

–No, claro –convino Justin–, supongo que no.

Justin dispuso su almuerzo sobre la hierba: una botella de zumo de naranja a un lado, un plátano al otro y el bocadillo en medio. Se mordisqueaba el labio.

–¿Sabes qué es lo que no logro quitarme de la cabeza? –le pregunté abruptamente–. A mis padres.

Pronunciar aquellas palabras me produjo un leve escalofrío. Justin alzó la cabeza y se me quedó mirando de hito en hito.

–¿Qué pasa con ellos?

–Quizá debería ponerme en contacto con ellos. Para explicarles lo ocurrido.

–Nada de pasados –contestó Justin al instante, como un talismán frente a la mala suerte–. Eso fue lo que acordamos.

Me encogí de hombros.

–Claro. Para ti es muy fácil de decir.

–La verdad es que no lo es. –Y al ver que yo no decía nada, preguntó–: Lexie, ¿hablas en serio?

Hice otro pequeño encogimiento de hombros tenso.

–Aún no estoy segura.

–Pensaba que los odiabas. Dijiste que nunca más volverías a dirigirles la palabra.

–Eso no es lo importante. –Me enrosqué el asa de la mochila alrededor del dedo y, al sacarlo, quedó hecha una larga espiral–. No dejo de pensar que podía haber muerto. Muerto de verdad. Y mis padres ni siquiera lo habrían sabido.

–Si a mí me ocurre algo –dijo Justin–, no quiero que llaméis a mis padres. No quiero que vengan. No quiero que sepan nada de mí.

–¿Por qué no? –Estaba arrancándole el sello de seguridad a su botella de zumo, con la cabeza gacha–. ¿Justin?

–Por nada. No pretendía interrumpirte.

–No. Venga, dímelo, Justin. ¿Por qué no?

Al cabo de un momento, Justin me explicó:

–Regresé a Belfast en las Navidades durante nuestro primer año de posgrado. Poco después de que tú llegaras, ¿recuerdas?

–Sí –contesté.

No me miraba; escudriñaba con los ojos a los jugadores de críquet, blancos y formales como fantasmas sobre el verde; el ruido sordo del bate nos llegaba tarde y lejano.

–Les dije a mi padre y a mi madrastra que soy homosexual. En Nochebuena. –Una especie de carcajada contenida y triste–. ¡Qué bobo soy! Supuse que el espíritu navideño, la paz y la buena voluntad para todas las personas… Y vosotros cuatro lo habíais aceptado con tanta naturalidad… ¿Sabes qué me dijo Daniel cuando se lo confesé? Reflexionó unos minutos y luego me explicó que la heterosexualidad y la homosexualidad son dos constructos modernos; el concepto de la sexualidad era mucho más laxo hasta el Renacimiento. Y Abby puso los ojos en blanco y me preguntó si quería que fingiera estar sorprendida. Rafe se mostró más preocupado, no estoy seguro de por qué, pero se limitó a sonreír y dijo: «Así tengo menos competencia», cosa que en realidad fue muy dulce por su parte, puesto que en cualquier caso yo no habría supuesto mucha competencia para él… Fue muy reconfortante, ¿sabes? Y supongo que me indujo a pensar que confesárselo a mi familia tampoco sería para tanto.

–No me percaté de que se lo habías dicho. No dijiste nada –observé.

–Ya, bueno –dijo Justin. Desenvolvió el bocadillo del plástico protector con cuidado de no mancharse los dedos–. Mi madrastra es una mujer atroz, ya lo sabes. Lo digo sinceramente. Su padre era carpintero, pero dice que era artesano, sea lo que sea que ella piensa que eso significa, y nunca lo invita a las fiestas. Todo en ella es pura clase media intachable: su acento, sus ropas, su pelo, sus porcelanas chinas…; es como si se hubiera encargado a sí misma por catálogo, pero se nota que invierte un esfuerzo increíble en cada segundo de su vida. Casarse con su jefe debió de significar para ella lo mismo que encontrar el Santo Grial. No digo que mi padre me hubiera aceptado de no haber sido por ella (parecía que tenía ganas de vomitar), pero aquella mujer hizo que todo resultara muchísimo peor. Se puso histérica. Le dijo a mi padre que quería que me fuera de casa inmediatamente. Y para siempre.

–¡Vaya, Justin!

–Es una adicta a las series de televisión –continuó Justin–. Siempre destierran a los hijos descarriados. No dejaba de gritar, de aullar casi: «¡Piensa en los niños!»; se refería a mis hermanastros. No sé si creía que iba a convertirlos o a abusar de ellos o qué, pero le dije, cosa que por mi parte estuvo muy fea y lo sé, pero supongo que entenderás que me saliera la vena malvada, le dije que no tenía por qué preocuparse, puesto que ningún homosexual con un poco de dignidad tocaría jamás a esos horripilantes niños repollo ni con una pértiga. A partir de ese momento, la situación sólo fue a peor. Me arrojó cosas, me insultó; de hecho, los niños repollo incluso dejaron sus PlayStations para acudir a comprobar de qué iba todo aquel lío y ella intentó arrastrarlos fuera de la sala, supongo que para que yo no les saltara encima allí mismo, y entonces ellos también empezaron a chillar… Al final, mi padre me dijo que sería más conveniente que no me quedara en casa «por el momento», ésas fueron sus palabras, pero ambos sabíamos lo que significaban. Me acompañó en coche hasta la estación y me dio cien libras. Para Navidad.

Justin extendió el film transparente sobre la hierba y colocó el emparedado con cuidado en el centro.

–¿Y tú qué hiciste? –le pregunté con voz sosegada.

–¿En Navidades? Me quedé en mi piso. Me compré una botella de whisky de cien libras y me dediqué a autocompadecerme. –Me sonrió con ironía–. Ya lo sé: debería haberos dicho que había regresado a la ciudad. Pero…, bueno, el orgullo, supongo. Fue una de las experiencias más humillantes de mi vida. Sé que ninguno me habríais hecho preguntas, pero no me habría ayudado que anduvierais preguntándoos qué había pasado, y todos sois demasiado inteligentes. Alguien lo habría adivinado.

Así sentado, con las rodillas encogidas y los pies juntos, se le arrugaron los pantalones; llevaba unos calcetines grises finos de tanto lavarlos y sus tobillos se entreveían delicados y huesudos como los de un niño. Alargué la mano y la apoyé en uno de ellos. Cálido y sólido, tan delgado que mis dedos casi lo rodeaban por completo.

–No pasa nada –me tranquilizó Justin; entonces alcé la vista y comprobé que me sonreía, esta vez de verdad–. Te lo prometo, estoy bien. Al principio me entristeció profundamente; me sentí como un huérfano, un descastado; en serio, si hubieras visto el grado de melodrama que viví interiormente… Pero ahora ya no pienso en ello, dejé de hacerlo cuando nos mudamos a la casa. Ni siquiera sé por qué he sacado a relucir el tema.

–Es culpa mía –confesé–. Lo siento.

–No te disculpes. –Me dio un golpecito con la punta del dedo en la mano–. Si de verdad quieres ponerte en contacto con tus padres, pues… hazlo. No es asunto mío, ¿no crees? Lo único que digo es que recuerdes algo: todos tenemos motivos por los que decidimos que nada de pasados. No sólo yo. Rafe… Bueno, ya has oído a su padre.

Asentí con la cabeza.

–Es un imbécil.

–Rafe lleva recibiendo esas mismas llamadas telefónicas desde que lo conozco: eres patético, eres un inútil, me avergüenza hablar de ti a mis amigos… Estoy seguro de que toda su infancia fue así. Su padre lo desprecia desde el mismo momento en que nació… A veces pasa, ¿sabes? Le habría gustado tener un zopenco por hijo a quien le gustara jugar a rugby, manosear a su secretaria y vomitar en clubes nocturnos cursis, y en su lugar nació Rafe. Convirtió su vida en un infierno. Tú no viste a Rafe cuando empezamos la universidad: era un ser flaco y quisquilloso y estaba siempre a la defensiva, tanto que, si le tomabas el pelo, por muy en broma que fuera, se ponía hecho un energúmeno. Yo al principio ni siquiera estaba seguro de que me cayera bien. Simplemente me relacionaba con él porque me gustaban Abby y Daniel, y era evidente que a ellos les gustaba Rafe.

–Sigue estando flaco –comenté– y sigue siendo un poco quisquilloso. Además, es un poco capullo cuando se le tuerce el día.

Justin sacudió la cabeza.

–Es mil veces mejor de lo que era antes. Y es porque no tiene que pensar en esos odiosos padres que le han tocado, al menos no a menudo. Y Daniel… ¿Alguna vez le has oído mencionar su infancia?

Negué con la cabeza.

–Yo tampoco. Sé que sus padres están muertos, pero no sé cuándo ni cómo murieron, ni qué pasó con él después de aquello, dónde vivió, con quién, nada de nada. Una noche Abby y yo nos pusimos como cubas y empezamos a gastar bromas acerca de eso, a fabular con la infancia de Daniel: que si fue un niño salvaje criado por hámsteres, que si creció en un burdel en Estambul, que si sus padres fueron espías de la CIA a quienes descubrió el KGB y él escapó escondido en una lavadora… Entonces nos parecía gracioso, pero la cuestión es que su infancia no debió de ser muy agradable, ¿no crees?, si la silencia con tanto recelo. Tú también eres un poco así –Justin me lanzó una mirada rápida–, pero al menos sé que tuviste la varicela y que aprendiste a montar a caballo. No sé nada por el estilo sobre Daniel. Absolutamente nada.

Rogué a Dios por que no nos viéramos nunca en la situación de tener que demostrar mis habilidades ecuestres.

–Y luego está Abby –continuó Justin–. ¿Te ha hablado Abby alguna vez de su madre?

–Por encima –contesté–. Puedo hacerme una idea.

–Es peor de lo que parece. Yo la conocí en persona. Tú aún no habías llegado. Debió de ser cuando estaba en tercero de carrera. Una noche estábamos todos en el apartamento de Abby y su madre se presentó de improviso, aporreando la puerta. Iba... ¡Dios mío! Si hubieras visto cómo iba vestida. No sé si trabaja realmente de prostituta o si simplemente... bueno. Era evidente que estaba colocada; no dejaba de gritarle a Abby, pero no se entendía ni una palabra de lo que decía. Abby le puso algo en la mano, estoy seguro de que era dinero, y ya sabes que la situación de Abby no es muy boyante, y prácticamente la echó a empujones de su puerta. Estaba lívida. Parecía un fantasma. Me refiero a Abby. Creí que iba a desmayarse. –Justin levantó la vista nervioso y se colocó bien las gafas empujando el puente con un dedo–. No le digas que te lo he contado.

–No lo haré.

–Nunca ha vuelto a mencionar aquel episodio; dudo mucho que quiera hablar de ello ahora, lo cual respalda mi argumento. Estoy seguro de que tú también tienes razones que te indujeron a pensar que el hecho de no compartir pasados era una buena idea. Quizá lo que ha ocurrido te haya cambiado, no lo sé, pero... recuerda que sigues estando muy vulnerable. Te aconsejo que dejes transcurrir un poco de tiempo antes de dar un paso irrevocable. Y, si decides ponerte en contacto con tus padres, quizá sea mejor que no se lo digas a los demás. Podría... No sé, podría herirlos.

Lo miré desconcertada.

–¿De verdad lo crees?

–Bueno, sí. Somos... –Seguía toqueteando el film transparente y un leve sonrojo le cubrió las mejillas–. Te queremos, ya lo sabes. Nosotros somos nuestra familia ahora. Todos somos la familia de todos... bueno, no sé cómo expresarlo en palabras, pero tú ya sabes a qué me refiero...

Me incliné hacia delante y le estampé un besito en la mejilla.

–Claro que lo sé –aclaré–. Sé exactamente a qué te refieres.

A Justin le sonó el móvil.

–Será Rafe –vaticinó, pescando el teléfono de su bolsillo–. Justo: pregunta dónde estamos.

Mientras escribía un mensaje de respuesta a Rafe, con el teléfono muy cerca de sus ojos miopes, alargó la mano que le quedaba libre y me estrujó el hombro.

–Sólo digo que medites bien tu decisión –añadió–. Y cómete el bocadillo.

–Veo que has estado jugando a «¿Quién es el padre?» –comentó Frank aquella noche. Estaba comiendo algo, una hamburguesa, quizás, y se oía el frufrú del papel–. Y Justin está descartado sin remisión. ¿Tú por quién apuestas, por Danny el listo o por Rafe el guapo?

–Quizá no fuera ninguno de los dos –respondí. Me encontraba de camino a mi puesto de vigía; aquellos días telefoneaba a Frank nada más salir por la verja trasera, en lugar de esperar unos minutos más: estaba ansiosa por saber si tenía novedades de Lexie–. Nuestro asesino la conocía, ¿recuerdas? Pero no sabemos si mucho o poco. De todos modos, no era eso lo que me intrigaba. Iba detrás de todo ese asunto de nada de pasados, intentaba averiguar qué es lo que no comparten estos cuatro.

–Y lo único que has obtenido es una bonita colección de anécdotas lacrimógenas. Toda esta historia de los pasados es una gaita, pero ya sabíamos que eran una panda de raritos. No es ninguna novedad.

–Hummm –murmuré. No estaba tan segura de que aquella tarde hubiera sido una pérdida de tiempo, aunque aún no sabía cómo encajarla–. Voy a seguir indagando.

–Ha sido uno de esos días para todos –replicó Frank, con la boca llena–. Yo he estado persiguiendo a nuestra joven y no he descubierto nada de nada. Probablemente ya te habrás dado cuenta: tenemos un vacío de un año y medio en su historia. Lanzó a la cuneta la identidad de May-Ruth a finales de 2000, pero no apareció como Lexie hasta principios de 2002. Estoy intentando averiguar dónde y con quién estuvo entre tanto. Dudo mucho que regresara a casa, esté donde esté, pero siempre existe esa posibilidad, y aunque no lo hiciera, es posible que nos haya dejado una o dos pistas por el camino.

–Yo me concentraría en Europa –recomendé–. Después del 11-S, el sistema de seguridad en los aeropuertos se endureció a niveles nunca vistos; no habría logrado salir de Estados Unidos y entrar en Irlanda con un pasaporte falso. Para entonces tenía que estar ya en esta orilla del Atlántico.

–Sí, pero no sé qué nombre debo investigar. No hay constancia de que ninguna May-Ruth Thibodeaux solicitara nunca un pasaporte. En mi opinión recuperó su identidad verdadera y luego compró una nueva en Nueva York, partió en avión del aeropuerto JFK con esta última, y volvió a cambiarla una vez llegó adonde fuera que se dirigía…

«JFK»… Frank seguía hablando, pero yo me había quedado petrificada en medio del sendero, como si se me hubiera olvidado seguir caminando, porque aquella misteriosa página de la agenda de Lexie había estallado en mi cabeza con el estrépito de un petardo. «CDG 59»… Yo había volado al aeropuerto Charles de Gaulle una docena de veces, cuando viajaba para pasar los veranos con mis primos de Francia, y cincuenta y nueve libras me parecían un precio correcto para un trayecto de ida. AMS no era Abigail Marie Stone, sino Ámsterdam. LHR: Londres Heathrow. No recordaba el resto, pero sabía, con toda seguridad, que resultarían ser códigos aeroportuarios. Lexie había estado anotando precios de vuelos.

Si únicamente hubiera querido someterse a un aborto, se habría dirigido directamente a Inglaterra, sin necesidad de complicarse la vida en Ámsterdam o en París. Y, además, eran precios de trayectos de ida, sin billete de regreso. Se había estado preparando para huir de nuevo, saltar del acantilado de su vida otra vez y zambullirse en el ancho mundo azul.

¿Por qué?

Tres cosas habían cambiado en las últimas pocas semanas. Había descubierto que estaba embarazada, N se había materializado y ella había empezado a hacer planes para alzar el vuelo. Yo no creo en las casualidades. No había manera de estar seguro del orden en que habían ocurrido aquellas tres cosas pero, fuera cual fuese el rodeo, una de ellas había desembocado en las otras dos. Había un patrón, en algún sitio: seductoramente cerca, asomando y ocultándose de la vista como una de esas fotografías que sólo se ven al entrecerrar los ojos, justo delante, pero no acertaba a verlo con claridad.

Hasta aquella noche no le había dedicado mucho tiempo al misterioso acosador de Frank. Muy pocas personas están dispuestas a echar por la borda toda su vida y pasar años trotando por el mundo persiguiendo a una chica con la que se enfadaron. Frank suele inclinarse a apostar por la teoría más estimulante frente a la más probable; en cambio, yo la había archivado en algún punto entre la Posibilidad Remota y el Puro Melodrama Hollywoodiense. No obstante, aquello indicaba que algo había arremetido contra la vida de Lexie al menos tres veces y la había arrasado por completo, hasta dejarla irrecuperable. Se me encogió el corazón al pensar en ella.

–¿Hola? Control de tierra a Cassie.

–Sí –contesté–. Frank, ¿puedes hacerme un favor? ¿Podrías averiguar todo lo extraordinario que ocurrió en su vida como May-Ruth en el mes previo a que desapareciera, o mejor en los dos meses previos, para estar más seguros?

¿Escapaba de N? ¿Escapaba con N para empezar una nueva vida en otro lugar con él y con su bebé?

–Me subestimas, cariño. Ya lo he hecho. No recibió visitas ni llamadas telefónicas extrañas, no tuvo ninguna pelea con nadie ni dio muestras de un comportamiento inusual, nada.

–No me refería a ese tipo de cosas. Quiero saber todo lo que ocurrió, todo: si cambió de empleo, si cambió de novio, si se trasladó de casa, si se puso enferma, si realizó un curso de algo… No me interesan los sucesos que no presagiaran nada bueno, sino los aspectos más triviales de su vida.

Frank reflexionó unos instantes mientras masticaba su hamburguesa o lo que fuera que estuviera comiendo.

–¿Por qué? –preguntó al fin–. Si voy a pedir más favores a mi amigo del FBI, necesito darle un motivo.

–Invéntate algo. No tengo un buen motivo. Es una intuición.

–Está bien –dijo Frank. Tuve la inquietante sensación de que se estaba sacando restos de comida de entre los dientes–. Lo haré… si a cambio tú haces algo por mí.

Yo había comenzado a caminar de nuevo, de manera automática, hacia la casita.

–¿Qué?

–No te relajes. Empiezas a sonar como si estuvieras divirtiéndote en esa casa.

Suspiré.

–Soy una mujer, Frank. Una mujer multitarea. Soy capaz de hacer mi trabajo y, al mismo tiempo, echarme unas risas.

–Me alegro por ti. Pero recuerda que un policía secreto relajado es un policía secreto con problemas. Un asesino anda suelto, probablemente a menos de un kilómetro de donde tú te encuentras ahora mismo. Se supone que debes dar con él, no jugar a la familia feliz con los Cuatro Magníficos.

La familia feliz. Yo había dado por supuesto que Lexie había ocultado su agenda para asegurarse de que nadie descubriera sus citas con N, fuera quien fuese N. Pero no era así: ocultaba un gran secreto. Si los demás hubieran descubierto que Lexie estaba a punto de soltar amarras de su mundo completamente anclado, despojándose de él como una libélula luchando por desprenderse de su crisálida y no dejar tras de sí más que la forma perfecta de su ausencia, se habrían quedado destrozados. De repente sentí un vértigo de felicidad por no haberle mencionado aquella agenda a Frank.

–Estoy en ello, Frank –lo tranquilicé.

–Bien. Pues sigue en ello.

Un papel arrugándose –se había acabado la hamburguesa–, y un pitido cuando colgó.

Casi había llegado a mi puesto de vigilancia. Ramitas de seto y hierbas y tierra cobraban vida en el pálido círculo del haz de la linterna para desvanecerse un instante después. Pensé en Lexie corriendo a toda prisa por aquel mismo sendero, con el mismo círculo difuso de luz rebotando salvajemente, la puerta blindada a la seguridad perdida para siempre en la oscuridad, a sus espaldas, y nada frente a ella salvo aquella fría casucha. Aquellas pruebas de pintura en la pared de su dormitorio: Lexie había planeado un futuro allí, en aquella casa, con aquellas personas, hasta el momento en que cayó la bomba. «Somos tu familia –había dicho Justin–. Nos tenemos unos a otros», y yo llevaba el tiempo suficiente en Whitethorn House para saber que lo decía de todo corazón. «¿Qué diantre pudo ser tan fuerte como para que todo aquello saltara por los aires?», pensé.

Ahora que las buscaba, no paraba de encontrar fisuras. Me sentía incapaz de determinar si habían estado siempre allí o si se estaban profundizando delante de mis ojos. Aquella noche me hallaba leyendo en la cama cuando escuché voces en el exterior, bajo mi ventana.

Rafe se había ido a dormir antes que yo y oía a Justin inmerso en su ritual nocturno en la planta inferior: tarareando, trajinando y dando extraños mamporros. Así que sólo quedaban Daniel y Abby. Me arrodillé junto a la ventana, contuve la respiración y escuché, pero estaban tres plantas por debajo de mí y lo único que me llegaba a través del alegre *obbligato* de Justin era un murmullo bajo y acelerado.

–No –negó Abby en un tono algo más alto, frustrada–. Daniel, no me refiero a eso…

Su voz se apagó de nuevo.

–«Moooon river» –canturreaba Justin para sí mismo, sobreactuando con displicencia.

Hice lo que los niños cotillas hacen desde el amanecer de los tiempos: decidí que necesitaba un silencioso vaso de agua. Justin ni siquiera cesó su canturreo cuando atravesé el descansillo; en la planta baja no se veía luz bajo la puerta de Rafe. Me abrí camino hasta la cocina palpando las paredes. La cristalera estaba abierta, sólo un dedo. Fui al fregadero, lentamente, sin hacer ni un solo frufrú con el pijama, y coloqué el vaso bajo el grifo, lista para abrirlo si alguien me sorprendía.

Estaban en el balancín. La luz de la luna iluminaba el patio; era imposible que me vieran al otro lado del vidrio, en la cocina a oscuras. Abby estaba sentada de lado, con la espalda apoyada en el brazo del columpio y los pies reposados en el regazo de Daniel; éste sostenía una copa en una mano mientras la otra descansaba tranquilamente sobre los tobillos de Abby. La luz de la luna bañaba el cabello de Abby, palidecía la curva de su pómulo y se sumergía en los pliegues de la camisa de Daniel. Un pinchazo, rápido y fino como una aguja, me atravesó, un destello de dolor puro y destilado. Rob y yo solíamos sentarnos así en mi sofá, durante noches eternas. El suelo frío mordía mis pies desnudos y la cocina estaba tan silenciosa que me dolían los oídos.

–Para siempre –dijo Abby. Su voz denotaba incredulidad–. Seguir así para siempre. Fingir que no ha pasado nada.

–No creo que nos quede otra opción –replicó Daniel–. ¿Y tú?

–¡Por el amor de Dios, Daniel! –Abby se pasó las manos por el cabello, con la cabeza reclinada hacia atrás, un destello de su blanca garganta–. Pero ¿es que esto es una opción? Esto es una locura. ¿De verdad es lo que quieres? ¿Es así como quieres que sea el resto de nuestras vidas?

Daniel volvió la vista hacia ella; yo sólo veía su nuca.

–En un mundo ideal –dijo con voz pausada–, no. Me gustaría que las cosas fueran distintas, algunas cosas.

–¡Uf, no! –exclamó Abby, frotándose las cejas como si empezara a notar un dolor de cabeza–. Mejor no tocar ese tema.

–No se puede tener todo, ¿sabes? –continuó Daniel–. Cuando decidimos vivir aquí sabíamos que tendríamos que hacer sacrificios. Lo habíamos previsto.

–Sacrificios sí –objetó Abby–, pero esto no. Yo esto no lo había previsto, Daniel, te lo aseguro. Nada de esto.

–¿En serio? –preguntó Daniel sorprendido–. Yo sí.

Abby enderezó la cabeza de golpe y clavó la mirada en él.

–¿De verdad? ¡Venga ya! ¿Habías previsto esto? Lexie y…

–Bueno, Lexie no –contestó Daniel–. No así. Aunque quizá… –Se refrenó y suspiró–. Pero el resto sí, pensaba que existía una clara posibilidad. Es inherente a la naturaleza humana. Y pensaba que tú también lo habías contemplado.

Nadie me había explicado que existía un resto de aquello, por no hablar de los sacrificios. Caí en la cuenta de que llevaba tanto rato conteniendo la respiración que la cabeza empezaba a darme vueltas; exhalé con sumo cuidado.

–No –dijo Abby cansinamente, con los ojos hacia el cielo–. Llámame tonta.

–Nunca haría algo así –la tranquilizó Daniel, mirando con una sonrisa triste en dirección al sendero–. Dios sabe que soy la última persona en el mundo con derecho a juzgarte por no darte cuenta de la obviedad.

Le dio un trago a su bebida, un destello de ámbar pálido al inclinar el vaso, y, en aquel momento, por la caída de sus hombros y por el modo en que cerró los ojos al tragar, lo supe. Yo había percibido que aquellas cuatro personas se sentían seguras en su propia fotaleza encantada, con todo lo que querían al alcance de las manos. Me había deleitado en aquel pensamiento. Pero algo había sorprendido desprevenida a Abby y, por algún motivo, Daniel estaba acostumbrándose a ser terrible e inexorablemente infeliz.

–¿Cómo crees que está Lexie? –preguntó Daniel.

Abby cogió uno de los pitillos de Daniel y abrió el encendedor con fuerza.

–Parece estar bien. Un poco callada y ha perdido peso, pero es lo mínimo que puede esperarse.

–¿Crees que está bien?

–Está comiendo y se está tomando los antibióticos.

–No me refiero a eso.

–No creo que debas preocuparte por Lexie –lo reconfortó Abby–. A mí me da la impresión de estar bastante estable. Yo diría que, básicamente, ha olvidado todo el episodio.

–Sí, pero en cierta medida –replicó Daniel– eso es precisamente lo que me inquieta. Temo que se lo haya estado guardando todo y un día de éstos estalle. ¿Qué sucederá entonces?

Abby lo observaba mientras el humo ascendía lentamente dibujando volutas bajo la luz de la luna.

–Bueno –respondió Abby alegremente–, no sería el fin del mundo si Lexie estallara.

Daniel sopesó su respuesta mientras hacía girar su vaso en actitud meditativa, con la mirada perdida en la hierba.

–Dependería mucho de la forma que adoptara ese estallido –observó él–. Creo que no estaría mal estar preparado.

–Lexie es el último de nuestros problemas –sentenció Abby–. Justin... No sé, sabía que Justin tendría problemas, pero es mucho peor de lo que imaginaba. Él nunca pensó que pudiera ocurrir algo así, como yo. Y Rafe no ayuda en nada. Si no deja de ser tan capullo, no sé qué... –Vi como fruncía los labios al tragar–. Y luego está esto. Yo no lo estoy teniendo fácil, Daniel, y no me ayuda que a ti te parezca importarte un carajo.

–Eso no es cierto –se defendió Daniel–. A mí me importa muchísimo, a decir verdad. Pensaba que lo sabías. Sencillamente no veo qué podemos hacer ninguno de nosotros.

–Podría irme –propuso Abby. Observaba a Daniel con expresión reconcentrada. Sus redondos ojos reflejaban gravedad–. Podríamos irnos.

Tuve que resistirme a la tentación de tapar el micrófono con la mano. No estaba del todo segura de lo que estaba ocurriendo ante mis ojos, pero si Frank escuchaba aquello, no albergaría dudas de que aquellos cuatro planeaban alguna huida espectacular y yo acabaría amordazada en el armario ropero mientras ellos tomaban un avión rumbo a México. Deseé haber tenido el sentido común de comprobar el alcance exacto del micrófono. Daniel no miraba a Abby, pero tenía la mano apretada alrededor de sus tobillos.

–Sí, podrías –convino finalmente–. Yo sería incapaz de mover un dedo para retenerte. Pero ésta es mi casa, ya lo sabes. Y espero… –tomó aire–, espero que tú también la consideres la tuya. Yo no puedo irme.

Abby recostó la cabeza contra la barra del balancín.

–Sí. Ya lo sé. Yo tampoco. Es sólo que… En fin, Daniel. ¿Qué podemos hacer?

–Esperar –contestó Daniel con parsimonia–. Confiar en que todo vuelva a su cauce, a su debido tiempo. Confiar el uno en el otro. Hacer todo cuanto esté en nuestra mano.

Una corriente de aire se deslizó sobre mis hombros y me di la vuelta, al tiempo que abría la boca para empezar a explicar mi cuento del agua. El vaso chocó contra el grifo y se me cayó al fregadero; se estrelló con tal estrépito que podría haber despertado a todo Glenskehy. No había nadie.

Daniel y Abby se quedaron petrificados; volvieron el rostro hacia la casa.

–Hola –los saludé, abrí la puerta de un empujón y salí al patio. El corazón me latía con fuerza–. He cambiado de opinión, no tengo sueño. ¿Os vais a quedar despiertos?

–No –contestó Abby–. Yo me voy a la cama.

Abby apartó los pies del regazo de Daniel, pasó junto a mí rozándome y se adentró en la casa. Un momento después la escuché subir corriendo las escaleras, sin preocuparse por no pisar el escalón que crujía.

Me acerqué a Daniel y me senté en el patio, junto a sus piernas, con la espalda apoyada en el asiento del balancín. Sin saber muy bien por qué, no quería sentarme a su lado; lo habría considerado demasiado violento, como si la proximidad exigiera un intercambio de confidencias. Transcurrido un instante alargó una mano y la colocó, con suavidad, sobre mi cabeza. Tenía una mano tan grande que abarcaba todo mi cráneo, como si fuera una niña.

–Bueno –dijo en voz baja, casi para sí mismo.

Su vaso se hallaba en el suelo, a mi lado, y le di un sorbo: whisky con hielo, los cubitos casi derretidos.

–¿Discutíais Abby y tú? –pregunté.

–No –respondió Daniel. Movió el pulgar, sólo un poco, entre mi cabello–. No hay ningún problema.

Permanecimos allí sentados un rato. Era una noche tranquila, la brisa apenas ondulaba las briznas de hierba y la luna parecía una vieja moneda de plata flotando en medio del cielo. El frío de las losas del patio a través de mi pijama y el aroma tostado del cigarrillo sin filtro de Daniel se me antojaban reconfortantes, me infundían seguridad. Dejé caer mi espalda levemente contra el asiento del columpio, iniciando con ello un balanceo regular y suave.

–Huele –me invitó Daniel con voz queda–. ¿Hueles eso? –Un primer y tenue perfume a romero emanaba del jardín de hierbas, apenas una nota en el aire–. Romero; sirve para recordar –añadió–. Pronto tendremos tomillo y melisa, menta y tanaceto, y algo que creo que podría ser hisopo, aunque resulta difícil de determinar a juzgar sólo por las referencias del libro, durante el invierno. Este año será un poco caótico, claro está, pero lo podaremos todo hasta volver a darle forma y replantaremos las hierbas donde deban estar. Esas viejas fotografías nos serán de gran ayuda; nos darán una idea del diseño original, de dónde va cada cosa. Son plantas resistentes a las heladas; se escogen tanto por su fortaleza como por su belleza y utilidad. El año que viene…

Me habló de viejos jardines de hierba: de cómo se disponían con sumo cuidado para garantizar que cada planta tuviera todo lo necesario para florecer, del equilibrio perfecto que exhibían al contemplarlos, de su fragancia y de su uso, de su utilidad y de su belleza, sin poner nunca en riesgo una planta en beneficio de otra. El hisopo servía para aliviar los catarros de pecho y para curar el dolor de muelas, me aseguró; la manzanilla se usaba en cataplasmas para reducir las inflamaciones o en infusión para evitar tener pesadillas; la lavanda y la melisa se esparcían por las casas para conferirles una agradable fragancia, y la ruda y la pimpinela se utlizaban en ensaladas.

–Tenemos que probarlo alguna vez –dijo–, una ensalada shakespeariana. El tanaceto sabe a pimienta, ¿lo sabías? Pensaba que se había muerto hacía tiempo, porque estaba todo reseco y quebradizo pero, cuando lo podé hasta las raíces, descubrí un levísimo resquicio de verde. Se recuperará. Es asombrosa la testadurez que muestran algunas cosas para sobrevivir a las circunstancias más adversas, la fuerza irresistible de las ganas de vivir y crecer…

El ritmo de su voz me arrastraba, como olas regulares y suaves. Apenas si escuchaba sus palabras. «Tiempo», creo que dijo en algún lugar tras de mí, o quizá fuera «tomillo», nunca he estado segura. «El tiempo todo lo cura, sólo hay que permitírselo.»

11

La gente tiende a olvidar que Sam cuenta con uno de los índices de resolución de casos más elevados de la brigada de Homicidios. A veces me pregunto si ello se debe a una razón muy simple: no malgasta energía. Otros detectives, entre los que me incluyo, nos lo tomamos a la tremenda cuando las cosas salen mal, nos impacientamos, nos frustramos y nos irritamos con nosotros mismos, con las pistas que conducen a callejones sin salida y con el puñetero caso en su conjunto. Sam apuesta por la carta más alta y, si la jugada no le sale bien, se encoge de hombros, suelta un «Bueno» y prueba una estrategia distinta.

Esa semana había dicho «Bueno» un montón de veces cuando yo le había preguntado por el estado de la investigación, pero no en su tono habitual, vago y abstraído. Parecía tenso y abrumado, un poco más agobiado cada día. Se había pateado puerta a puerta la mayor parte de Glenskehy, preguntando acerca de Whitethorn House, pero topó con una lisa y resbaladiza pared de té, galletas y miradas inescrutables: «Allí en el caserío viven unos chicos muy agradables, no se meten con nadie, no causan problemas, ¿por qué tendría que haber algún resentimiento hacia ellos, detective? Es terrible lo que le pasó a esa pobre chica; recé un rosario por ella, debió de ser alguien a quien conoció en Dublín»... Conozco ese silencio de los pueblos pequeños, he tenido que lidiar con él en el pasado y es intangible como el humo y sólido como la piedra. Nosotros los irlandeses lo practicamos con los británicos durante siglos y está profundamente arraigado en nuestros genes: el instinto de un lugar de cerrarse como un puño cuando la policía llama a la puerta. A veces no significa nada más que eso; pero ese silencio es muy potente, siniestro, peliagudo y anárquico. Aún esconde huesos enterrados en algún lugar en las montañas, arsenales ocultos en pocilgas. Los británicos lo infravaloraron, se dejaron engatusar por las tan ensayadas miradas estúpidas, pero yo sabía –y Sam sabía– que es peligroso.

El martes por la noche, aquel tono absorto volvió a nublar la voz de Sam.

–Debería haber sabido mejor por dónde empezar –comentó risueño–. Si se niegan a hablar con los polis locales, ¿por qué iban a querer hacerlo conmigo? –Retrocedió, cambió de opinión y luego tomó un taxi hasta Rathowen para pasar la noche en el pub–. Byrne dijo que la gente de por aquí no sentía demasiada simpatía por los habitantes de Glenskehy, e imaginé que nadie deja pasar la oportunidad de cotillear acerca de sus vecinos, así que…

Y tenía razón. Las gentes de Rathowen eran de una calaña muy diferente a las de Glenskehy: lo recibieron como policía en menos de treinta segundos («Venga aquí, joven, ¿ha venido a hablar de esa muchacha a la que apuñalaron en aquel camino?») y Sam se había pasado el resto de la noche rodeado por granjeros fascinados que lo invitaban a pintas de cerveza y se mostraban más que dispuestos, contentos, a aportarle alguna pista para la investigación.

–Byrne tenía razón: consideran Glenskehy un manicomio. En parte no me sorprende, es lo que suele ocurrir entre poblaciones pequeñas vecinas: Rathowen es algo más grande, tiene escuela y comisaría y algunos comercios, de manera que aquí se refieren a Glenskehy como un lugar atrasado. Pero hay algo más intenso que la típica rivalidad. Creen firmemente que los habitantes de Glenskehy son unos perturbados. Un tipo aseguró que no entraría en el Regan's ni por todo el té de China.

Yo estaba encaramada a un árbol, me había tapado el micrófono con un calcetín y fumaba un cigarrillo. Desde que había tenido noticia de las pintadas, aquellos senderos me ponían los nervios a flor de piel y me hacían sentir vulnerable; no me gustaba estar a la altura del suelo mientras hablaba por teléfono, con la mitad de mi atención dedicada a otra cosa. Había encontrado un rinconcito en lo alto de una gran haya, justo donde empezaban las ramas, en un punto en el que el tronco se seccionaba en dos. Mi trasero encajaba perfectamente en la horqueta, desde donde disfrutaba de una visión clara del camino en ambas direcciones y de la casucha situada a los pies de la colina y, si encogía las piernas, desaparecía entre la copa del árbol.

–¿Te explicaron algo acerca de Whitethorn House?

Hubo un breve silencio.

–Sí –contestó Sam–. Esa casa no tiene muy buena reputación, ni en Rathowen ni en Glenskehy. Parece que guarda relación con ese tal Simon March. El viejo era un loco y un cabrón, de eso no cabe duda; dos tipos lo recordaban disparándoles con su arma cuando, de críos, se habían acercado a fisgonear en los terrenos del caserío. Pero el asunto se remonta a mucho tiempo atrás.

–El bebé muerto –aventuré. Y aquellas palabras hicieron que una sensación suave y fría me recorriera de arriba abajo–. ¿Sabían algo sobre eso?

–Un poco. No estoy seguro de que los datos que barajan sean exactos (comprobarás a qué me refiero en un minuto), pero sólo con que sean aproximados, ya te prevengo que no es una historia agradable… agradable para la gente de Whitethorn House, quiero decir.

Sam hizo una pausa.

–Cuéntame –lo insté–. Estas personas no son mi familia, Sam. Y, a menos que se trate de algo que ha ocurrido en los últimos seis meses, que presumo que no será así o ya tendríamos noticia de ello, no tiene nada que ver con nadie a quien yo haya conocido. No me voy a sentir herida por algo que el bisabuelo de Daniel hizo hace cien años. Te lo prometo.

–Me alegro –replicó Sam–. La versión de Rathowen (hay algunas variantes, pero lo esencial es esto) es que hace un tiempo un joven descendiente de Whitethorn House mantuvo un romance con una muchacha de Glenskehy, a quien dejó encinta. Era algo que sucedía con frecuencia en aquellos tiempos, claro está. El problema es que la muchacha en cuestión se negaba a desaparecer en un convento o a casarse con algún pobre diablo a toda prisa antes de que alguien se percatase de su estado.

–Una de las mías –puntualicé.

Aquella historia no podía acabar bien.

–Lástima que el bueno de March no pensara de la misma forma. Montó en cólera; estaba previsto que se casara con una joven angloirlandesa bella y rica, y aquel asunto podría haber tirado por tierra todos sus planes. Le dijo a la chica que no quería saber nada con ella ni con el bebé. Ella ya era bastante impopular en el pueblo, no sólo por haberse quedado embarazada sin estar casada, cosa que en aquel entonces ya transgredía todas las normas, sino porque el padre fuera un March... Poco después la hallaron muerta. Se ahorcó.

La historia de nuestro país está salpicada de relatos como éste. La mayoría de ellos se encuentran enterrados en las profundidades, acallados como las hojas del año pasado, transmutados desde hace largo tiempo en viejos romances y cuentos para las noches invernales. Pensé que aquél se había mantenido latente durante más de un siglo, germinando lentamente como una semilla oscura, hasta florecer al fin con vidrios rotos, cuchillos y bayas envenenadas de sangre entre los setos de espino. Me pinché en la espalda con el tronco del árbol. Apagué el cigarrillo contra la suela de mi zapato y guardé la colilla en el paquete.

–¿Tenemos alguna confirmación de que sea una historia verídica? –quise saber–. Aparte de parecer un cuento que explican a los niños de Rathowen para que no se acerquen a Whitethorn House.

Sam resopló sonoramente.

–Nada. Coloqué a un par de refuerzos a revisar los expedientes, pero no han descubierto nada de nada. Y está descartado que algún lugareño de Glenskehy me cuente su versión. Parece como si prefirieran olvidar lo ocurrido.

–Pues salta a la vista que alguien no lo ha olvidado –objeté.

–En los próximos días debería tener una idea más clara sobre quién es nuestro hombre; estoy recabando toda la información posible acerca de los habitantes de Glenskehy para cotejarla con el perfil que trazaste. Aunque me gustaría tener más datos sobre el problema que tiene nuestro hombre antes de hablar con él. Pero no tengo ni idea de por dónde empezar. Uno de los tipos de Rathowen afirma que todo esto ocurrió en tiempos de su bisabuela, lo cual, lógicamente, no resulta de gran ayuda: la mujer vivió hasta los ochenta años. Otro jura que sucedió en el siglo XIX, durante la Gran Hambruna, pero... no sé qué pensar al respecto. Tengo la sensación de que le interesa que el episodio se remonte tanto cuanto sea posible; sería capaz de afirmar que sucedió en la época de Brian Boru[1] si con ello pensara que iba a creerlo. Así que tengo una horquilla temporal que abarca desde 1847 hasta aproximadamente 1950, y no tengo a nadie para que me la delimite un poco más.

1. Brian Boru (Thomond, 941 - Clontarf, 1014), conocido como el Gran Rey de Irlanda. *(N. de la T.)*

–Bueno, tal vez yo pueda ayudarte –apunté, aunque me sentía sucia, como una traidora–. Dame un par de días y veré si consigo información más precisa.

Una pequeña pausa, como un interrogante, hasta que Sam cayó en la cuenta de que no tenía intención de entrar en más detalle.

–Fantástico. Cualquier cosa que descubras nos irá de perlas. –Y, luego, en un tono distinto, casi tímido, añadió–: Escucha, había pensado pedirte algo antes de que todo esto ocurriera. Pensaba... Nunca he ido de vacaciones, salvo la vez que visité Youghal siendo un niño. ¿Tú?

–Pasaba los veranos en Francia.

–Pero se trataba de visitas familiares, ¿no? Me refiero a unas vacaciones de verdad, como las de la tele, con playa, buceo y cócteles a gogó en un bar con una cantante de salón cutre entonando el «I Will Survive».

Era consciente de adónde quería llegar.

–Pero ¿qué diantre has estado viendo en la tele?

Sam soltó una carcajada.

–*Descubre Ibiza*. ¿Ves lo que le ocurre a mi sentido del gusto cuando no te tengo cerca?

–Tú lo que quieres es ver tías en topless –atajé–. Emma, Susanna y yo siempre hemos querido ir al extranjero de vacaciones, desde que estábamos en la escuela, pero aún no lo hemos logrado. Quizás este verano.

–Pero ellas ahora tienen hijos, ¿no? Aún os resultará más difícil disfrutar de una escapada femenina. Había pensado... –Otra vez esa nota tímida–. Tengo un par de folletos de agencias de viaje. De Italia, en concreto; sé que te gusta la arqueología. ¿Me dejarás que te invite a unas vacaciones cuando todo esto termine?

Yo no tenía ni idea de qué pensar sobre aquello y, además, no podía invertir energía en hacerlo.

–Suena genial –contesté–. Eres maravilloso por proponérmelo. ¿Podemos decidirlo cuando vuelva a casa? La verdad es que no sé cuánto tiempo nos va a llevar esta misión.

Se produjo un brevísimo silencio que yo lidié con un mohín. Detesto hacerle daño a Sam; es como pegarle una patada a un perro demasiado bueno para morderte.

–Ya hace más de dos semanas. Creía que Mackey había dicho que duraría un mes como máximo.

Frank dice lo que más le conviene en cada momento. Las investigaciones encubiertas pueden prolongarse durante meses, incluso años y, aunque yo no pensaba que fuera a ser éste el caso, puesto que las operaciones largas se impulsan para desentrañar una actividad delictiva constante, y no para delitos esporádicos, casi podía asegurar que un mes era el plazo que Frank había calculado aleatoriamente para desembarazarse de Sam. Por un instante, casi deseé que así fuera. La mera idea de abandonar todo aquello, regresar de nuevo a Violencia Doméstica, a las muchedumbres de Dublín y a los trajes sastre me deprimía hasta lo indecible.

–En teoría, sí –contesté–, pero es imposible fijar una fecha exacta a una operación como ésta. Podría ser menos de un mes, podría regresar a casa en cualquier momento, si alguno de nosotros descubre algo consistente. Pero si detecto una pista lo suficientemente fiable como para seguirla, podría requerir una o dos semanas adicionales.

Sam emitió un sonido furioso, de frustración.

–Si alguna vez vuelvo a tener la brillante idea de emprender una investigación conjunta, enciérrame en un armario hasta que recupere la cordura. Necesito una fecha límite. Tengo en suspenso un montón de cosas, como tomar muestras de ADN de tus compañeros de casa para contrastarlas con las del bebé… Hasta que tú no salgas de ahí no puedo decirle a nadie que tenemos un homicidio entre manos. Unas cuantas semanas es una cosa…

Yo ya había dejado de escucharle. En algún punto, al final del sendero o entre los árboles, se produjo un sonido. No uno de esos ruidos habituales, de aves nocturnas, hojas y pequeños depredadores. Por entonces yo ya conocía aquellos sonidos; éste era distinto.

–Espera –dije, en voz baja, interrumpiendo a Sam a media frase. Me aparté el teléfono del oído y escuché, conteniendo la respiración. Procedía de la parte baja del sendero, en dirección a la carretera principal, y era leve, pero se aproximaba: un crujido pausado y rítmico. Pasos sobre guijarros–. Te dejo –susurré al teléfono–. Te llamo más tarde si puedo.

Apagué el teléfono, me lo guardé en el bolsillo, encogí las piernas entre las ramas y me quedé sentada, inmóvil. Los pasos eran constantes y se acercaban más y más; a juzgar por su peso, se trataba de una persona corpulenta. Aquel camino no conducía a ninguna parte, tan sólo a

Whitethorn House. Me subí el jersey, lentamente, para taparme la parte inferior del rostro. En medio de la oscuridad, es el destello del blanco lo que te delata.

La noche altera la noción de la distancia, hace que las cosas suenen más cerca de lo que están, y me pareció que transcurría una eternidad antes de que alguien saliera a la vista: al principio no fue más que un rápido movimiento, una sombra veteada que pasó lentamente bajo las hojas. Un destello de pelo claro, plateado como el de un fantasma bajo la pálida luz. Tuve que refrenar el instinto de volver la cabeza. Aquél era un mal lugar donde esperar que algo saliera de la oscuridad. Estaba rodeada por demasiados seres que me eran desconocidos, que se desplazaban con mirada atenta por sus propias rutas secretas cumpliendo sus propias misiones personales, y algunos de ellos debían de ser de esa clase que nos desagrada ver.

Entonces emergió a un charco de luz de la luna y vi que se trataba de un hombre, alto, con complexión de jugador de rugby y una chaqueta de piel con pinta de diseñador caro. Se movía con paso inseguro, dubitativo, mirando las copas de los árboles a ambos flancos. Cuando se encontraba a sólo unos metros volvió la cabeza y clavó la vista en mi árbol. Y en ese instante, justo antes de cerrar los ojos (otro elemento que puede delatarte: ese destello, todos estamos programados para detectar ojos que nos observan), vi su rostro. Tenía mi edad, quizá fuera un poco más joven, era guapo, una de esas bellezas objetivas y poco memorables, con el ceño nublado, perplejo, y no figuraba en la lista de ACS. Nunca antes lo había visto.

Pasó por debajo de mí, tan cerca que podría haber dejado caer una hoja sobre su cabeza, y se desvaneció en el camino. Me quedé quieta. Si era el amigo de alguien que había venido de visita, tendría que permancer encaramada a aquel árbol bastante rato, pero no me parecía que lo fuera. La duda, sus miradas confusas alrededor; no buscaba la casa. Buscaba algo... o a alguien.

Las últimas semanas, Lexie se había encontrado con N en tres ocasiones, o al menos había previsto encontrarse con él en algún lugar. La noche que falleció, si los otros cuatro decían la verdad, había salido a dar un paseo y había encontrado a su asesino.

La adrenalina bombeaba con fuerza en mis venas y me moría de ganas de ir detrás de aquel tipo, o al menos de interceptarlo a su vuelta, pero sabía que era una mala idea. No estaba asustada, al fin y al cabo tenía un arma y, pese a su corpulencia, no me parecía un adversario formidable, pero sabía que sólo tenía un tiro, metafóricamente hablando, y no podía permitirme dispararlo mientras me encontraba sumida en la más completa oscuridad. Probablemente no tenía modo alguno de averiguar si –o cómo– estaba vinculado con Lexie, tendría que jugar esa carta de oídas, pero al menos no estaría de más saber su nombre antes de entablar una conversación con él.

Bajé del árbol deslizándome con suma cautela; el roce con la corteza me levantó el jersey y a punto estuvo de arrancarme el micrófono: Frank pensaría que me estaba atropellando un tanque. Me oculté tras el tronco a esperar. Tuve la sensación de que transcurría una eternidad antes de que aquel hombre regresara paseando por el sendero, frotándose la nuca y aún con expresión desconcertada. Fuera lo que fuese aquello que buscaba, no lo había encontrado. Cuando pasó por delante de mí, conté treinta pasos y me dispuse a seguirlo, manteniéndome al margen del camino, entre las hierbas, apoyando los pies con sumo cuidado y ocultándome tras los troncos de los árboles.

Había dejado aparcado el típico coche de capullo fanfarrón en la carretera principal, un enorme todoterreno negro con las deprimentes e inevitables lunas oscuras. Se encontraba a unos cincuenta metros del desvío, y la carretera estaba bordeada por amplias praderas, hierbas altas, ortigas y un viejo mojón inclinado, de manera que no había ningún escondite posible; no podía arriesgarme a acercarme lo bastante como para leer la matrícula. Mi hombre dio un golpecito afectuoso al capó, entró en el coche, cerró la puerta de un portazo (un silencio frío y repentino se apoderó de los árboles que me rodeaban) y permaneció allí sentado un rato, contemplando lo que sea que los hombres contemplan, probablemente su corte de pelo. Finalmente pisó a fondo el acelerador y puso rumbo a Dublín cual apisonadora.

Una vez estuve segura de que se había ido, volví a trepar al árbol y reflexioné sobre lo ocurrido. Cabría la posibilidad de que aquel individuo me hubiera estado acechando durante un tiempo, podía ser él el causante de esa sensación eléctrica en la nuca, pero lo dudaba. Andara tras lo que andase, no se había mostrado particularmente cauto aquella noche y no me daba la impresión de que atravesar sigilosamente el bosque fuera una de sus habilidades. Lo que me tenía con la mosca detrás de la oreja no iba a dejarse ver tan fácilmente.

De una cosa sí estaba segura: ni Sam ni Frank necesitaban conocer la existencia del Príncipe Todoterreno, al menos no hasta que tuviera algo más concreto que contarles. Sam se iba a poner hecho una furia si descubría que me dedicaba a eludir a extraños en el mismo paseo nocturno donde Lexie no había logrado esquivar a su asesino. A Frank no le inquietaría en absoluto, puesto que confiaba en que yo sabía cuidar de mí misma pero, si se lo contaba, tomaría cartas en el asunto, localizaría a aquel tipo, lo arrestaría y lo interrogaría hasta sacarle la última papilla, y no era eso lo que yo quería. Una parte de mí me decía que aquél no era el modo de tratar aquel caso. Y algo más profundo me decía que no era asunto de Frank, no en el fondo. Había tropezado con él por casualidad. Aquello era entre Lexie y yo. De todos modos, le telefoneé. Ya habíamos hablado esa noche y era tarde, pero me respondió enseguida:

–¿Sí? ¿Estás bien?

–Estoy bien –me apresuré a contestar–. Lo siento, no pretendía asustarte. Sólo quería preguntarte algo antes de que se me olvide de nuevo. ¿La investigación os ha conducido a un varón de un metro ochenta de alto, complexión fuerte, entre veinticinco y treinta años, guapo, con el pelo claro, con ese tupé tan de moda y una cazadora de cuero marrón cara?

Frank bostezó, lo cual me hizo sentir culpable pero también un cierto alivio: era agradable saber que alguien dormía de vez en cuando.

–¿Por qué?

–Me crucé con un chico en el Trinity hace un par de días que me sonrió y me saludó, como si me conociera. No está en la lista de ACS. No es relevante, no actuó como si fuéramos amigos del alma ni nada por el estilo, pero pensé que estaría bien comprobar su identidad. No me gustaría que me sorprendiera si volvemos a tropezarnos.

En cierto modo era verdad, aunque con matices: el tipo en cuestión era bajito, flacucho y pelirrojo. Había tenido que devanarme los sesos durante diez minutos para averiguar de qué me conocía. Su cubículo estaba en nuestro rincón de la biblioteca.

Frank reflexionó unos instantes; oí el susurro de las sábanas mientras daba vueltas en la cama.

–No me suena de nada –contestó–. La única persona que se me ocurre es Eddie *el Bobo*, el primo de Daniel. Tiene veintinueve años, es rubio y lleva una chaqueta de cuero marrón, y supongo que podría parecer atractivo, si te gustan los tipos corpulentos y tontos.

–¿Qué ocurre? ¿No es tu tipo?

Seguía sin aparecer ninguna N. ¿Y por qué diablos iba a andar Eddie *el Bobo*, merodeando por Glenskehy en plena noche?

–Me gustan con más canalillo. Además, Eddie asegura que no conocía a Lexie. Y no hay motivo para pensar que miente. Él y Daniel no se llevan bien; no es que Eddie se deje caer por la casa para tomar el té o unirse a la pandilla una noche de juerga. Además, vive en Bray y trabaja en Killiney; no veo motivo para que estuviera en el Trinity.

–De acuerdo, no te preocupes –lo tranquilicé–. Probablemente sea alguien que la conoce de la universidad. Vuelve a dormirte. Y perdona por haberte despertado.

–Ningún problema –replicó, entre otro bostezo–. Más vale prevenir que curar. Grábame su descripción completa en una cinta y, si vuelves a verlo, házmelo saber.

Estaba ya medio dormido.

–Así lo haré. Felices sueños.

Permanecí sin moverme en mi árbol durante varios minutos más, aguzando el oído para detectar sonidos extraños. Nada; sólo la maleza a mis pies bamboleándose como un océano bajo el viento, y aquel pinchazo, levísimo pero perceptible, arañándome en la nuca. Me dije que si algo iba a azuzar mi imaginación, sería la historia de Sam acerca de la joven apartada de su amante, de su familia, de su futuro, colgada de una soga de una de aquellas oscuras ramas por todo lo que le quedaba en la vida: su propia vida y la de su bebé. Telefoneé de nuevo a Sam antes de adentrarme por aquellos derroteros. Seguía en vela.

–¿De qué iba eso? ¿Te encuentras bien?

–Estoy bien –respondí–. Lo lamento muchísimo. Pensaba que había oído a alguien acercándose. Me imaginaba al destripador misterioso de Frank ataviado con una máscara de hockey y una sierra eléctrica en ristre, pero no he tenido tanta suerte.

También era cierto, evidentemente, pero tergiversar los hechos para

Sam no era como tergiversarlos para Frank, y hacerlo me provocó un retortijón en la barriga. Se produjo un segundo de silencio.

–Estoy preocupado por ti –confesó Sam en voz baja.

–Ya lo sé, Sam –contesté–. Lo sé perfectamente. Pero estoy genial. Pronto volveré a casa.

Me pareció oírlo suspirar, un leve suspiro de resignación, demasiado imperceptible como para estar segura.

–Sí –replicó–. Y entonces podremos hablar de nuestras vacaciones.

Regresé a casa paseando mientras pensaba en el vándalo de Sam, en aquella sensación inquietante y en Eddie *el Bobo*. Lo único que sabía de él es que trabajaba para una agencia inmobiliaria, que él y Daniel no se llevaban bien, que Frank no tenía su inteligencia en gran estima y que había querido apropiarse de Whitethorn House hasta el punto de acusar a su abuelo de enajenación mental. Sopesé varios escenarios: un Eddie maníaco y homicida acabando con la vida de los ocupantes de la casa uno a uno, un Eddie Casanova manteniendo un romance peligroso con Lexie y alucinando al descubrir la noticia del bebé, pero todo se me antojaba demasiado rocambolesco y, además, me complacía pensar que Lexie había tenido mejor gusto como para tirarse a un *yuppie* estúpido en el asiento trasero de un todoterreno.

Si había merodeado alrededor de la casa en una ocasión y no había encontrado lo que buscaba, las probabilidades de que regresara eran altas, a menos que sólo estuviera echando un último vistazo al lugar que tanto había amado y luego había perdido. Pero no tenía aspecto de sentimental. Lo archivé en la carpeta «Cosas de las que preocuparse en otro momento». Por ahora no figuraba entre mis prioridades.

Lo que ocultaba a Sam era una nueva sospecha sombría que se desplegaba y revoloteaba en un rincón de mi mente: que alguien guardaba un rencor imperdonable contra Whitethorn House; que alguien había estado citándose con Lexie en aquellos caminos, alguien sin rostro cuyo nombre empezaba por N, y que alguien la había ayudado a concebir ese niño. Si aquellas tres personas eran la misma... El vándalo de Sam tal vez no estuviera muy bien cubierto, pero era lo bastante inteligente, al menos cuando estaba sobrio, para ocultarlo; podía ser guapísimo, encantador, todo bondades y, además, ya sabíamos que el proceso de toma de decisiones de Lexie funcionaba de manera algo distinta al de la mayoría de las personas. Especulé encontrarme con alguien en aquellos caminos y dar largos paseos juntos bajo la alta luna invernal y ramas cubiertas de filigranas de hielo, pensé en aquella sonrisa dibujándose bajo las pestañas de Lexie, en la casucha en ruinas y en el refugio tras la cortina de zarzas.

Si al tipo que imaginaba se le había presentado la oportunidad de dejar embarazada a una muchacha de Whitethorn House, le habría parecido una bendición del cielo, una simetría perfecta, cegadora: una bola de oro depositada en sus manos por unos ángeles, irrechazable. Y luego la había matado.

La mañana siguiente alguien escupió sobre nuestro coche. Íbamos de camino a la universidad, Justin y Abby delante, Rafe y yo en el asiento trasero. Daniel se había marchado temprano, sin dar explicaciones, mientras los demás nos encontrábamos a medio desayuno. Se había levantado un día frío y gris, el silencio del amanecer reinaba en el aire y una suave llovizna empañaba las ventanas; Abby hojeaba unos apuntes y canturreaba al son de Mahler, que sonaba en el reproductor de CD, cambiando de octava de manera espectacular a media frase, y Rafe aún andaba en calcetines, intentando desatar un nudo gigante del lazo de sus zapatillas. Mientras atravesábamos Glenskehy, Justin frenó frente al estanco para permitir que un transeúnte atravesara la carretera: se trataba de un anciano, encorvado y enjuto, vestido con un raído traje de *tweed* de campesino y tocado con una boina. Levantó su bastón en una especie de saludo al pasar junto a nosotros y Justin le devolvió el gesto.

Entonces el hombre vio a Justin. Se detuvo en mitad de la calzada y nos miró a través del parabrisas. Durante una milésima de segundo, su rostro se distorsionó en una máscara tensa de pura furia y repulsión; entonces golpeó con su bastón en el capó, con un sonido metálico tan nítido que escindió la mañana en dos. Todos nos sobresaltamos en nuestros asientos y, antes de que ninguno pudiera reaccionar con sensatez, el viejo escupió en el parabrisas, justo donde estaba Justin, y atravesó renqueando la calzada hasta la acera de enfrente, al mismo ritmo deliberado.

–Pero ¿qué...? –balbuceó Justin sin aliento–. Pero ¿qué diablos? ¿Qué ha pasado?

–No les gustamos –respondió Abby sin alterarse, estirando la mano para activar el limpiaparabrisas. La calle era larga y estaba desierta, casitas de colores pastel se apiñaban bajo la lluvia, con una oscura nube de montañas irguiéndose a sus espaldas. Ni un solo movimiento, más allá del cojeo lento y mecánico del anciano y el coletazo de una cortina de ganchillo al fondo de la calle–. Conduce, cielo.

–¡Vejestorio de mierda! –exclamó Rafe, mientras agarraba su zapato como si fuera un arma, con los nudillos blancos de tanto apretar–. Deberías haberlo atropellado, Justin. Deberías haber esparcido lo que sea que tiene dentro de ese minúsculo cerebro por toda esta desgraciada calle.

Empezó a bajar la ventanilla.

–Rafe –lo reprendió Abby–. Sube ese cristal ahora mismo.

–¿Por qué? ¿Por qué tenemos que dejarle que se vaya de rositas?

–Porque sí –dije yo, en voz baja–. Quiero salir a pasear esta noche.

Rafe se detuvo en seco, tal como había supuesto que haría; me miró atónito, con una mano todavía en la manivela de la ventanilla. A Justin se le caló el coche con un terrible chirrido, consiguió meter de nuevo la marcha y pisó a fondo el acelerador.

–Encantador –dijo. Su voz tenía un deje quebradizo: el menor asomo de maldad lo entristecía–. Ha sido realmente encantador. Sé perfectamente que no les gustamos, pero eso era completamente innecesario. Yo no le he hecho nada a ese hombre. Es más, he frenado para dejarlo cruzar. ¿Por qué ha hecho eso?

Estaba bastante segura de conocer la respuesta a aquella pregunta. Sam había estado ocupado en Glenskehy los últimos días. Un detective de Dublín que despierta admiración con su traje de chico de ciudad y entra en las salas de estar del pueblo haciendo preguntas, desenterrando con paciencia historias sepultadas en el tiempo, y todo eso porque habían apuñalado a una de las muchachas de aquel caserío. Sam habría hecho su trabajo con amabilidad y diligencia, como siempre; no era a él a quien iban a odiar.

–Por nada –contestó Rafe. Ambos andábamos retorcidos en nuestros asientos para observar a través de la luna trasera al viejo, que aún seguía de pie en la acera, frente a la puerta del estanco, apoyado en su bastón y en actitud desafiante–. Lo ha hecho sencillamente porque es un monstruo del Paleolítico y odia a cualquiera que no sea su esposa, su hija o ambas cosas a la vez. Es como vivir en medio de la maldita *Deliverance.*[1]

–¿Queréis que os confiese algo? –dijó Abby con frialdad, sin ni siquiera volver la vista–. Empiezo a estar muy, pero que muy harta de vuestra actitud colonialista. Sólo porque no fuese a una elitista escuela preparatoria inglesa no significa necesariamente que sea inferior a vosotros. Y si Glenskehy no está a vuestra altura, sois perfectamente libres de buscaros otro sitio para vivir.

Rafe abrió la boca, luego se encogió de hombros enfurruñado y la cerró sin decir nada. Le dio un fuerte tirón a la lazada de la zapatilla, tan fuerte que se le rompió, y blasfemó en voz baja.

Si aquel hombre hubiera sido treinta o cuarenta años más joven, yo me habría dedicado a memorizar sus rasgos para facilitárselos a Sam. El hecho de que no se tratara de un sospechoso viable (aquel tipo no había dejado sin aliento a cinco estudiantes que lo perseguían corriendo) hizo que un desagradable escalofrío me recorriera los hombros. Abby subió el volumen de la radio; Rafe arrojó la zapatilla al suelo y enseñó el dedo corazón a través de la luna trasera. «Nos vamos a meter en un lío», pensé.

–Escucha –me dijo Frank esa misma noche–. Le insistí a mi amigo del FBI que ordenara a sus muchachos que indagaran un poco más. Le expliqué que teníamos razones para creer que nuestra joven se largó porque sufrió una crisis nerviosa, de modo que íbamos tras la pista de posibles síntomas o causas. Porque es eso lo que creemos, ¿no es así?

–No tengo ni idea de lo que tú crees, querido Frankie. A mí no me pidas que me zambulla en ese agujero negro que es tu cerebro. –Estaba encaramada a mi árbol. Acomodé la espalda contra una mitad del tronco y apuntalé los pies en la otra para poder apoyarme el cuaderno de notas en los muslos. A través de las ramas se filtraba una luz de luna

1. Alusión a la novela de James Dickey adaptada al cine por John Boorman en 1972. Narra la historia de cuatro amigos que viven todo el año en la ciudad y deciden pasar un fin de semana en los Apalaches. Tras una primera jornada disfrutando de la naturaleza y los rápidos del río, el encuentro con unos lugareños salvajes convierte la excursión en una pesadilla. *(N. de la T.)*

suficiente para poder ver la página–. Aguarda un segundo –le pedí sosteniendo el teléfono bajo la mandíbula para buscar mi bolígrafo.

–Pareces contenta –comentó Frank con un dejo de sospecha.

–Acabo de disfrutar de una cena maravillosa y de compartir unas risas. ¿Por qué no debería estar contenta? –Logré sacar el bolígrafo del bolsillo de mi chaqueta sin caerme del árbol–. Lista, dispara.

Frank emitió un ruido de exasperación.

–Suena maravilloso, sí, pero procura mantener las distancias. Existe la posibilidad de que tengas que arrestar a una de esas personas.

–Pensaba que apuntabas a un extraño misterioso con capa negra.

–Mantengo abiertas todas las hipótesis. Y la capa es opcional. Bueno, esto es todo lo que tenemos, dijiste que querías cosas triviales, así que luego no te quejes. El dieciséis de agosto de 2000, Lexie-May-Ruth cambió de proveedor de telefonía móvil para disfrutar de una tarifa local más barata. El veintidós le subieron el sueldo en la cafetería, setenta y cinco centavos más la hora. El veintiocho, Chad le propuso en matrimonio y ella aceptó. El primer fin de semana de septiembre, ambos viajaron en coche hasta Virginia para conocer a los padres de Chad, quienes afirmaron que se trataba de una joven muy dulce que les había regalado una planta enmacetada.

–El anillo de compromiso –dije, en un tono informal. Aquella información estaba haciendo que en mi cabeza las ideas estallaran como palomitas, pero no quería que Frank lo supiera–. ¿Lo llevaba puesto cuando se separaron?

–No. Los policías se lo preguntaron a Chad. Lo dejó en la mesilla de noche, pero eso no lo inquietó. Siempre lo hacía cuando iba a trabajar, para evitar perderlo o que se le cayera en la freidora o lo que fuera. Tampoco estamos hablando de un pedrusco. Chad es bajista en un grupo *grunge* llamado Man From Nantucket y aún no han dado el salto a la fama, así que de momento se gana la vida como carpintero. Está sin blanca.

Mis notas eran meros garabatos que, a causa de la luz y el árbol, estaban adquiriendo una inclinación divertida. Pero lograría descifrarlas.

–¿Qué pasó a continuación?

–El doce de septiembre, nuestra joven y Chad compraron una PlayStation con su tarjeta de crédito conjunta, lo cual supongo que es tan buena señal de compromiso como cualquier otra en los tiempos que corren. El dieciocho ella vendió su coche, un Ford del 86, por seiscientos dólares; explicó a Chad que quería comprarse algo menos destartalado ahora que había obtenido un aumento de sueldo. El veintisiete acudió al médico a causa de una infección de oído, probablemente contraída por nadar; le prescribieron antibióticos y se curó. Y el diez de octubre había desaparecido. ¿Es esto lo que buscabas?

–Sí –contesté–. Es exactamente la clase de datos que tenía en mente. Gracias, Frank. Eres una joya.

–Debió de ocurrir algo entre el doce y el dieciocho de septiembre. Hasta el día doce, todo el mundo asegura que no tenía intención de moverse de allí: se había comprometido, había ido a conocer a los padres de su novio y se dedicaba a comprar cosas con Chad como cualquier pareja. Sin embargo, el dieciocho vende el coche, lo cual me indica que está reuniendo fondos para largarse. ¿Estás conmigo?

–Tiene sentido –respondí, aunque sabía que Frank se equivocaba. Un último y suave clic había hecho que aquel súbito cambio de comportamiento encajara de repente, y supe sin más por qué Lexie había huido a toda prisa de Carolina del Norte, lo supe con la misma claridad que si ella estuviera sentada, ingrávida, en una rama junto a mí, balanceando sus piernas a la luz de la luna y susurrándomelo al oído. Y supe por qué se disponía a escapar también de Whitethorn House. Alguien había intentado retenerla.

–Procuraré averiguar algo más acerca de esa semana, quizá consiga que alguien entreviste al pobre Chad. Si logramos adivinar qué la hizo cambiar de planes, deberíamos ser capaces de señalar a nuestro hombre misterioso.

–Suena bien. Gracias, Frank. Mantenme al corriente de tus pesquisas.

–No hagas nada que yo no haría –me recomendó antes de colgar el teléfono.

Incliné la pantalla de mi móvil hacia el cuaderno para poder leer mis apuntes. La PlayStation era irrelevante; es fácil comprar con una tarjeta de crédito si no se tiene intención de pagar; no había ningún plan de largo recorrido. El último dato sólido que confirmaba su pretensión de quedarse era el cambio de operador telefónico, en agosto. Uno no se preocupa de obtener una tarifa más económica a menos que vaya a usarla. El 16 de agosto se había sentido encerrada en su vida como May-Ruth, sin salidas.

Y entonces, menos de dos semanas después, el pobre músico *grunge* le había propuesto en matrimonio. Después de aquello, ninguno de los movimientos de Lexie indicaba que pretendiera quedarse. Había dado su consentimiento, había sonreído y se había tomado su tiempo hasta reunir el dinero necesario, y luego había echado a correr lo más lejos y rápidamente que había podido, sin volver la vista atrás ni una sola vez. Al final resultaba que no había sido el apuñalador misterioso de Frank, ni ninguna amenaza enmascarada emergiendo sigilosamente de entre las sombras con una cuchilla reluciente. Había sido algo tan simple como un anillo barato.

Y en esta última ocasión había sido el bebé, un vínculo de por vida con un hombre, con un lugar. Podría haberse desprendido de él, tal como se había desembarazado de Chad, pero eso no había sido lo importante. El mero hecho de pensar en ese vínculo la había hecho estrellarse contra las paredes, frenética como un ave enjaulada.

La primera falta y los precios de los vuelos, y, en algún lugar en medio de todo aquello, N. N era o bien la trampa que la retenía aquí o, de algún modo que yo debía descifrar, su válvula de escape a aquella situación.

Los otros estaban despatarrados en el suelo del salón de estar, frente a la chimenea, como niños, hurgando en una maleta hecha polvo que Justin acababa de encontrar en algún sitio. Rafe tenía las piernas echadas amigablemente sobre Abby; según parecía habían hecho las paces tras su bronca matutina. La alfombra estaba sembrada de tazas y de un plato con galletas de jengibre y un popurrí de objetos pequeños y maltrechos: canicas con agujeros, soldaditos de plomo, medio caramillo de arcilla.

–¡Caramba! –exclamé, al tiempo que lanzaba mi chaqueta al sofá y me dejaba caer entre Daniel y Justin–. ¿Qué tenemos aquí?

–Rarezas muy raras –respondió Rafe–. Ten. Para ti.

Agarró un ratoncillo mecánico apolillado, le dio cuerda y lo envió en mi dirección, arrastrándose por el suelo. Se detuvo a medio camino, con una rascada sorda.

–Espera, toma mejor esto –intervino Justin, al tiempo que estiraba la mano y me ofrecía el plato de galletas–. Sabe mejor.

Cogí una galleta con una mano, metí la otra en la maleta y encontré algo duro y pesado. Al sacarlo me quedé observando lo que parecía una caja de madera desvencijada; en la tapa otrora se leyeron las iniciales «EM», en un grabado madreprela, pero ahora sólo quedaban leves restos.

–¡Vaya! ¡Qué suerte la mía! –exclamé al tiempo que abría la tapa–. Esta casa es como la mejor tómbola del mundo.

Era una caja de música, con un cilindro deslustrado y un forro de seda azul desgarrado y, tras runrunear unos segundos, acabó por emitir la melodía «Mangas verdes», oxidada y dulce. Rafe puso una mano sobre el ratoncillo mecánico, que seguía silbando a medio gas. Se produjo un largo silencio, tan sólo interrumpido por el crepitar del fuego, mientras escuchábamos.

–Bellísima –opinó Daniel con voz suave, cerrando la caja una vez que la melodía hubo concluido–. Es maravillosa. Las próximas Navidades...

–¿Puedo guardarla en mi habitación para oírla antes de dormir? –pregunté–. ¿Hasta Navidades?

–¿Ahora necesitas que te canten nanas? –preguntó Abby, pero con una sonrisa–. Claro que puedes.

–Me alegro de no haberla encontrado antes –observó Justin–. Debe de tener cierto valor; nos habrían obligado a venderla para pagar los impuestos.

–No creo que sea tan valiosa –objetó Rafe, arrebatándome la caja de las manos y examinándola de cerca–. Las cajas básicas como ésta valen unas cien libras, mucho menos en estas condiciones. Mi abuela tenía una colección, docenas de ellas, cubrían absolutamente todas las superficies de la casa, a la espera de caer y hacerse añicos si andabas con demasiado ímpetu, y provocarle un ataque de cólera.

–¡Para! –lo regañó Abby, dándole una patadita en el tobillo («nada de pasados»), pero su enfado no parecía auténtico. Por algún motivo, quizá simplemente por esa alquimia misteriosa que se crea entre los amigos, toda la tensión de los últimos días parecía haberse desvanecido; volvíamos a sentirnos felices juntos: nuestros hombros se rozaban y Justin le bajó el jersey a Abby, que se le había remangado por la cintura–. Pero es posible que tarde o temprano encontremos algo de valor en medio de todo este barullo.

–¿Qué haríais con el dinero? –preguntó Rafe al tiempo que alargaba la mano para coger otra galleta–. Con unos cuantos miles, pongamos por caso.

En aquel momento me vino a la memoria la voz de Sam, susurrándome al oído: «Esa casa está repleta de bártulos viejos. Si hubiera habido algo de valor…».

–Comprar una cocina nueva con horno de leña incorporado –contestó Abby al instante–, así tendríamos un sistema de calefacción decente y unos fogones que no se desharían en montones de óxido con sólo mirarlos. Mataríamos dos pájaros de un tiro.

–¡Qué derrochadora! –bromeó Justin–. ¿Qué me dices de comprarte unos cuantos vestidos caros y pasar los fines de semana en Montecarlo?

–Me conformo con que no se me vuelvan a congelar los dedos de los pies.

«Quizás hubieran acordado una cita para que ella le diera algo y no se entendieron, Lexie cambió de opinión», había conjeturado yo… Caí en la cuenta de que tenía agarrada la caja de música como si temiera que alguien me la robara.

–Yo haría reconstruir el tejado, creo –explicó Daniel–. Dudo que se desintegre en los próximos años, pero no estaría de más evitar tener que esperar a que lo haga.

–¿En serio? –preguntó Rafe, sonriéndole de medio lado mientras volvía a dar cuerda al ratón mecánico–. Yo habría apostado a que jamás venderías este trasto, fuera cual fuese su valor; que te limitarías a enmarcarlo y colgarlo de la pared. Historia familiar por encima del cochino dinero.

Daniel movió la cabeza y extendió una mano para que yo le pasara su taza de café (había estado mojando mi galleta en ella).

–Lo que importa es la casa –aclaró, le dio un sorbo al café y me devolvió la taza–. Lo demás no es más que decoración, a decir verdad; les tengo cariño, pero vendería estos cachivaches sin titubear si necesitáramos el dinero para pagar la reconstrucción del tejado o algo por el estilo. Esta casa encierra bastante historia entre sus paredes y, al fin y al cabo, lo que estamos haciendo es hacerla nuestra, día a día.

–¿Y qué harías tú, Lex? –quiso saber Abby.

Allí estaba, por supuesto, la pregunta del millón de dólares, la que había estado repicando en mi cabeza como un martillo hidráulico. Sam y Frank no habían seguido la pista del trato con un anticuario venido a pique porque, básicamente, nada apuntaba en esa dirección. Todos los objetos de valor se habían destinado a pagar los impuestos de sucesión, no se había logrado establecer ninguna conexión entre Lexie y un anticuario o perista, y nada indicaba que necesitara dinero… hasta ahora.

Lexie tenía ochenta y ocho libras en su cuenta bancaria; apenas le llegaba para salir de Irlanda, por no hablar ya de empezar una nueva vida en otro lugar, y sólo le quedaban un par de meses antes de que empezara a notársele el embarazo, de que el padre se diera cuenta, y entonces sería demasiado tarde. La última vez había vendido su coche; en esta ocasión no tenía nada que vender.

Es asombroso la facilidad con la que uno puede tirar su vida a la cuneta y hacerse con una nueva, si se limita a vivir con poco y a aceptar cualquier trabajo que pague un sueldo. Después de la Operación Vestal, yo pasé muchas noches conectada a internet, comprobando precios de hoteles y anuncios de demanda de empleos en varios idiomas y haciendo cálculos. Hay un montón de ciudades donde se puede conseguir un piso de mala muerte por trescientas libras al mes o una cama en un hostal por diez la noche; un pasaje de avión y suficiente dinero para alimentarte durante unas cuantas semanas, mientras contestas a los anuncios para camarera, guía turística o pinche de cocina, y uno puede hacerse con una vida nueva por el precio de un coche de segunda mano. Yo tenía ahorradas dos mil libras: más que suficiente.

Y Lexie de eso sabía mucho más que yo; ya lo había practicado con anterioridad. No habría necesitado encontrar un Rembrandt perdido en el fondo de un armario. Lo único que necesitaba era la baratija acertada, una joya de cierto valor o un jarrón de porcelana raro (he oído subastas en las que se pagan varios cientos de libras por osos de peluche), y un comprador, además de la voluntad de vender fragmentos de aquella casa a escondidas de los demás.

Había huido en el coche de Chad, pero yo habría puesto la mano en el fuego a que esta vez todo había sido distinto: aquél había sido su hogar.

–Yo compraría estructuras para las camas –respondí–. A mí los muelles del somier se me clavan a través del colchón, como en el cuento aquel de la princesa y el guisante, y oigo a Justin cada vez que cambia de postura.

Volví a abrir la caja de música para poner fin a aquella conversación.

Abby empezó a cantar al son de la música, mientras hacía girar el caramillo entre sus manos. Rafe dio media vuelta al ratón de juguete y empezó a examinar el mecanismo interno. Justin propinó un golpe experto a una canica con otra y la primera rodó por el suelo hasta chocar con la taza de Daniel; éste alzó la vista del soldadito de plomo con el que estaba entretenido y sonrió, con el pelo cayéndole a mechones sobre la frente. Yo los observé a todos y acaricié con mis dedos la vieja seda, rogando al cielo haber dicho la verdad.

12

La noche siguiente, después de cenar, me fui de pesca a la obra maestra del tío Simon para recabar información acerca de una muchacha de Glenskehy muerta. Habría resultado mucho más fácil hacerlo sola, pero ello habría supuesto fingir que estaba enferma para no asistir a la universidad y no quería preocupar a los demás a menos que fuera estrictamente necesario. De manera que Rafe, Daniel y yo estábamos sentados en el suelo del cuarto trastero, con el árbol genealógico de los March extendido ante nosotros. Abby y Justin estaban abajo, jugando a las cartas.

El árbol genealógico era una inmensa lámina de papel grueso hecha jirones y redactada con un amplio surtido de caligrafías, que englobaba desde una delicada letra con tinta marrón en la parte superior: «James March (h. 1598), casado con Elizabeth Kempe, 1619», hasta los garabatos arácnidos del tío Simon en la parte inferior: «Edward Thomas Hanrahan (1975)», y el último descendiente de todos: «Daniel James March (1979)».

–Esto es lo único inteligible de toda esta habitación –opinó Daniel, arrancando una telaraña de un rincón–, quizá porque no fue Simon quien lo escribió. El resto… podemos intentar echarle un vistazo, Lexie, si tanto te interesa, pero yo apostaría a que la mayor parte de ello lo escribió cuando estaba completamente borracho.

–Mirad –dije, inclinándome para señalar–. Aquí está William, la oveja negra.

–«William Edward March –leyó Daniel, al tiempo que acariciaba el nombre suavemente con un dedo–. Nacido en 1894 y muerto en 1983.» Sí, es él. Me pregunto dónde acabaría sus días.

William era uno de los pocos que había vivido más allá de los cuarenta años. Sam tenía razón: los March morían jóvenes.

–Veamos si somos capaces de encontrarlo aquí –dije, al tiempo que acercaba una caja–. Siento curiosidad por este individuo. Quiero saber a qué se debió ese gran escándalo.

–¡Mujeres! –se quejó Rafe con altivez–. Siempre cotilleando.

Pero alargó la mano para acercar otra caja.

Daniel estaba en lo cierto: la mayor parte de aquella saga era prácticamente ilegible; el tío Simon subrayaba muchísimo y apenas dejaba espacio de interlineado, muy al estilo victoriano. Pero yo no necesitaba leerlo; sólo escaneaba las páginas en busca de las curvas altas de una W o una M mayúsculas. No estoy segura de qué esperaba encontrar. Nada, quizás, o algo que asestara un revés letal a la historia de Rathowen, demostrara que la joven había emigrado a Londres con su bebé y había establecido una tienda de confecciones que le había dado grandes réditos y había vivido feliz el resto de sus días.

En la planta de abajo oí a Justin decir algo y a Abby reír a carcajadas, apenas perceptibles y lejanas. Nosotros tres no hablábamos; el único sonido era el susurro suave y constante del papel. La estancia era fría y oscura, iluminada tan sólo por la luna difuminada que pendía al otro lado de la ventana, y aquellas páginas dejaban una película seca de polvo en nuestros dedos.

–Aquí hay algo –espetó Rafe de repente–. «William March fue víctima de grandes injusticias y [algo] sensacional, y ello le acabó costando tanto su salud como...» Madre mía, Daniel, tu tío debía de estar como un cencerro. Ni siquiera sé si esto está escrito en inglés.

–Déjame ver –pidió Daniel, asomando la cabeza sobre el libro–. «Tanto su salud como el lugar que por derecho le pertenecía en la sociedad», creo que pone. –Le arrebató el fajo de hojas a Rafe de las manos y se ajustó las gafas–. «Los hechos –leía despacio–, rumores aparte, son los que siguen: entre 1914 y durante todo 1915, William March luchó en la Gran Guerra, donde», supongo que pone «se desenvolvió», «bien, puesto que posteriormente fue distinguido con la Cruz Militar por sus actos de valentía. Este simple hecho debería», no sé qué pone, «todos los cotilleos. En 1915, William March fue dado de baja del ejército, tras haber recibido metralla en un hombro y sufrir una grave neurosis de guerra...».

–Estrés postraumático –aclaró Rafe. Estaba apoyado contra la pared, con las manos en la nuca, para escuchar–. Pobre diablo.

–Este fragmento es ilegible –continuó Daniel–. Explica algo sobre lo que había visto… en los campos de batalla, supongo; pone «cruel». Y continúa: «Rompió su compromiso con la señorita Alice West, dejó de participar en las distracciones de su círculo social y se dedicó a mezclarse con la gente corriente de la población de Glenskehy, para gran incomodidad de todas las partes. Todos los implicados eran conscientes de que esta relación», creo que pone «innatural», «no podía tener un final feliz».

–Esnobs –atajó Rafe.

–Mira quién fue a hablar –bromeé yo, acercándome a gatas a Daniel, y apoyando mi barbilla en su hombro para intentar descifrar lo escrito.

Hasta ahora, no había sorpresas, pero yo sabía por aquel «no podía tener un final feliz» que lo habíamos encontrado.

–«En torno a aquella época –continuó leyendo Daniel, inclinando la página para que yo también pudiera leer–, una muchacha de la población se encontró en una situación desafortunada y alegó que William March era el padre de su hijo nonato. Independientemente de la verdad, las gentes de Glenskehy, que por entonces tenían más moralidad de lo acostumbrado hoy en día –"moralidad" estaba subrayado dos veces–, quedaron conmocionadas por la desvergüenza de la muchacha. Toda la población estaba "¿convencida?" de que la joven debía limpiar su nombre mancillado internándose en un convento de monjas magdalenas y, hasta que así fuera, la considerarían una paria.»

Nada de final feliz ni de comercio de confecciones en Londres. Algunas mujeres nunca escapaban de los lavaderos de las magdalenas. Se convertían en esclavas por quedarse embarazadas, por ser violadas, por ser huérfanas o simplemente por su exuberante belleza, hasta que sus huesos acababan en tumbas anónimas.

Daniel continuó leyendo, en un tono pausado y regular. Notaba la vibración de su voz contra mi hombro.

–«Pero la muchacha, ya fuera por el desespero de su alma o por su reticencia a aceptar la pena impuesta, se arrebató la vida. William March, bien por haber sido ciertamente su compañero en el pecado, bien por haber sido testigo de tantos derramamientos de sangre, quedó profundamente afligido por aquel hecho. Su salud se quebró y, cuando se recuperó, abandonó a su familia, a sus amistades y su hogar para empezar una nueva vida en otro lugar. Poco se sabe de su vida posterior. Estos acontecimientos constituyen una lección de los peligros de la lujuria, de mezclarse con gentes ajenas al estrato natural que uno ocupa en la sociedad o de…» –Daniel se interrumpió–. Soy incapaz de leer el resto. En cualquier caso, supongo que esto es lo esencial; el párrafo siguiente habla de una carrera de caballos.

–¡Menuda historia! –exclamé en voz muy baja.

De repente la habitación pareció más fría, más fría y más ventosa, como si una ventana se hubiera abierto de repente a nuestra espalda.

–La trataron como a una leprosa y acabó derrumbándose –comentó Rafe, con el labio curvado en gesto tenso por una de las comisuras–. Y luego el propio William se vino abajo y abandonó el lugar. Entonces no es ninguna novedad que Glenskehy sea una central de lunáticos.

Noté que un ligero escalofrío recorría la espalda de Daniel.

–Es una anécdota muy desagradable –comentó–. De verdad. A veces me pregunto si no sería mejor aplicar la regla de «nada de pasados» a toda la casa también. Aunque… –echó un vistazo alrededor, a aquel cuarto lleno de objetos abollados y polvorientos, a las paredes empapeladas y raídas; a través de la puerta abierta, el espejo manchado que había al final del pasillo devolvía el reflejo de nosotros tres, en tonos azules, entre sombras– no estoy seguro de que sea una posibilidad viable –acabó de decir, casi para sí mismo. Dio unos golpecitos a las hojas para alinearlas, las depositó con cuidado de nuevo en su caja y cerró la tapa–. No sé vosotros –añadió–, pero yo creo que ya he tenido suficiente por esta noche. Vayamos con los demás.

–Creo que he revisado hasta el último papel de este país en el que aparece escrita la palabra «Glenskehy» –espetó Sam cuando lo telefoneé más tarde. Parecía destrozado y confuso: fatiga burocrática, sé de lo que hablo, pero satisfecho–. Sé más cosas sobre esa población de las que nadie necesita saber y tengo a tres sospechosos que encajan en tu perfil.

Yo estaba encaramada a mi árbol, con los pies bien escondidos entre las ramas. La sensación de estar siendo observada se había intensificado hasta tal punto que casi anhelaba que lo que quiera que fuese que me acechaba se abalanzara sobre mí, aunque sólo fuera para poder verlo. No le había mencionado nada de ello a Frank ni, por supuesto, a Sam. Por lo que podía ver, las posibles causas principales eran: mi imaginación, el fantasma de Lexie Madison y un destripador homicida con un rencor ancestral, y ninguna de ellas me parecía lo bastante consistente para compartirla. Durante el día pensaba que era producto de mi imaginación, quizás alentada por la fauna autóctona, pero por la noche me resultaba más difícil estar segura.

–¿Sólo tres de cuatrocientas personas?

–Glenskehy agoniza –contestó Sam sin rodeos–. La mitad de la población tiene más de sesenta y cinco años. En cuanto los jóvenes tienen edad suficiente, hacen las maletas y emigran a Dublín, a Cork, a Wicklow, donde sea que haya algo de vida. Sólo se quedan los que poseen una granja o un negocio familiar que heredar. Hay menos de treinta hombres de entre veinticinco y treinta y cinco años. He descartado a los que se desplazan a otro lugar para trabajar, a los desempleados, a los que viven solos y a los que podrían escabullirse durante el día si quisieran, tipos con turno de noche o que trabajan por cuenta propia. Eso reduce los candidatos a tres.

–¡Qué triste! –exclamé.

Pensé en el anciano que había cruzado renqueando aquella calle desierta y en las casas fatigadas donde sólo se había remangado una cortina de ganchillo.

–Es lo que tiene el progreso. Al menos encuentran un empleo. –Ruido de papeles–. Bien: aquí están mis tres hombres. Declan Bannon, treinta y un años, regenta una pequeña granja justo a las afueras de Glenskehy, donde vive con su esposa y dos hijos pequeños. John Naylor, veintinueve, vive en el pueblo con sus padres y trabaja en la granja de otro lugareño. Y Michael McArdle, veintiséis, vive con sus padres y hace el turno de día en la gasolinera que hay en la carretera hacia Rathowen. Ningún vínculo conocido con Whitethorn House en ninguno de los casos. ¿Alguno de los nombres te dice algo?

–A bote pronto no –respondí–, lo siento.

Justo entonces estuve a punto de caerme del árbol.

–Pero, claro –Sam se había puesto a filosofar–, habría sido demasiado esperar.

Pero yo ya casi no lo oía. John Naylor: por fin (ya era hora) encontraba a alguien cuyo apellido empezaba por N.

–¿Cuál te gusta más? –me apresuré a preguntar, y de ese modo asegurarme de que no se me notara la ilusión.

De todos los detectives que conozco, Sam es el mejor fingiendo que se ha perdido algo. Y resulta más útil de lo que uno cabría esperar.

–Aún es pronto para decirlo, pero por ahora Bannon es mi candidato. Es el único con antecedentes. Hace cinco años, una pareja de turistas americanos dejaron el coche aparcado delante de la puerta de la casa de Bannon, bloqueándola, mientras iban a dar un paseo por los prados. Cuando Bannon regresó y vio que no podía mover a sus ovejas, le propinó un buen puntapié al coche y dejó una abolladura de consideración en uno de los laterales. Daños y perjuicios y mala sintonía con los forasteros; ese vandalismo le viene como anillo al dedo.

–¿Los demás están limpios?

–Byrne afirma haber visto a ambos bastante entonadillos en alguna que otra ocasión, pero no lo suficiente como para preocuparse de arrestarlos por ebriedad y escándalo público o algo por el estilo. Cualquiera de ellos podría haber cometido delitos de los que no tenemos constancia, siendo Glenskehy como es, pero sí, están limpios.

–¿Has hablado ya con ellos?

No sabía cómo, pero tenía que ver a ese John Naylor. Dejarme caer por el pub estaba descartado, evidentemente, y perderme paseando como si tal cosa por la granja donde trabajaba probablemente fuera una mala idea, pero si diera con la manera de estar presente durante un interrogatorio…

Sam soltó una carcajada.

–Déjame respirar. Acabo de cerrar el círculo esta tarde. Tengo previsto interrogarlos a todos mañana por la mañana. Quería preguntarte si podrías apañártelas para estar presente. Sólo para echarles un vistazo, para ver si intuyes algo.

Me lo habría comido a besos.

–Claro, sí. ¿Cuándo? ¿Dónde?

–Lo sabía. Sabía que te apetecería acercarte para darles un repaso. –Sonreía–. He pensado hacerlo en la comisaría de Rathowen. Sería mucho mejor interrogarlos en sus hogares, para no asustarlos, pero no se me ocurre otro modo de llevarte conmigo.

–Suena bien –repliqué–. En realidad, suena genial.

La sonrisa en la voz de Sam se amplió.

–A mí también me parece una solución estupenda. ¿Te las ingeniarás para desembarazarte de los demás?

–Les diré que tengo visita en el hospital para que me revisen los puntos. De todos modos, lo normal sería que la tuviera.

Pensar en los demás me provocó una leve y extraña punzada. Si Sam tenía algo consistente sobre uno de aquellos tipos, aunque fuera insuficiente para justificar un arresto, mi operación encubierta se daría por concluida y yo regresaría a Dublín y a Violencia Doméstica.

–¿Y no querrán acompañarte al hospital?

–Probablemente, pero no se lo permitiré. Les pediré a Justin o a Daniel que me acerquen hasta el hospital de Wicklow. ¿Puedes recogerme tú allí o prefieres que coja un taxi hasta Rathowen?

Sam rió.

–¿Crees que me perdería una oportunidad así? ¿Hacia las diez y media?

–Perfecto –contesté–. Y, Sam, no sé el grado de profundidad que pretendes alcanzar en tus interrogatorios con esos tipos pero, antes de que empieces a hablar con ellos, tengo algo más de información para ti. Acerca de la joven y el bebé. –Me volvió a azotar esa pegajosa sensación de traición, pero recordé que Sam no era Frank, que no iba a presentarse en la casa con una orden de registro y un puñado de preguntas deliberadamente detestables–. Al parecer ocurrió en torno a 1915. No sé el nombre de la chica, pero su amante era William March, nacido en 1894.

Un instante de silencio y sorpresa, y luego:

–Eres una joya, ¿lo sabes? –comentó Sam encantado–. ¿Cómo lo has hecho?

De manera que no me estaba escuchando a través del micrófono... o al menos no todo el tiempo. Me asombró, cuánto me alivió saberlo.

–El tío Simon escribía la historia de la familia. Menciona el episodio de la joven. Los detalles no encajan del todo, pero es la misma historia.

–Aguarda un instante –me atajó Sam; lo escuché buscar una hoja en blanco en su cuaderno de notas–. Listo. Dispara.

–Según Simon, William partió para el frente de la Primera Guerra Mundial en 1914 y regresó de allí un año después profundamente afectado. Rompió su compromiso con una joven guapa y conveniente, cesó todo contacto con sus antiguas amistades y empezó a relacionarse con la gente del pueblo. Leyendo entre líneas se deduce que a los habitantes de Glenskehy no les hacía demasiada gracia.

–No es de extrañar –observó Sam con cierta sequedad–. Pertenecía a la familia del terrateniente… Seguramente podía hacer lo que se le antojara.

–Entonces la joven se quedó embarazada –continué–. Aseguraba que William era el padre, aunque Simon se mostraba un tanto escéptico al respecto pero, en cualquier caso, Glenskehy al completo quedó horrorizada ante tal hecho. Los lugareños empezaron a tratarla como a una proscrita; la opinión general era que debía acabar sus días en un lavadero de las magdalenas. Antes de que alguien la enviara al convento, la muchacha se ahorcó.

Una ráfaga de viento barrió los árboles, gotitas de agua salpicaron las hojas.

–Entonces –comentó Sam al cabo de un momento–, la versión de Simon exhime de toda responsabilidad a los March y la sitúa en esos campesinos tarados del pueblo…

La llamarada de ira me sorprendió con la guardia baja; me vinieron ganas de arrancarle la cabeza de un mordisco.

–William March tampoco salió indemne –contesté, consciente de la acritud que transmitía mi voz–. Sufrió algún tipo de crisis nerviosa, aunque desconozco los detalles, y según parece acabó sus días en una especie de sanatorio mental. Y, para empezar, es posible que ni siquiera fuera hijo suyo.

Otro silencio, esta vez más largo.

–Está bien –accedió Sam–. Tienes razón. Además, esta noche no me apetece discutir. Estoy demasiado contento ante la perspectiva de volver a verte.

Juro que tardé un segundo en procesar el dato. Me había concentrado tanto en la posibilidad de ver al misterioso N que ni siquiera había caído en la cuenta de que iba a ver a Sam.

–En menos de veinticuatro horas –contesté–. Me reconocerás por parecerme a Lexie Madison y por no llevar nada salvo ropa interior de blonda blanca.

–Eh, no me hagas esto –replicó Sam–. Estamos hablando de trabajo.

Pero me pareció percibir la sonrisa en su voz cuando colgamos.

Daniel estaba sentado en uno de los sillones junto a la chimenea leyendo a T. S. Eliot; los otros tres jugaban al póquer.

–Uuuf –exclamé, al tiempo que me dejaba caer en la alfombra que había junto al fuego. La culata de la pistola se me clavó bajo las costillas; no intenté ocultar el gesto de dolor–. ¿Y tú por qué no juegas? Si a ti nunca te eliminan el primero.

–Le he dado una buena paliza –contestó Abby, al tiempo que alzaba su copa de vino.

–No te regodees encima –le recriminó Justin, cuyo tono de voz delataba que estaba perdiendo–. Es de un gusto pésimo.

–Pero es cierto –contestó Daniel–. Empieza a ser muy buena echándose faroles. ¿Te duelen otra vez los puntos?

Una pausa momentánea, en la mesa, en el tintineo de Rafe pasándose las monedas entre los dedos.

–Sólo cuando me acuerdo de ellos –comenté–. Mañana tengo que ir a que les echen un vistazo, para que los médicos puedan manosearme un poco más y me digan que estoy bien, cosa que ya sé, por otro lado. ¿Te importa acercarme al hospital?

–Claro que no –contestó Daniel, dejando el libro en su regazo–. ¿A qué hora?

–Tengo que estar en el hospital de Wicklow a las diez en punto. Luego cogeré el tren para ir a la universidad.

–Pero no puedes ir sola –apuntó Justin. Estaba retorcido en su silla, la carta semiolvidada–. Yo te acompañaré. No tengo nada que hacer mañana. Iré contigo y luego podemos ir juntos a la universidad.

Parecía realmente preocupado. Si no conseguía convencerlo, estaba en un verdadero aprieto.

–No quiero que nadie me acompañe –atajé–. Quiero ir sola.

–Pero los hospitales son sitios espantosos. Y, además, siempre obligan a esperar durante horas, como si fuéramos ganado, apretujados en esas horribles salas de espera…

Con la cabeza gacha, rebusqué el paquete de cigarrillos en el bolsillo de mi chaqueta.

–Pues me llevaré un libro. No tengo ningunas ganas de ir y lo último que me apetece es notar todo el rato el aliento de alguien en la nuca. Sólo quiero acabar de una vez por todas con esta historia y olvidarla para siempre, ¿de acuerdo? ¿Me dejáis que lo haga?

–Ella decide –sentenció Daniel–. Pero comunícanoslo si cambias de opinión, Lexie.

–Gracias –contesté–. Soy mayorcita, ¿sabéis? Soy capaz de enseñarle al médico los puntos yo solita.

Justin se encogió de hombros y volvió a concentrar su atención en las cartas. Sabía que había herido sus sentimientos, pero no podía hacer nada para evitarlo. Encendí un pitillo; Daniel me acercó un cenicero que se balanceaba en el brazo de su sillón.

–¿Has empezado a fumar más? –inquirió.

Pese a la impasibilidad que mostraba mi rostro, la cabeza me iba a mil por hora. En todo caso, fumaba menos de los que debería: rondaba los quince o dieciséis cigarrillos al día, a medio camino entre los diez que yo solía fumar y los veinte de Lexie, y había esperado que achacaran el recorte al hecho de encontrarme aún débil. Jamás se me había ocurrido que Frank hubiera confiado sólo en la palabra de sus amigos para establecer la cifra de veinte. Daniel no se había tragado la historia del coma; sólo Dios sabía qué más sospechaba. Habría sido demasiado fácil, aterradoramente fácil para él deslizar uno o dos datos erróneos en sus interrogatorios con Frank, sentarse tranquilamente –aquellos sosegados ojos grises observándome sin rastro de impaciencia–, y esperar a comprobar si me traicionaban.

–No lo sé –repuse desconcertada–. No lo había pensado. ¿Estoy fumando más?

–Bueno, antes no te llevabas los cigarrillos cuando salías a pasear –aclaró Daniel–. Antes del incidente. Y ahora sí lo haces.

Estuve a punto de exhalar un suspiro de alivio. Debería haberme percatado (no encontramos tabaco en el cadáver), pero resultaba mucho más fácil de abordar un problema técnico de la investigación que imaginar a Daniel jugando, con rostro impasible, una baza de cartas salvajes bien ocultas contra su pecho.

–Ah, no –contesté–. El caso es que siempre se me olvidaban. Y ahora que insitís siempre en recordarme que me lleve el móvil, también me acuerdo de coger el tabaco. Pero de todos modos –me senté y miré a Daniel ofendida–, ¿por qué me regañas a mí? Rafe fuma dos paquetes al día y nunca te he oído recriminarle nada.

–No te regaño –refutó Daniel. Me sonrió por encima del libro–. Simplemente creo que los vicios son para disfrutarlos; de otro modo, ¿qué sentido tiene tenerlos? Si fumas porque estás tensa, entonces no disfrutas.

–No estoy tensa –repliqué. Me recosté sobre los codos, para demostrarlo y me coloqué el cenicero sobre la barriga–. Estoy muy bien, de verdad.

–Sería normal que estuvieras tensa después de lo ocurrido –dijo Daniel–. Es más que comprensible. Aun así, deberías encontrar otro modo de liberar estrés, en lugar de arruinar un vicio tan agradable–. –De nuevo esa sonrisa insinuada–. Si sientes necesidad de hablar con alguien…

–¿Te refieres a un psicólogo? –pregunté–. ¡Sóóó! Ya me lo propusieron en el hospital y los envié al cuerno.

–Claro, claro –respondió Daniel–. Me lo imagino perfectamente. Y considero que fue una decisión acertada. Nunca he entendido la lógica de pagar a un extraño con una inteligencia determinada para que escuche tus problemas; para eso están los amigos. Si quieres hablar de ello, puedes hacerlo con cualquiera de nosotros…

–¡Por todos los santos! –exclamó Rafe a voz en grito. Dejó las cartas de un golpe en la mesa y las apartó–. Que alguien me traiga una bolsa: voy a vomitar. Ah, entiendo cómo te sientes, hablemos todos de ello… ¿Es que me he perdido algo? ¿Nos hemos trasladado a la puñetera California y nadie me ha informado de ello?

–¿Qué pasa contigo? –preguntó Justin, con un trasfondo malicioso.

–Que no soporto las ñoñerías. Lexie está bien. Ya lo ha dicho. ¿Existe algún motivo en particular por el que no podamos olvidarnos de este asunto de una vez por todas?

Yo me había sentado; Daniel había abandonado la lectura de su libro.

–No es decisión tuya, por si no te has enterado –replicó Justin.

–Si voy a tener que escuchar todas estas patrañas, pues entonces sí que es decisión mía, maldita sea. Doblo. Justin, todo tuyo. Reparte, Abby –espetó Rafe y estiró el brazo por delante de Justin para agarrar la botella de vino.

–Hablando de recurrir a los vicios para liberar la tensión… –apuntó Abby con frialdad–, ¿no crees que ya hemos bebido suficiente por esta noche?

–En realidad –contestó Rafe–, creo que no, no. –Rellenó su copa, tanto que la última gota se desbordó y manchó la mesa–. Y no recuerdo haberte pedido consejo. Reparte las puñeteras cartas.

–Estás borracho –le espetó Daniel con sequedad–. Y empiezas a ponerte repelente.

Rafe se giró con un gesto brusco; agarraba con una mano la copa de vino y, por un instante, pensé que iba a lanzarla.

–Sí –dijo en voz baja y peligrosa–, es verdad, estoy borracho. Y tengo intención de emborracharme mucho más. ¿Quieres hablar de ello, Daniel? ¿Es eso lo que quieres? ¿Quieres que todos nosotros tengamos una conversación sincera?

Había algo en su voz, algo precario como el olor a gasolina, preparado y aguardando a prender a la primera chispa que saltara.

–No le veo el sentido a discutir de nada con alguien en tu estado –replicó Daniel–. Recupera la compostura, tómate un café y deja de actuar como un niñato malcriado.

Daniel volvió a levantar su libro y dio la espalda a los demás. Yo era la única que podía ver su rostro. Estaba perfectamente sereno, pero sus ojos no se movían: no estaba leyendo ni una palabra.

Incluso yo me daba cuenta de que Daniel estaba manejando mal aquella situación. Una vez que Rafe se instalaba en el malhumor, no sabía cómo desembarazarse de él. Necesitaba que alguien le ayudara a hacerlo, que cambiara el ambiente en la estancia con una tontería, que reinstaurara la paz o el pragmatismo para poder seguir adelante. Intentar intimidarlo sólo podía empeorar las cosas, y el hecho de que Daniel hubiera cometido un error tan poco característico de él me produjo un pinchazo en la nuca: sorpresa y algo más, una sensación similar al miedo o a la emoción. Yo podría haber tranquilizado a Rafe en cuestión de segundos («Vaya, vaya, ¿así que crees que sufro trastorno por estrés postraumático? ¿Como los veteranos del Vietnam? Que alguien grite: "Una granada" y veremos si me agacho…») y estuve en un tris de hacerlo; de hecho, me costó horrores contenerme, pero tenía que comprobar cómo se resolvía aquella tensión.

Rafe tomó aliento, como si fuera a añadir algo, pero luego cambió de opinión, sacudió la cabeza molesto y corrió la silla hacia atrás. Tomó su copa con una mano, la botella con la otra y salió del salón indignado. Instantes después la puerta de su dormitorio se cerró de un portazo.

–¡Qué diablos! –exclamé al cabo de un momento–. Al final voy a ir a ver al loquero para explicarle que vivo con una pandilla de perdedores anclados en el pasado.

–No empieces –me atajó Justin; le temblaba la voz–. Por favor, para.

Abby dejó las cartas en la mesa, se puso en pie, levantó la silla para colocarla con cuidado en su sitio y salió de la estancia. Daniel no se movió. Oí a Justin volcar algo y maldecir con mal genio en voz baja, pero no alcé la vista.

La mañana siguiente, el desayuno transcurrió en silencio, pero no era en absoluto un silencio agradable. Justin me negaba abiertamente la palabra. Abby trajinó por la cocina con el ceño levemente fruncido por la preocupación hasta que acabamos de fregar los platos, apremió a Rafe para que saliera de su habitación y los tres salieron para ir a la universidad.

Daniel estaba sentado a la mesa, mirando por la ventana, envuelto en una bruma privada, mientras yo secaba los platos y los colocaba en su sitio. Finalmente se revolvió en su silla, respiró hondo y me miró:

–Bueno –dijo, parpadeando desconcertado al detectar que el cigarrillo se le había consumido entre los dedos–, será mejor que nos pongamos en movimiento.

No pronunció ni una palabra durante todo el trayecto hasta el hospital.

–Gracias –dije mientras salía del coche.

–De nada –contestó ausente–. Llámame si algo va mal, aunque espero que no, o si cambias de idea y quieres que alguien esté contigo.

Se despidió con la mano, por encima de su hombro, mientras se alejaba.

Cuando me aseguré de que se había ido, pedí algo parecido a un café para llevar en la cafetería del hospital y me apoyé contra la fachada a esperar a Sam. Lo vi estacionar en el aparcamiento y salir del coche antes de que él me divisara. Tardé una milésima de segundo en reconocerlo. Parecía cansado, rechoncho y viejo, ridículamente viejo, y en aquel instante lo único que me vino a la mente fue: «¿Quién es este tipo?». Entonces me vio y me sonrió y yo recuperé la cordura y volvió a parecerse a sí mismo. Me dije que Sam siempre engorda un par de kilos durante los casos importantes, puesto que la comida basura se convierte en su alimento básico, y que además yo llevaba un tiempo rodeada de veinteañeros y alguien de treinta y cinco sin duda alguna me iba a parecer un vejestorio. Tiré el vaso del café a la papelera y me dirigí hacia él.

–Oh, Dios –exclamó Sam mientras me abrazaba con fuerza–, me alegro tanto de verte...

Su beso fue cálido, firme y extraño; incluso su olor, a jabón y a algodón recién planchado, se me antojaron desconocidos. Tardé un segundo en concluir cómo me sentía: igual que aquella primera noche en Whitethorn House, cuando se suponía que conocía a todas las personas que me rodeaban como si las hubiera parido.

–Hola –lo saludé con una sonrisa.

Atrajo mi cabeza hacia su hombro.

–Dios –volvió a exclamar con un suspiro–. Mandemos este maldito caso al infierno y escapémonos a pasar un día juntos... ¿Qué me dices?

–Trabajo –le recordé–. ¿Te acuerdas? Fuiste tú quien me dijo que nada de ropa interior de blonda blanca.

–He cambiado de idea. –Me acarició los brazos–. Estás guapísima, ¿sabes? Tan relajada y despierta, y además ya no estás tan flaca. Este caso te está sentando bien.

–Es el aire del campo –argumenté–. Además, Justin siempre cocina para doce personas. ¿Cuál es el plan?

Sam suspiró de nuevo, me soltó las manos y se apoyó contra el coche.

–Mis tres hombres están citados en la comisaría de Rathowen, con media hora de diferencia. Espero que dispongamos de tiempo suficiente; por ahora, lo único que me interesa es averiguar de qué van, pero sin alertarlos. No hay sala de observación, pero desde la recepción puedes escuchar todo lo que se habla en la sala de interrogatorios. Bastará con que esperes oculta mientras entran y luego te cueles en la recepción y escuches.

–La verdad es que me gustaría verlos –dije–. ¿Por qué no me quedo por ahí en la recepción, como si también me hubierais citado? No nos hará ningún daño que me vean por ahí, una casualidad preparada. Si uno de ellos es nuestro hombre, el homicida o sólo el vándalo, se va a llevar un buen susto.

Sam sacudió la cabeza.

–Precisamente eso es lo que me preocupa. ¿Recuerdas la otra noche, cuando hablábamos por teléfono? ¿Cuando creías que habías oído a alguien? Si mi hombre te ha estado siguiendo y cree que estás hablando con nosotros… Ya sabemos cómo las gasta.

–Sam –dije con voz pausada, entrelazando mis dedos en los suyos–, para eso estoy aquí, para estrechar el cerco a nuestro hombre. Si no me dejas hacerlo, no soy más que una gandula a la que pagan por comer buena comida y leer novelillas baratas.

Tras una pausa momentánea, Sam soltó una carcajada, seguida por un leve suspiro reticente.

–Está bien. Echa un vistazo a los sospechosos cuando salgan de la sala. –Me dio un apretón en las manos, con suavidad, y me soltó–. Antes de que se me olvide –rebuscó algo en su abrigo–, Mackey te envía esto. –Era un frasco de aspirinas como las que había llevado a Whitethorn House, con la misma etiqueta farmacéutica proclamando a voz en grito que se trataba de amoxicilina–. Me dijo que te dijera que tu herida aún no está del todo curada y que al médico le preocupa la posibilidad de que aún pueda infectarse, de manera que tienes que seguir tomándolas.

–Al menos tengo mi dosis de vitamina C –contesté.

Me guardé el frasco en el bolsillo. Pesaba demasiado y arrastraba hacia abajo un lado de mi chaqueta. «Al médico le preocupa…» Frank empezaba a planear mi salida.

La comisaría de Rathowen era una ratonera. Había visto muchas como aquélla, tachonaban los rincones olvidados del entorno rural: comisarías pequeñas atrapadas en un círculo vicioso, ignoradas por quienes gestionan las finanzas, por quienes asignan a los efectivos y por todo el mundo que puede obtener cualquier otro puesto en cualquier otro lugar del universo. La recepción se componía de una silla desvencijada, de un póster de cascos de moto y de un ventanuco para que Byrne pudiera mirar al vacío mientras mascaba rítmicamente su chicle. La sala de interrogatorios al parecer hacía también las veces de cuarto trastero: había una mesa, dos sillas, un armario archivador (sin cerrojo), una pila de formularios de declaración al alcance de cualquiera y, por algún motivo que fui incapaz de imaginar, un escudo antidisturbios maltrecho de los años ochenta en un rincón. El suelo estaba cubierto de un linóleo amarillento y el cadáver de una mosca aplastada decoraba una de las paredes. No era de sorprender que Byrne tuviera el aspecto que tenía.

Me oculté de la vista tras el mostrador, con Byrne, mientras Sam intentaba conferir algún tipo de forma reconocible a la sala de interrogatorios. Byrne se escondió el chicle en el moflete y me dedicó una larga mirada deprimida.

–No saldrá bien –me aclaró. Yo no sabía exactamente qué responder a ese comentario, pero aparentemente él no esperaba ninguna respuesta; Byrne comenzó a mascar su chicle de nuevo y proyectó la mirada otra vez a través de la ventanilla–. Ahí viene Bannon –informó–, el zoquete feo.

Cuando quiere, Sam tiene un don especial para los interrogatorios, y ese día quería. Mantuvo una conversación distendida, informal, en absoluto amenazadora. ¿Se le ocurre, por alguna casualidad, quién pudo apuñalar a la señorita Madison? ¿Qué opinión le merecen los cinco muchachos que viven en Whitethorn House? ¿Alguna vez ha visto a algún desconocido merodeando por Glenskehy? La impresión que transmitía, sutil aunque firme, era que la investigación empezaba a relajarse.

Bannon respondió básicamente con gruñidos irritados; McArdle se mostró menos neandertal pero más aburrido. Ambos aseguraron no tener ni idea de nada, nunca. Yo los oía a medias. Pero si ocultaban algo, Sam lo captaría; a mí lo único que me interesaba era ver a John Naylor y comprobar la expresión de su cara cuando me viera. Me senté en la silla desvencijada con las piernas estiradas, en una fingida postura que indicaba que me habían arrastrado de nuevo allí para formularme más preguntas estúpidas, y aguardé.

Bannon, ciertamente, era un zoquete grandullón y feo: un barrigón cervecero rodeado de músculos y rematado por una cabeza de patata. Cuando Sam lo acompañó fuera de la sala de interrogatorios y me vio, me repasó de arriba abajo y me miró con desdén y repugnancia; sabía quién era Lexie Madison, de eso no había duda, y no le gustaba. McArdle, por su parte, un fideo de hombre con un conato desgreñado de barba, me saludó con una vaga inclinación de cabeza y salió arrastrando los pies. Volví a esconderme detrás del mostrador y esperé a Naylor.

Su interrogatorio fue muy parecido a los otros dos: no había visto nada, no había oído nada y no sabía nada. Tenía una voz de barítono muy bonita, rápida y con el acento de Glenskehy con el que yo empezaba a familiarizarme, más tosca que la de la mayoría de personas en Wicklow y más salvaje, con un deje de tensión. Por fin Sam dio por concluida la entrevista y abrió la puerta de la sala.

Naylor era de estatura media, enjuto y nervudo, vestía tejanos y un jersey amplio de un color indefinido. Tenía una mata de pelo marrón rojizo y el rostro duro y huesudo: pómulos altos, boca ancha, ojos verdes avellanados y unas cejas pobladas. Yo desconocía el gusto de Lexie para los hombres, pero no cabía duda de que se trataba de un tipo atractivo.

Entonces me vio. Los ojos se le abrieron como platos y me miró con tal intensidad que me dejó clavada en la silla. Una mirada intensísima: podía ser de odio, de amor, de furia, de terror, o de todo a la vez, pero no era el desdén encabronado de Bannon ni nada parecido. Había pasión, una pasión intensa y rugiente como una bengala de alerta.

–¿Qué opinas? –preguntó Sam al ver a Naylor atravesar la carretera en dirección a un Ford del 89 manchado de barro por el que no darían más de cincuenta libras en chatarra, y eso siendo generosos.

Lo que yo opinaba, básicamente, era que ahora sabía casi con absoluta certeza de dónde había procedido ese cosquilleo en mi nuca.

–A menos que McArdle sea un prodigio de la mentira –contesté–, yo de ti lo eliminaría de la lista. Apostaría lo que fuera a que no tenía ni idea de quién soy y, aunque tu vándalo no sea el homicida, es indudable que le ha dedicado mucha atención a la casa. Al menos reconocería mi rostro.

–Como han hecho Bannon y Naylor –observó Sam–. Y no parecían especialmente contentos de verte.

–Son de Glenskehy –intervino Byrne con pesimismo a nuestra espalda–. Nunca están contentos de ver a nadie, se lo aseguro. Y nadie está contento de verlos a ellos.

–Me muero de hambre –comentó Sam–. ¿Comemos juntos?

Negué con la cabeza.

–No puedo. Rafe ya me ha enviado un mensaje al móvil preguntándome si iba todo bien. Le he dicho que aún estaba en la sala de espera pero, si no llego pronto a la universidad, irán a buscarme al hospital.

Sam tomó aliento y enderezó la espalda.

–Está bien –dijo–. Al menos hemos descartado a uno de la carrera; ya sólo nos quedan dos corredores. Te acerco al pueblo.

Cuando llegué a la biblioteca, nadie me preguntó nada; los demás me saludaron con un movimiento de cabeza como si volviera de fumarme un pitillo. Mi cabreo con Justin la noche anterior había surtido efecto.

Justin seguía enfurruñado conmigo. Yo lo ignoré durante toda la tarde: la terapia del silencio me pone de los nervios, pero Lexie era tozuda como una mula y no habría dado su brazo a torcer. Finalmente rompí la tensión durante la cena, un estofado tan denso que casi no podía considerarse líquido; la casa entera olía deliciosamente, a comida rica y caliente.

–¿Se puede repetir? –pregunté a Justin.

Se encogió de hombros, sin mirarme.

–No seas melodramático –se quejó Rafe en voz baja.

–Justin –comencé a decir–. ¿Sigues enfadado conmigo por portarme como una capulla contigo anoche?

Otro encogimiento de hombros. Abby, que había alargado los brazos para pasarme la sopera con el potaje, la depositó en la mesa.

–Estaba asustada, Justin. Me preocupaba ir allí hoy y que los médicos me dijeran que algo iba mal y que necesitaba someterme a una nueva operación o algo parecido. –Lo vi levantar la vista, una mirada rápida y nerviosa, antes de seguir desmigajando su pan y haciéndolo bolitas–. No habría sabido sobrellevar tenerte allí conmigo, tan asustado como yo. Lo lamento muchísimo. ¿Me perdonas?

–Bueno –contestó al cabo de un momento con una tímida media sonrisa–. Supongo que sí. –Se inclinó hacia delante para dejar la sopera junto a mi plato–. Ten. Acábatelo.

–¿Y qué te han dicho los médicos? –quiso saber Daniel–. No tienen que volver a operarte, ¿verdad?

–¡Qué va! –contesté, mientras me servía un cucharón de estofado–. Sólo tengo que seguir tomando antibióticos. La herida no ha acabado de curarse; temen que aún pueda infectarse.

Sentí un retortijón por dentro, en algún lugar bajo el micro, al pronunciar aquellas palabras en voz alta.

–¿Te han hecho alguna prueba? ¿Alguna ecografía?

Yo no tenía ni idea de lo que se suponía que tenían que haberme hecho los médicos.

–Estoy bien –dije–. ¿Os importa que dejemos ese tema?

–Buena chica –apuntó Justin, asintiendo con la cabeza mientras miraba mi plato–. ¿Significa eso que a partir de ahora podemos utilizar cebollas más de una vez al año?

Sentí una terrible sensación de caída libre. Miré a Justin estupefacta.

–Bueno, si repites –se explicó remilgadamente–, es que ya no te provocan arcadas, ¿no?

«Joder, joder, joder.» Yo como de todo; ni siquiera se me había ocurrido que Lexie pudiera tener manías con la comida y tampoco era un detalle que Frank pudiera haber descubierto en una conversación informal. Daniel había bajado su cuchara y me observaba.

–Ni siquiera me he dado cuenta de que había cebolla –respondí–. Creo que los antibióticos me están afectando al paladar. Todo me sabe igual.

–Pensaba que lo que en realidad no te gustaba era la textura –puntualizó Daniel.

«Joder.»

–Lo que no me gusta es pensar que hay cebollas. Ahora que sé que el potaje tiene…

–Lo mismo le ocurría a mi abuela –explicó Abby–. Tomaba antibióticos y perdió por completo el sentido del olfato. Nunca lo recuperó. Deberías comentárselo a tu médico.

–Nada de eso –atajó Rafe–. Si hemos encontrado algo que haga que deje de incordiar con el tema de las cebollas, dejemos que la naturaleza siga su curso. ¿Te vas a comer lo que sobra o me lo como yo?

–No quiero perder mi sentido del gusto y comer cebollas –dije–. Prefiero agarrar una infección.

–De acuerdo. Entonces, pásamelo.

Daniel había vuelto a concentrarse en su plato. Yo pinché con cara de duda el mío. Rafe puso los ojos en blanco. El corazón me iba a mil por hora. «Antes o después cometeré un error del que no sabré cómo escabullirme», pensé.

–Felicidades por la reacción con el asunto de las cebollas –me soltó Frank esa noche–. Además, lo has preparado todo a la perfección para cuando haya que sacarte de ahí: los antibióticos te estaban afectando al gusto, dejaste de tomarlos y, ¡eureka!, pillaste una infección. Ojalá se me hubiera ocurrido a mí.

Hacía una noche nubosa y una fina llovizna salpicaba las hojas, amenazando con transformarse de un momento a otro en un chubasco en toda regla. Estaba encaramada a mi árbol, arrullada en la chaqueta comunitaria y con el oído aguzado para detectar a John Naylor.

–¿Lo has escuchado? ¿Es que nunca te vas a casa?

–La verdad es que últimamente no mucho. Ya dispondré de tiempo suficiente para dormir una vez atrapemos a nuestro hombre. Y hablando del tema: se acerca mi fin de semana con Holly y estaría bien ir cerrando el caso para que pueda disfrutar como un feliz campista cualquiera.

–Nada me gustaría más –repliqué–, créeme.

–¿En serio, Cass? Tenía la sensación de que empezabas a aclimatarte muy bien.

No supe interpretar su voz; nadie es capaz de fingir un tono neutro como Frank.

–Podría ser mucho peor, eso es evidente –contesté con cautela–. Pero esta noche me ha puesto sobre alerta. No puedo seguir así para siempre. ¿Algo de utilidad por tu parte?

–No hemos averiguado qué espoleó la huida de May-Ruth. Chad y sus amigas no recuerdan que sucediera nada extraño esa semana. Pero es normal: han pasado cuatro años y medio.

No me sorprendió.

–Bueno –supiré–, merecía la pena intentarlo.

–No obstante, sí hemos averiguado algo –continuó Frank–. Probablemente no tenga nada que ver con nuestro caso, pero es extraño y, a estas alturas, cualquier dato merece atención. A juzgar por las apariencias, ¿tú cómo dirías que era Lexie?

Me encogí de hombros, aunque Frank no pudiera verme. Había algo retorcido en aquella pregunta, demasiado íntimo, como si me preguntaran que me describiera a mí misma.

–No lo sé. Alegre, supongo. Vivaracha. Segura de sí misma. Llena de energía. Tal vez un poco infantil.

–Sí, yo tenía la misma impresión. Eso es lo que vimos en los vídeos, al menos, y lo que nos dijeron todos sus amigos. Pero no corresponden a los rasgos que mi colega del FBI está obteniendo de los amigos de May-Ruth. –Una sensación fría ondeó en mi estómago. Escondí más los pies entre las ramas y empecé a mordisquearme un nudillo–. La describen como una muchacha tímida, muy callada. Chad pensaba que se debía a que era originaria de un pueblecito en medio de la nada en los Apalaches; explicó que Raleigh le parecía toda una aventura, que le encantaba, pero que se sentía un poco abrumada por todo. Era dulce, una soñadora, adoraba los animales; de hecho, se estaba planteando trabajar como ayudante de un veterinario. ¿Qué me dices? ¿Te suena eso en algo a nuestra Lexie?

Me pasé la mano por el pelo y deseé estar en tierra firme; necesitaba moverme.

–¿Qué pretendes decirme? ¿Crees que estamos hablando de dos chicas distintas que casualmente son idénticas a mí? Déjame que te advierta algo, Frank: creo que he llegado al límite de mi tolerancia con las coincidencias en este caso.

Me asaltó la loca idea de un montón de dobles saliendo de la carpintería, otras yo que se desvanecían y reaparecían por todo el mundo, otra yo en cada puerto. «Esto es lo que pasa por desear tener una hermana cuando era pequeña –pensé en un arrebato de locura, conteniendo una sonrisa histérica–. Hay que tener mucho cuidado con los deseos…»

Frank soltó una carcajada.

–No. Sabes que te quiero, cariño, pero con dos tú me basta y me sobra. Además, las huellas dactilares de nuestra chica coincidían con las de May-Ruth. Sólo digo que es extraño. Conozco a gente que ha tratado con personas con identidades falsas: testigos protegidos, adultos fugitivos como nuestra joven, y la opinión es unánime: su comportamiento no variaba. Una cosa es adoptar un nombre y una vida nuevos y otra muy distinta forjarse una nueva personalidad. Incluso para los agentes encubiertos formados supone un esfuerzo constante. Ya sabes cómo era fingir ser Lexie Madison veinticuatro horas al día, siete horas a la semana, o fingir ser quien eres ahora. No es fácil.

–Lo llevo bien –me defendí.

Sentí una necesidad imperiosa de volver a reírme. Aquella muchacha, fuera quien fuese, habría sido una agente encubierta sensacional. Quizá deberíamos haber intercambiado nuestras vidas antes.

–Ya lo sé –accedió Frank con tacto–. Pero nuestra chica también lo llevaba bien, y merece la pena comprobar qué ocurría. Quizá tenía un talento natural, pero es posible que hubiera tenido formación, en algún momento u otro de su vida, que fuera también una agente secreta o una actriz. Voy a tantear el terreno; tú reflexiona sobre ello y piensa en si has detectado cualquier señal que apunte en un sentido o en el contrario. ¿Te parece bien?

–Sí –contesté, apoyándome lentamente contra el tronco del árbol–. Buena idea.

Ya no tenía ganas de reír. Acababa de venirme a la memoria aquella primera tarde en el despacho de Frank, un recuerdo tan nítido que por un instante incluso olí el polvo y el cuero y el café con whisky, y por primera vez me pregunté si acaso yo no había entendido nada de lo que sucedía en aquella pequeña estancia soleada, si absorta en mi alegría e inconsciencia no se me habría pasado el momento más crucial de todos. Hasta entonces siempre había creído que mi examen había tenido lugar en aquellos primeros minutos, con aquella pareja en la calle o cuando Frank me preguntó si tenía miedo. Jamás se me había ocurrido que aquello se tratara tan sólo de las verjas exteriores y que el verdadero desafío se hubiera presentado mucho más tarde, cuando yo creía ya que estaba segura en el interior; que el apretón de manos secreto que había dado, incluso sin darme cuenta, hubiera sido la facilidad con la que ayudé a construir a Lexie Madison.

–¿Lo sabe Chad? –pregunté de repente, cuando Frank estaba a punto de colgar–. Que May-Ruth no era May-Ruth, quiero decir.

–Sí –contestó Frank como si nada–. Lo sabe. Procuré dejarle vivir de la ilusión tanto como pude, pero la semana pasada mi hombre se lo dijo. Necesitaba saber si ocultaba algo, por lealtad o por cualquier otro motivo. Y al parecer no era así.

Pobre desgraciado.

–¿Cómo se lo tomó?

–Sobrevivirá –contestó Frank–. Hablamos mañana –se despidió, y colgó.

Yo me quedé sentada en mi árbol haciendo dibujitos en la corteza con la uña durante un buen rato.

Empezaba a preguntarme si habría infravalorado no ya al asesino, sino a la víctima. No quería pensar en ello, me había resistido a hacerlo, pero lo sabía: en lo más profundo de Lexie había algo oscuro. Su sacrificio, el modo en que había dejado a Chad sin ninguna explicación y sus risas mientras se preparaba para abandonar Whitethorn House, como un animal que se mordisquea su pata atrapada en una trampa sin gimoteos; podía atribuirse, simplemente, a la desesperación. Eso era algo que había entendido desde el principio. Pero aquello, aquella transformación imperceptible de la dulce y tímida May-Ruth en la Lexie payasa y llena de vida: ésa era otra cuestión, algo malo. Ningún miedo ni ninguna desesperación exige un cambio de esas características. Lo había hecho por voluntad propia. Una joven con tanto por ocultar y un lado tan oscuro podía disparar una ira de alto calibre en otra persona.

«No es fácil», había dicho Frank. Pero eso era lo raro: a mí siempre me lo había resultado. En ambas ocasiones, convertirme en Lexie Madison me había parecido tan sencillo como seguir respirando. Me había deslizado en sus cómodos vaqueros viejos, y eso era precisamente lo que más me había asustado desde el principio.

No lo recordé hasta la hora de meterme en la cama aquella noche: aquel día en la hierba, cuando algo había hecho que todo encajara de repente y yo había contemplado a los cinco como una familia y a Lexie como la hermana pequeña y descarada. La mente de Lexie había seguido la misma trayectoria que la mía, si bien a una velocidad cien veces superior. Una simple mirada le había bastado para captar qué eran y qué les faltaba, y en un abrir y cerrar de ojos se había convertido en la horma de su zapato.

13

Desde el momento en que Sam dijo que planeaba interrogar a los tres vándalos potenciales supe que habría consecuencias. Si el señor Asesino de Bebés figuraba entre ellos, le haría maldita la gracia que los policías lo interrogaran, nos echaría la culpa de todo a nosotros y bajo ningún concepto dejaría las cosas como estaban. Sin embargo, no había previsto la celeridad de su reacción ni su implacabilidad. Me sentía tan segura en aquella casa que había olvidado que eso por sí solo ya debería de haber constituido una advertencia.

Tardó sólo un día. Estábamos en el salón, el sábado por la noche, poco después de la medianoche. Abby y yo nos habíamos estado haciendo la manicura con el pintaúñas plateado de Lexie, sentadas en la alfombra junto a la chimenea, y agitábamos las manos ante el fuego para que se secaran; Rafe y Daniel compensaban la oleada de estrógenos limpiando la Webley del tío Simon. Había permanecido en remojo en una cazuela con disolvente durante dos días, en el patio interior, y Rafe había determinado que ya podía limpiarse. Él y Daniel habían transformado la mesa en su arsenal, con sus herramientas, trapos de cocina, alfombrillas, y se hallaban lustrando felizmente el arma con cepillos de dientes viejos: Daniel atacaba la costra de suciedad de la empuñadura, mientras que Rafe se encargaba del cañón. Justin estaba tumbado en el sofá, leyendo entre dientes los apuntes de su tesis y comiendo palomitas frías de un cuenco que había a su lado. Alguien había puesto a Purcell en el tocadiscos, una tranquila obertura en una clave menor. La estancia olía a disolvente y a óxido, un olor acre que a mí me resultaba familiar y apaciguador.

–¿Sabes qué? –preguntó Rafe, dejó el cepillo de dientes en la mesa y examinó el revólver–. Creo que a decir verdad, bajo la capa de mugre, estaba muy bien conservado. Existe una posibilidad más que digna de que funcione. –Alargó la mano para agarrar la caja de municiones, que estaba al otro lado de la mesa, deslizó un par de balas en el cañón y cerró el cilindro–. ¿A alguien le apetece jugar a la ruleta rusa?

–Ni se te ocurra –exclamó Justin con un escalofrío–. Es un juego horrible.

–Dame –ordenó Daniel, estirando la mano para agarrar el arma–. No juegues con ella.

–Estoy bromeando, por el amor de Dios –replicó Rafe, al tiempo que le entregaba la pistola–. Simplemente compruebo que funcione bien. Mañana por la mañana la sacaré al patio y cazaré un conejo para la cena.

–No –lo atajé yo, enderezándome de repente y mirándolo con frialdad–. A mí me gustan los conejos. Déjalos en paz.

–¿Por qué? Lo único que hacen es hacer más conejos y cagarse por todo el prado. Esos pequeños capullos serían de mucha más utilidad en un sabroso fricandó o en un suculento estofado…

–Eres tan desagradable… ¿Es que no leías *Orejas largas*?[1]

–No puedes taparte los oídos con los dedos porque te destrozarías la manicura. Yo podría cocinar un conejito *au vin* que estaría…

–Vas a ir derechito al infierno, lo sabes, ¿no?

–Vamos Lex, déjalo ya, no podría hacerlo ni aunque se lo propusiera –dijo Abby, y siguió soplándose una uña–. Los conejos salen de sus madrigueras al amanecer. Y al amanecer Rafe ni siquiera cuenta como ser vivo.

–No veo nada de asqueroso en cazar animales –intervino Daniel, abriendo con cuidado el revólver–, puesto que de esa manera comes lo que matas. Al fin y al cabo, somos depredadores. En un mundo ideal, todos seríamos autosuficientes y viviríamos de lo que cultiváramos y cazáramos, sin depender de nadie. En la realidad, obviamente, es poco probable que eso ocurra y, además, a mí no me gustaría empezar por los conejos. Les he cogido cariño. Forman parte de la casa.

–¿Ves? –le solté a Rafe.

1. Alusión a un clásico de la literatura infantil de Richard Adams. En unos prados de Inglaterra, un reducido grupo de valientes conejos se lanza en busca de un nuevo hogar y afronta un sinfín de desafíos y peligros que supera gracias a su fuerza y astucia. *(N. de la T.)*

–¿Ves qué? Deja de portarte como una niña. ¿Cuántas veces te he visto jalarte un bistec o…?

Yo estaba de pie y lista para disparar, con la mano donde debería haber estado mi arma, antes de caer en la cuenta de que había oído un estrépito. Había una piedra grande y dentada en la alfombra de la chimenea, junto a mí y a Abby, como si siempre hubiera estado allí, rodeada por brillantes añicos de vidrio como cristales de hielo. Abby estaba boquiabierta; el frío viento se colaba a través de la ventana rota, inflando las cortinas.

Entonces Rafe se puso en pie de un salto y salió disparado hacia la cocina. Yo iba pisándole los talones, con el lamento de pánico de Justin –«¡Lexie, tus puntos!»– resonándome en los oídos. En algún lugar, Daniel gritaba algo, pero yo atravesé la cristalera detrás de Rafe y, justo cuando él salía al patio de un salto, con el cabello al vuelo, escuché el sonido metálico de la verja de la parte trasera del jardín.

La verja seguía balanceándose salvajemente cuando la cruzamos a toda prisa. Al salir al sendero, Rafe se quedó inmóvil, con la cabeza en alto, y me agarró la muñeca con una mano:

–Chissss…

Escuchamos, conteniendo la respiración. Noté algo alzarse tras de mí y di media vuelta, pero era Daniel, veloz y sigiloso como un felino en la hierba.

Viento en las hojas; nos encaminamos hacia la derecha, en dirección a Glenskehy, y no lejos de nosotros escuchamos el levísimo crujido de una ramita.

La última luz de la casa se desvaneció a nuestras espaldas, avanzábamos raudos por el sendero, en medio de la oscuridad, yo con el brazo estirado para guiarme por el seto, con las hojas rascándome en los dedos y, entonces, un súbito arranque de pies corriendo y un grito fuerte y triunfal de Rafe a mi lado. Rafe y Daniel eran rápidos, más de lo que había imaginado. Nuestra respiración salvaje como una partida de caza en mis oídos, el ritmo duro de nuestros pasos y mi pulso como tambores de guerra acelerándose en mi interior; la luna crecía y menguaba a medida que las nubes la cubrían y atisbé una sombra negra, a apenas veinte o treinta metros por delante de nosotros, encorvada y grotesca bajo la extraña luz blanca, corriendo a toda prisa. Por un instante pude ver a Frank inclinándose sobre su escritorio, apretándose con las manos los auriculares, y pensé en él con rabia: «No se te ocurra, no se te ocurra enviar a tus matones; esto es asunto nuestro».

Salvamos volando una curva del sendero, agarrándonos al seto para no perder el equilibrio, y frenamos con una derrapada en una encrucijada. Bajo la luz de la luna, los pequeños senderos se extendían en todas direcciones, desnudos y equívocos, herméticos; pilas de piedras apiñadas en los campos como espectadores embelesados.

–¿Adónde ha ido? –La voz de Rafe era poco más que un suspiro acelerado; giró sobre sí mismo, mirando a su alrededor como un perro de caza–. ¿Adónde ha ido ese capullo?

–No puede haberse ocultado tan rápido –susurró Daniel–. Está cerca. Se habrá tumbado en el suelo.

–¡Joder! –farfulló Rafe–. Joder, maldito capullo, cabronazo... Lo voy a matar...

La luna volvía a ocultarse; los muchachos no eran más que vagas sombras a mis flancos, y se desvanecían rápidamente.

–¿Linterna? –murmuré, estirándome para acercar mi boca al oído de Daniel, y vi la rápida agitación de su cabeza contra el cielo.

Fuera quien fuese aquel hombre, conocía aquellas montañas como la palma de su mano. Podía esconderse allí toda la noche si lo deseaba, avanzar de escondrijo en escondrijo como habían hecho sus antepasados rebeldes durante siglos antes que él, con la única ayuda de sus ojos escudriñadores observando entre las hojas, y luego desaparecer.

Sin embargo, empezaba a desmoronarse. Aquella piedra atravesando la ventana en dirección a nosotros, cuando él sabía que lo perseguiríamos: el control se le estaba escapando de las manos, erosionándose en polvo bajo el interrogatorio de Sam y el roce constante de su propia rabia. Podía ocultarse toda la vida si así lo quería, pero ahí radicaba precisamente la trampa: no quería, no realmente.

Cualquier detective de cualquier lugar del mundo sabe que ésa es nuestra mejor arma: el anhelo del corazón. Ahora que las empulgueras y las tenazas al rojo vivo han sido eliminadas del menú, no existe manera de forzar a nadie a confesar un asesinato, a conducirnos hasta el cadáver, a entregar a un ser querido o a delatar a un capo de la mafia, pero aun así la gente sigue haciéndolo. Y lo hace porque hay algo que anhelan más que la seguridad: una conciencia tranquila, la oportunidad de alardear, el fin de la tensión, un nuevo principio, lo que sea, pero lo encontraremos. Si somos capaces de adivinar qué es lo que quiere un delincuente, por muy secreto y oculto que sea su deseo, tanto que quizá ni siquiera él mismo lo haya atisbado, y se lo colocamos delante de las narices, entonces nos dará lo que le pidamos a cambio.

Aquel tipo estaba harto de esconderse en su propio territorio, de merodear con un spray y piedras como un adolescente mocoso en busca de atención. Lo que en realidad quería era tener la oportunidad de darle a alguien una patada en el trasero.

–Vaya, pero si se está escondiendo –dije en tono claro y divertido a la amplia y paciente noche, con mi acento de chica de ciudad más esnob. Daniel y Rafe me agarraron ambos al mismo tiempo para que me callara, pero yo les pellizqué, con fuerza–. Es tan patético... Un hombretón que nos saca ventaja y, en cuanto nos acercamos y le pisamos los talones, se esconde bajo un seto temblando como un conejito atemorizado.

Daniel dejó de apretarme el brazo; lo oí exhalar un leve espectro de sonrisa; había dejado de jadear.

–¿Y por qué no? –preguntó–. Es posible que no tenga agallas para ponerse en pie y pelear, pero al menos tiene la inteligencia suficiente para saber cuándo se ha metido en un buen berenjenal.

Le di un apretujón a la parte de Rafe que me quedaba más cerca (si algo podía impulsar a aquel tipo a salir a descubierto sería la sorna de un inglés como Rafe) y lo escuché tomar aliento, rápida y violentamente, al caer en la cuenta de nuestro plan.

–De inteligencia nada –dijo arrastrando las palabras–. Demasiadas ovejas en el árbol genealógico. Probablemente se haya olvidado de nosotros y haya salido en busca de su rebaño.

Un frufrú, demasiado leve y demasiado rápido para detectar su procedencia, y luego nada.

–Ven, gatito –canté con voz suave–. Ven gatito, ven aquí, bisbisbisbisbis... –y dejé que mi bisbiseo diera paso a una risita irónica.

–En tiempos de mi bisabuelo –comentó Daniel con frialdad–, sabíamos cómo tratar a los campesinos con exceso de celo. Un par de latigazos y entraban en vereda.

–Pero tu bisabuelo se equivocó al dejarlos procrear a su libre albedrío –opinó Rafe–. Se supone que hay que controlar su tasa de reproducción, como la de cualquier otro animal de granja.

Otra vez aquel frufrú, ahora más sonoro y un diminuto pero nítido chasquido, como el de un guijarro chocando con otro, muy cerca.

–Bueno, sabía cómo aprovecharse de ellos –continuó Daniel.

Su voz tenía un tono vago y abstraído, el mismo que adquiría cuando estaba concentrado en la lectura de un libro y alguien le formulaba una pregunta.

–Claro, claro –contestó Rafe–, pero mira dónde hemos acabado. Involución. El fondo poco profundo del acervo genético. Hordas de seres babosos, tontos, cuellicortos, endogámicos...

Algo salió del seto como propulsado por una explosión, a sólo unos metros de distancia, pasó junto a mí a tal velocidad que noté el viento en mis brazos e impactó contra Rafe como una bala de cañón. Cayó al suelo con un gruñido y un horrible ruido sordo que sacudió la tierra. Por una milésima de segundo escuché los sonidos de una refriega, alientos broncos y salvajes y el desagradable chasquido de un puñetazo alcanzando su objetivo; luego me sumé a la escaramuza.

Nos convertimos en una maraña de cuerpos, con la dura tierra contra nuestro hombro. Rafe sacaba la cabeza para coger aliento, el pelo de alguien en mi boca y un brazo retorciéndose como un cable de acero escapando a mi garra. Los chicos olían a hojas húmedas y él era fuerte y peleaba sucio, buscando con los dedos mis ojos, escarbando en busca de mi barriga con los pies plegados hacia arriba. Yo arremetí con fuerza, escuché una ráfaga de aliento y noté su mano alejarse de mi rostro. Entonces algo impactó con nosotros desde un flanco, con la fuerza de un tren de carga: Daniel.

Su peso nos envió a todos rodando hasta los matorrales; ramas arañándome el cuello, una respiración cálida en mi mejilla y, en algún lugar, el ritmo rápido y despiadado de puñetazos encajando en algo blando, una y otra vez. Fue una pelea sucia, desagradable y confusa, brazos y piernas por todos sitios, extremidades huesudas sobresaliendo, espantosos sonidos ahogados como perros rabiosos al acecho. Éramos tres contra uno y nosotros estábamos tan furiosos como él, pero la oscuridad le otorgaba cierta ventaja. No teníamos modo de saber a quién pegábamos; él no tenía que preocuparse por ello, cualquier golpe encajado era bueno. Y se aprovechaba de ello, deslizándose y retorciéndose, dando vueltas sin cesar a la montaña que componíamos, sin permitir que nos identificáramos unos a otros. Yo estaba mareada, me faltaba el aliento y sacudía frenéticamente el aire. Un cuerpo cayó sobre mí y la emprendí a codazos; entonces oí un aullido de dolor que bien podría haber proferido Rafe.

Aquellos dedos volvieron a buscar mis ojos. Yo busqué a tientas, encontré una mandíbula con barba de unos días, liberé un brazo y le propiné un puñetazo con toda la fuerza de la que fui capaz. Algo golpeó mis costillas, con dureza, pero no me dolió; nada me dolía, aquel tipo podría haberme abierto en canal y no lo habría notado; lo único que quería era pegarle, una y otra vez. La vocecilla fría de mi conciencia me advirtió: «Podríais matarlo, tal como estáis, entre los tres podríais matarlo», pero no me importó. Mi pecho era un gran estallido de blanco cegador y vi el arco temerario y letal de la garganta de Lexie, vi el dulce destello del salón profanado por el vidrio hecho añicos, vi el rostro de Rob frío y cerrado y podría haber seguido peleando hasta el fin de los días: quería que la sangre de aquel tipo llenase mi boca, quería notar su cara reventar y hacerse papilla, astiarse bajo mis puños, y seguir golpeándolo.

Se retorcía como un gato y mis nudillos impactaban contra la tierra y la grava. Me esquivaba. Busqué a tientas en la oscuridad, agarré la camisa de alguien y la oí desgarrarse mientras se zafaba de mí. Era un barullo desesperado, malvado, guijarros volando por los aires; un ruido sordo y enfermo como de una bota golpeando carne, un gruñido animal furioso, y luego pasos corriendo, rápidos e irregulares, desvaneciéndose.

–¿Dónde…?

Alguien me agarró del pelo; le aparté el brazo de un manotazo y tanteé en busca de su cara, aquella mandíbula áspera, encontré una tela, una piel cálida y luego nada.

–Aparta…

Un gruñido de esfuerzo y un peso apartándose de mi espalda, seguido de un silencio repentino y nítido como una explosión.

–¿Adónde ha ido…?

La luna salió de entre las nubes y nos miramos fijamente unos a otros, con los ojos como platos, sucios, jadeantes. Tardé un instante en reconocerlos. Rafe poniéndose en pie con dificultad, resollando y con una mancha oscura de sangre bajo la nariz; Daniel con el pelo tapándole la cara y rayajos de barro o sangre como pintura de guerra en las mejillas: sus ojos eran agujeros negros en la delicada luz blanca y me parecieron extraños letales, guerreros fantasmales de la última resistencia de una tribu perdida y salvaje.

–¿Dónde está? –susurró Rafe, con un aliento hosco y peligroso.

Ni un movimiento; sólo una tímida brisa ondeando el espino. Daniel y Rafe estaban acuclillados como luchadores, con los puños semicerrados, listos para atacar, y entonces caí en la cuenta de que yo también lo estaba. En aquel momento podríamos haber saltado el uno sobre el otro.

La luna volvió a esconderse. Algo pareció filtrarse en el aire, un repiqueteo demasiado agudo para escucharlo. De repente, mis músculos parecieron convertirse en agua, drenarse en la tierra; de no haberme agarrado a un seto, me habría caído. Uno de los muchachos exhaló una larga respiración entrecortada, como un sollozo.

Unas pisadas retumbaban en el camino, delante de nosotros, todos saltamos y nos detuvimos derrapando unos pasos más adelante.

–¿Daniel? –susurró Justin, sin aliento y nervioso–. ¿Lexie?

–Estamos aquí –contesté.

Me temblaba todo el cuerpo con violencia, como si estuviera sufriendo un ataque de epilepsia; tenía el corazón tan arriba que por una milésima de segundo pensé que iba a vomitar. En algún lugar a mi lado, Rafe sintió arcadas, se dobló por la cintura, tosiendo, y luego espetó:

–Tengo tierra por todos sitios…

–Madre mía. ¿Estáis bien? ¿Qué ha pasado? ¿Lo habéis cogido?

–Lo atrapamos –contestó Daniel, con un jadeo profundo y tosco–, pero no se veía nada y, en medio de la confusión, ha conseguido huir. No tiene sentido perseguirlo: a estas alturas ya estará a medio camino de Glenskehy.

–Madre mía. ¿Os ha hecho daño? ¡Lexie! ¿Y tus puntos…?

Justin estaba al borde de un ataque de pánico.

–Estoy perfectamente –respondí, alto y fuerte para asegurarme de que me oyeran bien a través del micrófono. Las costillas me dolían horrores, pero no podía arriesgarme a que alguien quisiera echarles un vistazo–. Lo que me está matando son las manos. He conseguido asestarle unos cuantos puñetazos.

–De hecho, creo que uno me lo has endiñado a mí, idiota –se quejó Rafe en un tono entre la exaltación y el aturdimiento–. Espero que se te hinchen los puños y te salgan unos buenos morados.

–Calla esa boca o te arreo otra vez –repliqué. Me palpé las costillas:

la mano me temblaba tanto que no estaba segura, pero no me pareció que hubiera nada roto–. Justin, deberías haber oído a Daniel. Ha estado genial.

–Y tanto –se sumó Rafe, empezando a reír–. ¿Unos «latigazos con el fuete»? ¿Cómo se te ha ocurrido eso?

–¿Fuete? –preguntó Justin acelerado–. ¿Qué fuete? ¿Quién tenía un fuete?

Rafe y yo habíamos estallado en carcajadas y casi no podíamos responderle.

–Oh, Dios –conseguí decir al fin–. «En tiempos de mi bisabuelo…»

–«Campesinos con exceso de celo…»

–¿Qué campesinos? ¿De qué demonios habláis?

–Me ha parecido que encajaba a la perfección –contestó Daniel–. ¿Dónde está Abby?

–Se ha quedado junto a la verja, por si ese tipo regresaba. ¡Dios mío! No creéis que lo haya hecho, ¿verdad?

–Lo dudo mucho –respondió Daniel. Su voz indicaba que estaba también a punto de estallar en carcajadas. Adrenalina, nos corría por las venas–. Diría que ya ha tenido suficiente por una noche. ¿Todo el mundo se encuentra bien?

–Yo no, gracias a la fierecilla indomable –contestó Rafe, y alargó la mano para estirarme del pelo pero, en su lugar, me dio un tirón de orejas.

–Me encuentro bien –gruñí, apartando la mano de Rafe de un manotazo.

Justin, en el fondo, seguía farfullando:

–Madre mía, madre mía…

–Bien –añadió Daniel–. Entonces regresemos a casa.

No había rastro de Abby en la verja trasera; nada salvo los arbustos de espino temblando y el crujido perezoso y embrujado de las bisagras bajo la fría brisa. Justin empezó a hiperventilar cuando Daniel gritó en la oscuridad:

–¡Abby, somos nosotros!

Y Abby apareció de entre las sombras: un óvalo blanco, el frufrú de una falda y una barra de bronce. Sostenía el atizador con ambas manos.

–¿Lo habéis atrapado? –susurró, con voz baja y furiosa–. ¿Lo habéis atrapado?

–Por todos los santos, estoy rodeado de guerreras –exclamó Rafe–. Recordadme que no me meta con vosotras.

Su voz sonaba amortiguada, como si se estuviera tapando la nariz.

–Juana de Arco y Boudica[1] –apuntó Daniel, con una sonrisa; noté su mano apoyarse en mi hombro un segundo y vi la otra extenderse para acariciar el cabello de Abby–. Luchando por defender su hogar. Lo atrapamos, aunque sólo temporalmente, pero creo que ya sabe con quién se las gasta.

–Me habría gustado traerlo hasta aquí, rellenarlo y asarlo a fuego lento en la chimenea –dije, mientras intentaba sacudirme la tierra de los pantalones con las muñecas–, pero se nos ha escapado.

–Maldito cabrón –dijo Abby. Exhaló una larga y tosca respiración y bajó el atizador–. Yo casi tenía ganas de que regresara.

–Entremos en casa –aconsejó Justin, volviendo la vista hacia atrás.

–¿Qué ha sido lo que ha tirado? –quiso saber Rafe–. Ni siquiera me ha dado tiempo a mirarlo.

–Un pedrusco –contestó Abby–. Y lleva algo pegado con celo.

–¡Válgame Dios! –exclamó Justin horrorizado en cuanto entramos en la cocina–. Estáis los tres hechos una pena.

–¡Caramba! –dijo Abby, enarcando las cejas–. Estoy impresionada. Me gustaría ver cómo ha quedado el que ha logrado escapar.

Teníamos tan mal aspecto como yo había previsto: temblorosos y con los ojos asustadizos, cubiertos de tierra y arañazos, con espectaculares manchas de sangre en lugares extraños. Daniel tenía el peso vencido por completo en una pierna y la camisa desgarrada en dos, con una manga colgando. Los tejanos de Rafe tenían un rasgón en una rodilla a través del cual se veía algo rojo brillante y por la mañana iba a lucir un bonito ojo a la funerala.

–Hay que desinfectar esos cortes –anunció Justin–. A saber qué po-

1. Reina guerrera de los icenos que acaudilló a varias tribus britanas durante el mayor levantamiento contra la ocupación romana entre los años 60 y 61 d.C., durante el reinado del emperador Nerón. *(N. de la T.)*

déis haber pillado en esos caminos. Están llenos de tierra, de excrementos de vacas y ovejas y de todo tipo de...

–Dentro de un momento –lo interrumpió Daniel, apartándose el cabello de los ojos. Se sacó una ramita del pelo, la miró divertido y la depositó con cuidado en la encimera de la cocina–. Antes de que nos pongamos con otra cosa, creo que deberíamos comprobar qué hay pegado a ese pedrusco. –Era un papel doblado, una hoja listada arrancada del cuaderno de un crío–. Esperad –nos interpeló Daniel.

Rafe y yo nos habíamos avanzado. Daniel encontró dos bolígrafos en la mesa, se abrió camino con cuidado a través de los cristalitos hasta la piedra y utilizó los bolis para arrancar el papel.

–Venga –dijo Justin con brío, mientras entraba afanosamente con un cuenco de agua en una mano y un trapo en la otra–, veamos esas heridas. Las damas primero. Lexie, ¿tú qué has dicho que te dolían? ¿Las manos?

–Espera –contesté.

Daniel había colocado el trozo de papel en la mesa y lo estaba desplegando con cuidado, utilizando la parte posterior de los bolígrafos.

–Buf –resopló Justin–. Buf.

Todos rodeamos a Daniel, hombro con hombro. Le sangraba la cara (un puñetazo o el borde de las gafas le habían hecho un corte en el pómulo), pero parecía no darse cuenta.

En la nota habían escrito un mensaje con unas mayúsculas furiosas, tan repasadas en algunos puntos que incluso habían traspasado el papel: «OS QUEMAREMOS VIVOS».

Se produjo un segundo de silencio absoluto.

–¡Madre mía! –exclamó Rafe. Se dejó caer en el sofá y estalló en carcajadas–. Fantástico. Pueblerinos con antorchas. ¿No os parece fascinante?

Justin chasqueó la lengua en señal de desaprobación.

–¡Qué tontería! –dijo. Había recobrado por completo su compostura ahora que estaba de nuevo en casa, seguro y rodeado de nosotros cuatro y con algo que hacer–. Lexie, a ver esas manos.

Se las enseñé. Estaban destrozadas, cubiertas de tierra y sangre, con los nudillos abiertos y la mitad de las uñas rotas... ¡Qué poco había durado mi manicura! Justin soltó un ligero bufido.

–Por todos los cielos, pero ¿qué le has hecho a ese pobre hombre? No digo que no se lo mereciera... Ven aquí, déjame que te vea bien.

Me condujo hasta el sillón de Abby, bajo la lámpara de pie, y se arrodilló en el suelo a mi lado. El cuenco emitía una nube de vapor con un tranquilizador olor a desinfectante.

–¿Llamamos a la policía? –preguntó Abby a Daniel.

–Claro que no –contestó Rafe, se frotó con cuidado la nariz y comprobó si tenía los dedos manchados de sangre–. ¿Te has vuelto loca? Nos echarán la misma perorata de siempre: gracias por denunciarlo, pero no hay posibilidad alguna de que atrapemos al autor, haceos con un perro… y adiós. Esta vez incluso podrían arrestarnos: basta con mirarnos para saber que ha habido una pelea. ¿Crees que al Gordo y al Flaco va a importarles quién haya empezado? Justin, ¿me pasas el paño un segundo, por favor?

–Un momentito. –Justin apretaba el paño húmedo contra mis nudillos, con tanta delicadeza que apenas lo notaba–. ¿Te escuece?

Negué con la cabeza.

–Voy a manchar de sangre el sofá –amenazó Rafe.

–No lo harás. Echa la cabeza hacia atrás y espera.

–A decir verdad –comentó Daniel, frunciendo el ceño pensativo mientras seguía mirando aquella nota–, creo que no sería tan mala idea llamar a la policía.

Rafe se sentó de golpe, sin acordarse de su nariz.

–Daniel. ¿Hablas en serio? Si se mueren de miedo al ver a esos orangutanes que viven en el pueblo. Harían lo que fuera para ganarse el favor de Glenskehy y qué mejor que arrestarnos acusados de asaltar a uno de ellos.

–En realidad no pensaba en llamar a la policía local –puntualizó Daniel–. En absoluto. Me refería a Mackey o a O'Neill; no estoy seguro de cuál sería mejor. ¿Tú por quién te decantas? –le preguntó a Abby.

–Daniel –intervino Justin. Su mano dejó de moverse sobre la mía y aquella nota aguda de pánico volvió a apoderarse de su voz–. No lo hagas. Por favor. No quiero… Nos han dejado en paz desde que Lexie regresó…

Daniel lo miró largamente, con gesto inquisitivo, por encima de sus gafas.

–Es verdad –replicó–. Pero tengo serias dudas de que hayan abandonado la investigación. Estoy convencido de que están invirtiendo bastante energía en buscar a un sospechoso y creo que les interesaría mucho tener noticia de éste. Además, creo que es nuestra obligación informarles, tanto si nos conviene como si no.

–Yo lo único que deseo es volver a la normalidad –insistió Justin, cuya voz se había transformado casi en un lamento.

–Claro, eso es lo que queremos todos –corroboró Daniel con cierta irritación. Puso gesto de dolor, se masajeó el muslo y volvió a apretar los ojos con dolor–. Y cuanto antes acabe todo esto y detengan a un culpable, antes podremos hacer exactamente eso. Estoy seguro de que Lexie, por ejemplo, se sentiría mucho mejor si ese hombre estuviera preso. ¿No es así, Lexie?

–¡Me importa un rábano si lo detienen! Me sentiría mucho mejor si ese cabronazo no se nos hubiera escapado tan pronto –contesté–. Me estaba divirtiendo.

Rafe sonrió y se inclinó hacia delante para chocar los cinco con mi mano libre.

–Al margen del episodio de Lexie –opinó Abby–, esto supone una amenaza. No sé tú, Justin, pero yo no tengo ningunas ganas de que me quemen viva.

–Pero por el amor de Dios, jamás haría algo así –apuntó Rafe–. Los incendios provocados requieren una cierta capacidad de organización. Se prendería fuego a sí mismo antes de conseguir llegar a nosotros.

–¿Te apostarías la casa?

El ambiente en la estancia se había enrarecido. La unión y la euforia atolondrada se habían evaporado con un silbido maligno, como agua derramándose sobre un fogón candente; ya nadie se divertía.

–Bueno, tengo más esperanzas en la estupidez de ese tipo que en la inteligencia de la policía. Necesitamos a los polis como un agujero en la cabeza. Si ese tarado vuelve a aparecer, y no lo hará, no después de esta noche, nosotros mismos nos encargaremos de él.

–Cierto. Porque hasta ahora –apostilló una Abby tensa– hemos resuelto nuestros propios asuntos solos con una brillantez deslumbrante.

Levantó la fuente de palomitas del suelo con un movimiento brusco y enojado y se agachó a recoger los cristales.

–No, déjalo; a la policía le conviene que no toquemos nada –la interrumpió Daniel, desplomándose en un sillón–. ¡Ay!

Hizo una mueca, se sacó el revólver del tío Simon del bolsillo trasero y lo dejó en la mesilla de café.

Justin se quedó inmóvil a medio camino. Abby se irguió con tal rapidez que a punto estuvo de caerse de espaldas.

De haber sido cualquier otra persona, yo no habría pestañeado siquiera. Pero Daniel… algo frío como el agua marina se apoderó de todo mi cuerpo y me dejó sin respiración. Era como ver a tu padre borracho o a tu madre histérica: aquella caída libre en tu estómago, los cables tensándose mientras el ascensor se prepara para descender en picado cientos de plantas, sin detenerse, fuera de control.

–¡No me lo creo! –exclamó Rafe, a punto de tener otro ataque de risa.

–¿Qué demonios pretendías hacer con eso? –inquirió Abby con mucha calma.

–La verdad es que no estoy seguro –respondió Daniel, mirando el arma con desconcierto–. La cogí por puro instinto. Pero una vez ahí fuera, como es lógico, estaba demasiado oscuro y era todo demasiado caótico como para poder hacer algo sensato con este trasto. Habría sido peligroso.

–¡Dios nos libre! –dijo Rafe.

–¿De verdad la habrías utilizado? –preguntó Abby, con los ojos como platos clavados en Daniel y la fuente en una mano como si estuviera a punto de tirarla.

–No estoy seguro –contestó él–. Se me ocurrió vagamente amenazarlo antes de que escapara, pero supongo que nadie sabe de lo que es verdaderamente capaz hasta que se presenta una situación límite.

Aquel sonido metálico en el sendero a oscuras.

–¡Madre mía! –musitó Justin, con una exhalación trémula–. ¡Vaya lío!

–Pues no es ni la mitad de lío de lo que podría haber sido –señaló Rafe alegremente–. Sangre y vísceras, claro que sí.

Se descalzó un zapato y sacudió unas piedrecitas en el suelo.

Ni siquiera Justin miró.

–¡Cállate! –lo regañó Abby–. ¡Cállate de una vez! Esto no es ninguna broma. La situación se nos está yendo de las manos. Daniel…

–No pasa nada, Abby –la sosegó Daniel–. Créeme. Todo está bajo control.

Rafe se recostó en el sofá y empezó a reír de nuevo, con una risa mordaz, crispada, rayana en la histeria.

–¿Y eres tú la que dice que esto no es ninguna broma? –le preguntó a Abby–. Bajo control. ¿Has oído bien lo que has dicho, Daniel? ¿De verdad opinas que esta situación está bajo control?

–Sí, eso opino –contestó Daniel, y su mirada se posó en Rafe, atenta y glacial.

Abby depositó la fuente con un golpe en la mesa y las palomitas saltaron por los aires.

–¡Y un cuerno! Rafe será un capullo, pero tiene razón, Daniel. Hemos perdido el control por completo. Alguien podría haber resultado muerto. Los tres os habéis lanzado a correr en medio de la oscuridad persiguiendo a un pirómano chalado…

–Y cuando regresamos te encontramos con un atizador en la mano –recalcó Daniel.

–No es lo mismo. Eso era por si volvía; yo no he salido detrás de él en busca de problemas. ¿Qué habría pasado si te hubiera arrebatado esa cosa? Dime. ¿Qué?

En cualquier momento alguien iba a pronunciar la palabra «pistola». En cuanto Frank o Sam descubrieran que el revólver del tío Simon había dejado de ser una herencia pintoresca para convertirse en el arma escogida por Daniel nos adentraríamos en un nuevo territorio, uno en el que participaría un equipo de la Unidad de Respuesta de Emergencias en alerta, con chalecos antibalas y rifles. La mera idea de ello me provocó un retortijón.

–¿A alguien le interesa conocer mi opinión? –pregunté, pegando un puñetazo en el brazo de mi sillón.

Abby giró bruscamente sobre sus talones y me miró como si se hubiera olvidado de mi presencia.

–¿Por qué no? –resopló transcurrido un momento–. Adelante.

Se dejó caer en el suelo, entre los cascos de vidrio, y se entrelazó las manos tras la nuca.

–Yo abogo por denunciarlo a la policía –les anuncié–. Esta vez podrían detener a ese tipo. Antes no tenían ninguna pista en la que ampararse, pero ahora lo único que tienen que hacer es encontrar a alguien con aspecto de haber pasado por una trituradora.

–En este lugar –terció Rafe–, es posible que ese dato no limite mucho sus pesquisas.

–Muy bien dicho –me felicitó Daniel–. No se me había ocurrido. Además podría resultar de utilidad como acción preventiva, en caso de que ese energúmeno decida acusarnos de agresión, cosa que estimo bastante improbable, pero nunca se sabe. ¿Estamos todos de acuerdo? No tiene mucho sentido hacer venir a los detectives a esta ahora; podemos llamarlos mañana por la mañana.

Justin había retomado su misión de limpiarme la mano, pero estaba demacrado y absorto.

–Lo que sea por zanjar este tema –respondió, tenso.

–Yo opino que es una locura –apostilló Rafe–, pero hace tiempo que vengo pensándolo. Y, además, tampoco es que mi opinión importe demasiado, ¿no es cierto? Vais a hacer exactamente lo que queráis de todos modos…

Daniel pasó por alto su comentario.

–¿Mackey u O'Neill? –preguntó.

–Mackey –contestó Abby, sin despegar la vista del suelo.

–Interesante… –opinó Daniel, mientras sacaba sus cigarrillos–. Mi primer instinto habría sido llamar a O'Neill, sobre todo porque es quien parece haber estado investigando nuestra relación con Glenskehy, pero quizá tengas razón. ¿Alguien tiene un mechero?

–¿Me permitís hacer una sugerencia? –preguntó Rafe con dulzura–. Cuando mantengamos nuestras pequeñas charlas con vuestros amigos de la pasma, tal vez sería buena idea no mencionar eso –indicó, señalando con la cabeza el arma.

–Evidentemente –aceptó Daniel con aire ausente. Seguía buscando un mechero; yo encontré el de Abby en la mesa, junto a mí, y se lo lancé–. De hecho, no ha intervenido en la historia; no hay motivo alguno para mencionarlo. Lo esconderé.

–Hazlo –convino Abby en un tono neutro, mirando el suelo–. Y luego todos podemos fingir que esto nunca ha ocurrido.

Nadie abrió la boca. Justin acabó de limpiarme las manos y me colocó tiritas sobre los nudillos abiertos, alineando con esmero los bordes. Rafe se levantó del sofá de un brinco, se dirigió a la cocina y regresó con un puñado de servilletas de papel húmedas, se frotó por encima la nariz y luego las arrojó al fuego. Abby no se movió. Daniel fumaba pensativo, con la sangre reseca en la mejilla y la vista fja en un punto de la distancia media.

El viento se levantó, se arremolinó en los aleros y envió un lamento por el tiro de la chimenea, bajó describiendo volutas y barrió como una ráfaga el salón, como si se tratara de un largo y frío tren fantasmal. Daniel apagó su cigarrillo, subió las escaleras (pisadas en la planta de arriba, una rascada prolongada y un puñetazo) y regresó con un madero lleno de arañazos y con los extremos serrados que en otro tiempo pudo pertenecer a la cabecera de una cama. Abby lo sostuvo mientras él lo clavaba sobre la ventana rota y los martillazos reverberaban con aspereza en la totalidad de la casa y se proyectaban hacia el exterior, hacia la noche.

14

Frank no perdió el tiempo y llegó a la casa a la mañana siguiente; tuve la sensación de que había estado aguardando a que sonara el teléfono con las llaves del coche en la mano desde el amanecer, listo para entrar en acción en el preciso momento en que efectuáramos la llamada. Vino acompañado de Doherty, cuya misión se limitaba a permanecer sentado en la cocina y asegurarse de que nadie escuchaba a escondidas mientras Frank nos tomaba declaración, uno a uno, en el salón. Doherty parecía fascinado; miraba embobado los altos techos, los parches de papel pintado semiarrancado y a mis cuatro compañeros con sus impecables atuendos pasados de moda, y luego a mí. No le competía estar allí. Aquélla era la línea de investigación de Sam y, además, Sam se habría personado en la casa en un abrir y cerrar de ojos de haber sabido que se había producido una refriega. Frank no se lo había explicado. Me alegraba sobremanera de no tener que estar presente en el centro de coordinación cuando el tema saliera a colación.

Los otros lo hicieron de maravilla. Erigieron su pulida fachada en cuanto escuchamos los neumáticos en el camino de acceso, si bien se trataba de una versión sutilmente distinta a la que desplegaban en la universidad: menos gélida, más atractiva, un equilibrio perfecto entre víctimas asombradas y corteses anfitriones. Abby sirvió té y preparó con esmero una bandeja de galletas; Daniel trajo una silla más a la cocina para Doherty, y Rafe se dedicó a hacer comentarios reprobatorios sobre su ojo amoratado. Me hice una idea de cómo debieron de ser los interrogatorios después de que Lexie falleciera y de por qué habían conseguido que Frank se subiera por las paredes. Frank comenzó conmigo.

–Bien –dijo, cuando la puerta del salón se cerró a nuestra espalda y las voces de la cocina se fundieron en un agradable murmullo apagado–. Al fin un poco de acción.

–Ya era hora, sí –contesté.

Acerqué unas sillas a la mesa de juegos, pero Frank sacudió la cabeza, se desplomó en el sofá y me indicó con la mano que me sentara en un sillón.

–Venga, pongámonos cómodos. ¿Estás entera?

–Me destrocé la manicura en el rostro de ese capullo, pero sobreviviré. –Rebusqué en el bolsillo de mis pantalones y saqué un fajo de hojas de libreta–. Lo escribí anoche, en la cama, antes de que lo sucedido empezara a emborronarse en la memoria.

Frank daba sorbos a su té y leía, tomándose su tiempo.

–Bien –dijo finalmente, y se guardó las hojas en el bolsillo–. Lo explica todo con claridad, o al menos con la claridad meridianamente distinguible en ese tipo de caos. –Dejó su taza en el suelo, buscó su cuaderno de notas y sacó la punta de su bolígrafo–. ¿Podrías identificar a ese tipo?

Sacudí la cabeza.

–No le vi la cara. Estaba demasiado oscuro.

–Habría estado bien llevarse una linterna.

–No había tiempo. Si me hubiera entretenido a buscar linternas, no le habríamos dado alcance. Pero de todos modos no necesitas ninguna identificación. Bastará con que busques a un hombre con los dos ojos morados.

–Ah –exclamó Frank pensativo, con un asentimiento de cabeza–, la pelea. Por supuesto. Nos ocuparemos de eso dentro de un momento. Pero por si se diera el caso de que nuestro hombre asegura que los cardenales se deben a una caída por las escaleras, nos sería de cierta utilidad tener algún tipo de descripción de su anatomía.

–Sólo puedo hablarte de percepciones –aclaré–. Dando por supuesto que fuera uno de los chicos de Sam, Bannon queda definitivamente descartado: era bastante fornido. Y este tipo era flaco, no muy alto, pero de complexión fuerte. Tampoco creo que fuera McArdle; le toqué con la mano la cara en un momento dado y no noté ningún vello facial, sólo una especie de barba de tres días. Y McArdle tiene una barba poblada.

–Es cierto –corroboró Frank, mientras anotaba algo sin prisas–. Así es. Entonces ¿tú votas por Naylor?

–Encajaría. Por altura, por constitución y por el pelo.

–Tendrá que bastar. Nos agarraremos a lo que tengamos. –Examinó la página de su cuaderno con aire pensativo, mientras se daba golpecitos con el bolígrafo en los dientes–. Y hablando del tema –añadió–, cuando los tres salisteis al galope a luchar por la casa, ¿qué se llevó consigo el pequeño Daniel?

Me había preparado la respuesta.

–Un destornillador –contesté–. No lo vi cogerlo, pero eso fue porque yo salí antes que él. Tenía la caja de herramientas en la mesa.

–Porque él y Rafe estaban limpiando la pistola del tío Simon. ¿Qué tipo de pistola es, por cierto?

–Un Webley, de principios de la Primera Guerra Mundial. Está bastante abollado y oxidado y todo eso, pero sigue siendo una delicia. Te encantaría.

–No lo dudes –replicó Frank en tono amigable, mientras apuntaba algo brevemente–. Con suerte, en algún momento incluso podré echarle un vistazo. De manera que Daniel agarró un destornillador en medio de las prisas aunque tenía un revólver ante las narices...

–Un revólver sin cargar y abierto. Además, no me da la impresión de que sepa mucho de armas. Le habría llevado un momento averiguar cómo cargarlo.

El sonido de alguien cargando un revólver es inconfundible, pero también casi imperceptible, y yo me encontraba al otro lado de la sala cuando Rafe lo había hecho; con la música, existía una posibilidad de que el micrófono no lo hubiera captado.

–Así que en su lugar cogió el destornillador –continuó Frank con un cabeceo–. Tiene lógica. Pero luego, por algún motivo, una vez atrapa a su hombre, ni siquiera se le ocurre utilizarlo.

–No tuvo oportunidad. Aquello era un barullo, Frank: los cuatro rodando por el suelo, piernas y brazos por todos sitios, era imposible determinar qué pertenecía a quién; estoy bastante segura de que yo soy la causante del ojo morado de Rafe. Si Daniel hubiera sacado el destornillador y hubiera empezado a asestar puñaladas, tendría muchas posibilidades de habernos alcanzado a uno de nosotros. –Frank continuaba asintiendo y tomaba notas de todo, pero tenía una mirada entre divertida e insulsa en la cara que no me gustaba nada–. ¿Qué pasa? ¿Habrías preferido que apuñalara a ese tipo?

–Bueno, me habría facilitado la vida, eso seguro –contestó, en tono alegre y críptico–. Y, dime, ¿dónde estaba el famoso… qué habíamos quedado que era… ah, sí, el famoso destornillador durante todo aquel espectáculo?

–En el bolsillo trasero de Daniel. Al menos, de ahí fue de donde lo sacó cuando regresamos a casa.

Frank arqueó una ceja, preocupado.

–Qué suerte no habérselo clavado él mismo. Con tanto rodar, no me habría extrañado que al menos se hubiera llevado un par de pinchazos.

Tenía razón. Debería haberle dicho que era una llave inglesa.

–Quizá se los llevó –contesté, encogiéndome de hombros–. Pídele que te enseñe el trasero, si te apetece.

–Creo que por el momento prescindiré de hacerlo. –Frank cerró la punta de su bolígrafo, se lo guardó en el bolsillo y se recostó en el sofá, acomodándose–. ¿En qué pensabas? –me inquirió en tono afable.

Por un momento me tomé su pregunta como un interés sincero sobre mi proceso de pensamiento, en lugar de como el prolegómeno de una bronca monumental. Cabía suponer que Sam se enfadara conmigo, pero no Frank: para él la seguridad personal es un juego de azar, había iniciado aquella investigación quebrantando todas las normas que encontró a su paso y yo sabía a ciencia cierta que en una ocasión le había asestado un cabezazo tan fuerte a un camello que tuvieron que llevarse al tipo a urgencias. Jamás se me había ocurrido que llegara a comportarse como un mocoso por algo así.

–Este tipo se está poniendo cada vez más duro –contesté–. Al principio se mantenía lejos de la gente: nunca le hizo ningún daño a Simon March y la última vez que había lanzado una piedra a través de la ventana escogió una estancia vacía… Pero en esta ocasión ese pedrusco nos pasó rozando a Abby y a mí, y, por lo que sabemos, podría haber estado apuntándonos a cualquiera de nosotros. Su objetivo ha dejado de ser la casa; ahora ataca también a sus inquilinos. Cada vez concuerda más con el sospechoso.

–Exactamente –convino Frank, apoyando un tobillo sobre la rodilla opuesta–. Es un sospechoso. Precisamente lo que estamos buscando. Así que reflexionemos unos instantes acerca de este asunto, ¿de acuerdo? Digamos que Sammy y yo nos dirigimos a Glenskehy hoy y arrestamos a esos tres lumbreras y digamos, puestos a ello, que logramos obtener información útil de uno de ellos, lo justo para justificar una detención, incluso un cargo por falta. ¿Qué me sugieres que conteste cuando su abogado, el fiscal general del Estado y los medios de comunicación me pregunten, y no tengo dudas de que lo harán, por qué su rostro parece una hamburguesa? Dadas las circunstancias, no me quedará otra alternativa que explicar que esos daños se los infligieron otros dos sospechosos y mi propia agente encubierta. ¿Y qué crees que ocurrirá a continuación?

Mi pensamiento en ningún momento había llegado tan lejos.

–Que encontrarás una respuesta esquiva.

–Es posible –replicó Frank en el mismo tono amable y cálido–, pero eso no es lo importante, ¿no crees? Lo que te estoy preguntando es qué pretendías hacer exactamente ahí fuera. Yo diría que, en tanto que detective, tu objetivo habría sido localizar al sospechoso, identificarlo y, a ser posible, retenerlo o mantenerlo bajo observación hasta que encontraras una manera de obtener refuerzos. ¿Acaso me estoy perdiendo algo?

–Pues sí, la verdad es que sí. Parece que no te das cuenta de que no era tan sencillo como...

–Porque tus acciones sugieren –Frank continuó, como si yo no hubiera hablado– que tu principal objetivo era propinarle una paliza de muerte a ese tipo, cosa que habría sido poco profesional por tu parte.

En la cocina, Doherty debió de contar un chiste, porque todos estallaron en carcajadas; eran unas risas perfectas, naturales y amistosas, y a mí se me pusieron los pelos de punta.

–Vamos, por lo que más quieras, Frank –repliqué–. Mi objetivo era retener al sospechoso y no hacer saltar por los aires mi misión de incógnito. ¿Cómo habría podido hacerlo de otro modo? ¿Apartando a Daniel y a Rafe de ese individuo y dándoles una charla sobre el tratamiento correcto de los sospechosos mientras hablaba por teléfono contigo?

–No tenías por qué liarte a puñetazos.

Me encogí de hombros.

–Sam me explicó que la última vez que Lexie había perseguido a ese tipo había dicho que le habría pateado el culo hasta meterle los huevos en el esófago. Era su manera de comportarse. Si me hubiera mantenido al margen y hubiera permitido que mis amigos machotes se encargaran del malo, se habrían extrañado. No tuve tiempo de analizar las implicaciones a posteriori de mis acciones; tuve que responder rápidamente, y lo hice metiéndome en mi personaje. ¿De verdad intentas decirme que nunca te involucraste en una pelea cuando trabajabas como agente encubierto?

–Claro que no –contestó Frank como si tal cosa–. Jamás diría algo así. He participado en muchas reyertas e incluso he salido vencedor en la mayoría de ellas para no echar a perder mi misión. Pero la diferencia estriba en que yo participé en esas peleas porque el otro tipo saltó sobre mí primero...

–Pero este tipo también se abalanzó sobre nosotros.

–Porque lo provocasteis deliberadamente. ¿Acaso crees que no he escuchado la cinta?

–Lo habíamos perdido, Frank. Si no lo hubiéramos incitado a salir de su madriguera, se habría largado de rositas.

–Déjame terminar, pequeña. Yo participé en peleas porque el otro tipo empezó o porque no podía librarme de ellos sin desvelar mi identidad de incógnito, o sólo para ganarme un poco de respeto y afianzar mi puesto en la jerarquía. Pero te aseguro que jamás me he metido en una bronca porque estaba tan implicado emocionalmente en la historia hasta el punto de querer arrancarle la cabeza a alguien. Al menos, no por trabajo. ¿Tú puedes decirme lo mismo?

Aquellos ojos azules despiertos, amistosos e inquisitivos; aquella combinación impecable y encantadora de franqueza y una leve nota de acero. Mi tensión estaba cediendo terreno a una señal de peligro a gran escala, la advertencia eléctrica que los animales perciben décimas antes de un relámpago. Frank me estaba interrogando tal como interrogaría a un sospechoso. Estaba a un paso de que me sacaran del caso.

Me esforcé en tomarme mi tiempo para responder: me encogí de hombros, avergonzada, y me revolví en el sillón.

–No creo que se tratara de implicación emocional –respondí al fin, con la vista clavada en mis dedos, que andaban retorciendo el borde de un cojín–. O al menos no en el sentido que insinúas. Es... Escucha, Frank, sé que al principio te preocupaba mi valentía. Y no te culpo por ello.

–¿Qué puedo decir? –preguntó Frank. Se había repantingado y me observaba con expresión neutra, pero me escuchaba; yo seguía teniendo una oportunidad–. La gente habla. El tema de la Operación Vestal ha surgido una o dos veces.

Hice una mueca.

–No me cabe ninguna duda. Apuesto a que podría adivinar incluso qué han dicho. La mayoría de personas me había tachado de estar quemada incluso antes de limpiar mi mesa. Has de saber que soy consciente de que te la jugaste enviándome aquí, Frank. No estoy segura de qué habrás oído…

–De todo un poco.

–Pero tienes que saber que la jodimos bien jodida y ahora mismo anda por ahí en libertad una persona que debería estar cumpliendo cadena perpetua. –Me salía la voz entrecortada: no tuve que fingir–. Y es espantoso, Frank, créeme. No tengo intención de que algo así vuelva a ocurrir y no tengo intención de hacerte creer que he perdido el valor, porque no es así. Pensé que si lograba atrapar a ese tipo…

Frank saltó del sofá como si tuviera un muelle.

–Atrapar a ese… ¡Jesús, María y José, tú no estás aquí para atrapar a nadie! ¿Qué te dije desde el principio? Lo único que tienes que hacer es señalarnos a O'Neill y a mí la dirección correcta a seguir y nosotros nos ocuparemos del resto. ¿Qué sucede? ¿Acaso no me expresé con bastante claridad? ¿Debería habértelo dado por escrito o qué pasa? ¡Dime!

De no haber estado los demás en la sala contigua, el volumen de nuestra conversación habría sobrepasado el tejado; cuando Frank se enfada, todo el mundo se entera. Yo me estremecí levemente y agaché la cabeza en un ángulo de humildad conveniente, pero en mi interior estaba encantada: que me echaran una bronca por insubordinación suponía una mejora relevante con respecto a que me interrogaran como a una sospechosa. Sobrepasarse en el entusiasmo, necesitar demostrar tu valía tras una metedura de pata: aquéllas eran cosas que Frank podía entender, cosas que suceden todo el tiempo, pecados veniales.

–Lo lamento –me disculpé–. Frank, lo siento de verdad. Soy consciente de que me dejé llevar y no volverá a ocurrir, pero no soportaría pensar que he echado a perder mi misión de incógnito y no soportaría que tú supieras que dejé escapar al sospechoso. Créeme, Frank, estaba tan cerca que casi pude saborearlo…

Frank me miró con dureza durante un rato; luego suspiró, se desplomó de nuevo en el sofá y se crujió el cuello.

–Escucha –me dijo–, lo que has hecho es arrastrar otro caso a éste.

A todo el mundo le ha ocurrido en algún momento de su carrera. Pero nadie con medio cerebro cometería el mismo error dos veces. Siento que tuvieras una mala experiencia y toda la mandanga pero, si lo que pretendes es demostrarme algo a mí o a quienquiera que sea, la mejor manera es que guardes tus casos viejos en el baúl de los recuerdos y trabajes en éste como es debido.

Me creyó. Desde el primer minuto de aquel caso, Frank había tenido aquella duda pendiendo con forma de interrogante en su cabeza y para despejársela me bastó con rebotarle la imagen en el espejo desde el ángulo adecuado. Por primera vez en mi vida, la Operación Vestal, bendita fuera su triste gloria, me había servido para algo.

–Lo sé –contesté, clavando la mirada en mis manos, entrelazadas en mi regazo–. Créeme, lo sé.

–Podrías haber hecho saltar por los aires todo el caso, espero que seas consciente de ello.

–Por favor, dime que no la he jodido del todo –le rogué–. ¿Vais a arrestar a este individuo de todas maneras?

Frank suspiró.

–Sí, probablemente sí. A estas alturas, no tenemos elección. Estaría bien tenerte en la sala de interrogatorios, podrías sernos de ayuda con el perfil psicológico y, además, creo que nos vendría bien enfrentar a nuestro hombre cara a cara con Lexie y comprobar su reacción. ¿Crees que te las apañarás para hacerlo sin saltar al otro lado de la mesa y hacer que se trague los dientes de un puñetazo?

Levanté la mirada de golpe, pero la comisura de su boca dibujaba una sonrisa irónica.

–Siempre tan gracioso –comenté, con la esperanza de que el alivio que sentía no se filtrara en mi voz–. Lo haré lo mejor que sepa. Consigue una mesa bien ancha, por si acaso.

–A tu valor no le pasa nada, lo sabes, ¿no? –me dijo Frank, mientras recogía su cuaderno y volvía a sacarse el bolígrafo del bolsillo–. Eres más valiente que tres personas juntas. Desaparece de mi vista antes de que vuelva a cabrearme contigo y envíame a alguien que no me provoque canas. Mándame a Abby, anda.

Salí a la cocina y le dije a Rafe que Frank quería verlo, por puro atrevimiento y para demostrarle a Frank que no le tenía miedo… aunque sí se lo tenía, desde luego que se lo tenía.

–Bueno –dijo Daniel cuando Frank hubo concluido su labor y se llevó de allí a Doherty, supongo que para comunicarle la buena nueva a Sam–. Diría que ha ido bien.

Estábamos en la cocina, recogiendo las tazas de té y dando buena cuenta de las galletas que habían sobrado.

–Sí, no ha estado nada mal –comentó Justin sorprendido–. Esperaba que se portaran como un par de capullos, pero Mackey incluso se ha mostrado agradable esta vez.

–Sí, pero ¿qué me decís del otro memo? –añadió Abby, acercándome la bandeja para ofrecerme otra galleta–. No le ha quitado la vista de encima a Lex. ¿Os habéis percatado? Menudo cretino.

–No es ningún cretino –repliqué. De hecho, Doherty me había impresionado después de pasar dos horas enteras sin llamarme «detective», de manera que me sentía compasiva–. Simplemente tiene buen gusto.

–Insisto en que no van a hacer nada –intervino Rafe, sin insidia en la voz.

Desconocía si era por algo que Frank les había dicho o simplemente los había aliviado su visita, pero todos tenían mejor aspecto, estaban más relajados. La tensión aguda de la noche anterior se había evaporado, al menos por el momento.

–Esperemos a ver –replicó Daniel, al tiempo que agachaba la cabeza para encender un cigarrillo–. Al menos tendrás algo entretenido que explicarle a Brenda Cuatrotetas la próxima vez que te acorrale contra la fotocopiadora.

Incluso Rafe soltó una carcajada.

Estábamos bebiendo vino y jugando al 110 cuando mi móvil sonó aquella noche. Me dio un susto de muerte (no es que recibiera llamadas muy a menudo) y estuve en un tris de no responder, porque no encontraba el teléfono; estaba en el armario del zaguán, guardado en el bolsillo de la chaqueta compartida; se había quedado allí después del paseo de la noche anterior.

–¿Sí? –respondí.

–¿Señorita Madison? –preguntó Sam, con voz afectada–. Al habla el detective O'Neill.

–Ah, hola –saludé.

Había empezado a encaminarme hacia el salón, pero me di la vuelta y me apoyé en el vano de la puerta principal, desde donde no corría el riesgo de que los demás reconocieran su voz.

–¿Puedes hablar?

–Más o menos.

–¿Estás bien?

–Sí. Bien.

–¿Segura?

–Completamente.

–Uf –exclamó Sam, respirando hondo–. ¡Qué alivio! Ese capullo de Mackey lo escuchó todo, ¿lo sabías? Y ni siquiera me llamó, no me dijo ni pío; se limitó a esperar a esta mañana y acercarse a verte. Me dejó sentadito en el centro de coordinación, como si fuera un idiota. Si este caso no se resuelve pronto, voy a acabar sacudiendo a ese cabronazo.

Sam no suelta palabrotas a menos que esté muy enfadado.

–Te entiendo –dije–. No me sorprende.

Una pausa momentánea.

–¿Estás con los otros?

–Más o menos.

–Bien, seré breve. Hemos enviado a Byrne a vigilar la casa de Naylor, para echarle un vistazo cuando regresara del trabajo esta noche y el tipo tiene la cara hecha picadillo; hicisteis un buen trabajito, los tres, a juzgar por lo que he podido oír. Es mi hombre, de eso no hay duda. Voy a citarlo mañana por la mañana, pero esta vez para que acuda a la brigada de Homicidios. No me importa si se asusta, ya no. Si se muestra inquieto, puedo detenerlo por allanamiento de morada. ¿Quieres venir a echar un vistazo?

–Por supuesto –accedí. Gran parte de mí prefería hacerse la gallina: pasarse el día en la biblioteca rodeada de los demás, comer en el Buttery mientras contemplaba la lluvia caer al otro lado de los cristales y olvidar lo que estuviera ocurriendo en otro lugar mientras aún era posible. Pero al margen de cuál fuera el resultado de aquel interrogatorio, necesitaba estar presente–. ¿A qué hora?

–Iré a buscarlo antes de que salga para el trabajo y lo traeré aquí alrededor de las ocho de la mañana. Ven cuando quieras. ¿Te parece… te parece bien venir a la brigada?

Incluso se me había olvidado preocuparme por eso.

–Ningún problema.

–Encaja en el perfil, ¿no es cierto? Como un guante.

–Supongo que sí –contesté.

Oí un gruñido cómico de Rafe procedente del salón (era evidente que había jugado mal su baza) y los demás estallaron en risotadas.

–Capullo –decía Rafe, pero también se reía–, ¡eres un zorro! Caigo siempre en tu trampa…

Sam es un interrogador excelente. Si había que sacarle algo a Naylor, no me cabía duda de que lo conseguiría.

–Podría ser el final –aventuró Sam, con un deje de esperanza en la voz tan intenso que me hizo estremecer–. Si juego bien mis cartas mañana, el caso podría cerrarse. Y tú regresarías a casa.

–Sí –contesté–. Suena bien. Nos vemos mañana.

–Te quiero –dijo Sam en voz baja justo antes de colgar.

Permanecí allí de pie, en el frío recibidor, durante un largo rato, mordisqueándome la uña del pulgar y escuchando los ruidos procedentes del salón: voces y chasquidos de cartas, el tintineo del cristal y el crepitar y los silbidos del fuego; luego regresé adentro.

–¿Quién era? –preguntó Daniel, alzando la vista de sus cartas.

–Ese detective –le contesté–. Quiere que acuda a la comisaría mañana.

–¿Cuál de ellos?

–El rubio guapo. O'Neill.

–¿Por qué?

Todos me observaban, inmóviles como animales asustados; Abby se había detenido a medio sacar una carta de su baza.

–Han encontrado a un sospechoso –contesté, deslizándome de nuevo en mi silla–. Por lo de anoche. Van a interrogarlo mañana.

–¿Estás de broma? –preguntó Abby–. ¿Ya?

–Venga, suéltalo ya –instó Rafe a Daniel–. Dinos: «Os lo dije». Te mueres de ganas.

Daniel no le prestó atención.

–Pero ¿por qué tú? ¿Qué pretenden?

Me encogí de hombros.

–Sólo quieren que lo vea. Y O'Neill me ha preguntado si recordaba algo más acerca de aquella noche. Creo que espera que cuando me encuentre con ese tipo cara a cara lo apunte con un dedo tembloroso y grite: «¡Ése es! ¡Ése es el hombre que me apuñaló!».

–Diría que alguien de por aquí ha visto demasiados telefilmes –apuntó Rafe.

–¿Y qué tienes que decir a eso? –quiso saber Daniel–. ¿Has recordado algo más?

–Nada de nada –respondí.

¿Imaginaciones mías o la tensión del ambiente se había esfumado de repente? Abby cambió de opinión acerca de su jugada, volvió a meter la carta en su sitio y sacó otra; Justin alargó la mano para agarrar la botella de vino.

–Quizá contrate a alguien para hipnotizarme. ¿Eso se hace en la vida real?

–Dile que te programe para hacer algo de provecho de vez en cuando –bromeó Rafe.

–Ja, ja, ja. ¿Crees que podría? Podría pedirle que me programara para acabar mi tesis antes.

–Posiblemente sí podría, pero dudo mucho que lo hiciera –respondió Daniel–. No estoy seguro de que las pruebas obtenidas bajo los efectos de la hipnosis sean admisibles ante un tribunal. ¿Dónde vas a reunirte con O'Neill?

–En su despacho –contesté–. Me habría encantado convencerlo de que se tomase una pinta conmigo en el Brogan, pero no creo que hubiera picado.

–Pensaba que odiabas el Brogan –replicó Daniel sorprendido.

Estaba a punto de abrir la boca para retirar lo dicho («Y es que lo odio. Lo decía en broma...»). No fue Daniel quien me salvó: me miraba por encima de sus cartas, sin pestañear, con aire sabiondo, sereno. Fue el desconcierto reflejado en la ligera caída de cejas de Justin, la inclinación de la cabeza de Abby: no tenían ni idea de qué hablaba Daniel. Algo no encajaba.

–¿Yo? –pregunté perpleja–. No tengo nada en contra del Brogan. La verdad es que no le dedico ni un solo segundo de mi pensamiento; sólo lo he dicho porque está justo enfrente de donde él trabaja.

Daniel se encogió de hombros.

–Debo de haberlo confundido con otro lugar –contestó. Me sonreía, con esa extraordinaria sonrisa dulce suya, y volví a percibirlo: esa repentina relajación del ambiente, un suspiro de alivio–. Tú y tus rarezas; voy a acabar confeccionándome una lista.

Le puse una mueca.

–Pero ¿qué haces tú ligando con polis? –preguntó Rafe–. Es lo peor que puedes hacer, en muchos aspectos.

–¿Qué pasa? Es guapo.

Me temblaban las manos; no me atrevía a coger las cartas. Tardé un segundo en procesarlo: Daniel había intentado tenderme una trampa. Había estado a una milésima de segundo de picar su anzuelo.

–Eres incorregible –se burló Justin, mientras me rellenaba la copa de vino–. Además, el otro es mucho más atractivo, un capullo atractivo, ya sabes. Ese tal Mackey.

–Vaya, vaya... –dije. Aquellas malditas cebollas; estaba segura, a juzgar por aquella sonrisa, de que esta vez había acertado, pero no sabía si había bastado para tranquilizar a Daniel; con él nunca se sabía...–. ¿Qué dices; Justin? Me apuesto lo que sea a que tiene la espalda peluda. Abby, secúndame en esto, por favor.

–Sobre gustos no hay nada escrito –respondió Abby con parsimonia–. Además, los dos sois incorregibles.

–Mackey es un imbécil –sentenció Rafe– y O'Neill es un palurdo. Vamos a diamantes y le toca a Abby.

Logré coger mi baza e intenté hacerlo lo mejor que pude. Observé atentamente a Daniel toda la noche, procurando que no se diera cuenta, pero se mostró como siempre: amable, educado, distante; no me prestó más atención que a los demás. Cuando apoyé mi mano en su hombro, al dirigirme a la cocina en busca de otra botella de vino, la cubrió con la suya y me dio un apretón.

15

Eran casi las once cuando llegué al castillo de Dublín. Quería cumplir la rutina diaria: desayuno, el trayecto en coche hasta el pueblo, todo el mundo yendo a estudiar a la biblioteca; imaginé que eso apaciguaría a los demás y les quitaría las ganas de acompañarme. Y funcionó. De hecho, Daniel sí preguntó, cuando vio que me ponía en pie y empezaba a ponerme la chaqueta:

–¿Quieres que te acompañe para darte apoyo moral?

Pero yo negué con la cabeza y él se limitó a asentir y enfrascarse de nuevo en su lectura.

–No te olvides de señalar con el dedo temblequeante –me recomendó Rafe–. Dale ese gusto a O'Neill.

Una vez ante las puertas del edificio de la brigada de Homicidios, me amilané. Me sentía incapaz de franquear la entrada: registrarme en la recepción como visitante; mantener una charla trivial, alegre e insoportable con Bernadette, la administrativa; la espera bajo la mirada fascinada de alguien que pasaba por los pasillos como si nunca antes me hubiera visto. Telefoneé a Frank y le pedí que bajara a recogerme.

–Has llegado en un buen momento –comentó cuando asomó la cabeza por la puerta–. Justo estamos tomándonos una pausa para reevaluar la situación, por decirlo de algún modo.

–¿Qué hay que reevaluar? –pregunté.

Sostuvo la puerta abierta para franquearme el paso, apartándose a un lado.

–Ya lo verás. Ha sido una mañana de lo más entretenida. La verdad es que le habéis dejado la cara hecha un cromo a nuestro hombre.

Tenía razón. John Naylor estaba sentado a la mesa de una sala de interrogatorios con los brazos cruzados, vestido con los mismos tejanos viejos y jersey de color indefinido, pero había perdido todo rastro de hermosura. Tenía los dos ojos a la funerala; un pómulo inflamado y morado; el labio inferior reventado, con una marca de sangre oscura, y el puente de su nariz lucía un aspecto blando terrible. Intenté recordar cómo sus dedos habían buscado mis ojos y su rodilla mi estómago, pero era incapaz de encajarlos con aquel tipo apaleado que se mecía sobre las patas traseras de la silla mientras canturreaba «The Rising of the Moon»[1] para sí mismo. Al verlo, al ver lo que le habíamos hecho, se me cerró la garganta.

Sam estaba en la sala de observación, apoyado en el vidrio espejado, con las manos embutidas en los bolsillos de su chaqueta y la vista fija en Naylor.

–Cassie –me saludó, con un pestañeo. Parecía agotado–. Hola.

–Madre mía –dije, señalando con la cabeza en dirección a Naylor.

–Dímelo a mí. Dice que se cayó de la bici y fue a dar de bruces contra un muro. Y no baja del burro.

–Le estaba explicando a Cassie –intervino Frank– que nos encontramos en una situación espinosa.

–Sí –convino Sam. Se frotó los ojos, como si acabara de despertarse–. Espinosa para calificarla de un modo suave. Hemos traído a Naylor en torno a ¿qué hora era?, ¿las ocho de la mañana? Y desde entonces lo estamos interrogando, pero no conseguimos sonsacarle nada; se limita a mirar la pared y tararear en voz baja. Canciones rebeldes, en su mayoría.

–Ha hecho una excepción en mi honor –añadió Frank–. Ha interrumpido el concierto el tiempo necesario para llamarme asqueroso capullo dublinés que debería avergonzarse de sí mismo por lamerle el culo a este británico occidental. Creo que le caigo bien. Pero el problema es el siguiente: conseguimos una orden de registro de su casa y la policía científica acaba de traernos lo que ha encontrado. Evidentemente, esperábamos hallar un cuchillo con rastros de sangre, ropa manchada de sangre o lo que sea, pero no han encontrado nada de nada. En su lugar… sorpresa, sorpresa. –Cogió un puñado de bolsitas de muestras de la mesa que había en un rincón y las agitó en el aire–. Échale un vistazo a esto.

Había un juego de dados de marfil, un espejo de mano con estruc-

1. Famosa balada irlandesa compuesta por John Keegan «Leo» Casey (1846-1870), celebra el estallido de la Rebelión de 1798 en el condado de Kildare cuando los rebeldes de la Sociedad de Irlandeses Unidos acataron la orden de sublevarse. *(N. de la T.)*

tura de carey, una acuarela de un sendero rural pequeña y malísima, y un azucarero de plata. Incluso antes de darle la vuelta al azucarero y ver el monograma (una delicada M con floritura) supe de dónde procedían. Sólo conocía un lugar donde hubiera tal variedad de cachivaches: el alijo del tío Simon.

–Estaban bajo la cama de Naylor –informó Frank–, muy bien guarditos en una caja de zapatos. Te garantizo que si buscas bien en la casa encontrarás un tarro para la crema a conjunto. Lo cual nos conduce a la siguiente pregunta: ¿cómo acabó todo este lote en el dormitorio de Naylor?

–Entró en la casa a robar –indicó Sam. Volvía a tener la vista clavada en Naylor, que estaba repantingado en su silla mirando el techo–. En cuatro ocasiones.

–Pero no se llevó nada.

–Eso no lo sabemos. Es lo que aseguraba Simon March, que vivía como un gorrino y se pasaba la mayor parte del tiempo borracho como una cuba. Naylor podría haber llenado una maleta con lo que le hubiera venido en gana y March ni se habría enterado.

–O... podría habérselo comprado a Lexie –aventuró Frank.

–Claro –dijo Sam– o a Daniel o a Abby o a Cómosellamen, o incluso al viejo Simon, ya puestos. Salvo porque no tenemos ninguna prueba que indique que así fue.

–Ninguno de los demás acabó apuñalado y registrado a ochocientos metros de la casa de Naylor.

Saltaba a la vista que estaban enzarzados en la misma discusión desde hacía rato; sus voces tenían un ritmo pesado, muy entrenado. Dejé las bolsas con las pruebas de nuevo en la mesa, me apoyé en la pared y me mantuve al margen.

–Naylor trabaja por poco más del salario mínimo y mantiene a sus padres, ambos enfermos –explicó Sam–. ¿De dónde diablos iba a sacar el dinero para comprar antigüedades caras? Y, además, ¿qué interés podría tener en ello?

–Tal vez lo haga –insinuó Frank– porque odia a la familia March con todas sus fuerzas y aprovecharía cualquier oportunidad para fastidiarles o porque, como bien has apuntado, está sin blanca. Es posible que él no tenga dinero, pero hay un montón de gente ahí fuera que sí lo tiene.

Tardé todo ese rato en darme cuenta de por qué discutían, de por qué el aire en aquella estancia podía cortarse con un cuchillo, de a qué venía tanta tensión. La brigada de Arte y Antigüedades puede parecer una estupidez, un puñado de eruditos con ínfulas de superioridad y chapas, pero su trabajo no es ninguna broma. El mercado negro se extiende por todo el mundo y está enmarañado con el crimen organizado en todas sus variantes. Hay gente que resulta herida en una red de tráfico donde la moneda de cambio engloba desde Picassos hasta Kalashnikovs o heroína; muchas personas mueren.

Sam emitió un ruido furioso de frustración, sacudió la cabeza y volvió a apoyarla contra el vidrio.

–Lo único que quiero –indicó– es descubrir si ese tipo es un asesino y, si es así, arrestarlo. Me importa un bledo a qué dedica el tiempo libre. Podría haber comerciado con la *Mona Lisa* y a mí me resbalaría. Si realmente crees que trafica con antigüedades, podemos entregárselo a la brigada de Arte una vez hayamos acabado con él pero, por el momento, es sospechoso de un homicidio. Y punto.

Frank enarcó una ceja.

–Das por sentado que no existe conexión. Observa el patrón. Hasta que esos cinco se mudaron a la casa, Naylor había estado arrojando ladrillos y realizando pintadas reivindicativas. Pero una vez se instalaron allí, lo intentó una o dos veces más y luego, así, sin más –chasqueó los dedos–, todo tranquilo en el Frente Occidental. ¿Por qué? ¿Crees acaso que aquellos cinco le caían simpáticos? ¿Que los vio renovar la casa y no quería estropear la nueva decoración?

–Lo persiguieron –argumentó Sam. Por el gesto de su boca interpreté que estaba a punto de perder los estribos–. No le gustó que se le encararan.

Frank soltó una carcajada.

–¿Crees que una rencilla de ese tipo se desvanece así como así, de la noche a la mañana? Ni hablar del peluquín. Naylor encontró otro modo de causar estragos en Whitethorn House; de no ser así, no habría abandonado los actos vandálicos ni en un millón de años. Y mira qué ocurrió en cuanto Lexie dejó de servirle para robar antigüedades a hurtadillas. Dejó transcurrir unas cuantas semanas, por si ella se ponía en contacto de nuevo con él y, al no hacerlo, volvió a romper un cristal de una pedrada. El otro día no parecía que le importara mucho que se le encararan, ¿no te parece?

–¿Quieres hablar de patrones de conducta? Bien, pues te voy a exponer yo uno. Cuando los cinco muchachos lo persiguieron, el diciembre pasado, su rencilla no hizo más que agravarse. No podía arremeter contra todos ellos a la vez, así que se dedicó a espiarlos y descubrió que una de las chicas tenía la costumbre de salir a pasear durante su ventana de acción, se dedicó a acecharla durante un tiempo y acabó matándola. Sin embargo, al descubrir que ni siquiera eso había hecho a derechas, la rabia volvió a apoderarse de él, hasta que perdió el control y lanzó una piedra por la ventana con la amenaza de incendiar la casa. ¿Qué crees que opina de lo que ocurrió la otra noche? Si la chica sigue merodeando por esos caminos sola, ¿qué crees que va a hacer él?

Frank hizo caso omiso de la pregunta.

–Lo que importa –me dijo a mí– es qué hacemos ahora con el Pequeño Johnny. Podemos arrestarlo por robo con allanamiento de morada, por vandalismo, por hurto o por lo que se nos antoje y cruzar los dedos para que acabe cediendo y nos revele datos sobre el apuñalamiento. O podemos volver a colocar todos estos artilugios debajo de su cama, agradecerle su amable colaboración con nuestras pesquisas, enviarlo a casa y comprobar adónde nos conduce.

En cierto sentido, tal vez aquella discusión era inevitable desde el principio, desde el mismísimo instante en que Frank y Sam se personaron en la escena del crimen. Los detectives de Homicidios son decididos y concentran sus esfuerzos en ir cercando la investigación de manera lenta e inexorable hasta suprimir los elementos superfluos y quedarse sólo con el asesino en el punto de mira. Los agentes encubiertos se alimentan en cambio de todo lo superfluo, de multiplicar sus apuestas y mantener todas las opciones abiertas: nunca se sabe dónde puede conducirte una tangente, qué fauna inesperada puede asomar la cabeza entre los matorrales si uno observa cada ángulo durante el tiempo suficiente; prenden todas las mechas que encuentran y aguardan a ver cuál hace explosión.

–¿Y después qué, Mackey? –preguntó Sam–. Supongamos por un segundo que tienes razón, que Lexie le pasaba a ese tipo antigüedades para que las vendiera y que Cassie retoma su pequeño negocio. ¿Qué pasará entonces?

–Entonces –contestó Frank– yo mantendré una agradable conversación con la brigada de Arte y Antigüedades, me dirigiré a Francis

Street y le compraré a Cassie un puñado de preciosas baratijas brillantes y replantearemos nuestra estrategia.

Sonreía, pero tenía los ojos posados en Sam, lo escudriñaba, lo observaba atentamente.

–¿Durante cuánto tiempo?

–El que haga falta.

La brigada de Arte y Antigüedades utiliza agentes de incógnito todo el tiempo, los cuales ejercen de compradores, de marchantes y de vendedores con soplones, y poco a poco se abren camino hacia los mandamases. Sus operaciones se prolongan durante meses, años incluso.

–Yo estoy investigando un maldito homicidio –espetó Sam–. ¿Recuerdas? Y no puedo arrestar a nadie por dicho homicidio mientras la víctima siga con vida y trapicheando con azucareros de plata.

–¿Y? Arréstalo cuando se acabe la trama de las antigüedades, invéntate algo. En el mejor de los escenarios, estableceremos un móvil y un vínculo entre él y la víctima, y lo utilizaremos como palanca para obtener una confesión. En el peor de los supuestos, perderemos un poco más de tiempo. Que yo sepa, la Ley de Prescripción no corre en nuestra contra.

No había ni la más remota posibilidad de que Lexie se hubiera pasado los últimos tres meses vendiéndole a John Naylor el contenido de Whitethorn House por simple placer. Una vez que el resultado de su embarazo dio positivo, habría vendido lo que fuera necesario para levantar el vuelo, pero hasta entonces no.

Podría haberlo dicho; debería haberlo dicho. Pero Frank tenía razón en un aspecto: Naylor haría cualquier cosa por perjudicar Whitethorn House. Su impotencia lo estaba volviendo loco, como un gato enjaulado, y había decidido arremeter contra esa casa cargada con siglos de poder con rocas y latas de spray como únicas armas. Si alguien se le había acercado con unas cuantas baratijas hurtadas de la casa, algunas ideas brillantes acerca de posibles puntos de venta y una promesa de nuevos suministros, existía la posibilidad, una posibilidad nada desdeñable, de que no hubiera sido capaz de resistirse.

–Te propongo un trato –planteó Frank–. Vuelve a intentarlo con Naylor, pero en esta ocasión entra tú solo; es evidente que conmigo no congenia. Tómate todo el tiempo que necesites. Si suelta algo sobre el asesinato, lo que sea, aunque sea una simple pista, lo arrestamos, nos olvidamos por completo del asunto de las antigüedades, sacamos a Cassie de la casa y finiquitamos la investigación. Y si no suelta prenda…

–¿Entonces qué? –quiso saber Sam.

Frank se encogió de hombros.

–Si tu plan no funciona, regresas aquí y mantenemos una pequeña charla acerca del mío.

Sam lo miró largamente.

–Nada de trucos.

–¿Trucos?

–De entrar sin avisar. De llamar a la puerta cuando estoy a punto de obtener una confesión. Ese tipo de cosas.

Vi cómo a Frank se le tensaba un músculo de la mandíbula, pero se limitó a decir con insulsez:

–Nada de trucos.

–Está bien –replicó Sam, tras tomar aire–. Pondré toda la carne en el asador. ¿Te importa esperar por aquí un rato?

La pregunta iba dirigida a mí.

–Claro que no –respondí.

–Es posible que necesite recurrir a ti, hacerte entrar, quizá. Se me ocurrirá algo en función de cómo evolucione la situación. –Posó los ojos en Naylor, que ahora canturreaba *Follow Me Up to Carlow*[1] a un volumen suficiente como para resultar molesto–. Deséame suerte.

Se arregló el nudo de la corbata y desapareció.

–¿Tu novio acaba de insultar mi honor? –quiso saber Frank tan pronto como la puerta de la sala de observación se hubo cerrado a espaldas de Sam.

–Puedes desafiarlo a un duelo, si te apetece –repliqué.

–Yo juego limpio. Y tú lo sabes.

–Todos lo hacemos –añadí–. Simplemente tenemos un concepto distinto de lo que significa «jugar limpio». Y Sam no está seguro de que tu noción encaje del todo con la suya.

–Bueno, no nos compraremos una propiedad a medias –replicó Frank–. Sobreviviré. ¿Qué opinas tú de mi pequeña teoría?

1. Canción tradicional irlandesa que celebra la derrota de un ejército de tres mil soldados ingleses por parte de Fiach McHugh O'Byrne en la batalla Glenmalure, durante la Segunda Rebelión en 1580. *(N. de la T.)*

Yo observaba a Naylor a través del cristal, pero notaba los ojos de Frank clavados en mi perfil.

–Aún no sé qué decir –contesté–. No he visto lo bastante a este tipo como para haberme formado una opinión.

–Pero sí has visto mucha parte de la vida de Lexie; de segunda mano, es cierto, pero aun así sabes tanto de ella como el que más. ¿Crees que sería capaz de algo como eso?

Me encogí de hombros.

–¿Quién sabe? Lo único que sabemos de esta chica es que nadie sabe de lo que era capaz.

–Hace un momento estabas jugando tus cartas con demasiado secretismo. No es propio de ti mantener la boca cerrada tanto tiempo, al menos no cuando se supone que debes tener una opinión, en un sentido u otro. Me gustaría saber de qué parte podrías ponerte si tu chico sale de esa sala con las manos vacías y tenemos que retomar la discusión.

La puerta de la sala de interrogatorios se abrió y Sam entró haciendo malabarismos con dos tazas de té. Parecía completamente despierto, casi desenfadado: la fatiga se evapora en el preciso instante en que te encuentras cara a cara con un sospechoso.

–Chissss –siseé–. Quiero ver esto.

Sam tomó asiento, emitió un gruñido de comodidad y le deslizó una de las tazas a Naylor, que estaba sentado frente a él.

–Veamos –empezó a decir; su acento rural se había intensificado como por arte de magia: éramos nosotros contra esos urbanitas–. Acabo de enviar al detective Mackey a ocuparse del papeleo. Lo único que hacía era molestarnos.

Naylor dejó de cantar y adoptó una actitud pensativa.

–No me gusta su comportamiento –aclaró Naylor al fin.

Vi la comisura del labio de Sam moverse.

–A mí tampoco. Pero no nos queda otro remedio que aguantarnos.

Frank rió por lo bajini, junto a mí, y se acercó más al vidrio. Naylor se encogió de hombros.

–Usted quizá sí. Yo no. Mientras él esté presente no hablaré.

–Estupendo –comentó Sam a la ligera–. Pues ahora ya se ha ido; pero no le pido que hable, le pido que me escuche. Me han contado que hace mucho tiempo sucedió algo en Glenskehy. Desde mi punto de vista, explicaría muchas cosas. Sólo necesito que me cuente la verdad.

Naylor lo miró con recelo, pero no reanudó su pequeño concierto.

–Veamos –continuó Sam, y le dio un sorbito a su té–. Hubo una joven de Glenskehy, alrededor de la Primera Guerra Mundial...

La historia que narró era una mezcla delicada de lo que él mismo había descubierto en Rathowen, de lo que yo había extraído de la obra maestra del tío Simon y de un relato protagonizado por Lillian Gish. Se entretuvo en todos los detalles: el padre de la joven la había echado de casa y la muchacha se halló mendigando por las calles de Glenskehy, los lugareños le escupían al pasar por su lado, los niños le tiraban piedras... Y lo coronó todo con una leve insinuación de que la muchacha había sido objeto de un linchamiento por parte de una muchedumbre enfurecida de conciudadanos. La banda sonora de aquella película sin duda incluía un destacable fragmento de cuerda.

Para cuando concluyó con su culebrón, Naylor volvía a mecerse en la silla y lo observaba con una mirada glacial de desprecio.

–¡Pero ¿de dónde ha sacado ese cuento?! –preguntó alarmado–. ¡Eso es mentira! ¡Es la mayor gilipollez que he oído en mi vida! ¿Quién le ha contado eso?

Sam se encogió de hombros y contestó:

–Es lo único que he logrado averiguar hasta el momento. Y a menos que alguien me saque de mi error, no me queda más remedio que creérmelo.

La silla crujía, un ruido monótono y enervante.

–Dígame, detective –lo invitó Naylor–, ¿qué interés siente usted por la gente de por aquí y nuestras viejas historias? En Glenskehy somos personas normales, ¿sabe? No estamos acostumbrados a captar la atención de hombres importantes como usted.

–Eso es todo lo que nos ha dicho hasta ahora, en el coche –me explicó Frank, mientras se ponía cómodo apoyando un hombro en el marco de la ventana–. Nuestro tipo sufre una ligera manía persecutoria.

–Chissss.

–Ha habido un pequeño incidente en Whitethorn House –indicó Sam–. Estoy seguro de que ya está al corriente de ello. Se nos ha informado de que entre la casa y los habitantes de Glenskehy hay malas vibraciones. Necesito conocer exactamente los hechos para determinar si existe o no alguna vinculación.

Naylor soltó una carcajada tosca y sin humor.

–Malas vibraciones –repitió–. Supongo que puede llamárselo así, sí. ¿Es eso lo que le han explicado los de la casa?

Sam se encogió de hombros.

–Se han limitado a decirnos que no los recibieron bien en el pub. Posiblemente no deberían haber ido, eso es cierto, puesto que no son de por aquí.

–¡Qué suerte tienen! Se arma un poco de barullo y surgen detectives de debajo de las piedras. ¿Dónde están ustedes cuando somos los lugareños quienes tenemos problemas? ¿Dónde estaban cuando colgaron a aquella joven? Se dedicaron a archivarlo como un suicidio y regresar al pub.

Sam arqueó las cejas.

–¿Acaso no fue un suicidio?

Naylor lo observó atentamente; sus ojos hinchados y semicerrados conferían a su mirada un aspecto torvo, peligroso.

–¿De verdad quiere saber lo que ocurrió?

Sam hizo un leve gesto con una mano, indicando un: «Le escucho». Transcurrido un momento, Naylor apoyó las patas delanteras de la silla, alargó los brazos y entrelazó las manos alrededor de la taza: uñas rotas, costras oscuras en los nudillos.

–Aquella joven trabajaba como criada en la casa –narró–. Y uno de los muchachos de allí, uno de los March, se encaprichó con ella. Quizá fuera lo bastante boba para creer que él se casaría con ella, o quizá no pero, fuera como fuese, se metió en un lío. –Miró a Sam con ojos de ave de rapiña hasta cerciorarse de que lo entendía–. Nadie la echó de casa. Apostaría lo que fuera a que su padre tuvo un ataque de cólera y pensó en tenderle una emboscada al joven March en los caminos una noche cerrada, pero habría sido una locura ejecutar aquel plan. Una insensatez. Aquello ocurrió antes de la independencia, ¿entiende? Todo Glenskehy pertenecía a los March. Fuera quien fuese esa muchacha, eran los propietarios de la casa de su padre; una palabra fuera de lugar y toda su familia habría quedado en la calle. Así que no hizo nada.

–Supongo que no debió de resultarle fácil –apuntó Sam.

–Más fácil de lo que usted cree. La mayoría de las personas sólo tenían los tratos justos y necesarios con Whitethorn House. Tenía mala reputación. Es por el árbol encantado, ¿entiende? –Sonrió a Sam, con una sonrisa ambigua–. Aún hay gente que no se atrevería a caminar bajo un espino de noche, aunque no sabrían explicarle por qué. Ahora sólo quedan resquicios, pero entonces la superstición estaba a la orden del día. La causa era la oscuridad: no había electricidad y en las largas noches de invierno uno podía ver lo que se le antojase entre las sombras. Muchos creían que los habitantes de Whitethorn House tenían tratos con las hadas, o con el diablo, en función de cada cual. –De nuevo esa sonrisa fría, rápida y chueca–. ¿Qué opina usted, detective? ¿Cree que todos éramos locos asilvestrados por aquel entonces?

Sam negó con la cabeza.

–En la granja de mi tío hay un anillo de las hadas –dijo Sam con naturalidad–. Mi tío asegura que no cree en las hadas, que nunca lo ha hecho, pero ara la tierra alrededor de él.

Naylor asintió.

–Eso es lo que decían las gentes de Glenskehy cuando aquella muchacha apareció embarazada. Dijeron que se había acostado con uno de los brujos de la casa y que llevaba en su seno a un vástago suyo. Y le dieron su merecido.

–¿Creían que el bebé sería una amenaza?

–¡Caray! –exclamó Frank–. Es la vida, pero no como la conocemos.

Se agitaba mientras intentaba contener la risa. Me dieron ganas de darle un puntapié.

–Sí, eso creían –confirmó Naylor con frialdad–. Y deje de mirarme de ese modo, detective. Hablamos de mis bisabuelos, y de los suyos también. ¿Acaso puede jurarme que usted no habría creído lo mismo de haber nacido en aquella época?

–Los tiempos cambian –terció Sam, asintiendo con la cabeza.

–No obstante, no todo el mundo opinaba lo mismo. Solamente unos cuantos, los ancianos, principalmente; aun así, eran suficientes como para que llegara a oídos de su hombre, el padre del bebé. Y éste, o bien quiso deshacerse del niño o sólo estaba esperando una excusa o estaba loco desde buen principio. Muchos de los inquilinos de la casa eran lo que llamaríamos «raritos»; quizás eso explique por qué se difundió la creencia de que trataban con hadas. Él lo creía, sea como fuere. Pensaba que había algo malo en él, en su sangre, y que ese algo sería la desgracia de aquel niño. –Ladeó aquella boca rota–. De manera que una noche se citó con la joven, antes de que diera a luz. Y ella acudió a su llamada, despreocupada: era su amante, ¿no es cierto? Pensaba que iba a solucionarles el porvenir, a ella y a su bebé. Pero en lugar de ello, él llevó consigo una soga y la colgó de un árbol. Ésa es la pura verdad. Todo el mundo en Glenskehy lo sabe. Aquella muchacha no se suicidó y ningún otro habitante del pueblo la mató. El padre del bebé la asesinó porque tenía miedo de su propio hijo.

–¡Pandilla de chalados! –exclamó Frank–. Parece mentira: sales de Dublín y te encuentras en otro universo. Jerry Springer se queda en mantillas.[1]

–Descanse en paz –dijo Sam en voz baja.

–Sí –se sumó Naylor–. Descanse en paz. Su gente prefirió clasificarlo como suicidio antes que arrestar a uno de los nobles del caserío. A ella la enterraron en suelo sin consagrar, junto con su hijo.

Podía ser verdad. Cualquiera de las versiones oídas podía ser verídica, cualquiera o ninguna; no había manera de saberlo a ciencia cierta, se remontaban varios siglos atrás. El dato relevante es que Naylor creía su relato a pies juntillas. No actuaba como un hombre culpable, pero eso significa menos de lo que a simple vista pueda parecer. Era tal la rabia que lo consumía, como denotaba esa intensidad amarga en su voz, que podía estar perfectamente convencido de que nada lo haría sentirse culpable. El corazón me latía con fuerza. Pensé en los demás, con las cabezas gachas en la biblioteca, aguardando mi regreso.

–¿Y por qué nadie del pueblo me lo ha contado? –quiso saber Sam.

–Porque no es asunto suyo. No queremos que nos conozcan por eso: el pueblo chiflado donde un lunático mató a su hijo bastardo por ser el diablo. En Glenskehy somos gente decente. Somos personas normales, no somos idiotas ni salvajes, y no queremos servir de hazmerreír a nadie, ¿me entiende? Sólo queremos que nos dejen en paz.

–Pues hay alguien que no olvida esta historia –señaló Sam–. Han aparecido pintadas que decían «ASESINOS DE BEBÉS» en Whitethorn House en dos ocasiones. Alguien arrojó una piedra a través de la ventana de esos muchachos anteanoche y se las vio con ellos cuando lo persiguieron. Hay alguien obstinado en que ese niño no descanse en paz.

1. Jerry Springer es el conductor del programa televisivo *The Jerry Springer Show*, al que acuden personas con historias reales semejantes a las que se ven en las telenovelas: infidelidades, engaños y violencia. *(N. de la T.)*

Un largo silencio. Naylor se revolvió en su silla, se tocó el labio partido con un dedo y comprobó si le sangraba. Sam esperó.

–Bueno, la historia no acabó con el bebé –añadió al fin–. Fue un suceso horroroso, claro está, pero sólo sirvió para demostrar que esa familia es de mala calaña. Todos ellos, sin excepción. No se me ocurriría otro modo de describirlo.

Naylor estaba a punto de confesarse por la pintada, pero Sam lo pasó por alto, a propósito: iba tras algo más importante.

–¿Y cómo son? –preguntó.

Sam estaba recostado en su silla, con la taza en equilibrio sobre su rodilla, con aire tranquilo e interesado, como un hombre aposentado para pasar una larga y agradable noche en su bar habitual.

Naylor volvió a toquetearse el labio, con expresión ausente. Se esforzaba por encontrar las palabras exactas.

–¿Sus pesquisas sobre Glenskehy le han bastado para averiguar el origen del pueblo?

Sam sonrió.

–Mi gaélico está muy oxidado. Significa «cañada de los espinos», ¿me equivoco?

Naylor hizo un rápido movimiento de cabeza, impaciente.

–No, no, no me refiero al nombre. Me refiero al lugar. Al pueblo. Glenskehy. ¿Cuál cree que es su origen?

Sam sacudió la cabeza.

–Lo fundaron los March. Lo construyeron para su propio disfrute. Cuando les entregaron las tierras ordenaron erigir esa casona y trajeron a gentes para que trabajaran a su servicio: criadas, jardineros, personal para cuidar de los establos, guardabosques... Querían tener a sus sirvientes en sus tierras, bajo su yugo, para poderlos mantener a raya; pero no les apetecía tenerlos demasiado cerca, no querían oler la peste de los campesinos. –Su boca dibujó una sonrisa chueca a medio camino entre el asco y la maldad–. De manera que construyeron la aldea para que vivieran sus súbditos. Como si alguien se mandara instalar una piscina, un invernadero o una cuadra llena de ponis: unas gotitas de lujo para vivir la vida más cómodamente.

–Ése no es modo de tratar a seres humanos –lamentó Sam–. Pero de eso hace ya mucho tiempo.

–Cierto, hace mucho tiempo. Precisamente un tiempo en el que

Glenskehy tenía alguna utilidad para los March. Pero ahora que ya no les sirve para satisfacer sus placeres se limitan a contemplar cómo agoniza el pueblo. –La voz de Naylor había adquirido un matiz distinto, volátil y peligroso y, por primera vez, sus distintas caras coincidieron en mi pensamiento: la del hombre que le relataba leyendas locales a Sam y la de la criatura salvaje que me había intentado arrancar los ojos en aquel sendero sombrío–. El pueblo se cae a pedazos.

»En unos años más ya no quedará ni rastro de él. Los únicos que permanecen son los que están atrapados, como yo mismo, mientras que el lugar muere y los arrastra a la nada con él. ¿Sabe por qué no fui a la universidad?

Sam negó con la cabeza.

–No soy ningún tonto. Tenía nota para entrar. Pero tuve que quedarme en Glenskehy a cuidar de mis padres y no hay ningún empleo en el pueblo que requiera tener formación universitaria. Aquí uno únicamente puede dedicarse a la agricultura o a la ganadería. ¿Para qué necesitaba un título universitario? ¿Para palear estiércol en la granja de otro? Empecé a hacerlo el día después de salir de la escuela. No me quedó otra alternativa. Y hay decenas de personas como yo.

–Pero eso no es culpa de los March –apuntó Sam con sensatez–. ¿Qué podían hacer ellos?

Aquel ladrido por carcajada una vez más.

–Podían haber hecho muchas cosas. Muchas. Hace cuatro o cinco años apareció un individuo por el pueblo, un hombre de Galway, como usted. Era un constructor. Le interesaba comprar Whitethorn House para transformarla en un hotel de lujo. Quería remodelarla: añadirle nuevas alas y erigir edificios aledaños, un campo de golf y toda la pesca; aquel tipo tenía grandes planes. ¿Se imagina lo que eso habría podido suponer para Glenskehy?

Sam asintió.

–Muchos puestos de trabajo.

–Mucho más que eso. Turistas, nuevos negocios interesados en satisfacer sus demandas, inmigrantes venidos a trabajar en esos negocios. La juventud se habría quedado en el pueblo, en lugar de largarse a Dublín a la menor oportunidad. Se habrían construido casas nuevas y se habrían pavimentado carreteras decentes. Una escuela propia de nuevo, en lugar de tener que enviar a nuestros hijos a Rathowen. Empleo para maestros, un médico, quizás incluso agentes inmobiliarios: gente con cultura. No todo de golpe, claro está. Habría necesitado varios años, pero una vez la bola echa a rodar... Era justo lo que necesitábamos: un empujoncito. Una oportunidad única. Y Glenskehy habría resucitado.

Cuatro o cinco años atrás, justo antes de que empezaran los ataques a Whitethorn House. Encajaba en mi perfil a las mil maravillas, pieza por pieza. Imaginar aquella casa transformada en un hotel me hizo sentir mucho mejor acerca del aspecto del rostro de Naylor pero, aun así, era imposible no dejarse arrastrar por la pasión con la que hablaba, no ver aquella imagen bulliciosa de la que se había enamorado, su pueblo lleno de vida y esperanza de nuevo, resucitado.

–¿Y qué sucedió? ¿Se negó Simon March a vender? –preguntó Sam.

Naylor asintió lentamente, enfadado; hizo un mohín de dolor y se acarició su mandíbula hinchada.

–Un hombre solo en una casa en la que caben decenas de personas... ¿Para qué la necesitaba? Pero se negaba a vender. Esa casa no ha traído más que problemas desde el primer día en que se construyó y, sin embargo, él prefirió aferrarse a ella y vivir a lo grande antes que tener un gesto altruista. Y la historia se repitió a su muerte: ese muchacho no había puesto un pie en Glenskehy desde que era niño, no tiene familia ni necesita esa casa para nada, pero la retuvo. Ésa es la calaña de gente que son los March. Así es como han sido siempre. Se quedan con lo que quieren y el resto del mundo que arda en el infierno.

–Es la casa de la familia –señaló Sam–. Quizá le tengan cariño.

Naylor levantó la cabeza y clavó la mirada en Sam, con sus pálidos ojos centelleando entre toda la hinchazón y los cardenales.

–Si un hombre construye algo –afirmó–, tiene el deber de cuidarlo. Al menos un hombre decente. Si uno concibe un niño, su deber es cuidar de él mientras viva; no tiene derecho a matarlo porque así convenga a sus intereses. Si construyes un pueblo, tu responsabilidad es ocuparte de él y hacer lo necesario para mantenerlo con vida. No tienes derecho a quedarte de brazos cruzados y contemplar cómo muere sólo para poder conservar tu casa.

–La verdad es que en eso le doy la razón –comentó Frank a mi lado–. Quizá tengamos más en común de lo que pensábamos.

Yo prácticamente no lo escuchaba. Había cometido un grave error en mi perfil: aquel hombre nunca habría apuñalado a Lexie por llevar a un bebé suyo en su seno, ni siquiera por vivir en Whitethorn House. Yo había imaginado que se trataba de un vengador obsesionado con el pasado, pero era mucho más complicado y feroz que eso. Lo que lo obsesionaba era el futuro, el futuro de su hogar, que se escurría como el agua. El pasado era el hermano siamés oscuro envuelto alrededor de ese futuro, dirigiéndolo, conformándolo.

–¿Eso es lo único que les pedía a los March? –preguntó Sam sin alterarse–. ¿Que eligieran la opción más decente, es decir, vender y darle una oportunidad a Glenskehy?

Tras una larga pausa, Naylor asintió, con una sacudida seca y reticente.

–Y pensó que la única manera de conseguirlo era mediante amenazas.

Un nuevo cabeceo. Frank silbó, bajito, entre los dientes. Yo contenía la respiración.

–Y no se le ocurrió mejor manera de asustarlos –continuó Sam, pensativo y práctico– que hacerle un cortecito a uno de ellos, una noche cualquiera. Nada serio, digamos; ni siquiera pretendía matarla. Era una simple advertencia: «No sois bienvenidos».

Naylor dejó la taza en la mesa de un golpe y apartó la silla hacia atrás con brusquedad, con los brazos cruzados sobre el pecho.

–Yo nunca le he hecho daño a nadie. Jamás.

Sam arqueó las cejas.

–Pues alguien peleó de lo lindo con tres de los muchachos de Whitethorn House la misma noche que a usted le salieron todos esos moretones.

–Eso fue una pelea. Una pelea honesta: eran tres contra uno. ¿Acaso no ve la diferencia? Podría haber matado a Simon March una docena de veces, si hubiera querido. Pero nunca le puse un dedo encima.

–Claro, pero Simon March era un anciano. Usted sabía que en pocos años fallecería, como sabía que existía una posibilidad razonable de que sus herederos vendieran la casa y se largaran de Glenskehy. Podía permitirse la espera. –Naylor empezó a articular una respuesta, pero Sam continuó hablando, con voz desapasionada y densa, interrumpiéndolo–. Sin embargo, una vez que el joven Daniel y sus amigos se instalaron, la historia cambió por completo. No pensaban marcharse a ningún sitio y un poco de pintura en las paredes no los amedrentaba. De manera que tuvo que subir su apuesta, ¿no es cierto?

–No. Yo nunca…

–Quiso hacerles saber, alto y claro: «Marchaos de aquí, si sabéis lo que os conviene». Había visto a Lexie Madison salir a pasear, tarde, por la noche… quizá la había seguido anteriormente, ¿es así?

–Yo no…

–Salía del pub. Estaba borracho. Tenía un cuchillo. Pensó en los March dejando morir Glenskehy y decidió acercarse hasta allí para poner fin a su pesadilla de una vez por todas. Quizá sólo pretendía amenazarlos, ¿fue eso lo que ocurrió?

–No…

–Entonces ¿cómo ocurrió, John? Explíquemelo. ¿Cómo?

Naylor se dejó caer hacia delante, levantó los puños y emitió un gruñido; estaba a punto de saltar sobre Sam.

–¡Me da asco! Esos niñatos de la casa lo llamaron de un silbido, y usted acudió corriendo como un buen perro. Le van lloriqueando acerca del campesino molesto que no sabe cuál es su lugar y usted me trae aquí y me acusa de apuñalar a uno de ellos. ¡Todo esto es una patraña! Quiero que se marchen de Glenskehy y, créame, acabarán haciéndolo, pero en ningún momento se me ha ocurrido hacerles daño. Nunca. No les daría esa satisfacción. Cuando hagan las maletas y se larguen, quiero estar allí para despedirlos.

Debería haber sido un chasco, pero me hirvió la sangre, se me atragantó y me cortó la respiración. Me pareció… me apoyé de espaldas en el cristal, con la cara oculta de Frank para que no me viera…, me pareció una especie de indulto. Naylor continuaba con su perorata:

–Esos capullos lo han utilizado para que me haga entrar en vereda, del mismo modo que llevan tres siglos utilizando a la policía y a todo el mundo. Pero permítame decirle una cosa, detective, lo mismo que le diría a quien sea que le haya contado todas esas chorradas acerca de un linchamiento multitudinario: puede buscar tanto como quiera en Glenskehy, pero no encontrará nada. Nadie del pueblo apuñaló a esa muchacha. Sé que resulta difícil perseguir a un rico en lugar de a un pobre pero, si lo que busca es un criminal y no un chivo expiatorio, entonces será mejor que lo haga en Whitethorn House. Nosotros no criamos asesinos.

Cruzó los brazos, inclinó la silla sobre las patas traseras y empezó a tararear *The Wind that Shakes the Barley*.[1] Frank se apartó del cristal y rió en voz baja, para sus adentros.

Sam siguió intentándolo durante más de una hora. Repasó cada incidente de vandalismo, uno por uno, retrotrayéndose cuatro años y medio; listó las pruebas que vinculaban a Naylor con la piedra y con la reyerta, algunas de ellas contundentes (los morados, mi descripción) y otras inventadas (huellas dactilares, análisis grafológico); regresó a la sala de observación a recoger las bolsas con las pruebas, sin mirarnos ni a Frank ni a mí, y las soltó en la mesa, delante de las narices de Naylor; lo amenazó con arrestarlo por allanamiento de morada, asalto con un arma letal, todo salvo homicidio. A cambio obtuvo el canturreo de *The Croppy Boy*, *Four Green Fields* y, para cambiar de tercio, *She Moved through the Fair*.[2]

Al final no le quedó más remedio que rendirse. Transcurrió un largo rato desde el momento en que dejó a Naylor en la sala de interrogatorios y su entrada en la sala de observación, con las bolsas de las pruebas colgando de una mano y el agotamiento de nuevo cubriendo su rostro como un velo, más denso que nunca.

–A mi juicio, ha ido bastante bien –observó Frank alegremente–. Incluso podías haber obtenido una confesión por vandalismo, de no haber ido tras el premio gordo.

Sam le prestó oídos sordos.

–¿Tú qué opinas? –me preguntó.

Desde mi punto de vista, sólo quedaba una posibilidad, un motivo

1. Balada irlandesa compuesta por Robert Dwyer Joyce (1836-1883) desde la perspectiva de un joven rebelde malhadado de Wexford que se dispone a sacrificar su relación de amor para zambullirse en el caldero de violencia asociado con la Rebelión de 1798 en Irlanda. *(N. de la T.)*

2. *The Croppy Boy:* balada irlandesa compuesta por Carroll Malone en conmemoración del alzamiento de 1798; *Four Green Fields:* canción popular acerca de una anciana dueña de cuatro campos verdes que unos extraños quieren arrebatar y cuya defensa se cobra la vida de sus hijos (metáfora de la violencia y privaciones experimentadas por los irlandeses); *She Moved through the Fair:* canción popular irlandesa de amor. *(N. de la T.)*

por el que Naylor pudiera haber reaccionado mal hasta el punto de haber apuñalado a Lexie: si hubiera sido el padre del bebé y ella le hubiera explicado que pensaba someterse a un aborto.

–No lo sé –contesté–. De verdad que no.

–Yo no creo que sea nuestro hombre –replicó Sam.

Arrojó las bolsas con las pruebas en la mesa y se apoyó cansinamente en ella, echando la cabeza hacia atrás. Frank parecía divertido.

–¿Te vas a rendir sólo porque ha soportado la presión una mañana? Tal como lo veo yo, es un quesito: móvil, oportunidad, modo de pensar... ¿Sólo porque te cuente una gran historia vas a arrestarlo bajo cargo de vandalismo por ebriedad y tirar por la borda la oportunidad de acusarlo de homicidio?

–No lo sé –repondió Sam. Se frotó los ojos con las palmas de las manos–. Ahora mismo no sé qué voy a hacer.

–Ahora mismo –le anunció Frank– vamos a poner en práctica mi plan. Lo prometido es deuda: tus tácticas no nos han llevado a ninguna parte. Suelta a Naylor, deja que Cassie compruebe si puede hacer negocios con antigüedades con él y veamos si eso nos conduce más cerca del apuñalamiento.

–A este tipo le importa un carajo el dinero –opinó Sam, sin mirar a Frank–. Lo único que le importa es su pueblo y los perjuicios que le ha ocasionado Whitethorn House.

–Entonces se mueve por una causa. Y nada hay más peligroso en este mundo que un fanático. ¿Hasta dónde crees que llegaría por defender su causa?

Ése es uno de los problemas de discutir con Frank: cambia las reglas del juego antes de que te dé tiempo a darte cuenta y pierdes todo el rato la pista de sobre qué estabais discutiendo en un principio. Me era imposible determinar si de verdad creía en aquella trama de las antigüedades o si sencillamente, a aquellas alturas, estaba dispuesto a probar lo que fuera para intentar batir a Sam.

Sam empezaba a parecer aturdido, como un boxeador después de encajar demasiados ganchos.

–No creo que sea un asesino –repitió con obstinación–. Y no entiendo qué te induce a pensar que es un marchante de antigüedades. Nada apunta en tal sentido.

–Preguntémosle a Cassie –sugirió Frank, que me observaba atentamente. A Frank siempre le ha gustado jugar, pero en aquellos momentos deseé saber qué le movía a apostar–. ¿Tú qué crees, pequeña? ¿Le ves alguna posibilidad a la trama de las antigüedades?

Millones de ideas se agolparon en mi pensamiento en aquel preciso instante: la sala de observación, que me conocía de memoria, hasta la mancha de la alfombra justo donde había derramado una taza de café hacía dos años, y que ahora me acogía en calidad de visitante; mis trajes de Barbie Detective colgando en el armario de casa y el asqueroso carraspeo de cada mañana de Maher; los demás esperándome en la biblioteca, y la fresca fragancia a lirios de los valles de mi dormitorio en la casa envolviéndome suavemente, como una gasa.

–Podría ser –contesté–, sí. No me sorprendería.

Sam, quien, para ser justos, llevaba ya un día de perros, acabó por perder la paciencia.

–¡Pero ¿qué dices, Cassie?! ¿Te has vuelto loca? Es imposible que te creas esa estupidez. ¿De parte de quién estás?

–Intentemos no plantearlo en esos términos –intervino Frank virtuosamente. Se había apoyado cómodamente en una pared, con las manos en los bolsillos, como si fuera un mero espectador de los acontecimientos–. Aquí todos estamos del mismo bando.

–Déjalo en paz, Frank –le ordené con brusquedad, antes de que Sam perdiera los estribos–. Y Sam, yo estoy de parte de Lexie. Ni de Frank ni tuya, de ella, ¿lo entiendes?

–Precisamente eso es lo que me asusta. –Sam se percató de mi mirada de desconcierto–. ¿Qué te creías? ¿Que sólo me preocupa este gilipollas? –Frank se señaló a sí mismo con un dedo y puso cara de sentirse herido–. Él ya es lo bastante insensato, de eso no hay duda, pero al menos puedo tenerlo controlado. Pero esa chica... Estar de su parte es estar en un lugar muy, pero que muy equivocado. Sus compañeros de casa estuvieron siempre de su parte y, si Mackey está en lo cierto, ella los estaba vendiendo al mejor postor, sin inmutarse. Su novio en Estados Unidos también estaba de su parte, la amaba, y mira lo que le hizo. Ese pobre idiota está hundido. ¿Has leído la carta?

–¿Carta? –le pregunté a Frank–. ¿Qué carta?

Frank se encogió de hombros.

–Chad le envió una carta, que está en custodia de mi amigo del FBI. Muy conmovedora y blablablá, pero yo la he peinado con una liendrera y no he encontrado nada útil. No te conviene distraerte con estas cosas.

–¡Por lo que más quieras, Frank! Si tienes datos que me aporten información sobre ella, lo que sea…

–Ya hablaremos de eso más tarde.

–Léela –dijo Sam. Su voz sonaba ronca y estaba lívido como el papel, tan blanco como aquel primer día en la escena del crimen–. Lee esa carta. Ya te facilitaré yo una fotocopia si Mackey no lo hace. Ese tipo, Chad, está destrozado. Han pasado cuatro años y medio y no ha salido con ninguna otra chica. Probablemente nunca vuelva a confiar en una mujer. No lo culpo por ello. Se despertó una mañana y toda su vida se había hecho añicos a su alrededor. Todos sus sueños se habían esfumado en medio de una nube de humo.

–A menos que quieras que ese farsante se entere –anotó Frank con voz suave–, yo bajaría la voz.

Sam ni siquiera lo oyó.

–Y no olvides que no cayó en Carolina del Norte por obra y gracia del Espíritu Santo. Venía de algún sitio y, por lo que sabemos, antes de eso estuvo en otro lugar. En algún lugar del mundo habrá más personas (sólo Dios sabe cuántas) que nunca dejarán de preguntarse dónde está Lexie, si la habrán descuartizado y enterrado, si se volvió loca y acabó vagabundeando, si en realidad nunca le importaron o qué diablos ocurrió para que su vida estallara en mil pedazos. Todas esas personas estaban del lado de esa joven, y mira lo que les ocurrió. Todo el mundo que ha estado de su lado ha resultado malparado, Cassie, todo el mundo, y a ti te va a suceder lo mismo.

–Estoy bien, Sam –le aseguré.

Su voz pasó sobre mí como la fina neblina del amanecer, etérea, apenas real.

–Déjame preguntarte algo. Tu último novio lo tuviste justo antes de que te convirtieras en policía de incógnito, ¿no es cierto? ¿Aidan algo, no?

–Sí –contesté–. Aidan O'Donovan.

Aidan era un sol: inteligente, explosivo, viajero y con un sentido del humor extraordinario que me hacía reír aunque hubiera tenido un día de perros. Hacía mucho tiempo que no pensaba en él…

–¿Qué pasó?

–Rompimos –respondí–, mientras yo estaba en una misión secreta.

Por un segundo pude ver los ojos de Aidan la noche que me dejó. Yo tenía prisa, debía regresar a mi apartamento a tiempo para una reunión a última hora de la noche con el camello de *speed* que acabó apuñalándome unos meses más tarde. Aidan esperó conmigo en la parada de autobús y, cuando lo miré a través de la ventanilla, creo que lo vi llorar.

–No *mientras*, sino *porque* estabas en una misión secreta. Porque eso es lo que ocurre. –Sam giró sobre sus talones y miró a Frank–: ¿Y qué me dices de ti, Mackey? ¿Tienes esposa? ¿Novia? ¿Algo?

–¿Me estás pidiendo una cita? –bromeó Frank. Su voz sonaba divertida, pero tenía los ojos entrecerrados–. Porque debo advertirte algo: yo no salgo barato.

–Eso es un no. Justo lo que me figuraba. –Sam dio media vuelta y se me encaró de nuevo–: Hace sólo tres semanas, Cassie, y mira lo que nos está pasando. ¿Es esto lo que quieres? ¿Qué crees que pasará con lo nuestro si te marchas todo un año para participar en esta jodida bromita que se le ha ocurrido a nuestro amigo?

–¿Por qué no intentamos algo? –propuso Frank con voz sosegada, apoyado contra la pared, sin moverse–. Vosotros decidís si hay algún problema en vuestra parte de la investigación y yo decido si hay alguno en la mía. ¿Te parece bien?

La mirada en sus ojos había espoleado a comisarios y señores de la droga por igual a escabullirse en busca de cobijo, pero Sam pareció no inmutarse.

–No, por supuesto que no me parece bien. Tu parte de la investigación es un maldito desastre y quizá tú no seas capaz de verlo, pero por suerte yo sí. Tengo a un sospechoso en esa sala, tanto si es tu hombre como si no, y lo he encontrado gracias al trabajo de la policía. ¿Y qué tienes tú? Tres semanas de ese embrollo insensato y ni una sola respuesta. Y, en lugar de recortar nuestras pérdidas, pretendes forzarnos a subir las apuestas y enfrascarnos en algo aún más insensato…

–Yo no os fuerzo a nada. Yo sólo le he preguntado a Cassie, que participa en esta investigación como mi agente infiltrada, por si no lo recuerdas, no como detective de Homicidios a tu cargo, si le apetece llevar su misión un paso más allá.

Largas tardes de verano en la hierba, el zumbido de las abejas y el perezoso chirrido del balancín. Arrodillados en el jardín de hierbas aromáticas recolectando nuestra cosecha, una lluvia fina y humo con olor a madera en el aire, el perfume del romero magullado y la lavanda en mis manos. Envolver regalos de Navidades en el suelo del dormitorio de Lexie, con la nieve cayendo al otro lado de mi ventana, mientras Rafe toca villancicos al piano y Abby canturrea desde su habitación y el aroma a pan de jengibre serpentea bajo mi puerta.

Los ojos de Sam y los de Frank estaban posados en mí, abiertos de par en par. Ambos se habían callado; un silencio intenso y pacífico reinaba por fin en la sala.

–Claro –contesté–. ¿Por qué no?

Naylor tarareaba ahora *Avondale*[1] y al fondo del pasillo alguien sermoneaba a Quigley. Me acordé de mí y de Rob contemplando a sospechosos desde aquella misma sala de observación, riendo hombro con hombro por aquel mismo pasillo, desintegrándonos como un meteorito en el aire envenenado de la Operación Vestal, impactando y prendiendo en llamas, y no sentí nada, nada salvo las paredes abriéndose y cayendo a mi alrededor, ligeras como pétalos. Los ojos de Sam eran inmensos y oscuros, como si le hubiera herido en lo más profundo, y Frank me miraba de un modo que me incitó a pensar que, si tuviera un poco de sentido común, debería estar asustada, pero por el contrario notaba mis músculos relajándose como si tuviera ocho años y me deslizara dando volteretas colina abajo por un prado verde, como si pudiera sumergirme mil metros bajo el mar frío y azul sin necesidad de respirar. Yo tenía razón: la libertad olía a ozono y a tormentas eléctricas y a dinamita, todo junto, y a nieve y a hogueras y a hierba recién segada; sabía a agua marina y a naranjas.

1. Canción dedicada a Charles Stewart Parnell, líder del Partido Irlandés que abogó por la autodeterminación de Irlanda hasta que se lanzó un escándalo sexual contra él para neutralizar su carrera política.

16

Regresé al Trinity a la hora de comer, pero los demás seguían en sus cubículos. En cuanto aparecí en el largo pasillo de libros que conducía a nuestro rincón, alzaron la vista, rápidamente, casi al mismo tiempo, y dejaron caer sus bolígrafos.

–¡Por fin! –exclamó Justin, con un gran suspiro de alivio, mientras yo llegaba hasta ellos–. Aquí estás. Ya era hora.

–¡Pero bueno! –soltó Rafe–. ¿Por qué has tardado tanto? Justin pensaba que te habían arrestado, pero le he dicho que lo más probable era que te hubieras fugado con O'Neill.

Rafe tenía el pelo arremolinado y Abby se había pintarrajeado una mejilla con el bolígrafo y no podían ni imaginarse lo guapos que me parecieron entonces, lo cerca que habíamos estado de perdernos unos a otros. Tenía ganas de tocarlos, de abrazarlos, de apretujarles las manos.

–Me han hecho esperar una eternidad –expliqué–. ¿Vamos a comer? Me muero de hambre.

–¿Qué ha ocurrido? –preguntó Daniel–. ¿Has podido identificar a ese energúmeno?

–¡Qué va! –respondí, inclinándome por delante de Abby para coger mi mochila–. Aunque estoy segura de que se trata del tipo de la otra noche. Deberíais haberle visto la cara. Parece que se haya enfrentado en diez *rounds* a Muhammad Alí.

Rafe soltó una carcajada y levantó la palma para chocar los cinco conmigo.

–¿Qué os hace tanta gracia? –quiso saber Abby–. Ese hombre os podría haber acusado de agresión, si quisiera. Eso es precisamente lo que Justin pensaba que había sucedido, Lex.

–No presentará cargos. Le ha dicho a la policía que se cayó de la bicicleta. Está todo controlado.

–¿Y ha habido algo que te haya hecho recuperar la memoria? –inquirió Daniel.

–No.

Arranqué el abrigo de Justin de su silla y lo agité en el aire.

–¡Venga! ¿Os apetece ir al Buttery? Me apetece comer comida de verdad. Esos polis me han puesto hambrienta.

–¿Y tienes idea de qué ocurrirá ahora? ¿Creen que es el hombre que te atacó? ¿Lo han arrestado?

–No –respondí–. No tienen pruebas suficientes, o algo por el estilo. Y no creen que fuera quien me apuñaló.

Me había dejado arrastar por la idea de que era una buena noticia y había olvidado que podía no serlo desde la perspectiva de los demás. De repente se produjo un silencio sepulcral, nadie miraba a nadie. Rafe cerró los ojos un instante, como si sintiera un estremecimiento.

–¿Por qué no? –quiso saber Daniel–. A mí me parece un sospechoso más que lógico.

Me encogí de hombros.

–¿Quién sabe qué se les pasa por la cabeza? Es lo que me han dicho.

–¡Por todos los diablos! –lamentó Abby.

Había empalidecido y, bajo la luz de los fluorescentes, sus ojos parecían cansados.

–Entonces –observó Rafe–, a fin de cuentas, todo esto no tenía ningún sentido. Volvemos a estar donde empezamos.

–Aún no lo sabemos –replicó Daniel.

–Pues llámame pesimista si quieres, pero yo lo veo bastante claro.

–Vaya –lamentó Justin en voz baja–. Tenía la esperanza de que por fin fuera a acabarse esta historia.

Nadie le respondió.

Daniel y Abby volvían a hablar en el patio, muy entrada ya la noche. Ya no necesité guiarme por el tacto de las paredes para llegar hasta la cocina; a aquellas alturas podría haber recorrido la casa con los ojos vendados sin dar un mal paso ni hacer crujir una tabla del suelo.

–No sé por qué –decía Daniel. Estaban sentados en el balancín, fumando, sin tocarse–. No atino a verbalizarlo. Posiblemente tanta tensión esté nublando mi juicio... Sólo estoy preocupado.

–Lexie ha pasado una mala época –justificó Abby con cuidado–. Creo que su único deseo es volver a la normalidad y olvidar lo ocurrido.

Daniel la miró; la luz de la luna se reflejaba en sus gafas y apantallaba sus ojos.

–¿Qué es lo que me ocultas? –preguntó.

El bebé. Me mordí el labio y rogué al cielo por que Abby creyera en la lealtad fraternal. Ella sacudió la cabeza.

–En esta ocasión tendrás que confiar en mí.

Daniel apartó la mirada y la proyectó a lo lejos, y justo entonces yo atisbé un destello de algo –agotamiento o pesar– cubrirle el rostro.

–Antes nos lo contábamos todo –se quejó–, no hace tanto. ¿No es verdad? ¿O soy sólo yo quien lo recuerda así? Los cinco contra el mundo, sin secretos, nunca.

Abby arqueó las cejas.

–¿En serio? No estoy tan segura de que todo el mundo lo cuente todo. Tú no lo haces, sin ir más lejos.

–Me gustaría pensar –replicó Daniel al cabo de un momento– que lo hago lo mejor que puedo. A menos que exista una razón de peso para no hacerlo, yo os cuento a ti y a todos los demás todo lo que importa de verdad.

–Pero siempre existe alguna razón de peso, ¿no? Contigo al menos.

El rostro de Abby estaba pálido, reconcentrado.

–Es posible, sí –contestó Daniel con voz queda y un largo suspiro–. Antes no era así.

–Tú y Lexie –añadió Abby–. ¿Alguna vez os habéis…? –Un silencio; los dos se miraban de hito en hito, con la intensidad de los enemigos–. Porque eso sería una razón de peso…

–¿De verdad? ¿Por qué? –Otro silencio. La luna se ocultó; sus rostros se fundieron en la noche–. No –confesó Daniel al fin–. Nunca. Pero te respondería lo mismo de todas maneras, puesto que no veo qué importancia puede tener eso, así que no espero que me creas. Pero por si sirve de algo, no lo hemos hecho.

De nuevo el silencio. El diminuto resplandor rojizo de una colilla describiendo un arco en la oscuridad como un meteoro. Yo de pie en la fría cocina, espiándolos a través del cristal y deseando poderles decir: «Todo saldrá bien. Todo el mundo se calmará y volverá a la normalidad con el tiempo, ahora que tenemos tiempo. Me quedo».

Un portazo en medio de la noche; pasos apresurados y descuidados dando trompicones en la madera; otro portazo, esta vez más rotundo, la puerta principal.

Yo escuchaba, sentada en mi cama, con el corazón palpitándome a mil por hora. Hubo un cambio en algún lugar de la casa, tan sutil que más que oírlo lo noté recorrer las paredes y el suelo de madera y sacudir mis huesos: alguien se movía. Podría haber procedido de cualquier sitio. Era una noche tranquila, el viento no agitaba los árboles, sólo se oía el frío y engañoso reclamo de una lechuza a la caza en los distantes prados. Apoyé la almohada contra el cabezal de la cama, me acomodé y esperé. Me vinieron ganas de fumarme un pitillo, pero estaba bastante segura de no ser la única que estaba despierta, con todos los sentidos alerta, a la espera del más leve indicio: el sonido metálico de un encendedor, el olor del humo revoloteando en la penumbra.

Transcurridos unos veinte minutos, la puerta principal volvió a abrirse y cerrarse, esta vez con mucho sigilo. Una pausa; luego pisadas delicadas y cuidadosas subiendo las escaleras, hasta el dormitorio de Justin, y el crujido explosivo de los muelles de la cama en el piso inferior.

Dejé pasar otros cinco minutos. Al ver que no ocurría nada interesante, me deslicé fuera de la cama y bajé corriendo las escaleras (no tenía sentido procurar ser silenciosa).

–Ah –dijo Justin al ver mi cabeza asomar por detrás de su puerta–. Eres tú.

Estaba sentado en el borde de su cama, semivestido: con pantalones y zapatos, pero sin calcetines, con la camisa por fuera y a medio abotonar. Tenía un aspecto terrible.

–¿Estás bien? –pregunté.

Justin se pasó las manos por la cara y vi que estaba temblando.

–No –respondió–. La verdad es que no.

–¿Qué ha pasado?

Dejó caer las manos y me miró; tenía los ojos enrojecidos.

–Vete a la cama –dijo–. Vete a la cama y no preguntes, Lexie.

–¿Estás enfadado conmigo?

–No todo en este mundo gira en torno a ti, ¿sabes? –replicó con frialdad–. Aunque te cueste creerlo.

–Justin –susurré, transcurrido un segundo–. Yo sólo quería…

–Si de verdad quieres ayudar –me interrumpió–, déjame en paz.

Se puso en pie y empezó a estirar las sábanas, con gestos rápidos y torpes y la espalda vuelta hacia mí. Cuando me quedó claro que no iba a decir nada más, salí, cerré su puerta lentamente y regresé arriba. No había luz bajo la puerta de Daniel, pero lo noté allí, a sólo unos pasos de distancia, en la oscuridad, escuchando y pensando.

Al día siguiente, cuando salí de mi tutoría de las cinco de la tarde, Abby y Justin me esperaban en el pasillo.

–¿Has visto a Rafe? –preguntó Abby.

–Desde la hora de la comida, no –contesté. Estaban vestidos para salir a la calle, Abby con su largo abrigo gris y Justin con su chaqueta de *tweed* abotonada; gotas de lluvia resplandecían en sus hombros y en su cabello–. ¿No tenía una reunión con el director de la tesis?

–Eso es lo que nos dijo –respondió Abby, apartándose hacia la pared para dejar pasar a una pandilla de estudiantes alborotados–, pero las reuniones de la tesis no duran cuatro horas y, además, hemos ido a comprobar si estaba en el despacho de Armstrong y está cerrado. No está allí.

–Quizás haya ido al Buttery a tomarse una pinta –sugerí.

Justin se estremeció. Todos sabíamos que Rafe había estado bebiendo un poco más de la cuenta, pero nadie hacía alusión a ello, nunca.

–También lo hemos comprobado –replicó Abby–. Y no iría al Pav, dice que está lleno de zoquetes cachas y le hace recordar sus días en el internado. No se me ocurre dónde más mirar.

–¿Qué sucede? –preguntó Daniel, que venía de su tutoría, al otro lado del pasillo.

–No encontramos a Rafe.

–Hummm –musitó Daniel, mientras se colocaba bien los libros y papeles que cargaba en un brazo–. ¿Lo habéis llamado al móvil?

–Tres veces –responidó Abby–. La primera pulsó la tecla de rechazar llamada y después apagó el teléfono.

–¿Y sus cosas están en su cubículo?

–No –aclaró Justin, dejándose caer contra la pared mientras se mordisqueaba una cutícula–. Se lo ha llevado todo.

–Bueno, eso es buena señal –opinó Daniel, mirando a Justin con una sonrisa afable–. Significa que no le ha ocurrido nada inesperado;

no lo ha atropellado ningún coche ni ha tenido ninguna emergencia de salud y han tenido que llevárselo al hospital. Simplemente se habrá ido solo a dar un paseo.

–Sí, pero ¿dónde? –Justin empezaba a alzar la voz–. ¿Y qué se supone que debemos hacer nosotros ahora? No podrá volver a casa sin nosotros. ¿Nos limitamos a dejarlo aquí?

Daniel dirigió su mirada hacia el otro lado del pasillo, por encima de todas aquellas cabezas arremolinadas. El aire olía a alfombra húmeda; en algún punto a la vuelta de la esquina una chica profirió un chillido, agudo y taladrante, y Justin, Abby y yo nos sobresaltamos, pero antes de darnos cuenta de que sólo fingía estar horrorizada, su alarido ya se había convertido en una regañina coqueta. Daniel reflexionaba mordisqueándose el labio y no pareció darse cuenta. Transcurrido un momento suspiró.

–Rafe –dijo, con una sacudida rápida y exasperada de cabeza–. Estoy harto. Sí, por supuesto que lo dejamos aquí; no podemos hacer otra cosa. Si quiere volver a casa, que nos llame por teléfono o que tome un taxi.

–¿Hasta Glenskehy? Yo no pienso volver a conducir hasta el pueblo para ir a buscarlo sólo porque le haya apetecido comportarse como un idiota…

–Bueno –contestó Daniel–, estoy seguro de que se las apañará. –Colocó una hoja suelta en el montón con el que cargaba y añadió–: Vayamos a casa.

Cuando acabamos de cenar, una cena bastante mediocre, pechugas de pollo sacadas del congelador, arroz y un frutero dejado de cualquier manera en el centro de la mesa, Rafe aún no había telefoneado. Había vuelto a encender el móvil, pero seguía dejando que nos saltara el contestador.

–No es propio de él –opinó Justin, mientras rascaba de manera compulsiva con la uña del pulgar la cenefa del borde de su plato.

–Y tanto que lo es –sentenció Abby–. Se habrá ido por ahí y se habrá ligado a una chica, como aquella otra vez, ¿os acordáis? Desapareció durante dos días.

–Aquello fue distinto. ¿Y tú por qué asientes? –añadió Justin, en tono amargo, mirándome–. Es imposible que te acuerdes. Ni siquiera vivías aquí.

Se me disparó la adrenalina, pero nadie pareció sospechar nada; estaban todos demasiado absortos en Rafe como para percatarse de mi pequeño desliz.

–Asiento porque os he oído contarlo. Existe una cosa que se llama comunicación; estaría bien que la probaras alguna vez…

Todos estaban de un humor quisquilloso, yo incluida. No es que me preocupara en exceso dónde estuviera Rafe, pero el hecho de que no estuviera en casa me estaba poniendo nerviosa, y también el no saber si mis nervios se debían a motivos puramente relacionados con la investigación (la bienamada intuición de Frank) o simplemente porque, sin él, el equilibrio en aquella estancia era precario.

–¿Por qué fue distinto? –quiso saber Abby.

Justin se encogió de hombros.

–Porque entonces no vivíamos juntos.

–¿Y? Más razón aún. ¿Qué se supone que debe hacer si le apetece enrollarse con alguien? ¿Traerla aquí?

–Se supone que tiene que llamarnos o, como mínimo, dejarnos alguna nota.

–¿Diciendo qué? –pregunté, mientras troceaba un melocotón en daditos–. «Queridos amigos, voy a echar un polvo. Hablamos mañana o esta noche, si no ligo, o a las tres de la madrugada si la piba se lo monta mal…»

–No seas vulgar –me cortó Justin–. Y, por el amor de Dios, cómete el puñetero melocotón o deja de manosearlo.

–No soy vulgar. Simplemente digo lo que pienso. Y me lo comeré cuando me plazca. ¿Te digo yo acaso cómo tienes que comer?

–Deberíamos llamar a la policía –sugirió Justin.

–No –atajó Daniel, dándose unos golpecitos con un cigarrillo en la parte interior de la muñeca–. De momento no serviría de nada. La policía establece un plazo de tiempo antes de declarar a alguien desaparecido, veinticuatro horas, creo, aunque pueden ser más, antes de iniciar la búsqueda. Y Rafe es un adulto.

–En teoría –puntualizó Abby.

–Y además tiene todo el derecho del mundo a pasar una noche fuera de casa si le apetece.

–Pero ¿y si ha cometido alguna tontería?

La voz de Justin se estaba transformando en un lamento.

–Uno de los motivos por los que no me gustan los eufemismos –replicó Daniel, sacudiendo la cerilla para apagarla y depositándola con cuidado en el cenicero– es que excluyen cualquier comunicación real. Creo que podemos afirmar sin temor a equivocarnos que Rafe seguramente haya cometido alguna tontería, pero eso abarca un amplio abanico de posibilidades. Supongo que te preocupa que se haya suicidado, cosa que, a mi juicio, es sumamente improbable.

Transcurridos unos momentos, Justin dijo sin levantar la vista:

–¿Alguna vez te ha hablado de aquella ocasión, cuando tenía dieciséis años, en que sus padres lo obligaron a cambiarse de escuela por décima vez o la que fuera?

–Nada de pasados –dijo Daniel.

–No pretendía suicidarse –contestó Abby–. Sólo intentaba llamar la atención del huevón de su padre, y no funcionó.

–He dicho que nada de pasados.

–No estoy hablando de pasados. Yo sólo digo que esto no es lo mismo, Justin. ¿No crees que Rafe ha cambiado muchísimo en los últimos meses? ¿No te parece que está mucho más feliz?

–En los últimos meses sí –respondió Justin–. Pero no en las últimas semanas.

–Bueno, ya –dijo Abby y cortó una rodaja de manzana por la mitad con un gesto rápido–, no ha sido el mejor momento para ninguno de nosotros. Pero aun así, la situación es muy distinta. Ahora Rafe sabe que tiene un hogar, sabe que cuenta con personas que se preocupan por él y dudo mucho que quiera autolesionarse. Simplemente lo está pasando mal y ha salido a emborracharse y perseguir faldas. Regresará cuando se le pase.

–¿Y qué pasará si...? –La voz de Justin se apagó–. Detesto esta situación –dijo en voz baja, con la mirada fija en su plato–. De verdad que la detesto.

–Todos la detestamos –replicó Daniel con brío–. Ha sido un período de prueba para todos nosotros. Tenemos que aceptarlo y tener paciencia con nosotros mismos y con los demás mientras nos recuperamos.

–Dijiste que dejáramos pasar el tiempo, que así la cosa se arreglaría. Pero no se está arreglando nada, Daniel. Cada vez es peor.

–En realidad –apuntó Daniel–, cuando dije eso pensaba en dejar transcurrir algo más que tres semanas. Pero si te parece un plazo poco razonable, no dudes en comunicármelo.

–¿Cómo puedes estar tan relajado? –Justin estaba a punto de romper a llorar–. Estamos hablando de Rafe.

–Al margen de lo que esté haciendo Rafe –apuntó Daniel, volviendo la cabeza educadamente a un lado para no echarnos el humo–, no consigo ver en qué podría contribuir que yo me pusiera histérico.

–Yo no estoy histérico. Sencillamente, así es como reacciona la gente cuando uno de sus amigos se desvanece como por arte de magia.

–Justin –lo interpeló Abby con voz tranquilizadora–, no pasa nada, ya verás.

Pero Justin no la escuchaba.

–Porque tú seas un maldito robot... ¡Dios mío, Daniel!, sólo por una vez, aunque fuera sólo una vez me gustaría ver que te comportas como si te preocuparas por el resto de nosotros, por algo, por lo que fuera...

–Creo que tienes razones más que suficientes –replicó Daniel con frialdad– para darte cuenta de que yo me preocupo muchísimo por vosotros cuatro.

–Pues no. ¿Qué razones son ésas? A mí me parece que te importamos un bledo...

Abby lo interrumpió alzando la palma de una mano hacia el techo y señalando con el dedo la estancia que nos rodeaba y el jardín de fuera. Pero aquel gesto y el modo como su mano cayó de nuevo en su regazo transmitían algo inquietante; parecía un gesto cansado, casi resignado.

–Ah, claro –convino Justin, repantingándose en su silla. La luz incidía sobre su rostro en un ángulo cruel, ahuecando sus pómulos y dibujando una larga ranura negra entre sus cejas, y por un segundo creí ver su cara recubierta por una máscara temporal y pude intuir qué aspecto tendría dentro de cincuenta años–. Por supuesto. La casa. Y mira dónde nos ha llevado.

Se produjo un silencio afilado, imperceptible.

–Yo nunca he afirmado ser infalible –terció Daniel, con una voz teñida por una peligrosa intensidad de un sentimiento que jamás le había oído con anterioridad–. Sólo puedo deciros que me esfuerzo al máximo por hacer lo mejor para los cinco. Si crees que no lo hago bien, siéntete libre de tomar tus propias decisiones. Si crees que no deberíamos convivir, entonces múdate. Si crees que tienes que denunciar la desaparición de Rafe, descuelga el auricular y telefonea a la policía.

Justin se encogió de hombros con aire desvalido y volvió a picotear de su plato. Daniel fumaba, con la vista perdida en la media distancia. Abby se comió la manzana. Y yo hice picadillo mi melocotón. Todos guardamos silencio un largo rato.

–Veo que habéis perdido al mujeriego –comentó Frank cuando lo telefoneé desde mi árbol. Aparentemente le habíamos inspirado a disfrutar de un momento de alimentación sana: comía algo con pepitas (lo escuchaba escupirlas, con mucho gusto, en su mano o donde fuera)–. Si aparece muerto, entonces quizás alguien empiece a dar crédito a mi teoría sobre el extraño misterioso. Debería haberme apostado algo.

–No seas imbécil, Frankie –lo reprendí.

Frank soltó una carcajada.

–No estarás preocupada por él, ¿verdad?

Me encogí de hombros.

–Bueno, preferiría saber dónde está.

–Tranquila, pequeña. Una jovencita encantadora conocida mía intentaba averiguar dónde estaba su amigo Martin esta noche y, por casualidad, ha marcado el número de Rafe por error. Por desgracia, él no le ha dicho dónde estaba antes de que se haya solucionado este malentendido, pero el ruido de fondo nos ha dado una idea aproximada. Abby ha dado en el clavo: vuestro amiguito está en un pub, agarrándose una melopea de campeonato y a la caza de una hembra. Regresará sano y salvo; eso sí, con una resaca de órdago.

De manera que Frank también se había preocupado, lo suficiente como para convencer a una de las policías de refuerzo con voz sensual de realizar una llamada telefónica. Quizá Naylor no hubiera sido sólo una excusa para enfrentarse a Sam; quizá Frank hablaba en serio al considerarlo un sospechoso. Escondí un poco más los pies entre las ramas.

–Genial –dije–. Me alegra oírlo.

–Y entonces ¿por qué parece como si se te acabara de morir el canario?

–Están en baja forma –contesté, y me alegré de que Frank no pudiera verme la cara. Estaba tan agotada que me dio la impresión de que podía caerme de aquel árbol en cualquier momento. Me agarré a una rama–. No sé exactamente por qué, quizá porque no llevan bien el hecho de que me apuñalaran o porque no son capaces de sobrellevar lo que sea que nos ocultan, pero empiezan a resquebrajarse.

Tras una breve pausa, Frank dijo con mucha suavidad:

–Sé que has congeniado con ellos, pequeña. Y eso está bien. No son precisamente santo de mi devoción, pero no tengo objeción a que tú sientas algo distinto si eso te facilita el trabajo. Pero recuerda esto: no son tus amigos. Sus problemas no son tus problemas; ellos sólo son tu oportunidad.

–Lo sé –repliqué–. Ya lo sé. Pero me resulta muy difícil contemplarlo.

–Un poco de compasión es indolora –comentó Frank como si tal cosa, y después le dio otro mordisco a lo que fuera que estaba comiendo–. Mientras no se te vaya de las manos. Por el momento, tengo algo que hará que tu mente se olvide de sus problemas por un rato. Tu Rafe no es el único que ha desaparecido.

–¿De qué estás hablando?

Escupió más pepitas.

–Tenía planeado controlar a Naylor desde una distancia prudencial: comprobar su rutina, quiénes eran sus socios y toda la mandanga, y luego darte un poco más de trabajo con los datos reunidos. Pero al parecer no va a ser posible. Hoy no se ha presentado en el trabajo. Sus padres no lo han visto desde anoche y afirman que es impropio de él; el padre está postrado en una silla de ruedas y John no es de los que delega en su madre el trabajo duro. Tu Sammy y un par de refuerzos están vigilando su casa por turnos y hemos solicitado a Byrne y Doherty que estén al tanto por si acaso. Por intentarlo no perdemos nada.

–No irá muy lejos –aventuré–. Este tipo no se marcharía de Glenskehy a menos que lo sacaran arrastrándolo de los pelos. Ya aparecerá.

–Eso mismo opino yo. En cuanto a lo del apuñalamiento, no creo que su desaparición revele nada en un sentido o en otro; es un mito que sólo los culpables se evaporan. Pero sí sé algo: Naylor escapa, pero no por miedo. ¿A ti te pareció asustado?

–No –contesté–. En ningún momento. Me dio la sensación de que estaba furioso.

–A mí también. No le hizo ni pizca de gracia el interrogatorio. Lo observé mientras se marchaba de la comisaria; dos pasos después de franquear la puerta, volvió la vista y escupió. Eso sólo lo convierte en un capullo muy, muy enfadado, Cassie, y ya sabemos que tiene un cierto problemilla de temperamento. Y como bien dices, lo más probable es que todavía campe por la zona. No sé si ha desaparecido porque no quiere que lo sigamos o porque se guarda un as en la manga, pero ándate con muchísimo cuidado.

Así lo hice. Durante todo el trayecto de regreso a casa caminé por el medio de los senderos, con el revólver empuñado, listo para disparar. No me lo volví a esconder en la faja hasta que la verja posterior se cerró a mis espaldas y estuve segura en el jardín, iluminada por las vetas de luz procedentes de las ventanas.

No había telefoneado a Sam. Y esta vez no podía atribuirlo a un olvido. Era porque no tenía ni idea de si me contestaría o de, en caso de hacerlo, qué nos diríamos el uno al otro.

17

Rafe apareció en la biblioteca la mañana siguiente, alrededor de las once, con el abrigo abotonado cojo y la mochila colgando de cualquier manera de una mano. Apestaba a tabaco y a Guinness rancia, y no mantenía del todo bien el equilibrio.

–Vaya –dijo, balanceándose ligeramente y repasándonos a todos de arriba abajo–. Hola, hola, hola.

–¿Dónde has estado? –siseó Daniel.

Su voz traslucía un matiz de tensión e ira, poco disimulado. Había estado mucho más preocupado por Rafe de lo que había dado a entender.

–Aquí y allá –contestó Rafe–. Yendo y viniendo. ¿Cómo estáis?

–Pensábamos que te había ocurrido algo –intentó decir Justin con un susurro que se quebró y se convirtió en un pitido demasiado alto y demasiado agudo–. ¿Por qué no nos telefoneaste? ¿Tanto te costaba enviarnos un mensaje?

Rafe volvió la vista para mirarlo.

–Estaba ocupado en otros asuntos –replicó, tras una pausa de reflexión–. Y, además, no me apetecía.

Uno de La Pasma, los estudiantes maduros que siempre se autodesignan vigilantes de la biblioteca, alzó la vista por encima de su pila de libros de filosofía y nos mandó callar:

–¡Silencio!

–Pues tienes el don de la oportunidad –terció Abby con frialdad–. No es el mejor momento para salir a correr detras de unas faldas; incluso tú deberías haberte dado cuenta de ello.

Rafe se balanceó hacia atrás sobre sus talones y la miró con cara de sorprendido.

–Vete a la porra –le espetó, en voz alta y con altanería–. Soy yo quien decide cuándo quiero hacer las cosas.

–No vuelvas a hablarle así a Abby –lo increpó Daniel, que ni siquiera fingió intentar hablar en voz baja.

Toda La Pasma soltó un «¡Chisssss!» unánime.

Le di un tirón de la manga a Rafe.

–Siéntate aquí y habla conmigo.

–Lexie –dijo Rafe, logrando concentrar la mirada en mí. Tenía los ojos inyectados en sangre y necesitaba urgentemente lavarse el pelo–. No debería haberte dejado sola.

–Estoy bien –contesté–. Yo tan campante. ¿Quieres sentarte y explicarme cómo te ha ido la noche?

Alargó la mano; sus dedos recorrieron mi mejilla, mi cuello y se deslizaron a lo largo del escote de mi jersey. Vi los ojos de Abby abrirse como platos a sus espaldas y escuché un frufrú inquieto en el cubículo de Justin.

–Dios, eres tan dulce –dijo Rafe–. No eres tan frágil como pareces, ¿verdad? A veces pienso que el resto de nosotros somos justo al revés.

Uno de La Pasma había reclutado a Atila, que es el guardia de seguridad más encabronado del universo conocido. Evidentemente él se había alistado a aquel trabajo con la esperanza de poder romperle la crisma a delincuentes peligrosos pero, puesto que éstos escasean en las bibliotecas universitarias corrientes, se entretiene en hacer llorar a los novatos.

–¿Te está molestando este joven? –me preguntó.

Intentaba imponerse a Rafe, pero la diferencia de altura le estaba acarreando problemas.

La fachada se erigió en un abrir y cerrar de ojos: Daniel, Abby y Justin adoptaron una pose distendida al tiempo que fría e impostada; incluso Rafe se enderezó, apartó la mano de mí con un latigazo y, en un instante y sin esfuerzo aparente, recobró la sobriedad.

–No pasa nada –le aclaró Abby.

–No te he preguntado a ti –le recriminó Atila y volvió la cabeza–. ¿Conoces a este tipo?

Me hablaba a mí. Le dediqué una sonrisa angelical y contesté:

–A decir verdad, señor policía, este tipo es mi marido. Tenía una orden de alejamiento contra él, pero ahora he cambiado de opinión y nos disponíamos a encerrarnos en el servicio de las damas a retozar alegremente.

Rafe empezó a reírse por lo bajo.

–No se permite la entrada de caballeros en el aseo de las damas –repuso Atila alarmado–. Y estáis molestando a los demás.

–No te preocupes –intervino Daniel. Se puso en pie y agarró a Rafe por el brazo (y aunque a simple vista pareciera un gesto inocuo, vi que le apretaba con fuerza)–. Ya nos íbamos. Todos.

–¡Suéltame! –gritó Rafe, intentando zafarse de la mano de Daniel.

Daniel tiró de Rafe, con brío, dejando atrás a Atila y recorriendo la larga góndola de libros, sin volver la vista para comprobar si el resto de nosotros los seguía.

Recogimos nuestros enseres y salimos a toda prisa bajo la lluvia de amonestaciones de Atila. Encontramos a Daniel y a Rafe en el vestíbulo. Daniel tenía las llaves del coche colgando de un dedo; Rafe estaba apoyado distraídamente en un pilar, enfurruñado.

–Bien hecho –felicitó con ironía Abby a Rafe–. En serio. Ha sido una lección magistral de modales.

–No empieces.

–Pero ¿qué estamos haciendo? –preguntó Justin a Daniel. Justin cargaba con las cosas de Daniel, además de con las suyas; parecía preocupado y agobiado–. No podemos irnos sin más.

–¿Por qué no?

Se produjo un breve silencio de sorpresa. Nuestra rutina estaba tan engranada que todos nosotros habíamos llegado a contemplarla como una ley de la naturaleza y ni siquiera se nos había ocurrido que pudiéramos romperla si se nos antojaba.

–Y entonces ¿qué haremos? –pregunté.

Daniel lanzó las llaves del coche al aire y las cazó al vuelo.

–Vamos a regresar a casa y pintar el salón –explicó–. Últimamente hemos pasado demasiado tiempo en esa biblioteca. Un poco de bricolaje nos sentará bien.

A oídos de cualquier extraño, aquello habría sonado de lo más raro (podía oír a Frank susurrarme: «Por todos los santos, son puro rock and roll, ¿cómo consigues seguirles el ritmo?»). Pero transcurrido un momento todo el mundo asintió, incluso Rafe. Yo ya me había percatado de que la casa era su zona de seguridad: cuando la situación se tensaba, uno de ellos encauzaba la conversación hacia algo que había que arreglar o redecorar, y todo el mundo volvía a serenarse. Íbamos a tener un serio problema cuando la casa estuviera concluida y no tuviéramos que enmasillar grietas o limpiar manchas del suelo para utilizarla como nuestro Lugar Feliz.

Funcionó otra vez. Sábanas viejas cubriendo el mobiliario y ráfagas de aire frío entrando por las ventanas abiertas de par en par, ropa vieja, trabajo duro y olor a pintura, una melodía ragtime como música de fondo, la excitación traviesa de saltarse las clases y la casa hinchándose como un gato agradecido por la atención recibida: exactamente lo que necesitábamos. Para cuando acabamos con el salón, Rafe se mostraba más avergonzado que beligerante, Abby y Justin se habían relajado lo suficiente como para mantener una larga y distendida discusión sobre si Scott Joplin era o no un buen compositor y todos en general estábamos de mucho mejor humor.

–¡Me pido ducharme la primera! –anuncié.

–Cédele a Rafe el honor –sugirió Abby–. «A cada uno según sus necesidades.»

Rafe le hizo una mueca. Estábamos despatarrados sobre los guardapolvos, admirando nuestro trabajo e intentando recabar energías para movernos.

–Una vez que se seque la pintura –anunció Daniel–, tendremos que decidir si queremos poner algo en las paredes.

–Yo vi unos letreros de hojalata antiguos en el trastero de la planta de arriba… –comenzó a decir Abby.

–Me niego a vivir en un pub de los años ochenta –la interrumpió Rafe. Por el camino se le había pasado la borrachera, o bien los efluvios de la pintura habían conseguido que los demás estuviéramos lo bastante colocados para no notarla–. ¿Es que no hay ningún cuadro o algo sencillamente normal?

–Los que quedan son todos horribles –aclaró Daniel. Estaba apoyado en el respaldo del sofá, con salpicaduras de pintura blanca en el cabello y su vieja camisa de leñador, con aspecto más feliz y relajado del que había tenido desde hacía días–. *Paisaje con venado y perros de caza*… y esa clase de cosas, y no particularmente bien ejecutadas, para más inri. Algún tataratatarabuelo con pretensiones artísticas, supongo.

–No tenéis corazón –los reprendió Abby–. Las cosas con valor sentimental no tienen por qué distinguirse también por su mérito artístico. Se supone que son bazofia. De otro modo, sería puro exhibicionismo.

–¿Por qué no utilizamos algunos de esos diarios viejos? –propuse. Estaba tumbada boca arriba en el suelo, sacudiendo mis piernas en el aire para examinar las nuevas manchas de pintura en el mono de trabajo de Lexie–. Me refiero a los antiguos de verdad, con el artículo sobre los quintillizos de Dionne y el anuncio de ese potingue para engordar. Podemos cubrir con ellos las paredes y barnizarlos encima, como las fotografías de la puerta de Justin.

–Eso es mi dormitorio –opinó Justin–. Un salón debe exhibir elegancia. Grandeza. No anuncios.

–Escuchad –dijo Rafe, sin venir a cuento, mientras se recostaba apoyado en un codo–, sé que os debo una disculpa. No debería haber desaparecido, sobre todo no sin deciros dónde estaba. La única excusa que tengo, y no es que diga mucho a mi favor, es que estaba enfadado porque ese capullo saliera impune de la comisaría. Lo siento.

Estaba de lo más encantador, y Rafe podía ser un auténtico encanto si se lo proponía. Daniel asintió con gesto grave.

–Eres un idiota –dije yo–, pero te queremos igualmente.

–Perdonado –lo disculpó Abby, estirándose para coger sus cigarrillos, que estaban en la mesa de juegos–. A mí tampoco me entusiasma demasiado la idea de que ese tipejo ande suelto.

–¿Sabéis qué me pregunto? –añadió Rafe–. Me pregunto si Ned lo contrataría para que nos asustara.

Hubo un instante de silencio sepulcral. La mano de Abby se detuvo con un pitillo a medio sacar del cajetín y Justin se congeló a medio sentarse. Daniel resopló.

–Dudo sinceramente que Ned tenga el intelecto suficiente para tramar algo tan complejo –señaló con acidez.

Yo había abierto la boca para preguntar: «¿Quién es Ned?», pero la había vuelto a cerrar, velozmente, no sólo porque era obvio que yo tenía que saber de qué hablaba, sino porque lo sabía. Me habría dado de bofetadas por no haber caído en la cuenta antes. Frank siempre usa diminutivos para aludir a las personas que le desagradan, nuestro Sammy, el pequeño Daniel, y, como una idiota, a mí no se me había ocurrido la posibilidad de que pudiera haber escogido al tipo equivocado. Hablaban de Eddie *el Bobo*. Eddie *el Bobo*, que había estado merodeando por aquellos senderos bien entrada la noche en busca de alguien, que había afirmado no haber conocido nunca en persona a Lexie, era N. Estaba segura de que Frank escuchaba mi corazón palpitar a través del micrófono.

–Probablemente no –convino Rafe, apoyándose sobre sus codos y contemplando las paredes–. Cuando hayamos acabado con esto, deberíamos invitarlo a cenar.

–Por encima de mi cadáver –cortó Abby, con una voz cada vez más tensa–. Tú no tuviste que tratar con él, pero nosotros sí.

–Y del mío –se sumó Justin–. Ese tipo es un filisteo. Se pasó toda la noche bebiendo Heineken, obviamente, y luego no dejó de eructar y, como es natural, le parecía hilarante cada vez que lo hacía. Y toda esa murga sobre cocinas hechas a medida y deducciones fiscales y la Sección Loquesea. Con una vez basta, muchísimas gracias.

–No tenéis corazón –los reprendió Rafe–. Ned ama esta casa. Se lo dijo al juez. Creo que le debemos la oportunidad de comprobar con sus propios ojos que el viejo hogar familiar está en buenas manos. Dame un pitillo.

–Lo único que Ned ama –apuntó Daniel con acritud– es la idea de seis apartamentos para ejecutivos completamente amueblados en un terreno espacioso y el potencial de un desarrollo urbanístico posterior. Y tendrá que pasar por encima de mi cadáver para que eso se haga realidad.

Justin hizo un repentino movimiento entrecortado, que disimuló alargando la mano para coger un cenicero y se lo pasó a Abby deslizándolo por el suelo. Se produjo un silencio embarazoso, penetrante. Abby encendió su cigarrillo, agitó la cerilla en su mano para apagarla y le lanzó el cajetín a Rafe, que lo atrapó con una sola mano. Nadie miraba a nadie. Un abejorro tempranero entró dando tumbos por la ventana, se suspendió en el aire sobre el piano en un rayo de sol y volvió a salir dando topetazos.

Yo quería decir algo (ya que, a fin de cuentas, ése era mi papel, distender momentos como aquél), pero sabía que nos habíamos internado en una especie de marisma traidora y complicada donde un paso en falso podía acarrearme serios problemas. Ned parecía cada vez más un capullo (aunque jamás hubiera visto un apartamento para ejecutivos, me hacía una idea aproximada de cómo era) pero, fuera lo que fuese lo que ocurría, era mucho más profundo y siniestro que eso.

Abby me observaba por encima de su cigarrillo con ojos fríos y curiosos. Le devolví una mirada de angustia, lo cual no requirió mucho esfuerzo por mi parte. Al cabo de un momento se estiró para sacudir la ceniza en el cenicero y dijo:

–Si no encontramos nada decente para colgar en estas paredes, quizá deberíamos probar algo distinto. Rafe, si encontramos fotografías de murales viejos, ¿crees que serías capaz de pintar alguno?

Rafe se encogió de hombros. Una sombra de mirada beligerante que podía interpretarse como «No me culpéis a mí» empezaba a cubrir de nuevo su rostro. La oscura nube eléctrica había vuelto a aposentarse sobre aquella estancia.

A mí el silencio no me incomodaba. La cabeza me daba vueltas, no sólo porque Lexie hubiera tenido algún motivo para verse con el archienemigo, sino porque Ned era a todas luces un tema tabú. Durante tres semanas, su nombre no se había mencionado ni una sola vez; la primera referencia a él había dejado a todo el mundo descolocado, y yo era incapaz de imaginar por qué. Una cosa era cierta: Ned había perdido; la casa pertenecía a Daniel, puesto que tanto el tío Simon como un juez así lo habían dictaminado, y, siendo así, Ned no debería haber suscitado nada más serio que una risotada y unos breves comentarios insidiosos. Habría vendido mi mayor órgano por descubrir qué diablos sucedía allí, pero sabía que no me convenía preguntar.

No fue necesario hacerlo. La mente de Frank, aunque yo no estaba segura de que aquello me gustara, había corrido paralela a la mía, paralela y a toda velocidad.

Salí a dar mi paseo tan pronto como pude. Aquella nube no se había disipado; como mucho, había ganado en densidad y ahora presionaba desde las paredes y los techos. La cena había sido una pesadilla. Justin, Abby y yo habíamos hecho cuanto estaba en nuestras manos por mostrarnos parlanchines, pero Rafe se había enfurruñado de lo lindo y Daniel había caído en el ensimismamiento, limitándose a responder con monosílabos. Yo necesitaba desesperadamente salir de aquella casa y pensar.

Lexie se había citado con Ned al menos en tres ocasiones, y seguro que había tenido serios problemas para hacerlo. Los cuatro móviles capitales: sexo, dinero, odio y amor. La posibilidad del sexo me produjo arcadas; cuanto más sabía de Ned, más me aferraba a la idea de que Lexie jamás le habría puesto la mano encima. En cambio, el dinero… Necesitaba dinero, dinero rápido, y un tipo rico como Ned habría sido mucho mejor comprador que John Naylor con su cutre empleo de granjero. Si había estado citándose con Ned para debatir qué chucherías podía desear éste de Whitethorn House, cuánto estaría dispuesto a pagar, y luego algo hubiera salido mal…

Hacía una noche inquietante: inmensa y oscura y ventosa, con ráfagas de viento rugiendo entre las colinas, un millón de estrellas y la luna ausente. Volví a embutirme la pistola en la faja, trepé a mi árbol y pasé allí un rato largo, contemplando la fuerza negra y sombría de la maleza a mis pies, aguzando el oído para captar cualquier sonido extraño, por leve que fuera, pensando en telefonear a Sam.

Al final marqué el número de Frank.

–Naylor sigue sin aparecer –dijo, sin ni siquiera un hola–. Espero que te andes con ojo.

–Tranquilo, Frank –lo reconforté–. De momento no ha dado señales de vida.

–Bien. –Su voz tenía un deje ausente que me indicó que tampoco era Naylor quien le preocupaba–. Mientras tanto, tengo algo que podría interesarte. Ya sabes que tus amiguitos se han pasado toda la tarde criticando al primo Eddie y sus apartamentos para ejecutivos, ¿verdad?

Por un segundo, todos mis músculos se tensaron en señal de alerta, hasta que recordé que Frank no sabía nada de N.

–Sí –contesté–. El primo Eddie parece un diamante en bruto.

–No lo sabes bien. Cien por cien puro *yuppie* descerebrado; no se le ha ocurrido ni una sola idea en la vida que no implique su verga o su bolsillo.

–¿Crees que Rafe estaba en lo cierto al pensar que había contratado a Naylor?

–En absoluto. Eddie no se codea con las clases inferiores. Tendrías que haberle visto la cara cuando oyó mi acento; creo que temía que fuera a atracarle. Pero lo de esta tarde me ha hecho recordar algo. ¿Recuerdas que me dijiste que los Cuatro Fantásticos se comportaban de un modo extraño con respecto a la casa? ¿Que parecían demasiado apegados a ella?

–Uf –bufé–. Sí. –A decir verdad, casi se me había olvidado–. Pero tal vez dramaticé un poco. Cuando uno dedica muchos esfuerzos a un lugar, se apega a él. Y, además, es una casa muy bonita.

–Sí que lo es –convino Frank. Algo en el tono de su voz activó todas mis campanillas de alarma; me pareció ver su fiera sonrisa sardónica–. Es bonita. Pero hoy estaba aburrido, Naylor sigue volando con el viento y no parezco llegar a ningún lado con Lexie-May-Ruth-Princesa-Anastasia-Fulanita de los Palotes, y puesto que me he llevado un chasco en unos catorce países hasta el momento, estoy sopesando la posibilidad de que científicos locos la concibieran en una probeta en 1997. Así que, para demostrarle a mi chica, Cassie, que confío plenamente en su instinto, he llamado a mi amigo en la oficina del Registro de la Propiedad y le he pedido que me pusiera al corriente sobre Whitethorn House. ¿Quién te quiere a ti, amor mío?

–Tú –contesté.

Frank siempre ha tenido un espectro espectacular de amigos en lugares improbables: mi amigo de los muelles, mi amigo del Gobierno del condado, mi amigo que regenta una tienda de artículos de sadomasoquismo. En la época en la que echamos a rodar todo este asunto de Lexie Madison, «mi amigo en el Registro Civil» se aseguró de que estuviera oficialmente inscrita, por si a alguien le picaba la curiosidad y empezaba a husmear, mientras que «mi amigo el de la furgoneta» me ayudó a trasladarme a la habitación amueblada en la que viví. Supongo que soy más feliz no sabiendo qué complejo sistema de trueque pone en práctica.

–Mejor será que sea así –añadí–, después de todo esto. ¿Y?

–¿Y recuerdas que me dijiste que actuaban como si fueran los propietarios?

–Sí. Bueno, no, pero lo supongo.

–Pues tu instinto no te traicionó en esta ocasión, pequeña. Son los propietarios. Y tú también lo eres, ya que nos ponemos.

–Deja de hacerme la pelota, Frankie –le reprendí. El corazón me latía con fuerza, despacio, y percibí un extraño y oscuro estremecimiento entre los setos: ocurría algo–. ¿Qué buscas?

–Cuando el testamento del viejo Simon se dio por auténtico, Daniel heredó la casa el diez de diciembre. El día quince de diciembre, la propiedad de la casa se transfirió a cinco nombres: Raphael Hyland, Alexandra Madison, Justin Mannering, Daniel March y Abigail Stone. Feliz Navidad.

Lo que más me sorprendió en un primer momento fue la abrasadora osadía de aquel gesto: la pasión y la confianza que requería, ladrar y morder, apostar el futuro a las cartas del presente, sin medias tintas, tomar todos tus mañanas y ponerlos de manera tan deliberada y tan simple en las manos de las personas a las que más querías. Pensé en Daniel en la mesa, con sus anchas espaldas y tieso en su camisa blanca impoluta, en el giro preciso de su muñeca al avanzar de página; en Abby friendo beicon con el albornoz puesto; en Justin desafinando en voz alta mientras se preparaba para meterse en la cama, y en Rafe espatarrado en la hierba y contemplando el sol con los ojos entrecerrados. Y todo aquel tiempo, apuntalándolo todo, aquella realidad. Ya antes había vivido momentos en los que los había envidiado, pero esto era algo demasiado profundo como para ser objeto de envidia: era tan sobrecogedor que asustaba.

Entonces caí en la cuenta. N, precios de billetes de avión, «Tendrá que pasar por encima de mi cadáver para que eso se haga realidad». Había estado perdiendo el tiempo con cajitas de música y soldaditos de plomo intentando imaginar cuál podía ser el precio de un álbum fotográfico familiar. Había creído que, esta vez, Lexie no tenía nada que vender.

Quizás hubiera estado negociando con Ned y los otros lo habían descubierto. ¡Maldita sea! No era de extrañar que la sola mención del nombre del primo hubiera hecho que toda la estancia se quedara congelada. Me faltaba el aliento.

Frank continuaba hablando. Lo oí moverse, caminar de arriba abajo por la sala a grandes zancadas.

–El papeleo para hacer algo así habría llevado meses; el pequeño Daniel debió de iniciar los trámites prácticamente el mismo día que le entregaron las llaves. Sé que aprecias a esas personas, Cassie, pero no me negarás que todo esto suena rarísimo. Esa casa vale dos millones de libras fácilmente. ¿En qué diablos piensa ese chico? ¿Acaso cree que van a seguir viviendo juntos toda la vida, en una gran y feliz comuna hippie? Si te soy sincero, no me importa en qué piensa, lo que quiero saber es qué fuma.

Frank se lo había tomado a la tremenda porque se le había pasado por alto: durante toda la investigación, aquellos maricas de clase media habían conseguido dárselas con queso en este asunto.

–Sí –contesté, con suma cautela–, es raro. Pero es que son raros, Frank. Y sí, con el tiempo va a ser complicado, cuando alguno de ellos decida casarse o algo por el estilo. Pero como muy bien has dicho, son jóvenes. Aún no piensan en esas cosas.

–Sí, claro, pues el pequeño Justin no va a casarse a corto plazo, a menos que se produzca un cambio fundamental en la legislación…

–Deja de decir clichés, Frank. ¿Qué problema hay?

Aquello no implicaba que tuviera que ser uno de ellos cuatro, no necesariamente; las pruebas seguían apuntando a que a Lexie la había apuñalado alguien que había conocido fuera de la casa. Ni siquiera significaba que se estuviera planteando vender su parte. Quizás había llegado a un acuerdo con Ned y luego había cambiado de opinión y le había dicho que se echaba atrás; quizás hubiera estado jugando con él todo el tiempo («odio»), tirando de la cuerda para vengar el hecho de que él hubiera intentado quedarse con la casa… Ned había deseado Whitethorn House con la suficiente intensidad como para escupir sobre la memoria de su abuelo; ¿qué no habría hecho entonces si había tenido una parte de la casa tan cerca que casi podía saborearla y luego Lexie le había arrebatado la zanahoria? Intenté reconstruir aquella agenda en mi pensamiento: las fechas, la primera N justo unos días después de la primera falta de la regla, y la caligrafía apretada, con el bolígrafo casi traspasando el papel, que indicaba que no estaba jugando.

–Bueno –suspiró Frank al fin, con esa nota perezosa en su voz que denota el mayor de los peligros–. Si me lo preguntas, esto podría darnos el móvil que andábamos buscando. Yo diría que hemos dado en el clavo.

–No –lo corté tajantemente, quizá de manera un tanto impulsiva, pero Frank se abstuvo de hacer ningún comentario–. Nada de eso. ¿Dónde está el móvil? Si todos hubieran querido vender y ella se hubiera opuesto, entonces quizá sí, pero estos cuatro antes se arrancarían sus propios dientes con unas tenazas oxidadas que vender esa casa. ¿Qué podían ganar asesinándola?

–Si uno de ellos muere, su parte revierte en los otros cuatro. Quizás alguien pensara que tener un cuarto de esa encantadora mansión sería mucho más atractivo que poseer una quinta parte. Eso descarta al pequeño Daniel: si hubiera querido todo el pastel, podía habérselo quedado sin más desde el principio. Pero sigue dejándonos como posibles sospechosos a los tres pequeños indios.

Me retorcí para darme la vuelta sobre la rama. Me alegraba que Frank se alejara del objetivo pero, por algún motivo que no alcanzaba a comprender, me molestaba que lo hiciera tanto.

–Pero ¿para qué? Como ya te he dicho, no quieren venderla. Quieren vivir allí. Y eso pueden hacerlo al margen del porcentaje que posean. ¿Crees que uno de ellos la mató porque le gustaba más la habitación de Lexie que la suya?

–O una. Abby es una buena chica, pero no la descarto. Por una vez, tal vez el móvil no fuera económico; quizá Lexie sencillamente estaba volviendo majareta a alguien. Cuando la gente comparte una casa acaba desquiciándose mutuamente. Y recuerda que existe una posibilidad nada desdeñable de que se estuviera tirando a uno de los muchachos, y todos sabemos lo feo que puede ponerse un asunto así. Si estás de alquiler, no tiene mayor trascendencia: unos gritos, unas cuantas lágrimas, una reunión de todos los inquilinos y uno de los dos de patitas en la calle. Pero ¿cómo se procede en el caso de una multipropiedad? No pueden echarla y dudo mucho que ninguno de ellos pudiera costearse comprarle su parte…

–Desde luego –repliqué–, salvo porque yo no he notado la menor tensión dirigida contra mí. Al principio, Rafe estaba enojado conmigo porque no era consciente de cuánto los había trastornado mi apuñalamiento, pero eso es todo. Si Lexie le había estado tocando tanto las pelotas a alguien tanto como para que quisiera asesinarla, no se me habría pasado por alto. Estas personas se quieren, Frank. Tal vez sean raros, no lo discuto, pero les gusta ser raros juntos.

–Entonces ¿por qué no nos dijeron que todos son propietarios de esa casa? ¿A qué viene tanto puñetero secretismo si no ocultan nada?

–No te lo dijeron porque no se lo preguntaste. De haber estado en su lugar, incluso aunque fueras inocente como un bebé, no le habrías dicho a la policía nada que no te preguntara, ¿me equivoco? Es posible que ni siquiera te hubieras mostrado dispuesto a someterte a horas de interrogatorios, tal como ellos sí hicieron.

–¿Sabes como quién hablas? –preguntó Frank tras hacer una breve pausa. Había dejado de caminar–. Hablas como un abogado defensor.

Volví a girarme hacia el otro lado y apoyé los pies en la rama. Me estaba costando mantenerme quieta.

–Venga ya, Frank. Hablo como una detective. Y tú hablas como un maldito obseso. Pase que no te gusten estos cuatro. Pase también que hagan vibrar tus antenas. Pero eso no significa que cada cosa que descubras se convierta automáticamente en una prueba de que son asesinos desalmados.

–Diría que no estás en posición de cuestionar mi objetividad, cariño –replicó Frank.

El vago arrastrar de las palabras había vuelto a apoderarse de su voz e hizo que se me tensara la espalda contra el tronco del árbol.

–¿Qué diablos se supone que significa eso?

–Significa que yo estoy fuera y mantengo la perspectiva, mientras que tú estás metida hasta el cuello en el meollo y me gustaría que no lo olvidaras. También significa que creo que hay un límite de tolerancia para esgrimir «lo encantadoramente excéntricos que pueden ser» a modo de excusa para defenderlos.

–¿A qué viene todo esto, Frank? Tú los habías descartado desde el principio; hace dos días te habrías abalanzado sobre Naylor como un buitre…

–Y sigo haciéndolo, o lo haré tan pronto como ese maldito capullo se materialice. Pero me gusta diversificar mis apuestas. No borro a nadie de la lista, a nadie en absoluto, hasta que estén definitivamente descartados. Y estos cuatro no lo están. No lo olvides.

Hacía rato que debería haber regresado a casa.

–Está bien –claudiqué–. Hasta que Naylor reaparezca me concentraré en ellos.

–Hazlo. Yo también lo haré. Y no bajes la guardia, Cassie. No sólo fuera de la casa; dentro también. Hablamos mañana –dijo y colgó.

El cuarto motivo capital: amor. De repente me acordé de los vídeos del teléfono móvil: un *picnic* en Bray Head el verano anterior, los cinco tumbados en la hierba bebiendo vino en vasos de plástico, comiendo fresas y discutiendo cansinamente si Elvis estaba o no sobrevalorado. Daniel se había sumido en un largo monólogo absorto acerca del contexto sociocultural hasta que Rafe y Lexie habían sentenciado que todo estaba sobrevalorado, salvo Elvis y el chocolate, y le habían empezado a lanzar fresas. Se habían ido pasando el teléfono con cámara de mano en mano; los fragmentos estaban deshilvanados y la imagen temblaba. Lexie con la cabeza apoyada en el regazo de Justin y éste colocándole una margarita tras la oreja; Lexie y Abby sentadas espalda con espalda contemplando el mar, con el cabello mecido por el viento y los hombros alzándose en hondas respiraciones sincronizadas; Lexie riéndose a la cara de Daniel mientras le quitaba una mariquita del pelo y se la enseñaba en la mano, Daniel agachando la cabeza sobre su mano y sonriendo. Había visto aquel vídeo tantas veces que casi lo creía un recuerdo propio, titilante y dulce. Aquel día habían sido felices, los cinco.

Se respiraba amor entre ellos. Un amor tan sólido y simple como el pan, real. Y era agradable vivir rodeada de él, en un elemento cálido a través del cual nos movíamos con facilidad y el cual inhalábamos con cada respiración. Pero Lexie se estaba preparando para hacerlo estallar en mil pedazos. De hecho, más que estarse preparando, estaba empeñada en lanzarlo por los aires: aquella caligrafía furiosa en la agenda, mientras en el vídeo se la veía descendiendo del ático riendo y cubierta de polvo. De haber vivido un par de semanas más, los otros cuatro se habrían despertado una mañana y habrían descubierto que se había largado, sin una nota ni un adiós, sin remordimientos. Se me pasó por la cabeza que Lexie Madison había sido peligrosa, bajo aquella superficie luminosa, y quizás aún lo fuera.

Descendí de la rama colgándome de ambas manos, salté y aterricé en el sendero con un golpazo. Me embutí las manos en los bolsillos y eché a andar (moverme me ayuda a pensar). El viento se batía contra mi gorra y se me colaba por las lumbares con tal fuerza que casi me despegaba del suelo.

Necesitaba hablar con Ned sin demora. A Lexie se le había pasado por alto dejarme instrucciones sobre cómo diablos se ponían en contacto. No se comunicaban por móvil: lo primero que Sam había hecho era solicitar registros de sus llamadas telefónicas y no había en ellos números sin identificar, ni de entrada ni de salida. ¿Una paloma mensajera? ¿Notas en el hueco de un árbol? ¿Señales de humo?

No disponía de mucho tiempo. Frank no tenía ni idea de que Lexie había conocido a Ned ni de que estaba preparada para largarse de la ciudad; yo sabía que al final daría con alguna buena razón por la que había decidido no mencionarle aquella agenda; como él siempre dice, el instinto funciona más rápido que la mente. Sin embargo, seguro que no sería algo que se tomara a la ligera. Le estaría dando vueltas como un pit bull y tarde o temprano barajaría la misma posibilidad que yo. Yo apenas sabía nada acerca de Ned, aunque sí lo suficiente como para estar bastante segura de que, si acababa en una sala de interrogatorios con Frank soltándole la caballería, lo desembucharía todo en menos de cinco minutos. Jamás se me ocurrió, ni por un segundo, sentarme y aguardar a que eso ocurriera. Fuera lo que fuese que había estado sucediendo, necesitaba descubrirlo antes de que Frank se me adelantara.

Si quería citarme con Ned, sin que los otros lo descubrieran ni por asomo, ¿cómo me las apañaría?

Nada de teléfonos. Los móviles guardan un registro de llamadas y las facturas están detalladas, y Lexie no habría permitido que algo así se traspapelara por la casa y quedara a la vista de todos. Por otro lado, la casa no disponía de una línea de teléfono fijo. Tampoco había ninguna cabina a una distancia practicable a pie y las de la universidad eran arriesgadas: los teléfonos del bloque de Lengua y Literatura eran los únicos lo bastante cercanos como para utilizarlos durante una pausa ficticia para ir al baño pero, si casualmente alguno de los demás pasaba por allí en el momento menos oportuno, su plan se habría ido al traste, y era demasiado importante para dejarlo al azar. Tampoco podía haberse presentado a verlo. Frank había dicho que Ned vivía en Bray y trabajaba en Killiney; no había modo de que Lexie se hubiera dejado caer por allí y regresado sin que los demás la hubieran echado en falta. Y tampoco había cartas ni correos electrónicos; Lexie nunca, ni en un millón de años, habría dejado un rastro.

–Tía, ¿cómo diablos lo hacías? –pregunté en voz baja al aire.

La noté como un escalofrío sobre mi sombra en el sendero, la inclinación de su barbilla y su burlona mirada de soslayo: «No pienso decírtelo».

En algún momento había dejado de darme cuenta de lo perfectamente entretejidas que estaban sus cinco vidas. En la universidad siempre estaban juntos, en la biblioteca, la pausa para fumar del mediodía con Abby y a las cuatro de la tarde con Rafe, comida juntos a la una, y a casa juntos para la cena: la rutina estaba coreografiada con la precisión de una gavota, sin un minuto de tiempo perdido ni un minuto para mí misma, salvo…

Salvo ahora. Durante una hora cada noche, como una princesa encantada de un cuento de hadas, yo destrenzaba mi vida de la de los demás y volvía a encontrarme conmigo misma. De haber sido yo Lexie y haber querido contactar con alguien con quien nunca hubiera debido contactar, lo habría hecho durante mi caminata nocturna.

Habría no: había. Llevaba semanas aprovechando ese momento para telefonear a Frank y a Sam, para mantener mis secretos a buen recaudo. Un zorro atravesó el sendero ante mis ojos y se desvaneció en el seto, todo huesos y ojos luminosos, y yo sentí un escalofrío recorriendo mi espina dorsal. Fue entonces cuando caí en la cuenta de que aquélla había sido mi propia y brillante idea, de que me estaba abriendo mi propio camino paso a paso, alerta en medio de la noche. Sólo entonces, al volver la vista y proyectarla hacia el otro lado de aquel camino, me percaté de que había estado poniendo mis pies alegremente y a ciegas sobre las huellas de Lexie, desde el principio.

–¿Y qué? –grité, como un desafío–. ¿Entonces qué?

Para eso me había enviado Frank, para acercarme a la víctima, para colarme en su vida y, ¡ay!, lo estaba haciendo. Parte de toda aquella historia espeluznante no sólo era innecesaria sino también la moneda de cambio para una investigación por homicidio, y se supone que éstas no suelen consistir en una noche de risas. Me estaba convirtiendo en una mimada, con todas aquellas acogedoras cenas a la luz de la luna y artesanías, y me volvía irascible cuando la realidad me asestaba un nuevo golpe.

Una hora para ponerme en contacto con Ned. Pero ¿cómo?

Notas en el árbol hueco… Estuve a punto de soltar una carcajada en voz alta. Deformación profesional: sopesas todas las posibilidades más esotéricas y pasas por alto la más evidente. Cuanto más alta la apuesta, me había dicho una vez Frank, más baja la tecnología. Si quieres tomarte un café con un amigo, lo citas mediante una mensaje al móvil o al correo electrónico y punto; pero si crees que la poli o la Mafia o la Santísima Inquisición te persiguen, le haces una señal a tu contacto colgando una toalla azul en el tendedero. A Lexie, con el tiempo a contrarreloj y tras haber empezado a sentir naúseas matutinas, las apuestas le debían parecer a vida o muerte.

Ned vivía en Bray, a sólo quince minutos de distancia en coche, salvo en horas punta. Probablemente la primera vez ella se hubiera arriesgado a llamarlo por teléfono desde la universidad. Pero después de aquella primera cita lo único que necesitaba era un lugar seguro de contacto, en algún punto de aquellas sendas, que ambos pudieran comprobar cada par de días. Seguramente yo habría pasado por delante de ese lugar una docena de veces.

De nuevo ese escalofrío, en la comisura de mi ojo: un destello de una sonrisa astuta, y luego nada.

¿En la casucha? El equipo técnico la había revisado como moscas sobre la mierda, había espolvoreado cada centímetro en busca de huellas con resultado negativo. Y Ned no había aparcado el coche en ningún sitio cerca de aquella casita el día que yo lo había perseguido. Pese a que, por suerte para todos, esa clase de trastos monstruosos no están concebidos para transitar por este tipo de caminos, al menos habría aparcado lo más cerca posible del punto de contacto. Habría estacionado en la carretera principal a Rathowen, ni siquiera cerca de un desvío. Arcenes anchos, hierbas altas y zarzas, la oscura carretera descendía hasta desaparecer sobre la cima de la montaña, y el mojón, desgastado e inclinado como una lápida diminuta.

Ni siquiera me había dado cuenta de que había dado media vuelta y corría a toda prisa. Los otros seguramente aguardasen mi regreso de un momento a otro y lo último que quería es que se preocuparan o salieran a buscarme, pero aquel asunto no podía esperar hasta la noche siguiente. Ya no corría contra una fecha límite hipotética e infinitamente flexible; corría contra la mente de Frank, y contra la de Lexie.

Tras las angostas sendas, el arcén parecía más ancho y desnudo, expuesto, pero la carretera estaba desierta, sin un solo destello de faros de coche en ninguna dirección. Cuando saqué mi linterna, lo primero que vi fueron las letras del mojón, borrosas por el paso y las inclemencias del tiempo, proyectando sus propias sombras inclinadas: «Glenskehy 1828». La hierba se arremolinaba y lo envolvía por efecto del viento, con un sonido similar a un largo silbido de aliento.

Aguanté la linterna bajo la axila y aparté la hierba con ambas manos; estaba mojada y tenía los bordes afilados, con unos dientes aserrados que rasgaban mis dedos. A los pies de la piedra vi un destello carmesí.

Por un momento, mi mente no procesó lo que mis ojos veían. Hundido profundamente en la hierba, colores resplandecientes como piedras preciosas y figuras diminutas se deslizaban fuera del haz de la linterna: el brillo de la ijada de un caballo, el destello de un abrigo rojo, una melena de rizos empolvados y la cabeza de un perro volviéndose en busca de refugio. Entonces mi mano tocó algo metálico, mojado y arenoso y las figuras temblaron y aparecieron en su lugar, y yo solté una carcajada, un grito ahogado que me sorprendió incluso a mí. Una pitillera, vieja y oxidada y posiblemente robada del alijo del tío Simon; la escena de caza barroca y maltrecha estaba pintada con un pincel fino como una pestaña. La policía científica y los refuerzos habían peinado palmo a palmo un radio de un kilómetro y medio alrededor de la casucha, pero aquello quedaba fuera de su perímetro. Lexie les había ganado la partida, había reservado aquello para mí.

La nota estaba escrita en papel pautado arrancado de algún tipo de carpesano. Parecía la caligrafía de una persona de diez años y, al parecer, Ned había sido incapaz de discernir si estaba escribiendo una carta comercial o un mensaje de móvil: «Querida Lexie, h intentado contactar contigo xa s asunto d q hablábamos. Sigo muy interesado. Ponte en contacto conmigo cuando puedas. Gracias, Ned». Me habría apostado lo que fuera a que Ned había estudiado en una escuela privada con precios astronómicos. Papá no había hecho una buena inversión.

«Querida Lexie [...] Gracias, Ned»... Lexie hubiera deseado estrangularlo por dejar un rastro tan explícito, por muy bien escondido que estuviera. Saqué mi encendedor, me acerqué a la carretera y prendí fuego a la nota; cuando empezó a arder, la dejé caer al suelo y aguardé a que la llama se extinguiese. Luego extinguí las cenizas con el pie. Entonces saqué mi bolígrafo y arranqué una nota de mi cuaderno.

Llegados a aquel punto, escribir con la caligrafía de Lexie me resultaba casi más fácil que hacerlo con la mía. «11 jueves - hablamos.» Nada de cebo: Lexie ya había echado el anzuelo por mí y aquel tipo había picado de verdad. La pitillera se cerró con un nítido sonido metálico apenas perceptible y volví a esconderla entre las hierbas, notando que mis pisadas se superponían a la perfección a las de Lexie, con los pies plantados en los mismos puntos en los que sus huellas hacía tiempo que se habían desvanecido.

18

El siguiente día se me antojó una semana. En el edificio de la Facultad de Letras hacía un calor asfixiante y el aire, demasiado seco, escaseaba. Mi grupo de tutorías se mostraba aburrido e inquieto; era su última sesión, no habían leído el material asignado y ni siquiera se molestaban en fingir que lo habían hecho; aunque yo tampoco me molestaba en fingir que me importase. Sólo podía pensar en Ned: en si aparecería, en qué le diría en caso de hacerlo, en qué haría de no presentarse; de cuánto tiempo disponía antes de que Frank nos diera alcance.

Sabía que aquella noche era una apuesta arriesgada. Incluso suponiendo que hubiera acertado al intuir que la casucha era su punto de encuentro, Ned podía haber tirado la toalla en relación con el tema de Lexie, tras un mes de comunicación interrumpida; su nota no estaba fechada, podía tener semanas de antigüedad. E incluso si era un tipo persistente, era poco probable que comprobara el punto de encuentro a tiempo para acudir a nuestra cita. Una gran parte de mí esperaba que no lo hiciera. Necesitaba oír lo que Ned tenía que decir, pero todo lo que yo oyera, Frank lo oiría también.

Acudí a nuestra cita temprano, en torno a las diez y media. En casa, Rafe estaba tocando un Beethoven atronador aporreando el pedal, Justin intentaba leer tapándose los oídos con los dedos, todo el mundo se volvía más insolente por segundos y se barruntaba una espiral que desembocaría en una discusión violenta.

Era la tercera vez que yo entraba en aquella casucha. Sentía cierto recelo hacia los granjeros malhumorados (aquel prado debía de pertenecer a alguien, al fin y al cabo, aunque aparentemente su dueño no sintiera un gran apego hacia él), pero la noche era tranquila y luminosa, una quietud absoluta reinaba en kilómetros a la redonda, sólo campos vacíos y pálidos y las montañas dibujaban siluetas negras contra un fondo estrellado. Apoyé la espalda en un rincón, desde donde podía ver el prado y la carretera, pero las sombras me ocultaban de la vista de cualquiera, y esperé.

En el caso de que Ned acabara presentándose, debía tener una cosa clara: sólo tenía una oportunidad. Tenía que dejar que fuera él quien guiara no sólo lo que yo tenía que decir, sino cómo tenía que decirlo. Independientemente de lo que Lexie hubiera representado para él, yo tenía que representar exactamente lo mismo. Seguir interpretando el personaje de Lexie, ya fuera una vampiresa desalentada, una Cenicienta valiente que se sentía utilizada o una enigmática Mata Hari, puesto que, al margen de lo que Frank opinase acerca de la inteligencia de Ned, si daba un paso en falso probablemente se daría cuenta. Debía limitarme a estar calladita y esperar a que él me brindara alguna pista.

La carretera, cubierta por una neblina blanca y misteriosa, descendía serpenteando colina abajo hasta perderse en los negros setos. Pocos minutos antes de las once se produjo un temblor en algún punto, demasiado intenso y lejano para revelar su procedencia, como un latido vibrando contra mi oído. Silencio, y luego el leve crujir de unos pasos al fondo del sendero. Me apretujé contra mi rincón, rodeé con una mano mi linterna y me metí la otra por debajo del jersey, hasta colocarla en la culata de mi revólver.

Un destello de pelo rubio moviéndose entre los setos oscuros: Ned había acudido.

Solté mi arma y lo observé saltar torpemente por encima del muro, inspeccionar sus pantalones en busca de alguna mota de contaminación, sacudírselos con las manos y retomar su camino campo a través con profundo desagrado. Esperé hasta que entró en la casucha y, justo cuando estaba a escasos metros de distancia, encendí mi linterna.

–¡Santo Dios! –exclamó Ned irritado, colocándose la mano sobre los ojos a modo de visera–. ¿Qué pretendes, dejarme ciego?

Aquel instante me bastó para saber todo lo que precisaba saber sobre Ned, en una sola lección. En aquel mismo lugar yo me había quedado absolutamente desconcertada al descubrir que tenía una doble, mientras que él debía de haber tropezado con clones de sí mismo en cada rincón de cada calle del sur de Dublín. Era tan, tan parecido a todo el mundo que habría pasado completamente desapercibido entre todas esas miles de imágenes reflejadas. Corte de pelo estándar a la moda, unas facciones estándares bonitas, una complexión estándar de jugador de rugby y ropa estándar de diseñadores con precios prohibitivos; yo podría haber relatado toda su vida sólo a partir de aquella primera impresión. Rogué al cielo no tener que señalarlo en una rueda de identificación.

Lexie le habría dado cualquier cosa que él hubiera querido ver y a mí no me cabía duda de que a Ned le gustaban las chicas prototípicas: sensuales más por decisión que por naturaleza, aburridas, no demasiado inteligentes y quizás un pelín picaruelas. ¡Lástima no haberme adjudicado un bronceado artificial!

–¡Santo Dios! –lo imité, en el mismo tono irritado y acento fingido que había empleado para sacar de sus casillas a Naylor–. Espero que no te dé un infarto. No es más que una linterna.

La conversación no había empezado con buen pie, pero no me inquietaba. Hay algunos círculos sociales en los que los modales se consideran una señal de debilidad.

–¿Dónde te habías metido? –preguntó Ned–. Llevo dejándote notas día sí, día también... Tengo cosas más interesantes que hacer que mover el culo hasta este cenagal cada día, ¿sabes?

Si Lexie se había estado tirando a aquella basura espacial, iba a dirigirme derechita a la morgue y apuñalarla yo misma. Puse los ojos en blanco.

–¿Qué tal un «hola»? Me apuñalaron, ¿sabes? He estado en coma.

–Ah –dijo Ned–. Sí. Es cierto. –Me miró con aquellos ojos azules pálidos, ligeramente molesto, como si yo hubiera hecho algo desagradable–. Aun así, podrías haberte puesto en contacto conmigo. Tenemos un negocio entre manos.

Como mínimo, aquello eran buenas noticias.

–Sí, bueno –contesté–. Ya estamos en contacto, ¿no es cierto?

–El detective tocacojones ese vino a hablar conmigo –explicó Ned, como si se acordara de repente. Parecía todo lo indignado que uno puede parecer sin cambiar de expresión–. Como si yo fuera un sospechoso o algo así. Le dije que aquello no era asunto mío. Yo no he salido del Bronx. No voy por ahí apuñalando a la gente.

Decidí que coincidía con Frank en algo: Ned no era el conejito más brillante que brincaba por aquel bosque. Era de esa clase de tipos que parecen moverse por actos reflejos, sin la intervención de ningún proceso de pensamiento. Habría apostado una pasta gansa a que hablaba con sus clientes de la clase obrera como si fueran incapacitados y farfullaba «Yo querer tú siempre» cuando veía a una asiática.

–¿Le hablaste de esto? –le pregunté, encaramándome a un fragmento de muro derruido.

Me miró horrorizado.

–Por supuesto que no. Me habría soltado encima al Séptimo de Caballería y no me apetecía darle explicaciones. Únicamente me interesa solucionar de una vez este asunto, ¿te parece?

Además asombraba por su civismo… aunque no es que me quejara de ello.

–Bien –contesté–. Supongo que esto no tiene nada que ver con lo que me ocurrió, ¿no?

Ned ni siquiera parecía haberse formado una opinión sobre ello. Hizo amago de apoyarse contra la pared, pero la examinó con recelo y cambió de opinión.

–¿Te importa si avanzamos? –quiso saber.

Yo agaché la cabeza y lo miré de reojo con cara de «pobrecita de mí», batiendo mis pestañas.

–El coma ha causado estragos en mi memoria. Tendrás que explicarme dónde nos quedamos y toda la pesca.

Ned me miró boquiabierto. Aquel rostro impasible, completamente inexpresivo, no revelaba nada: por primera vez atisbé cierto parecido con Daniel, aunque fuera un Daniel después de someterse a una lobotomía frontal.

–Hablamos de cien –contestó transcurrido un momento–. En metálico.

¿Cien libras por una reliquia de la familia? ¿Cien mil por mi parte de la casa? No necesitaba estar segura de qué estábamos hablando para saber que mentía.

–Hummm, lo dudo –le contesté, dedicándole una sonrisita seductora para amortiguar el mazazo de que una chica fuera más inteligente que él–. He dicho que el coma había causado estragos en mi memoria, pero no en mi cerebro.

Ned soltó una carcajada desvergonzada, se metió las manos en los bolsillos y se apoyó en sus talones.

–Bueno, tenía que intentarlo, ¿no?

Seguí sonriendo, porque parecía gustarle.

–Sigue probando.

–De acuerdo –continuó Ned, recobrando la compostura y volviendo a poner su cara de negocios–. Seamos serios. Yo te propuse ciento ochenta y tú me dijiste que mejorara mi oferta, cosa que me jode bastante, pero bueno, y que acudiera a ti con una propuesta mejor. Entonces te dejé una nota diciéndote que podíamos hablar de unos doscientos mil, pero entonces tú... –Un encogimiento incómodo–. Bueno, ya sabes.

«¡Doscientos mil!» Por una fracción de segundo sentí el más auténtico de los subidones de la victoria, el que todo detective conoce en un momento u otro cuando las cartas se ponen boca arriba y uno comprueba que todas sus apuestas han dado en el clavo, que ha encontrado su camino de regreso a casa con los ojos vendados. Pero entonces caí en la cuenta de algo.

Había dado por supuesto que Ned era quien había instigado todo aquel asunto, quien estaba dispuesto a solucionar el papeleo e intentaba sacar un buen pellizco. Lexie nunca había necesitado cantidades desorbitadas para huir en el pasado. Había llegado a Carolina del Norte con el depósito para un apartamento piojoso y lo había dejado con lo obtenido a cambio de su coche destartalado; hasta entonces, se había contentado con buscar una vía abierta y conseguir unas cuantas horas de ventaja en la parrilla de salida. Pero en esta ocasión había estado negociando tratos de seis cifras con Ned. Y no sólo porque podía hacerlo; con el bebé creciendo en su vientre y los afilados ojos de Abby de fondo y con una oferta de aquella magnitud sobre la mesa, ¿por qué andar enredado durante semanas por unos cuantos miles más? Lo más normal es que hubiera firmado en la línea de puntos, hubiera exigido billetes pequeños y se hubiera esfumado como por arte de magia, a menos que necesitara hasta el último de los peniques que pudiera obtener.

Cuanto más había ido descubriendo sobre Lexie, crecía en mí la certeza de que planeaba someterse a un aborto tan pronto llegara adonde se dirigiera. Abby, y Abby la conocía bien, tan bien como podía conocérsela, pensaba lo mismo a fin de cuentas. Sin embargo, un aborto cuesta solamente unos cuantos cientos de libras. Lexie podría haber ahorrado perfectamente esa cantidad con su trabajo, haberla robado de la caja registradora una noche, haber pedido un préstamo bancario que nunca pagaría; no necesitaba para nada meterse en follones con Ned.

En cambio, criar un hijo cuesta muchísimo más. La princesa de la Tierra de Nadie, la princesa de los mil castillos entre mundos, había cruzado la línea. Había estado a punto de abrir sus manos y agarrarse al mayor compromiso de todos. Tuve la sensación de que, bajo mi cuerpo, el muro se licuaba.

Debí de quedármelo mirando como si hubiera visto un fantasma.

–Hablo en serio –repitió Ned un poco ofendido, malinterpretando mi mirada–. No bromeo. Doscientos de los grandes es mi mejor oferta. Piensa que yo me estoy arriesgando muchísimo con este negocio. Una vez hayamos llegado a un acuerdo, tengo que convencer al menos a dos de tus amigos. Acabaré consiguiéndolo, de eso no me cabe duda, una vez cuente con esta ventaja, pero podría llevarme meses y unos líos de mil demonios.

Apreté la mano que me quedaba libre contra el duro muro y noté la tosca piedra clavándose en mi palma. Así seguí hasta que se me aclaró el pensamiento:

–¿De verdad lo crees?

Sus pálidos ojos se abrieron como platos.

–Por supuesto que sí. No veo dónde está el daño. Sé que son tus amigos y Daniel es mi primo y toda la mandanga, pero seamos claros: ¿acaso son lerdos o qué? La mera idea de hacer algo con aquella casa hizo que se pusieran a chillar como un puñado de monjas sorprendidas por un exhibicionista.

Me encogí de hombros.

–Les gusta ese lugar.

–¿Cómo es eso posible? Pero si es un antro, ni siquiera tiene calefacción, y se comportan como si fuera un palacio. ¿Acaso no se dan cuenta de lo que podrían obtener de él si cedieran? Esa casa tiene mucho potencial.

«Apartamentos para ejecutivos completamente amueblados en un terreno espacioso y el potencial de un desarrollo urbanístico posterior»… Por un instante nos desprecié tanto a Lexie como a mí por embaucar a aquel eslabón perdido de la humanidad para nuestros propios fines.

–Yo soy la inteligente –alegué–. Y una vez tengas la casa, ¿qué piensas hacer con todo el potencial?

Ned me miró perplejo; supuestamente él y Lexie ya habían tratado aquel asunto. Lo miré impertérrita, y eso pareció hacerlo sentir cómodo.

–Depende del permiso urbanístico que me concedan. En un escenario ideal, yo apostaría por un club de golf y un hotel balneario o algo por el estilo. Ahí es donde se obtienen beneficios a largo plazo de verdad, sobre todo si logro ubicar un pequeño helipuerto. Si no, estaríamos hablando de construir apartamentos de alto standing.

Me planteé darle una patada en las pelotas y echar a correr. Me había presentado allí predispuesta a odiar a aquel tipo con todas mis fuerzas y la verdad es que no me estaba defraudando. Ned no quería Whitethorn House, le importaba un bledo, al margen de lo que hubiera declarado ante los tribunales. Lo que lo hacía salivar no era la casa, sino la idea de demolerla, la oportunidad de destriparla, de arrancarle las costillas y lamer hasta la última gota de sangre. Por una milésima de segundo vi la cara de John Naylor, hinchada y amarillenta, iluminada por aquellos ojos visionarios: «¿Se imagina lo que eso habría podido suponer para Glenskehy?». En el fondo, mucho más profundamente y con mayor fuerza de lo que habrían podido odiarse el uno al otro a tenor de su naturaleza, Naylor y Ned eran dos caras de la misma moneda. «Cuando hagan las maletas y se larguen, quiero estar allí para despedirlos», había dicho Naylor. Al menos él se había mostrado dispuesto a exponer su cuerpo, y no sólo su cuenta bancaria, a cambio de obtener lo que quería.

–Una idea brillante –apunté–. No tiene sentido mantener la casa habitada.

Ned no captó el sarcasmo.

–Evidentemente –se apresuró a puntualizar, por si se me ocurría pedir una mayor tajada–, habrá que invertir toneladas de dinero sólo para demolerla. De manera que doscientos mil es mi última oferta. ¿Estás de acuerdo? ¿Puedo empezar a tramitar el papeleo?

Fruncí los labios y fingí meditar sobre ello.

–Déjame que lo piense un poco más.

–¡Por todos los santos! –Ned se pasó una mano por el tupé, frustrado, y luego volvió a peinarse–. Venga ya... Este asunto se arrastra desde tiempos inmemoriales...

–Lo siento –me disculpé, con un encogimiento de hombros–. Si tenías tanta prisa, deberías haberme hecho una oferta decente desde el principio.

–Pero te la estoy haciendo ahora, ¿no? Tengo inversores haciendo cola rogando por apuntarse a este negocio desde el principio, pero no pueden esperar toda la eternidad. Son tipos serios, con dinero serio.

Le dediqué otra sonrisita con un picaruelo fruncimiento de nariz.

–Pues yo te haré saber con toda seriedad mi decisión en el preciso instante en que la tome. ¿De acuerdo? –dije y me despedí con la mano.

Ned se quedó inmóvil unos segundos, alternando el peso entre ambos pies y con cara de pocos amigos, pero yo seguí sonriéndole gélidamente.

–De acuerdo –concedió al fin–. Está bien. Como tú digas. Mantenme informado. –Al llegar a la puerta, se volvió hacia mí y me dijo, con aires de grandeza–: Esto podría situarme en el mapa, ¿sabes? Podría jugar en la partida con los mandamases. Procuremos no fastidiarla, ¿de acuerdo?

Intentó interpretar una salida espectacular, pero perdió su oportunidad al tropezar con algo mientras salía airadamente. Procuró disimular atravesando el prado con un trote garboso y sin volver la vista atrás.

Apagué mi linterna y esperé allí, en aquella casucha, mientras Ned andaba entre la hierba como si estuviera borracho, encontraba el camino de regreso a su paletomóvil y ponía rumbo a la civilización, con el runrún del todoterreno diminuto e insignificante contra las inmensas montañas en la noche. Luego me senté apoyándome en la pared de la estancia exterior y noté mi corazón latir donde el de Lexie había cesado de hacerlo. El aire era suave y cálido como la crema; se me quedó el trasero dormido; polillas diminutas revoloteaban en torno a mí como pétalos. Algo brotaba de la tierra a mi lado, en el punto en que la sangre de Lexie se había derramado, un macizo de jacintos silvestres, un arbusto minúsculo con aspecto de espino: cosas nacidas de ella.

Aunque Frank no hubiera seguido la retransmisión de mi espectáculo en vivo y en directo, escucharía la conversación al cabo de unas horas, en cuanto llegara al trabajo la mañana siguiente. Debería haber hablado por teléfono con él o con Sam, o con ambos, para determinar la mejor manera de aprovechar aquella baza, pero tenía la sensación de que si me movía o intentaba caminar o respiraba demasiado intensamente, mi mente se desbordaría y empaparía la hierba.

Estaba segura desde el primer momento. ¿Quién podía culparme de ello? Aquella joven era como una gata salvaje dispuesta a roerse sus propias patas antes de dejarse atrapar; estaba convencida de que «siempre» era la única palabra que nunca pronunciaría. Intenté convencerme de que quizás estaba dispuesta a entregar al niño en adopción, a escabullirse del hospital tan pronto como pudiera caminar y desvanecerse en el parking hacia la siguiente tierra prometida, pero lo sabía: aquellas cifras que había barajado con Ned no eran para ningún hospital, por mucha categoría que tuviera. Eran para una vida, para dos vidas.

Tal como había dejado que los demás la esculpieran con delicadeza, de manera inconsciente, en la hermana pequeña para completar su insólita familia; tal como se había prestado a que Ned la encasillara en los clichés que eran lo único que él entendía, me había permitido convertirla en quien yo quería que fuese. Una llave maestra para abrir todas y cada una de las puertas, una autopista infinita hacia un millón de principios desde cero. No existe nada así. Incluso aquella muchacha que había dejado tras de sí vidas como si no hubieran sido más que áreas de descanso, al final había decidido agarrar el toro por los cuernos.

Permanecí sentada en la casita largo rato, con los dedos enredados en el arbolillo con ternura: era tan nuevo que no quería magullarlo. No estoy segura de cuánto tiempo transcurrió antes de que me apeteciera ponerme en pie; apenas recuerdo el paseo de regreso a casa. Una parte de mí anhelaba que John Naylor saltara de detrás de un seto, defendiendo su causa con ardiente indignación y a la espera de encontrar a un rival que le devolviera los gritos o se enfrascara directamente en una reyerta con él, simplemente por tener algo con lo que luchar.

La casa estaba iluminada como un abeto de Navidad; las ventanas resplandecían, en su interior revoloteaban siluetas y un murmullo de voces salía al exterior, y por un momento no lo asimilé: ¿había sucedido algo terrible?, ¿alguien se estaba muriendo?, ¿se había inclinado la casa, se había deslizado hacia un lado y había revivido una fiesta alegre concluida hacía tiempo?; si yo pisaba aquella hierba, ¿retrocederíamos de repente a 1910? Entonces la cancela se cerró con un sonido metálico a mis espaldas, Abby abrió la cristalera de par en par, gritó: «¡Lexie!» y se me acercó corriendo entre la hierba, con su larga falda blanca ondeando al viento.

–Estaba esperando a que llegaras –me anunció. Le faltaba el aliento y estaba sonrojada; los ojos le centelleaban y el cabello había empezado a soltársele de los pasadores; era evidente que había estado bebiendo–. Estamos en plena decadencia. Rafe y Justin han preparado un ponche a base de coñac, ron y no sé qué más que es *letal*, y nadie tiene tutorías ni nada que hacer mañana, así que ¡a la porra!: no vamos a ir a la universidad, nos vamos a quedar aquí bebiendo y comportándonos como idiotas hasta que perdamos el sentido. ¿Qué te parece?

–Estupendo –respondí con una voz extraña, dislocada.

Me estaba costando recomponerme y ponerme en situación, pero Abby pareció no darse cuenta.

–¿Sí? Verás, al principio no estaba segura de que fuera una buena idea. Pero Rafe y Justin ya estaban preparando el ponche. Rafe le prendió fuego a una bebida alcohólica, a propósito, y todos se pusieron a gritarme porque siempre ando preocupándome por todo. Y, no sé, al menos por una vez no se están metiendo el uno con el otro, ¿entiendes? Entonces he pensado: «¡¿Qué diablos?! Es justo lo que necesitamos». Después de los últimos días... por no hablar de las últimas semanas. ¿Te has percatado de que últimamente todos nos comportamos como chiflados? Como con toda la historia de la otra noche, con el pedrusco y la pelea y... Jesús...

Algo cubrió su rostro, un titileo sombrío, pero antes de que me diera tiempo a interpretarlo se había desvanecido para dejar paso de nuevo a la alegría inconsciente y atolondrada de la ebriedad.

–Así que he pensado que si esta noche nos ponemos como cubas y lo sacamos todo, entonces quizá podamos relajarnos por fin y volver a la normalidad. ¿Tú qué opinas?

Así, borracha, parecía mucho más joven. En algún lugar de la mente estratega y terrorista de Frank, ella y sus tres mejores amigos estaban posando en una rueda de reconocimiento y siendo inspeccionados, uno a uno, centímetro a centímetro; él los estaba evaluando, con la frialdad de un cirujano o de un torturador, mientras sopesaba dónde practicar la primera incisión, dónde insertar la primera frágil sonda.

–Me encantaría –contesté–. De verdad, me parece fantástico.

–Hemos empezado sin ti –aclaró Abby, apoyándose en sus talones para examinarme con nerviosismo–. No te importa, ¿verdad? ¿Te molesta que no te hayamos esperado?

–Claro que no –la tranquilicé–. Siempre que me hayáis dejado algo.

En algún lugar tras ella, las sombras se entrecruzaban sobre la pared del salón de estar; Rafe inclinado con un vaso en una mano y su melena dorada recortada como un espejismo contra las oscuras cortinas, y la voz de Joséphine Baker sonando a través de las ventanas abiertas, dulce, rasgada y seductora: «Mon rêve c'était vous…». Creo que pocas veces en toda mi vida había deseado algo tanto como estar allí, desembarazarme de mi pistola y de mi teléfono, beber y bailar hasta que se me fundiera un fusible en el cerebro y no quedara nada en el mundo salvo la música, el destello de las luces y ellos cuatro rodeándome, riendo, resplandecientes, intocables.

–Claro que te hemos dejado. ¿Por quién nos tomas? –Me agarró de la muñeca y me condujo al interior de la casa, tirando de mí, remangándose la falda con la mano que le quedaba libre para que no se le ensuciara con la hierba–. Tienes que ayudarme con Daniel. Ha cogido un vaso grande, pero se lo está bebiendo a sorbitos. Y esta noche los sorbitos están prohibidos. Se supone que tenemos que trincarnos las copas de un trago. Debo aclarar que está ya bastante achispado, porque se ha puesto a sermonearnos sobre el Laberinto y el Minotauro y algo sobre *El sueño de una noche de verano*, o sea que sobrio no está. Pero aun así…

–Está bien, allá vamos –dije, riendo; me moría de ganas de ver a Daniel verdaderamente borracho–. ¿A qué esperamos?

Atravesamos el prado corriendo y entramos en la cocina de la mano.

Justin estaba sentado a la mesa de la cocina, con un cucharón en una mano y un vaso en la otra, inclinado sobre un frutero lleno de un líquido rojo de aspecto peligroso.

–Estáis guapísimas –nos dijo–. Parecéis un par de ninfas del bosque. Lo digo de verdad.

–Son guapísimas –lo corrigió Daniel, sonriéndonos desde el vano de la puerta–. Sírveles un poco de ponche para convencerlas de que nosotros también somos guapísimos.

–¡Uy! De eso no tenéis que convencernos, ya lo sabemos… –le aclaró Abby, al tiempo que tomaba un vaso de la mesa–. Pero en cualquier caso queremos ponche. Lexie necesita beber ponche a raudales para ponerse a nuestro nivel.

–¡Yo también soy guapo! –gritó Rafe desde el salón, por encima de la voz de Joséphine–. ¡Venid aquí y decidme que soy guapo!

–¡Eres muy guapo! –gritamos Abby y yo a todo pulmón.

Justin me colocó un vaso en la mano y todos nos dirigimos al salón. De camino, nos quitamos los zapatos de un puntapié en el vestíbulo y nos lamimos el ponche que nos salpicó en las muñecas, entre carcajadas.

Daniel se repantingó en una de las butacas y Justin se tumbó en el sofá. Rafe, Abby y yo acabamos despatarrados en el suelo, porque las butacas y las sillas nos parecían demasiado complicadas. Abby estaba en lo cierto: aquel ponche era letal, un mejunje sabroso y peliagudo que bajaba con la facilidad del zumo de naranja recién exprimido y luego se transformaba en una dulce y salvaje liviandad que se extendía como el helio por las extremidades. Sabía que no me parecería tan fascinante si intentaba cometer alguna estupidez, como ponerme en pie. Me parecía oír a Frank hablándome a la oreja, sermoneándome acerca del control, como una de las monjas de la escuela con la cantinela de la bebida del demonio, pero estaba tan harta de Frank, de sus comentarios sabiondos y de no perder nunca el control...

–Ponme más –le pedí a Justin dándole una patadita y agitando el vaso en el aire.

Tengo muchas lagunas de aquella noche, no la recuerdo al detalle. El segundo vaso, o tal vez fuera el tercero, convirtió aquélla en una velada borrosa y mágica, casi onírica. En algún momento di una excusa para subir a mi habitación y desembarazarme de parte de mi parafernalia de agente encubierto (arma, teléfono y faja) y esconderla bien escondida bajo la cama; alguien apagó la mayoría de las luces, a excepción de una lámpara y velas diseminadas por la casa como estrellas. Recuerdo una discusión entusiasta sobre qué actor encarnaba mejor a James Bond que derivó en otra igual de acalorada acerca de cuál de los tres muchachos sería el mejor 007; recuerdo también un intento fallido de jugar a La Moneda, un juego que Rafe había aprendido en el internado, que acabó cuando Justin expulsó el ponche por la nariz y tuvo que salir pitando hacia la cocina para escupir en el fregadero; recuerdo reírme tanto que me dolía la barriga y tuve que taparme los oídos con los dedos hasta recuperar la respiración; recuerdo el brazo de Rafe estirado bajo la nuca de Abby, mis pies apoyados en los tobillos de Justin, y la mano de Abby estirada y enlazada con la de Daniel. Era como si nunca hubiera habido piques entre nosotros; se parecía a aquella cálida y deslumbrante primera semana, sólo que era mejor todavía, cien veces mejor, porque esta vez yo no estaba sobrealerta ni luchaba por hacerme un hueco y no pisar en falso. Ahora ya me los conocía de memoria, conocía sus ritmos, sus singularidades, sus inflexiones; sabía cómo encajar con cada uno de ellos; esta vez formaba parte de su grupo.

Lo que mejor recuerdo es una conversación, algo tangencial, originada a raíz de otra discusión neblinosa sobre Enrique V. Entonces no la consideré trascendente, pero después, cuando todo hubo acabado, me volvió a la memoria.

–Ese tío era un psicópata rematado –opinó Rafe. Él, Abby y yo estábamos tumbados de espaldas en el suelo otra vez y Rafe tenía su brazo entrelazado al mío–. Toda esa patraña heroica de Shakespeare no era más que propaganda. Hoy Enrique gobernaría una república bananera con serios problemas fronterizos y un programa de armas nucleares bastante temerario.

–A mí me gusta Enrique V –apuntó Daniel entre el humo de su cigarrillo–. Un rey así es exactamente lo que necesitamos.

–Monárquico belicista –pronunció Abby al techo–. Con la revolución habrías acabado en el paredón.

–Ni la monarquía ni la guerra han sido nunca el verdadero problema –argumentó Daniel–. Todas las sociedades han vivido alguna guerra, es intrínseca a la humanidad, y siempre hemos tenido gobernantes. ¿De verdad veis tanta diferencia entre un rey medieval y un presidente o un primer ministro actuales, salvo que el rey era ligeramente más accesible a sus súbditos? El verdadero problema se da cuando ambas cosas, la monarquía y la guerra, se dislocan entre sí. Con Enrique existía esa desconexión.

–Hablas por hablar –lo cortó Justin, que intentaba, con serias dificultades, beber su ponche sin sentarse ni derramárselo por la frente.

–¿Sabes lo que necesitas? –le dijo Abby–. Una pajita. Una de esas que se doblan.

–¡Sí! –contestó Justin encantado–. Necesito una pajita flexible. ¿Tenemos?

–No –contestó Abby, sorprendida, cosa que sin venir a cuento nos hizo a Rafe y a mí estallar en risitas incontenibles y bobaliconas.

–Nada de eso –se defendió Daniel–. Analiza las guerras antiguas, las libradas hace siglos: el rey lideraba a sus tropas a la batalla. Siempre. Eso era exactamente un gobernante; tanto a nivel práctico como místico, era el que daba un paso al frente para liderar a su tribu, quien entregaba su vida por su pueblo y se sacrificaba por su seguridad. De haberse negado a realizar esa labor crucial cuando convenía, lo habrían destripado, y con todo el derecho: habría demostrado ser un impostor y carecer del derecho al trono. El rey era el país. ¿Cómo podían sus súbditos lanzarse a la batalla sin él? En cambio ahora… ¿Se te ocurre algún primer ministro o presidente de nuestros días que haya estado en la línea de frente, guiando a sus hombres a una guerra que él mismo ha declarado? Y una vez que se rompe ese lazo físico y místico, una vez que el gobernante no está dispuesto a sacrificarse por su pueblo, deja de ser un líder para convertirse en una sanguijuela y obliga a los demás a asumir riesgos en su nombre mientras él se sienta a buen cobijo y envía refuerzos para cubrir las bajas. La guerra se convierte en una abstracción espantosa, en un juego que los burócratas juegan sobre mapas; los soldados y los civiles devienen en meros peones que pueden sacrificarse por miles de motivos desarraigados de toda realidad. En cuanto los gobernantes dejan de tener sentido, la guerra pierde el sentido e incluso la vida humana pierde el sentido. Nos gobierna una pandilla de usurpadores corruptos, culpables de que nada tenga sentido.

–¿Me permites decirte algo? –le pregunté tras conseguir despegar la cabeza unos centímetros del suelo–. Me cuesta seguirte el hilo. ¿Cómo es posible que estés tan sobrio?

–No está sobrio –me corrigió Abby con satisfacción–. Cuando despotrica es señal de que está borracho. Ya deberías saberlo. Daniel está anquilosado.

–No despotrico –la reprendió Daniel, con un destello de sonrisa pícara–. Es un monólogo. Si Hamlet podía soltarlos, ¿por qué no yo?

–Bueno, los soliloquios de Hamlet al menos los entiendo –confesé en un tono lastimero–. La mayoría.

–Lo que Daniel quiere decir, básicamente –me informó Rafe, volviendo su cabeza sobre la alfombra, de manera que aquellos ojos dorados quedaron a pocos centímetros de los míos–, es que los políticos están sobrevalorados.

Aquel *picnic* en la montaña, meses antes, Rafe y yo lanzándole fresas a Daniel para que se callara en medio de otra perorata. Juro que lo recuerdo: la fragancia de la brisa marina, las agujetas en mis muslos tras la caminata.

–Todo está sobrevalorado salvo Elvis y el chocolate –anuncié, levantando mi vaso con un equilibrio precario por encima de mi cabeza, y acto seguido escuché la carcajada repentina e incontenible de Daniel.

La bebida le sentaba bien. Confería un sonrojo saludable a sus mejillas y una chispa vivaracha a sus ojos, lo desembarazaba de su frialdad y le otorgaba una elegancia animal, consciente. Normalmente Rafe era el bombón de los tres, pero aquella noche yo no conseguía apartar la vista de Daniel. Recostado hacia atrás entre las llamas de las velas y los intensos colores y el brocado desvaído de la butaca, con el vaso de un rojo resplandeciente en su mano y su cabello moreno cayéndole sobre la frente, parecía un señor de la guerra antiguo en persona, un rey en su salón de los banquetes, resplandeciente y temerario, celebrando una ocasión especial entre batallas.

Las ventanas abrían sus hojas al jardín en medio de la noche; las polillas revoloteaban alrededor de las luces, sombras entrelazadas, una brisa tenue y húmeda jugueteaba con las cortinas.

–Pero si es verano –anunció Justin de repente, sorprendido, enderezándose en el sofá–. Notad el viento, es cálido. Es verano. Venid, salgamos fuera.

Se puso en pie a duras penas, arrastrando a Abby de la mano al pasar junto a ella, y trepó por la ventana que daba al patio interior.

El jardín estaba oscuro, perfumado, vivo. No sé cuánto tiempo pasamos allí fuera, bajo una inmensa y salvaje luna. Rafe y yo con las manos entrelazadas y dando vueltas por el prado hasta que caímos al suelo entre resuellos y risitas tontas, Justin arrojando un buen puñado de pétalos de espino al aire que llovieron sobre nuestro cabello como copos de nieve, y Daniel y Abby bailando un vals lento, descalzos, bajo los árboles, como amantes fantasmales de un baile de otro tiempo. Yo empecé a dar volteretas en el aire y a hacer la rueda en el prado, al cuerno con mis puntos imaginarios, qué más daba si Lexie había practicado o no gimnasia de pequeña; no recordaba la última vez que me había emborrachado de aquella manera, pero me encantaba. Quería zambullirme en las profundidades de aquel estado de embriaguez y no volver a emerger a la superficie ni siquiera para coger aire; quería abrir la boca, respirar hondo y ahogarme en aquella noche.

Perdí a los demás en algún momento de la noche; estaba tumbada boca arriba en el jardín de hierbas, oliendo a menta aplastada y contemplando un millón de estrellas vertiginosas, sola. Oía a Rafe llamándome por mi nombre, débilmente, a la puerta de casa. Transcurrido un rato conseguí ponerme en pie y decidí ir a su encuentro, pero la gravedad se había vuelto resbaladiza y me resultaba demasiado difícil dar un paso. Avancé hasta allí apoyada en la tapia, acariciando con mi mano las ramas y la hiedra; escuché ramitas crepitar bajo mis pies desnudos, pero no noté ni el menor atisbo de dolor.

El prado resplandecía blanco bajo la luz de la luna. La música salía con estruendo a través de las ventanas y Abby bailaba sola en el césped, dando vueltas sobre sí misma, despacio, con los brazos abiertos y la cabeza echada hacia atrás, mientras contemplaba el inabarcable cielo nocturno. Yo me quedé de pie junto a la hornacina, columpiándome de una larga rama de hiedra con una mano, mientras la observaba: su falda pálida arremolinada alrededor de sus piernas, el giro de su muñeca al remangársela, el puente de su pie descalzo, el balanceo ebrio y soñador de su cuello entre árboles susurrantes.

–¿Verdad que es bellísima? –susurró una voz a mis espaldas. Yo estaba demasiado borracha para asombrarme siquiera. Era Daniel. Estaba sentado en uno de los bancos de piedra bajo la hiedra, con un vaso en la mano y una botella a su lado, en las losas del suelo. Las sombras de la luna parecían transformarlo en una escultura de mármol–. Cuando todos seamos viejos y tengamos el pelo cano y empecemos a chochear, creo que la recordaré exactamente así.

Sentí una punzada de dolor, pero no entendí bien por qué; era demasiado complicado, era ir excesivamente lejos.

–Yo también quiero recordar esta noche siempre –dije–. Me gustaría tatuármela para no olvidarla jamás.

–Ven aquí –me invitó Daniel. Dejó la copa en el suelo, se apartó a un lado en el banco para dejarme sitio y estiró una mano, en gesto de invitación–. Ven aquí. Tendremos miles de noches como ésta. Puedes olvidarlas por docenas si te apetece; viviremos muchas más. Tenemos todo el tiempo del mundo. –Sentí su mano cálida y fuerte rodear la mía. Tiró de mí para que me sentara y yo me apoyé en él, en su sólido hombro, que olía a cedro y a lana limpia, todo blanco y plateado, moviéndose a mi alrededor, con el agua murmurando a nuestros pies–. Cuando pensé que te había perdido –empezó a decir– sentí… –Sacudió la cabeza y tomó aire–. Te echaba de menos, no sabes cuánto. Pero ahora todo está bien. Todo saldrá bien.

Daniel volvió el rostro hacia mí. Sus manos ascendieron, sus dedos se enredaron en mi cabello, ásperos y tiernos, descendieron por mi mejilla y recorrieron el contorno de mis labios.

Las luces de la casa giraban y se desdibujaban con la magia de un carrusel, una nota cantarina sobrevolaba los árboles y la hiedra se enroscaba con la música con tal dulzura que resultaba casi insoportable, y lo único que yo quería en el mundo era quedarme allí, arrancarme el micrófono y los cables, meterlos en un sobre, enviárselos por correo a Frank y desaparecer, desprenderme de mi antigua vida con la ligereza de un pájaro y convertir aquél en mi hogar. «No queríamos perderte, boba»: los demás estarían contentos, no necesitarían conocer la realidad por el resto de nuestras vidas. Yo tenía tanto derecho como la chica muerta, era tan Lexie Madison como ella lo había sido. El propietario de mi apartamento tiraría mis espantosos trajes chaqueta cuando dejara de cobrar el alquiler. Yo ya no necesitaba nada de lo que había allí. Las hojas del cerezo cayendo delicadamente sobre el camino de entrada, el embriagador olor a libros viejos, el fuego centelleando en los cristales de las ventanas cubiertos por la nieve en Navidades y nunca cambiaría nada; sólo nosotros cinco atravesando aquel jardín amurallado, hasta el infinito. En algún rincón de mi mente un tambor repicaba una melodía de peligro, con fuerza, pero yo sabía, como si lo hubiera visto en una bola de cristal, que aquél era el motivo por el que la joven muerta había venido desde millones de kilómetros de distancia en mi búsqueda, que aquélla había sido siempre la jugada de Lexie Madison: aguardar su momento para tenderme la mano y coger la mía, para guiarme por aquellos escalones de piedra e invitarme a atravesar aquella puerta, para conducirme a mi hogar. La boca de Daniel sabía a hielo y a whisky.

De haber especulado con ello, habría imaginado que Daniel besaría bastante mal, siendo como era tan meticuloso. Su avidez me pilló por sorpresa. Cuando separamos nuestros labios, no sé cuánto tiempo después, el corazón me latía a mil por hora.

«¿Y ahora? –pensé con el último resquicio de claridad que me quedaba–. ¿Qué sucederá ahora?»

La boca de Daniel, sus comisuras curvándose en una minúscula sonrisa, estaba muy cerca de mí. Sus manos descansaban sobre mis hombros, sus dedos pulgares se deslizaban larga y suavemente sobre la línea de mi clavícula.

Frank ni siquiera habría pestañeado; conozco a agentes secretos que se han acostado con gánsteres, que han propinado palizas y que se han pinchado heroína, todo ello en aras del deber. Yo siempre me había reservado mi opinión al respecto, porque no es de mi incumbencia, pero sabía que todo eso era una patraña. Siempre hay otra manera de obtener lo que se busca, si se busca bien. Hicieron todas esas cosas porque querían y porque la misión les servía de excusa.

En aquel instante vi el rostro de Sam delante de mí, con los ojos como platos, atónito, tan nítido como si estuviera de pie asomado por encima del codo de Daniel. Debería haberme sentido avergonzada, pero sólo noté una oleada de pura frustración, golpeándome con tal fuerza que se apoderaron de mí unas ganas incontenibles de chillar. Sam me pareció un enorme edredón de plumas que envolvía toda mi vida, amortiguándome los golpes, asfixiándome con sus vacaciones y sus preguntas protectoras y su calidez tierna e inexorable. Quería quitármelo de encima como fuera, de un solo golpe violento, aspirar una gran bocanada de aire fresco y volver a ser yo.

Lo que me salvó fue la escucha. No lo que pudiera captar, por entonces no pensaba con tanta lucidez, sino las manos de Daniel: sus dedos estaban a tres centímetros del micrófono que llevaba enganchado a mi sujetador, entre mis pechos. En un abrir y cerrar de ojos estaba más sobria de lo que lo había estado en toda mi vida. Estaba a sólo tres centímetros de chamuscarme.

–¡Vaya! –exclamé, me detuve y le dediqué una sonrisita a Daniel–. Siempre son los más paraditos…

Ni se inmutó. Me pareció entrever un destello en sus ojos, pero no supe discernir qué era. Mi cerebro parecía haberse atascado: no tenía ni idea de cómo se habría zafado Lexie de una situación como aquélla. Peor aún, tenía la horrible sensación de que no lo habría hecho.

Se oyó un golpetazo dentro de la casa, las puertas cristaleras se abrieron con estrépito y alguien salió de estampida al patio. Era Rafe. Estaba gritando.

–... siempre tienes que hacer un maldito trato con todo...

–Madre de Dios, ésa sí que es buena, viniendo de ti. Eras tú el que quería...

Era Justin, le temblaba la voz de ira. Miré a Daniel con los ojos abiertos como platos, me puse en pie de un brinco y me asomé por entre la hiedra. Rafe caminaba de un lado al otro del patio, mesándose el pelo con la mano; Justin estaba apoyado en la pared, mordiéndose compulsivamente una uña. Seguían discutiendo, pero ahora en voz baja, apenas oía un murmullo rápido y venenoso. El ángulo de la cabeza de Justin, con la barbilla agachada hacia su pecho, insinuaba que estaba llorando.

–¡Mierda! –exclamé, volviendo la vista por encima de mi hombro hacia Daniel. Seguía sentado en el banco. Las sombras de las hojas distorsionaban sus rasgos; no pude interpretar su expresión–. Creo que han roto algo dentro. Y Rafe parece estar a punto de darle un puñetazo a Justin. ¿Crees que deberíamos...?

Daniel se puso en pie lentamente. Su figura en blanco y negro pareció llenar la hornacina, alta, esbelta e inquietante.

–Sí –asintió–, probablemente deberíamos.

Me apartó de en medio colocándome una mano amable e impersonal sobre el hombro y se dirigió al otro lado del prado. Abby estaba tumbada boca arriba en la hierba, en medio de una voluta de algodón blanco, con un brazo extendido, tal vez adormilada.

Daniel se arrodilló junto a ella y, con mucho cuidado, le apartó un mechón de pelo de la cara; luego volvió a ponerse en pie, se sacudió las briznas de hierba de los pantalones y se encaminó al patio. Rafe gritó: «¡Maldita sea!», giró sobre sus talones y entró en casa de estampida, cerrando la puerta de un portazo a sus espaldas. Justin lloraba sin lugar a dudas.

Nada de aquello tenía sentido. Toda aquella escena incomprensible moviéndose en círculos lentos y oblicuos, la casa tambaleándose irremediablemente, el jardín denso como el agua. Entonces fui consciente de que no estaba tan serena; a decir verdad, tenía una borrachera espectacular. Me senté en el banco y apoyé la cabeza entre las rodillas hasta que la cabeza dejó de darme vueltas.

Supongo que me quedé dormida o que me desmayé. No lo sé. Oí gritos en la distancia, pero no juzgué que tuvieran nada que ver conmigo y les hice caso omiso.

Me despertó un calambre en la nuca. Tardé bastante rato en figurarme dónde estaba: acurrucada en el banco de piedra, con la cabeza apoyada contra la pared en un ángulo poco digno. Mi ropa estaba húmeda y fría, y yo temblaba.

Me desperecé por fases y me puse en pie. Un mal movimiento: la cabeza empezó a darme vueltas y tuve que agarrarme a la hierba para mantener la vertical. En el exterior, la hornacina del jardín había adquirido un tono gris fantasmal y sosegado, previo al amanecer. Ni una sola hoja se movía. Por un instante temí salir de allí; se me antojaba un lugar sagrado.

Abby ya no estaba en el prado. La hierba estaba cubierta por un rocío tan denso que me mojaba los pies y el dobladillo de los tejanos. Los calcetines de alguien, probablemente los míos, estaban tirados en medio del patio, pero no tenía energía suficiente para recogerlos. Las puertas cristaleras estaban abiertas de par en par y Rafe estaba dormido en el sofá, roncando, en medio de una maraña de ceniceros inundados de colillas, de vasos vacíos, de cojines esparcidos de cualquier manera y de un hedor a bebida rancia. El piano estaba salpicado de casquillos de vidrio roto, curvos y perversos sobre la madera resplandeciente y las teclas amarillentas, y había un boquete nuevo y bastante hondo en una pared: alguien había arrojado un objeto, un vaso o un cenicero, y lo había hecho con ímpetu. Subí de puntillas a mi habitación y me metí en la cama sin molestarme siquiera en desnudarme. Transcurrió un rato largo hasta que dejé de temblar y caí dormida.

19

Como era de prever, todos nos levantamos tarde, con una resaca infernal y hechos unos despojos humanos. Yo tenía un dolor de cabeza monumental, me dolía incluso el pelo, y mi boca padecía los estragos típicos tras una noche de alcohol: estaba abotargada y blanda. Me coloqué una chaqueta de punto sobre la ropa del día anterior, comprobé en el espejo que no tuviera la barbilla enrojecida por los besos (nada) y me arrastré a la planta baja.

Encontré a Abby en la cocina, repicando una cubitera sobre un vaso para desprender unos cuantos cubitos de hielo.

–Lo siento –me disculpé, desde el umbral–. ¿Me he perdido el desayuno?

Abby volvió a lanzar la cubitera en el congelador y cerró la puerta de un portazo.

–Nadie tiene hambre. Yo me estoy preparando un Bloody Mary. Daniel ha hecho café; si te apetece otra cosa, tú misma.

Pasó por mi lado rozándome y se dirigió al salón. Pensé que si intentaba imaginarme por qué estaba enfadada conmigo, mi cabeza corría el riesgo de estallar. Me serví un litro de café, unté mantequilla en una rebanada de pan (prepararme una tostada lo consideraba una labor harto compleja) y me fui a desayunar al salón. Rafe seguía tumbado inconsciente en el sofá, con un cojín sobre la cabeza. Daniel estaba sentado en el alféizar, contemplando el jardín, con una taza en una mano y un cigarrillo consumiéndose medio olvidado en la otra. No volvió la vista.

–¿Respira? –pregunté, señalando a Rafe con la barbilla.

–¿A quién le importa? –replicó Abby.

Abby estaba desplomada en una butaca, con los ojos cerrados y el vaso presionado contra la frente. El aire apestaba a humedad y a cerrado, a colillas de cigarrillos, a sudor y a bebida derramada. Alguien había limpiado los cristalitos del piano y los había dejado en un rincón del suelo, componiendo un montoncito amenazador. Me senté con mucho cuidado e intenté comer sin mover la cabeza.

La tarde continuó enlodada, lenta y pegajosa como la melaza. Abby jugaba al solitario con desgana, rindiéndose y volviendo a empezar cada pocos minutos; yo iba echando cabezaditas, acurrucada en el sillón. Justin apareció finalmente, envuelto en su batín, con los párpados palpitándole del dolor por la luz que penetraba a través de las ventanas. En realidad, hacía un día bastante bonito, pero había que estar de humor para disfrutarlo.

–Ah, por favor –se quejó apenas sin voz, tapándose los ojos con la mano–. ¡Mi cabeza! Creo que estoy incubando la gripe; me duele todo.

–Será un golpe de aire nocturno –apuntó Abby, repartiendo de nuevo–. El frío, la humedad, lo que sea. Por no mencionar que bebimos suficiente ponche como para flotar un transatlántico.

–No es el ponche. Me duelen las piernas; la resaca no te da dolor de piernas. ¿Podemos cerrar las ventanas?

–No –contestó Daniel, sin volver la vista–. Tómate un café.

–Quizás estoy sufriendo un derrame cerebral. ¿No afecta a los ojos?

–Sólo tienes una resaca –refunfuñó Rafe desde el abismo del sofá–. Y, si no dejas de lloriquear, te estrangularé con mis propias manos, aunque me cueste la vida a mí también.

–¡Vaya, fantástico! –comentó Abby, masajeándose el puente de la nariz–. Pero si está vivo.

Justin hizo oídos sordos a los comentarios de Rafe, con una gélida inclinación de la barbilla que indicaba que la discusión de la víspera no había concluido, y se desplomó en una butaca.

–Quizá deberíamos plantearnos salir fuera en algún momento –sugirió Daniel, emergiendo por fin de su ensimismamiento y echándonos una ojeada–. Así nos despejaríamos.

–Yo no puedo ir a ningún sitio –aseguró Justin, mientras estiraba la mano para agarrar el Bloody Mary de Abby–. Tengo la gripe. Si salgo a la calle, pillaré una neumonía.

Abby le apartó la mano de un manotazo.

–Es mío. Prepárate tú uno.

–Los antiguos habrían observado –puntualizó Daniel a Justin– que sufres un desequilibrio de los humores: un exceso de bilis negra que te provoca melancolía. La bilis negra es fría y seca, de manera que, para contrarrestarla, necesitas algo cálido y húmedo. No recuerdo qué alimentos están asociados con la sangre, pero parece lógico que la carne roja lo esté, por ejemplo…

–Sartre tenía razón –sentenció Rafe, a través de su cojín–. El infierno son los otros.

Yo coincidía con él. Mi único anhelo era que anocheciera para poder ir a dar mi paseo, salir de aquella casa, alejarme de aquellas personas e intentar aclarar mi pensamiento acerca de lo ocurrido la noche anterior. Nunca en toda mi vida había pasado tanto tiempo rodeada de otras personas. Hasta aquel día ni siquiera había sido consciente de ello, pero de repente todo lo que hacían (la interpretación del canto del cisne de Justin, el ruido seco de los naipes de Abby) se me antojaba un despropósito. Me tapé la cabeza con la chaqueta, me acurruqué aún más en un rincón del sillón y me dormí.

Cuando me desperté, el salón estaba vacío. Daba la impresión de que lo habían abandonado apresuradamente debido a una emergencia repentina: las bombillas estaban encendidas, las pantallas de las lámparas inclinadas en ángulos extraños, las sillas corridas hacia atrás, las tazas medio llenas y la mesa manchada de círculos pegajosos.

–¡Hola! –grité, pero mi voz se perdió entre las sombras y nadie respondió.

La casa se me antojó inmensa e inhóspita, como acostumbra a ocurrir cuando uno baja a la planta baja después de haber cerrado todas las puertas y ventanas la noche anterior: ajena, retraída, ensimismada. No había ninguna nota; probablemente hubieran salido a dar un paseo para despejarse de la resaca.

Me serví una taza de café frío y me lo bebí apoyada contra el fregadero de la cocina, mirando por la ventana. La luz empezaba a cobrar un tono dorado y meloso, y las golondrinas planeaban y graznaban en el prado. Dejé la taza en el fregadero y subí a mi dormitorio, caminando sin querer con sigilo y esquivando el escalón que crujía.

Cuando puse la mano en la manecilla de la puerta, noté como si la casa se plegara sobre sí misma y se tensara a mi alrededor. Aun antes de abrir la puerta, incluso antes de oler esa débil serpentina de humo de tabaco en el aire y ver su silueta sentada, con su ancha espalda, inmóvil en la cama, supe que Daniel estaba en casa.

La luz que se filtraba a través de las cortinas destelló en azul en sus gafas cuando volvió la cabeza hacia mí.

–¿Quién eres? –me preguntó.

Pensé con toda la rapidez que Frank habría esperado de mí, tenía ya un dedo en los labios para indicarle que se callara mientras con la otra mano accioné el interruptor de la luz.

–Hola, soy yo. Estoy aquí –dije, y agradecí a Dios que Daniel fuera lo bastante raro como para darse por satisfecho con ese «¿Quién eres?». A medio camino entre yo y mi maletín, me miraba fijamente a la cara–. ¿Dónde está todo el mundo? –le pregunté y me desabotoné la camisa para que pudiera ver el diminuto micrófono acoplado a mi sujetador y el cable descendiendo por dentro del vendaje blanco.

Daniel enarcó las cejas, sólo un poco.

–Han ido al cine –contestó con tranquilidad–. Yo tenía algunas cosas de las que ocuparme aquí. Hemos preferido no despertarte.

Asentí, le hice un gesto con ambos pulgares hacia arriba y me arrodillé lentamente para extraer mi maletín de debajo de la cama, sin apartar la vista de él. La cajita de música en la mesilla de noche, dura, de bordes afilados y a mi alcance: eso lo invalidaría el tiempo necesario para darme tiempo a huir si era preciso. Pero Daniel no se movió. Marqué la combinación, abrí el maletín, saqué mi documento de identidad y se lo tendí. Lo inspeccionó atentamente.

–¿Has dormido bien? –me preguntó con toda formalidad.

Tenía la cabeza inclinada sobre mi identificación, absorto, y yo apoyé la mano en la mesilla de noche, a centímetros de mi pistola. Sopesé la posibilidad de intentar metérmela en la faja, pero si él levantaba la vista... No. Cerré la cremallera del maletín y lo bloqueé.

–No demasiado –contesté–. Tengo un dolor de cabeza espantoso. Voy a leer un rato a ver si mejora. ¿Te veo luego?

Agité una mano para atraer la atención de Daniel; me dirigí hacia la puerta y le hice una seña. Miró mi identificación por última vez y la depositó sobre mi mesilla de noche.

–No estoy seguro –contestó.

Se puso en pie y me siguió escaleras abajo. Se movía con mucho sigilo para ser un hombre tan corpuleto. Lo notaba a mi espalda todo el rato y sabía que debería sentir miedo (un empujoncito), pero no era así: la adrenalina fluía por mis venas como una fogata y, sin embargo, jamás en mi vida había estado menos asustada. Éxtasis profundo, lo había denominado Frank en una ocasión, para luego advertirme que no confiara en él: los agentes de incógnito pueden ahogarse en el éxtasis de la liviandad con la facilidad con que un submarinista puede ahogarse en un mar abisal, pero no me importaba.

Daniel permaneció de pie en el vano de la puerta del salón, observándome con interés, mientras yo tarareaba *Oh, Johnny, How You Can Love* en voz baja y hojeaba los discos. Extraje el *Requiem* de Fauré, avancé hasta las sonatas de cuerda (no estaba mal que Frank escuchara algo de calidad y ampliara sus horizontes culturales para variar y, por otro lado, dudaba mucho que apreciara el salto intermedio) y ajusté un volumen alto pero agradable. Me lancé a mi sillón de un salto, suspiré con satisfacción y hojeé unas cuantas páginas de mi cuaderno de notas. Luego, con sumo cuidado, me quité el vendaje venda a venda, me desabroché el micrófono del sujetador y dejé todo aquel tinglado sobre la butaca y me dediqué a disfrutar de la música unos instantes.

Daniel me siguió a través de la cocina y salió por las puertas cristaleras tras de mí. No me gustaba la idea de atravesar el prado descampado («No cuentas con vigilancia visual», me había advertido Frank, pero me habría dicho lo mismo en cualquier caso), pero no teníamos otra alternativa. Bordeé el seto y nos adentramos en la arboleda. Una vez quedamos fuera de la vista, me relajé lo suficiente para acordarme de mi camisa y abotonármela de nuevo. Si Frank tenía a alguien apostado vigilándonos, aquello le podría haber dado algo en qué pensar.

La hornacina estaba más luminosa de lo que yo había imaginado; la luz caía en largos haces oblicuos y dorados sobre la hierba, se deslizaba entre las trepadoras y refulgía dibujando manchas en las losas. Notaba la frialdad del asiento incluso a través de los tejanos. La hiedra volvió a colocarse en su sitio con un balanceo y nos escondió.

–De acuerdo –dije–. Hablemos, pero en voz baja, por si acaso.

Daniel asintió. Sacudió unas motas de tierra del otro banco y se sentó.

–Entonces, Lexie está muerta –supuso.

–Me temo que sí –contesté–. Lo siento.

Mi disculpa sonaba ridícula a un millón de niveles, una insensatez.

–¿Cuándo murió?

–La noche que la apuñalaron. No sufrió mucho, si eso sirve de consuelo.

No respondió. Se entrelazó las manos sobre el regazo y proyectó la vista más allá de la hiedra. El riachuelo murmuraba a nuestros pies.

–Cassandra Maddox –dijo Daniel al fin, como si quisiera comprobar cómo sonaba–. Me lo he preguntado infinidad de veces, ¿sabes?, cuál era tu verdadero nombre. Te pega.

–Me llaman Cassie –aclaré.

Pasó por alto mi aclaración.

–¿Por qué te has quitado el micrófono?

Con cualquier otra persona habría intentado esquivar aquella pregunta, eludirla con un «¿Tú por qué crees?», pero no con Daniel.

–Quiero saber qué le ocurrió a Lexie. No me importa que alguien más lo oiga o no –contesté–. Y he pensado que es más factible que me lo cuentes si te daba una buena razón para confiar en mí.

Fuera por educación o por indiferencia, no remarcó la ironía.

–¿Crees acaso que yo sé cómo murió? –me preguntó.

–Sí –contesté–. Lo creo.

Daniel meditó mi respuesta.

–En ese caso, ¿no deberías estar asustada de mí?

–Quizá, pero no lo estoy.

Me escrutinó durante un largo momento.

–Te pareces demasiado a Lexie, ¿sabes? –dijo–. No sólo físicamente, también en el temperamento. Al principio me pregunté si simplemente quería creerlo, excusar el hecho de que me hubieran engañado durante tanto tiempo, pero es verdad. Lexie no tenía miedo. Era como una patinadora de hielo haciendo equilibrios sin esfuerzo en el borde de su propia vida, dando saltos y cabriolas alegres y complicadas sólo por afán de divertirse. Siempre la envidié por eso. –Sus ojos estaban ensombrecidos y me resultaba imposible descifrar su expresión–. ¿Todo esto ha sido sólo por diversión? Si me permites la pregunta.

–No –contesté–. Al principio ni siquiera quería hacerlo. Fue idea del detective Mackey. Lo consideró necesario para la investigación.

Daniel asintió, sin sorprenderse.

–Sospecha de nosotros desde el principio –aventuró.

Y yo caí en la cuenta de que Frank tenía razón, por supuesto que tenía razón. Toda su cháchara sobre el misterioso extraño que siguió a Lexie por medio mundo no era más que una cortina de humo: Sam habría montado en cólera si pensara que yo iba a compartir techo con el asesino. La famosa intuición de Frank había aparecido incluso antes de convocarnos a todos en la sala de la brigada. Sabía, desde el principio, que la respuesta estaba dentro de aquella casa.

–Un hombre interesante, el detective Mackey –continuó Daniel–. Es como esos asesinos encantadores de las obras teatrales jacobeas, los que siempre declaman los mejores monólogos: Bosola o De Flores. Es una lástima que no puedas contármelo todo; seguro que me fascinaría saber cuánto ha adivinado.

–A mí también –repliqué–. Créeme.

Daniel sacó su pitillera, la abrió y me ofreció educadamente un cigarrillo. Su rostro, inclinado sobre el mechero mientras yo resguardaba la llama con la mano, parecía absorto y tranquilo.

–Y bien –dijo, una vez hubo encendido su propio cigarrillo y guardado la pitillera–. Estoy seguro de que tendrás preguntas que te gustaría formularme.

–Si me parezco tanto a Lexie –empecé a decir–, ¿qué me ha delatado?

No pude evitarlo. No era por orgullo profesional ni por nada semejante; simplemente necesitaba saber, con todas mis fuerzas, cuál había sido esa diferencia que no había pasado inadvertida.

Daniel volvió la cabeza y me miró. La expresión de su rostro me sorprendió: era algo parecido al afecto o a la compasión.

–Permíteme que te diga que tu actuación ha resultado extraordinaria –contestó con amabilidad–. De hecho, no creo que los demás sospechen nada. Tendremos que decidir qué hacer con eso, tú y yo.

–No puedo haberlo hecho tan bien –repliqué–; de lo contrario, no estaríamos aquí.

Daniel sacudió la cabeza.

–Creo que eso sería subestimarnos a los dos, ¿no crees? Lo cierto es que has estado poco menos que impecable. Yo me percaté casi de inmediato de que algo no encajaba; todos nos dimos cuenta, de la misma manera que intuirías que algo no funciona si reemplazaran a tu pareja por su gemelo idéntico. Pero eran muchas las razones que podían esgrimirse para justificarlo. Al principio me pregunté si estabas fingiendo la amnesia, por motivos personales, pero poco a poco empecé a pensar que tu memoria sí había sufrido daños (no parecía existir ninguna razón para que fingieras olvidar haber encontrado ese álbum de fotos, por ejemplo, y era evidente que te perturbó el hecho de no recordarlo). Una vez concluí que ése no era el problema, lo atribuí a que quizás estuvieras planeando irte, cosa que habría sido comprensible, dadas las circunstancias, pero Abby parecía convencida en sentido contrario y yo confío en el juicio de Abby. Y realmente parecía... –Me miró–. Parecías verdaderamente feliz, ¿sabes? Más que feliz: contenta, estable, arropada entre nosotros como si nunca te hubieras ido. Quizá fue una actitud deliberada y eres incluso mejor en tu trabajo de lo que yo opino, pero me cuesta creer que tanto mi instinto como el de Abby pudieran estar tan equivocados.

No había nada que pudiera alegar en mi defensa. Por una fracción de segundo quise hacerme una bola y aullar hasta desgañitarme, como un niño devastado por la crueldad más pura de este mundo. Incliné la barbilla en un gesto que no daba a entender nada, le di una calada al cigarro y sacudí la ceniza sobre las piedras.

Daniel esperó con una paciencia grave que me hizo sentir un escalofrío de advertencia. Cuando quedó claro que no tenía intención de responder nada, asintió, un asentimiento apenas perceptible, privado, pensativo.

–Como sea –continuó–, decidí que tú, o mejor dicho, Lexie, simplemente estabas traumatizada. Un trauma profundo, y es evidente que éste podría calificarse así, puede trastocar por completo la personalidad: convertir a una persona fuerte en un amasijo de nervios, a alguien de naturaleza feliz en un ser melancólico, a alguien agradable en alguien malicioso. Puede hacerte estallar en mil pedazos y luego recomponer los fragmentos de una manera completamente irreconocible. –Su voz era homogénea, serena; miraba en otra dirección, hacia las flores del espino, blancas y ondulantes en la brisa; no le veía los ojos–. Los cambios en Lexie eran tan nimios, tan triviales, tan fácilmente explicables. Supongo que el detective Mackey te facilitó la información necesaria.

–El detective Mackey y la propia Lexie a través de su teléfono con cámara de vídeo.

Daniel meditó sobre aquello tanto rato que pensé que había olvidado mi pregunta. Su rostro tenía una inmovilidad incorporada; quizá fuera por su mandíbula cuadrada, que hacía casi imposible interpretar su expresión.

–«Todo estás sobrevalorado, salvo Elvis y el chocolate» –recordó al fin–. Ésa sí que fue buena.

–¿Me delataron las cebollas? –pregunté.

Respiró hondo y se removió, como si saliera de su ensoñación.

–Aquellas cebollas –dijo con una leve sonrisa–. Lexie las detestaba: las cebollas y la col. Por suerte, a ninguno de los demás nos entusiasma la col, pero tuvimos que llegar a un acuerdo con respecto a la cebolla: una vez a la semana. Aun así, ella seguía quejándose y la apartaba, sobre todo para incordiar a Rafe y a Justin, creo. Así que, cuando te las comiste sin rechistar y pediste repetir, supe que algo no encajaba. No sabía exactamente qué (disimulaste muy bien), pero me resultaba imposible pasarlo por alto. La única explicación plausible que se me ocurrió, por increíble que pudiera parecer, fue que no eras Lexie.

–De manera que decidiste tenderme una trampa –aventuré–. Lo del Brogan.

–Bueno, yo no lo llamaría una trampa –aclaró Daniel, con una ligera aspereza–. Era más bien una prueba. Se me ocurrió en ese momento. Lexie no opinaba nada acerca del Brogan, ni bueno ni malo; de hecho, ni siquiera sé si alguna vez había ido, cosa que una impostora no tenía por qué saber; era posible que hubieras descubierto sus gustos y sus manías, pero no sus indiferencias. El hecho de que respondieras bien y el comentario de Elvis me tranquilizaron. Pero anoche con aquel beso...

Me quedé fría, hasta que recordé que no llevaba el micro.

–¿Acaso Lexie no lo habría hecho? –pregunté con frialdad, inclinándome hacia delante para apagar el cigarro en la piedra.

Daniel me sonrió, con esa sonrisa dulce y lenta que, de repente, multiplicaba exponencialmente su belleza.

–¡Desde luego que lo habría hecho! –contestó–. Ese beso encajaba perfectamente con el personaje... y además estuvo muy bien, si me permites la indiscreción. –No pestañeé–. No, fue tu reacción. Por una milésima de segundo pareciste aturdida, completamente desconcertada por lo que acababas de hacer. Luego te recuperaste e hiciste algún comentario liviano y encontraste una excusa para largarte, pero ¿sabes?, Lexie jamás se habría conmocionado por aquel beso, en absoluto. Y, desde luego, nunca se habría echado atrás llegados a ese punto. Se habría... –Soltó el humo dibujando círculos en dirección a la hiedra–. Se habría sentido victoriosa.

–¿Por qué? –pregunté–. ¿Acaso había estado intentando que ocurriera algo parecido?

Revisé mentalmente aquellos vídeos grabados; había flirteado con Rafe y Justin, pero nunca con Daniel, en ningún momento, aunque tal vez se tratara de un farol para confundir a los demás...

–Eso es lo que te delató –explicó Daniel.

Lo miré fijamente. Apagó la colilla con el zapato.

–Lexie era incapaz de pensar en el pasado –añadió– e incapaz de pensar un paso más adelante en el futuro. Quizás ése fue uno de los puntos que se te pasó por alto. No te culpo; ese nivel de simplicidad es difícil de concebir y también arduo de describir. Era tan desconcertante como una deformidad. Dudo seriamente que hubiera sido capaz de planear una seducción; pero una vez sucediera, no habría visto motivo para sentirse alarmada y, ciertamente, ninguno para refrenarse. En cambio, era evidente que tú estabas calculando las consecuencias que aquello podía acarrear. Supuse que tenías un novio o una pareja en tu propia vida.

No dije nada.

–De manera que esta tarde –prosiguió Daniel–, cuando los demás se habían ido, he telefoneado a la comisaría y he preguntado por el detective Sam O'Neill. La mujer que ha respondido al teléfono no encontraba su extensión al principio, pero luego ha buscado en un listín y me ha dado un número al que llamar. Y ha añadido: «Es de la brigada de Homicidios». –Suspiró cansado–. Homicidios –repitió en voz baja–. Así ha sido como lo he sabido.

–Lo lamento –volví a decir.

Durante todo el día, mientras bebíamos café, nos incordiábamos mutuamente y nos quejábamos de la resaca, mientras había enviado a los demás al cine y había permanecido sentado en el pequeño dormitorio de Lexie a oscuras, esperándome, había cargado con aquel peso solo.

Daniel asintió.

–Sí –dijo al fin–. Me doy cuenta.

Se produjo un largo silencio. Finalmente lo rompí con un:

–Sabes que debo preguntarte qué ocurrió.

Daniel se quitó las gafas y las limpió con su pañuelo. Sin ellas, sus ojos parecían vacíos, ciegos.

–Hay un proverbio que siempre me ha fascinado –comentó–. «Por lo que quieras tomar, un precio has de pagar, dice Dios.» –Sus palabras cayeron en el silencio bajo la hiedra como guijarros fríos en el agua, y se hundieron sin dibujar ni siquiera una onda–. No creo en Dios –confesó Daniel–, pero me parece que ese refrán encierra una divinidad inherente; una especie de pureza cegadora. ¿Qué podría ser más simple o más crucial? Puedes tener todo lo que quieras, siempre y cuando aceptes que todo tiene un precio y que hay que pagarlo. –Se puso las gafas y me miró, sosegado, mientras se guardaba el pañuelo de nuevo en el bolsillo de la camisa–. Tengo la sensación de que, en tanto que sociedad, hemos acabado por desatender la segunda parte. Sólo oímos el «Lo que quieras tomar»; nadie menciona nada de que haya un precio y, cuando llega el momento de saldar las deudas, todo el mundo se indigna. Piensa en la explosión económica nacional, el ejemplo más evidente: tenía un precio, un precio muy caro, a mi juicio. Ahora tenemos restaurantes de sushi y todoterrenos, pero la gente de nuestra edad no puede permitirse vivir en la ciudad donde ha crecido, de manera que comunidades de siglos de antigüedad se están desintegrando como castillos de arena. La gente pasa cinco o seis horas diarias en atascos de tráfico y los padres nunca ven a sus hijos porque tienen que trabajar de sol a sol para llegar a fin de mes. Ya no tenemos tiempo para la cultura; los teatros están cerrando, la arquitectura está siendo demolida para erigir edificios de oficinas. Y así hasta el infinito.

Ni siquiera sonaba indignado, sólo absorto.

–No creo que haya que indignarse por ello –continuó, leyendo mi mirada–. De hecho, ni siquiera debería sorprendernos. Hemos cogido lo que nos ha apetecido y ahora estamos pagando por ello, y estoy convencido de que muchas personas consideran que, puesto en el fiel de la balanza, el pacto no ha estado tan mal. Lo que sí me sorprende es el silencio desesperado que rodea ese precio. Los políticos no paran de sermonearnos con que vivimos en Utopía. Si cualquiera con un poco de visión de futuro se atreve a insinuar siquiera que posiblemente esta dicha no sea gratuita, entonces ese espantoso hombrecito, ¿cómo se llama?, el primer ministro, sale en televisión, no para esclarecer que ese peaje es la ley de la naturaleza, sino para desmentir su misma existencia y reprendernos como si fuéramos criaturas por sacarlo a relucir. Yo al final tuve que desprenderme del televisor –añadió, un tanto irritado–. Nos hemos convertido en un país de morosos: compramos a crédito y, cuando nos llega la factura, nos sentimos tan profundamente indignados que rehusamos incluso mirarla.

Se ajustó las gafas con un nudillo y pestañeó, mirándome a través de los cristales.

–Siempre he aceptado –prosiguió sin más– que hay que pagar un precio.

–¿Por qué? –pregunté–. ¿Qué quieres?

Daniel meditó acerca de ello en silencio, no acerca de la respuesta en sí, sino de cuál era el mejor modo de explicármela.

–Al principio –contestó al fin– era más una cuestión de lo que no quería. Mucho antes de acabar la universidad tenía claro que el trato estándar, un atisbo de luz a cambio de tu tiempo libre y de comodidades, no iba conmigo. Me contentaba con vivir con frugalidad, si de ese modo podía evitar entrar en el cubículo de las nueve a las cinco. Estaba más que predispuesto a sacrificar tener un coche nuevo, disfrutar de unas vacaciones al sol y comprarme un… ¿cómo se llama ese trasto?… un iPod.

Yo estaba a punto de perder los nervios, e imaginar a Daniel en una playa de Torremolinos, bebiendo un cóctel tecnicolor y meneando el esqueleto al son de su iPod, hizo que casi estallara en carcajadas. Me miró con una leve sonrisa.

–No habría supuesto un gran sacrificio, en absoluto. Pero se me pasó por alto tener en cuenta que ningún ser humano es una isla, que no podía quedar fuera del sistema imperante por mi cara bonita. Cuando un modo de vida concreto se convierte en el estándar de toda una sociedad, cuando lo adopta una masa crítica, por decirlo de algún modo, no son muchas las alternativas a las que puedes aferrarte. Vivir de una manera sencilla no es una opción viable en nuestros días; o uno se convierte en una abeja obrera o sobrevive a base de tostadas en un apartamento de mala muerte compartido con catorce estudiantes más, y la verdad es que esa idea tampoco me seducía particularmente. La probé durante un tiempo, pero me resultaba inviable trabajar con tanto ruido y el propietario era un campesino siniestro que se presentaba en el apartamento a deshoras y quería mantener una charla y… bueno, no importa. La libertad y la comodidad se cotizan al alza en estos días. Si las quieres, tienes que estar dispuesto a pagar el precio que corresponde, y no es bajo.

–¿Acaso no tenías otras opciones? –inquirí–. Pensaba que tenías dinero.

Daniel me miró con recelo; yo le devolví una mirada anodina. Al final suspiró.

–Creo que me apetece una copa –terció–. Creo que dejé… Sí, aquí está. –Se inclinó hacia un lado y rebuscó algo debajo del banco, y yo estaba preparada incluso antes de saberlo (no había nada a mano que pudiera servirme de arma, pero si le daba un latigazo con la hiedra en la cara, podría darme tiempo a coger el micro y pedir auxilio), pero lo que sacó fue una botella de whisky medio llena–. La traje anoche y luego, con tanta emoción, se me olvidó. Y aquí debería haber… Aquí está. –Sacó un vaso–. ¿Te apetece un poco?

Era un whisky de calidad, Jameson's Crested Ten, y yo necesitaba una copa como agua de mayo, pero contesté:

–No, gracias.

Nada de riesgos innecesarios; aquel tipo era mucho más inteligente que la media. Daniel asintió, examinó el vaso y se inclinó para aclararlo en el hilillo de agua.

–¿Alguna vez has pensado en el nivel tan brutal de miedo que gobierna en este país?

–La verdad es que no es algo a lo que le dedique mucho tiempo, no –respondí.

Me estaba costando seguir el hilo de aquella conversación, pero conocía a Daniel lo suficiente para saber que era un medio para llegar a un fin, y que llegaría a su debido tiempo. Quedaban unos cuarenta y cinco minutos antes de que Fauré concluyera su sinfonía y a mí siempre se me ha dado bien dejar que el sospechoso conduzca el espectáculo. Por muy fuerte o muy controlado que seas, guardar un secreto (y eso es algo que yo debería saber) se torna pesado transcurrido un tiempo, pesado y extenuante y tan solitario que parece una carga letal. Si los dejas hablar, basta con que te limites a cabecear de vez en cuando y encauzarlos en la dirección correcta, y ellos se encargan del resto. Sacudió las gotitas de agua del vaso y sacó su pañuelo de nuevo para enjugarlo.

–Parte de la mentalidad del deudor es una corriente subyacente de terror constante y contenida con desesperación. Tenemos una de las proporciones de endeudamiento por renta más elevadas del mundo y, según parece, la mayoría de nosotros estamos a dos nóminas de vernos en la calle. Quienes ocupan el poder, los Gobiernos, la patronal, explotan este hecho en beneficio propio y a un nivel extraordinario. Las personas asustadas son obedientes, no sólo física, sino también intelectual y emocionalmente. Si tu jefe te dice que trabajes horas extra y tú sabes que negándote podrías poner en peligro todo lo que posees, entonces no sólo trabajas ese tiempo extra, sino que te convences de que lo estás haciendo de manera voluntaria, por lealtad a la empresa; porque la alternativa es reconocer que vives inmerso en el terror. Antes de que te des cuenta, te has autoconvencido de que sientes un profundo vínculo emocional con alguna multinacional: no sólo le has cedido las horas estipuladas en tu contrato, sino todo tu proceso de pensamiento. Las únicas personas capaces de actuar sin condicionamientos o sin trabas al pensamiento son aquellas que, ya sea porque su valentía no conoce límites, porque han perdido la cordura o porque saben que pueden actuar con impunidad, no sienten miedo.

Se sirvió tres dedos de whisky.

–Yo no soy, ni en el más remoto de los casos, ningún héroe –continuó– y tampoco me considero un enajenado. No creo que ninguno de los demás sea tampoco ninguna de ambas cosas. Y, sin embargo, mi único deseo era que todos contáramos con la posibilidad de la libertad. –Dejó la botella en el suelo y me miró–. Me has preguntado qué era lo que quería. He pasado mucho tiempo preguntándome lo mismo. Hace ahora uno o dos años llegué a la conclusión de que sólo ambicionaba dos cosas en este mundo: la compañía de mis amigos y la oportunidad de pensar sin cortapisas.

Aquellas palabras se me clavaron como un puñal de añoranza en el corazón.

–No parece demasiado –contesté.

–Pues lo es –replicó Daniel y le dio un trago a su bebida. Su voz tenía un matiz áspero–. Es pedir muchísimo. Sucedió que lo que necesitábamos era seguridad, seguridad permanente, cosa que nos lleva de nuevo a tu última pregunta. Mis padres dejaron inversiones para proporcionarme una pequeña renta, generosa en los años ochenta, pero hoy apenas suficiente para vivir en una habitación amueblada. El fondo fiduciario de Rafe le genera aproximadamente la misma cantidad. La asignación de Justin se terminará en cuanto se doctore, y lo mismo ocurrirá con las becas de estudios de Abby, tal como habría sucedido con las de Lexie. ¿Cuántos empleos te parece que puede haber en Dublín para personas que desean estudiar literatura y vivir juntas? De aquí a unos meses nos habríamos encontrado exactamente en la misma situación que la mayoría de personas en este país: atrapados entre la pobreza y la esclavitud, a dos nóminas de la calle, al servicio de los caprichos de propietarios inmobiliarios y empleadores. Viviendo anclados en el temor. –Proyectó la vista a través de la hiedra, sobrevolando el césped hasta el patio, inclinando la muñeca lentamente mientras hacía girar el whisky en su vaso–. Lo único que necesitábamos era una casa.

–¿Con eso bastaba para estar seguros? –pregunté–. ¿Con una casa?

–Por supuesto –contestó algo sorprendido–. Psicológicamente hablando, la diferencia es casi inenarrable. Una vez posees una casa, sin hipoteca, sin gastos, sin caseros, sin jefes ni bancos, ¿quién puede amenazarte? ¿Qué poder ejerce nadie sobre ti? Prácticamente puedes vivir sin hacer nada más. Siempre seremos capaces de arañar un poco de dinero para comprar alimentos entre todos y no existe miedo material más primigenio o paralizante que la idea de perder el hogar. Suprimido ese miedo, seríamos libres. No afirmo que tener una casa en propiedad convierta la vida en una especie de paraíso de dicha y felicidad, simplemente opino que marca la diferencia entre la libertad y la esclavitud.

Debió de interpretar bien mi mirada.

–¡Estamos en Irlanda, por todos los cielos! –exclamó con un deje de impaciencia–. Si sabes algo de historia, ¿no te parece más que evidente? La acción más crucial de los británicos fue reclamar la tierra como suya para convertir a los irlandeses en arrendatarios en lugar de en propietarios. Una vez hecho eso, los acontecimientos se desarrollaron de manera natural: confiscación de cosechas, abuso de los aparceros, desahucios, emigración, hambruna y toda la letanía de desdichas y servidumbre, todo infligido de manera natural e incontenible porque los desposeídos no tenían un suelo firme sobre el que ponerse en pie y luchar. Estoy seguro de que mi familia es tan culpable como cualquiera.

Quizás exista cierto elemento de justicia poética en el hecho de que me encontrara mirando la otra cara de la moneda. Pero sinceramente, no sentí la necesidad de aceptarlo como mi merecido.

–Yo alquilo –aclaré– y probablemente esté a dos nóminas de la calle, pero no me preocupa.

Daniel asintió, sin sorpresa.

–Quizá seas más valiente que yo –dijo–. O quizás, y perdóname, sencillamente aún no hayas decidido qué quieres en la vida, quizá no hayas encontrado nada a lo que realmente quieras aferrarte. Eso lo cambia todo, ¿sabes? Los estudiantes y la gente muy joven puede alquilar sin perjuicio de su libertad intelectual, porque no les supone ninguna amenaza: aún no tienen nada que perder. ¿Te has dado cuenta de la facilidad con la que mueren los adolescentes? Se convierten en los mártires abanderados de cualquier causa, los soldados más valientes, los mejores suicidas. Es porque apenas tienen lazos con la realidad: no han acumulado aún amores, responsabilidades, compromisos y todas esas cosas que nos atan de manera irremisible a este mundo. Pueden soltar amarras con la facilidad y la simplicidad de levantar un dedo. Sin embargo, a medida que te haces mayor empiezas a encontrar cosas a las que merece la pena aferrarse, para siempre. De repente, te descubres jugando a no perder, y eso cambia cada fibra de tu cuerpo.

La adrenalina, o la inquietante luz trémula a través de la hiedra, o las espirales de la mente de Daniel o simplemente la extrañeza total y absoluta de aquella situación me estaban haciendo sentir como si hubiera estado bebiendo. Pensé en Lexie acelerando en medio de la noche en el coche robado del pobre Chad; en la cara de Sam cubierta por aquella mirada de paciencia infinita; en la sala de la brigada inundada de la luz del atardecer con el papeleo de algún otro equipo esparcido por nuestras mesas; en mi piso, vacío y silencioso, con el polvo empezando a acumularse en las estanterías y la luz de encendido del reproductor de CD brillando en verde en medio de la oscuridad. Me gusta mucho mi piso, pero me sorprendió no haberlo echado de menos ni una sola vez en todas aquellas semanas, y en ese momento me sentí terrible, espantosamente triste.

–Me aventuraría a afirmar –barruntó Daniel– que aún tienes esa primera libertad, que no has encontrado nada o nadie que quieras conservar.

Ojos grises imperturbables y el hipnótico resplandor dorado del whisky, el sonido del agua, las sombras de las hojas balanceándose como una corona más oscura sobre su oscuro cabello.

–Tenía un compañero en el trabajo –expliqué–. Nadie a quien tú conozcas; no trabaja en este caso. Éramos como vosotros: almas gemelas. La gente hablaba de nosotros como se les habla a los gemelos, como si fuéramos una sola persona. «Es el caso de Maddox y Ryan, di a Maddox y Ryan que lo hagan…» Si alguien me lo hubiera preguntado, habría augurado que iba a ser así para siempre: nosotros dos, el resto de nuestras carreras, que nos retiraríamos el mismo día para no tener que trabajar ninguno de los dos con nadie más y que la brigada nos despediría con un solo reloj de oro a modo de regalo compartido. Entonces yo no pensaba en nada de eso, créeme. Simplemente lo daba por supuesto. No podía imaginarme nada más.

Nunca le había contado aquello a nadie. Sam y yo nunca habíamos mencionado a Rob, ni una sola vez desde que lo expulsaron del departamento y, cuando alguien me preguntaba cómo le iba, le dedicaba la más dulce de mis sonrisas y la más vaga de mis respuestas. Daniel y yo éramos extraños y estábamos en lados opuestos, bajo aquella cháchara estábamos luchando con uñas y dientes y ambos lo sabíamos, pero se lo conté a él. Ahora creo que aquello debería haber supuesto mi primera advertencia.

Daniel asintió con la cabeza.

–Pero eso fue en otro país –afirmó– y, además, esa muchacha está muerta.

–Supongo que eso lo resume todo –repliqué–, sí.

Sus ojos reflejaban algo más que amabilidad, algo más que compasión: reflejaban entendimiento. Creo que en aquel instante lo amé. Podría haber abandonado el caso y haberme quedado con ellos; en aquel momento lo habría hecho.

–Entiendo –dijo Daniel.

Me alargó el vaso. Empecé a sacudir la cabeza como por acto reflejo, pero luego cambié de opinión y lo cogí: ¡qué diablos! El whisky era denso y suave y me recorrió hasta la punta de los dedos con ardientes rayos de luz.

–Entonces entenderás la diferencia que supuso para mí –continuó– conocer a los demás. El mundo entero se transformó a mi alrededor:

las apuestas subieron vertiginosamente, los colores se tornaron tan bellos que casi dolía mirarlos, la vida se volvió más dulce de lo imaginable, pero también más terrorífica. Todo es tan frágil, las cosas se rompen con tanta facilidad. Supongo que algo parecido debe de ocurrir al enamorarse, o al tener un hijo y saber que te lo pueden arrebatar en cualquier momento. Avanzábamos a una velocidad suicida hacia el día en que todo lo que teníamos estaría a merced de un mundo inmisericorde, y cada segundo era tan bello y tan precario que me dejaba sin aliento. –Alargó la mano para coger el vaso y le dio un trago–. Y entonces –dijo, señalando con una mano la casa– ocurrió esto.

–Como un milagro –apunté.

No lo decía con malicia; lo pensaba de verdad. Noté momentáneamente el tacto de la madera vieja bajo la palma de mi mano, cálida y sinuosa como un músculo, un ser vivo.

Daniel asintió.

–Aunque parezca improbable –contestó–, yo creo en los milagros, en la posibilidad de lo imposible. Ciertamente, esta casa siempre me ha parecido un milagro que se materializó justo en el momento en que más la necesitábamos. Intuí de inmediato, en el preciso instante en que el abogado de mi tío me llamó para darme la noticia, lo que esta casa podía significar para nosotros. Los otros tenían dudas; discutimos durante meses. Lexie, al margen de la ironía trágica que suponga ahora, fue la única a quien siempre pareció entusiasmarle la idea. Abby fue la más difícil de convencer, pese a ser quien más necesitaba una casa, o quizá precisamente por eso, pero al final consintió. Supongo que, si estás absolutamente seguro de algo, es casi inevitable acabar convenciendo a quien duda, en un sentido o en otro. Y yo estaba seguro. Nunca he estado más seguro de algo.

–¿Por eso convertiste a los demás en copropietarios?

Daniel me miró con acritud, pero yo mantuve mi expresión de interés superficial y, al cabo de un momento, volvió a proyectar la mirada en la hiedra.

–Bueno, no lo hice para ganármelos ni nada por el estilo, si es a lo que te refieres –replicó–. En absoluto. Era un movimiento absolutamente esencial para lo que tenía en mente. Yo no quería la casa en sí, aunque la adoro, sino seguridad para todos nosotros; un puerto seguro. De haber sido yo el único propietario, entonces la cruda realidad habría sido que habría ejercido de casero de los demás y ellos no habrían tenido más seguridad de la que tenían antes. Habrían estado a merced de mis caprichos, aguardando siempre a que fuera yo quien decidiera trasladarse o casarse o vender la propiedad. De esta manera se convertía en nuestro hogar, para siempre.

Levantó una mano y apartó la cortina de hiedra a un lado. La piedra de la casa refulgía en tonos ámbar y rosado bajo la luz de la puesta de sol, cálida y dulcemente; las ventanas resplandecían como si hubiera un incendio en el interior.

–Me parecía una idea maravillosa –continuó–. Tanto que casi me costaba concebirla. El día que nos trasladamos aquí limpiamos la chimenea, nos bañamos en un agua fría como el hielo, encendimos un fuego y nos sentamos frente a él a beber cacao frío con grumos e intentar hacer tostadas; la cocina no funcionaba, el calentador eléctrico tampoco y sólo había dos bombillas operativas en toda la casa. Justin llevaba puesto todo su armario y se quejaba de que íbamos a morir todos de neumonía o inhalación de moho o ambas cosas, y Rafe y Lexie le tomaban el pelo diciéndole que habían oído ratas en el ático; Abby amenazó con enviarlos a los dos a dormir allí arriba si no eran capaces de comportarse. Yo chamuscaba una tostada tras otra, o se me caían en el fuego, y todos lo encontrábamos ridículamente divertido; nos reímos tanto que nos costaba respirar. Nunca he sido tan feliz en toda mi vida.

Sus grises ojos aparecían relajados, pero el tono de su voz, como el tañido profundo de una campana, me hirió en algún punto bajo el esternón. Sabía desde hacía semanas que Daniel era infeliz, pero en aquel momento entendí que, fuera lo que fuese lo que había ocurrido con Lexie, le había roto el corazón. Lo había apostado todo por aquella idea brillante y había perdido. Al margen de lo que digan, una parte de mí cree que aquel día bajo la hiedra debería haber anticipado los acontecimientos, debería haber visto el patrón desarrollarse ante mis ojos limpia, rápida e implacablemente. Y que debería haber sabido cómo detenerlo.

–¿Y qué falló? –le pregunté en voz baja.

–La idea era imperfecta, por supuesto –contestó con irritación–. Tenía defectos innatos y fatales. Dependía de dos de los mayores mitos de la raza humana: la posibilidad de la permanencia y la simplicidad de la naturaleza humana. Ambos están largamente analizados en la literatura, pero la más pura de las fantasías gobierna fuera de las cubiertas de un libro. Nuestra historia debería haber concluido aquella noche con el cacao frío, la noche que nos trasladamos; y todos habríamos vivido felices y comido perdices. Pero, inoportunamente, la vida real exigía que continuáramos viviendo. –Se acabó la bebida de un largo trago e hizo una mueca–. Esto está asqueroso. Ojalá tuviéramos hielo.

Esperé mientras se servía otra copa, la miró con ligero desagrado y la apoyó en el banco.

–¿Puedo preguntarte algo? –dije.

Daniel asintió.

–Antes decías que cada cosa tiene su precio. ¿Qué precio tuviste que pagar tú por esta casa? Tengo la impresión de que obtuviste exactamente lo que querías de manera gratuita.

Arqueó una ceja.

–¿De verdad lo crees? Hace varias semanas que vives aquí. Seguramente te habrás hecho una idea bastante aproximada del precio que hay que pagar.

Así era, por supuesto que así era, pero quería oírselo decir a él.

–Nada de pasados –aclaré–. Y eso para empezar.

–Nada de pasados –repitió Daniel, casi para sí mismo. Transcurrido un momento se encogió de hombros–. Eso formaba parte del pacto, sin duda. La casa tenía que suponer un comienzo de cero para todos nosotros, todos juntos. Pero ésa fue la parte más fácil. Tal como ya habrás intuido, ninguno de los cuatro tenemos un pasado que nos apetezca recordar. En realidad, los aspectos prácticos han resultado ser mucho más difíciles que los psicológicos: conseguir que el padre de Rafe dejara de telefonearlo e insultarlo, que el padre de Justin dejara de acusarlo de unirse a una secta y de amenazarlo con llamar a la policía, y que la madre de Abby dejara de aparecer a las puertas de la biblioteca en pleno colocón de lo que sea que toma. Sin embargo, en comparación, éstas eran cuestiones menores, dificultades técnicas que se habrían solventado por sí solas a su debido tiempo. El verdadero precio... –Deslizó un dedo alrededor del borde del vaso, en gesto ausente, mientras contemplaba el color dorado del whisky resplandecer y atenuarse por efecto de su propia sombra–. Supongo que habrá quienes lo llamarían «estado de animación suspendida» –explicó al fin–.

Aunque para mí eso sería una definición de lo más simplista. El matrimonio y los hijos, por poner un ejemplo, quedaban descartados como opción de futuro para nosotros. Las probabilidades de encontrar a un extraño que encajara en lo que francamente podría definirse como un círculo inusual, por mucho que la persona estuviera dispuesta a hacerlo, eran insignificantes. Y aunque no negaré que han existido momentos de intimidad entre nosotros, que dos de nosotros tuviéramos una historia de amor sin lugar a dudas habría dañado nuestro equilibrio de manera irreparable.

–¿Momentos de intimidad? –pregunté. El bebé de Lexie–. ¿Entre quién?

–Francamente –contestó Daniel, con un leve deje de impaciencia–, no creo que eso venga al caso. Lo importante es que para convertir éste en un hogar compartido debíamos renunciar al derecho a disfrutar de muchas cosas que el resto de los seres humanos consideran sus objetivos primordiales. Teníamos que renunciar a todo lo que el padre de Rafe llamaría «el mundo real».

Quizá se debiera al efecto del whisky mezclado con la resaca y el estómago medio vacío. Ideas extrañas se me arremolinaban en el pensamiento, reflejando destellos de luz como si de prismas se tratara. Recordé leyendas antiguas: viajeros maltratados saliendo a trompicones de la tormenta y entrando en salones de banquetes resplandecientes, soltando el ancla de su vida anterior a la vista de una rebanada de pan o un vaso de aguamiel. Me acordé también de aquella primera noche, de ellos cuatro sonriéndome desde el otro lado de una mesa con un festín, de los brindis y las serpentinas de hiedra, de sus pieles tersas, de su belleza y de la luz de las velas reflejada en sus ojos. Recordé el segundo antes de que Daniel y yo nos besáramos, recordé cómo los cinco nos habíamos alzado ante mí como fantasmas sobrecogedores y eternos, levitando dulce y suavemente sobre las briznas de hierba, y entonces volví a oír aquel tambor redoblando en la lejanía anunciando el peligro.

–No es tan siniestro como suena, ¿sabes? –añadió, intuyendo algo en mi expresión–. Al margen de lo que las campañas publicitarias pretendan vendernos, no podemos tenerlo todo. El sacrificio no es una opción ni un anacronismo, es un hecho vital. Todos nos cortamos las extremidades para ofrecerlas en ritual ante algún altar. Lo esencial es escoger un altar que lo merezca y una extremidad a la que pueda renunciarse sin demasiado perjuicio. Consentir el sacrificio.

–Y tú lo hiciste –sentencié. Noté el banco de piedra balancearse debajo de mí, oscilando con la hiedra a un ritmo lento y embriagador–. Consentiste.

–Así es, sí –contestó Daniel–. Era consciente de todas las implicaciones, perfectamente consciente. Las había meditado antes de embarcarme en esta historia y había concluido que era un precio que merecía la pena pagar; dudo que hubiera querido tener descendencia en cualquier caso y nunca he creído demasiado en el concepto de un alma gemela. Di por descontado que los demás habían reflexionado también sobre ello, que habían calibrado las apuestas y habían resuelto que el sacrificio compensaba. –Se llevó el vaso a los labios y bebió un trago–. Ése fue mi primer error.

Estaba tan tranquilo... Entonces ni siquiera lo oí; fue mucho después, cuando revisé la conversación mentalmente, en busca de pistas, cuando me percaté de ello: «fue», «había». Daniel había utilizado el pasado en todo momento. Entendía que aquella historia había terminado, tanto si los demás eran conscientes de ello como si no. Sentado allí, bajo la hiedra, con un vaso en la mano, sereno cual un Buda, contempló la proa de su barco inclinarse y deslizarse bajo las olas.

–¿No se lo habían planteado? –pregunté. La mente seguía patinándome, ingrávida; todo era liso como el cristal y no encontraba nada a lo que agarrarme. Por un segundo me pregunté estúpidamente si Daniel habría echado droga en el whisky, pero él había bebido mucho más que yo y parecía estar sereno–. ¿O cambiaron de opinión?

Daniel se frotó el puente de la nariz con el índice y el pulgar.

–La verdad es que –dijo un tanto cansinamente–, si lo piensas bien, cometí un número asombroso de errores desde el principio. La historia de la hipotermia, por ejemplo: nunca debería habérmela creído. En un principio, de hecho, no lo hice. Sé muy poco de medicina, pero cuando tu colega, el detective Mackey, me vino con ese cuento, no me creí ni una sola palabra. Supuse que esperaba que mostráramos una mayor predisposición a hablar si creíamos que se trataba de una agresión en lugar de un asesinato, y que Lexie podía contárselo todo en cualquier momento. Durante toda aquella semana di por descontado que nos estaba engañando. Pero entonces... –Levantó la cabeza y me miró, pestañeando, como si casi hubiera olvidado mi presencia–. Pero entonces llegaste tú. –Recorrió mi rostro con sus ojos–. El parecido es verdaderamente asombroso. ¿Eres, quiero decir, eras pariente de Lexie?

–No –contesté–. Al menos que yo sepa.

–No. –Daniel revisó sus bolsillos metódicamente, extrajo el cajetín de cigarrillos y el mechero–. Lexie nos explicó que no tenía familia. Quizás eso me indujera a pensar que tú no podías existir. La extrañeza inherente de esta situación jugó en tu favor en todo momento: cualquier sospecha de que tú no fueras Lexie debería haberse fundamentado en la hipótesis improbable de tu existencia. Debería haber recordado a Conan Doyle: «Una vez descartado lo imposible, lo que queda, por improbable que parezca, debe ser la verdad». –Encendió el mechero e inclinó la cabeza para prender el cigarrillo–. Sabía que era imposible que Lexie estuviera viva. Yo mismo le comprobé el pulso.

El jardín enmudeció bajo la tenue luz dorada. Los pájaros callaron, las ramas se detuvieron a medio balanceo; la casa, un colosal silencio pendido sobre nosotros, escuchaba. Yo había dejado de respirar. Lexie sopló la hierba con una lluvia dorada de viento, se columpió en los espinos y luego se detuvo, ligera como una hoja, en la pared que había junto a mí, se deslizó por encima de mi hombro e incendió mi espalda como una llamarada espectral.

–¿Qué sucedió? –pregunté, en voz muy baja.

–Sabes que no puedo explicártelo –respondió Daniel–. Como probablemente sospecharás, a Lexie la apuñalaron en la casa, en la cocina, para ser más exactos. No encontrarás restos de sangre: no la hubo en aquel momento, aunque sé que sangró después, y no encontrarás el cuchillo. No hubo premeditación ni intención de matarla. La perseguimos, pero para cuando la encontramos ya era demasiado tarde. Creo que es todo lo que puedo decir.

–De acuerdo –acepté–. Está bien. –Apoyé los pies con firmeza en las losas e intenté organizarme el pensamiento. Quería sumergir una mano en el estanque y refrescarme la nuca con agua, pero no podía permitirle a Daniel que intuyera mi estado y, de todos modos, dudo mucho que me hubiera servido de algo–. ¿Puedo decirte lo que creo que sucedió?

Daniel inclinó la cabeza e hizo un leve y cortés gesto con una mano: «Por favor».

–Creo que Lexie planeaba vender su parte de la casa. –No se sorprendió, ni siquiera pestañeó. Me observaba insulsamente, como un profesor en un examen oral, sacudiendo la ceniza de su cigarrillo, apuntándola al agua, donde se extinguía con un siseo–. Y estoy bastante segura de por qué.

Estaba convencida de que reaccionaría a eso, completamente: debía de llevar un mes preguntándoselo, pero negó con la cabeza.

–No quiero saberlo –dijo–. La verdad es que, a estas alturas, ya no importa, si es que alguna vez importó. Creo que los cinco tenemos una vena despiadada, cada uno a su manera. Posiblemente tenga que ver con el territorio, con haber cruzado ese río y estar seguro de lo que se quiere. Y sin duda Lexie podía ser despiadada, pero no cruel. Cuando pienses en ella, por favor, recuérdalo. Nunca fue cruel.

–Iba a venderle su parte a tu primo Ned –rebatí–, al señor Apartamentos Para Ejecutivos en persona. A mí eso me suena a crueldad.

Daniel me desconcertó al estallar en carcajadas, una carcajada dura, sin humor.

–Ned –repitió, con una sonrisa artera en la comisura del labio–. Dios mío. A mí me preocupaba mucho más él que Lexie. Lexie, como tú, era muy terca: si decidía contarle a la policía lo ocurrido, lo haría, pero si no quería hablar, por muchos interrogatorios a los que la sometieran, no le habrían sacado ni mu. En cambio, Ned... –Exhaló un suspiro exasperado, expulsando el humo por la nariz, y sacudió la cabeza–. No es ya que Ned tenga una personalidad débil. Es que no tiene personalidad. Es un cero a la izquierda. No es más que un reflejo de lo que él considera que los demás quieren ver. Antes hablábamos de saber lo que se quiere... Ned estaba entusiasmado con el plan de reconvertir la casa en apartamentos de lujo o un club de golf, tenía montones de complejas proyecciones financieras que demostraban cuántos cientos de miles podíamos ganar a lo largo de los años, pero no tenía ni idea de por qué quería hacerlo. Ni la más mínima idea. Cuando le pregunté qué diablos pensaba hacer con todo ese dinero, porque no es que esté en la cola del racionamiento precisamente, se me quedó mirando perplejo, como si le hablara en otro idioma. Mi pregunta se le antojaba completamente incomprensible, a años luz de su marco de referencia. No es que se muriera de ganas de viajar alrededor del mundo, por ejemplo, o de dejar su trabajo y centrarse en pintar *La gran obra maes-*

tra irlandesa. Ansiaba ese dinero simplemente porque todo lo que le rodea le había dicho que eso es lo que debía ansiar. Y le resultaba completamente inconcebible que nosotros cinco pudiéramos tener otras prioridades, prioridades que nosotros mismos habíamos establecido.

Apagó la colilla.

–Precisamente por eso –continuó– entenderás que era Ned quien más me preocupaba. Tenía todos los motivos del mundo para mantener la boca cerrada acerca de sus tratos con Lexie: confesar habría hecho saltar por los aires toda posibilidad de una venta y, además, vive solo y, por lo que yo sé, no tiene coartada; incluso él debe de darse cuenta de que nada podría impedir que se convirtiera en el principal sospechoso. No obstante, yo sabía que, si Mackey y O'Neill lo sometían a algo más que un interrogatorio superficial, todo eso habría saltado por los aires. Ned se habría transformado exactamente en lo que ellos quisieran: el testigo colaborador, el ciudadano preocupado de cumplir con su deber. Habría sido el fin del mundo, por supuesto (no tiene nada que ofrecer que constituya una prueba sólida), pero habría podido reportarnos un cúmulo de problemas y tensiones, y eso era lo último que necesitábamos. Por otro lado, yo no podía juzgarlo, no podía intuir lo que pensaba ni intentar alejarlo del desastre. A Lexie, a ti, sí la podía tener vigilada, hasta cierto punto, pero a Ned... Sabía que ponerme en contacto con él era la última cosa que me convenía hacer, pero confieso que tuve que hacer acopio de todo mi empeño para contenerme.

Ned era territorio pantanoso. No quería que Daniel pensara demasiado en él, en mis paseos, en las posibilidades.

–Debíais de estar furiosos –aventuré–. Todos vosotros, con ellos dos. No me sorprende que alguien la apuñalara.

Lo decía sinceramente. En muchos sentidos, lo más sorprendente es que Lexie hubiera llegado tan lejos.

Daniel calculó su respuesta; su rostro se asemejaba al de las noches, en el cuarto de estar, cuando se sumía en las profundidades de un libro, ajeno al mundo.

–Estábamos enfadados –corroboró–, al principio. Furiosos, destrozados; nos sentíamos ultrajados, saboteados desde dentro. Sin embargo, en cierta medida, lo mismo que al final te traicionó, jugó en tu favor al principio: la diferencia crucial entre Lexie y tú. Sólo alguien como Lexie, un ser sin ninguna noción de acción y consecuencia, habría sido capaz de regresar e instalarse de nuevo con nosotros como si nada hubiera ocurrido. De haber sido una persona ligeramente distinta, ninguno habría podido perdonarla y jamás te habríamos permitido volver a cruzar esa puerta. Pero Lexie… Todos sabíamos que nunca, en ningún momento, había pretendido herirnos; la devastación que estaba a punto de provocar jamás le había parecido una realidad palpable. Por eso… –suspiró larga y cansinamente–, por eso pudo regresar a casa.

–Como si nada hubiera ocurrido –concluí.

–Así lo creí. Nunca pretendió hacernos daño; ninguno de nosotros pretendió nunca herirla, mucho menos matarla. Creo que eso debería significar algo.

–Eso es lo que pensé –añadí–, que había sido un accidente. Lexie llevaba negociando con Ned un tiempo, pero antes de que pudieran llegar a un acuerdo, vosotros cuatro lo descubristeis de alguna manera. –De hecho, empezaba a tener una idea de cómo había ocurrido, pero no había motivo alguno para compartirla con Daniel. Me la guardaba para la traca final–. Intuyo que tuvisteis una fuerte discusión y, en medio del fragor, alguien apuñaló a Lexie. Probablemente ninguno de vosotros estuviera exactamente seguro de qué había sucedido; la propia Lexie tal vez pensara que simplemente le acababan de dar un pinchazo. Entonces salió de estampida con un portazo y corrió hasta la casucha. Quizá se había citado con Ned aquella noche. Quizá lo hiciera por instinto ciego, no lo sé. En cualquier caso, Ned no se presentó. Quienes la encontrasteis fuisteis vosotros.

Daniel suspiró.

–Más o menos, sí –confirmó–. A grandes rasgos, eso es lo que ocurrió. ¿Podemos dejarlo ahí? Ya sabes lo fundamental; los detalles adicionales no aportarían nada nuevo y, en cambio, causarían un daño considerable a varias personas. Era una persona encantadora, era complicada y ahora está muerta. Eso es lo único que importa.

–Bueno –objeté–. Está el asunto de quién la mató.

–¿Se te ha ocurrido plantearte si a Lexie le hubiera gustado que investigaras eso? –preguntó Daniel, en un tono subyacente de intensa emoción en su voz–. Al margen de qué estuviera planeando hacer, nos amaba. ¿Crees que habría querido que tú hubieras acudido con el simple propósito de destruirnos?

Algo seguía curvándose en el aire, erizando las piedras bajo mis pies; algo tan alto como un campanario contra el cielo, temblando en el reverso de cada hoja.

–Fue ella quien me encontró –contesté–. Yo no fui en su busca. Ella vino a mí.

–Es posible que lo hiciera –dijo Daniel. Estaba inclinado hacia mí, por encima del agua, cerca, con los codos en las rodillas; tras las lentes de sus gafas, sus ojos aparecían agrandados, grises e insondables–. Pero ¿estás realmente segura de que lo que buscaba era venganza? Le habría resultado mucho más fácil correr hacia el pueblo, al fin y al cabo, llamar a una puerta y pedirle a algún vecino que alertara a la policía y enviara una ambulancia. Es posible que a los lugareños no les gustemos demasiado, pero dudo sinceramente que le hubieran negado asistencia a una mujer herida. En su lugar, fue directamente hacia esa casucha y simplemente permaneció allí, esperando. ¿Acaso nunca te has preguntado si ella quiso participar en su propia muerte y en la ocultación de la identidad de su asesino, si no consintió, si no decidió seguir siendo una de nosotros hasta el final? ¿Nunca te has planteado si, quizá, por su propio bien, deberías respetar eso?

El aire tenía un gusto extraño, dulce, meloso y salado.

–Sí –respondí. Me resultaba difícil hablar: las ideas parecían tardar una eternidad en llegar de mi pensamiento a mis labios–. Lo he hecho. No he dejado de preguntármelo todo el tiempo. Pero no hago esto por Lexie. Lo hago porque es mi trabajo.

Era un cliché como una catedral. Me salió de manera automática. Pero mis palabras parecieron fustigar el aire como un latigazo, sorprendente y potente como la electricidad, que atravesó como una bala las sendas de hiedra para ir a morir al agua, donde se extinguió entre un humo blanco. Por una milésima de segundo regresé a aquella primera escalera que crujía bajo mis pies, con las manos en los bolsillos y la vista alzada hacia el rostro desconcertado de aquel joven yonqui muerto. Recobré la sobriedad, una sobriedad fría como la piedra. El resplandor onírico se había disipado en el aire y el banco volvía a estar duro y húmedo bajo mi trasero. Daniel me observaba con una alerta desconocida en sus ojos, como si nunca antes me hubiera visto. En aquel instante caí en la cuenta de que lo que acababa de decirle era la verdad, posiblemente lo hubiera sido desde el principio.

–Bueno –respondió con sosiego–. En ese caso...

Se recostó, lentamente, en la pared, alejándose de mí. Hubo un largo y zumbante silencio.

–¿Dónde...? –preguntó Daniel. Se detuvo un instante, pero mantuvo la voz firme–: ¿Dónde está Lexie ahora?

–En el depósito de cadáveres –aclaré–. No hemos sido capaces de ponernos en contacto con ningún familiar.

–Nosotros nos encargaremos de todo. Creo que ella lo preferiría así.

–El cadáver es una prueba de un caso de homicidio abierto –expliqué–. Dudo que nadie os lo vaya a entregar. Hasta que la investigación se cierre, Lexie permanecerá en la morgue.

No tenía necesidad de ser más explícita. Sabía qué estaba visualizando Daniel; mi mente guardaba un pase de diapositivas a todo color de esas mismas imágenes, a la espera de ser reproducido. Un minúsculo espasmo veló su rostro y le tensó la nariz y los labios.

–En cuanto averigüemos quién la mató –indiqué–, yo podría defender que os entregaran el cuerpo a vosotros, que vosotros erais su verdadera familia.

Por un segundo, le palpitaron los párpados; luego pareció perdido. Creo, aunque la perspectiva del tiempo no sirva de excusa, que ése era el aspecto de Daniel más fácil de pasar por alto: su pragmatismo implacable y letal, desdibujado bajo la vaga neblina de su torre de marfil. Un oficial en el campo de batalla abandona a su propio hermano muerto sin volver la vista atrás, mientras que el enemigo sigue cerrando el círculo, con el fin de salvar al resto de sus soldados vivos.

–Lógicamente –dijo Daniel–, te ruego que abandones esta casa. Los otros no regresarán hasta dentro de una hora; eso te dará tiempo suficiente para empaquetar tus cosas y hacer los arreglos convenientes.

No debería haberme sorprendido, pero tuve la sensación de que me abofeteaba en la cara. Buscó a tientas su paquete de tabaco.

–Prefiero que los demás no descubran quién eres. Supongo que imaginas cuánto los entristecería. Admito que no sé cómo gestionar esta situación, pero estoy seguro de que tú y el detective Mackey tenéis una estrategia de salida, ¿me equivoco? Alguna historia que os hayáis inventado para sacarte de aquí sin levantar sospechas.

Era lo lógico, la única alternativa. Te descubren y te vas, de inmediato. Yo tenía todo lo que una mujer de mi edad podía pedir. Había reducido nuestros sospechosos a cuatro, y Sam y Frank podrían retomar la investigación a partir de ese punto. Podía explicar por qué no estaba grabado: desconectar el cable del micrófono y afirmar que había sido un accidente (tal vez Frank no me creyese del todo, pero no le importaría), informar de las minucias de aquella conversación que me interesasen, regresar a casa inmaculada y triunfante, y hacer una reverencia de despedida. Pero no se me ocurrió hacerlo.

–Sí, la tenemos –contesté–. Si aviso, puedo estar fuera de aquí en un par de horas sin revelar mi identidad secreta. Pero no voy a hacerlo. No hasta que descubra quién mató a Lexie y por qué.

Daniel volvió la cabeza y me miró, y en ese segundo olí el peligro, claro y frío como la nieve. ¿Por qué no? Había invadido su hogar, su familia, e intentaba hacer naufragar ambas cosas para siempre. O él o uno de sus amigos había asesinado a una mujer anteriormente por pretender hacer eso mismo, y a menor escala. Daniel era lo bastante fuerte para hacerlo y muy posiblemente lo bastante inteligente para salir airoso, y mi revólver seguía en mi dormitorio. El riachuelo cantaba a nuestros pies y un escalofrío eléctrico me recorrió la columna y fue a morir a las palmas de mis manos. Le sostuve la mirada, sin moverme, sin pestañear.

Tras una larga pausa, levantó los hombros, en un gesto casi imperceptible, y vi su mirada perderse en su interior, absorta. Había rechazado la idea y avanzaba hacia otro plan; su mente estaba calculando opciones, ordenándolas, clasificándolas, conectándolas con más rapidez de la que yo era capaz de predecir.

–No lo harás –sentenció–. Supones que mi reticencia a herir a los demás te da ventaja; que, mientras continúen creyendo que eres Lexie, cuentas con la oportunidad de conseguir que hablen contigo. Pero créeme, todos ellos son plenamente conscientes de lo que hay en juego. No me refiero a la posibilidad de que uno o todos nosotros acabemos entre rejas; careces de pruebas que apunten hacia cualquiera de nosotros en particular, no tienes caso contra nosotros, ni a título individual ni colectivo, o de lo contrario ya habrías realizado los arrestos pertinentes hace tiempo y toda esta farsa habría sido innecesaria. De hecho, apostaría a que hasta hace apenas unos minutos ni siquiera sabías que vuestro objetivo estaba entre las cuatro paredes de Whitethorn House.

–Mantenemos abiertas todas las líneas de investigación –aclaré.

Asintió.

–Tal como están las cosas, la cárcel es la menor de nuestras preocupaciones. Pero plantéate la situación, por un momento, desde el punto de vista de los demás: supón que Lexie está viva, sana y salva de nuevo en casa. Si ella averiguase lo ocurrido, significaría la ruina de todo por lo que tanto nos hemos esforzado. Supón que descubriera que Rafe, por elegir a uno de nosotros aleatoriamente, la hubiera agredido, asestándole una puñalada que casi le había costado la vida. ¿Crees que ella continuaría compartiendo la vida con él, sin temerle, sin resentimientos, sin sed de venganza?

–Pensaba que habías dicho que Lexie era incapaz de pensar en el pasado –repliqué.

–Sí, pero este asunto no tiene ni punto de comparación –rebatió Daniel con una sombra de acritud–. A él le costaría asumir que ella desestimaría todo el asunto como una simple discusión acerca de a quién corresponde ir a comprar leche. Y aunque Lexie hiciera tal cosa, ¿supones que podría mirarla día tras día sin apreciar el riesgo constante que ella presenta, el hecho de que en cualquier momento, con una sola llamada telefónica a Mackey u O'Neill, ella pudiera enviarlo a la cárcel? Recuerda que estamos hablando de Lexie: podría realizar esa llamada sin ni siquiera plantearse las consecuencias. ¿Cómo podría él seguir tratándola como lo había hecho siempre, bromear con ella, discutir con ella, incluso estar en desacuerdo con ella? ¿Y qué pasaría con el resto de nosotros, caminando sobre cáscaras de huevo, leyendo el peligro en cada mirada y en cada palabra que intercambiaran los dos, aguardando siempre al menor paso en falso para detonar una mina de tierra y hacerlo saltar todo en mil pedazos? ¿Cuánto tiempo crees que podríamos soportar una situación así?

Hablaba con voz serena y monótona. Volutas perezosas de humo ascendían desde la punta de su cigarrillo y levantó la cabeza para observarlas ampliarse y dibujar círculos en el aire a través de los revoloteantes haces de luz.

–Podríamos sobrevivir a toda la pantomima –continuó–. Lo que nos destruiría es saber que todos sabemos que es una pantomima. Tal vez suene extraño, sobre todo viniendo de un académico que aprecia el conocimiento por encima de todas las cosas, pero lee el Génesis o, mejor aún, lee a los Jacobeos: entendían hasta qué punto el conocimiento puede ser letal. Cada vez que estuviéramos en la misma estancia, ese conocimiento se interpondría entre nosotros como un cuchillo manchado de sangre y, al final, nos cercenaría de un tajo. Y ninguno de nosotros permitiría que algo así ocurriera. Desde el día que regresaste a esta casa hemos dedicado cada gota de nuestra energía a impedir que tal cosa sucediera, a restaurar nuestras vidas y recuperar la normalidad. –Sonrió levemente, arqueando una ceja–. Por decirlo de algún modo. Y confesarle a Lexie quién la apuñaló acabaría con toda esperanza de normalidad. Créeme, los demás no te lo confesarán.

Cuando uno está muy cerca de otras personas, cuando pasa demasiado tiempo con ellas y las ama profundamente, a veces pierde la perspectiva. A menos que Daniel estuviera marcándose un farol, acababa de cometer un último error, el mismo que venía cometiendo desde el principio. No veía a los otros cuatro tal cual eran, sino como deberían haber sido, como podrían haber sido en un mundo más cálido y amable. Había pasado por alto el descarnado hecho de que Abby, Rafe y Justin ya se estaban desintegrando, empezaban a caminar sobre el vacío; era un hecho que lo abofeteaba cada día en pleno rostro, que lo adelantaba en las escaleras como un hálito frío, que se colaba en el coche con nosotros por las mañanas y permanecía sentado, encorvado, entre nosotros en la mesa de la cena y, sin embargo, él no se había percatado ni una sola vez. Asimismo, había desatendido la posibilidad de que Lexie contara con sus propias armas secretas y me las hubiera entregado. Daniel sabía que su mundo se hacía añicos pero, por algún motivo, seguía imaginando a sus habitantes intactos en medio del naufragio: cinco rostros bajo un alud de nieve en un día de diciembre, fríos, luminosos, prístinos, atemporales. Por primera vez en todas aquellas semanas recordé que era mucho más joven que yo.

–Quizá no –contesté–. Pero tengo que intentarlo.

Daniel apoyó la cabeza contra la piedra de la pared y suspiró. De repente parecía terriblemente cansado.

–Sí –dijo–. Sí, supongo que sí.

–Es tu turno –añadí–. Puedes contarme lo sucedido ahora mismo, aprovechando que no llevo micro: me habré esfumado antes de que los demás regresen a casa y, cuando se produzcan los arrestos, será tu palabra contra la mía. O puedo quedarme aquí y correr el riesgo de que algo se grabe en una cinta.

Se pasó la mano por el rostro y se irguió, no sin esfuerzo.

–Soy perfectamente consciente –aclaró, observando su cigarrillo como si hubiera olvidado que lo sostenía entre los dedos– de que, llegados a este punto, no será posible un restablecimiento de la normalidad entre nosotros. De hecho, soy consciente de que todo nuestro plan probablemente fuera inviable desde un buen principio pero, como tú, no nos quedaba más opción que intentarlo.

Arrojó la colilla a las losas y la extinguió con la punta del zapato. Esa fría indiferencia volvía a cubrir su rostro, la máscara formal que utilizaba con los extraños, y su voz traslucía una nota crispada de irrevocabilidad. Lo estaba perdiendo. Mientras siguiéramos hablando así, yo tenía una oportunidad, por pequeña que fuera; pero en cualquier momento podía ponerse en pie y regresar al interior de la casa, y sería el fin.

De haber pensado que podía funcionar, me habría puesto de rodillas sobre aquella losa y le habría suplicado que se quedara. Pero hablamos de Daniel; mi única oportunidad era esgrimir la lógica, el razonamiento más puro y frío.

–Escucha –empecé a decir, en un tono uniforme–, estás subiendo las apuestas muy por encima de lo que conviene. Si consigo grabar a alguien, dependiendo de lo que diga, podría implicar un tiempo a la sombra para todos vosotros, para los cuatro: uno acusado de homicidio y los otros tres de cómplices o incluso de conspiración. ¿Qué os quedará entonces? ¿Qué podréis recuperar? Conociendo los sentimientos que el pueblo de Glenskehy alberga hacia vosotros, ¿qué posibilidades tenéis incluso de que la casa siga en pie cuando salgáis de la cárcel?

–Tendremos que arriesgarnos.

–Si me cuentas lo ocurrido, lucharé de vuestro lado hasta el final. Te doy mi palabra. –Daniel tenía todo el derecho a mirarme con ironía, pero no lo hizo. Me observaba con lo que interpreté el interés más manso y educado–. Tres de vosotros podéis salir impunes de esto y el cuarto puede afrontar cargos de homicidio sin premeditación en lugar de asesinato. No hubo premeditación: ocurrió durante una discusión, nadie quería que Lexie muriera, y yo puedo dar fe de que todos la queríais y que quienquiera que la apuñalase se encontraba bajo una coacción emocional extrema. El homicidio sin premeditación se salda con cinco años, quizá menos. Todo acabaría transcurrido ese plazo. El homicida saldría en libertad y los cuatro podríais dejar atrás todo este asunto y volver a la normalidad.

–Mi conocimiento de las leyes es fragmentario –alegó Daniel, inclinándose hacia delante para coger su vaso–, pero por lo que sé, y corrígeme si me equivoco, nada que el sospechoso declare durante un interrogatorio es admisible a menos que se le hayan leído sus derechos. Sólo por curiosidad, ¿cómo piensas leerles los derechos a tres personas que no tienen ni idea de que eres agente de policía?

Enjuagó de nuevo el vaso, lo colocó a contraluz y lo escudriñó para comprobar si estaba limpio.

–No lo haré –contesté–. No lo necesito. Todo lo que obtenga en cinta nunca será admisible en un tribunal, pero puede utilizarse para obtener una orden de arresto y también en un interrogatorio formal. ¿Crees que Justin, por poner un ejemplo, aguantaría si lo arrestaran a las dos de la madrugada y Frank Mackey lo interrogara durante veinticuatro horas ininterrumpidas, escuchando una cinta en la que describe el asesinato de Lexie de fondo?

–Una pregunta interesante –dijo Daniel.

Enroscó el tapón de la botella de whisky y la depositó con delicadeza en el banco, junto al vaso. El corazón me latía con fuerza.

–Nunca te lo juegues todo si tienes una mala baza –aconsejé–, a menos que estés completamente seguro de que eres mejor jugador que tu oponente. ¿Tú estás seguro?

Me dedicó una mirada vaga que podía significarlo todo.

–Deberíamos entrar –dijo–. Sugiero que les digamos a los demás que hemos pasado la tarde leyendo y recuperándonos de la resaca. ¿Te parece bien?

–Daniel –lo llamé, y se me cerró la garganta; me costaba respirar.

Hasta que alzó la vista no me di cuenta de que mi mano estaba en su camisa.

–Detective –dijo Daniel. Me sonreía, tímidamente, pero sus ojos estaban muy quietos y profundamente apenados–. No puedes tenerlo todo. ¿Acaso has olvidado nuestra conversación de hace sólo unos minutos acerca del sacrificio inevitable? O eres una de nosotros o eres una policía: no puedes ser ambas cosas. Si alguna vez hubieras querido sinceramente ser una de nosotros, si lo hubieras ansiado más que nada en el mundo, nunca habrías cometido uno de esos errores y ahora no estaríamos sentados aquí. –Puso su mano sobre la mía, me la apartó de la manga y me la colocó en el regazo, con delicadeza–. ¿Sabes? En cierta manera, por extraño e imposible que pueda parecer, me habría encantado que hubieras escogido la otra opción.

–No intento sabotearos –me defendí–. Evidentemente, no puedo afirmar estar de vuestro lado, pero en comparación con el detective Mackey o incluso con el detective O'Neill... Si esto queda en sus manos, a menos que tú y yo colaboremos, será vuestro fin; son ellos quienes conducen esta investigación, no yo... y los cuatro cumpliréis la condena máxima por homicidio. Cadenas perpetuas. Daniel, me estoy esforzando tanto como puedo por impedir que eso suceda. Sé que tal vez no lo parezca, pero me estoy dejando la piel en ello.

Una hoja desprendida de la hiedra había caído en el riachuelo y había quedado atrapada en uno de los pequeños peldaños, agitándose contra la corriente. Daniel la recogió con cuidado y jugueteó con ella entre sus dedos.

–Conocí a Abby cuando empecé a estudiar en el Trinity –explicó–. Literalmente: era el día de la matrícula. Estábamos en el salón de exámenes, cientos de estudiantes haciendo cola durante horas; debería haber llevado conmigo algo para leer, pero no se me había ocurrido que pudiera tardar tanto rato. Arrastrábamos los pies bajo aquellos siniestros lienzos viejos, y todo el mundo, no sé bien por qué, hablaba entre susurros. Abby estaba tras de mí en la cola. Nuestras miradas se cruzaron, ella señaló uno de aquellos retratos y dijo: «Si dejas la mirada perdida, ¿no se parece muchísimo a uno de los Teleñecos?». –Sacudió el agua de la hoja y las gotitas volaron, brillantes como chispas de fuego en medio de los rayos de sol entrecruzados–. Incluso a esa edad –añadió–, yo era consciente de que mucha gente me consideraba inaccesible. Y la verdad es que no me preocupaba. Pero Abby no parecía creerlo, y eso me intrigó. Más tarde me confesó que al principio estaba muerta de vergüenza, no por mí en particular, sino por todo el mundo y todo lo que allí ocurría: una chica de las zonas urbanas deprimidas que se había pasado la vida yendo de un hogar de acogida a otro, arrojada allí en medio de aquellos muchachos y muchachas de clase media que consideraban la universidad y los privilegios un derecho inapelable. Entonces decidió que, si iba a reunir el coraje suficiente para hablar con alguien, entonces lo haría con la persona de aspecto más intocable que detectara. Éramos muy jóvenes, ya sabes.

»Una vez que nos hubimos matriculado, fuimos a tomar un café juntos y quedamos en vernos al día siguiente. Bueno, digo "quedamos", pero en realidad Abby me comentó: "Me he apuntado a la visita guiada por la biblioteca mañana a mediodía; te veo allí", y desapareció antes de que yo pudiera responderle nada. Para entonces yo ya sabía que la admiraba. Para mí era una sensación novedosa: no admiro a demasiadas personas. Pero era tan decidida, tan vivaracha; hacía que todo el mundo a quien yo había conocido hasta entonces pareciera pálido y siniestro. Probablemente hayas apreciado –Daniel sonrió vagamente, mirándome por encima de sus gafas– que tengo tendencia a contemplar la vida desde una cierta distancia. Siempre me había considerado un espectador, nunca un participante; siempre había creído que yo contemplaba tras un grueso muro de cristal al resto de personas encargándose de llevar adelante este negocio que es vivir y me fascinaba que lo hicieran con tanta facilidad, con una habilidad que daban por sentada y que yo jamás había conocido. Entonces Abby atravesó ese cristal y me agarró de la mano. Fue como un electrochoque. Recuerdo mirarla mientras atravesaba la Plaza Frontal (vestía una falda con flecos espantosa demasiado larga para ella en la que parecía haberse ahogado), recuerdo mirarla, repito, y caer en la cuenta de que estaba sonriendo...

»Justin estaba en la visita guiada por la biblioteca del día siguiente. Andaba uno o dos pasos rezagado tras el grupo y yo ni siquiera habría advertido su presencia de no ser por el hecho de que tenía un resfriado espantoso. Cada sesenta segundos aproximadamente soltaba un estornudo enorme, explosivo y mocoso que sobresaltaba a todo el mundo y hacía que estalláramos en risitas; entonces la cara de Justin adquiría un tono extraordinario de remolacha e intentaba desaparecer tras su pañuelo. Saltaba a la vista que era espantosamente tímido. Al final de la visita, Abby se volvió hacia él, como si nos conociéramos de toda la vida, y le dijo: "Vamos a comer, ¿te apuntas?". Creo que nunca antes había visto a nadie tan desconcertado. Se le quedó la boca abierta y farfulló algo que podía haber significado cualquier cosa, pero vino al Buttery con nosotros. Al final de aquel almuerzo ya era capaz de formular oraciones enteras, incluso interesantes. Compartíamos muchas lecturas y tenía un conocimiento profundo de la obra de John Donne que me asombró... Aquella tarde me sorprendí pensando que me caía bien, que ambos me caían bien, y que, por primera vez en mi vida, estaba disfrutando de la compañía de otras personas. No aparentas ser de esa clase de personas que tiene dificultades para hacer amistades; no estoy seguro de que puedas entender en qué grado aquello fue toda una revelación para mí.

»A Rafe lo encontramos una semana después, cuando empezaron las clases. Estábamos los tres sentados en la parte de atrás de un aula magna, esperando a que apareciera el profesor, cuando de repente la puerta que había justo a nuestro lado se abrió con ímpetu y apareció Rafe calado hasta los huesos, con el pelo aplastado y los puños cerrados: era evidente que venía de un atasco y que estaba de un humor de perros. Fue una entrada bastante espectacular. Abby exclamó: "¡Vaya! ¡Mirad! Si es el rey Lear", y Rafe se volvió hacia ella y gruñó (ya sabes cómo se pone): "¿Y cómo has llegado tú aquí, si puede saberse? ¿En la limusina de tu papaíto? ¿O subida a una escoba?". Justin y yo nos quedamos atónitos, pero Abby se limitó a soltar una carcajada y contestó: "En un zepelín", y empujó una silla en dirección a Rafe. Transcurrido un momento, él se sentó y murmuró: "Perdona". Y así fue. –Daniel sonrió, con la vista puesta en la hoja, una sonrisa leve e íntima tan tierna y fascinada como la de un amante–. ¿Cómo nos expusimos los unos a los otros? Abby hablando a la velocidad de la luz para ocultar su timidez; Justin semiasfixiado por la suya, Rafe arrancándole la cabeza a la gente a diestro y siniestro, y yo, yo era terriblemente serio. Fue ese año cuando aprendí a reír...

–¿Y Lexie? –pregunté en voz muy baja–. ¿Cómo la encontrasteis?

–Lexie –repitió Daniel. La sonrisa barrió su rostro como el viento eriza el agua y se ensanchó–. ¿Quieres que te confiese algo? Ni siquiera recuerdo el día que la conocí. Abby probablemente se acuerde; deberías preguntárselo. Solamente recuerdo que, unas semanas después de que todos nos licenciáramos, parecía llevar con nosotros toda la vida. –Depositó la hoja con delicadeza en el banco, a su lado, y se secó los dedos con el pañuelo–. Siempre me dejó sin habla que los cinco nos hubiéramos encontrado, contra todo pronóstico, a través de todas las capas de fortificaciones blindadas que cada uno se había construido. En gran medida se lo debemos a Abby, claro está; nunca he sabido qué corazonada la impulsó a actuar de un modo tan certero; de hecho, no estoy seguro de que ella lo sepa tampoco, pero supongo que eso te explicará por qué he confiado en su instinto desde entonces, siempre. Habría sido aterradoramente fácil que no hubiéramos coincidido, que Abby o yo nos hubiéramos presentado una hora más tarde para matricularnos, que Justin hubiera rehusado nuestra invitación o que Rafe se hubiera mostrado un poco más insolente y nosotros nos hubiéramos apartado y lo hubiéramos dejado a su aire. ¿Entiendes ahora por qué creo en los milagros? Antes solía imaginar que el tiempo se plegaba sobre sí mismo, que las sombras de nuestros yos futuros se deslizaban de nuevo hasta los momentos cruciales, nos daban una palmadita en el hombro y nos susurraban: «¡Mira, mira allá! Ese hombre, esa mujer: son para ti; ésa es tu vida, tu futuro, moviéndose inquietos en esa línea, salpicando en la alfombra, arrastrando los pies a través de ese umbral. No te los pierdas». ¿Cómo si no podría haber sucedido algo así?

Se agachó, recogió las colillas de las losas de piedra, una a una.

–En toda mi vida –concluyó con sencillez– sólo he amado a cuatro personas.

Luego se puso en pie y atravesó el jardín en dirección a la casa, con la botella y el vaso colgando de una mano y las colillas en la otra.

20

Los otros regresaron aún con los ojos abotargados, con dolor de cabeza y ánimo irritable. La película era mala, explicaron, una cinta horrorosa protagonizada por uno de los hermanos Baldwin teniendo una retahíla de malos entendidos supuestamente cómicos con alguien que se parecía a Teri Hatcher, pero no lo era; el cine estaba atestado de adolescentes cuya edad estaba evidentemente por debajo del límite autorizado y que se habían pasado las dos horas íntegras enviándose SMS, comiendo cosas crujientes y propinando infinidad de patadas al respaldo del asiento de Justin. Rafe y Justin seguían sin dirigirse la palabra y, según parecía, Rafe y Abby tampoco se hablaban ahora. La cena consistió en unos restos de lasaña, crujiente por arriba y chamuscada por abajo, que nos comimos envueltos por un tenso silencio. Nadie se molestó en preparar una ensalada ni de encender el fuego.

Justo cuando yo estaba a punto de gritar, Daniel me preguntó con voz sosegada, alzando la vista:

–Por cierto, Lexie, quería preguntarte algo sobre Anne Finch que me interesa abordar con mi grupo de los lunes, pero tengo la cabeza oxidada. ¿Te importa hacerme un somero resumen después de la cena?

Anne Finch escribió un poema desde el punto de vista de un pájaro, aparecía aquí y allá en las notas de la tesis de Lexie, y ése, puesto que el día sólo tiene veinticuatro horas, era básicamente todo mi conocimiento acerca de ella. Rafe podría haber salido con algo así por pura maldad de niño travieso, sólo para irritarme, pero Daniel nunca abría la boca sin una razón de peso. Aquella breve y extraña alianza del jardín se había disuelto. Intentaba demostrarme, mediante trivialidades, que, si insistía en permancer allí, podía hacerme la vida imposible.

Yo no tenía absolutamente ninguna intención de quedar como una idiota pasando el resto de la velada perorando acerca de la voz y la identidad ante alguien que sabía que lo que decía eran sandeces. Por suerte para mí, Lexie había sido una mujer impredecible, aunque intuyo que la suerte no tenía nada que ver con ello: estaba bastante segura de que había construido esa veta de su personalidad específicamente para momentos como aquél.

–No me apetece –contesté con la cabeza gacha, mientras pinchaba un trozo de aquella lasaña crujiente con el tenedor.

Se produjo un instante de silencio.

–¿Te encuentras bien? –preguntó Justin.

Me encogí de hombros.

–Sí, normal.

De repente caí en la cuenta de algo. Aquel silencio y el delgado hilo de tensión renovada de la voz de Justin y el cruce de miradas rápidas sobre la mesa: súbitamente y sin motivo aparente, los demás estaban preocupados por mí. Había pasado semanas allí intentando que se relajaran, que bajaran la guardia; jamás se me había ocurrido la facilidad con la que podía hacerlos derrapar en sentido contrario y cuán útil podía resultarme esa arma si la empleaba bien.

–Yo te ayudé con Ovidio cuando lo necesitaste –me reprochó Daniel–. ¿Acaso no te acuerdas? Me llevó una eternidad encontrar aquella cita... ¿cómo era?

Evidentemente, no iba a ponerme a tiro sin pelear.

–Seguramente acabaría confundida y contándote algo sobre Mary Barber o cualquier otra. Hoy me veo incapaz de pensar con claridad. No dejo de... –removí los restos de lasaña con desgana por el plato–. Es igual.

Todo el mundo había dejado de comer.

–¿No dejas de qué? –preguntó Abby.

–¡Dejadlo ya! –exclamó Rafe–. Yo, sinceramente, no estoy de humor para la puñetera Anne Finch. Y si ella tampoco...

–¿Te preocupa algo? –me preguntó Daniel educadamente.

–Déjala en paz.

–Por supuesto –replicó Daniel–. Vete a descansar un rato, Lexie. Lo haremos otra noche, cuando te encuentres mejor.

Me arriesgué a mirarlo, rápidamente. Había vuelto a coger su cuchillo y tenedor y comía pausadamente, con una expresión anodina, pero absorto en sus pensamientos. Le había salido el tiro por la culata, pero andaba ya maquinando, tranquila y concienzudamente, su siguiente movimiento.

Aposté por un ataque preventivo. Tras la cena nos encontrábamos todos en el salón, leyendo, o fingiendo leer; nadie había sugerido siquiera echar una partida a las cartas. Las cenizas del fuego de la noche anterior seguían formando un montón deprimente en la chimenea y un helor húmedo y recargado impregnaba el aire; partes distantes de la casa hacían sonar incesantemente crujidos repentinos y gemidos de mal agüero que nos sobresaltaban a todos. Rafe daba pataditas a la reja de la chimenea con la punta de un zapato, en un ritmo constante e irritable, y yo no conseguía estarme quieta y cambiaba de postura en el sillón cada pocos segundos. Entre los dos estábamos consiguiendo que Justin y Abby se pusieran de los nervios. Daniel, con la cabeza inclinada sobre un libro con una cantidad terrorífica de notas a pie de página, ni siquiera parecía darse cuenta.

En torno a las once, como siempre, salí al recibidor y me enfundé en mi atuendo de paseo nocturno. Luego regresé al salón y me apoyé en el marco de la puerta, con aire inseguro.

–¿Sales a pasear? –preguntó Daniel.

–Sí –le contesté–. Quizá me ayude a relajarme. Justin, ¿me acompañas?

Justin me miró como un conejo deslumbrado por los faros de un coche.

–¿Yo? ¿Por qué yo?

–¿Por qué quieres que te acompañe alguien? –preguntó Daniel, con una chispa de curiosidad.

Me encogí de hombros, con un tic incómodo.

–No lo sé, ¿de acuerdo? Estoy rara. No dejo de pensar… –Me enrollé la bufanda alrededor del dedo y me mordisqueé el labio–. Quizá tuviera un mal sueño anoche.

–Se dice «pesadilla» –me corrigió Rafe sin levantar la vista–. No «malos sueños». No tienes cinco años.

–¿Qué clase de pesadilla? –inquirió Abby, con un minúsculo fruncido de preocupación entre sus cejas.

Sacudí la cabeza.

–No me acuerdo. No del todo bien. Pero…, no sé, sencillamente no me apetece merodear sola por esos caminos hoy.

–Bueno, a mí tampoco –añadió Justin. Parecía verdaderamente alterado–. Odio salir a pasear por la noche, en serio, lo odio, no sólo… Es horrible. Estremecedor. ¿Por qué no la acompaña otro?

–O, si te inquieta salir, Lexie, ¿por qué no te quedas hoy en casa? –sugirió Daniel con pragmatismo.

–Porque no. Si permanezco sentada aquí un minuto más, me volveré loca.

–Te acompaño yo –se ofreció Abby–. Así hablaremos de cosas de chicas.

–No pretendo ofender –intervino Daniel, con una leve sonrisa de afecto dirigida a Abby–, pero creo que un maníaco homicida se sentiría menos intimidado por vosotras dos de lo que debería estar. Si estás inquieta, Lexie, debería acompañarte alguien más corpulento. Si quieres, voy yo.

Rafe levantó la cabeza.

–Si tú vas –le dijo a Daniel–, entonces yo también.

Se produjo un breve silencio tenso. Rafe clavó sus fríos ojos en Daniel, sin pestañear; Daniel le devolvió una mirada serena.

–¿Por qué? –preguntó.

–Porque es un capullo –respondió Abby, sin apartar la vista de su libro–. No le hagas caso y quizá se canse, o con suerte, tal vez cierre esa boquita. Estaría bien, ¿a que sí?

–Pero es que yo no quiero que vengáis vosotros, chicos –aclaré. Me había preparado para aquello, para que Daniel intentara apuntarse a la fiesta. No obstante, no había contado con que Justin pudiera padecer una extraña e inexplicable fobia a los caminos rústicos–. Os limitáis a incordiaros el uno al otro y la verdad es que no es lo que más me apetece. Quiero ir con Justin. Últimamente apenas lo veo.

Rafe resopló.

–Pero si lo ves todo el día, cada día. ¿Cuántas horas puede aguantar una persona con Justin?

–Es distinto. Hace siglos que no hablamos, no de verdad.

–A mí me da miedo salir en plena noche, Lexie –se justificó Justin, casi con un gesto de dolor–. De verdad, me encantaría, pero es que no puedo.

–Bueno –nos dijo Daniel a Rafe y a mí, al tiempo que dejaba su libro en el sillón. Había un destello en sus ojos, algo parecido a una victoria irónica y exhausta–. ¿Nos vamos entonces?

–Olvidadlo –dije, mirándolos con desdén–. Olvidadlo. No importa. Quedaos aquí a cotillear y a quejaros. Iré sola y, si me vuelven a apuñalar, espero que estéis todos contentos.

Justo antes de cerrar la puerta de la cocina de un portazo, haciendo que los vidrios temblaran, oí a Rafe empezar a decir algo y la voz de Abby, baja y furiosa, mandándolo callar. Cuando volví la vista desde la parte inferior del jardín, los cuatro tenían ya la cabeza inclinada de nuevo sobre su lectura, cada uno bañado por el haz de una lámpara de flexo: resplandecientes, encerrados en sí mismos, intocables.

La noche se había vuelto nubosa, con un aire denso e inmóvil como un edredón mojado echado sobre las montañas. Caminé con brío, intentando cansarme, deseando alcanzar un punto en el que pudiera autoengañarme pensando que era el ejercicio lo que me provocaba taquicardia. Pensé en ese inmenso reloj imaginario que durante los primeros días percibía en algún lugar oculto, urgiéndome a caminar más y más rápido. Después de aquello se había desvanecido de nuevo en la nada y me había dejado contonearme al son de los lentos y dulces ritmos propios de Whitethorn House, con todo el tiempo del mundo por delante. Ahora aquel reloj había regresado y marcaba los minutos con brusquedad, cada vez más alto, acelerándose hacia una inmensa y lúgubre hora cero.

Llamé a Frank desde el sendero; la mera idea de encaramarme a mi árbol y de tener que quedarme quieta en un mismo sitio me provocaba un sarpullido.

–Vaya, así que estás ahí –dijo–. Pero ¿qué hacías, correr una maratón?

Me apoyé en el tronco de un árbol e intenté recuperar mi ritmo de respiración normal.

–Intento huir de la resaca, aclararme la cabeza.

–Eso siempre es una buena idea –opinó Frank–. Pero antes de nada, pequeña, déjame felicitarte por anoche. Te invitaré a un buen cóctel para recompensarte cuando regreses a casa. Creo que tal vez nos hayas conseguido la pausa que todos merecemos.

–Quizá. Pero yo no echaría las campanas al vuelo. Por lo que sabemos, Ned podría estar pegándomela con todo este asunto. Intenta comprar la parte de la casa de Lexie, ella lo deja plantado, él decide intentarlo una vez más, entonces yo menciono la pérdida de memoria y él ve su oportunidad para convencerme de que habíamos llegado a un acuerdo... No es Einstein, pero tampoco es tonto, al menos no cuando se trata de trapichear.

–Quizá no –me secundó Frank–. Quizá no. ¿Cómo conseguiste citarte con él, de todos modos?

Tenía una respuesta preparada para aquella pregunta.

–Llevo vigilando esa casucha cada noche. Imaginé que Lexie iba allí por algún motivo y, si se veía con alguien, ése era el lugar lógico. Eso me indujo a pensar que quienquiera que fuera volvería a aparecer en algún momento.

–Y entonces entró en escena Eddie *el Bobo* –comentó Frank como si tal cosa–, justo cuando yo te había hablado de la casa y os había dado a los dos tema de qué hablar. Está muy sincronizado ese tipo. ¿Por qué no me llamaste después de que se fuera?

–Me hervía la cabeza, Frankie. Solamente podía pensar en el giro que este asunto daba a todo el caso, en cómo puedo usarlo, en qué hacer a continuación, en cómo descubrir si Ned miente... Pretendía telefonearte, pero sencillamente se me olvidó.

–Más vale tarde que nunca. ¿Y qué tal has pasado hoy el día?

Su voz era agradable, absolutamente neutral, opaca.

–Ya lo sé, soy una vaga –contesté en tono de disculpa avergonzada–. Debería haber intentado sonsacarle algo a Daniel mientras lo tenía para mí solita, pero me veía incapaz de hacerlo. Tenía una jaqueca de campeonato y ya sabes cómo es Daniel: no es que sea el rey de la fiesta. Lo lamento.

–Humm –contestó Frank, en un tono que no me tranquilizó demasiado–. ¿Y de qué iba el numerito de zorra insolente? Supongo que estabas actuando.

–Quiero desconcertarlos –expliqué, cosa que era verdad–. Hemos intentado relajarlos para que hablen y no ha dado resultado. Pero ahora que hemos abierto esa nueva vía creo que ha llegado el momento de apretar algunas tuercas.

–¿Y no se te ocurrió debatirlo conmigo antes de pasar a la acción tú solita?

Dejé transcurrir una breve pausa de asombro.

–Supuse que averiguarías mis intenciones.

–De acuerdo –accedió Frank con una voz templada que activó las sirenas en mi cabeza–. Has hecho un trabajo excelente, Cass. Sé que no querías implicarte y aprecio el hecho de que lo hicieras de todos modos. Eres una buena policía.

Tuve la sensación de que me habían propinado un puñetazo en plena boca del estómago.

–¿Qué, Frank? –pregunté, aunque ya conocía la respuesta.

Frank rió.

–Tranquila; tengo buenas noticias. Ha llegado el momento de retirarse, pequeña. Quiero que regreses a casa y empieces a quejarte de que crees que estás incubando la gripe: estás mareada, febril y te duele todo el cuerpo. No menciones que te duele la herida o querrán echarle un vistazo; simplemente finge malestar general. Podrías, por ejemplo, despertar a uno de ellos en medio de la noche (Justin es el más sufridor, ¿me equivoco?) y explicarle que te encuentras cada vez peor. Si no te han llevado a urgencias por la mañana, pídeles que lo hagan. Yo me ocupo del resto.

Tenía las uñas clavadas en la palma de la mano.

–¿Por qué?

–Pensaba que estarías encantada –replicó Frank fingiéndose sorprendido y un poco ofendido–. No querías…

–No quería infiltrarme al principio. Pero ahora ya estoy dentro y me estoy acercando al objetivo. ¿Por qué diablos ibas a querer ahora arrancar el tapón? ¿Porque no te he pedido permiso antes de agitar la jaula de esta pandilla?

–Claro que no –se defendió Frank, sin deponer su actitud de ingenua sorpresa–. No tiene nada que ver con eso. Te infiltramos para abrir una línea de investigación y has cumplido tu misión con creces. Enhorabuena, cariño. Tu trabajo ahí ha concluido.

–No –refuté–, no es así. Me enviaste para encontrar a un sospechoso, ésas fueron tus palabras exactas, y hasta el momento sólo he hallado un posible móvil con cuatro posibles sospechosos adjuntos, cinco, si tenemos en cuenta que Ned podría estar agitando esa cabeza de chorlito para mentirnos. ¿En qué sentido hace eso avanzar la investigación? Estos cuatro se mantendrán firmes en su historia, tal como tú apuntaste al principio, y estamos exactamente en el mismo punto en que comenzamos. Déjame hacer mi puñetero trabajo.

–Cuido de ti. Ése es mi trabajo. Con todo lo que has averiguado hasta el momento podrías estar en riesgo ahí dentro, y no puedo pasar por alto...

–¡Y un cuerno, Frank! Si uno de estos cuatro la mató, llevo en peligro desde el Día Uno, y nunca te habías preocupado en absoluto hasta ahora...

–Baja la voz. ¿Qué pasa? ¿Acaso estás enfadada porque no he sido lo bastante protector contigo?

Casi podía verlo alzando las manos indignado, con sus grandes ojos azules ofendidos.

–Dame un respiro, Frank. Ya soy mayorcita; sé cuidar de mí misma y antes nunca te había supuesto ningún problema que lo hiciera. ¿Por qué diablos me retiras del caso?

Se produjo un silencio. Frank suspiró.

–De acuerdo –dijo–. Si quieres saber por qué, te lo diré. Tengo la sensación de que has perdido la objetividad requerida para contribuir a esta investigación.

–¿De qué narices estás hablando?

El corazón me latía a mil por hora. Si resultaba que sí estaba vigilando la casa o si había adivinado que me había quitado el micrófono («No debería haberlo dejado en el salón durante tanto tiempo –pensé encolerizada–. ¡Qué tonta he sido! Debería haber regresado dentro al cabo de unos minutos y haber hecho algún tipo de ruido»).

–Estás demasiado implicada emocionalmente. No soy tonto, Cassie. Tengo una ligera idea de qué ocurrió anoche, sé que me ocultas algo. Y eso son señales de advertencia que no pienso pasar por alto. –Se había tragado lo de Fauré; no sabía que me habían desenmascarado. Mi corazón se saltó un compás–. Estás perdiendo los parámetros. Quizá nunca debería haberte presionado a realizar esta misión. No conozco los pormenores de lo que ocurrió en Homicidios y no te pido que me los cuentes, pero es evidente que te trastornó la cabeza y, obviamente, todavía no estabas lista para algo como esto.

Yo tengo un genio atroz, estallo como si se me llevaran los demonios, y si no conseguía reprimirme, aquella discusión habría acabado; habría corroborado que Frank tenía razón. Y probablemente fueran ésas sus intenciones. En lugar de gritar, le propiné un puntapié al tronco del árbol, lo bastante fuerte como para pensar que me había roto un dedo del pie. Cuando conseguí articular palabras de nuevo, dije, con frialdad:

–Mi cabeza está donde tiene que estar, Frank, y lo mismo te digo de mis parámetros. Todas y cada una de mis acciones tenían como único fin alcanzar el objetivo de esta investigación y hallar a un sospechoso principal del asesinato de Lexie Madison. Y me gustaría concluir mi trabajo.

–Lo siento, Cassie –replicó Frank, con voz suave pero firme–. Esta vez no.

Hay una regla en el mundo de la investigación encubierta que nadie menciona jamás. Y esa regla es que quien la dirige es quien maneja el freno: él es quien decide si hay que sacar a alguien o si debe salir por sí solo; él es quien conserva la perspectiva general; al fin y al cabo, incluso puede barajar información que el infiltrado desconoce y hay que acatar sus órdenes si valoras tu propia vida, tu carrera o ambas cosas. Sin embargo también hay otro aspecto del que nunca se habla, la granada de mano que el infiltrado siempre lleva a cuestas: no puede obligarte. Nunca he conocido a nadie que detonara esa granada, pero todos sabemos que existe. Si te niegas, el jefe de la operación, al menos durante un tiempo, y quizás ése sea todo el margen que necesitas, no pueda hacer absolutamente nada para remediarlo.

Ese tipo de quiebro de la confianza es irreparable. En ese segundo visualicé los códigos aeroportuarios de la agenda de Lexie, aquellos garabatos rabiosos y despiadados.

–Me quedo –afirmé.

Una crepitante ráfaga de viento barrió el bosque y yo noté que mi árbol se estremecía. Un escalofrío me recorrió todos los huesos.

–No –me vetó Frank–, nada de eso. No me marees con este tema, Cassie. La decisión está tomada; no tiene sentido que discutamos acerca de ello. Vete a casa, haz las maletas y empieza a fingir que estás enferma. Te veo mañana.

–Me metiste aquí para que cumpliera una misión –le repetí– y no pienso dejar mi trabajo a medias. No estoy discutiendo nada contigo, Frank, simplemente te estoy exponiendo lo que va a suceder.

En esta ocasión, Frank me entendió bien. Su voz no se tensó, pero adquirió un tono soterrado que me hizo estremecer.

–¿Quieres que te pare por la calle, te registre, encuentre drogas en tu mochila y te meta en el truño hasta que recuperes la sensatez? Porque lo haré.

–No, no lo harás. Los demás saben que Lexie no consume drogas y, si la detienen bajo una acusación falsa y luego muere estando en custodia policial, les olerá todo tan mal que toda esta operación saltará por los aires y tardarás años en arreglar el desaguisado.

Se produjo un silencio mientras Frank evaluaba la situación.

–Supongo que eres consciente de que esto podría suponer el fin de tu carrera –me amenazó al fin–. Estás desobedeciendo una orden directa de un oficial superior. Sabes que podría entrar allí, quitarte la placa y el arma, desvelar tu identidad y dejar que te las apañes sola.

–Sí –dije–, ya lo sé.

Pero no lo haría, Frank no, y era consciente de estarme aprovechando de ello. También era consciente de otra cosa, aunque ahora no esté segura de por qué, quizá lo atribuyera a la falta de alarma en su voz: en algún momento de su carrera él había actuado igual que yo entonces.

–Y quiero que sepas que por tu culpa voy a perderme mi fin de semana con Holly. Mañana es su cumpleaños. ¿Le explicarás tú por qué su papaíto al final no ha podido acudir a su fiesta?

Hice una mueca de dolor, pero me recordé que hablaba con Frank y que probablemente aún faltaran unos meses para el aniversario de Holly.

–Pues ve y que otra persona supervise la escucha.

–Ni hablar. Aunque quisiera, no tengo a nadie más. Cada vez nos recortan más el presupuesto. Los jefazos están hartos de pagar a policías para que anden sentados por ahí escuchándote beber vino y arrancar papel de las paredes.

–No los culpo –dije–. Lo que hagas con las escuchas del micrófono es asunto tuyo; como si quieres que no haya nadie recibiéndolas, a mí no me importa. Ésa es tu mitad del trabajo. Yo estoy ocupada en la mía.

–De acuerdo –convino Frank, con un largo suspiro de sufrimiento–. Está bien. Procederemos del modo siguiente: tienes cuarenta y ocho horas a partir de este preciso instante para liquidar este asunto…

–Setenta y dos.

–Setenta y dos con tres condiciones: no cometas ninguna tontería, sigue dando el parte telefónico y no te desprendas del micrófono en ningún momento. Quiero que me des tu palabra.

Noté un pinchazo por dentro. Quizá lo supiera, a fin de cuentas; con Frank una nunca podía estar segura.

–La tienes –contesté–. Te lo prometo.

–Tres días a partir de ahora, por mucho que estés a un centímetro de solucionar el caso, y se acabó. Hacia –comprobación del reloj– las doce menos cuarto de la madrugada del lunes estarás fuera de esa casa, en urgencias o, si no, de camino al hospital. Hasta entonces no pienso despegarme de esta cinta. Si cumples esas tres condiciones y regresas a tiempo, la borraré y nadie sabrá nunca que esta conversación ha existido. Si me causas una sola complicación más, por ínfima que sea, iré allí y te sacaré yo mismo de los pelos, independientemente de lo que me cueste y de las consecuencias que pueda acarrear, y te desenmascararé. ¿Está claro?

–Sí –respondí–. Como el agua. No intento fastidiarte, Frank. No se trata de eso.

–Esto, Cassie –comentó Frank–, fue una idea muy, pero que muy mala. Espero que lo sepas.

Sonó un pitido y luego nada, sólo ondas de electricidad estática en mi oído. Me temblaban tanto las manos que se me cayó el teléfono dos veces, pero al final logré pulsar la tecla para cortar la llamada.

Lo más irónico es que Frank estaba a milímetros de la verdad. Veinticuatro horas antes yo ni siquiera había estado trabajando en el caso; había dejado que la situación se desarrollara por sí sola, me había precipitado en caída libre en ella, me había zambullido de cabeza y nadaba bajo el agua. Había un millar de frases y miradas y objetos anodinos que habían estado diseminados por aquel caso a modo de migas de pan, que se me habían pasado por alto y no los había interconectado porque yo había ansiado (o había creído ansiar) ser Lexie Madison con tanta pasión como quería resolver su asesinato. Lo que Frank no sabía, y lo que no podía confesarle, es que, de todas las personas, Ned, en su ignorancia, me había hecho recuperar la cordura. Quería cerrar aquel caso, y estaba preparada (y no es algo que diga a la ligera) para hacer lo que hiciera falta.

Podría pensarse, con toda lógica, que me sublevé luchando porque me había dejado embaucar, casi fatalmente, y aquélla era mi última oportunidad para enmendar mi error; pero posiblemente el único modo de recuperar mi carrera («Es mi trabajo», le había espetado a Daniel sin pensarlo; las palabras me salieron solas) fuera solucionar aquel caso; quizás el hecho de haber fracasado con la Operación Vestal había envenenado el aire que respiraba y necesitaba un antídoto. Quizás hubiera trazos de las tres cosas. Pero no podía ignorar esto: al margen de quién hubiera sido aquella mujer o de qué hubiera hecho, lo cierto es que nuestras vidas habían estado entrelazadas desde que nacimos. Nos habíamos conducido una a la otra a aquella vida, a aquel lugar. Yo sabía cosas de ella que nadie más en todo el mundo conocía. Ahora no podía abandonarla. No había nadie más que pudiera ver a través de sus ojos y leerle el pensamiento, rastrear las líneas plateadas de ruinas que había dejado a modo de huella a sus espaldas, narrar la única historia que no había llegado a concluir.

Yo necesitaba poner fin a aquella historia, ser quien aclarara el caso, y estaba asustada. No me asusto fácilmente pero, al igual que Daniel, siempre he sabido que todo tiene un precio. Lo que Daniel no sabía, o no había mencionado, es lo que yo había dicho justo al principio: que el precio es como un fuego arrasador que cambia de forma constantemente y es imposible predecir qué dirección va a emprender.

El otro asunto que me atosigaba, hasta provocarme arcadas de angustia, era que eso precisamente pudiera ser lo que la había espoleado a buscarme, que quizás aquello fuera lo que ella había deseado desde buen principio: alguien con quien intercambiar los papeles; alguien ansioso por tener la oportunidad de dar carpetazo a su propia vida maltrecha, dejar que se evaporase como el rocío matutino sobre la hierba; alguien deseoso de fundirse gratamente en la fragancia de unos jacintos silvestres y retoños verdes, mientras esta joven se fortalecía y florecía, se reencarnaba y vivía.

Creo que sólo entonces me convencí de que aquella chica a la que jamás había visto con vida estaba muerta. Nunca me libraré de ella. Llevo su cara. Cuando envejezca, su reflejo me acompañará en el espejo, la visión de todas las edades que ella nunca cumplió. Yo viví su vida durante varias semanas, semanas inquietantes y resplandecientes; su sangre me hizo quien soy, tal como hizo florecer aquellos jacintos y el arbusto de espino. Con todo, cuando tuve la oportunidad de dar ese último paso y cruzar la frontera, acostarme con Daniel entre las hojas de hiedra y el murmullo del agua, desprenderme de mi propia vida, con todas sus cicatrices y sus siniestros, y empezar de nuevo, rechacé la oferta.

El aire estaba inmóvil. En cualquier momento debería regresar a la casa y hacer cuanto estuviera en mi mano por demolerla. Súbitamente sentí unas ganas irrefrenables de telefonear a Sam, tantas que noté un retortijón en el estómago. Consideré la cosa más urgente del mundo explicarle, antes de que fuera demasiado tarde, que regresaba a casa; que, de hecho, en lo fundamental, ya había regresado; que estaba atemorizada, aterrorizada como un niño en la oscuridad, y que necesitaba escuchar su voz.

Su teléfono estaba apagado. Me respondió la voz de la mujer del contestador automático invitándome, con aire de superioridad, a dejar un mensaje. Sam estaba trabajando: cubriendo su turno de vigilancia frente a la casa de Naylor, revisando las declaraciones por duodécima vez por si se le había escapado algo. De haber sido yo una mujer de lágrima fácil, en aquel momento habría llorado.

Antes de entender siquiera lo que estaba haciendo, configuré mi teléfono en la opción de privado y marqué el número de Rob. Me tapé el micrófono con la mano que me quedaba libre y noté mi corazón latiendo lenta y pesadamente bajo mi palma. Sabía que aquélla posiblemente fuera la cosa más estúpida que había hecho en toda mi vida, pero se me antojaba impensable no hacerla.

–Ryan –contestó al segundo tono. Estaba completamente despierto: Rob siempre ha padecido insomnio. Al ver que yo no podía responder, preguntó, con una repentina alerta en la voz–: ¿Hola?

Colgué. En el instante antes de que mi pulgar accionara el botón, creo que lo escuché decir, rápidamente, con urgencia: «¿Cassie?», pero mi mano ya se estaba moviendo y era demasiado tarde para retroceder, aunque me habría gustado hacerlo. Resbalé por el tronco del árbol y permanecí allí sentada, abrazada a mis rodillas, durante largo tiempo.

Hubo una noche, durante nuestro último caso. A las tres de la madrugada yo me subí a mi Vespa y acudí a la escena del crimen a recoger a Rob. De regreso, teníamos toda la carretera para nosotros solos y yo pisaba a fondo el acelerador; Rob se inclinaba en los requiebros conmigo y mi moto apenas parecía notar el peso adicional. Dos haces de luz nos deslumbraron al doblar una curva, brillantes y resplandecientes, hasta que llenaron toda la calzada; era un camión; avanzaba casi por la mediana y venía directo hacia nosotros, pero la moto se apartó del camino, ligera como una brizna de hierba, y el camión nos sorteó dejando en su estela una enorme ola de viento y hechizo. Las manos de Rob sobre mi cintura temblaban de vez en cuando, con un temblor violento y rápido, y yo pensaba en llegar a casa, en refugiarnos en el calor y en si tenía algo en el frigorífico.

Ninguno de los dos lo sabíamos todavía, pero acelerábamos a través de nuestras últimas horas juntos. Yo me aferraba a esa amistad alegre e irreflexiblemente, como si fuera un muro de dos metros de grosor, pero menos de un día después empezó a desmoronarse y rodar como una avalancha y no hubo nada en el mundo que yo pudiera hacer para detenerlo. En las noches que siguieron solía despertarme con la mente llena por aquellos faros, más luminosos e intensos que el propio sol. Volvía a verlos, bajo mis párpados, en aquella carretera oscura, y entonces entendí que perfectamente podía haber seguido conduciendo. Podría haber sido como Lexie. Podría haber apretado el acelerador y habernos precipitado al vacío, hacia el insondable silencio en el corazón de aquellas luces y hacia el otro lado, donde seríamos intocables, para siempre.

21

Daniel apenas tardó un par de horas en dar el siguiente paso. Yo estaba sentada en la cama, con la mirada fija en los hermanos Grimm, leyendo la misma frase una y otra vez sin asimilar ni una sola palabra, cuando escuché un rápido y leve golpecito en mi puerta.

–Adelante –invité.

Daniel asomó la cabeza. Seguía vestido, inmaculado en su camisa blanca y sus zapatos resplandecientes.

–¿Tienes un minuto? –preguntó con educación.

–Por supuesto –contesté con la misma cortesía, dejando el libro en la cama.

Era imposible que viniera a brindarme su rendición, ni siquiera a plantearme una tregua, pero yo no podía pensar en nada que ninguno de los dos pudiera intentar, no sin las armas del otro.

–Sólo quería intercambiar unas palabras contigo. En privado. Seré rápido –explicó Daniel, volviéndose para cerrar la puerta.

Mi cuerpo pensaba a más velocidad que mi mente. En ese segundo, mientras me daba la espalda, antes de saber por qué lo estaba haciendo, agarré el cable del micrófono a través de la camisa del pijama, le di un tirón hacia arriba y lo noté soltarse de la clavija. Para cuando se dio la vuelta, mis manos descansaban inocentes sobre el libro.

–¿De qué se trata? –pregunté.

–Hay algunas cuestiones que me preocupan –aclaró Daniel, alisó el edredón a los pies de la cama y se sentó.

–Vaya.

–Sí. Casi desde que tú… bueno, digamos desde que llegaste. Pequeñas incoherencias que han ido agravándose con el paso del tiempo. Cuando pediste más cebollas, aquella noche, yo ya albergaba serias dudas.

Hizo una pausa cortés, por si acaso yo quería aportar algo a la conversación. Lo miré fijamente. Me parecía increíble no haber previsto que aquello pudiera ocurrir.

–Y luego, por supuesto –continuó cuando fue obvio que yo no iba a añadir nada–, pasó lo de la otra noche. Tal como ya sabrás, o quizá no, en algunas ocasiones, tú y yo... bueno, en cualquier caso, Lexie y yo habíamos... Bueno, baste decir que un beso puede ser tan personal e inconfundible como una risa. Cuando nos besamos la otra noche me quedó más o menos claro que no eres Lexie.

Me miró con insulsez, desde los pies de la cama. Estaba intentando derribarme por todos los flancos, aprovechando todas las bazas que tenía en su haber: con mi jefe, con el novio que había adivinado que tenía, con los jefazos que no aprobarían que una agente encubierta anduviera besuqueándose con un sospechoso. Aquéllas eran sus nuevas armas de control remoto. De haber seguido conectado mi micrófono, yo habría estado a apenas unas horas de un lúgubre viaje a casa y de un billete sin retorno a un escritorio de una comisaría en medio de la nada.

–Por absurdo que pueda sonar –continuó Daniel con parsimonia–, me gustaría ver esa supuesta herida de arma blanca. Simplemente para asegurarme de que eres realmente quien afirmas ser.

–Claro –contesté alegremente–, ¿por qué no? –y divisé la chispa asustada en sus ojos. Me levanté la camisa del pijama y me solté el vendaje para mostrarle que el micrófono estaba desconectado del paquete de las baterías–. Buen intento –lo felicité–, pero te ha salido el tiro por la culata. Además, ¿qué crees que ocurrirá si consigues que me saquen de aquí? ¿Crees que me iré con el rabo entre las piernas? No tengo nada que perder. Aunque sólo me queden cinco minutos, los utilizaré para explicarles a los demás quién soy y que hace semanas que tú lo sabes. ¿Cómo crees que se lo tomará, por poner un ejemplo, Rafe?

Daniel se inclinó hacia delante para inspeccionar el micrófono.

–Vaya –suspiró–. Bueno, merecía la pena intentarlo.

–De todas maneras, mi tiempo en este caso está a punto de finalizar –le aclaré. Hablaba aceleradamente: Frank habría empezado a sospechar en el preciso instante en que el micrófono se había desconectado y no creía que me quedara más de un minuto antes de que montara en cólera–. Sólo dispongo de unos días. Pero quiero esos días. Si intentas arrebatármelos, dispararé a quemarropa. En caso contrario, aún tienes alguna oportunidad de que no consiga nada útil y podemos apañárnoslas para que los demás nunca sepan quién soy.

Me observó, inexpresivo, con aquellas manos grandes y cuadradas entrelazadas con fuerza en su regazo.

–Mis amigos son responsabilidad mía. No voy a apartarme y dejarte que los arrincones para interrogarlos.

Me encogí de hombros.

–Muy bien. Intenta deternerme si puedes; anoche no tuviste ningún problema. Simplemente no me fastidies los últimos días. ¿De acuerdo?

–¿Cuántos días exactamente? –quiso saber Daniel.

Sacudí la cabeza.

–Eso no forma parte del trato. En cuestión de diez segundos voy a volver a conectar el micrófono para que parezca que se ha desconectado por accidente y vamos a tener una conversación insustancial sobre mi mal humor durante la cena. ¿De acuerdo?

Asintió con aire ausente, sin dejar de examinar el micrófono.

–Fantástico –dije yo–. Allá vamos. No me apetece –volví a acoplar la clavija a mitad de la frase, para aportar un toque adicional de realismo– hablar sobre ello. Estoy hecha un lío, todo me parece un peñazo y lo único que quiero es que me dejen en paz, que me dejéis en paz. ¿De acuerdo?

–Probablemente sólo sea la resaca –apuntó Daniel atentamente–. El vino tinto siempre te ha sentado mal, ya lo sabes.

Todo me sonaba a trampa.

–Da igual –lo corté, con un encogimiento de hombros de adolescente irritable, mientras me apretaba el vendaje–. Quizá fuera el ponche. Quizá Rafe le echara un poco de alcohol de quemar. Últimamente bebe mucho, supongo que ya te habrás percatado.

–Rafe está bien –contestó Daniel con frialdad–. Y espero que tú también lo estés después de un sueño reparador.

Pasos rápidos escaleras abajo, una puerta abriéndose.

–¿Lexie? –preguntó Justin con nerviosismo desde el piso superior–. ¿Va todo bien?

–Daniel me está molestando –grité a modo de respuesta.

–¿Daniel? ¿Por qué la molestas?

–No lo hago.

–Quiere saber por qué estoy rara –expliqué–. Ya le he explicado que estoy rara porque sí y que haga el favor de dejarme en paz.

–¿Por qué estás rara?

Justin había salido de su habitación y se encontraba ahora al pie de las escaleras; lo imaginaba, con su pijama a rayas, agarrado al pasamanos y mirando hacia arriba, con sus ojos miopes. La mirada fija y pensativa de Daniel me puso los nervios a flor de piel.

–¡Silencio! –chilló Abby, lo bastante furiosa como para que la oyéramos sin necesidad de abrir la puerta–. Algunos intentamos dormir.

–¿Lexie? ¿Por qué estás rara?

Un ruido sordo: Abby había lanzado algo.

–Justin, ¡he dicho que os calléis! ¡Por favor!

Vagamente, desde la planta baja, Rafe gritó con irritación algo que sonó a:

–¿Qué diantres sucede?

–Ahora bajo a explicártelo, Justin –contestó Daniel–. Todo el mundo a la cama. –Se volvió hacia mí–: Buenas noches –me deseó. Se puso en pie y alisó de nuevo el edredón–. Que duermas bien. Espero que te encuentres mejor por la mañana.

–Sí –contesté–. Gracias. Pero no te hagas ilusiones.

El ritmo acompasado de sus pasos descendiendo las escaleras, luego murmullos debajo de mi habitación: acelerados al principio, procedentes de Justin en su mayoría, con alguna interjección esporádica por parte de Daniel, hasta que lentamente se cambiaron las tornas. Salí de la cama con cuidado y pegué la oreja al suelo, pero hablaban en susurros y no lograba descifrar sus palabras.

Veinte minutos después, Daniel subió de nuevo las escaleras, con cautela, y se detuvo unos instantes en el descansillo. No empecé a temblar hasta que la puerta de su dormitorio se cerró tras él.

Aquella noche permanecí en vela durante horas, hojeando las páginas de un libro, fingiendo leer, removiendo las sábanas, respirando hondo y fingiendo estar dormida, desenchufando el micrófono unos breves segundos o durante unos minutos de vez en cuando. Creo que conseguí transmitir con bastante credibilidad la idea de que una clavija andaba floja, que se desconectaba y se reconectaba sola en función de mis movimientos, pero eso no sirvió para apaciguarme. Frank no tiene un pelo de tonto y no estaba de humor para concederme el beneficio de ninguna duda.

Frank a mi izquierda, Daniel a mi derecha y yo atrapada en el medio, con Lexie. Invertí el tiempo, mientras jugaba a mi jueguecito personal con la clavija del micro, en intentar descifrar cómo me las había apañado, logísticamente, para acabar en el lado opuesto de absolutamente todas las personas involucradas en aquel caso, incluidas aquellas que se encontraban en flancos opuestos entre ellas mismas. Antes de dormirme finalmente, levanté la silla del tocador de Lexie por primera vez en semanas y la usé para atrancar la puerta.

El sábado transcurrió rápidamente, en una especie de aturdimiento dantesco. Daniel había decidido que nos convenía pasar el día lijando suelos, en parte, se suponía, porque hacer bricolaje siempre los había sosegado y en parte para mantener a todo el mundo en la misma estancia, donde él pudiera controlarnos.

–El suelo del comedor está hecho un asco –comentó a la hora del desayuno–. Empieza a tener un aspecto terriblemente gastado, como el del salón. Opino que estaría bien que empezáramos a lijarlo. ¿Os parece?

–Buena idea –opinó Abby, al tiempo que deslizaba unos huevos en el plato de Daniel y le dedicaba una sonrisa cansina pero decididamente positiva.

Justin se encogió de hombros y continuó mordisqueando su tostada. Yo respondí con un simple «Vale» sin apartar la vista de la sartén. Rafe cogió su taza de café y salió de la cocina sin musitar palabra.

–Bien –dijo Daniel con voz serena, volviendo a enfrascarse en la lectura de su libro–. Pues ya tenemos un plan.

El resto del día transcurrió tan espantoso como había previsto. La magia de la Familia Feliz brillaba por su ausencia. Rafe, desde el más sepulcral de los mutismos, manifestaba su furia con el mundo entero; estuvo golpeando la lijadora contra las paredes, sobresaltándonos a todos, hasta que Daniel se la arrebató de las manos sin pronunciar palabra y se la cambió por un papel de lija. Yo subí el tono de mi enfurruñamiento tanto como pude a la espera de que surtiera efecto en alguien y, antes o después, aunque no mucho después, pudiera usarlo a mi favor.

Llovía, una lluvia fina y petulante. No hablamos. En una o dos ocasiones vi a Abby enjugarse el rostro, pero nos dio la espalda en todo momento y no fui capaz de descifrar si estaba llorando o si simplemente se estaba limpiando el serrín. Se nos metía por todos sitios: por la nariz, por la garganta… incluso se abría camino en la piel de nuestras manos. Justin respiraba con dificultad y padecía histriónicos ataques de tos que aplacaba en su pañuelo hasta que finalmente Daniel depositó en el suelo la lijadora, salió de la estancia con gesto ofendido y regresó con una espantosa máscara de gas antigua que le entregó en el más absoluto de los silencios. Nadie se rió.

–Esas máscaras tienen amianto –explicó Rafe, rascando con fervor en un rincón de ángulo oblicuo del suelo–. ¿Qué pretendes, matarlo, o simplemente quieres transmitir esa impresión?

Justin miró la máscara horrorizado.

–Yo no quiero inhalar amianto.

–Si prefieres atarte el pañuelo alrededor de la boca –dijo Daniel–, adelante. Pero deja de quejarte.

Le puso la máscara a Justin en las manos, recuperó la lijadora y la encendió de nuevo. Era la misma máscara de gas que en un tiempo no muy lejano nos había provocado a Rafe y a mí un ataque de risa. «Daniel podría llevarla a la universidad; Abby podría hacerle unos borditos…» Justin la depositó con cautela en un rincón vacío, donde permaneció el resto del día, contemplándonos con aquellos enormes ojos vacíos y desolados.

–¿Qué le pasa a tu micrófono? –inquirió Frank esa noche–. Sólo por curiosidad.

–¡Vaya! –exclamé–. ¿Qué pasa? ¿Vuelve a hacerlo? Pensaba que había conseguido arreglarlo.

Pausa escéptica.

–¿Que vuelve a hacer qué?

–Esta mañana, cuando me disponía a cambiar el vendaje, he visto que la clavija se había soltado. Creo que anoche, después de la ducha, me vendé mal y la clavija se salía cuando me movía. ¿Te perdiste mucho trozo? ¿Funciona bien ya? –Me remetí la mano por dentro del jersey y le di unos golpecitos al micro–. ¿Lo oyes?

–Alto y claro –contestó Frank con sequedad–. Se ha soltado unas cuantas veces durante la noche, pero dudo que me haya perdido nada relevante; o al menos, eso espero. Me perdí un par de minutos de tu charla a medianoche con Daniel, por cierto.

Sonreí con la voz.

–¡Ah! ¿Eso? Estaba enfadado por mi numerito de zorra insolente. Quería saber qué me pasaba y le dije que me dejara en paz. Entonces los demás nos oyeron y entraron en acción y Daniel acabó tirando la toalla y yéndose a dormir. Te dije que funcionaría, Frankie. Se están subiendo por las paredes.

–Bien –dijo Frank transcurrido un momento–. Pues parece ser que no me perdí nada ilustrativo. Además, por lo que a este caso concierne, supongo que no puedo decir que no crea en las coincidencias. Pero si ese cable vuelve a desconectarse, aunque sea un solo segundo, iré y te sacaré a rastras. Así que ya puedes irte comprando un Super Glue.

Y colgó.

De camino a casa intenté pensar en cuál sería mi siguiente movimiento si estuviera en la piel de Daniel, pero resultó que no era por él por quien debía haberme preocupado. Supe, aun antes de entrar en la casa, que algo había ocurrido. Estaban todos en la cocina. Los chicos se habían quedado a medio fregar los platos; Rafe tenía una espátula empuñada como si fuera un arma y salpicaba espuma de jabón por todo el suelo. Y todos hablaban a la vez.

–... haciendo su trabajo –decía Daniel cansinamente cuando yo abrí las puertas del jardín–. Si no se lo permitimos...

–Pero ¿por qué? –gimoteó Justin–. ¿Por qué harían...?

Entonces me vieron. Se produjo un instante de silencio sepulcral; se me quedaron mirando, sus voces se apagaron a media palabra.

–¿Qué sucede? –pregunté.

–La policía quiere que acudamos a la comisaría –explicó Rafe.

Arrojó la espátula al fregadero con rabia. El agua salpicó la camisa de Daniel, pero éste pareció no percatarse.

–Yo no aguanto volver a pasar por eso –alegó Justin, apoyando el culo en la encimera–. No puedo.

–¿Que vayáis a la comisaría para qué? ¿Qué quieren?

–Mackey ha telefoneado a Daniel –me explicó Abby–. Quieren que acudamos a hablar con ellos a primera hora mañana por la mañana. Todos.

–¿Por qué?

¡El sinvergüenza de Frank! Cuando lo había llamado ya lo tenía previsto. Y ni siquiera se había molestado en insinuármelo.

Rafe se encogió de hombros.

–No nos lo ha explicado. Se ha limitado a decir que quiere, abro comillas, mantener una charla con nosotros, cierro comillas.

–Pero ¿por qué allí? –preguntó Justin presa del pánico. Miraba fijamente el teléfono de Daniel, que estaba sobre la mesa, como si temiera que diera un salto–. Antes siempre venían ellos. ¿Por qué tenemos nosotros que...?

–¿Adónde quiere que vayamos? –pregunté.

–Al castillo de Dublín –respondió Abby–. A la oficina de Delitos Graves, o a la brigada o como lo llamen.

El Departamento de Delitos Graves y Crimen Organizado opera una planta por debajo de Homicidios; la intención última de Frank era que subiéramos un tramo de escaleras. Esa unidad no suele investigar un apuñalamiento normal, no a menos que haya un jefe de la mafia implicado, pero ellos no lo sabían y sonaba bastante impresionante.

–¿Tú sabías algo de esto? –me preguntó Daniel.

Me miraba con una frialdad que no me gustó ni un ápice. Rafe puso los ojos en blanco y farfulló una frase que incluía los términos «capullo paranoico».

–No. ¿Cómo iba a saberlo?

–No sé, se me ha ocurrido que tu amigo Mackey quizá también te hubiera telefoneado... mientras estabas de paseo.

–Pues no lo ha hecho. Y no es mi amigo.

No me molesté en ocultar mi mirada de cabreo y dejar que Daniel determinara si era auténtica o no. Me quedaban dos días, y Frank iba a zamparse uno de ellos con preguntas tontas e infinitas acerca de qué nos poníamos en los bocadillos y qué opinábamos de Brenda Cuatrotetas. Quería que estuviéramos en la comisaría a primera hora de la mañana: pretendía alargarlo cuanto le fuera posible, ocho horas, doce. Me pregunté si habría encajado con la personalidad de Lexie propinarle un puntapié en las pelotas.

–Os dije que no era una buena idea telefonearlos por lo de aquella piedra –comentó Justin desconsoladamente–. Os lo dije. Nos habrían dejado en paz.

–Pues desobedezcamos –propuse. Probablemente Frank clasificaría mi gesto dentro de la condición «no cometer ninguna tontería», pero estaba demasiado cabreada para preocuparme por saltarme sus condiciones–. No pueden obligarnos.

Una pausa de desconcierto.

–¿Es eso verdad? –preguntó Abby a Daniel.

–Creo que sí –contestó Daniel, mientras me observaba con ojos analíticos; tuve la sensación de escuchar el engranaje de su cerebro–. No estamos detenidos. Ha sido una petición, no una orden, aunque Mackey la ha formulado como si se tratara de una orden. Aun así, creo que nos conviene acudir.

–¿Ah sí? –inquirió Rafe con evidente desagrado–. ¿De verdad? ¿Y qué pasa si yo creo que lo que nos conviene es enviar a la porra a Mackey?

Daniel se volvió para mirarlo.

–Tengo previsto seguir cooperando plenamente con esta investigación –contestó con sosiego–. En parte porque creo que es lo más sabio que podemos hacer, pero sobre todo porque me gustaría saber quién es el culpable de lo ocurrido. Si alguno de vosotros prefiere poner piedras en el camino y levantar las sospechas de Mackey rehusando cooperar, no seré yo quien se lo impida; pero recordad algo: la persona que apuñaló a Lexie sigue libre y opino que lo menos que podemos hacer es ayudar a capturarla.

¡Qué inteligente era el muy cretino! Estaba utilizando mi micro para decirle a Frank exactamente lo que quería escuchar, que en realidad no era más que un rosario de clichés santurrones. Eran almas gemelas.

Daniel lanzó una mirada interrogatoria a todos los presentes. Nadie respondió. Rafe empezó a balbucear algo, se detuvo y movió la cabeza con desgana.

–De acuerdo –continuó Daniel–. En ese caso, acabemos con lo que teníamos entre manos y vayámonos a la cama. Mañana será un día muy largo –sentenció, y cogió el paño de secar la vajilla.

Yo me encontraba en la sala de estar con Abby, fingiendo leer mientras pensaba en unas cuantas palabras creativas que decirle a Frank y escuchaba el tenso silencio procedente de la cocina cuando caí en la cuenta de algo. Dado a escoger, Daniel había decidido que prefería pasar uno de mis últimos días con Frank, en lugar de conmigo. Me figuré, por peligroso que eso fuera, que probablemente se tratara de un cumplido.

Mi recuerdo más nítido de aquel domingo por la mañana es que seguimos nuestra rutina diaria del desayuno, hasta el último detalle. El rápido golpecito de Abby en mi puerta; ambas preparando el desayuno codo con codo, su rostro encendido por efecto del calor del fogón. Nuestros movimientos estaban perfectamente sincronizados: nos pasábamos los utensilios sin necesidad de pedirlos. Recordé la primera noche, la punzada al descubrir lo unidos que estaban; de alguna manera, en aquellas semanas yo me había convertido en parte de ese entramado. Justin mirando su tostada con el ceño fruncido mientras la cortaba en triángulos, la maniobra de piloto automático de Rafe con su café, Daniel con la esquina de un libro sujetada con el plato. Rechacé el mero pensamiento de que en menos de treinta y seis horas yo ya no estaría allí; rehusé pensar en el hecho de que, aunque volviera a verlos algún día, ya nunca sería así.

Nos tomamos el tiempo necesario. Incluso Rafe afloró a la superficie una vez se hubo acabado el café, me apartó a un lado con la cadera para poder compartir mi silla y mordió mi tostada. El rocío resbalaba dibujando regueros en los cristales de las ventanas y los conejos, que cada día se volvían más osados y se acercaban más a la casa, mordisqueaban la hierba del patio.

Algo había cambiado durante aquella noche. Los bordes afilados y cortantes entre ellos se habían derretido; se mostraban afables entre sí, cuidadosos, casi tiernos. A veces me pregunto si se tomaron aquel desayuno con tanto cariño porque, a un nivel más profundo y más certero que la lógica, lo sabían.

–Deberíamos irnos –anunció Daniel al fin.

Cerró su libro y alargó el brazo para dejarlo en la encimera. Yo noté un aliento, a medio camino entre un susto y un suspiro, ondularse sobre la mesa. El torso de Rafe se hinchó, un instante, contra mi hombro.

–Bien –dijo Abby en voz baja, casi para sí misma–. Hagámoslo.

–Me gustaría hablar contigo de un asunto, Lexie –dijo Daniel–. ¿Por qué no vamos tú y yo juntos en mi coche?

–¿Hablar de qué? –preguntó Rafe con acritud, clavándome los dedos en el brazo.

–Si fuera de tu incumbencia –aclaró Daniel, al tiempo que llevaba su plato al fregadero–, te habría invitado a venir con nosotros.

Los bordes afilados volvían a cristalizarse, de la nada, afilados y cortantes.

–Y bien –dijo Daniel, cuando subí al coche, que había acercado justo hasta la puerta de casa–, aquí estamos.

Una oscura sensación se arremolinó en mi interior: una advertencia. Pero no fue por cómo me miraba, sino por cómo miraba a través de la ventanilla del coche, por cómo contemplaba la casa envuelta en la fría neblina matinal, por cómo observaba a Justin que limpiaba el parabrisas nerviosamente con un trapo doblado y a Rafe descender a trompicones las escaleras con la barbilla hundida en su bufanda; fue por la expresión de su rostro, reconcentrada y pensativa y una pizca triste.

Yo no tenía modo de saber cuáles eran los límites de Daniel, si es que los tenía. Mi revólver seguía detrás de la mesilla de noche de Lexie (Homicidios tiene un detector de metales). «El único momento en que quedarás sin cobertura es en las idas y venidas de la ciudad», me había dicho Frank.

Daniel sonrió, una sonrisa tímida y privada al brumoso cielo azul.

–Va a hacer un día estupendo –barruntó.

Yo estaba a punto de salir de estampida de aquel coche, ir corriendo al de Justin, decirle que Daniel se estaba portando como un capullo conmigo y pedirle que me dejara ir con él y con los demás (aquélla parecía la semana de los arranques de maldad, así que no levantaría las sospechas de nadie) cuando se abrió la puerta de atrás de mi lado y Abby se deslizó en el asiento trasero, sonrojada y con el pelo enmarañado, en medio de un alboroto de guantes, abrigo y sombrero.

–Hola –dijo, cerrando la puerta–. ¿Me dejáis que vaya con vosotros, chicos?

–Por supuesto –contesté: no recordaba haber sentido nunca tanta dicha de haber visto a alguien.

Daniel volvió la cabeza y la miró por encima del hombro.

–Pensaba que habíamos quedado en que tú irías con Justin y Rafe –dijo.

–¿Estás de broma o qué? ¿Con el mal humor que se gastan? Sería como ir con Stalin y Pol Pot, aunque menos alegre.

Para mi sorpresa, Daniel le sonrió, una sonrisa auténtica, cálida y divertida.

–Su comportamiento raya en lo ridículo. Que se apañen solos; una o dos horas atrapados en un coche tal vez sea lo que necesitan.

–Quizá –replicó Abby, sin sonar demasiado convencida–. O eso o acabarán matándose.

Abby extrajo un cepillo de su bolso y atacó su melena. Delante de nosotros, Justin encendió el motor de su coche dando muestras de su irritación y se internó pitando en el camino de acceso, a una velocidad a todas luces excesiva.

Daniel se llevó una mano al hombro, con la palma hacia arriba, tendiéndosela a Abby. No la miraba, tampoco a mí; miraba al otro lado del parabrisas, sin ver nada, en dirección a los cerezos. Abby bajó su cepillo, colocó su mano sobre la de Daniel y le dio un apretón en los dedos. No se la soltó hasta que Daniel suspiró, apartó la suya con delicadeza y encendió el motor.

22

Frank, el capullo máximo del universo, me soltó en una sala de interrogatorios («Enviaremos a alguien para que se ocupe de ti en un minuto») y me abandonó allí durante dos horas. Y ni siquiera era una de las salas bien acondicionadas, con refrigerador de agua y sillas cómodas; era la patética salita que medía dos centímetros más que una celda de calabozo, la que utilizamos para poner nerviosos a los sospechosos. Funcionaba: me tensaba a cada minuto que pasaba recluida allí. Frank podía estar haciendo cualquier cosa ahí fuera, explicándoles a los demás el asunto del bebé, que sabía lo de Ned, lo que fuera. Era consciente de estar reaccionando exactamente como él quería que lo hiciera, como un sospechoso, pero en lugar de tranquilizarme, sólo conseguía enfurecerme más. Ni siquiera podía explicarle a la cámara qué opinaba de aquella situación, puesto que, por lo que yo sabía, tenía a uno de los otros observándome y confiaba en que hiciera exactamente eso.

Cambié las sillas. Como no podía ser de otra manera, Frank me había dado la silla a la que le faltaba el taco en una pata, la que usamos para incomodar a los sospechosos. Tenía ganas de gritarle a la cámara: «Antes trabajaba aquí, gilipollas; éste es mi territorio, así que no intentes joderme». En lugar de ello, encontré un bolígrafo en el bolsillo de mi chaqueta y me divertí escribiendo LEXIE ESTUVO AQUÍ en la pared, con una caligrafía decorativa. Nadie se dio cuenta de ello, pero tampoco esperaba que lo hiciera: las paredes estaban garabateadas con años de firmas, dibujos y complejas sugerencias anatómicas. Reconocí un par de nombres.

Odiaba aquella situación. Había estado en aquella sala tantas veces, con Rob, interrogando a sospechosos con la coordinación impecable y telepática de dos cazadores que acechan su momento, que estar allí sin él me hacía sentir como si alguien me hubiera arrancado los órganos vitales y estuviera a punto de desplomarme, demasiado hueca para mantenerme en pie. Al final clavé el bolígrafo en la pared, con tanta fuerza que saltó la punta. Lo arrojé contra la cámara y la alcancé. Sonó un crujido, pero ni siquiera eso me hizo sentir mejor.

Para cuando Frank decidió efectuar su entrada teatral, a mí se me llevaban los demonios.

–Vaya, vaya, vaya –dijo, estirando la mano para apagar la cámara–. Qué agradable encontrarme aquí contigo. Siéntate, por favor.

Seguí de pie.

–¿Qué diablos planeas?

Arqueó las cejas.

–Estoy entrevistando a sospechosos. ¿Qué pasa? ¿Acaso ahora necesito tu permiso para hacerlo?

–Lo que necesitas es hablar conmigo antes de lanzarme un mísil tierra-aire. Frank, yo no es que esté precisamente divirtiéndome en esa casa, estoy trabajando, y esto podría echarlo todo a perder.

–¿Trabajando? ¿Así lo llamáis hoy en día?

–Así es como tú lo llamaste. Estoy haciendo exactamente lo que tú me enviaste a hacer y por fin estoy llegando a algún sitio. ¿Por qué me pones palos en las ruedas?

Frank se apoyó en la pared y cruzó los brazos.

–Si tú juegas sucio, Cass, yo también puedo hacerlo. No es tan divertido cuando es uno quien recibe, ¿verdad?

El caso es que yo sabía que él no estaba jugando sucio, no de verdad. Obligarme a permanecer sentada en aquel rincón nauseabundo y a pensar en lo que había hecho era una cosa, pero Frank estaba furioso, y con razón, tanto que probablemente le apeteciera darme un puñetazo en el ojo, y yo sabía bien que, a menos que me sacara de la manga una baza espectacular de última hora, iba a encontrarme en serios problemas cuando apareciera allí al día siguiente. Sin embargo, jamás en la vida, por muy irritado que estuviera, Frank haría nada que pudiera poner en peligro la investigación. Y yo sabía, fría como la nieve bajo toda aquella locura, que podía utilizarlo a mi favor.

–De acuerdo –cedí, respirando hondo y atusándome el pelo–. Está bien. De acuerdo. Me lo merecía.

Se rió; una carcajada breve y tensa.

–Será mejor que no me hagas hablar de lo que te mereces, pequeña. Te lo digo en serio.

–Ya lo sé, Frank –dije–. Y cuando tengamos tiempo te dejaré que me sermonees tanto como quieras, pero ahora no. ¿Qué tal te ha ido con los otros?

Se encogió de hombros.

–Tan bien como era previsible.

–En otras palabras: que no tienes nada.

–¿Eso crees?

–Sí, eso creo. Los conozco. Puedes seguir intentándolo con ellos hasta el día de tu jubilación y seguirás sin obtener nada.

–Es posible –comentó Frank en un tono insulso–. Tendremos que esperar y ver, ¿no es cierto? Aún me quedan unos cuantos años por delante.

–Vamos, Frank. Fuiste tú quien lo dijo desde el principio: esos cuatro están enganchados con cola y son inexpugnables desde el exterior. ¿No es por eso por lo que me infiltraste? –Otra imperceptible inclinación de barbilla evasiva de Frank, como un encogimiento de hombros–. Sabes perfectamente que no conseguirás sacarles nada de utilidad. Simplemente intentas ponerlos nerviosos, ¿no es cierto? Pues pongámoslos nerviosos juntos. Sé que estás enfadado conmigo, pero eso puede esperar hasta mañana. Por ahora seguimos en el mismo barco.

Frank arqueó las cejas.

–¿En serio?

–Claro que sí, Frank. Y los dos juntos podemos hacer mucho más daño que uno de nosotros solo.

–Suena divertido –opinó. Estaba apoyado contra la pared, con las manos en los bolsillos y los ojos ligeramente entornados para camuflar su mirada afilada y evaluadora–. ¿Qué tipo de daño tienes en mente?

Rodeé la mesa y me senté en el borde, inclinándome hacia él tanto como pude.

–Interrógame y deja que los otros crean que pueden escucharnos a escondidas. Salvo a Daniel: él no se inquietará y si lo presionamos sólo conseguiremos que se largue. A los otros tres. Activa sus intercomunicadores para que puedan seleccionar esta sala, sitúalos cerca de los monitores, lo que sea. Si puedes simular que parezca accidental, fantástico pero, si no es así, no importa. Si prefieres comprobar tú mismo sus reacciones, entonces deja que sea Sam quien me someta al interrogatorio.

–¿Mientras tú explicas qué, exactamente?

–Dejaré caer que estoy empezando a recuperar la memoria. Hablaré en términos vagos, ciñéndome a hechos sin riesgo a equivocarme: como correr hacia la casucha, verme ensangrentada, esa clase de cosas. Si eso no los inquieta, nada lo hará.

–Vaya –comentó Frank, con una levísima sonrisa sardónica–. Así que eso era lo que estabas tramando, con todos esos enfurruños y berrinches y todo ese teatro de diva. Debería haberlo adivinado. ¡Qué tonto soy!

Me encogí de hombros.

–Claro, pensaba ponerlo en práctica de todas maneras. Pero de este modo es incluso mejor. Como ya te he dicho, podemos hacer mucho más daño si aunamos fuerzas. Puedo mostrarme inquieta, evidenciar que oculto algo más de lo que te estoy confesando... Si quieres confeccionarme el guión tú mismo, ningún problema, adelante, diré lo que quieras. Venga, Frankie, ¿qué me dices? ¿Tú y yo?

Frank reflexionó unos instantes.

–¿Y qué quieres a cambio? –inquirió–. Sólo por saberlo.

Le ofrecí mi mejor sonrisa perversa.

–Tranquilízate, Frank. Nada que ponga en peligro tu alma profesional. Sólo necesito saber qué les has contado, para no meter la pata. Además, supongo que tenías pensado compartirlo conmigo, ¿me equivoco?, puesto que ambos estamos en el mismo barco.

–Claro –contestó Frank con sequedad y un suspiro–. Naturalmente. Les he contado chorradas, Cass. Tu arsenal sigue intacto. Y ya que sale el tema a colación, me harías muy feliz si utilizaras alguna de tus armas, antes o después.

–Pienso hacerlo, créeme, lo cual me recuerda –añadí, como si se me acabara de ocurrir– que necesito algo más: ¿puedes quitarme a Daniel de encima por un tiempo? Cuando hayas concluido con nosotros, ¿podrías enviarnos al resto a casa? Pero no le digas que nos hemos ido; de lo contrario, saldrá para allí disparado como una bala. Concédeme una hora, dos si puedes, antes de dejarlo marchar. No lo asustes, haz que parezca un trámite rutinario, hazle hablar. ¿De acuerdo?

–Interesante –apuntó Frank–. ¿Por qué?

–Quiero tener una conversación con los demás sin que él esté presente.

–Eso ya lo he entendido. ¿Por qué?

–Porque creo que funcionará, por eso. Él es quien maneja el cotarro, ya lo sabes; él decide lo que dicen y lo que no dicen. Si los demás están inquietos y no lo tienen cerca para que los escude, ¿quién sabe lo que podrían revelar?

Frank agarró algo entre sus dientes delanteros y se examinó la uña del pulgar.

–¿Qué es lo que buscas exactamente? –preguntó.

–No lo sabré hasta que lo encuentre. Pero siempre hemos creído que ocultaban algo, ¿no es cierto? No quiero apearme de este caso sin haber hecho todo cuanto estaba en mi mano para hacerlos hablar. Les voy a golpear con todo lo que tengo: cargos de conciencia, llantos, berrinches, amenazas, el bebé, Eddie *el Bobo*, todo lo que se te ocurra. Quizás obtenga una confesión…

–Cosa que ya he aclarado desde el principio que no es lo que necesitamos de ti –recalcó Frank–. No olvides esa pequeña regla de la admisibilidad ante un juicio.

–¿Insinúas acaso que desecharías una confesión si te la ofreciera en bandeja de plata? Aunque no sea admisible, eso no implica que no pueda resultarnos útil. Los mandas venir, les reproduces la cinta y los atacas con dureza. Justin está empezando a desmoronarse; un buen empujoncito y se hará pedazos. –Tardé un segundo en darme cuenta de cuál era el origen de aquel *déjà vu*. El hecho de estar manteniendo exactamente la misma discusión con Frank que la que había mantenido con Daniel hizo que se me retorciera el estómago–. Tal vez una confesión no sea lo que le has pedido a Papá Noel, pero a estas alturas, Frankie, sabes tan bien como yo que no podemos permitirnos ser tiquismiquis.

–Debo admitir que sería mejor que lo que tenemos hasta ahora, que no es más que un montón de mierda.

–Más a mi favor. Y podrías acabar con algo mucho mejor que eso. Quizá nos revelen el arma, la escena del crimen, ¿quién sabe?

–La antigua técnica del kétchup –apuntó Frank, sin dejar de inspeccionarse la uña del pulgar con interés–. Les das la vuelta, los agitas bien y esperas a que suelten algo.

–Frank –rogué, y esperé hasta que alzó la vista y me miró–. Es mi última oportunidad. Mañana regreso. Concédeme ese favor.

Frank suspiró, echó la cabeza hacia atrás, la apoyó contra la pared y echó un vistazo alrededor de la sala; lo vi percatarse de la nueva pintada y de los trozos de bolígrafo roto en el rincón.

–Lo que aviva mi curiosidad –dijo al fin– es por qué estás tan segura de que uno de ellos lo hizo.

Se me heló la sangre. Lo único que Frank había querido de mí era una pista sólida. Si descubría que ya la tenía, estaba vendida: fuera del caso y metida en un buen lío sin remedio. Ni siquiera tendría la oportunidad de regresar a Glenskehy.

–Bueno, no estoy segura –respondí sin más–. Pero tal como tú mismo has dicho, tienen un móvil.

–Sí, tienen un móvil. Y bastante factible. Pero también lo tienen Naylor y Eddie y un montón de personas, algunas de las cuales aún no hemos identificado siquiera. Esa joven era propensa a ponerse en peligro, Cass. Es posible que no timara económicamente hablando, aunque eso es discutible, puesto que podría argumentarse que obtuvo su parte de Whitethorn House fingiendo ser quien no era, pero sí era una estafadora emocional. Y manipular los sentimientos de los demás es muy peligroso. Le gustaba el riesgo. Y, sin embargo, tú estás absolutamente segura de qué riesgo le pasó factura.

Me encogí de hombros, con las palmas de las manos hacia fuera.

–Éste es el único riesgo que yo tengo oportunidad de explorar. Sólo me queda un día; no quiero lanzar a la cuneta este caso sin poner toda la carne en el asador. Además, ¿de qué te quejas? Siempre te han gustado precisamente por eso.

–Vaya, ¿te habías dado cuenta? Te he subestimado, pequeña. Sí, es verdad, siempre me han gustado. Pero a ti no. Hace sólo unos días afirmabas que eran una pandilla de conejitos de peluche incapaces de herir a una mosca y ahora tienes esa mirada de acero y estás urdiendo el mejor modo para impulsarles a perder los estribos. Y eso me induce a preguntarme qué me ocultas.

Me miraba con ojos firmes, sin pestañear. Hice una breve pausa, me pasé las manos por el pelo, como si estuviera sopesando la mejor explicación.

–No te oculto nada –aclaré al fin–. Simplemente tengo un presentimiento, Frank. No es más que una intuición.

Frank me observó durante un minuto; yo balanceaba mis piernas e intentaba parecer clara y sincera. Y entonces:

–Bien –dijo, poniéndose de repente manos al asunto, apartándose de la pared y dirigiéndose a encender de nuevo la cámara–. Trato hecho. ¿Habéis venido en dos coches o voy a tener que llevar al pequeño Daniel a Glendemierda cuando haya terminado con él?

–Hemos venido en dos coches –contesté. El alivio y la adrenalina me estaban aturdiendo; la mente me iba a mil por hora intentando organizar aquel interrogatorio; tenía ganas de salir disparada al aire como si fuera un fuego de artificio–. Gracias, Frank. No te arrepentirás.

–Bien –dijo Frank–. De nada. –Volvió a intercambiar las sillas–. Siéntate. Y espera aquí. Ahora vuelvo.

Me abandonó allí otro par de horas, durante las cuales supuestamente la emprendió de nuevo con los demás pertrechado con todas sus armas, con la esperanza de que uno de ellos se derrumbara y no tener que recurrir a mí. Pasé el rato fumando cigarrillos ilegales (cosa que no pareció preocupar a nadie) y ultimando los detalles de cómo proceder. Sabía que Frank volvería. Desde el exterior, los otros eran inexpugnables, impenetrables; incluso Justin se mostraría frío como el hielo frente al Frank más desalmado. Los extraños estaban demasiado lejos para inquietarlos. Eran como una de esas fortalezas medievales construidas con tal ahínco, tan intricadas y defensivas que sólo podían tomarse desde dentro, a traición.

Finalmente la puerta se abrió de golpe y Frank asomó la cabeza por ella.

–Voy a conectarte con las otras salas de interrogatorios, así que métete en el papel. Tienes cinco minutos para que se levante el telón.

–No conectes a Daniel –repetí, sentándome sin demora.

–No me vengas con jodiendas –replicó Frank, antes de volver a desvanecerse.

Cuando regresó yo estaba sentada encima de la mesa, doblando el tubo de tinta del bolígrafo a modo de catapulta y lanzando los trocitos de plástico a la cámara.

–Hola –lo saludé, con el rostro iluminado sólo de verlo–. Pensaba que se había olvidado de mí.

–Eso jamás –contestó Frank, con su mejor sonrisa–. Incluso te he traído un café, con leche y dos azucarillos, ¿verdad que es así como te gusta? No, no, no te preocupes por eso –comentó al verme saltar de la mesa y agacharme a recoger los pedacitos de bolígrafo–, ya lo limpiarán más tarde. Siéntate. Tengamos una pequeña conversación. ¿Cómo te has encontrado últimamente?

Corrió una silla y empujó uno de los vasos de plástico con café en mi dirección.

Empezó el interrogatorio, dulce como la miel. Se me había olvidado lo encantador que puede ser Frank cuando se lo propone. Estás guapísima, Madison, y cómo va la vieja herida de guerra y (cuando le seguí el juego y me estiré para enseñarle lo bien que habían cicatrizado los puntos) qué imagen más deliciosa, con el toque justo de flirteo filtrándose a través de su voz. Yo lo miraba entre pestañeos coquetos y prorrumpía en risitas, mínimas, sólo para fastidiar a Rafe.

Frank me explicó toda la saga de John Naylor o, mejor dicho, una versión de ésta, no la que había ocurrido de verdad, pero sin duda una versión que hacía sonar a Naylor como un sospechoso digno de consideración: tranquilizaba a los demás antes de activar el detonador.

–Estoy impresionada –le dije, inclinando mi silla hacia atrás y mirándolo con picardía de reojo–. Pensaba que habían arrojado la toalla hace tiempo.

Frank sacudió la cabeza.

–Nosotros no nos rendimos –replicó con seriedad–, no con un tema tan serio como éste. Por mucho tiempo que nos lleve. No nos gusta hacerlo explícito, pero continuamos nuestro trabajo, uniendo piezas del rompecabezas. –Era asombroso; debería ir acompañado de una banda sonora propia–. Nos estamos acercando. Y en estos momentos, Madison, necesitamos que nos ayudes un poco.

–Desde luego –contesté, apoyando de nuevo las patas delanteras de la silla y prestando atención–. ¿Quiere que vuelva a ver a ese tal Naylor otra vez?

–No, no, nada de eso. En esta ocasión necesitamos tu mente, no tus ojos. ¿Recuerdas que los médicos dijeron que empezarías a recobrar la memoria a medida que te fueras recuperando?

–Sí –contesté con un titubeo, tras una pausa.

–Cualquier cosa que recuerdes, lo que sea, podría sernos de gran ayuda. Quiero que medites bien tu respuesta antes de contestarme a esta pregunta: ¿has recordado algo?

Dejé transcurrir un latido demasiado largo antes de contestar en un tono casi convincente.

–No. Nada. Sólo lo que le he explicado antes.

Frank entrelazó sus manos sobre la mesa y se inclinó hacia mí. Aquellos atentos ojos azules, aquella voz dulce y persuasiva: de haber sido yo una auténtica civil, me habría derretido en la silla.

–Bueno, para ser sincero, no estoy convencido del todo. Tengo la sensación de que has recordado algo nuevo, Madison, pero que te preocupa compartirlo conmigo. Quizá creas que puedo malinterpretarlo y perjudicar así a la persona equivocada. ¿Es eso lo que ocurre?

Le lancé una rápida mirada implorante.

–Sí, supongo, más o menos.

Me sonrió, y se le dibujaron unas enormes patas de gallo.

–Confía en mí, Madison. No vamos por ahí acusando a las personas de delitos graves a menos que tengamos pruebas sólidas. Tu testimonio por sí solo no bastaría para que arrestáramos a nadie.

Me encogí de hombros, miré el café con una mueca y dije:

–No es nada del otro mundo. Probablemente no signifique nada de todos modos.

–Eso ya me ocuparé yo de determinarlo, ¿de acuerdo? –comentó Frank con ternura. Estuvo a un paso de darme una palmadita en la mano y llamarme «pequeña»–. Te sorprendería saber lo que puede resultar de utilidad. Y, si no nos sirve, pues no hacemos daño a nadie, ¿no es cierto?

–Está bien –dije, respirando hondo–. Sólo… Bien. Recuerdo sangre en mis manos. Mis manos ensangrentadas.

–¿Ves? –preguntó Frank, sin deponer aquella sonrisa tranquilizadora–. Bien hecho. No ha sido tan duro, ¿verdad?

Yo negué con la cabeza.

–¿Recuerdas qué estabas haciendo? ¿Si estabas de pie? ¿Sentada?

–De pie –contesté. No tuve que fingir el temblor en mi voz. A sólo unos pasos de distancia, en las salas de interrogatorios que yo me conocía de arriba abajo, Daniel esperaba pacientemente a que alguien regresara mientras a los otros tres empezaba a cortárseles la respiración, lenta y silenciosamente–. Estaba apoyada contra un seto, me pinchaba. Estaba... –Me arremangué el jersey y me lo apreté contra las costillas– así. Por la sangre, quería detener la hemorragia. Pero no funcionaba.

–¿Te dolía?

–Sí –contesté en voz baja–. Me dolía. Mucho. Pensé... Pensé que iba a morir. Estaba muerta de miedo.

Frank y yo formábamos un buen equipo; estábamos en la misma página. Funcionábamos como un engranaje perfectamente engrasado, como Abby y yo cuando preparábamos el desayuno, con la complicidad de un par de torturadores profesionales. «No puedes ser ambas cosas –me había advertido Daniel. Y–: Lexie nunca era cruel.»

–Lo estás haciendo de maravilla –me alentó Frank–. Ahora que has empezado a recobrar la memoria, lo recordarás todo enseguida, ya verás. Eso es lo que nos dijeron los médicos, ¿no es cierto? Una vez que se abren las compuertas... –Hojeó el expediente y extrajo un mapa, uno de los que habíamos utilizado durante nuestra semana de entrenamiento–. ¿Crees que podrías señalarme dónde te encontrabas?

Me tomé mi tiempo, elegí un punto a tres cuartas partes de distancia entre la casa y la casita y lo señalé con el dedo.

–Quizás aquí, creo. Pero no estoy segura.

–Genial –dijo Frank, garabateando algo con esmero en su cuaderno de notas–. Ahora quiero que hagas algo más por mí. Estás apoyada en el seto, sangrando y asustada. ¿Puedes intentar remontarte más atrás? Justo antes de eso, ¿qué habías estado haciendo?

Clavé los ojos en el mapa.

–Me costaba respirar, como si... Corriendo, estaba corriendo. Tan rápidamente que me caí. Me lastimé la rodilla.

–¿Desde dónde? Piénsalo bien. ¿De qué escapabas?

–No... –Sacudí la cabeza con violencia–. No. No sé decirle qué fragmentos ocurrieron en realidad y cuáles sencillamente he... soñado o algo así. Podría haberlo soñado todo, incluso lo de la sangre.

–Es posible –confirmó Frank, asintiendo sin más–. Lo tendremos presente. Pero por si acaso, creo que necesitas contármelo todo, incluso los fragmentos que probablemente hayas soñado. Los clasificaremos a medida que avancemos. ¿De acuerdo?

Dejé transcurrir una larga pausa.

–Eso es todo –dije al fin, demasiado débilmente–. Recuerdo correr y caerme. Y la sangre. Nada más.

–¿Estás segura?

–Sí. Completamente. No recuerdo nada más.

Frank suspiró.

–El problema es el siguiente, Madison –continuó. En su voz iba aposentándose un sedimento fino y acerado–. Hace sólo unos minutos estabas preocupada por involucrar a la persona errónea. Pero nada de lo que has dicho hasta el momento apunta a nadie en concreto. Eso me dice que ocultas algo.

Lo miré con la mirada desafiante de Lexie y la barbilla erguida.

–No, no oculto nada.

–Claro que sí. Y la pregunta más interesante, desde mi punto de vista, es ¿por qué? –Frank corrió su silla hacia atrás y comenzó a pasear con parsimonia por la sala de interrogatorios, con las manos en los bolsillos, obligándome a cambiar de postura constantemente para no perderlo de vista–. Llámame bobo, pero pensaba que luchábamos en el mismo bando, tú y yo. Pensaba que los dos intentábamos descubrir quién te apuñaló y meter a esa persona en la cárcel. ¿Acaso estoy loco? ¿Te suena eso a locura?

Me encogí de hombros, sin apartar la vista de él. Frank describía círculos y más círculos a mi alrededor.

–Cuando estabas en el hospital respondías a todas las preguntas que te hacía, sin preocupaciones, sin dudas, sin titubeos. Fuiste una testigo excepcional, Madison, encantadora y útil. En cambio ahora, de repente, has perdido el interés en colaborar. Así que o bien has decidido ofrecerle la otra mejilla a alguien que ha estado a punto de acabar con tu vida (y, discúlpame si me equivoco, pero a mí no me pareces ninguna santa) o bien hay algo más, algo más importante que se ha interpuesto entre nosotros.

Se apoyó en la pared que quedaba a mi espalda. Aparté la vista de él y empecé a hacer saltar el pintaúñas de mi uña del dedo pulgar.

–Y eso me obliga a preguntarme –continuó Frank en voz baja–, ¿qué podría haber más importante que meter al culpable entre rejas? Dímelo tú, Madison. ¿Qué es más importante para ti?

–El chocolate negro –contesté, con la mirada concentrada aún en mi uña.

Frank no varió el tono de su voz.

–Tengo la sensación de haber llegado a conocerte bastante bien. Cuando estuviste en el hospital, ¿de qué hablabas, cada día, en cuanto entraba por la puerta? ¿Qué era por lo que no dejabas de preguntarme, aunque sabías que no podías tenerlo? ¿Qué era lo único que te morías de ganas de ver en cuanto salieras de nuevo a la luz? ¿Qué te hizo emocionarte tanto que casi consigue que te estallen los puntos?

Yo no levanté la cabeza. Mordisqueé el pintaúñas.

–Tus amigos –aclaró Frank, muy dulcemente–. Tus compañeros de la casa. Te importan, Madison. Más que nada en el mundo que yo sea capaz de imaginar. Quizá más que detener a quien te apuñaló. ¿No es cierto?

Me encogí de hombros.

–Claro que me importan. ¿Y qué tiene eso que ver?

–Pues que, si tuvieras que elegir, Madison, si, pongamos por caso, sólo por casualidad, recordaras que uno de ellos te había apuñalado, ¿qué harías?

–Pero es que no tendría que elegir, porque ninguno de ellos me haría daño nunca. Jamás. Son mis amigos.

–A eso me refiero exactamente. Estás protegiendo a alguien y no creo que se trate de John Naylor. ¿A quién protegerías, salvo a tus amigos?

–No estoy protegiendo...

Antes de que me diera tiempo a oírlo moverse se había despegado de la pared y había dado un puñetazo con ambos puños en la mesa, a mi lado, con su cara a centímetros de la mía. Me estremecí más de lo previsto.

–Me estás mintiendo, Madison. ¿De verdad no te das cuenta de lo evidente que es? Sabes algo importante, una información relevante que podría resolver este caso, y lo estás ocultando. Y eso se llama obstrucción a la justicia. Es un delito. Y puede hacer que acabes con los huesos en la cárcel.

Eché la cabeza hacia atrás, aparté mi silla de él y dije:

–¿De verdad piensa arrestarme? ¿Por qué motivo? ¡Pero si ha sido a mí a quien han apuñalado! Yo solamente quiero olvidarme de todo este incidente…

–Me importa un bledo si te apuñalan cada día de la semana o dos veces el domingo. Pero sí me importa, y mucho, que me hagas malgastar el tiempo, a mí y a mis subordinados. ¿Sabes cuánta gente ha estado trabajando en este caso desde el mes pasado, Madison? ¿Tienes la menor idea de cuánto tiempo, energía y dinero hemos invertido en esto? Bajo ningún concepto voy a dejar que todo eso se vaya al carajo sólo porque una mocosa malcriada quiere demasiado a sus amigos como para importarle nada o nadie más. Bajo ningún concepto.

No fingía. Me miraba muy de cerca; sus azules ojos echaban chispas: estaba enfadado y hablaba muy en serio, conmigo, con Lexie, es probable que ni siquiera supiera con quién de las dos. Aquella joven combaba la realidad a su alrededor como una lente refractaria, se plegaba en tantas caras centelleantes que era imposible saber cuál tenía delante y, cuanto más se la miraba, más se mareaba uno.

–Voy a resolver este caso –anunció Frank–. Me importa un comino cuánto tiempo necesite para ello, pero quien te hizo esto lo pagará con la cárcel. Y si eres incapaz de dejar de comerte los mocos y no te das cuenta de lo importante que es este asunto, si sigues jugando a jueguecitos estúpidos conmigo, vas a acabar entre rejas haciéndole compañía a esa persona. ¿Ha quedado claro?

–Apártese de mi vista –dije.

Alcé mi antebrazo entre nosotros para bloquear su avance. En ese segundo me di cuenta de que tenía el puño apretado y de que estaba tan enfadada como él.

–¿Quién te apuñaló, Madison? ¿Puedes mirarme a los ojos y decirme que no lo sabes? Hazlo, vamos. Dime que no lo sabes. Adelante.

–¡Al infierno! Yo no tengo que demostrarle nada. Recuerdo correr y mis manos ensangrentadas, y haga con eso lo que quiera. Y ahora déjeme en paz.

Me levanté con tal ímpetu que derribé mi silla, me metí las manos en los bolsillos y me quedé mirando la pared que tenía delante. Noté los ojos de Frank clavados en mi perfil, su respiración rápida, largo tiempo.

–Bien –dijo al fin. Se apartó lentamente de la mesa–. Entonces lo dejaremos aquí. Por ahora.

Y se fue.

Transcurrió mucho tiempo antes de que regresara, otra hora quizá, dejé de comprobar el reloj. Recogí los fragmentos de bolígrafo, uno a uno, y me entretuve haciendo dibujitos con ellos en el borde de la mesa.

–Bueno –dijo Frank, cuando al fin decidió reunirse conmigo–. Tenías razón: ha sido divertido.

–Poesía en movimiento –opiné–. ¿Ha funcionado?

Se encogió de hombros.

–Desde luego los ha inquietado. Están completamente descolocados. Pero no se han desmoronado, aún no. Otro par de horas y quizá lo harían, no lo sé, pero Daniel empieza a impacientarse, muy educadamente, eso sí; no deja de preguntar cuánto tiempo más va a prolongarse esta situación. Por eso, imagino que, si quieres disfrutar de un rato a solas con los otros tres antes de que lo suelte, será mejor que te los lleves ahora.

–Gracias, Frank –le agradecí de todo corazón–. Gracias.

–Lo retendré tanto como pueda, pero no te garantizo nada. –Cogió mi abrigo de la percha de detrás de la puerta y lo sostuvo en alto. Mientras me deslizaba en su interior, dijo–: Estoy jugando limpio contigo, Cassie. Ahora veremos si tú juegas limpio conmigo.

Los otros estaban abajo, en el vestíbulo. Tenían los ojos hinchados y un aspecto gris. Rafe estaba junto a la ventana, sacudiendo una rodilla; Justin estaba acurrucado en una butaca como una gran cigüeña desolada. Sólo Abby, sentada erguida con las manos enlazadas en su regazo, parecía guardar la compostura.

–Gracias por venir –nos despidió Frank alegremente–. Habéis sido todos de mucha, mucha utilidad. Estamos ultimando unos detalles con vuestro amigo Daniel; me ha dicho que os dijera que fuerais tirando y os alcanzaría de camino.

Justin empezó a erguirse, como si acabara de despertarse.

–¿Y eso por qué…? –balbuceó, pero Abby lo interrumpió apretándole con los dedos la muñeca.

–Gracias, detective. No dude en llamarnos si necesita algo más.

–Así lo haré –contestó Frank, guiñándole el ojo. Antes de que nadie tuviera tiempo de replicar, nos aguantó la puerta para que saliéramos con una mano mientras con la otra se despedía de nosotros–. Hasta pronto –nos dijo a cada uno al pasar a su lado.

–¿Por qué has hecho eso? –preguntó Justin, en cuanto la puerta se cerró a nuestras espaldas–. Yo no quiero irme sin Daniel.

–Calla –ordenó Abby, dándole un apretujón en el brazo con fingida normalidad– y sigue caminando. No te des la vuelta. Mackey probablemente nos esté observando.

En el coche, todos guardamos silencio durante un rato largo.

–Bueno –suspiró Rafe, tras un silencio que me provocaba dentera–. ¿De qué habéis hablado esta vez?

Se abrazó a sí mismo, dio una minúscula sacudida con la cabeza y se volvió para mirarme.

–Déjalo –lo interrumpió Abby, desde delante.

–¿Por qué Daniel? –quiso saber Justin. Conducía como la abuela lunática de alguien, alternando tramos a una velocidad suicida (rogué al cielo por que no nos tropezáramos con un agente de tráfico) y otros de una precaución obsesiva, y por el tono de voz parecía como si estuviera a punto de romper a llorar–. ¿Qué quieren? ¿Lo han arrestado?

–No –contestó Abby con firmeza. Evidentemente, no había modo de que ella supiera eso, pero los hombros de Justin se relajaron unos milímetros–. Estará bien. No te preocupes.

–Siempre está bien –añadió Rafe, mirando por la ventana.

–Daniel sospechaba que ocurriría algo así –explicó Abby–. No sabía a cuál de nosotros se quedarían, pensaba que probablemente a Justin o a Lexie, quizás a ambos, pero se figuraba que nos dividirían.

–¿A mí? ¿Por qué a mí?

La voz de Justin empezaba a sonar como un retintín histérico.

–Por todos los santos, Justin, por una vez compórtate como un hombre –le espetó Rafe.

–Aminora un poco la velocidad –le indicó Abby– o nos multarán. Simplemente intentan desconcertarnos por si sabemos algo y se lo estamos ocultando.

–Pero ¿por qué creen…?

–No empecemos con esa canción. Eso es precisamente lo que quieren que ocurra: que nos preguntemos qué piensan, por qué están actuando así, que nos asustemos. No permitas que jueguen contigo.

–Si dejamos que esos primates se burlen de nosotros –comentó Rafe–, entonces merecemos ir a la cárcel. Y estoy seguro de que somos más inteligentes que…

–¡Basta! –grité, dando un puñetazo al respaldo del asiento de Abby. Justin reprimió un grito y a punto estuvo de salirse de la carretera, pero no me importaba–. ¡Basta de una vez! ¡Esto no es ningún concurso! ¡Estamos hablando de mi vida, no de ningún puñetero juego, y os odio a todos!

Yo misma me quedé atónita cuando rompí a llorar. No lloraba desde hacía meses, ni por Rob, ni por mi carrera dilapidada en Homicidios ni por ninguno de los terribles aludes de la Operación Vestal… y, sin embargo, entonces lloré. Me tapé la boca con la manga del jersey y lloré hasta desgañitarme, por Lexie en cada una de sus caras, por el bebé cuyo rostro nadie conocería jamás, por Abby dando vueltas sobre sí misma en la hierba, bajo la luz de la luna, y Daniel sonriendo mientras la miraba, por las manos expertas de Rafe deslizándose sobre el piano y por Justin besándome la frente, por lo que les había hecho y por lo que estaba a punto de hacerles, por un millón de cosas perdidas, por la velocidad salvaje de aquel coche, por lo despiadadamente rápido que nos estaba conduciendo a nuestro destino.

Al cabo de un rato, Abby abrió la guantera y me pasó un paquete de pañuelos. Llevaba su ventanilla abierta y el largo rugido del aire sonaba como un viento huracanado entre las copas de los árboles, y era tal la paz que reinaba en aquel coche que sólo podía llorar.

23

En cuanto Justin aparcó en los establos, yo salté del coche y salí de estampida hacia la casa, levantando a mi paso los guijarros en el sendero. Nadie me llamó. Introduje mi llave en la cerradura, dejé la puerta abierta de par en par y subí las escaleras de dos en dos para encerrarme en mi habitación.

Creí que transcurría un siglo antes de que los demás entraran (la puerta cerrándose, susurros solapados rápidos en el salón), pero en realidad tardaron menos de sesenta segundos: tenía la vista clavada en el reloj. Les concedí unos diez minutos. Era lo mínimo que necesitaban para cotejar sus experiencias por primera vez en el día y que el pánico cundiera entre ellos. Si les concedía más tiempo, Abby recobraría la compostura y metería a los chicos en vereda.

Durante aquellos diez minutos escuché las voces en la planta inferior, tensas, apagadas y rayanas en la histeria. Entre tanto, me preparé. El sol vespertino se filtraba a través de la ventana y bañaba mi dormitorio, y el aire resplandecía con tal intensidad que me sentía ingrávida, suspendida en ámbar; cada uno de mis movimientos era tan claro, rítmico y calculado que parecía formar parte de un ritual que llevara coreografiando toda mi vida. Mis manos parecían moverse por voluntad propia, alisar mi faja (empezaba a estar ya bastante mugrienta, ya que no era una prenda que pudiera meter precisamente en la lavadora), tirar de ella, remeter el borde por dentro de mis tejanos, recolocar mi pistola en su sitio, con la misma calma y precisión que si me quedara por delante toda la vida y un día. Pensé en aquella tarde a eones de distancia, en mi apartamento, cuando me había vestido con la ropa de Lexie por vez primera: recordé la sensación de embutirme en una armadura, un atuendo ceremonial, y recordé también que me sobrevinieron unas ganas terribles de estallar en carcajadas por un sentimiento parecido a la pura felicidad.

Cuando se consumieron los diez minutos, abrí la puerta en la que estaba apoyada, la puerta de aquella habitación luminosa y con fragancia a lirios de los valles, y escuché las voces de la planta inferior apagarse, hasta sumirse en un silencio sepulcral. Me lavé la cara en el cuarto de baño, me la sequé cuidadosamente y coloqué mi toalla entre las de Abby y Daniel. Mi rostro en el espejo se me antojó muy extraño, pálido, con los ojos enormes, observándome con una mirada crucial e inescrutable de advertencia. Me bajé el jersey y comprobé que el bulto de mi pistola no se notara. Luego descendí las escaleras.

Estaban en el salón, los tres. Antes de que me vieran, me detuve un instante a contemplarlos desde el vano de la puerta. Rafe estaba despatarrado en el sofá, pasándose una baraja de cartas de mano en mano dibujando un arco rápido e impaciente. Abby, acurrucada en su sillón, tenía la cabeza gacha sobre la muñeca y se mordía con fuerza el labio inferior; intentaba coser, pero tenía que repetir cada puntada unas tres veces. Justin estaba sentado en uno de los butacones con un libro y, por algún motivo, fue él quien estuvo a punto de romperme el corazón: aquellos hombros estrechos y encorvados, el zurcido en la manga de su jersey, aquellas largas manos colgadas de unas muñecas tan delgadas y vulnerables como las de un crío. La mesita del café estaba cubierta de vasos y botellas de vodka, tónica y zumo de naranja; había salpicado líquido en la mesa, pero nadie se había molestado en limpiarlo. En el suelo, las sombras de la hiedra se enroscaban como recortables a través de la luz del sol.

Levantaron la cabeza, uno a uno, y volvieron sus rostros hacia mí, inexpresivos y vigilantes como aquel primer día en las escaleras.

–¿Cómo estás? –preguntó Abby.

Me encogí de hombros.

–Sírvete una copa –me invitó Rafe, señalando la mesa con la cabeza–. Si quieres algo que no sea vodka, ve a buscarlo tú misma.

–Empiezo a recordar cosas –anuncié. Un largo haz solar atravesaba las planchas de madera del suelo, a mis pies, y hacía que el barniz recién pintado resplandeciera como el agua. Dejé vagar la vista en aquel efecto–. Fragmentos de aquella noche. Los médicos me advirtieron que podía ocurrir.

Un trino y el ruido de las cartas otra vez.

–Ya lo sabemos –me informó Rafe.

–Nos han dejado mirar –explicó Abby en voz baja– mientras hablabas con Mackey.

Levanté la cabeza y los miré anonadada, boquiabierta.

–¿Y se puede saber cuándo pensabais decírmelo? –pregunté transcurrido un instante–, si es que pensabais hacerlo, claro está.

–Te lo estamos diciendo ahora –replicó Rafe.

–¡Idos a la mierda! –exclamé, y el temblor de mi voz sonó como si estuviera a punto de romper a llorar otra vez–. ¡Idos todos a la mierda! ¿Acaso os creéis que soy tonta? Mackey se ha portado como un capullo integral conmigo y yo he mantenido la boca cerrada porque no quería acarrearos problemas. Y en cambio vosotros pensabais consentir que yo quedara como una idiota el resto de nuestras vidas, mientras todos sabíais que… –me tapé la boca con la muñeca.

Abby respondió muy lenta y cuidadosamente.

–Has mantenido la boca cerrada.

–No debería haberlo hecho… –Mis palabras se ahogaron en mi muñeca–. Tendría que haberle contado todo lo que recuerdo y haber dejado que os las apañaseis solitos.

–¿Qué más… –empezó a preguntar Abby– qué más recuerdas?

Me parecía que el corazón se me iba a salir del pecho en cualquier momento. Si me equivocaba, entonces estaría cavando mi propia tumba y cada segundo de aquel mes habría sido en vano. Haberme infiltrado en aquellas cuatro vidas, herir a Sam, arriesgar mi trabajo: todo eso para nada. Estaba poniendo toda la carne en el asador sin tener ni puñetera idea de si iba a quemarme o no la mano. En aquel instante pensé en Lexie, en el hecho de que hubiera vivido así toda su vida, apostándolo todo a ciegas; también pensé en el precio que había pagado al final.

–La chaqueta –dije–. La nota en el bolsillo de la chaqueta.

Por un instante pensé que había perdido. Sus rostros, alzados hacia mí, eran rotundamente inexpresivos, como si mis palabras no significaran nada para ellos. Me encontraba ya calibrando modos de dar marcha atrás (¿un sueño durante el coma?, ¿una alucinación provocada por la morfina?) cuando Justin exclamó con un levísimo suspiro de devastación:

–¡Dios mío!

«Antes no te llevabas el tabaco cuando salías a pasear por la noche», había dicho Daniel. Había estado tan concentrada en disimular mi desliz que había tardado días en percatarme de algo: yo había quemado la nota de Ned. Pero si Lexie no llevaba un mechero encima, entonces, salvo que comiera papel, cosa que era un tanto extrema incluso para ella, no tenía modo alguno y rápido de deshacerse de aquellas notas. Quizás había rasgado alguna en mil pedazos de camino a casa, había tirado los pedacitos en los setos a su paso, como un oscuro reguero a lo Hansel y Gretel; o tal vez ni siquiera había querido dejar ese rastro y se había guardado las notas en el bolsillo para tirarlas por el váter o quemarlas más tarde, en casa.

Había sido extremadamente cautelosa velando por sus secretos. Sólo era capaz de imaginármela cometiendo un error: regresar a casa a toda prisa en medio de la oscuridad y la lluvia implacable, porque tenía que llover, con el bebé convirtiendo los filos de su mente en lana mullida y la huida palpitándole por las venas, tras guardarse la nota en el bolsillo sin recordar que la chaqueta que llevaba puesta no era suya, sino comunitaria. La había traicionado exactamente lo mismo que la estaba traicionando a ella: la proximidad que compartían todos ellos.

–Bien –dijo Rafe, alargando la mano para coger el vaso, con una ceja arqueada. Intentaba poner su mejor cara de hastío, pero le aleteaban las aletas de la nariz, ligeramente, con cada respiración–. Felicidades, Justin, amigo mío. Esto se pone interesante.

–¿Qué? ¿Por qué diablos me felicitas? Lexie ya sabía…

–Callad –ordenó Abby.

Se había quedado lívida; sus pecas contrastaban como si estuvieran pintadas.

Rafe no le hizo caso.

–Y si no lo sabía, ahora ya lo sabe.

–No es culpa mía. ¿Por qué siempre me culpáis a mí de todo?

Justin estaba muy cerca de perder los nervios. Rafe alzó la vista al cielo.

–¿Acaso me has oído quejarme? Por lo que a mí concierne, ya es hora de que pongamos fin a todo este asunto.

–No vamos a debatir este tema hasta que Daniel regrese a casa –sentenció Abby.

Rafe estalló en carcajadas.

–Abby, de verdad, te quiero, pero a veces dudo de tu inteligencia

–dijo–. Es imposible que no sepas que, una vez Daniel regrese a casa, no debatiremos este asunto ni por asomo.

–Esto nos concierne a los cinco. No hablaremos de ello hasta que estemos todos reunidos.

–¡Patrañas! –exclamé a voz en grito–. Es tan absurdo que casi me avergüenza oírlo. Si esto nos concierne a los cinco, entonces ¿por qué no me lo dijisteis hace semanas? Si podéis hablar de ello a mis espaldas, entonces seguramente también podemos hablar de ello en ausencia de Daniel.

–Oh, Dios –musitó Justin; tenía la boca abierta, semitapada con una mano temblorosa.

El teléfono móvil de Abby comenzó a sonar en su bolso. Yo llevaba oyendo ese sonido durante todo el trayecto hasta casa y el tiempo que había estado en mi habitación. Frank había soltado a Daniel.

–¡No contestes! –chillé lo bastante fuerte como para paralizarla a medio camino–. Es Daniel y sé exactamente lo que va a decir. Te ordenará que no me digas nada, y estoy harta de que me trate como si tuviera seis años. Si alguien tiene derecho a saber exactamente qué ocurrió, ésa soy yo. ¡Si intentas descolgar ese maldito teléfono, lo pateo!

Hablaba en serio. Era domingo por la tarde. La caravana era de entrada a Dublín, no de salida; si Daniel pisaba a fondo, y lo haría, y lograba que no lo parara ningún agente de tráfico, dentro de media hora estaría en casa. Necesitaba aprovechar cada segundo de ese margen de tiempo.

Rafe soltó una carcajada, un sonido corto y áspero.

–¡Valiente! –dijo, alzando su copa hacia mí.

Abby me miró atónita, con la mano aún a medio camino hacia su bolso.

–Si no me contáis ahora mismo qué demonios sucede –les advertí–, llamaré a la policía ahora mismo y les confesaré todo lo que recuerdo. No bromeo.

–Jesús –balbuceó Justin–. Abby…

El teléfono dejó de sonar.

–Abby –dije, respirando hondo. Notaba las uñas clavadas en las palmas de mis manos–. No puedo hacer esto si me dejáis fuera de juego. Es importante. No puedo… no podemos funcionar de esta manera; o vamos todos a una o no.

Sonó el teléfono de Justin.

–Ni siquiera tenéis que decirme quién lo hizo, si no queréis. –Estaba bastante segura de que si aguzaba el oído podría oír a Frank dándose cabezazos con una pared, en algún sitio, pero no me importaba; pasito a pasito–. Sólo quiero saber qué ocurrió. Estoy harta de que todo el mundo lo sepa salvo yo. Hartísima. Por favor.

–Tiene todo el derecho del mundo a saberlo –opinó Rafe–. Y, personalmente, yo también estoy bastante harto de vivir mi vida sobre la premisa de «porque lo dice Daniel». Tengo la sensación de que no nos ha ido especialmente bien, ¿me equivoco?

El teléfono dejó de sonar.

–Deberíamos telefonearle –terció Justin, con el culo casi fuera del butacón–. ¿No? Quizá lo hayan arrestado y necesite que paguemos la fianza o algo así.

–No lo han arrestado –repuso Abby de manera automática. Se desplomó de nuevo en el sillón, se pasó las manos por la cara y exhaló un largo suspiro–. Os lo he dicho una y otra vez: necesitan pruebas para arrestar a alguien. Está bien. Lexie, siéntate.

Me quedé donde estaba.

–Venga, mujer, siéntate –insistió Rafe con un suspiro de resignación–. Voy a explicarte toda esta saga patética de todas maneras, tanto si a los demás les gusta como si no, y prefiero que no me pongas de los nervios quedándote ahí de pie sin dejar de moverte. Y, Abby, cálmate. Deberíamos haber hecho esto hace semanas.

Al cabo de un momento me dirigí hacia mi sillón, junto a la chimenea.

–Mucho mejor –opinó Rafe, sonriéndome. Su rostro traslucía un regocijo temerario, arriesgado; parecía más feliz de lo que había estado en semanas–. Sírvete una copa.

–No me apetece.

Sacó las piernas del sofá, sirvió un vodka con naranja de cualquier manera y me lo pasó.

–En realidad, creo que todos deberíamos tomarnos una copa. Vamos a necesitarla. –Llenó los vasos con una floritura (Abby y Justin ni siquiera parecieron darse cuenta) y levantó el suyo a modo de brindis–. ¡Por la verdad y nada más que la verdad!

–Está bien –dijo Abby, con un hondo suspiro–. Está bien. Si de verdad queréis hacer esto, y de todas maneras estás recobrando la memoria, entonces supongo que… ¡qué diablos! Adelante.

Justin abrió la boca, pero la volvió a cerrar y se mordió los labios. Abby se pasó las manos por el cabello, alisándoselo con fuerza.

–¿Dónde quieres que…? Me refiero a que no sabemos cuánto recuerdas o…

–Fragmentos dispersos –contesté–. No consigo hilvanarlos en una secuencia. Empezad por el principio.

Súbitamente, toda la adrenalina de mi sangre se había diluido y me sentía asombrosamente relajada. Aquélla sería mi última actuación en Whitethorn House. La notaba a mi alrededor, cada centímetro de ella, cantando con el sol, las motas de polvo y los recuerdos, aguardando a escuchar lo que venía a continuación. Daba la sensación de que teníamos todo el tiempo del mundo.

–Ibas a salir a pasear –empezó a narrar Rafe con sentido práctico, dejándose caer de nuevo en el sofá– alrededor de las once, más o menos. Abby y yo descubrimos que nos habíamos quedado sin tabaco. Es curioso, ¿no crees?, que siempre sean las cosas más insignificantes las que cobran una mayor relevancia. De no haber sido fumadores, esto podría no haber sucedido nunca. Cuando hablan de lo perjudicial que es el tabaco nunca mencionan este tipo de cosas.

–Te ofreciste a comprar en el camino de vuelta –dijo Abby. Me observaba atentamente, con las manos enlazadas en el regazo–. Pero siempre tardabas como mínimo una hora, de manera que pensé que podía ir yo misma hasta la gasolinera y comprar un paquete. Amenazaba tormenta, de manera que me puse el impermeable, porque además parecía que tú no lo ibas a usar ya que te estabas poniendo el abrigo. Metí mi monedero en el bolsillo y…

Su voz fue apagándose e hizo un mohín leve y tenso que podría significar cualquier cosa. Mantuve la boca cerrada. Nada de conducir aquella conversación, si podía evitarlo. El resto de la historia tenía que salir de ellos.

–Y sacó una notita –continuó Rafe, dándole una calada a su cigarrillo–. Entonces dijo: «¿Qué es esto?». Al principio nadie le prestó demasiada atención. Estábamos todos en la cocina; nosotros, Justin, Daniel y yo estábamos fregando los platos y discutiendo sobre algo…

–Stevenson –puntualizó Justin en voz muy baja y profundamente triste–. ¿Recuerdas? El doctor Jekyll y mister Hyde. Daniel estaba enzarzado con ellos, hablaba de la razón y el instinto. Tú estabas muy bromista, Lexie, dijiste que ya habías tenido bastante charla de verduleras por aquella noche y que, además, Jekyll y Hyde seguramente serían pésimos amantes, y Rafe dijo: «Tienes una mente unidireccional y la dirección en la que apunta es la de una enferma…». Y todos estallamos en carcajadas.

–Entonces Abby preguntó: «Lexie, ¿qué demonios?» –continuó Rafe–. Gritaba. Todos dejamos de bromear y volvimos la vista, y allí estaba ella, sosteniendo una notita arrugada con aspecto de que alguien la hubiera abofeteado en la cara. Nunca la había visto así, jamás.

–Eso lo recuerdo –dije. Se me antojaba que las manos se me habían fundido en los brazos del sillón por efecto del calor–. Luego todo se vuelve borroso.

–Por suerte para ti –prosiguió Rafe–. Ahora te lo explicamos. Creo que nosotros recordaremos cada instante el resto de nuestras vidas. Tú dijiste: «Dame eso» e intentaste arrancarle la nota de las manos, pero Abby dio un salto atrás, rápida, y se la pasó a Daniel.

–Creo –farfulló Justin en voz baja– que fue entonces cuando empezamos a darnos cuenta de que ocurría algo grave. Yo estaba a punto de hacer algún comentario estúpido sobre una carta de amor, sólo para tomarte el pelo, Lexie, pero estabas tan… Embestiste a Daniel para intentar arrancarle el papel de la mano. Él alargó su otra mano para apartarte, como en un acto reflejo, pero tú le estabas pegando, pegándole de verdad: le dabas puñetazos en el brazo y patadas para coger la nota. No hiciste ni un solo ruido. Eso es lo que más me asustó, creo: el silencio. La situación era propicia a gritar, a chillar o algo, porque así yo hubiera podido reaccionar, pero todo transcurrió en silencio: sólo tú y Daniel resollando y el grifo del agua abierto…

–Abby te agarró del brazo –continuó Rafe–, pero diste media vuelta, con el puño en alto; creí de verdad que ibas a asestarle un puñetazo. Justin y yo estábamos de pie, boquiabiertos como un par de bobos, intentando imaginar de qué iba todo aquello… Dos segundos antes estábamos bromeando sobre el sexo de Jekyll y, así, de repente… En cuanto soltaste a Daniel, me pasó la notita, te agarró de las muñecas por detrás de la espalda y me dijo: «Lee esto».

–No me gustaba lo que estaba ocurriendo –añadió Justin en voz baja–. No parabas de moverte, adelante y atrás, intentando zafarte de Daniel, pero él no te soltaba. Era... Intentaste moderle en el brazo. A mí me parecía que no tenía que hacerte eso, que, si era tu nota, debería soltarte y dártela, pero no conseguía articular palabra.

No me sorprendía. Aquéllos no eran hombres de acción; su moneda de cambio eran los pensamientos y las palabras, y se habían visto catapultados a algo que había echado por tierra ambas cosas de un solo soplido. Lo que sí me sorprendía, lo que hizo que se activaran las alarmas en la retaguardia de mi mente, fue la velocidad y la facilidad con la que Daniel había entrado en acción.

–Y entonces yo leí la nota en voz alta –explicó Rafe–. Decía: «Querida Lexie, piénsalo detenidamente: de acuerdo, podemos hablar de doscientos mil. Ponte en contacto conmigo porque a ambos nos conviene cerrar este trato. Atentamente, Ned».

–Estoy segurísimo de que recordarás eso –apuntó Justin en voz baja y amarga, en medio de un silencio en el que faltaba el aire.

–Había un montón de faltas de ortografía –aclaró Rafe, y dio otra calada al cigarrillo–. De hecho, el muy idiota incluso había dibujado una sonrisa con un emoticono, como si fuera un puñetero quinceañero. Es un gilipollas integral. Aparte de lo demás, habría esperado que tuvieras mejor gusto a la hora de escoger a alguien para hacer un trato mezquino.

–¿Lo habrías hecho? –preguntó Abby. Tenía la vista clavada firmemente en la mía y las manos aún en el regazo–. Si nada de esto hubiera ocurrido, ¿le habrías vendido la casa a Ned?

Cuando pienso en lo sobrecogedoramente cruel que fui con aquellas cuatro personas, ésta es una de las cosas que me hace sentir mejor: podría haber contestado que sí. Podría haberles explicado exactamente lo que Lexie tenía previsto hacerles, hacer con todo aquello a lo que ellos habían consagrado cuerpo y alma. A fin de cuentas, quizás eso les habría dolido menos que pensar que todo ocurrió gratuitamente; la verdad es que no lo sé. En cambio, sí sé que era la última vez que tenía una opción y era demasiado tarde para cambiar nada. Así que mentí por compasión.

–No –contesté–. Yo sólo... Simplemente necesitaba saber que podía hacerlo. Me asusté, Abby. Empecé a sentirme atrapada y me dejé llevar por el pánico. En realidad nunca quise irme de aquí. Simplemente necesitaba saber que podía hacerlo si quería.

–Atrapada –repitió Justin, con una sacudida rápida y herida de la cabeza–. Con nosotros.

Tuve tiempo de divisar el parpadeo rápido de Abby al darse cuenta: el bebé.

–Ibas a quedarte.

–Dios sabe que quería quedarme –contesté, y todavía no sé y nunca sabré si aquello era una mentira–. Quería quedarme con todas mis fuerzas, Abby, de verdad.

Tras una larga pausa, ella asintió, de manera casi imperceptible.

–Os lo dije –añadió Rafe, inclinando la cabeza hacia atrás y exhalando el humo hacia el techo–. Maldito Daniel. Hasta la semana pasada seguía comportándose como un histérico, como un paranoico con ese tema. Le dije que había hablado contigo y que no tenías intención de irte a ninguna parte, pero ya sabemos que nunca escucha a nadie.

Abby no reaccionó, no se movió; parecía incluso que había dejado de respirar.

–¿Y ahora? –me preguntó–. ¿Ahora qué?

En un momento de aturdimiento, perdí el hilo y pensé que me preguntaba si después de aquello pensaba quedarme de todas maneras.

–¿Qué quieres decir?

–Lo que quiere decir –respondió Rafe en su nombre, con voz fría, entrecortada y uniforme– es si vas a telefonear a Mackey u O'Neill o a esos dos tontos del pueblo y entregarnos tan pronto termine esta conversación. Si nos vas a traicionar. Si nos vas a delatar o como se diga.

Podría pensarse que esto habría provocado que me invadiera un sentimiento de culpa y me pinchara como un ejército de agujas avanzando desde ese micrófono ardiente contra mi piel, pero lo único que sentí fue pena: un pesar profundo, inmenso y definitivo, como un reflujo en mis huesos.

–No voy a explicarle nada a nadie –respondí, y noté a Frank convenir conmigo en su pequeño círculo zumbante de electrónica–. No quiero que vayáis a la cárcel. No importa lo que pasara.

–Bueno –replicó Abby en voz muy baja, casi para sí misma. Se recostó en el respaldo de la butaca y se alisó la falda, con expresión ausente, con ambas manos–. Bueno, entonces…

–Bueno, entonces –la interrumpió Rafe, dando una fuerte chupada a su cigarrillo–, hemos hecho de toda esta historia algo muchísimo más complicado de lo que debería haber sido. Y, si os soy sincero, no me sorprende.

–¿Y luego qué? –pregunté–. Después de la nota. ¿Qué ocurrió luego?

Un cambio tenso y apenas perceptible barrió la estancia. Ninguno de ellos se miraba. Busqué alguna minúscula diferencia entre sus rostros, algo que me apuntara que aquella conversación estaba sacudiendo a uno de ellos con más crudeza que a los demás, que alguien estaba protegiendo, estaba siendo protegido, era cupable o estaba a la defensiva: nada.

–Entonces –dijo Abby exhalando un profundo suspiro–. Lex, no sé si has pensado en las consecuencias que aquello habría tenido, en las consecuencias de que hubieras vendido tu parte a Ned. Tú no siempre… no sé… a veces no reflexionas demasiado tus acciones.

Una carcajada maligna de Rafe.

–Eso por decirlo suavemente. Caray, Lexie, ¿qué diablos pensaste que iba a ocurrir? ¿Qué pretendías? ¿Vender tu parte, comprarte un apartamentito cuco en algún sitio y que todo siguiera como la seda? ¿Cómo esperabas que te recibiéramos al llegar a la universidad cada mañana? ¿Con besos y abrazos y un bocadillo para ti? Nunca más te habríamos dirigido la palabra. Te habríamos odiado con todas nuestras fuerzas.

–Ned nos habría presionado –conjeturó Abby– todo el día y cada día, para que vendiéramos la casa a un constructor y la convirtieran en apartamentos o en un club de golf o en lo que fuese que quisieran transformarla. Podría haberse mudado aquí, vivir con nosotros, y no habríamos podido hacer nada para impedírselo. Antes o después nos habríamos rendido. Habríamos perdido la casa. Esta casa.

Algo se removió, sutilmente, desperezándose: una ola diminuta batiendo las paredes, un crujido en las tablas del suelo de la planta de arriba, una bocanada de aire descendiendo en forma de espiral por el pozo de la escalera.

–Empezamos a gritar –relató Justin en voz baja–. Nuestros chillidos se solapaban. Yo ni siquiera recuerdo qué decía. Te desembarazaste de Daniel y Rafe te agarró, y le pegaste, le pegaste con fuerza, Lexie, le arreaste un puñetazo en el estómago…

–Era una pelea –dijo Rafe–. Podemos designarlo como queramos, pero el hecho es que estábamos peleando como un puñado de matarifes de poca monta en un callejón trasero. Otros treinta segundos más y probablemente habríamos caído rodando por el suelo de la cocina, mordiéndonos y tirándonos de los pelos los unos a los otros. Lo que pasó es que antes de llegar tan lejos…

–Lo que pasó –lo interrumpió Abby, con una voz cortante tan nítida como un portazo– es que nunca llegamos tan lejos.

Miró a los ojos a Rafe con calma, sin pestañear. Transcurrido un segundo se encogió de hombros y se desplomó en el sillón, con un pie moviéndose nerviosamente.

–Podría haberlo hecho cualquiera de nosotros –continuó diciendo Abby, a mí o a Rafe, no fui capaz de determinarlo. Su voz tenía un trasfondo de profunda pasión que me desconcertó–. Estábamos todos furiosos; nunca he estado tan enfadada en toda mi vida. El resto, cómo se desarrollaron las cosas, fue cosa del azar. Cualquiera de nosotros te habría matado, Lexie, y no puedes culparnos por ello.

De nuevo ese movimiento en algún lugar que mi oído no supo determinar: un coletazo en el descansillo, un tarareo en las chimeneas.

–No os culpo –aclaré. Me pregunté (debería haberlo sabido, creo que leí demasiadas noveluchas de fantasmas siendo una niña) si aquello era todo lo que Lexie quería de mí: que les comunicara que los perdonaba–. Teníais derecho a estar rabiosos. Incluso después teníais derecho a echarme de aquí.

–Lo discutimos –explicó Abby. Rafe arqueó una ceja–. Daniel y yo. Nos planteamos si podíamos seguir viviendo todos bajo el mismo techo después de… Pero de todos modos habría sido complicado y, además, eras tú. Al margen de lo ocurrido, seguías siendo tú.

–Lo siguiente que recuerdo –intervino Justin, con voz muy baja– es la puerta de atrás cerrándose de un portazo y aquel cuchillo en medio de la cocina. Manchado de sangre. Yo no daba crédito. No podía creer que algo así estuviera sucediendo.

–¿Y os limitasteis a dejar que me marchara? –pregunté, mirándome las manos–. Ni siquiera os preocupasteis de averiguar si…

–No –me interrumpió Abby, inclinándose hacia delante, buscándome la mirada–. No, Lex. Por supuesto que nos preocupamos. Tardamos un minuto en darnos cuenta de lo sucedido, pero en cuanto lo hicimos... Daniel fue quien reaccionó primero; los demás estábamos paralizados. Cuando salí de mi parálisis, Daniel ya estaba sacando la linterna. Nos ordenó a mí y Rafe que nos quedáramos en casa por si regresabas, que quemáramos aquella nota y que tuviéramos agua caliente, alcohol y vendas preparados...

–Todo lo cual habría resultado de gran utilidad –terció Rafe, encendiéndose otro cigarrillo– si hubiéramos estado asistiendo a un parto en *Lo que el viento se llevó*. Pero ¿qué demonios le pasaba por la cabeza? ¿Qué pretendía, practicarle una intervención quirúrgica casera en la mesa de la cocina con la aguja de bordar de Abby?

–... y él y Justin salieron a buscarte. Sin demora.

Había sido una jugada hábil. Daniel sabía que podía confiar en Abby para mantener las riendas de la situación; si alguien se desmoronaba, sería Rafe o Justin. Así que los separó, los puso a ambos bajo supervisión e ingenió un plan que los mantuvo ocupados, todo ello en cuestión de segundos. Aquel tipo era un espécimen digno de estudio.

–No estoy seguro de que nos pusiéramos en marcha tan pronto como creemos –la corrigió Justin–. Pudimos permanecer ahí quietos, en medio del aturdimiento, cinco o diez minutos, diría yo. Apenas recuerdo esa parte; se me ha borrado de la mente. Lo primero que recuerdo es que, para cuando Daniel y yo llegamos a la verja trasera, tú ya habías desaparecido. No sabíamos si te habías dirigido al pueblo en busca de ayuda, si te habías desmayado en algún sitio o...

–Me limité a correr. Ni siquiera me di cuenta de que sangraba hasta el cabo de un buen rato.

Justin se estremeció.

–No creo que sangraras al principio –apuntó Abby con ternura–. El suelo de la cocina no estaba manchado de sangre, ni el del patio.

Lo habían comprobado. Me pregunté cuándo y si había sido idea de Daniel o de Abby.

–Ése es otro tema –aclaró Justin–. No sabíamos..., bueno, no sabíamos si era grave o no. Te fuiste tan deprisa que no tuvimos oportunidad de... Pensamos (o, al menos, yo pensé) que, puesto que habías desaparecido de nuestra vista con tal celeridad, no podía ser tan grave, ¿entiendes? Pensé que quizá fuera un simple rasguño.

–¡Ja! –soltó Rafe, alargando la mano para coger un cenicero.

–No lo sabíamos. Quizá fuera un rasguño, sí, pero yo se lo comenté a Daniel y él me devolvió una mirada que podía significar cualquier cosa. Entonces... madre mía... entonces empezamos a buscarte. Daniel dijo que urgía descubrir si habías ido al pueblo, pero estaba todo cerrado y oscuro, sólo se veía alguna luz esporádica en los dormitorios; era evidente que allí no había sucedido nada. Así que retomamos el camino a casa, describiendo grandes arcos con la esperanza de que te cruzaras con nosotros en algún momento. –Miró absorto el vaso que sostenía entre las manos–. Al menos, es lo que creo que estábamos haciendo. Yo sólo seguía a Daniel a través de aquel laberinto de sendas oscuro como la boca del lobo; no tenía ni idea de dónde estábamos, había perdido por completo el sentido de la orientación. Temíamos encender la linterna, por si te asustabas; yo ni siquiera estaba seguro de por qué, sencillamente parecía demasiado peligroso: no sé si era por temor a que nos vieran desde alguna de las granjas o para no ahuyentarte, sinceramente no lo sé. De manera que Daniel alumbraba la linterna un segundo cada pocos minutos, la tapaba con la mano y hacía un barrido rápido; luego volvía a apagarla. El resto del tiempo avanzábamos guiándonos a tientas por los setos. Hacía un frío de muerte, como en invierno: ni siquiera caímos en ponernos los abrigos. A Daniel parecía no preocuparle, ya sabes cómo es, pero yo no me notaba los dedos de los pies, estaba seguro de que se me estaban congelando. Vagamos por los caminos durante horas...

–No es cierto –lo contradijo Rafe–. Créeme. Nosotros estábamos aquí atrapados con una botella de alcohol y un puñetero cuchillo y nada que hacer excepto mirar el reloj e intentar dejar la mente en blanco. Sólo estuvisteis fuera unos cuarenta y cinco minutos.

Justin se encogió, tenso.

–Bueno, a mí me dio la sensación de que transcurrieron horas. Finalmente, Daniel se detuvo en seco y yo choqué con su espalda, como en un gag del Gordo y el Flaco. Entonces dijo: «Esto es absurdo. Así nunca la encontraremos». Le pregunté qué sugería que hiciéramos, pero Daniel me ignoró. Se quedó allí de pie, contemplando el cielo como invocando a la inspiración divina; el cielo empezaba a encapotarse, pero la luna había salido y pude ver su perfil recortado contra el negro. Un momento después dijo, con toda la calma del mundo, como si estuviéramos a media discusión en la mesa de la cena: «Bueno, imaginemos que se ha dirigido hacia un lugar concreto, en lugar de deambular por ahí en medio de la oscuridad. Habría quedado en reunirse con Ned en algún sitio. En algún sitio resguardado seguramente, el tiempo parece de lo más impredecible. ¿Hay algún lugar cerca donde…?». Y entonces salió disparado. Corrió a toda velocidad. Yo no sabía que era capaz de correr tan veloz; de hecho, no recuerdo haber visto a Daniel correr antes, ¿vosotros?

–Corrió la otra noche –apuntó Rafe, mientras apagaba la colilla–. Persiguiendo al pueblerino ese con la linterna. Es rápido cuando la situación lo requiere, de eso no cabe duda.

–Yo no tenía ni idea de adónde, tan sólo me preocupaba no perderlo de vista. La idea de quedarme solo en el bosque me provocó un ataque de pánico; ya sé que sólo estábamos a unos cientos de metros de casa, pero tenía una sensación muy distinta. Parecía… –se estremeció– peligroso, como si algo estuviera ocurriendo a nuestro alrededor y no pudiéramos verlo. Tenía miedo de quedarme solo…

–Estabas conmocionado, cariño –lo reconfortó Abby con ternura–. Es normal.

Justin sacudió la cabeza, aún con la mirada clavada en su vaso.

–No –refutó–, no era eso. –Dio un sorbo rápido y tosco a su bebida e hizo una mueca–. Entonces Daniel encendió la linterna e hizo un barrido a nuestro alrededor. Parecía el haz de luz de un faro. Yo estaba convencido de que todo el mundo a kilómetros a la redonda acudiría corriendo. Y se detuvo en aquella casucha. Sólo la vi un segundo, apenas la esquina de una pared derruida. Apagó la linterna otra vez, saltó el muro y empezó a correr campo a través. La hierba, alta y mojada, se me enredaba en los tobillos. Era como intentar correr sobre gachas… –Parpadeó mirando el vaso y lo depositó en la estantería; la bebida salpicó y manchó los apuntes de alguien con unas gotitas de mejunje naranja pegajoso–. ¿Me dais un cigarrillo?

–Pero si tú no fumas –replicó Rafe–. Tú eres el bueno de la película.

–Si tengo que contar esta historia –alegó Justin–, quiero un puñetero cigarrillo.

Su voz traslucía un temblor agudo, precario.

–¡Para ya, Rafe! –lo reprendió Abby y se estiró para tenderle a Justin su paquete de cigarros; cuando éste lo cogió, ella aprovechó para darle un apretujón afectuoso en la mano.

Justin encendió el pitillo con torpeza, sosteniéndolo en alto entre unos dedos rígidos, inhaló con demasiada fuerza y se atragantó. Nadie dijo nada mientras tosió, recuperó el aliento y se enjugó los ojos metiéndose un nudillo por debajo de las gafas.

–Lexie –dijo Abby–. ¿No podríamos…? Ya conoces lo más importante. ¿No podríamos dejarlo aquí?

–Quiero oírlo todo –respondí.

Me costaba respirar.

–Yo también –se sumó Rafe–. Yo tampoco he oído nunca esta parte y tengo la sensación de que puede ser interesante. ¿Tú no sientes curiosidad, Abby? ¿O acaso ya conoces esta historia?

Abby se encogió de hombros.

–Está bien –continuó Justin. Tenía los ojos cerrados, con fuerza, y la mandíbula tan tensa que casi no podía colocarse el cigarrillo entre los labios–. Voy a… Dadme un segundo. Ufff. –Dio otra calada y le sobrevino una ligera arcada, que logró reprimir–. Bien –dijo. Había recuperado el control de su voz–. Llegamos a la casucha. La luz de la luna permitía descifrar los contornos: los muros, la puerta. Daniel encendió la linterna, cubriéndola ligeramente con la otra mano y… –Abrió los ojos como platos y desvió la mirada al otro lado de la ventana–. Estabas sentada en un rincón, apoyada en la pared. Yo grité algo, quizá tu nombre, no lo recuerdo, y eché a correr hacia ti, pero Daniel me agarró del brazo, con fuerza, me hacía daño, y me obligó a retroceder. Acercó su boca a mi oído y susurró: «Chitón. No te muevas. Quédate aquí. Quédate quieto». Me agitó el brazo, incluso me salieron morados, y luego me soltó y se acercó a ti. Te puso los dedos en el cuello, así, como si te estuviera comprobando el pulso. Te iluminaba con la linterna, parecías… –Los ojos de Justin seguían clavados en la ventana–. Parecías un niñita dormida –continuó, con el dolor reflejándose en su voz dulce e implacable como la lluvia–. Y Daniel dijo: «Está muerta». Es lo que creímos, Lexie. Pensamos que habías muerto.

–Debías de haber caído ya en coma –aventuró Abby con tacto–. La policía nos dijo que eso ralentizó tus pulsaciones, tu respiración y ese tipo de cosas… De no haber hecho tanto frío…

–Daniel se puso en pie –prosiguió Justin– y se limpió la mano con la parte delantera de la camisa. No estoy seguro de por qué, no la tenía manchada de sangre ni nada, pero fue lo que vi: lo vi frotarse la mano contra el pecho, una y otra vez, como si no fuera consciente de estarlo haciendo. Yo no podía... yo no podía ni mirarte. Tuve que apoyarme en la pared. Respiraba con dificultad, pensé que iba a desmayarme, pero entonces Daniel dijo, con brusquedad: «No toques nada. Métete las manos en los bolsillos. Aguanta la respiración y cuenta hasta diez». Yo no sabía a qué venía todo aquello, nada me parecía tener sentido, pero de todos modos obedecí.

–Siempre lo hacemos –terció Rafe en voz baja.

Abby le lanzó una mirada rápida.

–Al cabo de un instante, Daniel dijo: «Si hubiera salido a pasear como de costumbre, llevaría las llaves y el monedero encima, y esa linterna que utiliza. Uno de los dos tiene que regresar a casa y traer estas tres cosas. El otro debería permanecer aquí. Es improbable que nadie pase por aquí a esta hora, pero no sabemos cuál era el trato que tenía con Ned y, si por casualidad alguien se acerca por aquí, necesitamos saberlo. ¿Tú qué prefieres hacer?». –Justin hizo un amago de movimiento para tenderme la mano, pero se refrenó y se agarró con fuerza el otro codo–. Le dije que yo no podía quedarme allí. Lo siento, Lexie. Lo siento en el alma. No debería haber... Me refiero a que eras tú, seguías siendo tú, aunque estuvieras... Pero no podía. Me... me temblaba todo el cuerpo. Debía de farfullar... Al final, dijo, y ni siquiera parecía molesto, ya no, sólo impaciente, dijo: «Por lo que más quieras, cállate. Ya me quedo yo. Ve a casa tan rápido como puedas. Ponte los guantes y coge las llaves de Lexie, su monedero y su linterna. Cuéntales a los demás lo ocurrido. Querrán venir hasta aquí contigo; no se lo permitas, pase lo que pase. Lo último que necesitamos es a más personas pisoteando este sitio y, además, no tiene ningún sentido darles otra imagen para olvidar. Vuelve directamente aquí. Llévate la linterna, pero no la utilices a menos que la necesites de verdad, y procura ser silencioso. ¿Te acordarás de todo?». –Dio una calada fuerte a su cigarrillo–. Le contesté que sí, habría contestado que sí aunque me hubiera pedido que fuera volando a casa, siempre y cuando significara salir de allí. Me obligó a repetírselo todo. Luego se sentó en el suelo, junto a ti, aunque no demasiado cerca, supongo que por si... ya sabes, por si se manchaba de sangre los pantalones. Alzó la mirada hacia mí y dijo: «¡Vamos! ¿A qué esperas? Rápido».

»Así que regresé a casa. Fue horrible. Tardé... bueno, si Rafe está en lo cierto, supongo que no debí de tardar tanto... No lo sé. Me perdí. Había lugares desde los que yo sabía que debería haber divisado las luces de casa, pero no era así; todo estaba negro en kilómetros a la redonda. Tenía el convencimiento de que la casa había desaparecido; sólo veía setos y senderos, infinitos, un laberinto infinito del que jamás lograría salir, nunca más volvería a amanecer. Tenía la impresión de que había centenares de ojos posados sobre mí, encaramados a los árboles, ocultos entre la maleza... no sabía a quién ni a qué pertenecían... simplemente me observaban, y reían. Estaba aterrorizado. Cuando al fin vi la casa, apenas un débil destello dorado sobre los arbustos, sentí tal alivio que estuve a punto de gritar. Lo siguiente que recuerdo es abrir la puerta de un empujón.

–Parecía el protagonista de *El grito* –apuntó Rafe–, aunque manchado de barro. Y hablaba sin coherencia; parte de lo que salía de sus labios no eran más que farfullos, como si estuviera hablando en otros idiomas. Apenas logramos descifrar que tenía que regresar y que Daniel había insistido en que nosotros nos quedáramos aquí. Yo, personalmente, pensé que no estaba para acatar órdenes de Daniel, quería averiguar qué estaba ocurriendo, pero cuando empecé a ponerme el abrigo, Justin y Abby sufrieron tal episodio de histeria que claudiqué.

–Fue lo mejor que pudiste hacer –opinó Abby con frialdad. Volvía a estar concentrada en la muñeca, con el cabello cubriéndole el rostro, ocultándoselo, e incluso desde el otro lado del salón supe que sus puntadas eran gigantescas, flojas e inservibles–. ¿Podrías haber sido de alguna utilidad?

Rafe se encogió de hombros.

–Nunca lo sabremos. Yo conozco esa casucha; si Justin me hubiera dicho adónde se dirigía, podría haber ido en su lugar y él podría haberse quedado aquí y haberse recompuesto. Pero según parece, eso no era lo que Daniel había previsto.

–Sus razones tendría.

–De eso estoy seguro –replicó Rafe–. Segurísimo, a decir verdad. De manera que Justin empezó a ir de aquí a allá en estado de excitación, cogiendo cosas y tartamudeando, y luego salió disparado de nuevo.

–Ni siquiera recuerdo cómo regresé a la casita –aclaró Justin retomando el hilo–. Después estaba completamente manchado de barro, hasta las rodillas. Quizá me cayera en el camino, no lo sé. Y tenía las manos llenas de arañazos; supongo que debí de agarrarme a los setos para mantenerme en pie. Daniel seguía sentado junto a ti; dudo que se hubiera movido desde que me fui. Me miró (sus gafas estaban manchadas de gotas de lluvia) y ¿sabes qué dijo? Dijo: «Esta lluvia nos va a venir muy bien. Si sigue lloviendo, habrá borrado los restos de sangre y las huellas dactilares para cuando llegue la policía».

Rafe se removió, un movimiento inquieto y repentino que hizo chirriar los muelles del sofá.

–Yo me quedé allí, mirándolo impertérrito. Lo único que oí fue «policía» y, para ser honesto, no entendía qué tenía que ver la policía con todo aquel asunto, pero aun así estaba aterrorizado. Alzó la vista, la bajó y dijo: «No llevas guantes».

–Con Lexie allí a su lado... –musitó Rafe, sin dirigirse a nadie en particular–. ¡Qué encantador!

–Se me habían olvidado los guantes. Con todo aquello estaba..., bueno, puedes hacerte una idea. Daniel resopló y se puso en pie; ni siquiera parecía tener prisa; limpió sus gafas con el pañuelo. Luego me lo tendió y yo intenté cogerlo. Pensé que me lo ofrecía para que yo también me limpiara las gafas, pero lo apartó bruscamente y me preguntó, irritado: «¿Las llaves?». Las saqué, él las cogió y las limpió. Entonces fue cuando caí en la cuenta de la función de aquel pañuelo. Él... –Justin se removió en su butaca, como si anduviera buscando algo, pero no estuviera seguro de qué–. ¿Recuerdas algo de todo esto?

–No lo sé –contesté, con un leve encogimiento convulsivo. Seguía sin mirarlo, salvo de reojo, y empezaba a ponerse nervioso–. Si lo recordara, no te lo habría preguntado, ¿no crees?

–Claro, claro. –Justin se ajustó las gafas–. Bueno. Entonces Daniel... Tenías las manos como caídas en el regazo y estaban todas... Te levantó los brazos estirando de las mangas para poder introducirte las llaves en el bolsillo del abrigo. Luego las soltó y tu brazo... sencillamente se desplomó, Lexie, como si fueras una muñeca de trapo, con un ruido sordo espantoso... Yo pensé que no podía seguir contemplando aquello, de verdad que no podía. Daniel tenía la linterna encendida, te enfocaba para ver mejor, pero yo me di la vuelta y dejé vagar la mirada en el campo; rogué por que Daniel pensara que estaba vigilando que nadie se acercara. Entonces dijo: «El monedero» y luego: «La linterna», y yo se los di, pero no sé qué hizo con ellos; se oían ruidos como de refriega, pero preferí no pensar en ello… –Respiró profundamente, temblando–. Tardó una eternidad. El viento empezaba a cobrar fuerza y se oían ruidos por todos sitios, susurros y crujidos y sonidos como pequeños roces… No sé cómo te atreves a caminar por ahí de noche. La lluvia arreciaba, pero sólo por zonas; los negros nubarrones avanzaban raudos por el cielo y cada vez que salía la luna el bosque parecía cobrar vida. Quizá fuera sólo la conmoción, como dice Abby, pero yo creo… No lo sé. Quizás algunos sitios sencillamente no son buenos. No son buenos para uno. Para la mente.

Sus ojos estaban fijos en algún punto del centro del salón, con la mirada perdida, recordando. Pensé en aquella pequeña e inconfundible descarga repentina en mi nuca y me pregunté, por vez primera, con qué frecuencia John Naylor me había estado persiguiendo.

–Finalmente, Daniel se puso en pie y dijo: «Ya está. Vámonos». Di media vuelta y… –tragó saliva– te alumbré con la linterna. Tenías la cabeza como caída sobre un hombro y llovía sobre ti, gotas de lluvia te resbalaban por la cara; parecía que hubieras estado llorando dormida, como si hubieras tenido una pesadilla… No podía… Dios. No podía soportar la idea de dejarte allí así, sin más. Quería quedarme contigo hasta que amaneciera o al menos hasta que dejara de llover, pero cuando se lo dije a Daniel me miró como si hubiera perdido la chaveta. Así que le dije que, como mínimo, teníamos que ponerte a cubierto de la lluvia. Al principio se negó también, pero cuando vio que yo no pensaba moverme de allí si no lo hacíamos, de que tendría que arrastrarme de los pelos si quería que volviera a casa, cedió. Estaba hecho una furia; no paraba de decir que sería culpa mía si acabábamos en la cárcel, pero a mí no me importaba. Así que…

Justin tenía las mejillas mojadas, pero no parecía percatarse de ello.

–Pesabas tanto… –continuó– y eres tan poquita cosa. Yo te he levantado un millón de veces; pensé… Era como arrastrar un inmenso saco de arena mojada. Y estabas tan fría y tan… tu cara era distinta, como de una muñeca. Me costaba creer que fueras tú. Te metimos en la habitación techada e intenté que estuvieras…, que hiciera… ¡Hacía tanto frío! Yo quería cubrirte con mi jersey, pero sabía que Daniel se enfurecería si lo intentaba, que me pegaría o lo que fuera. Andaba frotándolo todo con su pañuelo, incluso tu cara, donde yo te había tocado, y el cuello, en el punto en el que te había tomado las pulsaciones... Arrancó una rama de los arbustos que hay frente a la puerta y barrió toda la estancia, supongo que para borrar nuestras huellas. Tenía un aspecto... ¡Dios!... grotesco. Caminaba hacia atrás por aquella habitación fantasmagórica, encorvado sobre aquella rama, barriendo. La linterna alumbraba a través de sus dedos y formaba inmensas sombras que se deslizaban sobre las paredes.

Justin se enjugó la cara y clavó la mirada en la punta de sus dedos.

–Yo recé una oración por ti antes de irnos. Sé que no es mucho, pero... –Su cara volvía a estar sudada. Y empezó a orar–: «Y brille para ella la luz perpetua»...

–Justin –lo interrumpió Abby con delicadeza–. Lexie está aquí, delante de nosotros.

Justin sacudió la cabeza.

–Entonces regresamos a casa –concluyó.

Al cabo de un momento, Rafe encendió el mechero, con un ruido seco, y los tres nos sobresaltamos.

–Aparecieron de repente en el patio –explicó–. Como salidos de *La noche de los muertos vivientes.*

–Nosotros dos no dejábamos de chillarles, intentando averiguar qué había sucedido –continuó Abby–, pero Daniel nos miraba sin vernos; tenía una mirada gélida espantosa, no creo siquiera que nos viera. Levantó un brazo para impedir que Justin entrara en casa y dijo: «¿Alguien necesita hacer una colada?».

–No creo que ninguno de nosotros tuviera la más remota idea de sobre qué diablos hablaba –añadió Rafe–. No era momento para ponerse críptico. Intenté agarrarlo, obligarle a explicarnos qué demonios había sucedido, pero saltó hacia atrás y me espetó: «No me toques». Aquellas palabras, su forma de decirlas... Estuve a punto de desmayarme. No fue porque me gritara ni nada por el estilo, prácticamente hablaba entre susurros, pero su cara... No parecía Daniel; ni siquiera parecía humano. Me gruñó.

–Estaba cubierto de sangre –aclaró Abby sin rodeos– y no quería que te mancharas. Y estaba traumatizado. Tú y yo vivimos la parte más fácil aquella noche, Rafe. No –lo cortó cuando Rafe resopló–, es verdad. ¿O tal vez habrías querido estar en aquella casucha?

–Quizá no habría sido tan mala idea.

–Te prometo que no te habría gustado –dijo Justin con voz afilada–. Créeme. Abby tiene razón: vosotros lo tuvisteis fácil.

Rafe se encogió de hombros exageradamente.

–En cualquier caso –continuó Abby después de un tenso segundo–, Daniel respiró hondo, se pasó la mano por la frente y dijo: «Abby, tráenos ropa limpia y una toalla, por favor. Rafe, tráeme una bolsa de plástico, una grande. Justin, desnúdate». Él ya estaba desabotonándose la camisa…

–Cuando regresé con la bolsa, Daniel y Justin estaban en el patio, de pie, en calzoncillos –explicó Rafe, sacudiéndose unas motas de ceniza que le habían caído en la camisa–. No es que fuera una imagen muy agradable.

–Estaba congelado –dijo Justin. Su tono de voz había cambiado a mejor, ahora que lo peor había pasado: tembloroso, exhausto, liberado–. La lluvia azotaba implacable, debíamos de estar a siete millones de grados bajo cero, el viento era frío como el hielo y estábamos de pie en el patio en ropa interior. Yo no tenía ni idea de por qué estábamos haciendo todo aquello; tenía el cerebro entumecido y sólo cumplía órdenes. Daniel lanzó toda nuestra ropa a la bolsa y comentó lo afortunados que éramos por no llevar abrigo. Yo me dispuse a meter también los zapatos, quería ayudar, pero dijo: «No, déjalos ahí. Ya me ocuparé de eso más tarde». Cuando Abby regresó con las toallas y la ropa, nos secamos y nos vestimos.

–Yo intenté preguntar de nuevo qué sucedía –intervino Rafe–, esta vez desde una distancia prudencial. Justin me miró como un cervatillo sorprendido por los faros de un coche. Daniel ni siquiera se dignó dirigirme la mirada; sencillamente se remetió la camisa por dentro de los pantalones y dijo: «Rafe, Abby, traed toda la ropa que tengáis para lavar, por favor. Si no tenéis ropa sucia, traed limpia». Entonces levantó la bolsa entre sus brazos y entró a grandes zancadas en la cocina, con los pies descalzos y Justin correteando tras él como un cachorrillo. No sé por qué, pero yo también fui en busca de mi ropa sucia.

–Tenía razón –observó Abby–. Si la policía hubiera llegado aquí antes de hacer la colada…, debía parecer una colada normal, no una lavadora puesta para borrar pruebas.

Rafe encogió un solo hombro.

–Lo que sea. Daniel puso la lavadora y se quedó plantado delante de ella, con el ceño fruncido, como si lo fascinara algún objeto misterioso. Estábamos todos en la cocina, de pie alrededor de él como una pandilla de inútiles, esperando a no sé qué, a que dijera algo, supongo, aunque...

–Yo únicamente veía el cuchillo –musitó Justin–. Rafe y Abby lo habían dejado allí, en el suelo de la cocina...

Rafe puso los ojos en blanco y señaló con la cabeza a Abby.

–Sí –confirmó ella–, yo tomé la decisión. Juzgué conveniente no tocar nada hasta que vosotros regresarais y urdiéramos un plan.

–Porque, por supuesto –me aclaró Rafe con ironía–, teníamos que urdir un plan. Con Daniel siempre hay un plan, ¿no es cierto? ¿A que es muy bonito saber que siempre se tiene un plan?

–Abby nos chillaba –dijo Justin–. Me gritaba: «¿Dónde demonios está Lexie?» al oído. Estuve a punto de desmayarme.

–Daniel dio media vuelta y nos miró consternado –continuó Rafe–, como si no supiera quiénes éramos. Justin intentó balbucear algo, pero sólo fue capaz de emitir un ruido espantoso, como si tuviera una arcada, y Daniel dio un salto de medio kilómetro y lo miró pestañeando. Entonces dijo: «Lexie está en esa casucha en ruinas que tanto le gusta. Está muerta. Suponía que Justin os lo había explicado». Y empezó a ponerse los calcetines.

–Justin nos lo había dicho –apuntó Abby en voz baja–, pero supongo que ambos ansiábamos que estuviera equivocado.

Un largo silencio. En la planta de arriba, el reloj del descansillo marcaba el avance inexorable del tiempo, lenta y pesadamente. En algún lugar, Daniel pisaba fuerte el acelerador y yo lo percibía, acercándose más a cada segundo, la vertiginosa velocidad de la carretera bajo sus neumáticos.

–¿Y qué hicisteis luego? –pregunté–. ¿Sencillamente os fuisteis a dormir?

Se miraron. Justin empezó a reír, una carcajada aguda e inútil, y al cabo de un momento los demás se le sumaron.

–¿Qué? –pregunté.

–No sé de qué nos reímos –comentó Abby, enjugándose los ojos e intentando recomponerse y adoptar una actitud severa, pero sólo consiguió que los muchachos volvieran a estallar en risotadas–. Por lo que más queráis... No fue divertido; de verdad, no lo fue. Sólo que...

–No te lo creerás –me advirtió Rafe–. Jugamos al póquer.

–Es cierto. Nos sentamos a la mesa y…

–Prácticamente teníamos un infarto cada vez que la lluvia azotaba la ventana…

–A Justin no dejaban de castañetearle los dientes; era como estar sentado al lado de un músico con unas maracas…

–¿Y os acordáis de cuando el viento arremetió contra la puerta y Daniel se levantó con tal ímpetu que volcó su silla?

–¡Mira quién fue a hablar! El noventa por ciento del tiempo yo podía verte todas las cartas que tenías en la mano. Tuviste suerte de que no estuviera de humor para hacer trampas, porque podría haberte desplumado…

Se solapaban unos a otros, parloteando como una pandilla de adolescentes recién salidos de un examen trascendental, atolondrados por el alivio.

–Madre de Dios –exclamó Justin, cerrando los ojos y apretándose el vaso contra la sien–. ¡Maldita partida de naipes! Se me sigue descolgando la mandíbula cuando la recuerdo. Daniel no dejaba de decir: «La única coartada fiable es una secuencia real de acontecimientos…».

–Los demás ni siquiera éramos capaces de formular frases enteras –indicó Rafe– y, en cambio, él se explayó filosofando acerca del arte de la coartada. Yo no habría sido capaz de ligar las palabras «coartada fiable».

–Nos hizo retroceder a todos el reloj hasta las once, justo antes de que todo degenerara en una pesadilla, regresar a la cocina y acabar de fregar los platos y recoger; luego nos hizo trasladarnos al salón y jugar a cartas como si nada hubiera ocurrido.

–Él jugaba tu mano además de la suya –me explicó Abby–. La primera vez tú tenías unas cartas decentes, pero las suyas eran mejores, de manera que fue a por ti y te desbancó. Era surrealista.

–Y no dejaba de narrar –apostilló Rafe. Se alargó para agarrar la botella de vodka y volcó su vaso. En la luz neblinosa de la tarde que penetraba por las ventanas, estaba guapo y disoluto, con el cuello de la camisa desabrochado y unos mechones de cabello dorado cayéndole sobre los ojos, como un petimetre de la Regencia tras una larga velada bailando–. «Lexie sube la apuesta, Lexie pliega, a Lexie le convendría otra bebida llegados a este punto, ¿alguien podría pasarle el vino.» Parecía uno de esos locos que se te sientan al lado en el parque y le da de comer de su bocadillo a su amigo imaginario. Una vez te hubo expulsado de la partida, nos obligó a interpretar una pequeña escena: tú te disponías a salir a pasear y nosotros te despedíamos con la mano… Yo pensé que estábamos perdiendo la cordura. Recuerdo estar sentado allí, en aquella silla, y despedirte cordialmente con un único pensamiento claro y sosegado en mente: «Así que la locura es esto».

–Debían de ser las tres de la madrugada –dijo Justin–, pero Daniel no nos dejaba irnos a dormir. Tuvimos que permanecer aquí sentados y jugar al maldito póquer hasta el amargo final. Evidentemente, ganó Daniel, puesto que era el único capaz de concentrarse, pero tardó una eternidad en echarnos al resto. Sinceramente, la policía debe de creer que somos los peores jugadores de póquer de la historia. Yo hacía escaleras de color por debajo de la sota… Estaba tan cansado que veía doble y todo me parecía una pesadilla atroz. Mi mente insistía en que tenía que despertarme. Tendimos la ropa delante del fuego para que se secara y el salón parecía salido de *La niebla*, con prendas expulsando vapor y el fuego crepitando y todo el mundo fumando como carreteros esos horribles cigarrillos sin filtro de Daniel…

–No me permitía ir a comprar tabaco normal –explicó Abby–. Dijo que debíamos permanecer juntos y, además, las cámaras de la gasolinera mostrarían la hora a la que había acudido y lo complicarían todo… Se comportaba como un general.

Rafe resopló.

–Es cierto –continuó Abby–. Al resto nos temblaban tanto las manos que apenas podíamos sostener las cartas…

–En un momento dado, Justin vomitó –añadió Rafe tras dar una calada a su cigarrillo, apagando la cerilla con una sacudida de muñeca–. En el fregadero. También muy encantador.

–No pude evitarlo –se disculpó Justin–. Sólo podía pensar en ti, allí tumbada, sumida en la oscuridad, completamente sola…

Alargó la mano y me dio una apretón en el brazo. Yo cubrí su mano con la mía por un segundo; la suya, huesuda, estaba fría y temblaba con fiereza.

–Eso era lo único en lo que todos nosotros podíamos pensar –lo corrigió Abby–, pero Daniel… Era evidente que se estaba quedando sin fuerzas: se le había hundido el rostro bajo los pómulos, como si hubiera adelgazado medio kilo desde la cena, y tenía unos ojos inquietantes, enormes y profundamente negros, pero estaba tan tranquilo, como si nada hubiera sucedido. Justin empezó a limpiar el fregadero…

–Seguía teniendo arcadas –apostilló Rafe–. Yo lo oía desde aquí. De los cinco, Lexie, me atrevo a afirmar que quizá fueras tú la que viviera una noche más agradable aquel día.

–Pero Daniel le dijo a Justin que lo dejara –continuó Abby–; decía que eso alteraría la cronología de los acontecimientos en nuestro cerebro.

–Según parece –me informó Rafe–, la esencia de la coartada es la simplicidad; cuantos menos pasos haya que omitir o inventar, menos probable es incurrir en un error. No cesaba de repetirnos: «Tal como están las cosas, debemos limitarnos a recordar que cuando acabamos de fregar los platos nos pusimos a jugar a las cartas, y eliminar los eventos que puedan interponerse en nuestra mente. Nunca han ocurrido». En otras palabras, regresa aquí ahora mismo y juega tu mano, Justin. El pobrecillo estaba verde.

Daniel estaba en lo cierto con respecto a la coartada. Era bueno tramando coartadas; demasiado bueno. En aquel segundo pensé en mi piso, en Sam garabateando y el aire al otro lado de las ventanas atenuándose en color púrpura y yo trazando el perfil del asesino: alguien con experiencia delictiva en su pasado.

Sam había investigado el historial de los cuatro, pero no había encontrado nada más grave excepto un par de multas por exceso de velocidad. Yo no tenía manera de saber qué había investigado Frank en su mundo privado, complejo y extraoficial, cuánto había descubierto y se había guardado para sí mismo, y cuánto se le había pasado por alto incluso a él; quién de todos nosotros, de todos los contendientes, era el que mejor sabía guardar un secreto.

–Tampoco nos dejaba mover el cuchillo –explicó Justin–. Estuvo allí todo el tiempo mientras jugábamos al póquer. Yo lo tenía a mis espaldas, en la cocina, y juro que lo notaba detrás de mí, como salido de un cuento de Poe o de los jacobinos. Rafe estaba sentado justo enfrente de mí y no dejaba de dar saltitos y pestañear, como si tuviera un tic…

Rafe lo miró con una mueca de incredulidad.

–Yo no hacía eso.

–Y tanto que sí. No dejabas de moverte, todo el rato, como un mecanismo de relojería. Daba la sensación de que había algo que te aterrorizaba por encima de mi hombro y, cada vez que dabas ese saltito, yo sentía demasiado miedo para volver la vista, en caso de que el cuchillo pendiera en el aire, destellando o vibrando o quién sabe qué…

–Por todos los santos. Maldita Lady Macbeth…

–Ufff –los interrumpí de repente–. El cuchillo. ¿Sigue…? Me refiero a si lo hemos utilizado para comer…

Apunté con una mano vagamente en dirección a la cocina, luego me metí un nudillo en la boca y me mordí. No fingía; la idea de que todas las comidas que había comido allí podían estar veteadas con rastros invisibles de la sangre de Lexie daba lentas volteretas mortales en mi mente.

–No –contestó Abby rápidamente–. Claro que no. Daniel se deshizo de él. Una vez los demás nos fuimos a dormir, o a nuestros dormitorios si más no…

–Buenas noches, Mary Ellen –dijo Rafe–. Buenas noches, Jim Bob. Felices sueños. Por favor…

–Volvió a bajar –continuó Abby–. Lo escuché en las escaleras. No sé exactamente qué hizo abajo, pero la mañana siguiente los relojes volvían a estar en hora, el fregadero estaba impoluto, el suelo de la cocina estaba limpio (parecía que lo hubieran frotado todo con un estropajo, no sólo ese trozo). Los zapatos, los de Daniel y Justin, que se habían quedado en el patio, estaban en el armario del zaguán, limpios, no relucientes, sólo limpios, como solemos llevarlos, y secos, como si los hubiera tenido delante del fuego. La ropa estaba toda perfectamente planchada y doblada, y el cuchillo había desaparecido.

–¿Qué cuchillo era? –pregunté, un poco temblorosa, sin sacarme el nudillo de la boca.

–Una de esos cuchillos de sierra viejuchos con mango de madera –comentó Abby en voz baja–. No te inquietes, Lexie, ya no está aquí.

–No quiero que esté en esta casa.

–Ya lo sé. Yo tampoco. Estoy convencida de que Daniel se deshizo de él, no obstante. No estoy del todo segura de cuántos teníamos al principio, pero oí abrirse la puerta principal, así que me figuro que lo debió de sacar fuera.

–Pero ¿dónde? Tampoco quiero que esté en el jardín. No lo quiero por aquí.

La voz me temblaba cada vez más. En algún lugar, Frank estaría escuchando y susurrando: «Adelante, jovencita, dínoslo».

Abby sacudió la cabeza.

–No estoy segura. Estuvo fuera unos minutos y no creo que lo dejara por el bosque, pero ¿quieres que se lo pregunte? Puedo pedirle que se deshaga de él si anda por aquí cerca.

Subí un hombro.

–Como quieras. Sí, supongo que sí. Díselo.

Daniel no lo haría ni en un millón de años, pero yo tenía que cumplir con las formalidades, y él iba a divertirse de lo lindo tirando de los cabos sueltos, si las cosas llegaban a tal extremo.

–Yo ni siquiera lo oí bajar las escaleras –terció Justin–. Estaba... Madre mía, no quiero ni acordarme. Estaba sentado en el filo de mi cama con las luces apagadas, meciéndome. Durante toda la partida de cartas había tenido tantas ganas de marcharme que habría podido gritar; mi único deseo era estar solo, pero en cuanto así fue, la cosa empeoró más si cabe. La casa no dejaba de crujir, con todo aquel viento y la lluvia, pero juro por Dios que sonaba exactamente como si tú estuvieras andando en el piso de arriba, preparándote para meterte en la cama. En una ocasión –tragó saliva, apretó los músculos de la mandíbula– hasta te oí canturrear. Tatareabas *Black Velvet Band*. Incluso pude descifrar eso. Quería... Si asomo la cabeza por la ventana, veo si tienes la luz encendida, porque se refleja en la hierba, y quería comprobarlo, sólo para cerciorarme... no me malinterpretes, no es que quisiera «cerciorarme», ya sabes a qué me refiero..., pero no podía. Era incapaz de ponerme en pie. Estaba convencido de que si descorría la cortina vería tu luz iluminando la hierba. ¿Y entonces qué? ¿Qué haría entonces?

Justin estaba temblando.

–Justin –lo sosegó Abby con dulzura–. No pasa nada.

Él se presionó los dedos sobre los labios, con fuerza, y respiró hondo.

–Sí –convino–. Además, Daniel podría haber subido y bajado las escaleras ruidosamente y yo ni siquiera me habría percatado.

–Yo sí lo oí –dijo Rafe–. Creo que aquella noche oí todas y cada una de las cosas que ocurrieron en un kilómetro a la redonda; incluso el ruido más imperceptible al final del jardín me daba un susto de muerte. Lo bueno de la actividad delictiva es que te dota del oído de un murciélago. –Agitó su cajetilla de cigarrillos, la arrojó al fuego (Justin abrió la boca como por acto reflejo, pero volvió a cerrarla) y cogió el de Abby, que estaba en la mesilla de café–. Algunos ruidos resultan muy interesantes de escuchar.

Abby arqueó las cejas. Clavó la aguja con mucho cuidado en un dobladillo, depositó la muñeca en su regazo y miró a Rafe larga y fríamente.

–¿De verdad quieres adentrarte en ese territorio? –inquirió–. Porque no puedo detenerte pero, si yo fuera tú, me lo pensaría muy, pero que muy bien antes de abrir esa caja de Pandora.

Un largo y penetrante silencio inundó la sala. Abby entrelazó las manos en su regazo y miró a Rafe impasiblemente.

–Estaba borracho –dijo Rafe, de repente, con acritud, al silencio–. Como una cuba.

Tras otro segundo, Justin añadió, con la vista clavada en la mesilla de café:

–No estabas tan borracho.

–Claro que sí. Estaba como una cuba. No creo que haya estado tan borracho en toda mi vida.

–No lo estabas. De haber estado tan borracho como dices…

–Todos habíamos bebido con bastante contundencia durante buena parte de la noche –dijo Abby sin alterarse, interrumpiéndolo–. No es de sorprender. No ayudaba; no creo que ninguno de nosotros durmiera demasiado. La mañana siguiente fue la peor de las pesadillas. Estábamos tan alterados, exhaustos y resacosos que caminábamos como patos, no pensábamos con claridad, no veíamos con claridad. Éramos incapaces de decidir qué era mejor, si llamar a la policía e informar de tu desaparición o no. Rafe y Justin querían hacerlo…

–En lugar de dejarte tirada en una casucha infestada de ratas hasta que algún palurdo del pueblo tropezara contigo por azar –aclaró Rafe tras dar una calada, sacudiendo el mechero de Abby–. Llámanos locos…

–Pero Daniel opinaba que resultaría extraño; tenías edad suficiente para salir a pasear a primera hora de la mañana o incluso saltarte las clases en la universidad durante un día si te apetecía. Telefoneó a tu móvil, que estaba aquí mismo, en la cocina; estimó conveniente que hubiera una llamada.

–Nos preparó el desayuno, ¿puedes creértelo? –preguntó Justin.

–En esa ocasión a Justin le dio tiempo a llegar al baño, al menos –apostilló Rafe.

–No parábamos de discutir –continuó Abby. Había vuelto a coger la muñeca y le trenzaba el pelo de manera inconsciente y metódica, una y otra vez–, sobre si deberíamos desayunar, llamar a la policía, ir a la universidad como cualquier otro día o esperar a que regresaras; lo más natural habría sido que Daniel o Justin te esperaran y que el resto nos marchásemos, pero éramos incapaces de hacerlo. La mera idea de dividirnos se nos hacía insoportable, nos volvíamos locos sólo de pensarlo; no sé ni cómo expresarlo. Podríamos habernos matado los unos a los otros. Rafe y yo no dejábamos de gritarnos, de gritarnos de verdad, pero en cuanto alguien sugería que nos separásemos, a mí empezaban a flaquearme las rodillas, literalmente.

–¿Sabeís qué pensaba yo? –intervino Justin en voz muy baja–. Estaba ahí de pie, escuchándoos a los tres discutir y mirando por la ventana, esperando a que llegase la policía o alguien, y me di cuenta de que podían pasar días antes de que eso ocurriera. Semanas; la espera podía prolongarse durante semanas. Lexie podía permanecer allí durante... Sabía que no había absolutamente ninguna posibilidad de que yo sobreviviera a aquel día en la universidad, por no hablar ya de semanas. Y pensé que lo que deberíamos hacer, por el bien de todos, era dejar de pelearnos, agarrar un edredón y acurrucarnos bajo él, los cuatro juntos, y encender el gas. Eso es lo que yo quería hacer.

–Pero si ni siquiera tenemos gas –le espetó Rafe–. ¡No seas tan dramático!

–Me parece que los cuatro pensábamos en ello, en qué haríamos si no te encontraban de inmediato, pero nadie se atrevía a mencionarlo –aclaró Abby–. En realidad, cuando la policía se presentó fue un gran alivio, inmenso. Justin fue el primero en verlos, a través de la ventana. «Ha venido alguien», anunció y nos quedamos todos paralizados por un momento, y empezamos a medio increparnos unos a otros. Rafe y yo nos dispusimos a acercarnos a la ventana, pero Daniel ordenó: «Sentaos todos. Ahora mismo». De manera que nos sentamos a la mesa de la cocina, como si acabáramos de desayunar, y aguardamos a que sonara el timbre.

–Daniel acudió a abrir la puerta –explicó Rafe–, lógicamente. Se mostraba frío como el hielo. Su voz me llegaba desde el zaguán: «Sí, Alexandra Madison vive aquí... No, no la hemos visto desde anoche... No, no ha habido ninguna discusión... No, no estamos preocupados por ella, simplemente no sabemos si hoy piensa ir a la universidad... ¿Ocurre algo, agentes?», y aquel matiz de preocupación penetrando poco a poco en su voz... Estuvo impecable. Fue espeluznante.

Abby arqueó las cejas.

–¿Habrías preferido que se pusiera a balbucear como si fuese un niño? –le preguntó–. ¿Qué crees que habría sucedido de haber abierto tú la puerta?

Rafe se encogió de hombros. Comenzó a jugar con las cartas de nuevo.

–Al final –continuó Abby, cuando resultó evidente que Rafe no pensaba responder–, pensé que debíamos salir todos; de hecho, habría resultado extraño que no lo hiciéramos. Eran Mackey y O'Neill. Mackey estaba apoyado en la pared y O'Neill tomaba notas, y me dieron un susto de muerte. Sus ropas de calle, aquellas expresiones absolutamente inescrutables, su forma de hablar, como si no hubiera prisa, como si pudieran tomarse todo el tiempo del mundo... Yo esperaba a esos dos mequetrefes de Rathowen, pero saltaba a la vista que aquellos tipos eran de una calaña muy distinta. Parecían infinitamente más inteligentes e infinitamente más peligrosos. Hasta entonces había pensado que lo peor ya había pasado, que nada podía superar lo de la noche anterior. Pero cuando vi a aquellos dos detectives caí en la cuenta de que esto no había hecho más que comenzar.

–Fueron crueles –interrumpió Justin de repente–. Terrible, espantosamente crueles. Se extendieron hasta el infinito antes de explicarnos lo sucedido. No dejábamos de preguntarles qué había ocurrido y se limitaban a mirarnos con aquellos rostros petulantes e inexpresivos, negándose a darnos una respuesta clara...

–«¿Qué os hace creer que podría haberle ocurrido algo?» –repitió Rafe, imitando con una precisión maléfica el deje arrastrado típico del acento dublinés de Frank–. «¿Tenía alguien algún motivo para hacerle daño? ¿Tenía miedo de alguien?»

–E incluso cuando nos explicaron lo sucedido, los muy capullos no nos dijeron que estabas viva. Mackey se limitió a decir algo como: «La han encontrado hace unas cuantas horas, no lejos de aquí. Anoche, en algún momento, la apuñalaron». Lo dijo en un tono de voz deliberado, sonó como si estuvieras muerta.

–Daniel fue el único que mantuvo la sangre fría –añadió Abby–. Yo estaba a punto de romper a llorar; llevaba toda la mañana reprimiéndome de hacerlo para evitar tener los ojos hinchados y sentí un alivio indescriptible por que finalmente se me permitiera saber qué había ocurrido... Pero Daniel soltó de inmediato, como una bala: «¿Está viva?».

–Y los polis lo dejaron en incógnita –aclaró Justin–. No dijeron ni una palabra más durante lo que pareció una eternidad; se limitaron a quedarse allí plantados, observándonos, a la espera. Ya te he dicho que fueron crueles.

–Finalmente –continuó Rafe–, Mackey se encogió de hombros y respondió: «Casi». Tuvimos la sensación de que nos estallaba la cabeza. Nos habíamos preparado para..., bueno, para lo peor: simplemente queríamos acabar con todo aquello para poder sufrir nuestras crisis nerviosas en paz. No estábamos preparados para algo así. Dios sabe lo que podría haber ocurrido, podríamos haber reaccionado de modo que todo saltara por los aires allí mismo, de no ser por Abby, quien, haciendo gala de un cálculo del tiempo impecable, sintió un ligero desmayo. De hecho, siempre he querido preguntártelo y se me ha olvidado: ¿el vahído fue real o formaba parte del plan?

–Casi nada de aquello formaba parte del plan de nadie –contestó Abby en un tono cortante–, y no me desmayé. Me mareé un segundo. No sé si lo recuerdas, pero apenas había logrado conciliar el sueño.

Rafe soltó una risotada de maldad.

–Saltamos todos como un resorte para agarrarla, la sentamos en el suelo y le trajimos agua –explicó Justin– y, para cuando se recuperó, habíamos logrado serenarnos...

–¿Ah, sí? ¿De verdad? –inquirió Rafe, enarcando las cejas–. Tú seguías ahí de pie, abriendo y cerrando la boca como un pez. Yo tenía tantísimo miedo de que dijeras alguna estupidez que no dejaba de tartamudear. Aquellos policías debieron de pensar que era tonto de remate: dónde la han encontrado, dónde está, podemos verla... Ellos evitaban contestarme, pero al menos lo intenté.

–Lo hice lo mejor que supe –alegó Justin, subiendo el tono de voz, el disgusto en aumento otra vez–. Para ti fue fácil acostumbrarte al cambio de idea: ¡vaya, está viva, genial! Tú no estabas allí. Tú no recordabas aquella horrible casucha…

–Bueno, por lo que sé, fuiste de tanta ayuda como unas tetas en un toro. Una vez más.

–Estás borracho –lo reprendió Abby con frialdad.

–¿Sabes qué? –preguntó Rafe, como un niño complacido de desconcertar a los adultos–. Creo que sí lo estoy. Y creo que me voy a emborrachar aún más. ¿A alguien le fastidia?

Nadie respondió. Alargó la mano para coger la botella y me miró de reojo:

–Te perdiste una gran noche, Lexie. Si te preguntas por qué Abby cree que todo lo que dice Daniel es la Palabra de Dios…

Abby lo cortó sin pestañear:

–Ya te lo he advertido una vez, Rafe. Ésta es la segunda. No te daré una tercera oportunidad.

Pausa. Rafe se encogió de hombros y enterró su rostro en el vaso. En medio de aquel silencio percibí que Justin acababa de sonrojarse, se puso rojo como la grana.

–Los días siguientes –Abby retomó el relato– fueron un infierno. Nos dijeron que estabas en coma, en cuidados intensivos, y que los médicos no estaban seguros de si sobrevivirías, pero no nos permitían ir a verte; de hecho, intentar sonsacarles cómo te encontrabas era como arrancar dientes con unas tenazas. Lo máximo que logramos sacarles es que aún no estabas muerta, un dato que no resultaba especialmente reconfortante.

–La casa estaba infestada de policías –describió Rafe–. Había agentes registrando tu habitación, los caminos, arrancando trozos de moqueta… Nos entrevistaron tantas veces que empecé a repetirme, ni siquiera sabía qué le había explicado y a quién. Incluso cuando no estaban presentes nos manteníamos en guardia, todo el tiempo. Daniel nos aseguró que no podían colocar micrófonos ocultos en la casa, al menos no legalmente, pero Mackey no me parece del tipo de personas que se preocupa demasiado por los tecnicismos, y, además, tener policías es como tener ratas, pulgas o algo así. Aunque no los veas, los notas, arrastrándose.

–Fue espantoso –opinó Abby–. Y Rafe es libre de quejarse tanto como quiera de aquella partida de póquer, pero es fantástico que Daniel nos obligara a jugarla. De haber reflexionado yo en alguna ocasión acerca de ello, habría supuesto que dar una coartada no lleva más de cinco minutos: yo estaba en un lugar, alguien lo confirma y fin de la historia. Pero aquellos policías nos interrogaron durante horas, una y otra vez, acerca de cada detalle, por minúsculo que fuera: ¿a qué hora empezasteis la partida?, ¿quién estaba sentado dónde?, ¿cuál fue la apuesta inicial de cada uno?, ¿quién barajó primero?, ¿bebíais?, ¿quién bebía qué?... Nos preguntaron incluso qué cenicero habíamos utilizado.

–Y nos tendían trampas todo el rato –explicó Justin. Estiró el brazo para agarrar la botella; le temblaba la mano, sólo un poco–. Yo les daba una respuesta clara y sencilla: empezamos a jugar alrededor de las once y cuarto, por ejemplo, y Mackey u O'Neill o quienquiera que fuera aquel día, ponía cara de incertidumbre y preguntaba: «¿Estás seguro? Porque creo que uno de tus amigos dijo que había sido a las diez y cuarto», y empezaba a hojear sus notas, y entonces yo me quedaba aterrorizado. Me refiero a que no sabía si uno de los otros había cometido un error (habría sido muy fácil; estábamos todos tan alterados que no pensábamos con claridad) y debería respaldarlo con un «¡Ah, sí, es verdad, debo de haberme confundido!» o no. Al final me ceñí al guión, lo cual resultó ser la opción acertada, puesto que nadie había cometido ningún error, sino que los polis se estaban marcando faroles, pero fue de pura chiripa: estaba demasiado paralizado por el terror para hacer nada más. De haberse prolongado más la situación, creo que todos nos habríamos vuelto majaretas.

–¿Y todo para qué? –preguntó Rafe. Se sentó de una manera tan impulsiva que estuvo a punto de tirar al suelo las cartas que tenía en el regazo, y arrancó su cigarrillo del cenicero–. Eso es lo que más me desconcierta: dimos por válida la palabra de Daniel. Tiene los conocimientos médicos de un soufflé de queso, pero nos comunicó que Lexie estaba muerta y nosotros le creímos, sin más. ¿Por qué tenemos que creerle siempre?

–Por costumbre –contestó Abby–. Normalmente tiene razón.

–¿De verdad lo crees? –inquirió Rafe. Había vuelto a estirarse en el sofá, pero su voz había adquirido un matiz peligroso y descontrolado–. Pues esta vez se equivocó. Podíamos haber telefoneado a una ambulancia como la gente normal y todo hubiera ido bien. Lexie no habría presentado cargos o como se diga y, si alguno de nosotros se hubiera detenido un instante a reflexionar sobre ello, habría caído en la cuenta de que eso era lo más sensato. Pero no, dejamos que Daniel tomara las riendas de la situación y tuvimos que participar de la fiesta del té del Sombrerero Loco...

–Daniel no sabía que todo saldría bien –lo interrumpió Abby con aspereza–. ¿Qué crees que habría hecho? Creía que Lexie estaba muerta, Rafe.

Rafe se encogió de hombros.

–O eso dice.

–¿Qué quieres decir?

–Simplemente digo lo que pienso. ¿Recuerdas cuando aquel imbécil se presentó a informarnos de que Lexie había salido del coma? Nosotros tres –me indicó a mí– nos sentimos tan aliviados que estuvimos a puntos de desfallecer; de hecho, pensé que Justin iba a desmayarse de verdad.

–Gracias de nuevo, Rafe –dijo Justin, volviendo a coger la botella.

–Pero ¿vosotros tuvisteis la sensación de que Daniel se sentía aliviado? ¡Nada de eso! Parecía como si alguien le hubiera apaleado con una porra en pleno estómago. Por favor, si hasta el propio policía se dio cuenta. ¿Os acordáis?

Abby se encogió de hombros, con frialdad, y agachó la cabeza sobre la muñeca, mientras buscaba a tientas la aguja.

–Eh –exclamé, al tiempo que daba una patadita en el sofá para llamar la atención de Rafe–. Yo no me acuerdo. ¿Qué ocurrió?

–Fue el capullo ese de Mackey –explicó Rafe. Le arrebató la botella de vodka a Justin y se llenó el vaso hasta arriba, prescindiendo de la tónica–. A primera hora de la mañana del lunes se presentó en la puerta, tenía buenas noticias que comunicarnos. Preguntó si podía entrar. Yo, personalmente, lo habría enviado a la porra, había visto bastantes agentes de policía aquel fin de semana para el resto de mi vida, pero Daniel abrió la puerta porque tenía esa teoría chiflada de que no debíamos enemistarnos con la policía. En verdad, Mackey ya estaba enemistado, nos detestaba desde el primer momento en que nos vio, así que ¿qué sentido tenía tratar de quedar bien con él? Sea como fuere, Daniel lo dejó entrar. Yo salí de mi dormitorio para comprobar de qué iba aquella historia, y Justin y Abby estaban saliendo de la cocina. Mackey permaneció de pie en el zaguán, nos repasó a todos con la mirada y dijo: «Vuestra amiga va a sobrevivir. Está consciente y ha pedido el desayuno».

–Nos pusimos como locos de alegría –dijo Abby, que ya había encontrado la aguja y apuñalaba el vestido de la muñeca con puntadas cortas y furiosas.

–Bueno –la contradijo Rafe–. No todos... Justin estaba agarrado al pomo de la puerta sonriendo como un bobo y hundiéndose como si las rodillas le hubieran flaqueado de manera irremisible, Abby empezó a reír y saltó sobre él y le dio un gran abrazo, y yo creo que emití algún tipo de sonido extraño y convulsivo. Pero Daniel... simplemente se quedó allí impertérrito. Parecía...

–Parecía un niño –lo interrumpió Justin de repente–. Parecía un niño muerto de miedo.

–Bueno, no es que tú estuvieras en situación de apreciar nada –le recriminó Abby con acritud.

–Pues sí lo estaba. Estuve observándolo muy atentamente. Estaba tan pálido que parecía enfermo.

–Luego giró sobre sus talones, entró aquí –continuó Rafe– y se apoyó en el marco de la ventana, con la vista perdida en el jardín. Ni una sola palabra. Mackey nos miró con la ceja arqueada y preguntó: «¿Qué le ocurre a vuestro amigo? ¿Es que no está contento?».

Frank no me había mencionado nada de aquello. Yo debería estar rabiosa, al fin y al cabo era él quien me había advertido que no jugara sucio, pero en aquellos momentos se me antojaba una persona neblinosa de otro mundo, a una galaxia de distancia.

–Abby se desenmarañó de Justin e hizo un comentario acerca de lo sensible que es Daniel...

–Es que lo es –replicó Abby y cortó el hilo con los dientes.

–Pero Mackey se limitó a sonreír con esa sonrisita suya de cinismo y se fue. En cuanto me aseguré de que se había ido de verdad (es de los que se quedarían escuchando a hurtadillas entre los matorrales), me acerqué a Daniel y le pregunté qué problema tenía. Seguía junto a la ventana; no se había movido. Se apartó el pelo de la cara (estaba sudando) y dijo: «No hay ningún problema. Ese poli miente, por supuesto; debería haberme dado cuenta de inmediato, pero me ha sorprendido con la guardia baja». Me lo quedé mirando atónito. Pensé que había perdido definitivamente el juicio.

–Igual eras tú quien lo había perdido –intervino Abby crispada–. Yo no recuerdo nada de todo esto.

–Tú y Justin estabais demasiado ocupados bailando por el comedor entre abrazos y grititos, parecíais un par de Teletubbies. Daniel me miró irritado y dijo: «No seas ingenuo, Rafe. Si Mackey estuviera diciendo la verdad, ¿crees que nos anunciaría buenas noticias? ¿No se te ha ocurrido lo serias que podrían haber sido las consecuencias de lo ocurrido?». –Le dio un trago largo a su bebida–. Dímelo tú, Abby. ¿Tú dirías que eso puede describirse como «volverse loco de alegría»?

–Por todos los santos, Rafe –se quejó Abby. Estaba sentada muy recta, pestañeando con fuerza: se estaba enfadando–. ¿De qué te quejas? ¿Acaso has perdido la cabeza? Nadie quería que Lexie muriera.

–Tú no querías, yo no quería y Justin no quería. Quizá Daniel tampoco quisiera. Yo sólo digo que no tengo manera de saber qué sintió él cuando comprobó el pulso de Lexie, porque yo no estaba allí. Y tampoco puedo jurar saber qué habría hecho Daniel en caso de haber descubierto que seguía con vida. Y tú, Abby, ¿lo sabes con certeza? Después de estas últimas semanas, ¿podrías jurar, con la mano en el corazón, que estás absolutamente segura de lo que Daniel habría hecho?

Algo frío se deslizó por mi nuca, onduló las cortinas y se aposentó lenta y delicadamente en los rincones del techo. Cooper y la policía científica habían dictaminado que la habían trasladado después de muerta, pero no cuánto tiempo después. Durante al menos veinte minutos, Daniel y Lexie habían permanecido juntos, solos, en aquella casucha. Pensé en los puños de Lexie, apretados con fuerza («estrés emocional extremo», había descrito Cooper) y en Daniel sentado tranquilamente junto a ella, sacudiendo con cuidado la ceniza dentro del paquete de cigarrillos, mientras gotas de la tenue lluvia salpicaban su cabello oscuro. De haber habido algo más que aquello, tal vez una mano moviéndose, un grito ahogado, unos grandes ojos pardos asustados mirándolo, un susurro casi demasiado leve para escucharse, nadie lo sabría jamás.

El largo viento de la noche barría las montañas, el ulular de las lechuzas se desvanecía.

La otra cosa que había mencionado Cooper era que los médicos podrían haberla salvado. Daniel podría haber hecho que Justin permaneciera en la casita, si así lo hubiera querido. Habría sido lo lógico. El que se quedaba no tenía nada que hacer, si Lexie estaba muerta, salvo permanecer allí quieto, sin tocar nada; en cambio, el que regresara a casa tenía que dar la noticia a los otros dos, encontrar el monedero, las llaves y la linterna, mantener la compostura y actuar con celeridad. Daniel había enviado a Justin, que apenas se tenía en pie.

–Hasta la víspera del día en que regresaste –me explicó Rafe– insistía en que estabas muerta. Según él, los policías se estaban marcando un farol al afirmar que estabas viva para que creyéramos que tú les estabas contando lo ocurrido. Daniel dijo que debíamos limitarnos a no perder la cabeza y, antes o después, regresarían con algún cuento acerca de que habías tenido una recaída y habías muerto en el hospital. No fue hasta que Mackey telefoneó para preguntar si podía traerte al día siguiente, si estaríamos en casa, cuando Daniel pensó que, ¡mira por dónde!, quizá no hubiera ninguna conspiración mundial en contra de nosotros, que quizá todo aquel asunto fuera más sencillo de lo que parecía. Fue un momento Eureka. –Dio otro trago largo a su bebida–. Muerto de alegría, y un cuerno. Yo te diré cómo estaba: se quedó petrificado. Sólo pensaba en si Lexie habría perdido la memoria o en si se lo habría hecho creer a la policía y en tu proceder una vez regresaras a casa.

–¿Y qué? –preguntó Abby–. ¿Qué problema hay? Todos estábamos preocupados por eso, para ser honestos. ¿Por qué no? Si recordaba lo ocurrido, Lexie tenía derecho a ponerse como una furia con todos nosotros. La noche que volviste a casa, Lex, habíamos caminado como una pandilla de gatos sobre tejados calientes todo el rato. Cuando caímos en la cuenta de que no estabas enfadada, nos tranquilizamos, pero cuando saliste del coche de ese poli… Buff. Pensé que me iba a estallar la cabeza.

Por última vez, los vi de nuevo tal como los había visto aquella noche: una aparición dorada en las escaleras de la entrada, resplandecientes y elegantes como jóvenes guerreros salidos de algún mito ancestral, con las cabezas erguidas, demasiado luminosos para ser reales.

–Preocupados sí –la corrigió Rafe–. Pero Daniel estaba mucho más que eso. Estaba tan histérico que acabó poniéndome nervioso a mí también. Al final lo arrinconé, tuve que colarme a hurtadillas en su habitación a última hora de la noche, como si estuviéramos teniendo un amorío o algo semejante; se comportaba con extrema cautela para no quedarse a solas conmigo. Entonces le pregunté qué demonios ocurría. ¿Y sabéis qué me contestó? Respondió: «Tenemos que aceptar el hecho de que quizás este asunto no concluya tan fácilmente como creemos. Creo que tengo un plan que acabaría cubriendo todas las eventualidades, pero aún me quedan unos cuantos detalles por ultimar. Procura no preocuparte por ello por el momento; quizá ni siquiera haga falta llevarlo a la práctica». ¿Qué supones que significaba aquello?

–No tengo telepatía –respondió Abby con acritud–. No tengo ni idea. Supongo que intentaba tranquilizarte, eso es todo.

Un camino a oscuras y un ruido metálico apenas perceptible y esa nota en la voz de Daniel: centrado, absorto, tan calmado. Noté cómo se me ponían los pelos de punta. Jamás se me había ocurrido, en ningún momento, que aquella pistola pudiera no estar apuntando a Naylor.

Rafe gruñó.

–¡Por favor! A Daniel le importaba un cuerno cómo nos sintiéramos los demás, Lexie incluida. Su única preocupación era descubrir si ella recordaba algo y cuál iba a ser su siguiente movimiento. Ni siquiera actuaba de manera sutil; intentaba sonsacarle información descaradamente, a cada oportunidad que se le presentaba. «¿Recuerdas qué ruta tomaste aquella noche? ¿Te llevas el impermeable o mejor no? ¡Oh, Lexie!, ¿quieres que hablemos de ello?»... Me ponía enfermo.

–Intentaba protegerte, Rafe. A todos nosotros.

–Yo no necesito que me protejan, muchas gracias. No soy ningún crío. Pero, sobre todo, no necesito que Daniel me proteja.

–Estupendo, me alegro por ti –replicó Abby–. Muchas felicidades, gran hombre. Tanto si crees que lo necesitabas como si no, Daniel estaba haciendo todo cuanto estaba en su mano por protegernos. Y si eso no te complace...

Rafe se encogió de hombros con petulancia.

–Quizá sí lo hiciera. Como he dicho, me es imposible saberlo a ciencia cierta. Pero si nos estaba protegiendo, entonces no es muy hábil tratándose de alguien tan inteligente. Estas últimas semanas han sido un infierno, Abby, un infierno en la Tierra, y no era necesario que lo fueran. Si Daniel hubiera hecho el esfuerzo de escucharnos, en lugar de hacer todo cuanto estaba en su mano... Queríamos explicártelo –me aclaró, volviéndose hacia mí–. Nosotros tres. Cuando descubrimos que regresabas a casa.

–Es verdad, Lexie –corroboró Justin, apoyándose en el brazo de su sillón e inclinándose hacia mí–. No sabes cuántas veces estuve a punto de… Dios. Pensé que iba a explotar, a desintegrarme o algo si no te lo contaba…

–Pero Daniel –continuó Rafe– no nos lo permitía. Y mira cuál ha sido el resultado, observa el excelente resultado que han arrojado todas y cada una de sus ideas. Míranos, mira adónde nos ha conducido. –Nos señaló con un gesto a todos, a la estancia, luminoso y desesperado y cediendo por las costuras–. Nada de esto debería haber sucedido. Podríamos haber llamado a una ambulancia, podríamos habérselo explicado a Lexie desde el principio…

–No –negó Abby–. No. *Tú* podías haber llamado a una ambulancia. *Tú* podías habérselo contado a Lexie. O yo o Justin. No te atrevas a involucrar a Daniel en esto. Eres un adulto, Rafe. Nadie te estaba apuntando con una pistola a la cabeza para que mantuvieras la boca cerrada. Tú eres el responsable de tus actos.

–Quizá. Pero lo hice porque Daniel me lo dijo, y lo mismo puede decirse en tu caso. ¿Cuánto rato nos quedamos solos tú y yo aquella noche? ¿Una hora? ¿Más? Recuerdo que tú no hacías más que hablar de que debíamos solicitar ayuda inmediatamente. Pero cuando yo respondí que sí, que claro, hagámoslo, te negaste. Daniel había dicho que no hiciéramos nada. Daniel tenía un plan. Daniel se encargaría de la situación.

–Porque yo confío en él. Se lo debo, eso al menos, y tú también. Todo esto, todo lo que tenemos, se lo debemos a Daniel. De no ser por él, yo seguiría en mi terrorífica habitación amueblada en ese puñetero subterráneo. Tal vez eso no signifique nada para ti…

Rafe soltó una carcajada, estentórea, dura, desconcertante.

–¡Esta maldita casa! –exclamó–. Cada vez que alguien insinúa que tu amado Daniel podría no ser perfecto, nos tiras la casa en las narices. Hasta ahora me había callado porque pensaba que quizá tuvieras razón, que quizá se lo debía, pero ¿sabes qué? Estoy harto de esta casa. Otra de las brillantes ideas de Daniel. Y mira qué bien ha salido también. Justin está hecho una ruina, tú te niegas a aceptar la realidad, yo bebo como mi padre, Lexie ha estado a punto de morir y nos pasamos la mayor parte del tiempo odiándonos los unos a los otros. Y todo por esta maldita casa.

Abby levantó la cabeza y lo miró fijamente.

–No es culpa de Daniel. Él sólo quería…

–¿Quería qué, Abby? ¿Qué? Para empezar, ¿por qué crees que nos regaló una parte de la casa?

–Porque –contestó Abby, con voz baja y peligrosa– se preocupa por nosotros. Porque, para bien o para mal, imaginó que éste era el mejor modo de asegurarse de que los cinco fuéramos felices.

Esperé a que Rafe soltara otra risotada al oír aquello, pero no lo hizo.

–¿Sabes? –dijo tras una breve pausa, con los ojos posados en su vaso–. Al principio yo también lo creía. De verdad. Que lo hacía porque nos quería. –El matiz malvado se había desvanecido de su voz, ahora sólo quedaba una melancolía simple y cansada–. Pensarlo me hacía feliz. Hubo una época en la que habría hecho cualquier cosa por Daniel, lo que fuera.

–Y entonces viste la luz –lo cortó Abby con ironía. Su voz era dura y crispada, pero no podía evitar que sonara también temblorosa. Estaba más enfadada de lo que la había visto nunca, probablemente más que la noche que descubrió aquella nota en la chaqueta–. Alguien que regala a sus amigos la mayor parte de su casa de siete cifras seguramente lo hace por puro egoísmo. ¿No crees que estás siendo un poco demasiado paranoico?

–He reflexionado mucho sobre ello estas últimas semanas. No quería… Dios… Pero no he podido evitarlo. Es como rascarte una costra. –Rafe levantó la cabeza para mirar a Abby y se apartó el pelo de la cara; la bebida comenzaba a hacerle efecto y tenía los ojos inyectados en sangre y abotargados, como si hubiera estado llorando–. Pongamos que todos hubiéramos acabado en universidades distintas, Abby. Piensa por un momento que nunca nos hubiéramos conocido. ¿Qué crees que estaría haciendo él ahora?

–No tengo ni la más remota idea de adónde quieres llegar.

–Estaríamos bien, nosotros cuatro. Quizás habríamos pasado unos primeros meses crudos, quizá nos habría costado un tiempo conocer a gente, pero habríamos acabado haciéndolo. Sé que ninguno de nosotros es extravertido por naturaleza, pero habríamos aprendido a desenvolvernos. Eso es lo que hacen las personas en la universidad: aprenden a funcionar en un mundo grande y aterrador. Llegados a este momento, tendríamos amigos, vidas sociales…

–Yo no –lo interrumpió Justin, con voz queda pero taxativa–. Yo no estaría bien. No sin vosotros, chicos.

–Claro que sí, Justin. Claro que lo estarías. Tendrías un novio. Y tú también, Abby. No sólo alguien que comparte cama contigo esporádicamente, cuando el día ha sido demasiado duro para asimilarlo. Un novio. Una pareja. –Me miró con una sonrisa triste–. Y tú, tontaina, de ti no estoy seguro, pero te lo estarías pasando en grande de todas maneras.

–Gracias por resolver nuestras vidas amorosas –espetó Abby con frialdad–, capullo sabelotodo. El hecho de que Justin no tenga un novio no convierte a Daniel en el Anticristo.

Rafe no replicó a aquellas palabras que, sin venir a cuento, a mí me asustaron.

–No –dijo–. Pero medítalo un segundo. Si nunca nos hubiéramos conocido, ¿qué crees que estaría haciendo Daniel ahora?

Abby lo miró perpleja.

–Escalando el Himalaya. Presentándose a las elecciones presidenciales. Viviendo aquí. ¿Cómo voy a saberlo?

–¿Te lo imaginas yendo al baile de graduación? ¿Afiliándose a alguna asociación de la universidad? ¿Conversando con alguna chica en la clase de Poesía americana? En serio, Abby. Te lo pregunto en serio: ¿te lo imaginas?

–No lo sé. Todo son condicionales, Rafe. «Si» no significa nada. No tengo ni la más remota idea de qué habría ocurrido si los acontecimientos hubieran sido otros, porque no soy clarividente, maldita sea, y tú tampoco.

–Quizá no –replicó Rafe–, pero sí estoy convencido de algo: Daniel nunca, jamás, de ninguna de las maneras habría aprendido a lidiar con el mundo exterior. No sé si es así de nacimiento o si es una idea que le inculcaron de bebé o qué, pero sencillamente es incapaz de vivir una vida humana normal.

–A Daniel no le pasa nada malo –lo defendió Abby, con sílabas frías y precisas como astillas de hielo escindiéndose–. Nada.

–Claro que sí, Abby. Yo lo quiero, de verdad, sigo queriéndolo, pero hay algo raro en él. Tienes que haberte percatado.

–Es cierto, Abby –se sumó Justin, con un tono de voz sosegado–. Sí que lo hay. Nunca te lo he explicado, pero cuando nos conocimos, aquel primer año…

–¡Calla! –gritó Abby fieramente, volviéndose hacia él–. ¡Cierra el pico! ¿Qué os hace diferentes a vosotros? Si Daniel está mal de la cabeza, entonces tú estás igual de loco que él, y tú, Rafe…

–No –negó Rafe. Clavó la vista en su dedo, con el que hacía dibujitos en el vaho del vaso–. Eso es precisamente lo que intento explicarte. El resto de nosotros, cuando queremos, somos capaces de mantener conversaciones con otras personas, y lo sabes. La otra noche, yo me ligué a una chica. Tus alumnos de las tutorías te adoran. Justin flirtea con ese rubio que trabaja en la biblioteca… no lo niegues, Justin, te he visto; Lexie se echó unas risas con los parroquianos de aquella cafetería horripilante. Somos capaces de conectar con el resto del mundo, si nos esforzamos. Pero Daniel… Sólo hay cuatro personas en el planeta que no crean que es un marciano integral, y las cuatro estamos en esta habitación. Estoy absolutamente convencido de que nos las habríamos apañado para funcionar bien sin él, pero él no habría sabido desenvolverse sin nosotros. De no ser por nosotros, Daniel estaría más solo que la una.

–¿Y? –preguntó Abby, tras hacer una larga pausa–. ¿Y qué?

–Pues –contestó Rafe–, ya que me lo preguntas, opino que por eso nos regaló la casa. No para convertir nuestras vidas en un camino de rosas, sino para tener compañía, aquí, en su pequeño universo privado. Para retenernos para siempre.

–¡Pero cómo…! –exclamó Abby, casi sin aliento–. Eres un retorcido. ¿Cómo puedes pensar algo así…?

–No es a nosotros a quien protegía, Abby. Nunca. Era esto: su pequeño universo de mentira. Explícame esto: ¿por qué fuiste en el coche de Daniel a la comisaría esta mañana? ¿Por qué no querías que se quedara a solas con Lexie?

–Lo que no quería era estar cerca de ti. Me repulsa tu actitud de estos últimos días.

–Mentira. ¿Qué crees que le iba a hacer a Lexie, si ella insinuaba que aún estaba planteándose vender su parte o confesarle lo ocurrido a la policía? Has dicho que yo se lo podía haber explicado todo en cualquier momento, pero ¿qué crees que me habría hecho Daniel si pensara que iba a salirme de la raya? Daniel tenía un plan, Abby. Me dijo que tenía un plan para cubrir todas las eventualidades. ¿Cuál crees que era su plan? ¡Demonios!

Justin ahogó un grito, aterrorizado, como un niño. La luz del salón había cambiado; el aire se había inclinado, la presión cambiaba, todos aquellos remolinos se habían reunido y giraban en torno a un inmenso eje.

Daniel llenó el marco de la puerta, alto, con sus manos inmóviles en los bolsillos de su largo abrigo oscuro.

–Lo único que yo he querido siempre –dijo con voz serena– estaba aquí, en esta casa.

24

–Daniel –lo saludó Abby, y yo noté cómo todo su cuerpo se relajaba, aliviado–. Gracias al cielo.

Rafe se aposentó lentamente en el sofá.

–¡Una entrada con efecto! –comentó con frialdad–. ¿Cuánto tiempo llevas escuchando a hurtadillas?

Daniel no se movió.

–¿Qué le habéis explicado?

–Bueno, había empezado a recordar cosas –se justificó Justin, con voz temblorosa–. ¿No lo has oído? ¿En la comisaría? Si no le explicábamos el resto, iba a telefonearlos y…

–¡Vaya! –exclamó Daniel. Sus ojos se cruzaron con los míos, sólo un instante, inexpresivos, y luego desvió la mirada–. Debería haberlo imaginado. ¿Cuánto le habéis contado?

–Estaba enfadada, Daniel –argumentó Abby–. Le estaban viniendo recuerdos a la memoria y le costaba lidiar con ellos. Necesitaba saber la verdad. Le hemos explicado lo ocurrido. No quién… ya sabes… quién lo hizo. Pero sí todo el resto.

–Ha sido una conversación de lo más ilustrativa –añadió Rafe–. De principio a fin.

Daniel aceptó el embate con un breve cabeceo.

–De acuerdo –replicó–. Os diré qué vamos a hacer. Todo el mundo en esta estancia está muy sensible –Rafe puso los ojos en blanco y emitió un chasquido de disgusto, pero Daniel le hizo caso omiso–, y no creo que salgamos ganando prolongando esta conversación durante más tiempo. Dejémoslo por unos días, dejarla de verdad, mientras el polvo se asienta y asimilamos lo ocurrido. Luego volveremos a hablar de ello.

Una vez que yo y mi micrófono estuviéramos fuera de la casa. Antes de darme tiempo a abrir la boca, Rafe preguntó:

–¿Por qué?

Había algo en la sacudida de su cabeza, en el lento ascenso de sus párpados, cuando volvió la cara para mirar a Daniel: me sorprendió, con una alerta vaga e imprecisa, lo borracho que estaba. Noté que Daniel se percataba también.

–Si prefieres no resucitarla –dijo con frialdad–, créeme, yo no tengo ningún inconveniente. Estaré encantado de no tener que volver a pensar en este asunto nunca más.

–No. ¿Que por qué tenemos que dejarla?

–Ya te lo he dicho. Porque no creo que ninguno de nosotros se encuentre en condiciones de discutir acerca de esto racionalmente. Ha sido un día largo hasta la extenuación…

–¿Y qué pasa si me importa un comino lo que tú opines?

–Te pido –dijo Daniel– que confíes en mí. No suelo pedir muchas cosas. Pero te lo ruego, hazme este favor.

–En realidad –replicó Rafe–, nos has pedido ya muchas veces que confiemos en ti en los últimos tiempos.

Depositó el vaso en la mesa con un ruido seco.

–Es posible –contestó Daniel. Por una fracción de segundo me pareció exhausto, extenuado, y me pregunté cómo se las habría ingeniado Frank para retenerlo tanto rato, de qué habrían hablado, cara a cara, en una sala–. Entonces, unos cuantos días más no harán demasiado daño, ¿no es cierto?

–¿Y cuánto tiempo llevabas escuchando detrás de esa puerta, como un ama de casa cotilla, para saber cuánta confianza me mereces? ¿Qué temes que pueda suceder si seguimos hablando acerca de lo ocurrido? ¿Tienes miedo de que Lexie no sea la única que quiera irse? ¿Qué harás entonces, Daniel? ¿A cuántos de nosotros estás dispuesto a eliminar?

–Daniel tiene razón –intervino Abby resueltamente. La llegada de Daniel la había serenado, su voz volvía a sonar sólida, segura–. Estamos todos agotados, ya no pensamos con claridad. De aquí a unos días…

–Al contrario –la cortó Rafe–. Quizás estemos pensando con claridad por primera vez en años.

–Déjalo –dijo Justin, su voz apenas un murmullo–. Por favor, Rafe. Déjalo.

Rafe no lo escuchaba.

–Puedes creer cada palabra que dice como si fuera el Evangelio, Abby. Puedes acudir corriendo cuando chasquee los dedos. ¿Te crees que le importa que estés enamorada de él? Le importa un bledo. Se desharía de ti en un abrir y cerrar de ojos si fuera preciso, tal como estaba dispuesto a…

Abby perdió finalmente los nervios.

–¡Que te jodan! ¡Que te jodan a ti y tus aires de superioridad, maldito…! –Se puso en pie como movida por un resorte y le arrojó la muñeca a Rafe, en un movimiento rápido y fiero; él levantó el antebrazo en un acto reflejo, la muñeca rebotó y fue a aterrizar en un rincón–. Te lo he advertido. ¿Y qué me dices de ti? Utilizas a Justin cuando lo necesitas. ¿Acaso crees que no lo escuché bajar las escaleras aquella noche? Tu habitación está debajo de la mía, genio. Y luego, cuando ya no lo necesitas, lo tratas como a un trapo sucio, le rompes el corazón una y otra vez…

–¡Basta! –gritó Justin. Cerró los ojos con fuerza y se tapó los oídos con las manos; su rostro reflejaba agonía–. Por favor, parad, ¡parad!

Daniel dijo:

–Dejémoslo. –Empezaba a alzar la voz–. Ya es suficiente.

–¡No lo es! –grité yo, lo bastante alto como para interrumpir a todo el mundo. Llevaba callada tanto rato, dejándolos que tomaran las riendas y aguardando a mi momento, que enmudecieron y volvieron la cabeza para mirarme, pestañeando, como si se hubieran olvidado de mi presencia–. No es suficiente. Resulta que yo no quiero dejarlo aquí.

–¿Por qué no? –inquirió Daniel. Volvía a tener la voz bajo control; esa calma perfecta e inmóvil había cubierto su rostro en el preciso instante en que yo había abierto la boca–. De hecho, de todos los presentes, habría apostado a que tú, Lexie, serías la que antes querrías regresar a la normalidad. No es propio de ti obsesionarte con el pasado.

–Quiero saber quién me apuñaló. Necesito saberlo.

Aquellos fríos y curiosos ojos grises me examinaban con un interés distante.

–¿Por qué? –repitió–. A fin de cuentas, es agua pasada. Estamos todos aquí. No se ha hecho ningún daño irreparable. ¿No es cierto?

«Tu arsenal», había dicho Frank. La granada letal de último recurso que Lexie me había dejado y que había pasado de su mano a la de Cooper y luego a la mía; el destello con color de joya en la oscuridad, luminoso y luego extinguido; el diminuto interruptor que lo había accionado todo. Se me cerró la garganta hasta que me costó respirar y entonces lo solté a voz en grito:

–¡Estaba embarazada!

Todos me miraron atónitos. Súbitamente reinaba tal silencio y sus rostros estaban tan impávidos y quietos que pensé que no lo habían entendido.

–Quería tener a mi hijo –expliqué. Estaba un poco mareada, quizá me balanceara, no lo sé. No recuerdo mantenerme en pie. El sol que penetraba en el salón imprimía al aire un tono dorado inquietante, imposible, casi sagrado–. Y ahora está muerto.

Silencio, quietud.

–Eso no es cierto –replicó Daniel, pero ni siquiera miraba para comprobar cómo se lo habían tomado los demás.

Tenía los ojos fijos en mí.

–Sí lo es –le rebatí–. Daniel, sí lo es.

–No –dijo Justin. Resollaba como si hubiera estado corriendo–. Oh, Lexie, no. Por favor.

–Es verdad –intercedió Abby en mi favor. Sonaba terriblemente cansada–. Yo lo sabía incluso antes de que nada de esto ocurriera.

Daniel dejó caer hacia atrás la cabeza, sólo un instante. Abrió los labios y exhaló un largo suspiro, tenue e inmensamente triste.

Rafe dijo en voz baja, casi imperceptible:

–¡Maldito mamonazo!

Se puso en pie, a cámara lenta, con las manos entrelazadas por delante, como si se le hubieran quedado congeladas en esa posición.

Por un segundo tuve que invertir toda mi energía mental en asimilar lo que aquello significaba (yo había apostado por Daniel, al margen de lo que él afirmara sentir por Abby). Fue cuando Rafe volvió a repetirlo, esta vez en un tono más alto, «¡Maldito mamonazo!», cuando caí en la cuenta de que no estaba hablando con Daniel. Éste, que seguía enmarcado en la puerta, estaba detrás de la butaca de Justin. Rafe estaba hablando con Justin.

–Rafe –lo reprendió Daniel, con frialdad–. Calla. Cállate ahora mismo. Siéntate y cálmate.

Era lo peor que podía hacer. Rafe cerró los puños; tenía los nudillos blancos de tanto apretar y el labio superior retraído como si fuera a proferir un gruñido, y sus ojos habían adquirido una tonalidad dorada y salvaje como los de un lince.

–Nunca –dijo en voz baja–, jamás de la vida vuelvas a decirme lo que tengo que hacer. Míranos. Mira lo que has hecho. ¿Te sientes orgulloso de ti mismo? ¿Ya estás contento? De no haber sido por ti…

–Rafe –gritó Abby–. Escúchame. Sé que estás disgustado…

–¿Disgustado? ¡Dios mío! Era hijo mío. Y ahora está muerto. Por su culpa.

–Te he dicho que te callaras –lo cortó Daniel, con una voz cada vez más amenazadora.

Los ojos de Abby se posaron en mí, penetrantes y apremiantes. Yo era la única a quien Rafe escucharía. De haberme acercado a él en aquel preciso instante, haberlo rodeado con mis brazos y haber convertido aquello en su dolor personal, compartido sólo con Lexie, en lugar de en una guerra a cuatro bandas, podría haber puesto fin a la situación allí mismo. No le habría quedado más remedio. Por un segundo, lo noté, tan fuerte como la realidad: sus hombros aflojándose sobre mí, sus manos ascendiendo para estrecharme, su camisa cálida y perfumada contra mi rostro. No me moví.

–¡Tú! –acusó Rafe, a Daniel o a Justin, no supe adivinarlo–. ¡Tú!

En mi memoria ocurrió tan claramente: pasos nítidos, como si formaran parte de una coreografía perfecta. Quizá se deba a la infinidad de veces que tuve que narrar aquella historia, a Frank, a Sam, a O'Kelly, una y otra vez a los investigadores de Asuntos Internos; quizá ni siquiera sucediera así. Pero en mi recuerdo, esto es lo que ocurrió.

Rafe se abalanzó sobre Justin o Daniel o sobre ambos de cabeza, como un venado en plena lucha. Su pierna tropezó con la mesa y la volcó; altos arcos de líquido resplandecieron en el aire, botellas y vasos rodaron por doquier. Rafe frenó la caída apoyando una mano en el suelo y continuó su embestida. Yo me puse delante de él y lo agarré de la muñeca, pero se zafó de mí sacudiendo el brazo con fuerza. Mis pies resbalaron sobre el vodka derramado y caí al suelo con un fuerte golpe. Justin estaba de pie, ante su silla, con los brazos abiertos para detener a Rafe, pero Rafe lo embistió con toda su fuerza y ambos cayeron en la silla con gran estrépito y derraparon hacia atrás. Justin profirió un gemido de terror; Rafe, sobre él, buscaba algún punto de apoyo. Abby se encontró con una mano enredada en el cabello de Rafe y la otra en el cuello de su camisa, e intentó tranquilizarlo; Rafe le gritó y se la quitó de encima de una sacudida. Tenía el puño hacia atrás, listo para asestarle un puñetazo en la cara a Justin, yo me estaba levantando del suelo y, no sé cómo, Abby había conseguido agarrar una botella.

Luego yo estaba de pie y Rafe había caído hacia atrás, lejos de Justin, y Abby estaba apoyada contra la pared, como si la detonación de una bomba los hubiera esparcido por la estancia. La casa estaba pétrida, congelada en el más absoluto de los silencios, roto únicamente por el sonido de nuestras respiraciones, resuellos rápidos y bruscos.

–Así –dijo Daniel–. Así está mucho mejor.

Había avanzado y había entrado en el salón. Había una grieta profunda en el techo, sobre él; un hilillo de yeso cayó sobre las tablas del suelo, con un ligero tamborileo. Sostenía la Webley de la Primera Guerra Mundial con ambas manos, tranquilamente, como alguien ducho en su uso. Ya la había probado conmigo.

–Tira esa arma, ¡ahora! –ordené, en un tono de voz lo bastante alto como para que Justin emitiera un guimoteo descontrolado.

Los ojos de Daniel se posaron en los míos. Se encogió de hombros y arqueó una ceja con arrepentimiento. Jamás lo había visto tan liviano y relajado; casi parecía aliviado. Ambos lo sabíamos: aquel estallido había volado por el micrófono directamente hasta Frank y Sam y, en cuestión de cinco minutos, la casa estaría rodeada de policías con pistolas que harían que el revólver maltrecho del tío Simon pareciera de juguete. No quedaba nada más a lo que agarrarse. El cabello de Daniel le caía sobre los ojos y juro que lo vi sonreír.

–¿Lexie? –dijo Justin, con una respiración agitada e incrédula.

Seguí su mirada, hasta mi costado. Mi jersey se había arrugado y dejaba a la vista el vendaje y la faja, y yo sostenía mi arma entre mis manos. Ni siquiera recuerdo desenfundarla.

–¿Qué demonios está ocurriendo? –preguntó Rafe, jadeando y con los ojos como platos–. Lexie, ¿qué haces?

Abby dijo:

–Daniel.

–Chisss –siseó él suavemente–. No pasa nada, Abby.

–¿De dónde diablos has sacado eso? ¡Lexie!

–Daniel, escucha atentamente.

Sirenas en la lejanía, acercándose por los caminos, más de una.

–La policía –dijo Abby–. Daniel, la policía te ha seguido.

Daniel se apartó el pelo de la cara con la cara interna de su muñeca.

–Dudo que sea tan sencillo –replicó él–. Pero sí, vienen de camino. No tenemos demasiado tiempo.

–Suelta esa arma ahora mismo –le ordenó Abby–. Y tú también, Lexie. Si veo esas...

–Una vez más –la interrumpió Daniel–, no es tan sencillo.

Daniel estaba justo detrás del asiento de Justin, el sillón con orejones. El sillón y Justin, petrificado, atónito, con las manos aferradas a los reposabrazos, lo escudaban hasta la altura del pecho. Por encima de ellos surgía el cañón del revólver, pequeño y oscuro y vil apuntando en mi dirección. La única diana limpia era un disparo a la cabeza.

–Abby tiene razón, Daniel –confirmé. Ni siquiera podía intentar esconderme detrás de una silla, no con toda la estancia plagada de civiles. Mientras tuviera el arma apuntada hacia mí, no apuntaba a nadie más–. Suelta el arma. ¿Cómo crees que acabará mejor esta historia? ¿Si la policía nos encuentra sentados tranquilamente esperando a que lleguen o si tienen que hacer entrar a un equipo completo de las fuerzas especiales?

Justin intentó enderezarse, buscando sin fuerzas un lugar donde poner los pies en el suelo. Daniel apartó una mano del revólver y lo aplastó en el sillón, con rotundidad.

–Quédate ahí –dijo–. No te va a pasar nada. Yo te he metido en esto y yo te sacaré.

–Pero ¿qué crees que estás haciendo? –preguntó Rafe–. Si se te ha ocurrido la brillante idea de que todos muramos, te has cubierto de gloria...

–Cállate –ordenó Daniel.

–Baja el arma –le dije– y yo bajaré la mía, ¿de acuerdo?

En el segundo en que Daniel centró su atención en mí, Rafe lo intentó agarrar del brazo. Daniel se movió con agilidad y rapidez y lo esquivó, y le dio un codazo en las costillas sin dejar de apuntarme. Rafe se dobló con un aullido.

–Si vuelves a intentarlo –le advirtió Daniel–, me veré obligado a dispararte en la pierna. Debo acabar con esto y no tengo tiempo para distracciones. Siéntate.

Rafe se desplomó en el sofá.

–Estás loco –dijo, entre resuellos dolorosos–. Tienes que saber que estás loco.

–Por favor –nos imploró Abby–. Están viniendo. Daniel, Lexie, por favor.

Las sirenas se acercaban. Un sonido metálico apagado resonó en las montañas: Daniel había cerrado las verjas de acceso y alguien las había reventado con un coche.

–Lexie –dijo Daniel muy claramente, para el micro. Se le estaban resbalando las gafas por la nariz, pero parecía no darse cuenta–. Fui yo quien te apuñaló. Como te han explicado los demás, no fue premeditado…

–Daniel –gritó Abby, con una voz distorsionada, casi sin aliento–. No lo hagas.

No creo que la oyera.

–Estalló la discusión –me explicó– y derivó en una pelea y…, sinceramente, no recuerdo con exactitud cómo ocurrió. Yo estaba fregando los platos, tenía un cuchillo en la mano, me sentí profundamente apesadumbrado por el hecho de que quisieras vender tu parte de la casa; estoy seguro de que lo entiendes. Quería pegarte y lo hice… con unas consecuencias que ninguno de nosotros, nunca, ni por un solo instante, pudo anticipar. Siento todo el daño que te ocasioné. Y el que os he causado a los demás.

Chirridos de frenos, frufrú de guijarros desperdigándose, sirenas aullando mecánicamente en el exterior.

–Baja el arma, Daniel –le advertí. Daniel tenía que saberlo: yo sólo tenía una diana: su cabeza, y no fallaría–. Todo saldrá bien. Lo solucionaremos, te lo prometo. Pero baja el arma.

Daniel miró en derredor suyo, a los demás: Abby de pie, indefensa; Rafe encorvado en el sofá, fulminándolo con la mirada, y Justin retorcido sobre sí mismo, contemplándolo con grandes ojos asustados.

–Chisss –les siseó, llevándose un dedo a los labios.

Yo nunca había visto tanto amor, tanta ternura y una urgencia tan impresionante en el rostro de nadie, jamás en mi vida.

–Ni una palabra. Pase lo que pase –les ordenó.

Los demás lo miraban sin comprender.

–Todo saldrá bien –les aseguró–. De verdad, ya lo veréis.

Sonreía. Luego se volvió hacia mí y su cabeza se movió, con un asentimiento diminuto y privado que había visto miles de veces antes. Rob y yo, nuestros ojos tropezándose a ambos lados de una puerta que no se abriría, en una mesa en una sala de interrogatorios, y aquel asentimiento casi invisible entre nosotros: «Adelante».

Todo transcurrió tan lentamente... La mano libre de Daniel ascendiendo a cámara lenta, dibujando un largo y fluido arco, para apoyar el revólver. Un inmenso silencio submarino se apoderó de la habitación, las sirenas se habían callado, la boca de Justin se abrió al máximo, pero yo no oí nada de lo que salía por ella; el único ruido en el mundo fue el chasquido metálico y plano de Daniel levantando el revólver. Las manos de Abby estirándose hacia él, como estrellas de mar, su melena ondeando al viento. Tuve tanto tiempo, tiempo de ver la cabeza de Justin ocultándose entre sus rodillas y de balancear mi arma abriéndose paso hasta el pecho, tiempo de ver las manos de Daniel tensarse alrededor de la Webley y de recordar su tacto sobre mis hombros, el tacto de aquellas manos grandes, cálidas y hábiles. Tuve tiempo de identificar aquel sentimiento ya casi olvidado, de recordar el olor acre del pánico que despedía aquel camello de mi primera misión, el flujo constante de la sangre entre mis dedos; tiempo de darme cuenta de lo fácil que era desangrarse hasta morir, de lo simple que era, del poco esfuerzo que requería. Y luego el mundo explotó.

He leído en algún sitio que la última palabra en todas las cajas negras de todos los aviones estrellados, la última cosa que el piloto dice cuando sabe que está a punto de morir es «mamá». Cuando todo el mundo y toda tu vida se te escapan a la velocidad de la luz, eso es lo único que te queda. Me aterrorizaba la idea de que, si algún día algún sospechoso me ponía una navaja en el cuello, si mi vida se condensaba en una milésima de segundo, no quedara nada más que decir dentro de mí, nadie a quien llamar. Pero lo que dije, lo que pronuncié con voz inaudible en aquel silencio fino como un cabello entre el disparo de Daniel y el mío, fue «Sam».

Daniel no dijo nada. El impacto lo envió tambaleándose hacia atrás y el arma se le deslizó de las manos y cayó al suelo con un feo ruido seco. Se oyó un ruido de cristales rotos cayendo, un dulce centelleo impermeable. Creí ver un agujero como una quemadura de cigarrillo en su blanca camisa, pero lo estaba mirando a la cara. No mostraba dolor ni miedo, nada de eso; ni siquiera parecía desconcertado. Sus ojos estaban concentrados en algo, yo nunca sabría en qué, situado a mis espaldas. Parecía un atleta de carreras de obstáculos o un gimnasta, aterrizando perfectamente tras la última vuelta, desafiando la muerte: concentrado, tranquilo, sobrepasando todos los límites, sin aferrarse ya a nada, seguro.

–¡No! –gritó Abby, sin más, a modo de última orden.

Su falda revoloteó alegre en medio de la luz del sol, mientras se abalanzaba sobre él. Entonces Daniel pestañeó y se encogió de lado, lentamente, y no quedó nada detrás de Justin, excepto una pared blanca y limpia.

25

Los pocos minutos siguientes son fragmentos de pesadilla unidos a grandes lagunas en blanco. Sé que corrí, que resbalé sobre los vidrios rotos y continué corriendo, que intenté llegar hasta Daniel. Sé que Abby, agachada sobre él, luchó como una gata para apartarme de él, con los ojos desorbitados y arañándome. Recuerdo la sangre embadurnando su camisa, el estruendo que reverberó en toda la casa cuando derribaron la puerta, voces masculinas gritando, pies aporreando el suelo. Manos bajo mis brazos, arrastrándome hacia atrás; me retorcí y di puntapiés hasta que me zarandearon con fuerza, se me aclaró la vista y reconocí el rostro de Frank cerca del mío: «Cassie, soy yo, tranquila, todo ha terminado». Recuerdo a Sam apartándolo, recorriéndome con sus manos todo el cuerpo, presa del pánico, en busca de heridas de bala, sus dedos manchados de sangre, «¿Es tuya? ¿Esta sangre es tuya?», y yo no sabía qué responder. Recuerdo a Sam dándome media vuelta, agarrándome y su voz flaqueando finalmente con alivio: «Estás bien, no tienes nada, ha fallado…». Alguien comentó algo acerca de la ventana. Sollozos. Demasiada luz, colores tan intensos que podrían cortar, una algarabía de voces, «una ambulancia, llamen a una…».

Al fin alguien me condujo fuera de la casa, me metió en un coche patrulla y cerró la puerta de un portazo. Permanecí allí sentada largo tiempo contemplando los cerezos, el cielo sereno atenuándose lentamente, el distante y oscuro perfil sinuoso de las montañas. No pensaba en nada.

Existen procedimientos para esto, para tiroteos en los que se ve involucrado un agente de policía. En el cuerpo existen procedimientos para todo que nadie menciona hasta el día en que por fin se requieren y el guardián hace girar la oxidada llave y limpia el polvo del expediente a soplidos. Yo nunca había conocido a un policía que hubiera disparado a nadie, nadie capaz de explicarme qué debería esperar o cómo enfrentarme a aquello o que me reconfortara asegurándome que todo saldría bien.

Byrne y Doherty tuvieron que cumplir su cometido y llevarme a la comisaría de Phoenix Park, donde Asuntos Internos trabaja en flamantes despachos entre una densa y esponjosa nube de mecanismos de defensa. Byrne iba al volante; la caída de sus hombros decía, alto y claro como un bocadillo de cómic dibujado sobre su cabeza: «Sabía que ocurriría algo así». Yo viajaba en el asiento trasero, como una sospechosa, y Doherty me miraba furtivamente por el retrovisor. Estaba a punto de caérsele la baba: probablemente esto fuera lo más emocionante que le hubiera pasado en toda la vida, por no hablar de los cotilleos, que suelen ser un boleto ganador en nuestro sector, y a él acababa de tocarle el premio gordo. Yo tenía tanto frío en las piernas que apenas podía moverlas; el frío me había calado hasta los huesos, como si hubiera caído en un lago congelado. En cada semáforo, Byrne detenía el vehículo y perjuraba con aire taciturno.

Todo el mundo detesta Asuntos Internos, la «Brigada de las Ratas» es como lo apodan, «Los Colaboracionistas» y otras lindezas, pero conmigo se portaron bien, al menos aquel día. Se mostraron imparciales, profesionales y muy amables, como enfermeras realizando sus rituales expertos alrededor de un paciente que ha sufrido un terrible accidente y ha quedado desfigurado. Se quedaron mi placa, «mientras dure la investigación», aclaró alguien con voz tranquilizadora; me sentía como si me hubieran afeitado la cabeza. Me quitaron el vendaje y desasieron el micrófono. Se quedaron también mi arma como prueba, cosa que era, por otra parte; unos dedos cuidadosos enguantados en látex la dejaron caer en una bolsa de pruebas, la cerraron y la etiquetaron con una caligrafía clara con rotulador. Una agente de la policía científica con su melena castaña recogida en un impecable moño como el de una sirvienta victoriana me clavó una aguja en el brazo con destreza y me tomó una muestra de sangre para comprobar si había restos de alcohol y drogas; recordé vagamente a Rafe sirviéndome una copa y el suave frío del vidrio, pero no recordaba haberle dado ni un solo sorbo y pensé que aquello sería un punto a mi favor. Me tomó muestras de las manos con un hisopo en busca de residuos de pólvora y entonces caí en la cuenta, como si estuviera observando a alguien desde una distancia prudencial, de que mis manos no temblaban, de que estaban firmes como una roca y de que un mes de comidas en Whitethorn House había suavizado los huecos junto a los huesos de mis muñecas.

–Ya está –dijo la policía científica, en tono reconfortante–, rápido e indoloro.

Pero yo estaba reconcentrada contemplándome las manos y no fue hasta horas más tarde, cuando me encontraba sentada en un sofá del vestíbulo de un color neutro bajo unas piezas de arte inocuo aguardando a que alguien viniera para trasladarme a otro sitio, cuando me di cuenta de dónde había oído aquellas palabras antes: las había escuchado salir de mi propia boca. No se las había dicho a las víctimas ni a las familias, sino a los demás: a los hombres que habían dejado a sus mujeres tuertas, a madres que habían escaldado a sus bebés con agua hirviendo, a asesinos, en los aturdidos e incrédulos momentos después de desembucharlo todo; lo había dicho con aquella voz infinitamente amable: «Está bien. Tranquilo. Respire. Lo peor ya ha pasado».

Al otro lado de la ventana del laboratorio, el cielo se había tornado de un negro oxidado salpicado de naranja por las luces de la ciudad, y una delgada luna quebradiza cabalgaba sobre las copas de los árboles del parque. Un escalofrío me recorrió la espina dorsal como un viento gélido. Coches patrulla recorriendo Glenskehy a toda velocidad y alejándose de nuevo, los ojos de John Naylor fulgurantes de rabia, y la noche cayendo implacable.

Se suponía que no tenía que hablar con Sam ni con Frank, no hasta que nos hubieran interrogado a todos. Le dije a la agente que necesitaba ir al aseo y la miré con cara de complicidad entre mujeres para explicarle por qué me llevaba mi chaqueta conmigo. En el cubículo, tiré de la cadena y, mientras corría el agua (todo en Asuntos Internos te pone paranoico: las alfombras gruesas, el silencio), les envié un rápido mensaje de texto a Frank y a Sam: «Que alguien VIGILE la casa».

Silencié el teléfono y me senté sobre la tapa del lavabo a oler un ambientador asqueroso con fragancia a flores sintéticas y a esperar tanto tiempo como pude, pero ninguno de los dos contestó. Probablemente tuvieran los móviles desconectados; estarían realizando sus propios interrogatorios furiosos e implacables, haciendo malabarismos expertos con Abby, Rafe y Justin; manteniendo conversaciones rápidas en murmullos en los pasillos; formulando las mismas preguntas una y otra vez, con una paciencia feroz, despiadada. Quizás, el corazón me dio un vuelco y se me atragantó, quizás uno de ellos estuviera en el hospital hablando con Daniel. La tez lívida, suero intravenoso, enfermeras moviéndose aprisa. Intenté recordar exactamente dónde le había impactado la bala, recreé la escena una y otra vez en mi cabeza, pero la película parpadeaba y saltaba y me era imposible verlo con claridad. Aquel asentimiento minúsculo; el ascenso del cañón de su revólver; el culatazo sacudiéndome los brazos; aquellos ojos grises graves, con las pupilas apenas dilatadas. Y luego la voz plana y categórica de Abby: «¡No!»; la pared desnuda que había servido de fondo a Daniel, y el silencio, inconmensurable y atronador en mis oídos.

La técnica de la policía científica me devolvió a los tipos de Asuntos Internos, quienes me indicaron que, en caso de que estuviera afectada por lo ocurrido, podía prestar declaración al día siguiente, pero les contesté que no, gracias, que estaba bien. Me explicaron que tenía derecho a contar con la presencia de un abogado o un representante del sindicato en la sala, pero contesté que no, gracias, que estaba bien. Su sala de interrogatorios era más pequeña que la nuestra, apenas había espacio para apartar la silla de la mesa, y estaba más limpia: no había grafitis ni quemaduras de cigarrillo en la alfombra ni boquetes en las paredes provocados por alguien que se había transmutado en un gorila alfa con una silla entre las manos. Los dos agentes de Asuntos Internos parecían contables de dibujos animados: trajes grises, coronillas calvas, labios finos y gafas sin montura a conjunto. Uno de ellos se inclinó contra la pared que había tras mi hombro (aunque uno se conozca las tácticas al dedillo, siguen surtiendo efecto) y el otro se sentó frente a mí. Este último alineó su cuaderno de notas melindrosamente con el borde de la mesa, encendió la grabadora y soltó la perorata preliminar.

–Y ahora –añadió luego–. Descríbanos lo ocurrido con sus propias palabras, detective.

–Daniel March –dije; fueron las únicas palabras que fui capaz de formular–. ¿Se recuperará?

Supe la respuesta incluso antes de que me lo comunicara, lo supe cuando sus párpados titilaron y me desvió la mirada.

La técnica de la policía científica, de nombre Gillian, me llevó a casa en coche en algún momento ya bien entrada la noche, cuando los gemelos de Asuntos Internos hubieron acabado de tomarme declaración. Les expliqué lo que uno esperaría: la verdad, tal como pude formularla en palabras, nada más que la verdad, no toda la verdad. No, no creí que tuviera otra alternativa más que disparar mi arma. No, no tuve oportunidad de probar un disparo que lo inhabilitara sin causarle la muerte. Sí, creí que mi vida corría peligro. No, no había habido ninguna indicación previa de que Daniel fuera peligroso. No, no había sido nuestro principal sospechoso, la larga lista de razones por las que no lo era (tardé un instante en recordarlas, se me antojaban tan distantes y tan remotas, pertenecientes a otra vida). No, no consideraba una negligencia, ni por mi parte ni por la de Frank ni por la de Sam, permitir que hubiera un arma en aquella casa; era una práctica habitual de la policía encubierta tener material ilegal en el escenario de la acción durante el transcurso de la investigación; no habríamos podido sacarla de allí sin desvelar toda la operación. Sí, visto en retrospectiva, se antojaba una decisión poco inteligente. Me dijeron que volveríamos a hablar en breve (en un tono que sonó a amenaza) y me dieron cita con el loquero, que iba a mojar su butaca de poliéster con esta historia.

Gillian necesitaba mi ropa, la ropa de Lexie, para comprobar los residuos. Me esperó en pie junto a la puerta de mi apartamento, con las manos cruzadas, contemplándome mientras me cambiaba: tenía que asegurarse de que lo que veía era lo que se llevaba consigo, nada de cambiazos de la camiseta por una limpia. Mis propias ropas se me antojaron frías y demasiado rígidas, como si no me pertenecieran. Mi apartamento también estaba frío, olía ligeramente a humedad y una capa delgada de polvo recubría todas las superficies. Hacía tiempo que Sam no se pasaba por allí. Le entregué a Gillian mi ropa, la dobló con diligencia y la guardó en bolsas de pruebas. En la puerta, con las manos llenas, tuvo un momento de duda; por primera vez pareció insegura y entonces caí en la cuenta de que probablemente fuera más joven que yo.

–¿Estará bien aquí sola? –preguntó.

–Estoy bien –contesté.

Lo había dicho tantas veces aquel día que empezaba a plantearme estampármelo en una camiseta.

–¿Vendrá alguien a hacerle compañía?

–Llamaré a mi novio –respondí–. Vendrá él.

Aunque no estaba segura de que eso fuera a ocurrir, nada segura.

Cuando Gillian se fue llevándose los últimos restos de Lexie Madison, me senté en el alféizar de la ventana con un vaso de brandy (detesto el brandy, pero estaba bastante segura de estar oficialmente en estado de *shock* en varios sentidos y, además, era la única bebida alcohólica que tenía en casa) y me dispuse a contemplar el parpadeo del haz de luz del faro, sereno y regular como un latido, sobre la bahía. Era una hora infame de la noche, pero dormir me resultaba inconcebible; bajo la tenue luz amarillenta procedente de la lamparilla de mi mesilla de noche, el futón parecía vagamente amenazante, atosigado por un calor blando y pesadillas. Tenía tantas ganas de telefonear a Sam que era como estar deshidratada, pero estaba vacía por dentro, sin soluciones para gestionar la situación, no aquella noche, si no me contestaba.

En algún lugar lejano, la alarma de una casa aulló brevemente, hasta que alguien la apagó y el silencio volvió a hincharse y me abucheó. Las luces procedentes del sur, del embarcadero de Dun Laoghaire, estaban dispuestas en hileras nítidas como las decoraciones navideñas; más allá de ellas me pareció atisbar momentáneamente, una trampa ocular, la silueta de las montañas Wicklow recortadas contra el oscuro cielo. Sólo unos cuantos coches perdidos transitaban por la carretera de la playa a aquella hora de la noche. El suave barrido de sus faros crecía y se desvanecía y me pregunté adónde se dirigiría aquella gente en aquellas horas tardías y solitarias, qué pensarían en las cálidas burbujas de sus vehículos, qué capas de vida delicadas, irreemplazables y ganadas con esfuerzo los rodeaban.

No suelo pensar en mis padres. Sólo tengo un puñado de recuerdos y no quiero que se desgasten, que las texturas se alisen y que los colores se atenúen por la sobreexposición. Cuando los rememoro, muy rara vez, necesito que sean lo bastante luminosos para cortarme la respiración y lo bastante nítidos para llegarme al alma. Aquella noche, en cambio, los extendí todos sobre el alféizar de aquella ventana como si fueran delicadas imágenes recortadas en papel de seda y los repasé de arriba abajo, uno a uno. Mi madre una mera sombra a la luz de la lamparilla sentada al lado de mi cama, apenas una cintura delgada y una coleta de rizos, una mano en mi frente y un perfume que nunca he olido en ningún otro lugar y una voz grave y dulce cantándome una nana: «À la claire fontaine, m'en allant promener, j'ai trouvé l'eau si belle que je m'y suis baignée». Era entonces más joven de lo que yo soy ahora: no llegó a cumplir los treinta. Mi padre sentado en una ladera verde conmigo, enseñándome a hacerme la lazada en las zapatillas, sus zapatos marrones desgastados por el uso, sus manos fuertes con un rasguño en un nudillo, el sabor de un helado de cerezas en mi boca y ambos riéndonos de la maraña que yo estaba haciendo con los cordones. Los tres tumbados en el sofá bajo un edredón viendo una película en la tele, los brazos de mi padre abrazándonos a todos en un enorme, cálido y enmarañado fardo, la cabeza de mi madre encajada bajo su barbilla y mi oreja apoyada en su pecho para que pudiera oír el rumor de su risa en mis huesos. Mi madre maquillándose antes de salir a un concierto, yo despatarrada en su cama observándola y enrollando la colcha alrededor de mi dedo pulgar y preguntando: «¿Cómo os conocisteis papá y tú?». Y ella sonriendo, en el espejo, una sonrisa leve e íntima a sus propios ojos ahumados: «Te lo contaré cuando seas mayor. Cuando tú también tengas una hija. Algún día».

El cielo empezaba a tornarse gris, a lo lejos, en el horizonte, y yo deseé tener un arma para llevarme al campo de tiro mientras me preguntaba si un generoso trago de brandy me ayudaría a quedarme dormida en aquella repisa cuando sonó el timbre, un timbrazo tentativo breve, tan breve que pensé que lo había imaginado.

Era Sam. No se sacó las manos de los bolsillos del abrigo y yo no lo toqué.

–No pretendía despertarte –dijo–, pero imaginaba que estarías despierta de todos modos…

–No logro dormir –aclaré–. ¿Cómo ha ido?

–Como era de esperar. Están destrozados, nos odian con todas sus fuerzas y no piensan decir nada.

–Claro –contesté–. Ya me lo figuraba.

–¿Te encuentras bien?

–Sí, estoy bien –respondí automáticamente.

Echó un vistazo alrededor de la casa: demasiado ordenada, ni un plato en el fregadero, el futón aún plegado, y pestañeó con fuerza, como si los párpados le rasparan.

–El mensaje que me enviaste –dijo–. Envié a Byrne a la casa en cuanto lo leí. Dijeron que la mantendrían vigilada, pero... ya sabes cómo es. Se limitó a rodearla con el coche durante su turno nocturno.

Algo nublado y oscuro trepó a mis espaldas, alzándose sobre mí, temblando en mi hombro como un gato enorme listo para saltar.

–John Naylor –dije–. ¿Qué ha hecho?

Sam se frotó los ojos con las manos.

–Los bomberos piensan que usó gasolina. Rodeamos toda la casa con la cinta de escena de crimen, pero... Habían derribado la puerta, como ya sabes, y la ventana del fondo, la que Daniel rompió al disparar... Naylor se limitó a pasar por debajo de la cinta y entrar en la casa.

Una pira funeraria entre el paisaje montañoso. Abby, Rafe y Justin solos en salas de interrogatorio mugrientas, Daniel y Lexie sobre acero frío.

–¿Han podido conservar algo?

–Byrne tardó en divisar el fuego y llamó a los bomberos... pero la casa está a kilómetros de todo.

–Lo sé –dije.

No recuerdo haberme sentado en el futón. Notaba el mapa de la casa grabado en mis huesos: la forma del poste de arranque de la escalera impresa en la palma de mi mano, las curvas del catre de Lexie clavadas en mi espalda, las inclinaciones y los giros de los escalones a mis pies; mi cuerpo se convirtió en un reluciente mapa del tesoro de una isla perdida. Lo que Lexie había comenzado yo lo había acabado por ella. Entre las dos habíamos reducido Whitethorn House a escombros y cenizas humeantes. Quizá fuera eso lo que ella había querido de mí desde el principio.

–He pensado –continuó diciendo Sam– que preferirías saberlo por mí en lugar de por..., no sé, por el informativo de la mañana. Sé lo que sentías por esa casa.

Ni siquiera entonces su voz dejó traslucir ni una chispa de amargura, pero no se acercó a mí y no se sentó. Seguía con el abrigo puesto.

–¿Y los demás? –pregunté–. ¿Lo saben ya?

Por un segundo se me nubló el pensamiento, antes de recordar cuánto debían de odiarme en aquellos momentos y cuánto derecho tenían a hacerlo, y pensé: «Debería explicárselo. Deberían saberlo por mí».

–Sí. Se lo he comunicado. No es que a mí me adoren, pero a Mackey... Consideré que era mejor que lo supieran por mí. Ellos... –Sam sacudió la cabeza. El tenso gesto de la comisura de sus labios me indicó cómo se había desarrollado la situación–. Se repondrán –añadió– antes o después.

–No tienen familia –repliqué–. No tienen amigos, nada. ¿Dónde van a alojarse?

Sam suspiró.

–De momento están detenidos. Por conspiración para la comisión de un homicidio. La acusación no se sostrendrá: no tenemos nada contra ellos a menos que confiesen, y no lo harán..., pero... bueno. Tenemos que intentarlo. Mañana, cuando los suelten, Asistencia a las Víctimas los ayudará a encontrar un alojamiento.

–¿Y qué hay de Cómosellame? –pregunté; visualizaba el nombre en mi cabeza, pero era incapaz de pronunciarlo–. Por el incendio. ¿Lo habéis detenido también?

–¿A Naylor? Byrne y Doherty fueron en su búsqueda, pero aún no ha aparecido. No tiene sentido perseguirlo: se conoce esas montañas como la palma de su mano. Reaparecerá tarde o temprano. Entonces lo detendremos.

–¡Qué desastre! –exclamé. La tenue y desenfocada luz amarilla imprimía al apartamento el aspecto de un subterráneo asfixiante–. ¡Vaya desastre de cinco estrellas y veinticuatro quilates que hemos armado!

–Sí –corroboró Sam–, bueno... –y se encogió levemente bajo los hombros de su abrigo. Miraba más allá de mí, a las últimas estrellas que se apagaban al otro lado de la ventana–. Esa muchacha fue un asunto turbio desde el principio. Pero al final se ha resuelto todo por sí solo, supongo. Será mejor que me vaya. Tengo que estar en la comisaría temprano para volver a intentarlo con los chicos, por si acaso. Pensé que querrías saber lo ocurrido.

–Sam –dije. No tenía fuerzas para ponerme en pie; tuve que hacer acopio de toda mi valentía para tenderle la mano–. Quédate.

Lo vi remorderse el labio. Seguía sin mirarme a los ojos.

–Tú deberías dormir también; debes de estar destrozada. Y yo ni siquiera tendría que estar aquí. Asuntos Internos dijo...

No podía decirle: «Cuando pensé que me iban a disparar, mi último pensamiento fue para ti». Ni siquiera me salió pedirle: «Por favor». Me limité a quedarme sentada en el futón, con la mano extendida, sin respirar, rogando al cielo por que no fuera demasiado tarde.

Sam se pasó una mano por la boca.

–Necesito saber algo –me dijo–. ¿Piensas trasladarte de nuevo al departamento de Operaciones Secretas?

–¡No! –exclamé–. Por supuesto que no. Bajo ningún concepto. Este caso era distinto, Sam. Era una oportunidad única en la vida.

–Tu amigo Mackey dijo… –Sam se frenó y sacudió la cabeza, disgustado–. Ese gilipollas…

–¿Qué dijo?

–Nada, un montón de gilipolleces. –Sam se desplomó en el sofá, como si alguien le hubiera cortado las cuerdas–. Dijo que lo de ser agente secreto se lleva en la sangre, que regresarías ahora que habías vuelto a paladearlo. Esa clase de cosas. Yo no podría… He sufrido muchísimo, Cassie, y eso que sólo han sido unas semanas… No podría soportar que trabajases de nuevo a tiempo completo… No sabría cómo afrontarlo. No lo aguantaría.

Yo estaba demasiado cansada para enfadarme.

–Frank no dice más que sandeces –contesté–. Es lo que mejor se le da. No me aceptaría en la brigada aunque quisiera volver a ella, cosa que no quiero. Simplemente no quería que intentaras hacerme regresar a casa. Supuso que si creías que yo quería reincoporarme…

–Sí, tiene sentido –opinó Sam–, sí. –Fijó la mirada en la mesilla del café, limpió el polvo que se había acumulado en ella con las yemas de los dedos–. Entonces ¿vas a quedarte en Violencia Doméstica? ¿Seguro?

–Quieres decir si aún conservo un trabajo después de lo de ayer, ¿no?

–Mackey es el culpable de lo que sucedió ayer –replicó Sam y, pese al agotamiento, vi un potente destello de rabia cubrirle el rostro–, no tú. Él es el único culpable. En Asuntos Internos no son tontos: lo saben perfectamente, como el resto del mundo.

–No fue sólo culpa de Frank –refuté–. Yo estaba allí, Sam. Dejé que la situación se descontrolara, dejé que Daniel pusiera sus manos sobre una pistola y luego le disparé. No puedo culpar de eso a Frank.

–Y yo accedí a que llevara a término esta idea de lunático y tendré que vivir con ello el resto de mis días. Pero es él quien estaba al mando.

Cuando uno toma las riendas de algo, la responsabilidad de lo que ocurra recae sobre él. Si intenta achacarte este lío…

–No lo hará –lo defendí–. No es su estilo.

–Pues a mí me parece exactamente su estilo –me rebatió Sam. Sacudió la cabeza, como si quisiera desprenderse de la idea de Frank–. Ya nos ocuparemos de eso cuanto llegue el momento. Pero supongamos que estás en lo cierto y que no te jode para salvarse el culo, ¿te quedarías igualmente en Violencia Doméstica?

–Por ahora sí –respondí–. Pero dentro de un tiempo… –Ni siquiera sabía que iba a decir aquello, era lo último que esperaba que saliera de mis labios, pero una vez oí mis palabras, tuve la sensación de que habían estado esperando a encontrarlas desde aquella luminosa tarde con Daniel, bajo la hiedra–. Echo de menos Homicidios, Sam. Lo echo de menos como al sol por la mañana, siempre. Quiero volver.

–De acuerdo –contestó Sam. Echó la cabeza hacia atrás y respiró hondo–. Sí, es lo que pensaba. Supongo que eso significa el fin de nuestra relación.

No está permitido salir con nadie de tu misma brigada o, tal como lo describe O'Kelly con suma elegancia: nada de polvos rápidos sobre la fotocopiadora del departamento.

–No –negué–. No, Sam, no tiene por qué ser así. Incluso aunque O'Kelly estuviera dispuesto a aceptarme de nuevo, podría no haber ninguna vacante durante años y quién sabe dónde estaremos entonces. Tú podrías estar dirigiendo una brigada. –No sonrió–. Cuando llegue el momento, simplemente estaremos bajo el rádar. Sucede todo el tiempo, Sam. Ya lo sabes. Barry Norton y Elaine Leahy…

Norton y Leahy trabajan en Vehículos Motorizados desde hace diez años y llevan conviviendo ocho. Fingen que comparten coche para ir al trabajo y todo el mundo, su superintendente incluido, aparenta desconocer la verdad.

Sam sacudió la cabeza, como un perro grande al despertarse.

–Pero no es eso lo que yo quiero –aclaró–. Les deseo lo mejor, claro está, pero yo quiero que nuestra relación sea real. Quizás a ti te bastaría con tener lo que ellos tienen; siempre me he figurado que ése era el motivo por el que no querías contarle a nadie que salíamos juntos, para poder reincorporarte a Homicidios algún día. Pero yo no quiero una amante o un rollo o una historia a medias tintas a jornada partida en la que tenga que actuar como si… –Rebuscó algo en el interior de su abrigo; estaba tan exhausto que lo manoseaba como si estuviera borracho–. Llevo esto conmigo desde dos semanas después de que empezáramos a salir. ¿Recuerdas que fuimos a dar un paseo por Howth Head? ¿Un domingo?

Lo recordaba. Era un día frío y gris, una lluvia tenue e ingrávida en el aire, el perfume del mar inundándome los pulmones; la boca de Sam sabía a sal marina. Estuvimos toda la tarde caminando por los bordes de altos acantilados y comimos pescado con patatas fritas en un banco para cenar; las piernas me dolían horrores y fue la primera vez tras la Operación Vestal que recuerdo sentirme como si fuera yo otra vez.

–El día siguiente –me explicó Sam– compré esto, en la pausa para la comida.

Encontró lo que buscaba y lo depositó en la mesilla del café. Era un cofrecito de anillo de terciopelo azul.

–Oh, Sam –susurré–. Oh, Sam.

–Yo iba en serio –continuó Sam–. Con esto, quiero decir. Contigo, conmigo. No me estaba divirtiendo.

–Y yo tampoco –me defendí. Aquella sala de observación, la mirada en sus ojos. «Estaba»–. Nunca. Simplemente… Me perdí en algún momento, durante un tiempo. Lo lamento muchísimo, Sam. Lo he fastidiado todo, y lo siento terriblemente.

–Pero es que yo ¡te quiero! Cuando te infiltraste en este caso estuve a punto de enloquecer… y no podía hablarlo con nadie, porque nadie sabía que somos novios. No puedo…

Su voz se apagó, se frotó los ojos con las manos. Sabía que tenía que haber algún modo de preguntar aquello con delicadeza, pero los contornos de mi visión no cesaban de combarse y titilar y me costaba pensar con claridad. Me pregunté si podría existir algún momento peor para mantener aquella conversación.

–Sam –dije–. Hoy he matado a una persona. Ayer, cuando sea. No me queda ni una sola neurona en el cerebro. Vas a tener que deletreármelo para que lo entienda: ¿estás rompiendo conmigo o me estás proponiendo en matrimonio?

Estaba bastante segura de cuál era la respuesta. Pero quería acabar con todo aquello cuanto antes, pasar por la rutina de la despedida y trincarme el resto del brandy hasta caer redonda.

Sam miró el cofrecillo del anillo con perplejidad, como si no estuviera seguro de cómo había llegado hasta allí.

–¡Vaya! –exclamó–. Yo no quería… Lo tenía todo planeado: una cena romántica en algún restaurante agradable, con una vista bonita y todo eso. Y champán. Pero supongo que…, quiero decir, ahora que…

Agarró el cofre, lo abrió. Yo no procesaba lo que estaba ocurriendo; tan sólo logré asimilar que no me estaba dejando y que el alivio que sentía era más puro y más doloroso de lo que había imaginado. Sam se desenmarañó del sofá y se arrodilló sobre una pierna, con torpeza, en el suelo.

–De acuerdo –dijo, y me tendió el anillo. Estaba pálido y tenía los ojos como platos; parecía tan desconcertado como yo–. ¿Quieres casarte conmigo?

Lo único que me apetecía hacer era reír, no de él, sino de toda la locura pura y dura que aquel día había logrado concentrar en sí solo. Temía que, si arrancaba a reír, no podría parar de hacerlo.

–Sé –continuó Sam, y tragó saliva–, sé que significaría la prohibición expresa de regresar a Homicidios, no sin un permiso especial, y…

–Y ninguno de nosotros va a recibir ningún tratamiento especial en un futuro previsible –rematé yo.

La voz de Daniel me acarició la mejilla como plumas oscuras, como el viento de una larga noche descendiendo de una montaña distante. «Por lo que quieras tomar, un precio has de pagar, dice Dios.»

–Sí. Si… Bueno… Si quieres pensártelo… –Volvió a tragar saliva–. No tienes por qué decidirlo ahora mismo, claro está. Sé que esta noche no es el mejor momento para… Pero tenía que hacerlo. Antes o después tengo que saberlo.

El anillo era sencillo, un aro fino con un diamante redondo resplandeciendo como una gota de rocío. Nunca en mi vida había imaginado que luciría un anillo de compromiso en mi dedo. Pensé en Lexie quitándose el suyo en un dormitorio a oscuras, dejándolo junto a la cama que había compartido con Chad, y noté la diferencia ahondar en la grieta que nos separaba como una delgada cuchilla: yo no podría ponerme aquel anillo sin tener la certeza de que quería llevarlo conmigo para toda la vida.

–Quiero que seas feliz –dijo Sam. La mirada de desconcierto se había desvanecido de sus ojos; ahora se posaban limpios y firmes sobre los míos–. Suceda lo que tenga que suceder. No tiene sentido si no vas a ser… Si no puedes ser feliz sin reincorporarte a la brigada, entonces dímelo.

Hay tan poca misericordia en este mundo. Lexie había cortado los lazos sin esfuerzo de todos aquellos que se interpusieron entre ella y la puerta, personas con quienes había compartido risas, con quienes había trabajado, con quienes había dormido. Daniel, que la quería como a su propia sangre, se sentó a su lado y la contempló morir, antes de permitir un asedio a su castillo encantado. Frank me agarró por los hombros y me empujó a algo que sabía que podía devorarme viva. Whitethorn House me brindó acceso a sus cámaras secretas y cicatrizó mis heridas y, a cambio, yo coloqué con esmero mis cargas y la hice saltar en mil pedazos. Rob, mi compañero, mi escudero, mi mejor amigo, me expulsó de su vida porque quiso acostarse conmigo y yo accedí. Y cuando habíamos acabado de destrozarnos el uno al otro a arañazo limpio, Sam, que tenía todo el derecho del mundo a enviarme a hacer puñetas y alejarse de mí, permaneció a mi lado porque le tendí una mano y le pedí que lo hiciera.

–Quiero reincorporarme a Homicidios –aclaré–, pero eso no quiere decir que vaya a hacerlo ahora, ni siquiera que vaya a hacerlo pronto. Algún día, antes o después, alguno de los dos hará algo brillante y se ganará todos los méritos del mundo, y entonces podremos solicitar un permiso especial.

–¿Y si no es así? ¿Y si nunca hacemos algo brillante o rechazan nuestra petición de todos modos? ¿Entonces qué?

Ese barrido de alas de nuevo acariciándome la barbilla. «Consentir.»

–Entonces –respondí–, sobreviviré. Y tú tendrás que soportar que eche pestes de Maher el resto de nuestras vidas.

Alargué la mano para coger la de Sam y vi la mirada que amanecía en sus ojos cuando estiró la suya para ponerme el anillo en el dedo. Fue entonces cuando me percaté de que aquella vez no me invadía ningún terror siniestro, ningún grito incontenible a tres centímetros irrevocables, en pleno ascenso. No tenía miedo. Sólo me sentía segura.

Más tarde, cuando nos arrebujamos bajo el edredón y el cielo en el exterior se tornaba de color salmón, Sam dijo:

–Hay algo más que necesito preguntarte y no estoy seguro de cómo hacerlo.

–Adelante –lo invité–. Viene incluido en el *pack* –dije, al tiempo que sacudía la mano izquierda.

El anillo lucía bonito. Me pegaba, incluso.

–No –dijo Sam–. Es algo serio.

Pensé que a aquellas alturas estaría preparada para todo. Me puse boca abajo y me apoyé en los codos para poder mirarlo directamente a los ojos.

–Rob –pronunció–. Tú y Rob. Os vi juntos, cómo os comunicabais, lo cerca que estabais el uno del otro. Siempre pensé... Nunca creí que yo tuviera esta oportunidad.

No estaba preparada para aquello.

–No sé qué pasó entre vosotros –continuó Sam– y no te lo pregunto. No tengo derecho a saberlo. Sólo... Tengo una ligera idea de lo que sufriste durante la Operación Vestal. Y después. No pretendía ser cotilla ni nada por el estilo, pero estaba allí.

Alzó la vista y posó sobre mí sus firmes ojos grises, sin pestañear. Yo era incapaz de articular palabra: me había quedado sin aliento.

Fue aquella noche con los faros, la noche que acudí con Rob a la escena del crimen. Lo conocía lo bastante bien para saber que, si no lo hacía, se desintegraría, estallaría en un millón de pedazos, pero no lo suficiente para saber que iba a hacerlo de todos modos y que lo único que yo hice fue disparar el fuego antiaéreo a mi propia manera. Hicimos algo bueno; en consecuencia, creí que nada malo podría salir de ahí. A veces he pensado que puedo ser mucho más tonta de lo que parezco. Si alguna enseñanza aprendí en Homicidios es que la inocencia no basta.

Yo no soy Lexie, no soy una máquina, sobre todo no cuando me siento exhausta, estresada, desdichada. Para cuando ese espantoso sentimiento de estar hundiéndome se apoderó de mí, yo ya había solicitado el traslado a Violencia Doméstica, a Rob lo habían despachado a un limbo burocrático vete a saber dónde y todos nuestros puentes habían ardido en cenizas; se había ido tan lejos que no alcanzaba a verlo al otro lado. No se lo conté a nadie. Me subí a un barco rumbo a Inglaterra antes de amanecer un sábado que caía una aguanieve y regresé a mi oscuro apartamento esa misma noche; el avión habría sido más rápido, pero me veía incapaz de subirme a uno: la mera idea de permanecer sentada quieta durante una hora en cada trayecto, apretujada codo con codo entre extraños, se me antojaba insoportable. En su lugar, recorrí la cubierta del barco de arriba abajo una y otra vez. En el camino de regreso, el aguanieve caía con más virulencia y me caló hasta los huesos; de haber habido alguien más en cubierta conmigo, habría pensado que estaba llorando, pero no era así, no derramé ni una lágrima.

Por entonces, Sam era la única persona cuya presencia a mi alrededor toleraba. El resto de seres humanos se encontraban al otro lado de una gruesa pared de vidrio deformante, protestaban, gesticulaban y hacían carantoñas, y a mí me costaba horrores descifrar qué querían de mí y devolver las respuestas correctas. Sam era el único al que oía bien. Tiene una voz muy bonita: una voz rural, lenta y sosegada, profunda y fértil como la tierra. Esa voz es lo único que atravesó el cristal y se coló en mi realidad.

Cuando nos reunimos para tomar el café ese lunes tras la jornada laboral, me miró larga y fijamente y dijo:

–Tienes aspecto de tener la gripe. Hay una pasa. ¿Quieres que te lleve a casa?

Me metió en la cama, fue a comprarme comida, regresó y me cocinó un estofado. Cada noche de esa semana vino a prepararme la cena y me contó chistes malísimos hasta que acabé riéndome de verle aquella mirada de esperanza iluminando su cara. Seis semanas más tarde fui yo quien lo besó. Cuando aquellas manos suaves y cuadradas acariciaron mi piel noté cómo sanaban mis células destrozadas. Nunca me creí el papel de bobo provinciano de Sam; siempre estuve segura de que había algo más, pero jamás se me ocurrió (ya he dicho que soy más tonta de lo que parezco) que él lo sabía, desde el principio, y que había sabido tener paciencia.

–Lo único que necesito saber –concluyó Sam– es si se ha acabado para ti; si has cerrado la historia… No puedo seguir preguntándome, el resto de nuestras vidas, qué ocurriría si Rob recuperara la cordura y regresara y quisiera… Sé lo difícil que fue para ti. Yo intenté… darte espacio, creo que lo llaman, para que solucionaras tus asuntos. Pero ahora, si estamos realmente comprometidos… necesito saberlo.

Los primeros haces de luz bañaban su rostro, confiriéndole un aspecto grave y una mirada límpida, como un apóstol cansado en una vitrina.

–Está acabado –contesté–. De verdad, Sam, se acabó.

Puse una mano en su mejilla: brillaba tanto que por un segundo creí que me quemaba, un fuego puro e indoloro.

–Bien –dijo, con un suspiro, me agarró de la nuca por una mano y me atrajo hacia su pecho–. Está bien.

Sus ojos se habían cerrado antes de acabar la frase.

Dormí hasta las dos del mediodía. En algún momento, Sam se arrastró fuera de la cama y me dio un beso de despedida y cerró la puerta con suavidad a sus espaldas, pero nadie me telefoneó para decirme que moviera el culo y fuera a trabajar, presumiblemente porque nadie había logrado averiguar en qué brigada tenía que personarme, si estaba suspendida o si aún conservaba mi empleo. Cuando por fin me levanté, sopesé la posibilidad de justificarme alegando que estaba enferma, pero tampoco sabía a quién telefonear. Frank habría sido probablemente la persona más indicada, pero era poco probable que estuviera de humor para conversaciones. Decidí dejar que otra persona imaginase lo que ocurría. En lugar de acudir al trabajo, me dirigí a Sandymount, alejé mi mirada de los titulares de los diarios, compré comida, regresé a casa y me comí gran parte de ella, y luego di un paseo muy largo por la playa.

Lucía una tarde perezosa y soleada. El paseo marítimo estaba atestado de ancianos que deambulaban con el rostro orientado hacia el sol, de parejas acurrucadas, de bebés sobreexcitados que daban sus primeros pasos y caían al suelo como dulces abejorros. Reconocí a un montón de personas. Sandymount sigue siendo uno de esos lugares en los que reconoces rostros e intercambias sonrisas y compras perfume casero a los hijos de los vecinos; es uno de los motivos por los que vivo aquí, pero aquella tarde se me antojaba extraño y desconcertante. Tenía la sensación de haber estado lejos de allí demasiado tiempo, el suficiente como para que todos los escaparates hubieran cambiado, las casas se hubieran repintado con nuevos colores y los rostros familiares hubieran crecido, envejecido, fallecido.

La marea había bajado. Me descalcé, me arremangué los tejanos y atravesé la arena en dirección a la orilla, hasta que el agua me cubrió los tobillos. Un momento del día anterior pendía sobre mi cabeza sin cesar: la voz de Rafe, lisa y peligrosa como la nieve, diciéndole a Justin: «¡Maldito mamonazo!».

Esto es lo que podría haber hecho en aquel último segundo antes de que todo saltara por los aires: podría haber preguntado: «Justin, ¿me apuñalaste tú?». Justin habría contestado. Lo habríamos tenido grabado en cinta y, tarde o temprano, Frank o Sam o yo habríamos encontrado el modo de conseguir que lo repitiera, esta vez tras leerle sus derechos.

Probablemente nunca sabré por qué no lo hice. Por misericordia, quizá; por una chispa de ella, demasiado exigua y demasiado tardía. O (y ésta sería la opción que Frank esgrimiría) por una excesiva implicación emocional, incluso entonces: Whitethorn House y aquellas cinco personas seguían cubriéndome como polvo, seguían volviéndome fastuosa y desafiante, «nosotros contra el mundo». O quizás, y ésta es la explicación que yo anhelaba que fuera cierta, porque la verdad es más intrincada y menos asequible de lo que yo consideraba antes, un lugar luminoso e ilusorio que se alcanza tanto a través de sinuosas carreteras secundarias como de avenidas rectas, y en este caso estaba más cerca de lo que yo imaginaba.

Cuando regresé a casa, Frank estaba sentado en las escaleras frontales con una pierna estirada, jugando con el gato de los vecinos, enredándolo con el cordón de sus zapatos y silbando una tonadilla. Tenía un aspecto espantoso, arrugado, con cara de sueño y necesitaba con urgencia un afeitado. Cuando me vio, dobló la pierna y se puso en pie, y el gato desapareció a toda prisa entre los matorrales.

–Detective Maddox –me nombró–. Hoy no se ha presentado a trabajar. ¿Ocurre algo?

–No estaba segura de para quién trabajo –contesté–. Si es que aún trabajo. Además, me he quedado dormida. Me deben algunos días de vacaciones; que me los descuenten de ellos.

Frank suspiró.

–No importa. Ya lo solucionaré, puedes contar como uno de los míos un día más. Pero mañana te reincorporas. A Violencia Doméstica. –Se apartó a un lado para que abriera la puerta–. Ha sido demasiado.

–Sí –convine–. Es verdad.

Me siguió escaleras arriba hasta mi apartamento y se dirigió directamente a la cocina, donde había media cafetera que había sobrado de mi comida sin identificar de hacía un rato.

–Así me gusta –comentó, mientras sacaba una taza del escurridor–. Una detective prevenida. ¿Tú vas a tomar un poco?

–Me he bebido litros –contesté–. Tómatelo tú.

Se me hacía imposible descifrar a qué había venido: a rendirme informe, a sermonearme, a darme un beso y hacer las paces, ni idea. Colgué mi chaqueta y empecé a sacar las sábanas del futón para que ambos pudiéramos sentarnos sin tener que estar demasiado cerca.

–¿Y bien? –preguntó Frank, mientras metía su taza en el microondas y seleccionaba la función más corta–. ¿Has oído lo que ha ocurrido con la casa?

–Sam me lo ha contado.

Noté que volvía la cabeza; yo seguí dándole la espalda, mientras convertía el futón en su versión sofá. Transcurrido un momento accionó el microondas.

–Bueno –dijo–. Así como viene se va. Además, probablemente estuviera asegurada. ¿Has hablado con Asuntos Internos ya?

–Y tanto –contesté–. Son muy meticulosos.

–¿Han sido duros contigo?

Me encogí de hombros.

–No más de lo previsible. ¿Y contigo?

–Nosotros ya nos conocemos –contestó Frank, sin entrar en detalles. Sonó el microondas; Frank sacó el azucarero del armario y echó tres cucharaditas de azúcar a su café. Frank lo toma sin azúcar; estaba poniendo todo su empeño en mantenerse despierto–. Lo del disparo no será problema. He escuchado las cintas: suenan tres disparos, los dos primeros a una distancia considerable de ti (los de informática sabrán determinar la distancia exacta) y el tercero justo junto al micrófono, por poco no me hace estallar el tímpano. Y, además, mantuve una pequeña charla con mi amigo de la Científica cuando hubieron acabado con la escena del crimen. Según parece, una de las balas de Daniel describió una trayectoria prácticamente simétrica a la tuya. No cabe duda: tú disparaste justo después de que te disparara él.

–Ya lo sé –contesté. Doblé las sábanas y las lancé dentro del armario–. Yo estaba allí.

Se apoyó en la encimera, le dio un sorbo al café y me observó.

–No permitas que los de Asuntos Internos te pongan nerviosa.

–Este asunto ha sido un desastre, Frank –repliqué–. Los medios de comunicación se nos van a tirar encima como lobos y los jefazos querrán que alguien asuma la responsabilidad.

–¿Por qué? Es un tiroteo de manual. Y lo de la casa es culpa de Byrne: él era el encargado de vigilarla, y fracasó. Lo demás son gajes del oficio, y tenemos un argumento irrefutable de defensa: funcionó. Atrapamos a nuestro hombre, aunque no tuviéramos la oportunidad de arrestarlo. Mientras no cometas ninguna estupidez, ninguna estupidez más, quiero decir, saldremos airosos de ésta.

Me senté en el futón y cogí mi paquete de cigarrillos. Me resultaba imposible descifrar si intentaba reconfortarme o amenazarme, o quizás un poco de ambas cosas.

–¿Y qué hay de ti? –pregunté con cautela–. Si ya tienes historial con Asuntos Internos...

Subió una ceja.

–Me alegra saber que te preocupas. También tengo mis bazas si me veo obligado a recurrir a ellas.

Aquella cinta desobedeciendo una orden directa y diciéndole que no pensaba abandonar destelló entre nosotros, sólida como si la hubiera depositado sobre la mesa. No conseguiría que él se desprendiera del anzuelo (se supone que debía tener a su brigada bajo control), pero me arrastraría con él y podría embarrar las aguas lo suficiente como para permitirle librarse. En aquel momento supe que, si Frank quería cargarme el muerto de aquel asunto, echar por tierra mi carrera, podía hacerlo, y que probablemente estaba en su derecho.

Divisé el diminuto destello de diversión en aquellos ojos inyectados en sangre: me había leído el pensamiento.

–Bazas –repetí.

–Como siempre –replicó él, y por un segundo sonó exhausto y viejo–. Escucha, Asuntos Internos necesita pavonearse, alardear de su poder, se la pone dura, pero por lo que yo sé no van a por ti... ni a por tu Sammy, ya que nos ponemos. Me darán la murga unas cuantas semanas, pero al final todo saldrá bien.

Sentí un arrebato de ira que me desconcertó. Tanto si Frank decidía arrojarme a los leones como si no, y yo sabía que nada de lo que pudiera decir lo convencería de una cosa o de la contraria, «bien» no era la palabra que yo, personalmente, habría escogido para definir nada de aquella situación.

–De acuerdo –dije–. Me alegra oírlo.

–Entonces ¿a qué viene esa cara tan larga? Como le dijo el camarero al caballo.

Estuve a punto de lanzarle el mechero a la cabeza.

–¡Por todos los cielos, Frank! He matado a Daniel. Viví bajo su techo, me senté junto a él en su mesa, comí su comida –me ahorré el «lo besé»– y luego lo maté. Cada día del resto de lo que debería haber sido el resto de su vida, él no estará aquí, y es por mi culpa. Fui allí a atrapar a un asesino, pasé años dedicándome en cuerpo y alma a hacerlo, y ahora yo…

Me callé porque me temblaba la voz.

–¿Sabes algo? –preguntó Frank transcurrido un momento–. Tienes la mala costumbre de culparte por los actos de la gente que te rodea. –Se acercó con su taza al sofá y se desplomó, con las piernas abiertas–. Daniel March no era ningún tonto. Sabía con exactitud lo que estaba haciendo y te arrinconó deliberadamente en una posición donde sabía que tu única opción era abatirlo. Eso no es ningún homicidio, Cassie. Ni siquiera es defensa propia. Lo que ocurrió allí fue un suicidio asistido por una policía.

–Ya lo sé –repliqué–. Ya lo sé.

–Él sabía que estaba acorralado y no tenía ninguna intención de ir a la cárcel. Y no lo culpo por ello. ¿Te lo imaginas haciendo amigos en la trena? Él escogió su salida y apostó por ella. Tengo que concederle algo: era un tipo con agallas. Lo subestimé.

–Frank –dije–, ¿alguna vez has matado a alguien?

Alargó la mano para coger mi paquete de cigarrillos y miró la llama mientras se encendía el pitillo con una sola mano.

–Ayer tomaste la decisión correcta al disparar –dijo, una vez hubo apagado el mechero–. Ocurrió, no fue divertido, pero en unas cuantas semanas te repondrás. Fin de la historia.

No contesté. Frank exhaló una larga voluta de humo que ascendió hacia el techo.

–Escucha, cerraste el caso. Si tuviste que disparar a alguien para hacerlo, mejor que haya sido Daniel. Nunca me gustó ese capullo.

Yo no estaba de humor para reprimirme el genio, no con él al menos.

–Sí, Frankie, de eso ya me había dado cuenta. Todo el mundo a un kilómetro a la redonda de este caso se habría dado cuenta. ¿Y sabes por qué no te gustaba? Porque era exactamente igual que tú.

–Vaya, vaya, vaya –dijo Frank arrastrando las palabras. Había un gesto de diversión en su boca, pero sus ojos refulgían azules como el hielo y no pestañeaba; me resultaba imposible discernir si estaba furioso o no–. Casi se me había olvidado que ha estudiado Psicología.

–Tu vivo retrato, Frank.

–¡Y un cuerno! Ese muchacho estaba mal de la cabeza, Cassie. ¿Recuerdas lo que dijiste al trazar el perfil? Experiencia delictiva anterior. ¿Te acuerdas?

–¿Qué, Frank? –pregunté. Me di cuenta de que había desplegado los pies de debajo de mí y los había apoyado con fuerza en el suelo–. ¿Qué averiguaste sobre Daniel?

Frank movió la cabeza, una sacudida pequeña y ambigua, por encima de su cigarrillo.

–No tuve que averiguar nada. Sé cuando una persona huele mal, y tú también. Hay una línea, Cassie. Tú y yo vivimos a un lado de ella. Incluso cuando la jodemos y pasamos al otro lado, esa línea nos impide perdernos. Daniel no la tenía. –Se inclinó sobre la mesilla de centro para sacudir la ceniza–. Hay una línea –repitió–. No olvides nunca que hay una línea.

Se produjo un largo silencio. La ventana empezaba a atenuarse de nuevo. Me pregunté qué habría ocurrido con Abby, Rafe y Justin, si pasarían la noche juntos; si John Naylor dormiría despatarrado bajo la luz de la luna sobre las ruinas de Whitethorn House, el rey conquistador de todo nuestro naufragio. Sabía que Frank diría: «Eso ya no es asunto tuyo».

–Lo que me encantaría saber –continuó Frank al cabo de un rato, y su tono había variado– es cuándo te desenmascaró Daniel. Porque lo hizo, y tú lo sabes. –Un destello rápido de azul en su mirada–. Por su modo de hablar, tengo el convencimiento de que sabía que llevabas micrófono, pero no es eso lo que me preocupa. Podríamos haberle puesto un micrófono a Lexie, si ella hubiera consentido; el micrófono no bastaba para que él averiguara que eras una policía. Sin embargo, cuando Daniel entró en esa casa ayer sabía sin ningún género de duda que tú llevabas un arma encima y que la utilizarías. –Se acomodó en el sofá, extendió un brazo sobre el respaldo y dio una calada a su cigarrillo–. ¿Alguna idea de qué te delató?

Me encogí de hombros.

–Supongo que las cebollas. Sé que pensamos que había salido airosa de la situación, pero al parecer Daniel era mejor jugador de póquer de lo que creíamos.

–No estoy para bromas –dijo Frank–. ¿Estás segura de que fue eso? ¿No le sorprendía, por ejemplo, tus gustos en cuestión de música?

Lo sabía, Frank sabía lo de Fauré. No tenía modo de estar seguro, pero su instinto le decía que allí había gato encerrado. Me esforcé por mirarlo a los ojos y fingir estar desconcertada y un tanto atribulada.

–Nada que me venga a la mente.

Espirales de humo pendían en la luz del sol.

–Bien –dijo Frank al fin–. Bueno. Dicen que la clave está en los detalles. Tú no tenías modo de saber lo de las cebollas, lo cual significa que no podías hacer nada para evitar delatarte. ¿Verdad?

–Verdad –contesté, y al menos eso me salió con facilidad–. Hice todo cuanto pude, Frank. Me dejé la piel siendo Lexie Madison.

–Y, pongamos por caso, si hace un par de días hubieras sospechado que Daniel te había descubierto, ¿habrías podido hacer algo para que la situación concluyera de otro modo?

–No –contesté, y sabía que aquello también era verdad. Aquel día había comenzado años antes, en el despacho de Frank, con un café requemado y galletas de chocolate. Cuando metí aquella cronología en la camisa de mi uniforme y me dirigí a pie hasta la estación de autobuses, aquel día ya nos estaba esperando a todos–. Creo que éste es el final más feliz que podíamos conseguir.

Asintió.

–Entonces has cumplido tu misión. Punto y final. No te culpes por los actos de los demás.

Ni siquiera intenté explicarle lo que veía, la fina red que se había ido extendiendo y nos había arrastrado a todos hasta llegar a aquel punto, las incontables inocencias que integraban la culpa. Pensé en Daniel con una tristeza inenarrable, la imagen viva de su rostro diciéndome: «Lexie era una persona sin ninguna noción de acción y consecuencia», y noté esa afilada cuchilla deslizarse aún más profundamente entre ella y yo, girándose.

–Lo cual –añadió Frank– me lleva al motivo de mi visita. Tengo una pregunta más acerca de este caso y tengo la extraña sensación de que tú podrías conocer la respuesta. –Apartó la vista de su taza, donde había estado pescando una mota de algo–. ¿Apuñaló realmente Daniel a nuestra chica? ¿O simplemente se estaba autoinculpando, por algún motivo retorcido que sólo él sabía?

Aquellos ojos azules desapasionados al otro lado de la mesilla del café.

–Tú oíste lo mismo que yo –contesté–. Él es el único que habló con claridad; los otros tres no dieron ningún nombre en ningún momento. ¿Siguen sosteniendo que fue él?

–No dicen más que patrañas. Llevamos todo el día de hoy y anoche interrogándolos y no han pronunciado ni una sola palabra excepto «Quiero un vaso de agua». Justin ha berrequeado un poquito y Rafe lanzó una silla contra la pared al descubrir que había estado cuidando a una víbora en su pecho durante el pasado mes (tuvimos que esposarlo hasta que se calmó), pero ésa ha sido toda la comunicación que hemos conseguido establecer. Son como malditos prisioneros de guerra.

El dedo de Daniel apretado sobre sus labios, sus ojos deslizándose sobre los demás con una intensidad que yo no había comprendido en aquel momento. Incluso entonces, traspasado el horizonte más lejano de su propia vida, Daniel había tenido un plan. Y los otros tres, ya fuera por una fe ciega en él o por costumbre o sencillamente porque no tenían nada más a lo que aferrarse, seguían procediendo conforme las pautas que él les había dictado.

–Una de las razones que me induce a preguntártelo –aclaró Frank– es porque las historias no encajan. Casi, pero no. Daniel te explicó que por casualidad tenía un cuchillo en la mano, porque estaba fregando los platos, pero en la cinta Rafe y Justin describen que Daniel usó ambas manos para contener a Lexie mientras se peleaban, *antes* de que la apuñalaran.

–Quizás estén confundidos –aventuré–. Todo ocurrió muy precipitadamente; ya sabes el valor que tienen las declaraciones de los testigos oculares. O quizá Daniel le estuviera restando trascendencia al asunto: afirmando que por casualidad tenía un cuchillo en la mano cuando en realidad agarró uno ex profeso para apuñalar a Lexie. Probablemente nunca sabremos qué ocurrió.

Frank dio una calada a su cigarrillo y observó el resplandor rojo candente.

–Hasta donde yo sé –replicó–, sólo hay una persona que estuviera lavando los platos y no estuviera haciendo nada más con sus manos entre el descubrimiento de esa nota y el momento en que apuñalaron a Lexie.

–Daniel la mató –afirmé, y no me pareció una mentira entonces y no me lo parece ahora–. Estoy segura, Frank. Decía la verdad.

Frank contempló mi rostro durante un minuto, escrutándolo. Y luego dijo con un suspiro:

–Está bien. Te tomo la palabra. Yo nunca me convenceré de que él actuara con aquella precipitación, sin plan, sin organización, pero quién sabe, quizá tengamos menos en común de lo que tú crees. Yo apostaba por otra persona desde el principio, pero si todo el mundo quiere que el culpable sea Daniel… –Una pequeña inclinación hacia atrás de su cabeza, como un encogimiento–. No hay mucho que yo pueda hacer. –Apagó la colilla y se puso en pie–. Ten –dijo, rebuscando algo en el bolsillo de su chaqueta–. He pensado que te gustaría tener esto.

Me deslizó algo sobre la mesa; resplandeció a la luz del sol y yo lo cogí como por acto reflejo, con una sola mano. Era un minicasete, del tipo que se utiliza en Operaciones Secretas para grabar las escuchas a través de teléfonos.

–Ésta eres tú tirando tu carrera al retrete. Según parece, tropecé con un cable mientras hablaba contigo por teléfono ese día y desconecté algo. La cinta oficial contiene unos quince minutos de nada, pero detecté el problema y volví a establecer la conexión. Los técnicos pretenden descuartizarme por hacer un mal uso de sus artilugios, pero tendrán que ponerse a la cola.

No era su estilo, le había dicho yo a Sam la noche anterior; no era el estilo de Frank endilgarme las culpas. Y antes de eso, en el origen de todo: Lexie Madison era responsabilidad de Frank desde que la había modelado de la nada y siguió siéndolo cuando apareció muerta. No era que él se sintiera culpable por todo aquel espantoso desaguisado ni nada parecido. Una vez que Asuntos Internos lo dejara en paz, probablemente jamás volvería a pensar en aquello. Pero algunas personas se preocupan por los suyos, implique eso lo que implique.

–No hay copias –añadió–. No tendrás problemas.

–Cuando he dicho que te parecías mucho a Daniel –expliqué–, no tenía intención de insultarte.

Vi un destello inextricable en sus ojos mientras asimilaba mis palabras. Tras un dilatado instante, asintió.

–De acuerdo –dijo.

–Gracias, Frank –le dije, y cerré mi mano sobre la cinta–. Gracias.

–¡Caray! –exclamó Frank de repente. Alargó la mano, por encima de la mesa, y me agarró la muñeca–. ¿Qué es esto?

El anillo. Se me había olvidado; mi cabeza aún se estaba acostumbrando a él. Tuve que esforzarme por no soltar una risita al ver la cara que ponía. Nunca había visto a Frank Mackey verdaderamente patidifuso hasta entonces.

–Me gusta como me queda –dije–. ¿Y a ti?

–¿Es nuevo? ¿O se me había pasado por alto antes?

–Bastante nuevo –contesté–, sí.

Aquella sonrisa vaga y maliciosa, la lengua estirándole el moflete; de repente me miró con ojos como platos y rebosantes de energía, listo para retumbar.

–¡Maldita sea mi estampa! –exclamó–. Ahora mismo no sé cuál de los dos me ha sorprendido más. Tengo que confesar, con la mano en el corazón, que me quito el sombrero ante tu Sammy. Deséale buena suerte de mi parte, ¿quieres? –Soltó una carcajada–. ¡Que me aspen si no acabas de alegrarme el día! ¡Cassie Maddox se casa! ¡Dios Santo! ¡Deséale a ese hombre suerte en mi nombre!

Y salió corriendo escaleras abajo, riéndose a carcajada limpia.

Permanecí en el futón mucho rato, dándole vueltas a la cinta en mis manos e intentando recordar qué más había grabado en ella, qué había hecho aquel día, además de lanzarme en picado y atreverme a que a Frank me despidiera. Resacas, cafés y Bloody Marys y todos atosigándonos. La voz de Daniel, en el dormitorio en penumbra preguntándome: «¿Quién eres?». Y Fauré.

Creo que Frank esperaba que yo destrozara aquella cinta, que la desenrollara y la desmenuzara en una trituradora casera (yo no tengo, pero me apuesto lo que sea a que él sí). Sin embargo, me subí a la encimera de la cocina, cogí mi caja de zapatos de «Cosas Oficiales» del armario y la guardé dentro, junto con mi pasaporte, mi certificado de nacimiento, mi historial médico y los extractos de mi Visa. Quiero volver a escucharla algún día.

26

Pocas semanas después de que concluyera la Operación Espejo, mientras andaba enredada con el papeleo y esperando a que alguien en alguna parte decidiera algo, Frank me telefoneó:

–Tengo al padre de Lexie al otro lado del teléfono –me informó–. Quiere hablar contigo.

Un clic y luego nada, salvo una lucecilla roja parpadeando en mi teléfono, una llamada en espera de ser respondida.

Yo ocupaba una mesa en la brigada de Violencia Doméstica. Era la hora de la comida de un día veraniego con un plácido cielo azul; todo el mundo había salido a tumbarse en el parque de Stephen's Green con las mangas remangadas, con la esperanza de broncearse ni que fuera un poco, pero yo evitaba a Maher, que no dejaba de acercar su silla a la mía y preguntarme con un guiño de complicidad qué se sentía al disparar a alguien, de manera que la mayoría de los días me inventaba cualquier excusa –papeleo urgente por atender– y luego comía muy tarde.

Al final había sido así de sencillo: a medio mundo de distancia, un policía muy joven llamado Ray Hawkins había acudido a trabajar una mañana y se había olvidado las llaves de su casa. Su padre se había acercado a la comisaría para llevárselas. El padre era un detective retirado y por deformación profesional había echado un vistazo al panel de anuncios que había tras el mostrador (avisos, coches robados, personas desaparecidas) mientras le entregaba las llaves y le recordaba que comprara pescado para cenar de camino casa. Y entonces había dicho: «Espera un segundo: yo he visto a esa chica en alguna parte». Tras lo cual, habían retrocedido algunos años en los expedientes de personas desaparecidas hasta que aquella cara había vuelto a aparecer, por última vez.

Su nombre era Grace Audrey Corrigan y era dos años menor que yo. Su padre se llamaba Albert. Regentaba una pequeña explotación ganadera llamada Merrigullan en algún lugar de las inmensas llanuras sin nombre de la Australia Occidental. Hacía trece años que no la veía.

Frank le había explicado que yo era la detective que más tiempo se había ocupado del caso, la que lo había resuelto. Su acento era tan marcado que tardé un rato en que se me acostumbrara el oído. Esperaba que me formulara un millón de preguntas, pero no me preguntó nada, no al principio. En su lugar, me contó cosas: todo lo que yo nunca me habría atrevido a preguntarle. Su voz, profunda y bronca, la voz de un hombre corpulento, avanzaba lentamente, con largas pausas, como si no estuviera acostumbrado a hablar, pero habló durante largo rato. Llevaba ahorrando palabras durante trece años, esperando que aquel día llegara por fin.

Gracie había sido una buena niña, aclaró, cuando era pequeña. Afilada como un cuchillo, lo bastante lista como para ir a la clase de los niños que le doblaban la edad, pero no le gustaba estudiar. Una persona hogareña, explicó Albert Corrigan; con sólo ocho años le había explicado que en cuanto cumpliera los dieciocho se casaría con un buen ganadero para poder hacerse cargo de la granja y ocuparse de él y de su madre cuando envejecieran.

–Lo tenía todo planeado –me explicó. A través de todo se percibían los resquicios de una sonrisa anciana en su voz–. Me indicó que en cuestión de unos años yo debería empezar a prestar atención en a quién contrataba, buscar a alguien con quien ella pudiera casarse. Me aclaró que le gustaban los hombres altos, con el pelo rubio, y que no le importaba que gritasen, pero le desagradaban los borrachos. Gracie siempre supo lo que quería.

Pero cuando tenía nueve años, su madre sufrió una hemorragia al dar a luz al hermanito de Grace y se desangró antes de que el doctor tuviera tiempo de llegar.

–Gracie era demasiado pequeña para asimilar algo así –continuó su padre. Supe por la caída simple y pesada de su voz que había reflexionado sobre aquello un millón de veces, que era una idea que se le había estancado en el pensamiento–. Me di cuenta en cuanto se lo dije. Su mirada: era demasiado niña para escuchar aquello. La partió en dos. De haber sido un par de años mayor, quizá lo hubiera encajado bien.

Pero después de aquello cambió. No hubo ningún cambio en particular. Seguía siendo una niña estupenda, hacía sus deberes y demás, y no era respondona. Se hizo cargo de la casa... aunque el estofado que había visto cocinar a su madre tantas veces en una cocina más alta que ella no le saliera de rechupete. Sin embargo, nunca más volví a saber qué le rondaba por la cabeza.

En los huecos que dejaba en su historia, las interferencias rugían en mi oído, un largo sonido amortiguado como de caracola marina. Deseé saber más cosas sobre Australia. Imaginé la tierra roja y el sol golpeándote como un grito, plantas retorcidas lo bastante testarudas como para extraer vida de la nada, parajes de vértigo capaces de tragarte de un solo bocado.

Gracie tenía diez años la primera vez que se escapó. La encontraron al cabo de unas horas, deshidratada y gritando de rabia en la cuneta de una carretera, pero volvió a intentarlo el año siguiente, y el siguiente. Cada vez llegó un poco más lejos. Entre medio jamás mencionó aquellos episodios y ponía mirada de no saber de qué le hablaban cuando alguien intentaba abordar el tema. Su padre nunca supo qué mañana se levantaría y descubriría finalmente que se había ido. Se echaba mantas en la cama en verano y se las quitaba en invierno para aligerar lo bastante su sueño y de ese modo despertarse al oír el simple clic de una puerta.

–Lo consiguió a los dieciséis años –aclaró, y lo oí tragar saliva–. Me robó trescientas libras de debajo del colchón y un Land Rover de la granja, y desinfló las ruedas de los demás coches para ralentizarnos. Para cuando salimos en su persecución, ella ya había llegado al pueblo, había abandonado el Land Rover en la estación de servicio y se había subido en algún camión rumbo al este. Los policías me aseguraron que harían cuanto pudieran, pero si ella no quería que la encontraran... Es un país muy grande.

No tuvo noticias de ella en cuatro meses, durante los cuales soñó que la habían arrojado a algún descampado y que la habían devorado unos dingos bajo una inmensa luna roja. Entonces, el día antes de su cumpleaños recibió una postal.

–Aguarde –me dijo. Susurros y golpes, un perro ladrando en la distancia–. Escuche. Dice así: «Querido papá, feliz cumpleaños. Estoy bien. Tengo un trabajo y buenos amigos. No voy a regresar, pero quería saludarte. Te quiere, Grace.

»P.D.: No te preocupes, no soy ninguna profesional». –Soltó una carcajada, aquella respiración áspera de nuevo–. ¿No le parece gracioso? Tenía razón, ¿sabe? Me inquietaba precisamente eso: una muchacha guapa sin estudios… Pero no se habría preocupado de decírmelo de no ser verdad. Gracie no.

El matasellos era de Sidney. Albert lo había abandonado todo, había conducido hasta el aeródromo más cercano y había tomado el avión de correos rumbo al este para colgar fotocopias de mala calidad en los postes de las farolas con la frase: «¿HA VISTO A ESTA CHICA?». Nadie llamó. La postal del año siguiente procedía de Nueva Zelanda:

> Querido papá, feliz cumpleaños. Por favor, deja de buscarme. Tuve que trasladarme porque vi un póster con mi cara. ESTOY BIEN, así que déjalo, por favor. Te quiere, Grace.
>
> P.D.: No vivo en Wellington; sólo he venido aquí para enviarte esto, así que no te molestes en buscarme.

Albert no tenía un pasaporte por entonces, ni siquiera conocía qué procedimiento debía seguir para sacarse uno. A Grace le faltaban unas cuantas semanas para cumplir los dieciocho años y, según le informó la policía de Wellington, con bastante sensatez, poco podían hacer ellos si una adulta en su sano juicio decidía irse de casa. Había recibido otras dos postales desde allí (en una le informaba de que tenía un perro y en otra, una guitarra) y luego, en 1996, le había enviado una desde San Francisco.

–Al final emigró a América –comentó Albert–. Quién sabe cómo lograría llegar allí. Supongo que Gracie nunca permitió que nada se interpusiera en su camino.

Le gustaba América: cogía el tranvía para ir al trabajo y su compañero de piso era un escultor que le enseñaba a hacer cerámica. Pero un año más tarde se encontraba en Carolina del Norte, sin explicación mediante. Cuatro postales desde allí, una desde Liverpool con una fotografía de los Beatles y luego tres desde Dublín.

–Tenía su cumpleaños marcado en su agenda –le comuniqué–. Sé que le habría enviado otra postal también este año.

–Sí –contestó él–. Probablemente.

En algún lugar en el fondo, algo, un pájaro, lanzó un gañido de miedo. Me imaginé a Albert sentado en una veranda de madera maltrecha, miles de kilómetros de naturaleza virgen extendiéndose a su alrededor, con sus reglas puras e inmisericordes.

Se produjo un largo silencio. Caí en la cuenta de que había deslizado la mano que tenía libre por debajo del cuello de mi jersey para tocar el anillo de compromiso de Sam. Hasta que la Operación Espejo no se cerrara oficialmente y pudiéramos revelar nuestros planes sin que Asuntos Internos padeciera un aneurisma colectivo, llevaba el anillo colgado de una fina cadena de oro que en su día perteneció a mi madre. Me caía entre los senos, justo donde antes había estado el micrófono. Incluso en los días fríos lo notaba más cálido que mi piel.

–¿En qué se convirtió? –preguntó al fin–. ¿Cómo era?

Su voz se volvió más grave y áspera. Necesitaba saber. Pensé en May-Ruth llevando a los padres de su prometido una planta casera, en Lexie lanzándole fresas a Daniel entre carcajadas, en Lexie escondiendo la pitillera bajo las largas hierbas, y no se me ocurrió qué respuesta darle.

–Seguía siendo muy lista –dije–. Estaba cursando un curso de posgrado en Literatura inglesa. Seguía sin dejar que nada se interpusiera en su camino. Sus amigos la querían y ella los quería a ellos. Eran felices juntos.

Pese a todo lo que los cinco se habían hecho unos a otros al final, creía en mis palabras firmemente. Y sigo haciéndolo.

–Ésa es mi niña –comentó él distraídamente–. Ésa es mi niña… –Su mente estaría distraída en cosas que yo no tenía modo de saber. Al cabo de un rato respiró, como si saliera de una ensoñación, y preguntó–: La mató uno de ellos, ¿no es cierto?

Le había costado un buen rato formular aquella pregunta.

–Sí –contesté–, así es. Pero si le sirve de consuelo, fue un homicidio involuntario. No estaba planeado ni nada de eso. Tuvieron una discusión y él tenía un cuchillo en la mano por casualidad, porque estaba fregando los platos, y perdió los nervios.

–¿Sufrió?

–No –lo reconforté–. No, señor Corrigan. El forense nos aseguró que lo único que debió de sentir antes de perder la conciencia es que le faltaba el aire y una taquicardia, como si hubiera estado corriendo.

«Fue una muerte serena», estuve a punto de añadir, pero aquellas manos…

Guardó silencio tanto rato que me pregunté si se habría cortado la línea o si se habría ido, si habría apoyado el teléfono en algún sitio y abandonado la estancia; si estaría apoyado en una verja, respirando profundamente el frío y salvaje aire vespertino. Mis compañeros empezaban a reincorporarse tras la hora de la comida: sus pasos retumbaban en las escaleras, alguien en el pasillo se quejaba de la burocracia, la risa estentórea y agresiva de Maher. «Corra –quise alentarlo–; no tenemos mucho tiempo.»

Finalmente exhaló un largo y lento suspiro.

–¿Sabe qué es lo que más recuerdo? –me preguntó–. La noche antes de que se escapara, esa última vez, estábamos sentados en el porche después de cenar. Gracie tomaba sorbitos de mi cerveza. Estaba preciosa. Se parecía más que nunca a su madre: serena, por una vez. Me sonreía. Pensé que eso significaba..., bueno, pensé que había decidido quedarse finalmente. Quizá se hubiera enamorado de alguno de los vaqueros; parecía una muchacha enamorada. Pensé: «Mira nuestra hijita, Rachel. ¿A que está guapísima? Al final nos ha salido bien».

Sus palabras hicieron que algo extraño revoloteara en mi cabeza, algo delicado como palomillas describiendo círculos. Frank no se lo había dicho: no le había explicado lo de la operación encubierta, no le había hablado de mí.

–Y así fue, señor Corrigan –corroboré–. A su propia manera, pero así fue.

–Quizá –respondió él–. Lo parece. Me gustaría... –En algún lugar, aquel pajarraco volvió a graznar, un gañido desolador de alarma que se desvaneció en la distancia–. Lo que digo es que, supongo que usted tiene razón, que ese joven no intentaba matarla. Supongo que algo así estaba predestinado a ocurrir. No estaba hecha para este mundo. Llevaba huyendo de él desde que tenía nueve años.

Maher entró en la sala de la brigada dando un portazo y me bramó algo, soltó un trozo enorme de pastel de aspecto correoso en la mesa y empezó a desenvolverlo. Yo escuché el eco estático en mi oído y pensé en esas manadas de caballos que recorren las llanuras de América y Australia, los caballos salvajes, que corren libres, defendiéndose de los dingos y los linces y sobreviviendo con lo que encuentran, dorados y enmarañados bajo un sol implacable. Alan, mi amigo de la infancia, trabajó en un rancho de Wyoming un verano, con un visado de intercambio cultural. Contempló a vaqueros adiestrar esos caballos. Me explicó que de vez en cuando había uno que no se dejaba dominar, uno salvaje hasta la médula. Esos caballos luchaban contra las bridas y las vallas hasta quedar repletos de rasguños y sangrar a chorro, hasta que sus patas y cuello quedaban reducidos a astillas; morían luchando por escapar.

Frank resultó estar en lo cierto: todos salimos airosos de la Operación Espejo, o al menos ninguno de nosotros acabó despedido ni entre rejas, que probablemente equivalga al estándar de Frank de salirse «airoso». A él le descontaron tres días de vacaciones y le anotaron una falta en el expediente, oficialmente por permitir que la investigación se descontrolara, y es que ante un lío de aquel calibre Asuntos Internos necesitaba cortar alguna cabeza y sospecho que estuvieron encantados de que fuera la de Frank. Los medios de comunicación intentaron provocar una polémica acerca de la brutalidad policial, pero nadie se mostró dispuesto a colaborar con ellos: lo máximo que obtuvieron fue una imagen de Rafe enseñándole el dedo corazón a un fotógrafo, imagen que apareció en un tabloide, junto con la pixelación de turno para proteger a los menores. Yo acudí a mis sesiones obligatorias con el loquero, que levitaba en el séptimo cielo ante la perspectiva de volverme a tener delante; le expuse un montón de síntomas traumáticos leves, dejé que se desvanecieran milagrosamente a lo largo de unas semanas con ayuda de su asesoramiento experto, me dieron el alta y lidié con la Operación Espejo a mi propia manera, en solitario.

Una vez que supimos desde dónde se habían enviado aquellas postales, resultó muy fácil seguir la pista. No tenía sentido preocuparse más: todo lo que Lexie hubiera hecho antes de llegar a nuestra jurisdicción y conseguir que la asesinaran no era asunto nuestro, pero aun así Frank se empeñó en investigarlo. Me envió el expediente, con el sello CASO CERRADO estampado y sin ninguna nota.

No consiguieron localizarla en Sidney: lo máximo que obtuvieron fue el testimonio de un surfero que creía haberla visto vendiendo helados en Manley Beach y creía recordar que su nombre era Hazel, pero su declaración era un mar de dudas y era demasiado densa como para contemplarlo como un testigo fiable. En Nueva Zelanda, en cambio, había adoptado la identidad de Naomi Ballantine, la más eficiente recepcionista de cuantas que ofrecía la empresa de trabajo temporal en su catálogo, hasta que un cliente satisfecho había empezado a presionarla para emplearla a jornada completa. En San Francisco fue una jovencita hippie llamada Alanna Goldman que trabajaba en una tienda de artículos para la playa y pasaba gran parte del tiempo fumando marihuana en torno a las fogatas; las fotografías de sus amigos la mostraban con rizos hasta la cintura ondeando por efecto de la brisa oceánica, con los pies descalzos y collares de conchas marinas y unas piernas bronceadas con unos tejanos cortos. En Liverpool fue Mags Mackenzie, una aspirante a diseñadora de sombreros que entre semana servía tragos largos en una extravagante coctelería y vendía sus sombreros en un puesto del mercado los fines de semana; la fotografía la mostraba tocada con un sombrero de ala ancha de terciopelo rojo con un bullón de seda vieja y encaje sobre una oreja y riendo. Sus compañeras de piso, una pandilla de jóvenes noctámbulas de alto octanaje que se dedicaban a la misma suerte de actividad –a saber, moda, coros en grupos de música y algo llamado «arte urbano»–, afirmaron que dos semanas antes de largarse le habían ofrecido un contrato para diseñar para una boutique muy en boga por aquel entonces. Ni siquiera se habían preocupado al despertarse y descubrir que había desaparecido. Mags se las apañaría para estar bien: siempre lo había hecho.

La carta de Chad estaba enganchada con clip a una fotografía instantánea borrosa de ambos tomada delante de un lago, en un día de un sol resplandeciente. Ella lucía una larga trenza, una camiseta que le iba enorme y una sonrisa tímida; apartaba la mirada de la cámara. Chad aparecía alto, bronceado y degarbado, inclinando su cabeza de cabello dorado y esponjoso. La tenía rodeada con el brazo y la miraba como si no diera crédito a la suerte que le había deparado el destino. «Sólo desearía que me hubieras dado la oportunidad de irme contigo –decía la carta–, sólo esa oportunidad, May. Habría ido a cualquier parte. Espero que hayas encontrado lo que querías. Me habría encantado saber qué era y por qué no era yo.»

Fotocopié las fotografías y los interrogatorios y le envié el historial de vuelta a Frank, con una escueta nota adjunta: «Gracias». La tarde del día siguiente salí pronto del trabajo y fui a ver a Abby.

Su nueva dirección aparecía en el expediente: vivía en Ranelagh, Student Central, en una casucha andrajosa con el sendero de entrada cubierto de maleza y demasiados timbres junto a la puerta. Me quedé de pie en la acera, apoyada en la cancela. Eran las cinco de la tarde, Abby no tardaría en regresar a casa (el ser humano es un animal de costumbres) y quería que me viera desde lejos y se preparara antes de llegar junto a mí.

Transcurrió aproximadamente media hora antes de que doblara la esquina vestida con su largo abrigo gris y cargada con dos bolsas del supermercado. Estaba demasiado lejos para verme la cara, pero yo conocía esa manera de andar briosa y elegante de memoria. Detecté el segundo en que me divisó, el balanceo de sorpresa hacia atrás, las bolsas casi resbalándole de las manos; la larga pausa que hizo en medio de la acera, después de registrar lo que ocurría, mientras sopesaba si era mejor dar la vuelta y dirigirse a otro sitio, a cualquier otro sitio; el ascenso de sus hombros al respirar hondo y retomar el paso, hacia mí. Recordé aquella primera mañana alrededor de la mesa de la cocina: recordé que pensé que, de habernos conocido en otras circunstancias, habríamos sido amigas.

Se detuvo en la verja y permaneció inmóvil, repasando atentamente cada detalle de mi rostro, con descaro, inmutable.

–Debería correrte a hostias –dijo al fin.

No parecía que pudiera hacerlo. Había perdido mucho peso y llevaba el cabello recogido en una coleta, que confería a su rostro una mayor delgadez. Pero había algo más. Su piel había perdido algo: la luminosidad, la elasticidad. Por primera vez vislumbré un atisbo de cómo sería de anciana: tiesa y mordaz y enjuta, con ojos cansados.

–Estarías en tu pleno derecho –contesté.

–¿Qué quieres?

–Cinco minutos –respondí–. Hemos descubierto cosas sobre el pasado de Lexie. Pensé que te gustaría saberlas. Podría..., no sé, podría ayudarte.

Un chaval desgarbado con unos pantalones anchos y un iPod pasó junto a nosotras, se metió en la casa y cerró la puerta de un portazo.

–¿Puedo entrar? –pregunté–. O, si lo prefieres, podemos quedarnos aquí fuera. No te robaré más de cinco minutos.

–¿Cómo te llamabas? Nos lo dijeron, pero lo he olvidado.

–Cassie Maddox.

–Detective Cassie Maddox –especificó Abby. Transcurrido un momento se apoyó una bolsa en la cadera y buscó las llaves–. De acuerdo. Entra. Pero cuando yo te diga que te largues, te vas.

Asentí.

Era un piso de un único espacio, situado en la parte trasera de la primera planta, y era más pequeño y sobrio que el mío: una cama individual, un sillón, una chimenea tapiada, una neverita, una mesa diminuta y una silla encajadas contra la ventana; no había puerta de separación con la cocina ni con el cuarto de baño, nada en las paredes, ni adornos sobre la repisa de la chimenea. La tarde era cálida, pero la atmósfera en aquel piso era fría como el agua. Había unas tenues manchas de humedad en el techo, pero la estancia estaba limpia como una patena y tenía una gran ventana de guillotina orientada al oeste que le confería un largo resplandor melancólico. Recordé su dormitorio en Whitethorn House, aquel nido acogedor y decorado.

Abby soltó las bolsas en el suelo, sacudió su abrigo y lo colgó detrás de la puerta. Las bolsas le habían dejado marcas rojas en las muñecas, como de esposas.

–No está tan mal como piensas –dijo en un tono desafiante, pero había un matiz cansino en su voz–. Tengo un cuarto de baño propio. Está en el descansillo, pero ¿qué se le va a hacer?

–No pienso que esté mal –alegué, lo cual en cierta manera era verdad: yo había vivido en lugares peores–. Simplemente esperaba… Pensé que contarías con el dinero del seguro o algo. De la casa.

Abby frunció los labios un segundo.

–No teníamos seguro –explicó–. Siempre creímos que, si la casa se había mantenido en pie todo aquel tiempo, no corría peligro y que lo mejor era invertir el dinero en rehabilitarla. ¡Qué bobos! –Abrió lo que parecía un armario; dentro había un fregadero diminuto, un hornillo de dos fuegos y un par de armaritos–. Al final vendimos el terreno. A Ned. No nos quedó otra alternativa. Él fue quien ganó, o quizá Lexie, o vosotros, o el tipo que incendió la casa, no lo sé. Lo que sí sé es que quien salió ganando no fuimos nosotros.

–¿Y por qué vives aquí si no te gusta? –pregunté.

Abby se encogió de hombros. Me daba la espalda mientras colocaba la compra en los armarios: judías cocidas, tomates en lata, una bolsa de cereales de marca blanca; sus omóplatos, que de tan afilados se le notaban a través del delgado jersey gris, parecían los de una niña.

–Es el primer sitio que vi. Necesitaba un lugar donde vivir. Una vez que nos dejasteis libres, la gente de Apoyo a las Víctimas nos encontró un hostal espantoso en Summerhill; estábamos sin blanca, habíamos puesto todo lo que teníamos en metálico en el bote, como bien sabes, evidentemente, y todo eso se quemó en el incendio. La casera nos hacía salir de allí a las diez de la mañana y no nos permitía regresar hasta las diez de la noche; yo me pasaba el día en la biblioteca papando moscas y toda la noche sentada en mi habitación, sola. Apenas hablábamos entre nosotros... Salí de allí tan pronto como pude. Ahora que hemos vendido, lo lógico sería que empleara mi parte para dar la entrada para un piso, pero para eso necesito tener un trabajo que me permita pagar la hipoteca y hasta que acabe el doctorado... Todo esto se me antoja sencillamente demasiado complicado. Últimamente me cuesta mucho tomar decisiones. Si sigo esperando, el alquiler se comerá mis ahorros y la decisión se tomará por sí sola.

–¿Sigues en el Trinity?

Tenía ganas de gritar. Mantener aquella conversación mate, extraña, tensa, cuando yo había bailado mientras ella cantaba, cuando habíamos estado sentadas en mi cama comiendo galletas de chocolate y compartiendo anécdotas sobre nuestros peores besos se me antojaba intolerable; no obstante, aquello era más de lo que yo tenía derecho a pedir y era imposible llegar hasta ella.

–He empezado. Intentaré acabar.

–¿Y qué hay de Rafe y de Justin?

Abby cerró las puertas de los armarios de un portazo y se mesó el cabello, con aquel gesto tan suyo que yo había visto miles de veces.

–No sé qué hacer con respecto a ti –soltó de manera abrupta–. Me preguntas algo así y parte de mí quiere explicarte hasta el último detalle, mientras que la otra quiere matarte por hacernos pasar por este infierno cuando se suponía que éramos tus mejores amigos, y una tercera siente ganas de decirte que te metas en tus asuntos, maldita madera, que no te atrevas siquiera a mencionar sus nombres. No puedo... No sé cómo tratarte. No sé cómo debo mirarte. ¿Qué diantre quieres?

Estaba a dos segundos de echarme de su casa.

–Te he traído esto –dije, sin malgastar ni un segundo, y saqué un fajo de fotocopias de mi mochila–. Sabes que Lexie utilizaba una identidad falsa, ¿no es cierto?

Abby entrelazó los brazos y me observó, recelosa e impasible.

–Uno de tus amigos nos lo explicó todo. El fulano ese que se nos tiró encima desde el principio. El tipo fornido y rubio, el del acento de Galway.

–Sam O'Neill –contesté.

Por entonces yo ya llevaba el anillo en el dedo; los cotilleos, que habían englobado desde comentarios afectuosos a otros de lo más venenosos, más o menos habían acabado aplacándose; la brigada de Homicidios incluso nos entregó una desconcertante bandeja de plata a modo de regalo de compromiso, pero no había razón para que se lo explicara a Abby.

–Ése. Supongo que pretendía asustarnos lo suficiente como para que le soltáramos hasta la última gota. ¿Y bien?

–Conseguimos averiguar quién era –le expliqué, y le tendí las fotocopias.

Abby las cogió y las hojeó rápidamente con el pulgar; recordé su forma experta de barajar las cartas.

–¿Qué es todo esto?

–Los lugares en los que vivió. Otras identidades que utilizó. Fotografías. Interrogatorios. –Seguía mirándome de aquella manera plana y definitiva como un bofetón en plena cara–. Me figuré que no estaría de más darte la oportunidad de decidir si quieres o no echarles un vistazo. Puedes quedarte las fotocopias si lo deseas.

Abby lanzó el fajo de papeles en la mesa y volvió a ocuparse de sus bolsas. Embutió la compra en aquel diminuto frigorífico: un cartón de leche, un vasito de mousse de chocolate.

–No me interesa. Ya sé todo lo que necesito saber sobre Lexie.

–Creí que te ayudaría a comprender algunas cosas. Por qué hizo lo que hizo. Quizás es mejor que no lo sepas, pero…

Se irguió de repente, la puerta de la nevera osciló con brusquedad.

–¿Qué demonios sabes tú sobre esto? Ni siquiera conociste a Lexie. Me importa un comino si utilizaba un nombre falso y si fue una docena de personas distintas en una docena de lugares distintos. Nada de eso me importa. Yo la conocí. Viví con ella. Eso no era falso. Eres como el padre de Rafe con toda esa patraña sobre el mundo real. Aquello era el mundo real. Era mucho más real que esto –me espetó con una sacudida airada de su barbilla señalando la estancia que nos rodeaba.

–No me refiero a eso –alegué–. No creo que quisiera haceros daño, a ninguno. No tiene nada que ver con eso.

Al cabo de un momento se desinfló; se le combó la columna.

–Eso es lo que dijiste aquel día. Que tú, que ella se dejó llevar por el pánico. Por el bebé.

–Lo creía –dije– y lo sigo creyendo.

–Sí –me concedió–. Yo también. Ése es el único motivo por el que te he permitido entrar.

Metió algo con más brusquedad en las estanterías del frigorífico y cerró la puerta.

–Rafe y Justin –continué–. ¿Crees que querrían ver esto?

Abby arrugó las bolsas de plástico y las metió en otra bolsa que colgaba del respaldo de la silla.

–Rafe está en Londres –explicó–. Se fue en cuanto nos permitisteis viajar. Su padre le ha encontrado un empleo, no sé de qué exactamente, algo relacionado con las finanzas. No tiene formación alguna para desempeñarlo y probablemente lo haga de pena, pero no lo despedirán mientras su padre esté cerca.

–¡Ostras! –exclamé, incapaz de reprimirme–. Debe de estar muy triste.

Abby se encogió de hombros y me miró con ojos insondables.

–Apenas hablamos. Lo telefoneé unas cuantas veces para gestionar algunos asuntos de la compra, pero le importa un bledo, dice que haga lo que quiera y que le envíe los papeles para firmar. Yo, no obstante, sentía la necesidad de comprobar que estaba bien. Lo llamaba por las noches y la mayoría de las veces sonaba como si estuviera en un pub o en una discoteca: música a todo volumen, gente gritando... Lo llaman «Raffy». Siempre estaba casi completamente borracho, lo cual supongo que no te sorprenderá, pero no, no parecía triste. Si eso te hace sentir mejor.

Rafe a la luz de la luna, sonriendo, mirándome de reojo; sus dedos cálidos en mi mejilla. Rafe con Lexie en algún lugar; aún me pregunto si sería en aquella hornacina.

–¿Y qué hay de Justin?

–Regresó al norte. Intentó aguantar en el Trinity, pero no lo soportó, no sólo por las miraditas y los cotilleos, que ya eran bastante insufribles, sino… porque nada volvió a ser lo mismo. Lo oí llorar un par de veces en su cubículo. Un día intentó entrar en la biblioteca y no pudo; sufrió un ataque de ansiedad allí mismo, en la Facultad de Letras, delante de todo el mundo. Se lo tuvieron que llevar en ambulancia. No regresó. –Cogió una moneda de una pila que había sobre la nevera, la insertó en el contador eléctrico y lo accionó–. He hablado con él un par de veces. Está enseñando inglés en una escuela infantil, cubriendo la plaza de una profesora en período de baja maternal. Dice que los niños son pequeños monstruos mimados y que escriben: «Mister Mannering es marica» en la pizarra la mayoría de las mañanas, pero al menos es un lugar pacífico (está en el campo) y sus colegas de la enseñanza no se meten con él. Dudo que ni él y ni Rafe quisieran leer esas hojas. –Señaló con la cabeza en dirección a la mesa–. Y yo no voy a preguntárselo. Si quieres hablar con ellos, encárgate tú del trabajo sucio. Pero te advierto una cosa: no creo que les haga demasiada ilusión tener noticias tuyas.

–No los culpo –concedí.

Me acerqué a la mesa y alineé los documentos. Bajo la ventana, el jardín estaba descuidado y sembrado de coloridos paquetes de galletas y de botellas vacías.

Abby sentenció a mis espaldas, sin ninguna inflexión en absoluto en la voz:

–Te odiaremos hasta el fin de nuestros días.

No me di la vuelta. Me gustara o no, en aquella pequeña estancia mi rostro seguía siendo un arma, el filo de una navaja entre ella y yo; le resultaba más fácil hablarme cuando no lo veía.

–Lo sé –dije.

–Si buscas algún tipo de absolución, te equivocas de lugar.

–No lo hago –me defendí–. Esto es lo único que tengo por ofrecer, y pensé que no perdía nada con intentarlo. Os lo debo.

Al cabo de un segundo la oí suspirar.

–No es que creamos que todo esto fuera tu culpa. No somos tontos. Incluso antes de que vinieras… –Un movimiento: se agitó, se apartó el cabello, algo–. Daniel creyó hasta el final que aún podíamos reconducir la situación, que encontraríamos el modo de volver a estar bien. Yo no lo creía. Aunque Lexie hubiera sobrevivido… Creo que para cuando tus amigos aparecieron en nuestra puerta ya era demasiado tarde. Habían cambiado demasiadas cosas.

–Tú y Daniel –dije–. Rafe y Justin.

Otro latido.

–Supongo que era así de obvio. Aquella noche, la noche en que Lexie murió… no habríamos conseguido sobreponernos de otra manera. Y no debería haber sido nada tan grave. Ya habían existido líos antes, aquí y allá, entre unos y otros, y nunca nadie le dio importancia. Pero aquella noche… –La oí tragar saliva–. Antes de aquello vivíamos en cierto equilibrio, ¿entiendes? Todos sabíamos que Justin estaba enamorado de Rafe, pero la historia quedaba ahí, en un segundo plano. Yo no era consciente de que… Llámame estúpida, pero te juro que no lo era; simplemente pensaba que Daniel era el mejor amigo que jamás podría desear. Creo que podríamos haber seguido así, quizá para siempre, quizá no. Pero aquella noche fue distinta. En el preciso instante en que Daniel dijo: «Está muerta» todo cambió. Todo se volvió más claro, demasiado claro para soportarlo, como una inmensa luz que se enciende y ya nunca puedes volver a cerrar los ojos, ni siquiera un segundo. ¿Entiendes a qué me refiero?

–Sí –dije–, te entiendo.

–Después de aquello, aunque Lexie hubiera regresado realmente a casa, no sé si habríamos… –Se le apagó la voz. Di media vuelta y la descubrí observándome, más de cerca de lo que había esperado–. No hablas como ella –dijo–. Ni siquiera te mueves como ella. ¿Te pareces en algo a ella?

–Teníamos algunas cosas en común –contesté–. Pero no todo.

Abby asintió. Al cabo de un momento dijo:

–Ahora me gustaría que te marcharas.

Tenía ya la mano en el pomo en la puerta cuando de repente, casi sin querer, me preguntó:

–¿Quieres que te cuente una curiosidad? –Oscurecía; su rostro parecía desdibujarse en la tenue luz de la habitación–. Una de las veces en que telefoneé a Rafe no estaba en ningún bar ni nada por el estilo; estaba en casa, en el balcón de su apartamento. Era tarde. Charlamos un rato. Le comenté algo sobre Lexie, que seguía echándola de menos, aunque… a pesar de todo. Rafe soltó algún sarcasmo sobre divertirse demasiado para echar de menos a alguien; pero antes de eso, antes de responder, hubo una breve pausa. De perplejidad. Como si le hubiera costado un segundo pensar de quién le hablaba. Conozco a Rafe y juro por Dios que estuvo a punto de preguntar: «¿Quién?».

En la planta superior, semiamortiguado por el techo, empezó a sonar un teléfono móvil y alguien acudió corriendo a responder.

–Estaba bastante borracho –continuó Abby–, como he dicho. Pero aun así... No puedo dejar de pensar en ello. ¿Y si acabamos olvidándonos los unos de los otros? ¿Y si de aquí a un año o dos nos hemos borrado del pensamiento, hemos desaparecido, como si nunca nos hubiéramos conocido? ¿Acabaremos cruzándonos por la calle, a menos de un metro, sin pestañear siquiera?

–Nada de pasados –dije.

–Nada de pasados. A veces –una respiración rápida– no consigo recordar sus rostros. Los de Rafe y Justin puedo soportarlo, pero el de Lexie... y el de Daniel... –La vi volver la cabeza, su perfil recortado contra la ventana: aquella nariz respingona, un mechón de cabello suelto–. Lo amaba, ¿sabes? –confesó–. Lo habría amado hasta donde él me hubiera permitido, durante el resto de mi vida.

–Lo sé –contesté.

Quise explicarle que dejarse amar también requiere talento, que hacen falta tantas agallas y tanto esfuerzo como para amar; que algunas personas, por la razón que sea, nunca aprenden el truco. Pero lo que hice fue sacar de nuevo las fotocopias de mi mochila y hojearlas (prácticamente me las tuve que colocar delante de las narices para ver bien) hasta que encontré una copia bastante mala de aquella instantánea a color: los cinco sonriendo, envueltos en la nieve que caía y el silencio, a las puertas de Whitethorn House.

–Ten –le dije, y se la tendí.

Alargó la mano, pálida en la penumbra. Se dirigió hacia la ventana, inclinó la página para aprovechar la última luz.

–Gracias –dijo al cabo de un momento–. Me la quedo.

Seguía allí, mirando la fotografía, cuando cerré la puerta.

Después de aquello anhelé soñar con Lexie, sólo de vez en cuando. Se está desvaneciendo de las mentes de los demás, día a día; pronto se habrá ido para siempre y no será más que unos jacintos silvestres y un arbusto de espino en una casucha en ruinas que nadie visita. Pensé que le debía mis sueños. Pero nunca regresó. Fuera lo que fuese que quería de mí, debí de dárselo, en algún momento. Mi único sueño es con la casa, vacía, expuesta al sol, al polvo y a la hiedra; refriegas y susurros, siempre en un rincón lejano, y una de nosotras, ella o yo, en el espejo, riendo.

Ésta es mi única esperanza: que Lexie nunca se detuviera. Espero que, cuando su cuerpo no pudiera seguir corriendo, lo dejara atrás como todo lo que había intentado retenerla, que pisara a fondo el acelerador y avanzara como un incendio sin control, corriendo a toda velocidad por autopistas nocturnas agarrando el volante con ambas manos, con la cabeza echada hacia atrás y gritando al cielo como un lince, rayas blancas y luces verdes difuminándose como látigos en la oscuridad, sus neumáticos despegados unos centímetros del suelo y la libertad recorriéndole la columna vertebral. Espero que cada segundo que vivió entrara en aquella casa como un viento huracanado: cintas y brisa marina, un anillo de bodas y la madre de Chad llorando, arrugas por el sol y caballos al galope a través de la maleza roja y silvestre, el primer diente de un niño y sus omóplatos como alitas en Ámsterdam, Toronto, Dubai; flores de espino revoloteando en el aire estival, el cabello de Daniel volviéndose canoso bajo los altos techos y las llamas de las velas y las dulces cadencias de Abby cantando. El tiempo es implacable, me dijo Daniel en una ocasión. Supongo que aquellos últimos minutos fueron implacables para ella. Espero que en aquella media hora reviviera su millón de vidas.

Agradecimientos

Cada vez son más las personas a las que debo un inmenso agradecimiento. A la sensacional Darley Anderson y todos los empleados de la agencia, en especial a Zoë, Emma, Lucie y Maddie; a tres editoras increíbles: Ciara Considine de Hachette Books Ireland, Sue Fletcher de Hodder & Stoughton y Kendra Harpster de Viking Penguin, por mejorar este libro hasta el infinito; a Breda Purdue, Ruth Shern, Ciara Doorley, Peter McNulty y todo el personal de Hodder Headline Ireland; a Swati Gamble, Tara Gladden, Emma Knight y todo el personal de Hodder & Stoughton; a Clare Ferraro, Ben Petrone, Kate Lloyd y todo el personal de Viking; a Jennie Cotter de Plunkett Communications; a Rachel Burd, por su corrección afilada como una cuchilla; a David Walsh, por responder un rosario de preguntas acerca de procedimientos policiales; a Jody Burgess, por la información relacionada con Australia, sus correcciones e ideas, por no mencionar a Tim Tams; a Fearghas Ó Cochláin, por toda la información médica; a mi hermano, Alex French, por su ayuda técnica y por todo su apoyo; a Oonagh Montague, por ser una excelente persona; a Ann-Marie Hardiman, por los datos académicos; a David Ryan, por su información erudita; a Helena Burling; a todo el personal de la PurpleHeart Theatre Company; a BB, por ayudarme a tender un puente y salvar el vacío cultural una vez más; y, por supuesto, a mis padres, David French y Elena Hvostoff-Lombardi, por su apoyo incondicional y la fe en mí que me han demostrado toda la vida.

En algunos puntos, donde me parecía que la historia lo requería, me he tomado algunas libertades con los hechos (Irlanda, sin ir más lejos, no posee una brigada de Homicidios). Todos los errores, deliberados o involuntarios, son míos.

Título de la edición original: *The Likeness*
Traducción del inglés: Gemma Deza
Diseño: Eva Mutter
Fotografía de la sobrecubierta: Elixirpix

El editor agradece la subvención otorgada por
Ireland Literature Exchange (fondo de traducción) Dublín, Irlanda,
para la publicación de esta obra en lengua castellana.
www.irelandliterature.com
info@irelandliterature.com

Círculo de Lectores, S. A. (Sociedad Unipersonal)
Travessera de Gràcia, 47-49, 08021 Barcelona
www.circulo.es
1 3 5 7 9 0 1 0 4 8 6 4 2

Este libro ha sido impreso en papel Supersnowbright
suministrado por Hellefoss AS, de Noruega

Depósito legal: B. 11579-2010
Fotocomposición: Anglofort, S. A., Barcelona
Impresión y encuadernación: Printer industria gráfica
N. II, Cuatro caminos s/n, 08620 Sant Vicenç dels Horts
Barcelona, 2010. Impreso en España
ISBN 978-84-672-3936-2
N.º 28290